浙江省哲学社会科学规划课题

浙江省哲学社会科学规划
后期资助课题成果文库

唐人选唐诗研究

Tangren Xuantangshi Yanjiu

石树芳 著

中国社会科学出版社

图书在版编目(CIP)数据

唐人选唐诗研究 / 石树芳著 .—北京：中国社会科学出版社，2016. 5
ISBN 978 - 7 - 5161 - 8220 - 8

Ⅰ. ①唐… Ⅱ. ①石… Ⅲ. ①唐诗 - 诗歌研究 Ⅳ. ①I207. 22

中国版本图书馆 CIP 数据核字(2016)第 109510 号

出 版 人 赵剑英
责任编辑 宫京蕾
责任校对 董晓月
责任印制 何 艳

出 版 中国社会科学出版社
社 址 北京鼓楼西大街甲 158 号
邮 编 100720
网 址 http://www.csspw.cn
发 行 部 010 - 84083685
门 市 部 010 - 84029450
经 销 新华书店及其他书店

印刷装订 北京市兴怀印刷厂
版 次 2016 年 5 月第 1 版
印 次 2016 年 5 月第 1 次印刷

开 本 710 × 1000 1/16
印 张 22. 75
插 页 2
字 数 373 千字
定 价 85. 00 元

目　录

绪　论

唐诗选本肇始自唐，绵延至今，是唐诗保存流传的重要载体，更是彰显文学发展的有效途径，部分选本蕴含士人心态、文化政策、派系流变等深层复杂的社会因素，个别编者甚至通过辑录选本以唐人之实力影响当世之风向，带有鲜明的时代烙印。唐诗选本作为文学史、学术史、批评史不可或缺的组成部分，是唐诗经典化的巨大动力，为全面观照中国古代文学提供独特视角。千百年来，唐人选唐诗、《唐百家诗选》、《万首唐人绝句》、《唐诗鼓吹》、《唐诗品汇》、《唐贤三昧集》、《唐诗别裁》、《唐诗三百首》等优秀选本层出不穷，与后世相比，唐人占有先天优势，选者与诗人生活于同一时代，在保存诗歌原始面貌、还原诗人真实地位，揭示唐诗发展规律等诸多方面更具价值。唐人选唐诗是唐诗选本的研究基础，只有界定并阐清唐人选唐诗的涵盖范围与发展轨迹，才会对唐诗选本在后世的发展、高潮、衰落有全面的认识。

一　唐人选唐诗的界定

"唐人选唐诗"是"中国文学史上第一个选本的黄金时代"[①]，唐诗创作的空前繁荣促使唐人选唐诗大量涌现。以现存资料考察，"唐人选唐诗"的提法首见于元朝，蒋易《极玄集·序》："唐诗数千百家，浩如渊海，姚合以唐人选唐诗，其识鉴精矣。"[②] 文中"唐人选唐诗"是指姚合编选《极玄集》一事，纯属个体现象，尚未意识到"唐人选唐诗"作为整体的重大意义。明人对"唐人选唐诗"的认识渐趋全面，嘉靖二十六年进士杨巍合刊《箧中集》、《国秀集》、《河岳英灵集》、《中兴间气集》、

① 邹云湖：《中国选本批评》，上海三联书店2002年版，第36页。

② 傅璇琮编撰：《唐人选唐诗新编·极玄集》，陕西人民教育出版社1996年版，第568页。

《搜玉小集》、《极玄集》为《六家诗选》，所录均为唐人选唐诗，然而尚未以此命名。其后各类著作多有涉及，已将唐人选唐诗视作一个整体。如焦竑："昔以唐人选唐诗者不啻数家，唯《才调集》称焉"①；汤宾尹："或曰需后命唐人选唐诗如《英灵》、《国秀》，诸帖品骘无取，纰漏尚多，要以不失其为唐音而已"②；文德翼："昭明文选、唐人选唐诗，选选其可存者而已"③；徐师曾："唐人选唐诗若《国秀》、《极玄》、《河岳英灵》诸编均非巨帙，所谓代不数人，人不数篇者，诚至论也"④ 等不一而足。在此基础上毛晋收录《箧中集》、《国秀集》、《河岳英灵集》、《中兴间气集》、《搜玉小集》、《极玄集》、《御览诗》、《才调集》，定名为《唐人选唐诗八种》，标志着"唐人选唐诗"作为一种特殊的、整体的文学现象得到世人认可，并且奠定后世"唐人选唐诗"的基本格局。清人对"唐人选唐诗"范围的界定基本源于毛晋，仅王士禛有异，其《答秦留仙宫谕》曰："又妄谓后世选唐人诗，较唐人自选，终隔一尘。故又常取殷璠、高仲武诸家之选，各加删定，而益以韦庄《又玄》、姚铉《文粹》通为唐选十集"⑤ 即十种"唐人选唐诗"，然而姚铉不是唐人，《唐文粹》收录诗、文、赋、颂、赞、表、奏等各类文体，内容与《文选》相似，体例与类书相同，王士禛增入《唐文粹》使得本已明朗的"唐人选唐诗"界限再度模糊。清代其他学者多致力于考校版本、辨正讹误等文献研究，初步探讨各部"唐人选唐诗"的编选宗旨与文学价值，取得相当进展。通过明清两代学者努力，基本确定了"唐人选唐诗"的研究范围，勾勒出了"唐人选唐诗"的发展轨迹。

中华人民共和国成立以后，由于国际交流、考古发现等诸多有利条件，"唐人选唐诗"进入全新的研究视野，内涵与外延发生较大变化。一九五八年中华书局上海编辑所出版《唐人选唐诗（十种）》，在毛晋《唐人选唐诗八种》的基础上增加罗振玉命名的《唐写本唐人选唐诗》与日

---

① 焦竑：《题锦研斋集》，《焦氏澹园续集》卷九，续修四库全书本，第1364册，第645页。

② 汤宾尹：《睡庵大题选序》，《睡庵稿》卷四，四库禁毁书丛刊本，第63册，第76页。

③ 文德翼：《梅湖草堂近诗删序》，《求是堂文集》卷六，四库禁毁书丛刊本，第141册，第420页。

④ 徐师曾：《再与赵淮献书》，《湖上集》卷六，续修四库全书本，第1351册，第131页。

⑤ 王士禛：《答秦留仙宫谕二首》，《带经堂集》卷六七，《清代诗文集汇编》第134册，上海古籍出版社2010年版，第634—635页。

本发现的《又玄集》。其中《唐写本唐人选唐诗》采用敦煌石室发现的唐人写本残卷；《箧中集》采用《随庵丛书》影刻宋尹家书籍铺刊本；《河岳英灵集》采用《四部丛刊》影印明刻本；《国秀集》采用《四部丛刊》影印秀水沈氏藏明翻宋刻本；《御览诗》采用汲古阁本；《中兴间气集》采用《四部丛刊》影印秀水沈氏藏明翻宋刻本；《极玄集》采用元至元刊本；《又玄集》采用古典文学出版社影印日本江户昌平坂学问所官板本；《才调集》采用《四部丛刊》影印述古堂钞本；《搜玉小集》采用汲古阁刊本。一九九四年陶敏在《唐人选唐诗与〈唐人选唐诗（十种）〉》中指出是书存在底本选择不严、校勘不精的缺点，如《河岳英灵集》没有选用比较接近原编的宋刻两卷本，却使用明人改编的三卷本，《极玄集》未用汲古阁影写宋本一卷本，而用后人析为二卷的本子。然而较为遗憾的是十数年后即二〇〇六年昆仑出版社的《唐人选唐诗》，依旧沿用存在诸多问题的中华书局的版本系统，未能更正。一九九八年华夏出版社出版《唐人选唐诗六种》，编者蔡宛若对入选的《唐写本唐人选唐诗》、《箧中集》、《河岳英灵集》、《国秀集》、《极玄集》、《又玄集》均做简单介绍，并为入选诗人编写小传，对诗歌亦有通俗易懂的注释，便于选本的普及与推广。但该书舍弃各个选本的序文，如《河岳英灵集》不但未收录殷璠极具思想特色的“叙”与“集论”，而且将评语分散于诗人小传与诗歌注解中，未能保持选本原貌。新时期“唐人选唐诗”里程碑式的著作当推一九九六年陕西人民出版社的《唐人选唐诗新编》，傅璇琮根据学界研究成果重新整理唐人选唐诗，增加《玉台后集》、日本卷子本《翰林学士集》、敦煌残卷本《珠英集》以及陈尚君辑录的《丹阳集》，又以“似为抄录，而非编选”① 的原因删除《唐写本唐人选唐诗》，共计十三种。该书首次更正流行多年的版本缺憾，文本的校勘补正颇多创获，每部选本附有详细精审的前记，系统介绍编者、内容、宗旨、成书、流传、版本、价值等，极具学术含量，基本代表当前认识的最高水平。

以上探讨的是由古及今“唐人选唐诗”的编集情况，此外尚有大量相关著作部分涉及。探讨视角主要包括分类与分期两种，或二者兼备。明胡应麟《诗薮》已将唐人选唐诗分为：“唐人自选诗”（通选、断代）、“父子伯仲一门之作”（家集）、诗话、诗句、省试诗、行卷诗、妇人诗、

① 傅璇琮编撰：《唐人选唐诗新编》，序第2页。

“倡和寄赠，往往类集成编”（唱和集）等，惜标准不明，分类、分期混杂，处于萌芽状态。胡震亨《唐音癸签》更进一步：“唐人选唐诗，其合前代选者，有《续古今诗苑英华集》、《丽则集》、《诗人秀句》、《古今诗人秀句》、《玉台后集》。选初唐有《正声集》、《奇章集》、《搜玉集》。合选初、盛唐有《国秀集》。选盛唐有《河岳英灵集》、《箧中集》、《起予集》。选中唐有《南熏集》、《御览诗》、《中兴间气集》、《极玄集》。合选则《唐诗类选》、《又玄集》、《文章龟鉴》。五代人选唐诗有《国风总类》、《拟玄集》、《诗纂》、《续正声集》、《续又玄集》、《烟花集》、《名贤才调集》、《备遗缀英》。外有李戡《诗选》、檀溪子《联璧诗集》、无名氏《正风集》、《垂风集》、《名贤绝句诗》。”[①] 分期意识鲜明，对唐人选唐诗的独立性、阶段性均有明确认识。

今人孙琴安《唐诗选本六百种提要》则以时代为序考及唐人选唐诗四十一种，其中唐代二十种，五代二十一种，重出一种，误收一种，实为三十九种[②]。吴企明《“唐人选唐诗”流传、散佚考》已经注意到唱和诗集、唐人选唐诗、五代人选唐诗的细微差别，考及三十七种[③]，其后又在《唐代诗选学略论》中根据新旧唐书、公私目录、文集专著、诗话笔记等增补至七十二种，并将“唐人选唐诗”分为两类：第一类，从选诗范围看，包括五种：①以时代为标准；②以诗人的籍贯或作诗地点为选取范围；③以诗人的身份进行选编；④以诗歌题材分类选辑；⑤以诗歌体裁为选取范围。第二类，从编排体例看，包括六种：①以类相从；②以诗人世次为序；③以诗人的官衔等级为序；④附以诗人小传；⑤附以评语；⑥附以己作。全面详细，较具参考价值，唯各种小类似与大类存在疏离，且互有交叉。邹云湖《中国选本批评》分类方法与吴企明同。而目前所能见到的分期、分类研究以陈伯海最为详尽，其《中国诗学史·隋唐五代卷》第七章专论唐人选唐诗，以时间顺序将唐人选唐诗分为四期，即酝酿期，包括诗文合选、续选诗集、唱和诗集、诗句选共十二种[④]；自立期，包括

---

① 胡震亨：《唐音癸签》卷三一，古典文学出版社 1957 年版，第 266—267 页。

② 孙琴安：《唐诗选本提要》，上海书店出版社 2005 年版，第 1—32 页。其中《续又玄集》、《江南续又玄集》重出计一种，误收宋人《唐僧诗》一种未计。

③ 吴企明：《唐音质疑录》，上海古籍出版社 1985 年版，第 127—161 页。

④ 陈伯海、蒋哲伦主编：《中国诗学史》（隋唐五代卷），鹭江出版社 2002 年版，第 300—307 页。

诗文合选、专诗选类共十七种①；转化期，包括通选诗集、断代诗选、诗文合选、诗句选、唱和集共四十四种，提及二十八种②；总结期，包括诗选类、诗文合选、唱和集、家集共三十八种③，总计一百一十一种，数量之多，远超前作，对每期的分类、特点、意义以及重要选本均有详细论述。又将唐人选唐诗分为六大类十八小类：①按时代编选的，有合前代选及专选唐代两类，后者又可以分为特选某一时期和通选唐代两小类；②按地区编选的，有专选某地区诗人诗作和专选咏写某地区胜景的诗作两类；③按特定诗人身份编集的，有朝官、僧道、妇女和家集等四类；④按特定题材类别与功能编集的，有唱和、饯送、省试、行卷、艳情等五类；⑤按流派编集的为一类；⑥按体裁编集的，有诗文合编、专体诗选和诗句选三类，略显琐碎，兼有混乱。然陈伯海以分期、分类的方法阐释唐代诗学发展的历程，并将唐人选唐诗作为有机整体加以系统考察，颇为全面，堪称唐诗学史的研究力作。

由于古代目录学将选本归于总集类，因此今人亦有综合运用分类、分期的方法从总集的角度认识“唐人选唐诗”。如陶敏、李一飞的《隋唐五代文学史料学》：“隋唐五代时期总集的编纂大体可以划分为两个阶段。隋及初唐总集大多为大型通代总集，主要编录前代诗文。开元以后大量出现的总集，内容丰富，体例各别，大多数却是编录当代诗歌的选集，后人统称之为‘唐人选唐诗’。”④ 考述包括诗文总集《文馆词林》、唱和集《三舍人集》、家集《窦氏连珠集》、文人词总集《花间集》在内的十六种总集⑤，已将“唐人选唐诗”等同于总集。张固也的《新唐书艺文志补》“总集类”述及唐人选唐诗约四十八种⑥，增补颇多。卢燕新《唐人编选诗文总集研究》补考三十种⑦，包括通代、诗句、家集、断代、唱和、送别等集，亦从总集的角度切入。贾晋华的《唐代集会总集与诗人群研究》以总集为基础，系统论述《翰林学士集》、《大历年浙东联唱集》、《吴兴

---

① 陈伯海、蒋哲伦主编：《中国诗学史》（隋唐五代卷），第307—326页。

② 同上书，第326—337页。

③ 同上书，第337—346页。

④ 陶敏、李一飞：《隋唐五代文学史料学》，中华书局2001年版，第94页。

⑤ 同上书，第105—110页。

⑥ 张固也：《新唐书艺文志补》，吉林大学出版社1996年版，第314—324页。

⑦ 卢燕新：《唐人编选诗文总集研究》，中国人民大学出版社2014年版，第336—347页。

集》、《汝洛集》、《洛中集》、《洛下游赏宴集》、《汉上题襟集》、《松陵集》等具有唱和性质的选本，多有创获。梅新林的《略论唐人的唐诗编纂》论及“唐诗总集的编纂”时指出：“唐代所纂当朝诗歌总集概有三大系统，即唱和集、选本以及由此发展而来的各种专类诗集。由此三者的兴替交错，便相应地构成了唐代唐诗总集编纂的三个时期：初唐期间，唱和集首出；迄至盛唐，则选本大兴；中唐以后，由唐诗选本发展而来的多种专门性总集又陆续问世，遂与唱和集、选本并而为三，汇成了唐代唐诗总集编纂之高潮。”① 并将“唱和诗集”分为应制、文会、饯送、寄赠四类。其“选本”一节认为孙翌《正声集》是首部纯粹选录唐代当朝诗人作品的选本，《河岳英灵集》则标志唐人选唐诗已经趋于成熟。“专门选集”则分为地方集、省试集、家集、方外集四类。是书论述全面，分期、分类并用，但选本与总集交叉，“唐人选唐诗”的界限依旧模糊。

综合考察以上数种著作，主要存在两个问题：①唐人选唐诗界定过于宽泛，凡涉及“唐人”或“唐诗”者几乎全部列入唐人选唐诗。部分大型总集如许敬宗的《文馆词林》具有类书特征，是否属于选本还有待商榷。此外，将诗歌所占比重极少的诗文合选本，或编选宗旨不明的唱和集以及唐人编选的未录唐诗的选本全部归入唐人选唐诗似亦不妥。②诸多选本归属混乱。如《珠英集》，梅新林、陈伯海认为是唱和集，然而《珠英集》并无明显的唱和色彩，所录多为羁旅、闺怨之作，且寓有一定的选录宗旨，与单纯的唱和集差别较大，似应重新定位。

各类著作有三个问题亟待澄清：①“唐人”的范围是否可以下延至五代；②编选意图不甚明显是否可以称为“选”；③“唐诗”似应包含两种情况“选有唐诗”或“专选唐诗”。一般认为，“唐人”可下延至五代，学界基本达成共识。如吴企明《唐代诗选学略论》：“按惯例，将五代人编集的选本，亦纳入本文的研究范畴内。”② 而“选”当有选择之意，则以汇集为主的家集、唱和集等是否属于研究范围存在较大争议。“唐诗”应指“选有唐诗”还是“专选唐诗”亦是主要分歧之一，以上诸位学者提及的均为对编选宗旨无严格要求的包括五代在内的选有唐诗的总集，范围过大，琐碎散乱，难以把握。目前对唐人选唐诗界定

① 梅新林：《略论唐人的唐诗编纂》，《唐代文学研究》（第六辑），第176页。

② 吴企明：《唐代诗选学略论》，吴企明：《唐音质疑录》，第164页。

最为清晰明了的当属陈尚君的《唐人编选诗歌总集叙录》，全文分为七类：①通代诗选；②断代诗选；③诗文合选；④诗句选集；⑤唱和集；⑥送别集；⑦家集。并且指出唐人选唐诗只是唐人编选诗歌总集中的一部分，认为前四类可视为选集，后三类只能说是合集，并在第二类“断代诗选”后特别标明“唐人选唐诗”，仅四十七种[①]，此“唐人选唐诗”即指包括五代在内的专选唐诗的总集，归属明确，令人信服，为唐人选唐诗研究打下坚实基础。

二　唐人选唐诗研究综述

关于唐人选唐诗，学界研究角度各异，虽取得一定进展，然整体研究相对滞后，个案研究尤为丰富。

整体研究以赵立新、吕玉华、孙桂平为代表。二〇〇一年赵立新的《唐人选唐诗研究》囊括散佚、存世选本，将唐人选唐诗作为一个有机整体加以系统考察，深入探讨唐人选唐诗兴盛的历史渊源、社会背景、范式形成、演变、类型、功能、传播、影响，并将其师陈伯海在《中国诗学史》中提出的唐人选唐诗四分法进一步明确为酝酿期（六一八—七〇〇）、自立期（七〇一—七六五）、转化期（七六六—八四六）、总结期（八四七—九六〇），力求凸显唐人选唐诗的阶段特征。二〇〇四年吕玉华的《唐人选唐诗述论》分为内、外两篇，外篇通过传播途径、宫廷趣尚、地域影响分析唐人选唐诗兴起的社会因素，内篇则以格律为切入点探讨诗歌的律化过程与选家的审美理想。具体到各部选本则以介绍编者生平、编撰过程、选录诗歌、编选宗旨为主，未能突破个案研究范畴。二〇〇七年孙桂平的《“唐人选唐诗”研究》首次将唐人选唐诗置于文学史长河中加以考察，认为唐前的诗歌选本可以分为三个阶段：强调政治性的《诗》时代、强调文学性的《选》时代、强调诗性的“唐人选唐诗”时代，指出“唐人选唐诗”作为总结唐诗的初级阶段，未能完成确立经典的任务，并从“唐人选唐诗”的角度指出唐诗史上存在“王维的时代”与“白居易的时代”，而李白、杜甫则需重新定位。是书深入发掘《河岳英灵集》、《国秀集》、《御览诗》、《中兴间气集》、《箧中集》的历史价值与选本特色，还原部分诗人、诗作在唐代诗史上

① 陈尚君：《唐代文学丛考》，中国社会科学出版社1997年版，第188—198页。

的真实地位，纠正当前文学史叙述中存在的各种偏颇，创获颇多。另王秋红的《唐人选唐诗研究》认为唐人选唐诗活动实际包括动态的选诗行为与静态的诗歌选本两方面内容，并以编集、入乐两种方式探讨唐人选唐诗的传播流变，有一定开拓。

个案研究包括选本研究与诗人研究两类。目前不同选本拥有共同的研究热点，即版本源流、选者生平、编辑宗旨、所录诗人、文学思想、价值影响等，此类研究对于了解各部选本的基本状况以及初步认识选本的发展历程有较大帮助。王运熙、杨明的《中国文学批评通史》（隋唐五代卷）部分章节对《河岳英灵集》、《丹阳集》、《国秀集》、《箧中集》、《中兴间气集》、《唐诗类选》、《又玄集》、《才调集》等选本有准确定位与精辟解读，诸多观点已为学界普遍接受，成为众多论文反复阐述的基础。

选本研究以《河岳英灵集》最为深入，《中兴间气集》次之，孟二冬《论高仲武〈中兴间气集〉》认为《中兴间气集》以"体状风雅，理致清新"为审美标准，编选更重"理致清新"。是集虽在具体的理论表述与诗人品题之中存在前后不一甚至自相抵牾之处，但基本反映肃、代诗坛的真实状况与精神面貌。该文评价客观，极具学术价值。卢燕新《高仲武〈中兴间气集〉与唐人选本批评风尚的嬗变》认为："唐人选唐诗至高仲武《中兴间气集》，无论是选本批评对象，还是选本的批评特征、对女性诗人的态度、编选家的时代感及其遴选的审美标准等，与其前人相比，均发生了不同程度的变化，这些变化标志着唐人选唐诗至中唐高仲武，其选本批评风尚已嬗变到一个新的历史阶段。"① 指出高仲武追求选本的内涵式批评功能，热衷选本实践、致力品评诗人，自觉接受女性诗什，是对传统诗学观念的突破，观点新颖，颇有创获。此外，高仲武对王维的态度亦是《中兴间气集》的核心问题之一，王志清《从〈中兴间气集〉看盛、中唐过渡期的王维接受》认为"高仲武的《中兴间气集》作为探视一个时代美学趣尚的标本，顺应时代的要求，迎合大众接受的意志，全面展示出大历时期清雅雍容的诗风主流，生动地标示出高氏的'风雅'观，表现了选家心仪王维而以王维趣味为趣味所作出的美学选择，客观上反映了

---

① 卢燕新：《高仲武〈中兴间气集〉与唐人选本批评风尚的嬗变》，《中国文化研究》2010年夏之卷。

盛、中唐过渡时期的王维接受状况”[①]。查屏球《由皎然与高仲武对江南诗人的评论看大历贞元诗风之变》指出：“高氏的评论是对大历京城诗风的总结，是对王、孟清雅范式的传承。”[②] 蒋寅更为宏观，其《从〈河岳英灵集〉到〈中兴间气集〉——关于大历诗风演变的抽样分析与假说》一文指出以“安史之乱”为界限诗歌可以分为“盛唐体”与“大历体”两段，其中《河岳英灵集》、《箧中集》、《中兴间气集》三部选本时间基本前后衔接，初步勾勒唐诗由盛到中发展变化的轮廓，即“（1）在诗型上，由重乐府歌行古风等转向偏重律诗，尤其是五律。（2）在审美趣味上，‘移风骨之赏于情致’，崇尚六朝清新婉丽、工于形似的诗风。（3）在创作倾向上，由风骚并举转向独倡风雅，继承《诗经》比兴怨刺批判现实的传统。（4）在题材选取上，由重乐府及‘感兴’‘古意’之类直抒胸臆的咏怀内容转向重赠行之类的纪事、应酬内容”[③]。凸显《中兴间气集》选诗宗旨的新变，是不可多得的佳作。目前《中兴间气集》是除《河岳英灵集》之外个案研究最为全面的选本。

《国秀集》产生时间与《河岳英灵集》相近，因成就不及《河岳英灵集》而屡遭批评，鲜少提及。郝润华、张羽《〈国秀集〉编选动因探微》认为：“《国秀集》的选诗虽然不能反映整个盛唐诗歌的成就，但它却反映了从初唐到盛唐这段时期内，大多数文人的审美标准与诗歌见解。从《国秀集》的序文中我们可以总结出它的选诗标准：‘诗缘情而绮靡’是它的理论基础；‘彩色相宜，烟霞交映，风流婉丽’是它对诗歌在辞藻和声律上的基本要求；‘可被管弦’则是重要原则；反对‘务以声折为宏壮，势奔为清逸’的诗风、挽救‘词人才子，礼乐大坏’的现实则是它的最终目标。”[④] 对《国秀集》的解读颇为全面，是重要的研究成果之一。

《御览诗》学界关注更少，单篇论文多以元和诗坛为参照展开论述。

---

① 王志清：《从〈中兴间气集〉看盛、中唐过渡期的王维接受》，《文学遗产》2008 年第 6 期。

② 查屏球：《由皎然与高仲武对江南诗人的评论看大历贞元诗风之变》，《复旦学报》（社会科学版）2003 年第 6 期。

③ 蒋寅：《从〈河岳英灵集〉到〈中兴间气集〉——关于大历诗风演变的抽样分析与假说》，《广西师范大学学报》（哲学社会科学版）1988 年第 4 期。

④ 郝润华、张羽：《〈国秀集〉编选动因探微》，李浩、贾三强主编：《古代文献的考证与诠释》，上海古籍出版社 2006 年版，第 725 页。

高翀骅《从〈御览诗〉看元和诗坛风尚》认为："《御览诗》虽多取大历、贞元诗人作品，倡导的却不是声浮气薄的大历风气，从其对气格和风情的追求上都体现出元和诗坛的风尚，《御览诗》可作为一个特殊的出发点来考察元和诗风走向。"①

《极玄集》为姚合所编，姚合本人诗歌成就较高，并于《极玄集》中提出"大历十才子"一说，受到学界的关注略多于其他选本，惜成就有限。二〇〇九年首都师范大学王茹的硕士学位论文《〈极玄集〉与姚合的诗歌批评研究》认为姚合选录以王维为标准，入选诗人均为五言高手，所录诗歌都具有一定的可模仿性，注重炼字炼句，可供后人参考学习。而姚合看重五言的原因在于科举考试形式是五言诗，五言诗亦是一种中晚唐诗人比较容易驾驭的体裁。

韦庄《又玄集》承继《极玄集》，韦庄本人擅长诗词，然选本未能体现编者优势。龚祖培的《〈又玄集〉考述——兼及辨伪与〈全唐诗〉补遗》堪称《又玄集》的研究力作，该文认为《又玄集》在宋亡以前仍有完整的足本传世。从形式上看，《又玄集》存在目录与卷内所载不合、诗篇题目内容与《全唐诗》不合，异文《全唐诗》多不出校语等问题，并对部分作者、篇章进行考辨，极具文献价值②。部分学者注意到韦庄的独特处境对《又玄集》的影响，张学松《〈又玄集·序〉"清词丽句"义辨——兼论韦庄的文学思想》认为《又玄集》强调的"清词丽句"非指一种"清丽"的诗风，而是指诗歌的审美特质，反映韦庄轻功利、重审美的文学思想倾向，主要表现在两个方面：一是所选多为近体；二是选诗着重于其艺术的精美。由于韦庄创作丰富，因此部分研究韦庄的文章亦会谈及《又玄集》，如二〇〇三年南京师范大学曹丽芳的博士学位论文《韦庄研究》，指出《又玄集》版本存在真本与赝本两个系统，并且通过比较《极玄集》与《又玄集》概括韦庄的文学思想，认为韦庄选诗范围广泛，体现宏观、全局性的编选立场，其"编辑《又玄集》的目的在于为有唐一代保存最优秀的诗人的诗歌精品，带有明显的总结意味"③。曹丽芳还

① 高翀骅：《从〈御览诗〉看元和诗坛风尚》，《华东师范大学学报》（哲学社会科学版）2006年第1期。

② 龚祖培：《〈又玄集〉考述——兼及辨伪与〈全唐诗〉补遗》，《文史》（第三十八辑），第171—179页。

③ 曹丽芳：《韦庄研究》，南京师范大学2003年博士学位论文，第34页。

指出张学松将韦庄所谓的“清丽”理解为文学作品所有的审美特征是不准确的，并非所有风格的美都为韦庄所欣赏，他所偏重的还是那些取材于日常生活但又不庸俗琐碎，情感温厚闲和，词句简捷平易之作，为认识《又玄集》提供了新的视角。

《搜玉小集》仅存残卷，今人李珍华、傅璇琮的《〈搜玉小集〉考略》认为《搜玉小集》编成于开元后期或天宝前期，收录多为初唐至开元前期诗人，但不以时代先后排列，次序似先为应制诗，次为边塞歌行、古诗，又次为闺情怀人，又次为岁时应景，又次为行旅述怀，诗人人数、诗歌篇数、诗篇归属、诗篇篇名、文字异同存在诸多问题，编选意图和选诗标准不明①。日本学者伊藤正文《论〈搜玉小集〉》则认为十卷本《搜玉集》是一卷本《搜玉小集》的祖本，十卷本《搜玉集》成书于开元十二年前后，一卷本《搜玉小集》成书于南宋中期，二者关系密切，今本相当程度传承原本的旧貌。并且指出《搜玉小集》大体按类排列，以从军、闺情、游宴之作居多，五言为主②。以上研究对于认识《搜玉小集》具有较大意义。

此外，关于《翰林学士集》、《唐写本唐人选唐诗》、《珠英集》、《丹阳集》、《河岳英灵集》、《荆扬挺秀集》、《箧中集》、《才调集》的相关论述详见具体章节，此不赘述。

综上所述，《中兴间气集》是除《河岳英灵集》外研究最为透彻的选本，而《国秀集》、《御览诗》、《极玄集》、《又玄集》、《搜玉小集》等选本或因混乱或因散佚或因平庸，研究受到一定限制，成果极其有限，多年来并无重大突破。

诗人研究。唐人选唐诗的诗人研究主要围绕“选”与“不选”展开。焦点人物是杜甫、李白、王维、王昌龄。宋代姚宽《西溪丛语》已经属意：“殷璠为《河岳英灵集》，不载杜甫诗。高仲武为《中兴间气集》，不取李白诗。顾陶为《唐诗类选》，如元、白、刘、柳、杜牧、李贺、张祐、赵嘏皆不收。姚合作《极玄集》，亦不收杜甫、李白。彼必各有意

---

① 此处包括《唐人选唐诗新编·搜玉小集》前言与《〈搜玉小集〉考略》两篇文章的内容。

② ［日］伊藤正文撰，李庆译：《论〈搜玉小集〉》，《古典文献研究》（第十一辑），第454—478页。

也。”[①] 其中“不选”以杜甫为焦点，明人胡应麟《诗薮》曰：“《河岳英灵集》不取拾遗，《间气》、《极玄》兼遗供奉，宋人谓必有意，非也。《英灵》集于天宝，杜诗或未盛行。《间气》俱中唐，姚大半晚唐，惟《国秀》盛唐颇备，而不及二公。总之，当时议论未定，如庄生道术不及仲尼，尊与？贬与？未可测也。”[②] 而唐元竑则认为：“盖当时极重科目，杜终于不第。”[③] 今人闻一多《盛唐诗》亦指出：“奇怪的是盛唐诗的几种选本里没有一本选过杜甫的诗，可见他的作风在当时就跟《箧中集》相近，只因那还是太平时代，这种社会描写不太被人重视，如果杜甫不长于其他各种诗体的话，他的诗很有可能因此被埋没。”[④] 李珍华、傅璇琮认为殷璠《河岳英灵集》唯一的缺憾是未选杜甫，主要归因于客观条件的限制：“一是杜甫那时刚进入诗坛不久，二是由于当时的交通条件，在杜甫困居长安开始络绎写出有特色的诗作时，僻居于江东丹阳一个小县的殷璠还不可能及时得到信息。”[⑤] 张起《牛溲马浡皆有意　不许后生漫涂鸦——唐人选本不选杜诗不能证明杜甫是二流诗人》从主观的杜甫与客观的选家两个层面分析原因，“从政治上看，当时政治集团与杜甫的牵连，都会引起政治原因不选杜诗。从时间看，杜诗优秀之作基本是在安史之乱以后，渐入中唐，而《河岳英灵集》编于明皇在位之时，天宝十二载以前，完全是盛唐产物。从内容上看，讥刺权贵，又同情弱小；友好乡邻朋友，又敢于得罪皇帝，不合时宜。把他的诗选入诗集中，不就是得罪权贵吗？从认知层次看，他的晚年，整个大历时期缺乏大诗人，对诗歌的认识层次达不到杜甫的高度。……从客观选家看，……选家的认知水平、审美标准、对某个人的喜好的随意性或极端的自我性都可以左右选杜。”[⑥] 因而不能以此认定杜甫是二流诗人，“杜诗不能进入唐人选本，确实造成了

---

① 姚宽：《西溪丛语》卷上，中华书局1993年版，第59页。

② 胡应麟：《诗薮》外编卷三，上海古籍出版社1958年版，第164页。

③ 唐元竑：《杜诗攟》卷一，文渊阁四库全书本，第1070册，第3页。

④ 闻一多：《盛唐诗》，郑临川述评：《闻一多论古典文学》，重庆出版社1984年版，第113页。

⑤ 李珍华、傅璇琮：《唐人选唐诗与〈河岳英灵集〉》，《中国韵文学刊》第2—3期。

⑥ 张起：《牛溲马浡皆有意　不许后生漫涂鸦——唐人选本不选杜诗不能证明杜甫是二流诗人》，《杜甫研究学刊》2009年第3期。

唐人选本的不全面、不公平的遗憾。”① 分析略显牵强，选录杜诗就是得罪权贵显然过于武断。胡明也曾指出：“最令人感到诧异的是几种重要的选本都不选杜甫。如果说《箧中集》因局格太狭窄，主张太偏激，不选杜甫可以理解的话，殷璠《河岳英灵集》的不选杜甫似实难理解。从他完备且明确的理论主张，如‘神来、气来、情来’的创作意识，如‘既多兴象，复备风骨’、‘既闲新声，复晓古体’，称美建安气骨又不忘太康宫商的审美标准来判断，不选杜甫更是不可思议。他的选诗以盛唐为主，也确实反映了盛唐诗歌的气象风貌，他甚至有意识地要通过诗歌评选和理论概括立出自己的文学主张。然而他竟没有注意到杜甫，或者说竟放弃了杜甫！殷璠选诗时密切注视诗坛动态发展，敏锐地探捕新星，荐拔佳篇，而且认真分析寻索同时代诗人的风格特点。再如果说殷璠之不选杜甫还有其客观条件的限制，如杜甫彼时进入诗坛不久，诗名不很大，信息交通不发达等等，那么，晚唐人韦谷的《才调集》不收杜甫，则更令人无法解释。《才调集》十卷，规模宏大，选诗一千首，初、盛、中、晚齐全，而且还选了和尚和妇女的诗，却不选杜甫。而且此书明显是承接韦庄《又玄集》的模式框架，人又与韦庄同在西蜀先后做官，应该是信息资料上可以沟通接续的。《又玄集》三百首，选了杜甫，《才调集》一千首却不愿选杜甫，而且从审美主张上他能独具只眼地选白居易的《秦中吟》，竟不肯选杜甫，这跟后来的千家注杜局面真是不可同年而语，这一点应引起我们足够的学术兴趣。”② 对李珍华、傅璇琮之说提出质疑。

杜甫的落选确实引起极大关注，部分学者甚至在更大背景下寻求原因，曾枣庄《杜甫与唐代诗坛》指出：“杜甫与同时代诗人多有交往，并对他们十分推崇；同时代人对杜诗却很少称许，并有奚落与嘲笑；中唐韩愈、白居易、元稹对杜诗作很高评价后，多数唐人仍不重视杜诗，其集中表现就是今存唐人的十种唐诗选本，仅有韦庄《又玄集》选杜诗七首，而且都算不上杜诗的上乘之作。多数唐人轻视杜诗，既有社会原因，也有诗歌发展本身的原因，既为杜诗内容所决定，也为杜诗的艺术特色所决

---

① 张起：《牛渡马涔皆有意　不许后生漫涂鸦——唐人选本不选杜诗不能证明杜甫是二流诗人》，《杜甫研究学刊》2009 年第 3 期。

② 胡明：《关于唐诗——兼谈近百年来的唐诗研究》，《文学评论》1999 年第 2 期。

定。"[①] 原因如下："第一，在唐代已有不少有识之士，如杜甫生前的李邕、王翰、崔尚、魏启心、郭受、韦迢，杜甫死后的樊晃、韩愈、元稹、白居易等人，认识到了杜诗的价值，给予了很高的评价。第二，但杜诗的价值并未被多数唐人所认识，上述有识之士的观点并未被唐人普遍接受。这集中反映在今存唐人所选唐诗中，或因选诗时限（如《御览诗》），或因杜诗内容不合要求（如《中兴间气集》），或因诗歌主张不同（如《国秀集》、《河岳英灵集》），或因艺术趣味不同（如《极玄集》、《才调集》），多数都未选杜诗。第三，杜诗普遍受到重视是在宋代。"[②] 以唐人为切入点探讨杜甫的地位，极具学术价值。杜晓勤《杜诗在至德、大历间的流传和影响》认为："杜甫在至德、大历间的诗歌创作不仅数量大，且流传范围广，但却没有得到时人的普遍赞誉。究其原因大致有二：一是'安史之乱'的爆发，妨碍了时人对杜诗完整的认识；二是杜甫诗歌审美风尚同时人异趋。"[③] 对于第二点则进一步解释为："杜甫是唐转盛为衰时期的诗人，其创作成就主要在至德、大历间。那些曾和他有过交往的盛唐大诗人在乱中大多趋于沉寂，且相继早于杜甫谢世。和他同时的创作成就亦较丰厚的元结等人又多用古体诗来针砭时弊，艺术倾向多有不同，且杜甫在长安的投诗干谒之举似亦不见容于元结，《箧中集》拒收杜诗。大历年间，诗坛上弥漫的是'大历诗风'，时人注目推尊的是'刘郎钱李'等新的诗坛盟主，对一直辛勤创作的杜甫则无暇顾及。因此，在创作风尚上，他既不合于'盛唐之音'，又不合于'大历诗风'，他是那个特定时代高标独立的诗坛巨子，他是孤独的，一种不为时人理解的伟大的孤独！"[④] 邱睿《唐人选唐诗无杜诗现象补说》从传播的角度分析杜诗的落选，指出"自我抒情的强化"、"实录倾向"、"不合乐"[⑤] 使得杜诗传播严重受限。吴淑玲《唐人选唐诗及敦煌写卷中少见杜诗的传播学因素》阐述更为详细，"唐诗的当时传播重视进士身份的诗人，时代传播风尚的变迁错过了对杜诗的传播选择，而杜甫本人对自己诗歌的传播限制也很不

---

① 曾枣庄：《杜甫与唐代诗坛》，《南京师范大学文学院学报》2002 年第 4 期。

② 同上。

③ 杜晓勤：《杜诗在至德、大历间的流传和影响》，《陕西师范大学学报》（哲学社会科学版）1991 年第 3 期。

④ 同上。

⑤ 邱睿：《唐人选唐诗无杜诗现象补说》，《文史杂志》2007 年第 2 期。

利于其诗的广泛传播，敦煌写卷少见杜诗则更多应归结于地域传播因素。”[①] 并且指出杜甫本人的观念限制了诗歌的传播，杜诗屡次提及“将诗莫浪传”[②]、“莫使众人传”[③]、“将诗不必万人传。”[④] 而《同元使君春陵行》序曰：“感而有诗，增诸卷轴，简知我者，不必寄元。”[⑤] 表明杜甫极其在意诗歌的保存，但是控制流传，甚至不把诗歌寄给元结，则元结《箧中集》不选杜诗成为可能，最初的交流机会已被扼杀，进一步传播更是困难。[⑥] 相较于前人对杜诗的种种猜测，吴淑玲从杜甫本人身上寻找原因，角度新颖，论证可信。吴河清《今存“唐人选唐诗”为何忽略杜甫诗探源》认为杜甫的“诗圣”、“诗史”称谓经历“初识”到“正名”的历史过程，虽然杜诗在唐代已经产生一定影响，并且被韩愈、白居易、元稹、李贺、李商隐、韦庄等诗人接受并师法，但似乎并没有得到理论上的认可，也还没有形成广泛接受的潮流。陈尚君《杜诗早期流传考》谈及“选本中的杜诗”，不认同杜甫在唐代诗坛受到冷落不为时人推重的观点，“首先，见于唐宋各种书志的唐人自选诗（不包括同人倡和集），有四十六种之多，现能看到的完本仅九种，加上敦煌遗书中的四五种残卷，只及总数的很小一部分，不足以准确反映一代的认识。其次，选本除有一定的选诗标准外，还受时间、地域、人事诸方面限制。……再次，选本收诗情况与选者的认识有时并不一致。”[⑦] 以上论著的着眼点均为“不录”，与此对立的是部分学者立足于“录”探讨杜诗，如胡可先《〈唐诗类选〉选杜诗发微》通过梳理宋人征引《唐诗类选》的各类诗话著作，初步认定《同诸公登慈恩寺塔》等二十九首杜诗曾被录入《唐诗类选》。通过比较选录杜诗的《又玄集》与《唐诗类选》，指出“从两种选本的成书时代

---

① 吴淑玲：《唐人选唐诗及敦煌写卷中少见杜诗的传播学因素》，《杜甫研究学刊》2009 年第 1 期。

② 杜甫：《泛舟送魏十八仓曹还京因寄岑中允参范郎中季明》，浦起龙：《读杜心解》卷三，中华书局 1961 年版，第 442 页。

③ 杜甫：《寄岳州贾司马六丈巴州严八使君两阁老五十韵》，浦起龙：《读杜心解》卷五，第 724 页。

④ 杜甫：《公安送韦二少府匡赞》，浦起龙：《读杜心解》卷四，第 677 页。

⑤ 杜甫：《同元使君春陵行》，浦起龙：《读杜心解》卷一，第 183 页。

⑥ 吴淑玲：《唐人选唐诗及敦煌写卷中少见杜诗的传播学因素》，《杜甫研究学刊》2009 年第 1 期。

⑦ 陈尚君：《唐代文学丛考》，第 319—320 页。

看，《唐诗类选》成于大中十年（856），而《又玄集》则成于光化三年（900）。因此可以说《唐诗类选》是第一部选录杜诗的唐人自己的唐诗选本。再从数量看，《又玄集》仅选七首，而《唐诗类选》所选杜诗，可以考知的就有二十九首之多，因此又可以说《唐诗类选》是一部选录杜诗最多的选本，也是第一部体现尊杜倾向的选本。”① 并以此二十九首杜诗为基础进一步指出《唐诗类选》所选杜诗以律诗居多，五、七律占总数的四分之三，五律尤多，绝大多数作于“安史之乱”后，体现顾陶卓越的识鉴能力。二〇〇七年厦门大学张小琴的硕士学位论文《〈唐人选唐诗〉（十种）选、阙杜诗情况分析》认为《又玄集》选录杜诗并且置于卷首是因为韦庄推崇杜甫且“杜诗符合其选诗标准”②。关于杜甫的“选”与“不选”已经成为唐人选唐诗最大的衍生问题，学界普遍存在苛求古人的倾向，甚至以是否选录杜诗作为衡量选本优劣的标准，关注焦点成为“现代人眼中的唐诗”而非“唐人眼中的唐诗”，亟须还原历史真实。

李白的“选”与“不选”，相关论文较少。胡可先《唐人选唐诗与李白诗》指出由于唐代各个时期文化氛围不同，选录李白诗歌的侧重点也就不同，现存唐人选唐诗中《河岳英灵集》选李白诗十三首，《又玄集》四首，《才调集》二十八首，《唐写本唐人选唐诗》四十三首，散佚的唐人选唐诗中可以考知的尚有顾陶《唐诗类选》。这些选本对认识李白作用较大：①用来校勘考证现存的李白诗集。②唐人选唐诗对于探讨李白诗在唐代的传播具有重要作用。③唐人选唐诗提供了唐人对于李白的评价资料③。卢燕新《殷璠〈河岳英灵集〉选评李白诗刍议》认为：“《河岳英灵集》选评李白诗，一方面表明殷璠对李诗思想艺术成就的肯定，另一方面也展示了极高的鉴赏力，同时还表现出殷璠顺应时代潮流的诗学观及选学观。但殷璠在选李白等人诗的数量以及《河岳英灵集》纂集排序方式等方面不甚讲求的做法却甚易招致误解。”④ 并进一步解释为：“《河岳英灵集》以其既定标准甄别遴选，排李白于第二、选李诗数量位列第五、列

① 胡可先：《〈唐诗类选〉选杜诗发微》，《杜甫研究学刊》1993 年第 2 期。

② 张小琴：《〈唐人选唐诗〉（十种）选、阙杜诗情况分析》，厦门大学 2007 年硕士学位论文，第 4 页。

③ 胡可先：《唐人选唐诗与李白诗》，胡可先：《政治兴变与唐诗演化》，中国社会科学出版社 2003 年版，第 301—323 页。

④ 卢燕新：《殷璠〈河岳英灵集〉选评李白诗刍议》，《中国韵文学刊》2008 年第 1 期。

王昌龄于下卷等，这种选诗数量和编集排序方式不甚讲求的做法均有别宋人及其以后的学者选诗，此亦显示出唐人选唐诗在其发展阶段中理论与实践皆没有完全趋向成熟的特征。也正是这样，唐代选诗家的实践活动很可能造成后代学者在一定程度上对其理解的偏差。”① 总体来看，李白作为盛唐气象的典型代表，成名早于杜甫，在唐人选唐诗中较受重视。

此外，尚有论文涉及初唐四杰与陈子昂，张文婷《“唐人选唐诗”忽略陈子昂诗原因探析》认为：“陈子昂是唐代诗歌发展史上一位极其重要的人物，他变革绮靡的宫廷诗风，为唐代诗歌发展开辟出一条新的道路。然而，纵观今存十余种‘唐人选唐诗’，仅《搜玉小集》选其诗一首，其他唐诗选本均未提及陈子昂。我们通过分析各种‘唐人选唐诗’的选本发现，选者编选诗歌的范围、理论依据及诗歌传播上的限制等是陈子昂诗被忽略的重要原因。”② 韩成武、王明好《唐人选唐诗中初唐四杰之选诗及原因探析》指出四杰作为初唐过渡到盛唐文坛的重要诗人群体，仅《玉台后集》与《搜玉小集》选入，数量极少，主要是由选诗范围、选诗标准、选诗风尚不符造成，基本延续杜甫一途，未有创新。另孙鸿亮、大理《从“唐人选唐诗”看王昌龄在唐代诗坛地位的变迁》指出：“‘唐人选唐诗’录王昌龄诗歌作品的情况反映出唐代不同时期人们对王昌龄诗歌接受态度及其在唐代诗坛地位的升降变迁。总体而言，昌龄因其五言古诗对盛唐诗风的开拓之功而受到当时选家普遍重视，有‘诗家夫子’之称，中唐以后选家则独重昌龄七言绝句，虽以‘七绝圣手’誉之，但其诗歌地位已非显著。”③ 已注意到不同时期个体诗人地位的变化，对于全面认识唐代诗人在唐诗发展历程中的接受有一定启发意义。

对于如何看待并且还原唐人眼中的唐诗，胡明指出：“当然我们应看到从唐代以来对唐诗的认识是有一个历史过程的，唐人眼中的唐诗似乎更应该引起我们研究的兴趣，我们要更多看一看唐人对唐诗的地位的认识与理解、唐人审美趣味的承续与演化、唐人对唐诗人成就的评价及其依据的文化价值、哲学内涵的思考。这里我只想就唐人眼中的唐诗，包括唐人选

---

① 卢燕新：《殷璠〈河岳英灵集〉选评李白诗刍议》，《中国韵文学刊》2008 年第 1 期。

② 张文婷：《“唐人选唐诗”忽略陈子昂诗原因探析》，《嘉应学院学报》（哲学社会科学）2010 年第 9 期。

③ 孙鸿亮、大理：《从“唐人选唐诗”看王昌龄在唐代诗坛地位的变迁》，《延安大学学报》（社会科学版）2002 年第 3 期。

诗评诗的实践扼要指出三点：一、唐人选唐诗各家标准差异很大，宗旨也大异其趣。……二、编选范围五花八门，有的主要甄选一个时期如初唐，如盛唐，也有主要选大历诗人的。前期的几种选本往往将唐诗与六朝诗编在一起，以为一脉承传。也有的企图目观全唐，尝试集大成打通一代诗歌。目光一路朝放大走，一路朝精细走，呈现多元的认识判断，唐诗史的历程初具界碑。三，在诗人取舍上更是目断心审，标准林立。……总的来说，唐人眼中的唐诗与我们今天理解中的唐诗有很大差异，这个差异或正是我们今天的唐诗研究者不可忽略的。同时代人的认识与评介或许更有人文层面上的研究意义和历史文化及其接受领域上的判断价值。"① 唐人选唐诗研究已取得丰硕成果，但亦存在不少问题，比较突出的有两点。

其一，概念界定模糊，个案研究猜测过多，基础工作尚有欠缺。何为唐人选唐诗？众说纷纭，争议较大，学界对"唐人"、"选"、"唐诗"三者的认识均有差异，存在界定过于宽泛或过于狭窄两种弊端。如唱和集、送别集、家集是否属于唐人选唐诗，至今未有定论。由于唐人选唐诗大量散佚，部分散见于序文、别集、公私书目之中，史籍记载相对简略，相当一部分研究文章仅能根据只言片语大致推测，或者从编者的生平以及同时其他文人的作品中找寻蛛丝马迹，甚至以些许相关词句引为推断依据，失于粗疏，疑点甚多。如对《丹阳集》的评价，学者多以《河岳英灵集》为准，甚至将《河岳英灵集》的编选宗旨默认为《丹阳集》的编选宗旨，其实殷璠作为一名优秀的选家，其对人生、诗歌的认识当处于动态变化之中，无须固守一种理念贯穿始终，将二者等同显然失之偏颇。此外，由于基础工作不够全面深入，评价缺乏有力的支撑而显得空泛苍白，例如韦縠《才调集》的抄袭痕迹相当明显，目前仅仅发现《又玄集》一个源头，以数十首抄撮之作推测一千首的规模，不够客观全面。

其二，论题重复，方法陈旧，格局失衡，整体研究滞后。目前不同的唐人选唐诗都拥有共同的研究焦点，即版本、编者、宗旨、影响、价值等，各部选本对唐人观念的反映以及在批评史上的地位较少关注，个性未能凸显。部分文章观点琐碎，流于肤浅，或重复别人，或重复自己，或老生常谈。如关于《河岳英灵集》的编选宗旨，数篇文章反复论述，引用材料相似，观点相同，并无突破性进展。此外，唐人选唐诗研究格局失

① 胡明：《关于唐诗——兼谈近百年来的唐诗研究》，《文学评论》1999年第2期。

衡，个案研究已经出现高水准论文，研究达到相当高度，但是整体研究却徘徊不前，对唐人选唐诗兴起的时代背景与源流传承鲜少关注，尤其是唐人选唐诗与《文选》的关系，各类著作多以“唐人选唐诗受到《文选》的巨大影响是不言而喻的”一笔带过，具体影响避而不谈。再有个别学者已经注意到唐人选唐诗的抄录性质，却未能联系自先秦以来的抄撰之风探讨唐人选唐诗与类书的关系，仅仅立足于唐朝诗歌创作的繁荣寻找选本兴起的依据，存在将复杂问题简单化的倾向，使得唐人选唐诗犹如无源之水，无本之木而突然崛起。同时存在脱离史实苛求古人之嫌，目前学界的着眼点为“现代人眼中的唐诗”而非“唐人眼中的唐诗”，最典型的莫过于以是否选录杜甫作为审视选本优劣的标准之一，杜甫在唐代的影响不及后世，经过宋代千家注杜的历程反推唐人看法，显然有失公允。

三 本书的总体目标与主要论题

本书认同陈尚君《唐人编选诗歌总集叙录》只以“断代诗选”为唐人选唐诗的观点，由于绝大多数唐人选唐诗散佚，在具体的写作中以傅璇琮的《唐人选唐诗新编》为基础，但笔者认为《唐人选唐诗新编》增入《玉台后集》欠妥，其余十二种均为断代选本，仅《玉台后集》为通代选本，因此舍去。并以初盛唐时期的唐诗选本为探讨重点，全书主要涉及以下三点。

1. 对唐人选唐诗生成的历史、地域因缘的全面考察。唐人选唐诗的兴起既是文学现象也是社会现象，与选学兴盛、类书涌现、科举改革、创作繁荣的时代氛围密切相关。初唐时期民间研习之风由“汉书学”转向“文选学”，宫廷喜好由修撰史书转向游宴唱和，科举考试诗赋渐占主导，三股力量互相作用共同推动诗歌创作走向兴盛。“文选学”在“汉书学”的基础上萌芽成长，李善的著述教授活动使得“文选学”由学术一途转向文学一途，至此“文选学”与唐诗发展呈现渐趋清晰的联系。初唐《文选》续作的大量涌现为唐人选唐诗的出现奠定基础，《文选》在选录宗旨、文学追求等方面为唐人选唐诗提供范本，优秀的“唐人选唐诗”多以《文选》为逻辑起点。二者的地域因缘表现在“文选学”由扬润到京师，“诗选学”由京师到扬润，传播路线相同，方向相反，都与扬润地区有着不解之缘。类书兼具史学与文学的双重性质，是史学向文学过渡的重要桥梁。抄撮之风的盛行，赋体文学的发展，藏书事业的兴盛是唐代类书高度繁荣的基础，类书促使诗歌创作走上普泛化、技术化的普及之路，并为唐人选唐诗提供构建模式。唐人选唐诗中选择大于抄撮者多受《文选》影响，如《河岳英灵集》、《中兴间气集》，抄撮大于选择者多受类书影响，如《翰林学士集》、《唐写本唐人选唐诗》、《才调集》。

2. 揭示唐人选唐诗在文学史、批评史中的地位与影响。①唐人选唐诗揭示唐诗的发展历程，由古体—近体、五言—七言，为文学体裁的内部演变提供佐证。②唐人选唐诗再现诗歌复古与革新的互动与碰撞，复古与革新的交替往复是推动文学体裁内部运动的重要途径。唐诗即在复古与革新的屡次争论中走向高潮，唐人选唐诗亦循此径徘徊前进。殷璠以复古求革新，《河岳英灵集》是盛唐气象在批评史上的一次完美展示。元结《箧中集》在极端复古之中未能找到出路。《御览诗》接武盛唐，以革新之名走复古之路，已经开始透露向齐梁回归的迹象。《又玄集》、《才调集》是齐梁诗风强势回归的表现，可贵的是二者并未沉迷于香艳诗歌。创作出现堕落一途但选本并未随之坠入深渊，体现唐人选唐诗对唐诗走向的正确把握。③唐人选唐诗凸显诗歌教化功能与审美功能交替进行的演变历程。初唐《翰林学士集》应制唱和、歌功颂德，娱乐之风盛行，讽谏美刺尽失。盛唐高唱理想，《河岳英灵集》将教化、审美功能完美结合。中唐动乱凄苦，《中兴间气集》教化、审美并重。晚唐诗歌的实用性萎缩，审美性、文学性凸显。至《才调集》不仅忽视教化，于审美也不甚在意，抒写性情的倾向也相应减弱，游冶之乐、男女之情再次活跃，娱乐艳情得到前所未有的张扬与发泄，诗歌的教化功能遭到舍弃，审美功能遭到扭曲，唐诗创作与唐人选唐诗双双走向衰落。

3. 专题研究的补充与推进。主要探讨《翰林学士集》、《珠英集》、《丹阳集》、《河岳英灵集》、《荆扬挺秀集》、《箧中集》。

《翰林学士集》应是根据个人需要节录摘抄的学习范本，编者绝非许敬宗，亦无须与许敬宗存在一定关系。初唐年间诸多士人因文辞受到赏识而进入官场，甚至飞黄腾达，作为政治新星与文坛泰斗的许敬宗首先成为榜样。颇疑最先摘抄《许敬宗集》之人的目的是仿效学习，借此努力融入宫廷创作之中。许敬宗的应制唱和诗或许最初并无题目，在传抄中被后人妄题为《翰林学士集》流传。由于《翰林学士集》选择范围狭小，编选宗旨功利，当更加优秀成熟的盛唐诗歌占据文坛主流，中举士子成为官场中坚之后，《翰林学士集》在内容、功用两方面迅速贬值，最终失传。

《珠英集》以“官班位次”的编排原则需要区别看待，斯 2717 抄写较为规范，基本符合。伯 3771 抄写混乱，重见复出，基本没有体现“官班位次”的编辑体例。编者崔融将多年宦海沉浮、两度从军边塞的生命感悟融入诗歌创作，进而体现在选本之中。悲戚之风是《珠英集》的主要风格，过渡性质是《珠英集》的时代特色。《珠英集》的选本意义在于：①表明宫廷文人由元老重臣向中举士子转变，新兴阶层迅速崛起并逐渐占据文坛主流。②是宫廷官员与底层文士交流碰撞的结晶，二者的汇集使得诗歌创作内容与形式长期分离的局面有所改观，边塞、闺怨题材已现盛唐风采。③《珠英集》、《正声集》、《搜玉小集》是三部在时间上一脉相承的选本，逐步展现近体律诗由探索到成熟的发展历程。《珠英集》的焦点是应制唱和、边塞闺怨、山水田园，除应制唱和一类由于文人的相对独立与时代原因而一度衰落外，其余诸种题材均在盛唐达到高峰。

殷璠的三部选本需要重新解读，殷璠并非一生困守润州，曾在京师担任“文学”一职，因而才会对盛唐诗坛有全面的认识与精准的把握。《丹阳集》是殷璠于长安在宫廷诗风的影响下编撰的地域选本。《丹阳集》从形式到内容均带有明显的宫廷选本特征。《河岳英灵集》初选始于长安，主要确定诗人，复选始于丹阳，主要增补作品。《荆扬挺秀集》是殷璠于《丹阳集》与《河岳英灵集》之间编撰的诗歌选本，以荆、扬二州士人为选录重点，兼及润州。《荆扬挺秀集》似以追溯《文选》历史为出发点，为《河岳英灵集》的出现奠定基础。根据殷璠的经历，笔者认为盛、中之变天宝三载已经显露。天宝三载是唐代历史看似平静实则暗潮汹涌的一年。对于政局而言：李林甫权倾朝野，此后诛杀异己，肆无忌惮；杨氏一族开始干政，此后飞扬跋扈，变本加厉；安禄山地位稳固，此后扩大势力，羽翼丰满。对于文坛而言：身居高位的贺知章与平步青云的李白同时离京，摧毁众多士人的理想；官方的《国秀集》与民间的《河岳英灵集》均以天宝三载为界，既是政治微妙的外化，更是文学渐变的前兆。

《箧中集》主要关注选本的编纂流传、思想内涵及选录诗人的生平事迹、交游创作，重新考证王季友的身世经历。结合文学批评与文学理论考察《箧中集》诗派的创作倾向与文学主张，主要表现为“复古思想”与“写实精神”。《箧中集》七位诗人的追求与创作壮大了元结的声势，是唐诗“由浪漫而回到平实，由天上而回到人间，由华丽而回到平淡”① 的真实反映，更是对“盛唐体”的冲击与反驳，《箧中集》诗派丰富了诗歌的内容，发展了复古诗派的理论，成为唐代文坛上虽不是大放异彩却不可或缺的组成部分。

① 胡适：《白话文学史》，上海古籍出版社 1999 年版，第 187 页。

第一章

“选学”兴盛与唐人选唐诗的历史、地域因缘

“选本是指选者按照一定的选择意图和选择标准，在一定范围内的作品中选择相应的作品编排而成的作品集。”① 成熟的选本需要具备“目的性”、“限定性”、“选择性”、“群体性”② 四大特征。选本蕴含选者的艺术追求与价值判断，而选者的审美取向又由文学发展、社会思潮、自身素养等诸多因素共同决定，因此选本既是文学史的外在表现，又是批评史的组成部分。美国文艺学家 M. H. 艾布拉姆斯在《镜与灯——浪漫主义文论及批评传统》一书中指出文学作为一种活动，总是由作品、宇宙、作家、读者四个要素组成③。选本贯穿其间，堪称联系作家、作品、宇宙、读者的桥梁与纽带。鲁迅亦曾指出：“凡选本，往往能比所选各家的全集或选家自己的文集更流行，更有作用。册数不多，而包罗诸作，固然也是一种原因，但还在近则由选者的名位，远则凭古人之威灵，读者想从一个有名的选家，窥见许多有名作家的作品。”④ 蒋寅更是认为：“每一部著名选本背后，都有一个极大的诗学背景和阅读人群，还有一个本身往往就很复杂的选家；而每一个不著名的选本背后，更有许多待发之覆，许多待解之惑，可以说是牵一发动全身。”⑤ 由此可见，选本不仅能够折射特定时代的文学思潮，而且可以映现作家作品的历史地位，是探究文学原貌、还原历史真相的重要途径之一。

---

① 邹云湖：《中国选本批评》，导言第 1 页。

② 同上。

③ M. H. 艾布拉姆斯：《镜与灯——浪漫主义文论及批评传统》，北京大学出版社 1989 年版，序言第 1 页。

④ 鲁迅：《鲁迅全集》（第七卷），人民文学出版社 2005 年版，第 138 页。

⑤ 贺严：《清代唐诗选本研究》，人民出版社 2007 年版，序第 3 页。

选本作为一种古老的文学批评方式在中国源远流长，《诗经》可以说是滥觞之作，司马迁《史记·孔子世家》曰："古者《诗》三千余篇，及至孔子，去其重，取可施于礼义。"① 班固《汉书·艺文志》曰："孔子纯取周诗，上采殷，下取鲁，凡三百五篇。"② 孔颖达《毛诗正义序》亦曰："时经五代，篇有三千。成康没而颂声寝，陈灵兴而变风息，先君宣父，釐正遗文，缉其精华，褫其烦重，上从周始，下暨鲁僖，四百年间，六诗备矣。"③ 其中"去"、"取"、"采"、"缉"、"褫"均有"选择"之意，亦即影响深远的"孔子删诗说"。"孔子删诗说"虽因难以考证而备受质疑，但《诗经》确是经过选择的编集则毋庸置疑。《诗经》奠定了诗歌选本的基本格局，并为后世提供诸多借鉴④。

1. 相对明确的选录宗旨，教化、审美并重。子曰："诗三百，一言以蔽之，曰：'思无邪'。"⑤ "思无邪"强调雅正，既是道德评价又是审美标准。《论语·阳货》："子曰：'小子何莫学夫诗？诗，可以兴，可以观，可以群，可以怨。'"⑥ 指出诗歌能够感发意志、考见得失、结交朋友、怨刺上政，凸显教化作用的同时兼具审美追求。《诗经》之后重教化或重审美成为选本的两个基本走向。

2. 附有序文，阐明文学思想。流传至今的《毛诗》大序堪称我国古代诗歌领域的第一篇专论，主要包括以下五方面内容：①明诗乐之关系；②明诗之起源；③明诗与时代之关系；④明诗之功用；⑤明诗之体类⑦。该序系统总结了诗歌的特征、内容、表现手法和社会作用，对全面认识《诗经》具有极大的参考价值。后世选本多有序文，或自撰或他撰，叙述编撰过程、文学追求甚至期待视野，及至唐人选唐诗已经开始通过选本、序文构建理想的诗歌范型。

3. 排列次序寓褒贬之意。《诗经》"上采契、后稷，中述殷、周之盛，

---

① 司马迁：《史记》卷四七，中华书局1959年版，第1936页。

② 班固：《汉书》卷三十，中华书局1962年版，第1708页。

③ 阮元校刻：《十三经注疏·毛诗正义》，中华书局1980年版，第261页。

④ 此处观点参考张伯伟《中国古代文学批评方法研究》外篇第一章《选本论》，并有所补充。

⑤ 杨伯峻：《论语译注·为政篇第二》，中华书局1980年版，第11页。

⑥ 杨伯峻：《论语译注·阳货篇第十七》，第185页。

⑦ 郭绍虞：《中国文学批评史》，百花文艺出版社1999年版，第48—50页。

至幽、厉之缺，始于衽席，故曰：‘《关雎》之乱以为《风》始，《鹿鸣》为《小雅》始，《文王》为《大雅》始，《清庙》为《颂》始。’”[①]《关雎》、《鹿鸣》、《文王》、《清庙》居风、小雅、大雅、颂之首，即“四始”，在305篇中地位特殊。而《关雎》作为《诗经》的开篇尤为重要，以其“乐而不淫，哀而不伤”[②] 的中正平和统领全书。另《诗经》十五国风的排列亦寓有一定的时间顺序及道德意识。“盖于二南、邶、鄘、卫、王，可以见殷、周之盛衰焉。二南，周王业所起也。邶、鄘、卫，纣旧都也。王，东迁以后地也。首二南，见周之所以盛；次邶、鄘、卫，见殷之所以亡；次王，见周之所以始盛而终衰也。于桧、郑、齐、魏、唐、秦，可以觇春秋之国势焉。春秋之初，郑最称强，桧则灭于郑者也，故桧、郑为先。郑衰而齐桓创霸，故齐次之。齐衰而晋文继霸，魏则灭于晋者也，故魏、唐次之。晋霸之后，秦穆继霸，故秦又次之，若夫陈、曹、豳，则又诗之废兴所关焉。陈灭于淫，曹灭于奢，而豳则起于勤俭者也。以陈、曹居变风之末，见《诗》之所以息；以豳风居周雅之先，见《诗》之所以兴。至豳之后于陈、曹，则又有反本复古之思焉。大抵十五国之风，其先后皆以国论，不得以一诗之先后为定也。”[③] 虽有牵强附会之嫌，但已注意到排序问题。部分唐人选唐诗也利用次序表明态度，如钱起、郎士元居于《中兴间气集》上、下两卷卷首，王维居于《极玄集》之首，杜甫居于《又玄集》之首等。窦常《南熏集》更为明确地指出：“欲勒上中下，则近于褒贬，题一二三，则有等衰。”[④] 以顺序寓褒贬几成定式。

4. 一定的地域意识。《诗经》中的“风”具有明显的地域特征，由于自然环境、社会风俗的不同，十五国风风格迥异。《左传》记载吴公子季札出使鲁国，“请观于周乐。使工为之歌《周南》、《召南》，曰：‘美哉！始基之矣，犹未也，然勤而不怨矣。’为之歌《邶》、《鄘》、《卫》，曰：‘美哉渊乎！忧而不困者也。吾闻卫康叔、武公之德如是，是其《卫风》乎！’为之歌《王》，曰：‘美哉！思而不惧，其周之东乎！’为之歌

---

① 司马迁：《史记》卷四七，第1936页。

② 杨伯峻：《论语译注·八佾篇第三》，第30页。

③ 马瑞辰：《毛诗传笺通释》卷一，《十五国风次序论》，续修四库全书本，第68册，第339页。

④ 晁公武撰，孙猛校证：《郡斋读书志校证》卷二〇，上海古籍出版社1990年版，第1061页。

《郑》，曰：‘美哉！其细已甚，民弗堪也。是其先亡乎！’为之歌《齐》，曰：‘美哉，泱泱乎！大风也哉！表东海者，其大公乎！国未可量也。’为之歌《豳》，曰：‘美哉，荡乎！乐而不淫，其周公之东乎！’为之歌《秦》，曰：‘此之谓夏声。夫能夏则大，大之至也，其周之旧乎！’为之歌《魏》，曰：‘美哉，沨沨乎！大而婉，险而易行，以德辅此，则明主也。’为之歌《唐》，曰：‘思深哉！其有陶唐氏之遗民乎！不然，何其忧之远也？非令德之后，谁能若是？’为之歌《陈》，曰：‘国无主，其能久乎！’自《桧》以下无讥焉。”① 上古时代诗、乐、舞三位一体，《尚书·舜典》曰：“诗言志，歌永言，声依永，律和声。八音克谐，无相夺伦，神人以和。”② 又《礼记·乐记》曰：“诗，言其志也；歌，咏其声也；舞，动其容也。三者本于心，然后乐器从之。”③ 这种以乐为中心，诗、乐、舞三者紧密结合的状态决定了先秦论乐实际也是论诗，季札以超凡的认知能力与卓绝的鉴赏能力透过诗歌、音乐感受治乱兴衰，凸显不同地区诗歌的独特风格。延及唐代出现专门的地域选本，如《丹阳集》、《宜阳集》等。

《诗经》是带有选本性质的总集，关于总集的兴起，《四库全书总目》曰：“文集日兴，散无统纪，于是总集作焉。一则网罗放佚，使零章残什，并有所归。一则删汰繁芜，使莠稗咸除，菁华毕出。是固文章之衡鉴，著作之渊薮矣。”④ 指出总集有汇编与选编两种性质。先秦两汉文学发展虽然缓慢，但是源流渐明，作品渐多，延及南朝，萧绎已感繁冗：“诸子兴于战国，文集盛于二汉，至家家有制，人人有集。其美者足以叙情志，敦风俗，其弊者祇以烦简牍，疲后生。往者既积，来者未已，翘足志学，白首不遍。或昔之所重，今反轻；今之所重，古之所贱。嗟我后生博达之士，有能品藻异同，删整芜秽，使卷无瑕玷，览无遗功，可谓学矣。”⑤ 经典著作层出不穷，全部阅读日益困难，因此以选编为主的总集开始大量涌现。《隋书·经籍志》指出：“总集者，以建安之后，辞赋转繁，众家之集，日以滋广，晋代挚虞，苦览者之劳倦，于是采摘孔翠，芟

① 杨伯峻：《春秋左传注·襄公二十九年》，中华书局 1981 年版，第 1161—1164 页。

② 阮元校刻：《十三经注疏·尚书正义》卷三，第 131 页。

③ 阮元校刻：《十三经注疏·礼记正义》卷三八，第 1536 页。

④ 《文渊阁四库全书》卷一八六，第 5 册，第 1 页。

⑤ 萧绎撰，许逸民校笺：《金楼子校笺》卷四，中华书局 2011 年版，第 852 页。

剪繁芜，自诗赋下，各为条贯，合而编之，谓为《流别》。是后文集总钞，作者继轨，属辞之士，以为覃奥，而取则焉。”① 视《文章流别集》为最早的具有选本性质的总集，惜《文章流别集》已佚，萧统《文选》后来居上，影响深远。盖因“《文选》缀辑，有三善焉。体例谨严，芟翦不加经史，一也。蒐罗广博，奥隐不坠浮沉，二也。筌簧六籍，鼓吹百家，后有明哲，罕出范围，三也”。② 骆鸿凯亦称：“总集之存于今者，以《文选》为最古。鸿篇巨制，垂范千秋。”③

《文选》是诗文合选，唐前单纯的诗歌选本寥寥可数，《古今诗苑英华》失传，今仅存《玉台新咏》，唐人选唐诗多继承《文选》与《玉台新咏》。诗歌是《文选》的重要组成部分，第十九卷至第三十一卷均为诗歌，关于《文选》的编录宗旨历来众说纷纭，目前认为“事出于沈思，义归乎翰藻”④ 不足以概括全部。王立群指出：“萧统的文学思想是风教与翰藻并重，文质并重，崇雅黜靡。”⑤《文选》所录诗歌侧重正统典雅，基本不涉妇女闺房，而《玉台新咏》恰好相反，专录“艳歌”。据《大唐新语》记载：“梁简文帝为太子，好作艳诗，境内化之，浸以成俗，谓之宫体。晚年改作，追之不及，乃令徐陵撰《玉台集》，以大其体。”⑥ 又“梁简文帝及庾肩吾之属，始为轻浮绮靡之辞，名曰‘宫体’，阙后沿袭，务于妖艳”⑦。集中仅萧纲一人多达一百零九首，包括《和徐录事见内人作卧具》、《咏内人昼眠》、《春夜看妓》、《美人晨妆》、《咏美人观画》等典型的宫体诗。故明胡应麟指出：“然《玉台》但辑闺房一体。”⑧ 清纪容舒亦曰：“按此书之例，非词关闺闼者不收。”⑨ 但不容忽视的是《玉台新咏》因“篇中字句有涉闺帼”⑩ 而录入《上山采蘼芜》、《古诗为焦仲卿

① 魏徵、令狐德棻：《隋书》卷三五，中华书局1973年版，第1089—1090页。

② 刘申受：《八代文苑叙录》，骆鸿凯：《文选学》，中华书局1989年版，第30页。

③ 骆鸿凯：《文选学》，第1页。

④ 萧统编，李善注：《文选》，上海古籍出版社1986年版，第3页。

⑤ 王立群：《论20世纪的〈文选序〉研究》，《阜阳师范学院学报》（社会科学版）2000年第4期。

⑥ 刘肃：《大唐新语》卷三，中华书局1984年版，第42页。

⑦ 高棅编选：《唐诗品汇·历代名公叙论》，上海古籍出版社1988年版，第11页。

⑧ 胡应麟：《诗薮》外编卷二，第146页。

⑨ 纪容舒：《玉台新咏考异》卷九，丛书集成新编本，第56册，第578页。

⑩ 同上书，第574页。

妻作》、《怨诗》等深情绵邈、真挚感人之作。闺怨题材在中国源远流长，《玉台新咏》首次专选吟咏妇女的诗篇，是对闺怨这一文学传统极大的张扬，并且成为唐人选唐诗不可或缺的组成部分。李康成《玉台后集》无论题目、起讫、内容、卷数都明显延续《玉台新咏》，而《珠英集》、《丹阳集》、《河岳英灵集》、《国秀集》、《御览诗》、《中兴间气集》、《又玄集》、《才调集》、《搜玉小集》等选本均录有闺怨诗，甚至连仅存五十余首以颂扬唱和为主的《翰林学士集》与只录二十四首以怨愤悲戚为主的《箧中集》亦各有一首闺怨诗。唐人选唐诗中的闺怨相对集中于织女、班婕妤、王昭君三人身上，而《玉台新咏》已有《七夕观织女》、《七夕月下》、《为织女赠牵牛》、《班婕妤怨诗》、《奉和湘东王教班婕妤》、《王昭君辞》等。《文选》虽不录存者，但已摆脱厚古薄今的积习，选录详于近代，《玉台新咏》更进一步，六、七、八三卷所录都是当时文士的作品，至唐人选唐诗则全部选录当代文人诗歌，并且形成独具特色的当代文学批评体系。

纵观选本的发展历程，对唐人选唐诗产生重大影响的远源当属《诗经》，如慧净《续古今诗苑英华》称："吾所搜拣，亦《诗》三百篇之次矣。"① 近流当属《文选》与《玉台新咏》，其中《文选》是显流，《玉台新咏》是潜流。殷璠《河岳英灵集》、高仲武《中兴间气集》均以《文选》为榜样，而唐人选唐诗中绵延不绝的闺怨题材当是《玉台新咏》的余波。在《文选》地位飙升，《玉台新咏》遭到质疑的情况下，选者多以继承《文选》互相标榜，《文选》成为唐人选唐诗的起点与范本。

第一节　从"汉书学"到"文选学"：史与文的嬗变

唐人选唐诗的兴起既是文学现象也是社会现象，隋末唐初民间研习风向、宫廷修撰重心、科举考试科目都在潜移默化地发生着各种变化，三股力量互相作用共同推动文学面貌与社会思潮的演变与革新。

一　"汉书学"的繁荣

《汉书》成书于东汉和帝时期，《文选》成书于梁朝萧衍年间，《汉

① 刘肃：《大唐新语》卷九，第133页。

书》早于《文选》四百余年，在《文选》尚未诞生之时，《汉书》已在民间广泛流传，“汉书学”亦率先形成。

“汉书学”的形成与《汉书》的自身特点密切相关。

第一，地位正统，官方追捧。《汉书》本为私修，编撰之中因祸得福受到官方认可，先后获得明帝、和帝支持，历班彪、班固、班昭、马续四人完成，堪称首部官修史书。作为中国“第一部大一统的皇朝史”[①]，班固力求全面展现西汉统一社会的规模与成就，揭示皇权制度的完善与国家壮大的历程。“固以为唐虞三代，《诗》《书》所及，世有典籍，故虽尧、舜之盛，必有典谟之篇，然后扬名于后世，冠德于百王，故曰：‘巍巍乎其有成功，焕乎其有文章也！’”[②] 可见宣扬汉室、润色鸿业是《汉书》的重要任务，这也是统治者的迫切需求。《汉书》以恪守正统、中和典雅取胜，因维护皇权而备受上层重视。三国时期东吴孙权认为治国修身必读《汉书》，特令其子孙登学习。蜀汉刘备临终遗诏戒子刘禅曰：“可读《汉书》、《礼记》。闲暇历观诸子及六韬商君书，益人意智。”[③]《汉书》地位迅速飙升，著名史学家范晔甚至声称：“详观古今著述及评论，殆少可意者，班氏最有高名。”[④] 魏晋南北朝《汉书》流传益广，已经波及少数民族首领，“（石）勒雅好文学，虽在军旅，常令儒生读史书而听之，每以其意论古帝王善恶，朝贤儒士听者莫不归美焉。尝使人读《汉书》，闻郦食其劝立六国后，大惊曰：‘此法当失，何得遂成天下！’至留侯谏，乃曰：‘赖有此耳。’”[⑤]《汉书》成为了解历史，治国安邦的必读书目。统治阶层的青睐与支持是推动“汉书学”形成的一股不可忽视的重要力量。

第二，古奥难懂，注本繁多。《汉书》语言典雅艰深，据《后汉书·曹世叔妻（班昭）传》记载：“时《汉书》始出，多未能通者，同郡马融伏于阁下，从昭受读。”[⑥] 班昭高才卓识，为《汉书》著者，马融博学聪颖，乃一代宗师，以马融的资质尚需追随班昭问学，《汉书》难读程度可

① 许殿才：《〈汉书〉的成就及历史地位》，《文献》1991年第3期。

② 班固：《汉书》卷一〇〇下，第4235页。

③ 严可均校辑：《全上古三代秦汉三国六朝文》，中华书局1958年版，《全三国文》卷五七，第1365页。

④ 严可均校辑：《全上古三代秦汉三国六朝文》，《全宋文》卷一五，第2519页。

⑤ 房玄龄等：《晋书》卷一〇五，中华书局1974年版，第2741页。

⑥ 范晔撰，李贤等注：《后汉书》卷八四，中华书局1965年版，第2785页。

想而知，训释注解成为必需，汉书之学随之兴起。东汉文字学家许慎是最早注解《汉书》之人，相关著作今已不传①，稍后延笃亦注《汉书》，惜仅存只言片语，难窥全貌。目前所知较为完整流传后世的注本有服虔的《汉书音训》与应劭的《汉书集解音义》，二书偏重解字注音，取得一定成就。服虔、应劭之后注家蜂起，涉及训释文字，讲解音义，阐明章句等诸多方面。然而早期《汉书》注本每卷多为单行，例如，张揖“止解《司马相如传》一卷”②。郭璞“止注《相如传序》及游猎诗赋”③。杂乱细碎，极易散佚，并且原文、注释分开，零散不成体系，讹误颇多，因此直至三国时代依然停留在口耳相传的初级阶段。据《三国志·吴书》记载：“权欲登读《汉书》，习知近代之事，以张昭有师法，重烦劳之，乃令休从昭受读，还以授登。”④ 即张昭传张休，张休再传孙登，与班昭传马融并无二致，教授方式原始繁复，传播范围严重受限，由此可见，《汉书》虽流播百年却未能普及，诸家注本亟待改善整理。延及西晋，晋灼始合并众家，在服虔、应劭的基础上增加伏俨、刘德、郑氏、李斐、李奇、邓展、文颖、张揖、苏林、张晏、如淳、孟康、项昭、韦昭十四家注释勒成一部《汉书集注》，保存文献功不可没。其后臣瓒再增刘宝一家，至蔡谟则汇集以上诸家注解，并首次将注、文合并，后代取法成为永制。隋唐时期汉书之学大行于世，颜师古广辑兼收，在服虔、应劭、晋灼、臣瓒、蔡谟五种之外增加荀悦《汉纪》、崔浩《汉纪音义》以及单行的部分汉书注本共计二十三家，增益发展为集大成之作——《汉书注》。是书在文字校勘、训释疑难、史实考订等诸多方面凌越前人，使得长期困扰读者的训读问题基本解决，代表《汉书》研究的最高成就。千百年来《汉书》与颜注合之则双美，离之则两伤，最终形成注以文传、文以注显的繁盛局面。由汉至唐读者需求与日俱增，学者注本绵延不绝。“以是自东京中叶，迄于今兹，研习者代不乏人：或注字音，或释大义，或辨异同，或抉微隐，卓然可观者，前后无虑百余家：此由各艺文志及藏书目可窥知也。”⑤ 仅《新唐书·

① 王鸣盛：《十七史商榷》卷七，商务印书馆1959年版，第55页。

② 颜师古：《汉书叙例》，班固：《汉书》，第4页。

③ 同上书，第5页。

④ 陈寿撰，陈乃乾校点：《三国志》卷五九，中华书局1959年版，第1363页。

⑤ 洪业、聂崇岐、李书春、赵丰田、马锡用编纂：《汉书及补注综合引得》，上海古籍出版社1986年版，序第1页。

艺文志》所载已达三十余种，其间帝王、将相、官吏、学者、僧侣悉数参与，共同推动“汉书学”的最终形成。

第三，诵习成风，名家辈出。《汉书》研习之风滥觞于东汉，发展于魏晋南北朝，“至于专门受业，遂与《五经》相亚”。[①] 诵读研习之人屡见记载，《三国志·魏书》记载司马朗之父司马防：“雅好《汉书》名臣列传，所讽诵者数十万言。”[②]《晋书·刘宣传》：“每读《汉书》，至《萧何》、《邓禹》传，未曾不反覆咏之，曰：‘大丈夫若遭二祖，终不令二公独擅美于前矣。’”[③]《南史·韦载传》：“载字德基，少聪慧，笃志好学。年十二，随叔父稜见沛国刘显，显问《汉书》十事，载随问应无疑滞。”[④]《梁书·陆倕传》记载更甚：“尝借人《汉书》，失《五行志》四卷，乃暗写还之，略无遗脱。”[⑤] 陆倕居然能够一字不差的默写并不常见的章节，可见对《汉书》的精熟程度。《汉书》还曾充当学者间砥砺交流的文化媒介，据《南史·姚察传》记载：“沛国刘臻窃于公馆访《汉书》疑事十余条，并为剖析，皆有经据。臻谓所亲曰：‘名下定无虚士。’”[⑥] 刘臻、姚察本属不同的军事阵营，为了解读《汉书》，刘臻甘冒风险突破阻隔私会姚察，姚察细心解答，刘臻心悦诚服，二人跨越政治界限成就一段切磋琢磨的千古佳话，《汉书》魅力不容小觑。

是时《汉书》受到社会各界非同一般的欢迎与喜爱，官府、民间讲授之风盛行。《晋书·左思传》云：“秘书监贾谧请讲《汉书》。”[⑦] 陆机《讲〈汉书〉诗》称：“税驾金华，讲学秘馆。有集惟髦，芳风雅宴。”[⑧]《晋书·刘殷传》载：“有七子，五子各授一经，一子授《太史公》，一子授《汉书》，一门之内，七业俱兴，北州之学，殷门为盛。”[⑨] 又《博物记》曰：“汉末发范友明冢，奴犹活。友明，霍光女婿。说光家事废立之

① 刘知几撰，浦起龙释：《史通通释》卷一二，上海古籍出版社 1978 年版，第 339 页。

② 陈寿撰，陈乃乾校点：《三国志》卷一五，第 466 页。

③ 房玄龄等：《晋书》卷一〇一，第 2653 页。

④ 李延寿：《南史》卷五八，中华书局 1975 年版，第 1434 页。

⑤ 姚思廉：《梁书》卷二七，中华书局 1973 年版，第 401 页。

⑥ 李延寿：《南史》卷六九，第 1690 页。

⑦ 房玄龄等：《晋书》卷九二，第 2377 页。

⑧ 逯钦立辑校：《先秦汉魏晋南北朝诗》，《晋诗》卷五，中华书局 1983 年版，第 678 页。

⑨ 房玄龄等：《晋书》卷八八，第 2289 页。

际多与《汉书》相似。此奴常游走于民间，无止住处，今不知所在。”[①]内容荒诞离奇却凸显《汉书》在民间广为流传。由此可见，魏晋南北朝《汉书》研究已经具有相当浓郁的社会民众氛围，并为隋唐时期“汉书学”的长足发展奠定坚实基础。

第四，宏丽精整，符合潮流。“汉书学”的成长历程与骈文的发展轨迹在某种程度上表现出惊人的一致。“所谓骈文，大概指两汉以至初唐这一段盛行骈偶的文章。”[②]汉魏六朝既是骈文萌芽成熟占据文坛的时代，亦是《汉书》诞生并且形成“汉书学”的时代。蒋伯潜甚至认为《汉书》“隐隐之中，即成为后世骈文的鼻祖”[③]。二者关系的密切导致在骈文风行的数百年间“汉书学”迅速壮大。《汉书》产生于东汉文风转变之际，不仅自身语言向骈俪靠拢，而且沿袭《史记》的部分亦因班固的改造而呈现工整凝练的风格，部分论、赞、叙、传颇多骈辞俪句。

> 是时，汉兴六十余载，海内艾安，府库充实，而四夷未宾，制度多阙。上方欲用文武，求之如弗及，始以蒲轮迎枚生，见主父而叹息。群士慕向，异人并出。卜式拔于刍牧，弘羊擢于贾竖，卫青奋于奴仆，日磾出于降虏，斯亦曩时版筑饭牛之朋已。汉之得人，于兹为盛。[④]

此段记载四六夹杂，对偶押韵，已经粗具骈文规模。魏晋南北朝骈文大行其道，《汉书》备受推崇，昭示东汉文坛由散趋骈、由俗趋雅的审美走向。魏晋南北朝对骈俪的追求由自发转为自觉，骈文随即进入全盛阶段，直至隋唐依然占据文坛，“汉书学”亦在此时走向高潮。延及中唐韩愈倡导“古文运动”，大声疾呼打击骈体，散文受到重视，“汉书学”势头渐衰。然而“汉书学”与骈文的不解之缘一直持续到晚清，清代骈文复兴，“汉书学”再掀高潮，王先谦《汉书补注》开创《汉书》研究的新天地。

《汉书》研究由于官方的支持、学者的重视、生徒的参与，经过汉魏六朝长期的积累在隋唐之际走向鼎盛。隋炀帝南北统一的开放政策推动了

① 张华撰，范宁校证：《博物志校证》卷七，中华书局1980年版，第86页。

② 瞿兑之：《中国骈文概论》，世界书局1934年版，第2页。

③ 蒋伯潜、蒋祖怡：《骈文与散文》，世界书局1941年版，第14页。

④ 班固：《汉书》卷五八，第2633—2634页。

学术文化的发展，为《汉书》的迅速扩散提供契机。众多学者先后会聚长安，著书讲授，生徒遍野，“汉书学”最终形成。萧该作为前朝旧臣被召入京，他“尤精《汉书》，甚为贵游所礼。……该后撰《汉书》及《文选音义》，咸为当时所贵”①。与萧该齐名的包恺“大业中，为国子助教。于时《汉书》学者以萧、包二人为宗匠，聚徒教授者数千人”②。包恺弟子逾千，说明研习《汉书》是社会的普遍需求，是时京城大师云集，弟子影从，二人均为长安“汉书学”的重要成员。颜师古的授徒生涯自隋朝已然开始，师古仕隋为安养尉，仁寿二年“寻坐事免归长安，十年不得调，家贫，以教授为业”③。自此至大业十三年困守长安达十五年之久，教授内容无法考知，然师古此时穷困潦倒，讲授《汉书》吸引学生不失为明智的选择。且师古出身学术世家，《汉书》亦属家学。祖父颜之推精通音韵之学，著有《颜氏家训》，子孙耳濡目染，修养颇高，而音韵正是《汉书》研究不可或缺的组成部分。叔父颜游秦“撰《汉书决疑》十二卷，为学者所称，后师古注《汉书》，亦多取其义耳”④。深远的家学渊源与数年的沉淀积累使得颜师古入唐之后迅速注成《汉书》，“时承乾在东宫，命师古注班固《汉书》，解释详明，深为学者所重。承乾表上之，太宗令编之秘阁，赐师古物二百段、良马一匹。”⑤ 得到极大的肯定与赏识。又“秦景通，常州晋陵人也。与弟暐尤精《汉书》，当时习《汉书》者皆宗师之，常称景通为大秦君，暐为小秦君。若不经其兄弟指授，则谓之‘不经师匠，无足采也’”⑥。《汉书》几成必读之书，在社会各个阶层广泛传播。裴炎“在馆垂十载，尤晓《春秋左氏传》及《汉书》”⑦。郝处俊“及长，好学，嗜《汉书》，崖略暗诵”⑧。赵弘智“学通《三礼》、《史记》、《汉书》”⑨。武将亦曾研读，哥舒翰“能读《左氏春秋》、《汉

---

① 李延寿：《北史》卷八二，第2759页。

② 同上书，第2760页。

③ 刘昫等：《旧唐书》卷七三，中华书局1975年版，第2594页。

④ 同上书，第2596页。

⑤ 同上书，第2595页。

⑥ 刘昫等：《旧唐书》卷一八九上，第4955—4956页。

⑦ 刘昫等：《旧唐书》卷八七，第2843页。

⑧ 欧阳修、宋祁：《新唐书》卷一一五，中华书局1975年版，第4215页。

⑨ 刘昫等：《旧唐书》卷一八八，第4922页。

书》，通大义”[1]。李光弼“好读班固《汉书》，异夫庸人武夫者”[2]。诵习《汉书》成为值得大书特书的美好品行。

隋唐之际，《汉书》研究依托深厚的社会背景与学术积淀，达到前所未有的深度与广度，赵翼《廿二史札记》精辟论述为：

> 次则《汉书》之学，亦唐初人所竞尚。自隋时萧该精《汉书》，尝撰《汉书音义》，为当时所贵。包恺亦精《汉书》，世之为《汉书》学者，以萧、包二家为宗。刘臻精于两《汉书》，人称为“汉圣”。又有张冲撰《汉书音义》十二卷，于仲文撰《汉书刊繁》三十卷，是《汉书》之学，隋人已究心，及唐而益以考究为业。颜师古为太子承乾注《汉书》，解释详明，承乾表上之，太宗命编之秘阁。时人谓杜征南、颜秘书为左邱明、班孟坚忠臣。其叔游秦先撰《汉书决疑》，师古多取其义。此颜注《汉书》，至今奉为准的者也。房玄龄以其文繁难省，又令敬播撮其要成四十卷。当时《汉书》之学大行。又有刘伯庄撰《汉书音义》二十卷。秦景通与弟暐皆精《汉书》，号大秦君、小秦君，当时治《汉书》者，非其指授，以为无法。又有刘纳言，亦以《汉书》名家。姚思廉少受《汉书》学于其父察。思廉之孙班，以察所撰《汉书训纂》，多为后之注《汉书》者隐其姓氏，攘为己说，班乃撰《汉书绍训》四十卷，以发明其家学。又顾胤撰《汉书古今集》二十卷。李善撰《汉书辨惑》三十卷。王方庆尝就任希古受《史记》、《汉书》，希古迁官，方庆仍随之卒业。他如郝处俊好读《汉书》，能暗诵。裴炎亦好《左氏传》、《汉书》。此又唐人之究心《汉书》，各禀承旧说，不敢以意为穿凿者也。[3]

诸人对《汉书》有选编有简编，还涉及勘误、辨惑等诸多方面，说明《汉书》的研究方法渐趋丰富，范围逐步扩大，程度不断深入，确实具备成为专门之学的规模与实力。

《汉书》自诞生以来，行世不及百年，注家蜂起，最终达到“于文无

---

① 欧阳修、宋祁：《新唐书》卷一三五，第4569页。

② 欧阳修、宋祁：《新唐书》卷一三六，第4597页。

③ 赵翼著，王树民校证：《廿二史札记校证》卷二〇，中华书局1984年版，第441页。

所滞，于理无所遗”① 的境界，“汉书学”孕育其间，具有如下特点。

第一，以注音、释义为主。《汉书》诞生之后即伴随注解训读，主要围绕注音、释义展开，成果丰盛。仅《新唐书·艺文志》一书即著录颇众：服虔《汉书音训》一卷，应劭《汉书集解音义》二十四卷，诸葛亮《论前汉事》一卷、又《音》一卷，孟康《汉书音义》九卷，晋灼《汉书集注》十四卷、又《音义》十七卷，韦昭《汉书音义》七卷，崔浩《汉书音义》两卷，孔氏《汉书音义钞》两卷，刘嗣等《汉书音义》二十六卷，夏侯泳《汉书音》两卷，包愷《汉书音》十二卷，萧该《汉书音》十二卷，阴景伦《汉书律历志音义》一卷，项岱《汉书叙传》八卷，刘宝《汉书驳义》两卷，陆澄《汉书新注》一卷，韦稜《汉书续训》两卷，姚察《汉书训纂》三十卷，颜游秦《汉书决疑》十二卷，僧务静《汉书正义》三十卷，李喜《汉书辨惑》三十卷、《汉书正名氏义》十二卷、《汉书英华》八卷，《御铨定汉书》八十七卷，顾胤《汉书古今集义》二十卷，颜师古注《汉书》一百二十卷，刘伯庄《汉书音义》二十卷，敬播注《汉书》四十卷、又《汉书音义》十二卷，元怀景《汉书议苑》，姚珽《汉书绍训》四十卷，沈遵《汉书问答》五卷，李善《汉书辨惑》二十卷。总体来看，汉时偏重于音，汉后偏重于义。部分学者精通音韵小学，左右《汉书》研究的走向。“昔开皇初，有刘仪同臻、颜外史之推、卢武阳思道、李常侍若、萧国子该、辛谘议德源、薛吏部道衡、魏著作彦渊等八人，同诣法言宿，夜永酒阑，论及音韵，古今声调，既自有别，诸家取舍，亦复不同。”② 此次盛会诞生《切韵》一书，八人之中刘臻、萧该皆为《汉书》研究名家，颜之推更以音韵治家，据《颜氏家训·音辞》记载：“吾家儿女，虽在孩稚，便渐督正之；一言讹替，以为己罪矣。”③ 其孙颜师古幼承家学，博洽多闻，是《汉书》研究的集大成者，代表作《汉书注》在音韵方面着力甚深，“古今异言，方俗殊语，末学肤受，或未能通，意有所疑，辄就增损，流遯忘返，秽滥实多。今皆删削，克复其旧。”④ 又“字或难识，兼有借音，义指所由，不可暂阙。若更求诸别卷，

① 司马贞：《史记索隐后序》，见董诰等《全唐文》卷四〇二，中华书局 1983 年版，第 4108 页。

② 陈寅恪：《金明馆丛稿初编》，生活·读书·新知三联书店 2001 年版，第 394 页。

③ 王利器：《颜氏家训集解》卷七，中华书局 1993 年版，第 530 页。

④ 颜师古：《汉书叙例》，班固：《汉书》，第 2 页。

终恐废于披览。今则各于其下，随即翻音”[①]。再如曹宪“太宗尝读书，有奇难字，辄遣使者问宪，宪具为音注，援验详复，帝咨尚之”[②]。可见《汉书》研究一向注重音韵，隋唐之间还出现了《汉书决疑》、《汉书辨惑》、《汉书指瑕》之类的著作，学术视野拓宽，研究范围逐渐溢出注音、释义，然而并未占据主导地位。

第二，著书、授徒并举。《汉书》研究由来已久，最初的学者或著书或授徒，如三国时期张昭、张休只讲授不著述，而服虔、应劭、晋灼、蔡谟、韦昭、崔浩等仅见著述未见授徒。隋唐时代《汉书》愈发深入人心，读者需求与日俱增，知名学者大多著书、授徒并举，个别学者由此赢得极高的社会声誉。萧该学生有阎毗，“及长，仪貌矜严，颇好经史。受《汉书》于萧该，略通大旨。”[③] 包恺弟子众多，史载李密“闻包恺在缑山，往从之。以蒲鞯乘牛，挂《汉书》一帙角上，行且读”[④]。刘臻“精于两汉书，时人称为汉圣”[⑤]。杨汪“其后问《礼》于沈重，受《汉书》于刘臻，二人推许之曰：‘吾弗如也。’由是知名”[⑥]。王方庆为求学跟随老师四处奔走，“尝就记室任希古受《史记》、《汉书》，希古迁为太子舍人，方庆随之卒业”。[⑦] 又《旧唐书·陆南金传》：“祖士季，从同郡顾野王学《左氏传》，兼通《史记》、《汉书》。”[⑧] 皇室子孙也参与其中，如刘纳言“以《汉书》授沛王贤”。[⑨] 此外，《汉书》亦在家族内部传承，如“姚思廉，本名简，以字行，陈吏部尚书察之子。陈亡，察自吴兴迁京兆，遂为万年人。思廉少受《汉书》于察，尽传其业”。[⑩] “始，曾祖察尝撰《汉书训纂》，而后之注《汉书》者，多窃取其义为己说，珽著《绍训》以发明旧义云。”[⑪] 姚氏家族数代皆精《汉书》。两股力量互相补充，推动“汉

---

① 颜师古：《汉书叙例》，班固：《汉书》，第3页。

② 欧阳修、宋祁：《新唐书》卷一九八，第5640页。

③ 魏徵、令狐德棻：《隋书》卷六八，第1594页。

④ 欧阳修、宋祁：《新唐书》卷八四，第3677页。

⑤ 魏徵、令狐德棻：《隋书》卷七六，第1731页。

⑥ 魏徵、令狐德棻：《隋书》卷五六，第1393页。

⑦ 刘昫等：《旧唐书》卷八九，第2897页。

⑧ 刘昫等：《旧唐书》卷一八八，第4932页。

⑨ 刘昫等：《旧唐书》卷一八九上，第4956页。

⑩ 欧阳修、宋祁：《新唐书》卷一〇二，第3978页。

⑪ 同上书，第3982页。

书学”的持续发展。

第三，全抄、摘抄盛行。《汉书》撰成之后，由于受到造纸印刷技术的限制，传播方式极为落后，抄写工作伴随期间，“汉书学”即在全抄与摘抄之中走向兴盛。据《颜氏家训·勉学》记载：“东莞臧逢世，年二十余，欲读班固《汉书》，苦假借不久，乃就姊夫刘缓乞丐客刺书翰纸末，手写一本，军府服其志尚，卒以《汉书》闻。”① 臧逢世在如此艰苦的环境之中竟将长达八十万字的巨著手抄一遍，着实令人敬佩！但《汉书》部头过大，全抄颇为不易。张辅在《名士优劣论》一文中即批评道：“世人论司马迁班固才之优劣，多以固为胜，余以为失，迁之著述，辞约而事举，叙三千年事，唯五十万言。固叙二百年事，乃八十万言，烦省不敌，固之不如迁一也。良史述事，善足以奖劝，恶足以鉴戒，人道之常。中流小事，亦无取焉，而班皆书之，不如二也。”② 与《史记》相比，《汉书》确实烦冗琐碎，在造纸术刚刚兴起，印刷术尚未发明的阶段，摘抄最为可行，《汉书》成书不久即融入汉魏六朝的抄撮洪流之中。据《三国志·魏书》记载：“（桓）范尝抄撮《汉书》中诸杂事，自以意斟酌之，名曰《世要论》。”③ 桓范也是中国历史上第一部类书《皇览》的编撰者，《汉书》的抄撮与类书的编撰有诸多相通之处。《新唐书·敬播传》亦云：“玄龄患颜师古注《汉书》文繁，令掇其要为四十篇。”④ 文人学士从自身需要出发摘抄部分章节，辅助学习，提高效率，促使《汉书》以更加简易的方式广泛流布，抄撮亦是“汉书学”传播过程中的重要环节。

“汉书学”在隋唐时期成熟，为“文选学”的崛起开辟道路，“文选学”在“汉书学”的基础上萌芽成长，并且最终取代“汉书学”，深刻影响有唐一代的科举制度与诗歌走向。

二 “文选学”的兴起

“文选学”兴起之初延续“汉书学”的发展历程，隋唐时期《文选》研究万事俱备，诸多有利条件促成了“文选学”的兴起。

---

① 王利器：《颜氏家训集解》卷三，第 199 页。

② 严可均校辑：《全上古三代秦汉三国六朝文》，《全晋文》卷一〇五，第 2063 页。

③ 陈寿撰，陈乃乾校点：《三国志》卷九，第 290 页。

④ 欧阳修、宋祁：《新唐书》卷一九八，第 5656 页。

首先，“汉书学”导夫先路。《汉书》、《文选》二者研究模式相似，均为由音及义，由单卷到全书，范围逐步扩大加深。班昭本为《汉书》著者，曾经注解班固《幽通赋》，其后《幽通赋》录入《文选》，如果说班昭讲解《汉书》是“汉书学”的滥觞，那么《注班固幽通赋》在某种程度上已与“文选学”发生些许联系。《文选》所录多为历代传诵的优秀作品，部分名作在《文选》尚未成书之前已经广泛流传。如《三国志·蜀书·刘琰传》：“车服饮食，号为侈靡，侍婢数十，皆能为声乐，又悉教诵读《鲁灵光殿赋》。”①《南史·刘显传》载：“显幼而聪敏，六岁能诵吕相《绝秦》、贾谊《过秦》。琅邪王思远、吴国张融见而称赏，号曰神童。”② 而司马相如《上林赋》、张衡《二京赋》、左思《三都赋》等享誉一时的大作早已别帙单行，个别作品已出现音注，如项岱《注幽通赋》一卷、薛综《二京赋音》二卷、綦毋邃《三京赋音》一卷，诸作均为单本音注。《文选》成书之后，社会动荡，未受重视，萧统之侄萧该秉承家学，率先为《文选》作注，其《文选音》十卷是第一部系统研究《文选》的专著，而后据《新唐书·艺文志》记载尚有曹宪《文选音义》；许淹《文选音》，李善《文选注》、《文选辨惑》，公孙罗《文选注》、《文选音义》，《五臣注文选》，康安国《驳文选异义》，孟利贞《续文选》，卜长福《续文选》，卜隐之《拟文选》等。陆续出现释义、勘误、辨惑、续作、拟作，与《汉书》研究极为相似。

其次，学者多有交叉。“文选学”在“汉书学”的笼罩中前行，正如饶宗颐所云：“是时《汉书》已成热门之显学，《文选》初露头角，尚未正式成学，萧该、曹宪、李善均是先行之人，萧、李兼以《汉书》名家，不特《汉书音注》有益于《文选》所收录之汉代文章，且由‘汉书学’起带头作用，从而有‘文选学’之诞生。”③ 最初的《文选》学者亦精通《汉书》，例如，萧该与李善，二人《汉书》、《文选》兼擅，萧该以《汉书》闻名，而李善《文选》成就远超《汉书》。自李善开始，《文选》的发展势头超越《汉书》。《文选》在《汉书》的土壤中萌芽，由《汉书》的撰者班昭到《汉书》名家萧该再到曹宪诸位以《文选》闻名于世的学

---

① 陈寿撰，陈乃乾校点：《三国志》卷四〇，第1001页。

② 李延寿：《南史》卷五〇，第1239页。

③ 荣新江主编：《唐研究》（第四卷），北京大学出版社1998年版，第52页。

生李善、公孙罗、许淹、魏模、魏景倩，“文选学”才逐渐脱离“汉书学”的轨迹走上独立发展的道路。此后《汉书》的影响主要集中于史学，而《文选》对文学的影响日益扩大，最终取代《汉书》成为主导力量。

最后，共同的交流中心。唐初《汉书》与《文选》的研究者相对集中于李贤沛王府，李贤为高宗第六子，备受宠爱，龙朔元年封为沛王。李贤好读典籍，喜纳文士，一时之间沛王府学者会聚，俨然成为学术中心，为《文选》、《汉书》的交流提供平台。沛王府文士众多，“为《汉书》学者，又有刘纳言，亦为当时宗匠。纳言，乾封中历都水监主簿，以《汉书》授沛王贤。及贤为皇太子，累迁太子洗马，兼充侍读”①；李善“显庆中，累擢崇贤馆直学士兼沛王侍读”②；又“公孙罗，江都人也。历沛王府参军，无锡县丞。撰《文选音义》十卷，行於代”③。李善与公孙罗均为曹宪弟子，二人都曾为李贤僚佐。再如王勃，杨炯《王子安集序》称：“九岁，读颜氏《汉书》，撰《指瑕》十卷。……沛王之初建国也，博选奇士，征为侍读。”④ 王勃对《文选》亦相当熟悉，诗歌之中多次化用《文选》语句，如脍炙人口的“海内存知己，天涯若比邻”⑤ 实源于《文选》卷二四曹植《赠白马王彪》：“丈夫志四海，万里犹比邻。”⑥ 李贤府中刘纳言精通《汉书》，公孙罗精通《文选》，李善、王勃二者皆精，诸人先后于沛王府任职，其间极有可能重叠或交叉，共事之余切磋琢磨，形成小型学者群体，成为“文选学”兴起的一股重要力量。

“文选学”与“汉书学”一脉相承，兴起之后迅速走向兴盛。

第一，《文选》契合初唐君臣的文学追求。魏徵文学成就并不突出，但在初唐文坛地位特殊，其《隋书》颇能代表太宗君臣的文学倾向：

> 自汉、魏以来，迄乎晋、宋，其体屡变，前哲论之详矣。暨永明、天监之际，太和、天保之间，洛阳、江左，文雅尤盛。于时作者，济阳江淹、吴郡沈约、乐安任昉、济阴温子昇、河间邢子才、巨

---

① 刘昫等：《旧唐书》卷一八九上，第4956页。

② 欧阳修、宋祁：《新唐书》卷二〇二，第5754页。

③ 刘昫等：《旧唐书》卷一八九上，第4946页。

④ 王勃著，蒋清翊注：《王子安集注》卷首，上海古籍出版社1995年版，第66—67页。

⑤ 王勃著，蒋清翊注：《王子安集注》卷三，第84页。

⑥ 萧统编，李善注：《文选》卷二四，第1125页。

> 鹿魏伯起等，并学穷书圃，思极人文，缛彩郁于云霞，逸响振于金石。英华秀发，波澜浩荡，笔有余力，词无竭源。方诸张、蔡、曹、王，亦各一时之选也。闻其风者，声驰景慕，然彼此好尚，互有异同。江左宫商发越，贵于清绮，河朔词义贞刚，重乎气质。气质则理胜其词，清绮则文过其意，理深者便于时用，文华者宜于咏歌，此其南北词人得失之大较也。若能掇彼清音，简兹累句，各去所短，合其两长，则文质斌斌，尽善尽美矣。梁自大同之后，雅道沦缺，渐乖典则，争驰新巧。简文、湘东，启其淫放，徐陵、庾信，分路扬镳。其意浅而繁，其文匿而彩，词尚轻险，情多哀思。格以延陵之听，盖亦亡国之音乎！①

魏徵反对淫靡浅露，主张典雅刚健的文学追求与萧统极为相似，萧统《文选序》曰："诗者，盖志之所之也，情动于中而形于言。《关雎》《麟趾》，正始之道著；《桑间》《濮上》，亡国之音表。故风雅之道，粲然可观。"② 又《答湘东王求文集及诗苑英华书》云："夫文典则累野，丽亦伤浮。能丽而不浮，典而不野，文质彬彬，有君子之致。"③ 二人认为文学的最高境界均为"文质彬彬"。《隋书》为正史，代表官方观点，对于魏徵的言论，曹道衡指出："大体上说，他们以梁武帝大同元年（535）作为分界线，对前此文风评价甚高；而对后此作家，基本取批判态度。这样就对现存的两部产生于梁代的总集——《文选》和《玉台新咏》有着完全不同的态度。因为《文选》的成书，最迟不得晚于中大通元年（529），所选诗文的作者绝大多数卒于天监十二年（513）沈约逝世以前；只有三位作家即：刘孝标（卒于普通二年，521）；徐悱（五年，524）；陆倕（七年，526）。但入选的六篇他们的作品，大抵均作于天监年间，正好是史传作者所认为的文学盛世。《玉台新咏》的成书时间，据今人考证多谓在中大通六年（534），次年即大同元年（535）；而且徐陵在序中明确地说自己旨在'撰录艳歌'，所以《大唐新语》记虞世南规劝唐太宗时曾以此书为反面的例子。这样不同的态度，正说明唐初君臣之反对浮华文风，

① 魏徵、令狐德棻：《隋书》卷七六，第1729—1730页。

② 萧统编，李善注：《文选》，序第2页。

③ 严可均校辑：《全上古三代秦汉三国六朝文》，《全梁文》卷二〇，第3064页。

与《文选》的盛行不但无矛盾，而且是很一致的。”① 对于萧统的观点，顾农则更为详细地指出：“萧统的主张包括两个基本的方面。一方面他接受了儒家正统文学思想，十分重视‘风教’亦即作品的伦理政治教化作用，与其父梁武帝肖衍的崇儒政策完全一致；另一方面是他十分强调‘翰藻’，要求作品有华美的文采。两方面综合起来，即其所谓‘丽而不浮，典而不野，文质彬彬’。萧统的主张既区别于一味强调思想必须正统的裴子野，也区别于一味讲‘新变’、讲‘放荡’的萧纲，而与刘勰、钟嵘等比较接近。”② 而郎廷槐《师友诗传录》一语道破天机：“盖唐人犹有六朝余习，故以《文选》为论衡枕秘，举世咸尚此编。”③ 唐初沿袭六朝文风是《文选》兴盛的根本原因。

第二，上层的推动支持。上层的重视由《汉书》向《文选》转移。《文选》在唐代盛传一时，地位颇高，堪与《五经》并列。曹宪是扩大《文选》影响的重要人物，他博涉多门，著书授徒，先后受到炀帝、太宗赏识。但帝王对曹宪的礼遇并不代表对《文选》的肯定，《文选》仍然停留在私学阶段。曹宪弟子众多，薪火相传，许淹、李善、公孙罗相继传授，亦不出私学范畴。直至显庆三年九月李善奏上《文选注》六十卷，得到高宗嘉奖，赐绢一百二十匹，并于六年诏藏秘府，《文选》正式转变为官学。唐初编撰之风盛行，多为奉敕合作，个人私撰并诏藏秘府者寥寥无几。目前所见仅魏徵《类礼》与颜师古《匡谬正俗》两部，魏、颜二人本为元老重臣，书成诏藏不足为奇，李善职小位卑却能厕列其中，足见《文选注》得到的肯定非同一般。《文选》颇受帝王官吏喜爱，“高宗以行俭工于草书，尝以绢素百卷，令行俭草书《文选》一部，帝览之称善，赐帛五百段。”④ 文宗有过之而无不及，“宫人沈翘翘者，歌《河满子》，有浮云蔽白日之句，其声宛转。上因唏嘘，问曰：汝知之耶？此《文选》古诗第一首，盖忠臣为奸邪所蔽也。乃赐金臂环。”⑤ 文宗困于宦官之厄，巧借《文选》之诗抒发内心的抑郁。另据《旧唐书·吐蕃传》记载：“时

① 曹道衡：《南北文风之融合和唐代〈文选〉学之兴盛》，《文学遗产》1999 年第 1 期。

② 顾农：《风教与翰藻——萧统的文学趣味和〈文选〉的选文趋向》，《扬州师院学报》（社会科学版）1992 年第 3 期。

③ 郎廷槐：《师友诗传录》，丛书集成新编本，第 80 册，第 46 页。

④ 刘昫等：《旧唐书》卷八四，第 2802 页。

⑤ 计有功撰，王仲镛校笺：《唐诗纪事校笺》卷二，第 46 页。

吐蕃使奏云：‘公主请《毛诗》、《礼记》、《左传》、《文选》各一部。’制令秘书省写与之。”①《文选》作为中央政府的特殊礼物赠予金城公主，内政外交均有《文选》的身影。《文选》在得到官方认可后迅速向社会各个阶层蔓延，在野士人甚至可以通过研究《文选》而获得一官半职，如卜长福献上《续文选》，即授富阳尉。《封氏闻见记·制科》记载：“长福上《续文选》三十卷，冯中庸上《政事录》十卷，裴杰上《史汉异议》，高峤上《注后汉书》九十五卷。如此者并量事授官，或霑赏赉，亦一时之美。”②研究《文选》、《汉书》均可进入仕途，而且此种方式备受民众赞美肯定。在朝官员则更加全面，或勘误，或续编，或拟作，或注释。如康国安《驳文选异义》二十卷、孟利贞《续文选》十三卷等。模拟单篇作品如岑文本《拟剧秦美新》，亦有专著如裴潾《通选》，据《旧唐书·文宗纪》记载：“集贤学士裴潾撰《通选》三十卷，以拟昭明太子《文选》，潾所取偏僻，不为时论所称。”③遭到非议的原因是：“当时文士非与游者皆不取，世恨其隘。”④《通选》长达三十卷竟然还有诸多遗漏，并在当时社会造成恶劣影响，可见模拟《文选》风气之盛，作品数量之多。追踪《文选》望尘莫及，狗尾续貂之作充斥其间。陆龟蒙《袭美先辈以龟蒙所献五百言，既蒙见和，复示荣唱，至于千字，提奖之重，蔑有称实，再抒鄙怀，用伸酬谢》：“因知昭明前，剖石呈清琪，又嗟昭明后，败叶埋芳蕤。”⑤高度评价萧统从大量文籍中撷取精英的功劳。再如“开元中，中书令萧嵩以《文选》是先代旧业，欲注释之。奏请左补阙王智明、金吾卫佐李玄成、进士陈居等注《文选》”⑥。萧嵩作为萧氏子孙希求光大家学，然《文选》典丽宏富，包罗万象，非才疏学浅之士所能把握。“先是，东宫卫佐冯光震入院校《文选》，兼复注释。解‘蹲鸱’云：‘今之芋子，即是着毛萝蔔。’院中学士向挺之、萧嵩抚掌大笑。智明等学术非深，素无修撰之艺，其后或迁，功竟不就。”⑦注释《文选》成为官方

---

① 刘昫等：《旧唐书》卷一九六上，第5232页。

② 封演撰，赵贞信校注：《封氏闻见记校注》卷三，中华书局2005年版，第20页。

③ 刘昫等：《旧唐书》卷一七下，第553页。

④ 欧阳修、宋祁：《新唐书》卷一一八，第4288页。

⑤ 彭定求等：《全唐诗》卷六一七，中华书局1960年版，第7109—7110页。

⑥ 刘肃：《大唐新语》卷九，第134页。

⑦ 同上书，第134页。

活动，及至工部侍郎吕延祚为适应与日俱增的大众需求而集吕延济、刘良、张铣、吕向、李周翰五人别撰简明实用的《五臣集注文选》时，“选学”已然全面渗入科举制度，几乎成为应举捷径。由于官方的追捧，《文选》的自身价值愈加凸显，并与科举制度迅速结合，来自民间的“文选学”最终成为官学。此外，上层之中颇多官僚文士，负责起草各类公文，多数学者自觉地将文学技巧运用于公文写作之中。南朝几乎所有公文都用骈体，唐朝沿袭六朝遗风，公私文翰，多为骈俪之文。《文选》具有经世致用思想，收录实用性极强的骈文，为文人士子提供范本，指导写作。《文选》共有三十九类作品，其中诏、册、令、教、文、表、上书、启、弹事、笺、奏记、书、檄、难、移、序、符命、史论、史述赞、箴、铭、诔、哀、碑文、墓志、行状、吊文、祭文等基本属于应用文体范畴，且朝廷公文居多，为诸位官员提供最为便捷有效的范文，受到欢迎实属正常。

第三，文人士子研习。李善于显庆三年奏上《文选注》时称：“后进英髦，咸资准的。”① 显然此时《文选》已经颇为流行。显庆三年距李渊建唐仅四十年，《文选》的风靡初唐已经开始。李善晚年“居汴、郑间讲授，诸生四远至，传其业，号‘文选学’”②。门生来自全国各地，成为新的传播者，《文选》遂由汴、郑向全国辐射。敦煌《秋胡变文》记载秋胡游学携书十帙分别为：“《孝经》、《论语》、《尚书》、《左传》、《公羊》、《谷梁》、《毛诗》、《礼记》、《庄子》、《文选》。”③ 又《朝野佥载》：国子监助教张简“曾为乡学讲《文选》”④，《文选》成为普及教材。李善之后远离政治中心的边远州郡陆续出现研习《文选》的相关记载，如来自蜀中的李郱。韩愈《中大夫陕府左司马李公墓志铭》称墓主李郱“年十四五，能暗记《论语》、《尚书》、《毛诗》、《左氏》、《文选》，凡百余莫言，凛然殊异”⑤。再如敦煌一带亦曾讲解《文选》。《文选》的流传甚至溢出国界，《旧唐书·东夷传》称高丽：“俗爱书籍，至于衡门厮养之家，各于街衢造大屋，谓之扃堂，子弟未婚之前，昼夜于此读书习射。其书有

---

① 李善：《唐李崇贤上文选注表》，萧统编，李善注：《文选》，第 4 页。

② 欧阳修、宋祁：《新唐书》卷二〇二，第 5754 页。

③ 项楚：《敦煌变文选注》，巴蜀书社 1990 年版，第 283—284 页。

④ 张鷟：《朝野佥载》补辑，中华书局 1979 年版，第 167 页。

⑤ 韩愈撰，马其昶校注，马茂元整理：《韩昌黎文集校注》卷七，上海古籍出版社 1986 年版，第 543 页。

《五经》及《史记》、《汉书》、范晔《后汉书》、《三国志》、孙盛《晋春秋》、《玉篇》、《字统》、《字林》；又有《文选》，尤爱重之。”① 《文选》深受文人士子喜爱，堪与《五经》比肩。历经百年积累，《文选》的价值逐步凸显，初、盛、中、晚唐众多著名诗人均受到《文选》的恩泽滋养。李白曾经三拟《文选》，段成式《酉阳杂俎》曰：“白前后三拟《词（文）选》，不如意，悉焚之。”② 朱熹《朱子语类》：“李太白终始学《选》诗，所以好。杜子美诗好者亦多是效《选》诗。”③ 杜甫愈为明显，《奉赠韦左丞丈二十二韵》曰：“读书破万卷，下笔如有神。赋料扬雄敌，诗看子建亲。”④ 备受杜甫推崇的扬雄与曹植是《文选》重点选录之人。《唐语林·文学篇》记载杜甫：“其《八哀诗》，诗人比之大谢《拟魏太子邺中八篇》。……杜曰：‘使昭明再生，吾当出刘、曹、二谢上。’”⑤ 杜甫不仅自己熟读《文选》，并以《文选》教子。如《水阁朝霁奉简云安严明府》：“呼婢取酒壶，续儿诵《文选》。”⑥ 《宗武生日》：“熟精《文选》理，休觅彩衣轻。”⑦ 日本学者梁川星岩《论诗示王香》：“一部杜诗君试阅，尽从《文选》理中来。”至于唐代部分诗歌模仿甚至全用、改用《文选》之中诗句更是不胜枚举。杨炯《途中》“郁郁园中柳，亭亭山上松”⑧ 二句分别出自《古诗十九首》“青青河畔草，郁郁园中柳”⑨ 与刘桢《赠从弟三首》之二“亭亭山上松，瑟瑟谷中风”⑩；陈子昂《赠赵六贞固二首》其二“良辰在何许，白日屡颓迁”⑪ 出自谢朓《在郡卧病呈沈尚书》“良辰竟何许？夙昔梦佳期”⑫；孟浩然《寻香山湛上人》“愿言投

---

① 刘昫等：《旧唐书》卷一九九上，第5320页。

② 段成式撰，方南生点校：《酉阳杂俎》前集卷一二，中华书局1981年版，第116页。

③ 黎靖德编，王星贤点校：《朱子语类》卷一四〇，中华书局1986年版，第3326页。

④ 杜甫：《奉赠韦左丞丈二十二韵》，浦起龙：《读杜心解》卷一，第4页。

⑤ 王谠撰，周勋初校证：《唐语林校证》卷二，中华书局1987年版，第172页。

⑥ 杜甫：《水阁朝霁奉简云安严明府》，浦起龙：《读杜心解》卷一，第120页。

⑦ 杜甫：《宗武生日》，浦起龙：《读杜心解》卷五，第759页。

⑧ 卢照邻、杨炯著，徐明霞点校：《卢照邻集·杨炯集》卷二，中华书局1980年版，第32页。

⑨ 萧统编，李善注：《文选》卷二九，第1344页。

⑩ 萧统编，李善注：《文选》卷二三，第1115页。

⑪ 陈子昂著，徐鹏校点：《陈子昂集》卷二，中华书局1960年版，第24页。

⑫ 萧统编，李善注：《文选》卷二六，第1211页。

此山，身世两相弃”① 出自鲍照《咏史》“君平独寂漠，身世两相弃”②；李白《古风五十九首》其五“粲然启玉齿，授以炼药说”③ 出自郭璞《游仙诗》其二“灵妃顾我笑，粲然启玉齿”④；《留别贾舍人至二首》“谁念刘越石，化为绕指柔”⑤ 出自刘琨《重赠卢谌》“何意百炼刚，化为绕指柔”⑥；《酬殷明佐见赠五云裘歌》“襟前林壑敛暝色，袖上云霞收夕霏”⑦ 源自谢灵运《石壁精舍还湖中作》“林壑敛暝色，云霞收夕霏”⑧；钱起《穷秋对雨》“始信宣城守，乘流畏曝腮”⑨ 出自谢朓《观朝雨》“戢翼希骧首，乘流畏曝鳃”⑩。甚至蔓延进入史书，李审言《媿生丛录》卷二称：“刘知几《史通》，体拟《文心雕龙》，……又熟精《文选》，或用其成句，或檃栝其语。”⑪ 诗歌之中赞美颂扬《文选》的亦是数不胜数。白居易《偶以拙诗数首，寄呈裴大尹侍郎，蒙以盛制四篇一时酬和，重投长句，美而谢之》：“投君之文甚荒芜，数篇价直一束刍。报我之章何璀璨，累累四贯骊龙珠。毛诗三百篇后得，文选六十卷中无。”⑫ 李颀《送皇甫曾游襄阳山水兼谒韦太守》：“元凯春秋传，昭明文选堂。风流满今古，烟岛思微茫。”⑬ 李益《送襄阳李尚书》：“风烟临岘首，云水接昭丘。俗尚春秋学，词称文选楼。”⑭ 另据《新唐书·萧至忠传》记载：“尝出主第，遇宋璟，璟戏曰：‘非所望于萧傅。’至忠曰：‘善乎宋生之言。’然

---

① 孟浩然著，佟培基笺注：《孟浩然诗集笺注》卷上，上海古籍出版社 2000 年版，第 3 页。

② 萧统编，李善注：《文选》卷二一，第 1012 页。

③ 李白著，王琦注：《李太白全集》卷二，中华书局 1977 年版，第 95 页。

④ 萧统编，李善注：《文选》卷二一，第 1020 页。

⑤ 李白著，王琦注：《李太白全集》卷一五，第 737 页。

⑥ 萧统编，李善注：《文选》卷二五，第 1176 页。

⑦ 李白著，王琦注：《李太白全集》卷八，第 451 页。

⑧ 萧统编，李善注：《文选》卷二二，第 1044 页。

⑨ 彭定求等：《全唐诗》卷二三七，中华书局 1980 年版，第 2628 页。

⑩ 萧统编，李善注：《文选》卷三〇，第 1409 页。

⑪ 李详著，李稚甫编校：《李审言文集·媿生丛录》卷二，江苏古籍出版社 1989 年版，第 463 页。

⑫ 白居易著，顾学颉校点：《白居易集》卷三〇，中华书局 1979 年版，第 690 页。

⑬ 彭定求等：《全唐诗》卷一三四，第 1365 页。

⑭ 彭定求等：《全唐诗》卷二八三，第 3220 页。

不能自返也。”[①] “非所望于萧傅”[②] 出自潘岳《西征赋》，“善乎宋生之言”（原文为“善乎宋玉之言”）[③] 出自潘岳《秋兴赋》，萧至忠与宋璟平素相见即能略作改动巧妙运用表达己意，已对《文选》烂熟于心。又《唐诗纪事》曰：“蟾廉问鄂州罢，宾僚祖饯，蟾曾书《文选》句云：悲莫悲兮生别离，登山临水送将归。以笺毫授宾从，请续其句。逡巡，有妓泫然起曰：某不才，不敢染翰，欲口占两句。韦大惊异，令随念。云：武昌无限新栽柳，不见杨花扑面飞。座客无不嘉叹。”[④] 再如《韵语阳秋》：“郑奕尝以《文选》教其子，其兄曰：‘何不教读《论语》？免学沈谢嘲风弄月，污人行止。’郑兄之言，盖欲先德行而后文艺，亦不为无理也。”[⑤] 反见《文选》的盛行，已经全面融入日常生活。

“汉书学”历经四百余年的注释走向辉煌，“文选学”在“汉书学”中孕育仅一百余年便走向辉煌。钱钟书《管锥编》称：“词人衣被，学士钻研，不舍相循，曹宪、李善以降，‘文选学’专门名家。词章中一书而得为‘学’，堪比经之有‘《易》学’、‘《诗》学’等或《说文解字》之蔚成‘许学’者，惟‘《选》学’与‘《红》学’耳。寥落千载，俪坐俪立，莫许参焉。”[⑥] 选学始于曹宪，盛于李善，推动科举发展，重构文学格局，自民间走向官方，由地方风靡全国，唐朝是选学发展的黄金时代。“文选学”取代“汉书学”是民间风向由史学走向文学的重要表现。

第二节　从宫廷史学到宫廷文学：科举的意义

一　宫廷修史与游宴唱和

宫廷是初唐文化中心，主要表现在以下三个方面：①宫廷诗人作品数量

---

① 欧阳修、宋祁：《新唐书》卷一二三，第 4373 页。

② 潘岳：《西征赋》，萧统编，李善注：《文选》卷一〇，第 468 页。

③ 潘岳：《秋兴赋》，萧统编，李善注：《文选》卷一三，第 586 页。

④ 计有功撰，王仲镛校笺：《唐诗纪事校笺》卷五八，第 1954 页。

⑤ 葛立方：《韵语阳秋》卷三，丛书集成初编本，第 2553 册，商务印书馆 1936 年版，第 21—22 页。

⑥ 钱钟书：《管锥编》，中华书局 1979 年版，第 1400—1401 页。

远超底层文人，帝王、后妃、官员、学士是创作主体。②宫廷诗人相对集中。秦府十八学士—弘文馆学士—北门学士—珠英学士—修文馆学士，前后相继，绵延不绝，更有数朝元老、祖孙父子活跃其间。如三朝元老许敬宗，四朝重臣张说，再如褚亮—褚遂良、薛收—薛元超—薛曜、上官仪—上官婉儿等源于家族内部传承的诗人群体，均为宫廷文学的持久发展注入活力。③部分宫廷文人喜欢援引后进，探讨诗艺，亦师亦友，关系良好。较为突出的如薛元超，“及兼左庶子，又表郑祖玄、沈伯仪、贺觊、邓玄挺、颜强学、崔融等十人为学士，天下服其知人。”[①] 又“元超既擅文辞，兼好引寒俊，尝表荐任希古、高智周、郭正一、王义方、孟利贞等十余人，由是时论称美”[②]。再如宋之问，“及典举，引拔后进，多知名者。”[③] 宫廷文人长期会聚京师，互相提携，声誉远超地方文人。游离于宫廷之外的诗人分散零落，影响范围相当有限。是时虽有隐居不仕的诗人王绩以及游宦在外的底层文士，但是有名气有成就的文人几乎全部选择依附宫廷，通过各种途径努力向中央靠拢。诸位帝王倡导诗歌，热衷游宴，侍从臣子紧随其后，参与其中，掀起诗歌高潮，创作迅速博兴，初唐宫廷文化重心随之亦历经由史学向文学的转变过程，其间兼具史学与文学双重性质的类书大量涌现，成为史学向文学过渡的重要桥梁。

中国古代史学极为发达，《史记》、《汉书》堪称两大源头，历来《史》、《汉》对举，班、马并称，而《汉书》作为首部官修史书更加流行。魏晋南北朝时期社会动荡，政权更迭，文人漂泊，官修史书迅速衰落，私修史书异军突起，前后共修后汉史十三种，三国史十五种、晋史二十三种、十六国史二十九种、南史二十二种、北史两种、隋修南史两种、北史八种[④]。部分著作或混乱驳杂，或未能完成，或散佚失传，但数量庞大，内容丰富，史学已经繁盛，甚至出现超越文学的势头。唐朝初建，氛围依旧，史学颇受重视。高祖一朝仅历九年，但李渊在稳定统治，消弭叛乱之际也未曾忽略文教。武德五年诏修六代史，其《命萧瑀等修六代史

---

① 杨炯：《中书令汾阴公薛振行状》，卢照邻、杨炯著，徐明霞点校：《卢照邻集·杨炯集》卷一〇，第161页。

② 刘昫等：《旧唐书》卷七三，第2590页。

③ 刘昫等：《旧唐书》卷一九〇中，第5025页。

④ 此处统计数据依据王仲荦《魏晋南北朝史》，上海人民出版社1979年版，第885—901页。

诏》曰："中书令萧瑀、给事中王敬业、著作郎殷闻礼，可修《魏史》；侍中陈叔达、秘书丞令狐德棻、太史令庾俭，可修《周史》；兼中书令封德彝、中书舍人颜师古，可修《隋史》；大理卿崔善为、中书舍人孔绍安、太子洗马萧德言，可修《梁史》；太子詹事裴矩、兼吏部郎中祖孝孙、前秘书丞魏徵，可修《齐史》；秘书监窦琎、给事中欧阳询、秦王文学姚思廉，可修《陈史》。"① 然而终武德一朝文学活动未能展开，史书编撰未能完成。究其原因当为文人学士分属李渊、建成、世民、元吉四大政治集团，斗争激烈，各为其主，相互倾轧，政治形势干扰甚至阻碍了学术的正常发展。此间唯于武德七年修成一部《艺文类聚》，由令狐德棻、袁朗、赵弘智、裴矩、陈叔达、欧阳询等共同编撰，旨在实现李渊"家富隋珠，人怀荆玉"② 的终极追求。《艺文类聚》始修于武德五年，同年

秘书监令狐德棻奏："今乘丧乱之余，经籍亡逸，请购募遗书，重加钱帛，增置楷书，专令缮写。"数年间，群书毕备。③

中央政府对典籍的购求整理是《艺文类聚》得以迅速成书的重要保障。此外，高祖继承隋代遗风，多有宴会，主要以歌舞饮酒为乐，唱和赋诗实属偶然。据《册府元龟·宴享》统计高祖一朝君臣宴会共有四十八次，其中唱和赋诗只有三次，分别如下：

绍安因侍宴，应诏咏《石榴诗》曰："只为时来晚，开花不及春。"时人称之。④

高祖武德七年四月丙午宴王公亲属于文明殿……徙坐翠华殿，帝赋诗，王公递上寿，赐帛各有差。⑤

（武德）八年五月乙巳，宴五品以上及外戚于内殿，赋诗赐采。⑥

---

① 宋敏求：《唐大诏令集》卷八一，中华书局2008年版，第467页。

② 欧阳询撰，汪绍楹校：《艺文类聚》序，上海古籍出版社1965年版，第27页。

③ 王溥：《唐会要》卷三五，上海古籍出版社2006年版，第751页。

④ 刘昫等：《旧唐书》卷一九〇上，第4983页。

⑤ 王应麟：《玉海》卷二九，文渊阁四库全书本，第943册，第696页。

⑥ 同上书，第696页。

诗多不传，今观孔绍安《侍宴咏石榴》一诗，辞采平庸却广受好评，足见此期诗坛之寥落。高祖一朝百废待兴，学术处于起步阶段并未取得实质成果，然而元老重臣奉命修撰史书、编写类书、游宴唱和三位一体的文化活动已现端倪，基本奠定初唐以帝王为中心的宫廷文化发展格局。

高祖年间修史的未竟事业在太宗朝达到高潮，据《旧唐书》记载：“贞观三年，太宗复敕修撰，乃令德棻与秘书郎岑文本修《周》史，中书舍人李百药修《齐》史，著作郎姚思廉修《梁》、《陈》史，秘书监魏徵修《隋》史，与尚书左仆射房玄龄总监诸代史。”① 至“贞观十年正月二十日，尚书左仆射房玄龄、侍中魏徵、散骑常侍姚思廉、太子右庶子李百药、孔颖达、礼部侍郎令狐德棻、中书侍郎岑文本、中书舍人许敬宗等，撰成《周》、《隋》、《梁》、《陈》、《齐》五代史，上之。进阶颁赐有差”②。而编撰规模更宏大的是《晋书》，《旧唐书·房玄龄传》云：“寻与中书侍郎褚遂良受诏重撰《晋书》，于是奏取太子左庶子许敬宗、中书舍人来济、著作郎陆元仕、刘子翼、前雍州刺史令狐德棻、太子舍人李义府、薛元超、起居郎上官仪等八人，分功撰录。”③《唐会要》叙述尤详：

二十年闰三月四日，诏令修史所更撰《晋书》，铨次旧闻，裁成义类，其所须可依修《五代史》故事。若少学士，量事追取。于是司空房玄龄、中书令褚遂良、太子左庶子许敬宗掌其事。又中书舍人来济，著作郎陆元仕、著作郎刘子翼、主客郎中卢承基、太史令李淳风、太子舍人李义府、薛元超、起居郎上官仪、主客员外郎崔行功、刑部员外郎辛丘驭，著作郎刘胤之、光禄寺主簿杨仁卿、御史台主簿李延寿、校书郎张文恭，并分功撰录。又令前雅州刺史令狐德棻、太子司仪郎敬播、主客员外郎李安期、屯田员外郎李怀俨，详其条例，量加考正。以臧荣绪《晋书》为本，捃摭诸家，及晋代文集，为十纪、十志、七十列传、三十载纪。其太宗所著宣、武二帝、及陆机、王羲之四论，称制旨焉。④

① 刘昫等：《旧唐书》卷七三，第2598页。

② 王溥：《唐会要》卷六三，第1287—1288页。

③ 刘昫等：《旧唐书》卷六六，第2463页。

④ 王溥：《唐会要》卷六三，第1288页。

参编人员多达二十一人，几乎动用贞观年间所有博学多闻、名重一时的官员文士。太宗本人亦大力支持，亲自撰写四篇，因此《晋书》又题“御撰”，至此前代史的修撰工作基本完成。十数年内完成前代史六部，占“二十四史”的四分之一，均为官修，彻底扭转魏晋南北朝以私修为主流的史书编撰格局。

在大规模的史书修撰环境中，早期类书也呈现相当浓郁的史学色彩，如太宗初年编写的《群书治要》，虽为类书却具有明显的史书性质。据《唐会要》记载：“贞观五年九月二十七日，秘书监魏徵撰《群书政要》，上之。太宗欲览前王得失，爰自《六经》，讫于诸子；上始五帝，下尽晋年。徵与虞世南、褚亮、萧德言等始成，凡五十卷，上之。”[①] 实以类书的形式提供历史经验。至贞观十五年编成的《文思博要》已现史学向文学转变的端倪，高士廉《文思博要序》云：“斯固坟素之苑囿，文章之江海也。是为国者尚其道德；为家者尚其变通，纬文者尚其溥。”[②] 表明《文思博要》偏重辞藻，体现更多的文学特性。太宗喜好文学，堪称贞观诗人的典型代表，据《新唐书》记载：“初，帝以武功定天下，晚始向学，多属文赋诗，天格赡丽，意悟冲迈。”[③] 太宗诗歌数量、质量均达到相当高度，注重辞藻，讲求对偶，虽未摆脱六朝绮丽遗风，但是征战南北、建功立业的艰辛经历使其拥有开阔、深厚、丰富的生活经验，创作不乏感情充沛、睥睨天下之作，如《帝京篇》十首，对仗工整，气魄宏大，而“疾风知劲草，板荡识诚臣”[④] 更是传诵至今。太宗不仅自己创作，还令臣子继作，积极发现、赏识、提拔擅诗之人。如李百药，“藻思沉蔚，尤工五言。太宗常制《帝京篇》，命其和作，叹其精妙，手诏曰：‘卿何身之老而才之壮？何齿之宿而意之新？’”[⑤] 在太宗的身体力行与大力提倡下，宫廷唱和达到唐代建国以来第一个高峰，对诗歌的普及极具推动作用。

史书修撰在太宗朝基本尘埃落定，整理、重修空间所剩无几，高宗、武后二朝出现类书、总集编写高潮，时间密集，卷帙浩繁。总集有许敬

---

① 王溥：《唐会要》卷三六，第759页。

② 李昉等：《文苑英华》卷六九九，中华书局1966年版，第3607页。

③ 欧阳修、宋祁：《新唐书》卷一〇二，第3985页。

④ 太宗：《赐萧瑀》，《全唐诗》卷一，第19页。

⑤ 刘肃：《大唐新语》卷八，第123页。

宗、刘伯庄奉敕编撰的《文馆词林》，成于显庆二年，共计一千卷。分类纂集先秦至唐初各体诗文，所采多为正史及各家文集所未载，诗歌多为赠答之作。又有《东殿新书》二百卷，乃“许敬宗、李义府奉诏于武德内殿修撰。其书自《史记》至《晋书》删其繁辞。龙朔元年上，高宗制序”①。据《唐会要》载：“显庆元年十月，诏礼部尚书、弘文馆学士许敬宗等修《东殿新书》。上曰：‘略看数卷，全不如抄撮文书；又日月复浅，岂不是卿等用意至此。’因亲制序四百八十字。”② 高宗认为此类总集的价值尚不及抄撮的类书。是时类书的编撰更为繁盛，有许敬宗的《瑶山玉彩》五百卷。又“《累璧》四百卷，又目录四卷。许敬宗等撰”③。武后朝有《玄览》一百卷，《三教珠英》一千三百卷，张昌宗、李峤、崔湜、阎朝隐、徐彦伯、张说、沈佺期、宋之问、富嘉谟、乔侃、员半千、薛曜等撰，该书是当时规模最大、门类最全的类书。私人亦根据自身需要或独特爱好加入修撰队伍，如孟利贞有《碧玉芳林》四百五十卷、《玉藻琼林》一百卷，王义方有《笔海》十卷，僧人道世有《法苑珠林》一百卷。是时类书公私并举，种类多样，数量剧增，占据绝对优势。

唐初诗歌唱和最为频繁的是太宗、中宗两朝，高宗、武后两朝重臣积极编写类书、着力探讨创作技巧，为诗歌的盛行奠定基础，延及中宗达到顶峰，参与者动辄上百人，且人员相对固定，文辞与仕途的联系更加明晰。张说《上官昭容集序》曰：“自则天久视之后，中宗景龙之际，十数年间，六合清谧，内峻图书之府，外辟修文之馆，搜英猎俊，野无遗才，右职以精学为先，大臣以无文为耻，每豫游宫观，行幸河山，白云起而帝歌，翠华飞而臣赋，雅颂之盛与三代同风。岂惟圣后之好文？亦云奥主之协讚者也。”④ 初唐诗歌的兴盛与政治环境有关，武后、中宗甚至上溯至高宗时期，文人如何自处成为尴尬问题。武后以一介女流登上帝位，手段非常，政治高压，但是录用人才却能不拘一格，人品要求相对宽松，文人在现实的挤压下最终选择趋利避害，转身投入颂美文学的洪流之中难以自拔，集体走向沉沦，而中宗的软弱无能使得文人在沉沦的路上越走越远，

① 欧阳修、宋祁：《新唐书》卷五九，第1563页。

② 王溥：《唐会要》卷三六，第765页。

③ 欧阳修、宋祁：《新唐书》卷五九，第1563页。

④ 李昉等：《文苑英华》卷七〇〇，第3611页。

甚至变本加厉主动向倡优靠拢。例如，“祝钦明为八风舞，诸学士曰：祝公斯举，五经扫地尽矣！”① 又如，“是日甚欢，上令学士递起屡舞，至沈佺期赋《回波》，有齿绿牙绯之语。”② 再如，“时中宗数引近臣及修文学士，与之宴集，常令各效伎艺，以为笑乐。工部尚书张锡为谈容娘舞，将作大匠宗晋卿舞浑脱，左卫将军张洽舞黄麞，左金吾卫将军杜元琰诵婆罗门呪，给事中李行言唱驾车西河，中书舍人卢藏用效道士上章。山恽独奏曰：‘臣无所解，请诵古诗两篇。’帝从之，于是诵《鹿鸣》、《蟋蟀》之诗。奏未毕，中书令李峤以其词有‘好乐无荒’之语，颇涉规讽，怒为忤旨，遽止之。”③ 李峤早期并无污点，初入仕途曾为狄仁杰等人申冤而被贬润州，但中宗一朝不仅自己谄媚，还打击进谏之人，人格迅速滑落。在风云变幻的政治倾轧中，文人处境艰难，高宗、武后、中宗时期著名文人多有外贬经历，朝为宰相夕为囚徒的惨痛经历极大地震慑甚至摧残士人本已脆弱的心灵，明哲保身成为第一要义，及至出现苏味道这样老于官场的政客型文人，“味道善敷奏，多识台阁故事，然而前后居相位数载，竟不能有所发明，但脂韦其间，苟度取容而已。尝谓人曰：‘处事不欲决断明白，若有错误，必贻咎谴，但摸稜以持两端可矣。’时人由是号为‘苏摸稜’。”④ 既然政治上有所作为顾虑重重，诸人又多为进士出身，均有较高的文学素养，投入文学创作既能发挥自己的特长又能得到帝王的赏识还不至于招致祸患，因此文人均竭力躲入诗歌王国寻求安慰庇护甚至高升。既然诗歌内容已经确定为颂美，那么只能在形式上努力改进，由此不难理解贵为文坛宗主的李峤竟然会创作《杂咏》这样教材一般并无多少思想内容的诗歌，而且多达一百二十首。中宗一朝诗歌创作已经达到宫廷文学的顶峰，文学以压倒性优势战胜史学。

初唐宫廷重心由史学向文学转变，诗歌创作异军突起，以下是高祖、太宗、高宗、武后、中宗五朝的游宴唱和活动，比较各表可以看出创作日趋频繁，并在中宗朝达到高潮。至此文学最终取代史学，与民间风向重合，共同呼唤盛唐声律风骨兼备的诗歌创作的黄金时代的到来。

---

① 计有功撰，王仲镛校笺：《唐诗纪事校笺》卷九，第264页。

② 同上书，第263页。

③ 刘昫等：《旧唐书》卷一八九下，第4970—4971页。

④ 刘昫等：《旧唐书》卷九四，第2991—2992页。

表 1　　高祖朝君臣游宴唱和活动①

时间（武德）	地点	参与人员与作品
约元年左右	不详	孔绍安《侍宴咏石榴》②
七年四月	翠华殿	诗皆不传
八年五月	内殿	诗皆不传

表 2　　太宗朝君臣游宴唱和活动

时间（贞观）	地点	参与人员与作品
贞观初	不详（2 人）	太宗《秋日》、袁朗《秋日应诏》
四年二月十三日③	中华殿（5 人）	太宗《两仪殿赋柏梁体》，李神通、长孙无忌、房玄龄、萧瑀

---

① 高祖、太宗、高宗、武后、中宗五朝君臣唱和情况参考陶敏、傅璇琮《唐五代文学编年史》（初盛唐卷），贾晋华《唐代集会总集与诗人群研究》，陶敏、易淑琼《沈佺期宋之问集校注》，彭庆生《唐高宗朝诗歌系年考》等著作，限于篇幅表格之中不再逐一注出。

② 表中所列诗歌题目均以《全唐诗》为准，《全唐诗》未收之作参阅《文苑英华》、《翰林学士集》等书。

③ 彭定求等：《全唐诗》卷一，太宗《两仪殿赋柏梁体》题下注曰：“《两京记》：‘贞观五年，太宗破突厥，宴突利可汗于两仪殿，赋七言诗柏梁体。’”据《唐六典》卷七记载：“又北曰两仪门，其内曰两仪殿，常日听朝而视事焉。盖古之内朝也。隋曰中华殿，贞观五年改为两仪殿。”又《旧唐书·太宗纪》卷三：“（贞观四年）十二月辛亥，开府仪同三司、淮安王神通薨。”按李神通贞观四年卒，中华殿贞观五年更名两仪殿，则《两京记》记载有误。另据《册府元龟·宴享》卷一〇九记载：“（贞观三年）十一月戊辰，宴五品以上于内殿，帝谓群臣曰：‘李靖奋忠勇，长驱深入，颉利奔窜，天下无事，岂不乐哉?’于是极欢而罢。戊子，宴突利可汗及群臣三品以上于中华殿，帝赋七言诗，极欢而罢，赐杂采各有差。”考唐军击败突厥过程如下：《旧唐书·太宗纪》卷二：“（贞观三年十一月）庚申，以并州都督李世勣为通汉道行军总管，兵部尚书李靖为定襄道行军总管，以击突厥。十二月戊辰，突利可汗来奔。”又“（贞观）四年春正月乙亥，定襄道行军总管李靖大破突厥，获隋皇后萧氏及炀帝之孙正道，送至京师。……（二月）甲辰，李靖又破突厥于阴山，颉利可汗轻骑远遁。……三月庚辰，大同道行军副总管张宝相生擒颉利可汗，献于京师”。可见贞观三年十一月戊子突利可汗尚未奔唐，贞观四年二月颉利可汗始遁逃，则《册府元龟》记载亦误。颇疑此次宴享赋诗在“（贞观）四年二月乙酉，宴三品以上于中华殿”。是时突利可汗归唐，颉利可汗奔逃，李神通尚在世，情形较为符合。唯两仪殿应作中华殿，疑诗题中之两仪殿为后世所改。据平岗武夫《唐代的历》贞观四年二月无乙酉，当为己酉之误。

续表

时间（贞观）	地点	参与人员与作品
约四年七月①	不详（1人）	许敬宗《五言七夕侍宴赋得归衣飞机一首应诏》
四年之后②	不详（6人）	太宗《正日临朝》、颜师古《奉和正日临朝》、魏徵《奉和正日临朝应诏》、杨师道《奉和正日临朝应诏》、李百药《奉和正日临朝应诏》、岑文本《奉和正日临朝》
六年九月二十九日③	庆善宫（3人）	太宗《幸武功庆善宫》
		太宗《过旧宅》、许敬宗《奉和过旧宅应制》、上官仪《奉和过旧宅应制》
七年一月十五日④	玄武门（2人）	太宗《春日玄武门宴群臣》、杜正伦《玄武门侍宴》
七年之前⑤	桂林殿（2人）	陈叔达《早春桂林殿应诏》、上官仪《早春桂林殿应诏》

① 许敬宗：《五言七夕侍宴赋得归衣飞机一首应诏》署“中书舍人”。据《唐会要》卷四八“唐兴寺”条记载：“贞观三年十二月一日诏……仍命虞世南、李百药、褚遂良、颜师古、岑文本、许敬宗、朱子奢等，为碑记铭功业。破刘武周于汾州，立宏济寺，宗正卿李百药为碑铭；破宋老生于吕州，立普济寺，著作郎许敬宗为碑铭；……已上并贞观四年五月建造毕。”许敬宗贞观三年尚在著作郎之位。《唐会要》卷六三又载：“贞观十年正月二十日，尚书左仆射房玄龄、侍中魏徵、散骑常侍姚思廉、太子右庶子李百药、孔颖达、礼部侍郎令狐德棻、中书侍郎岑文本、中书舍人许敬宗等，撰成《周》、《隋》、《梁》、《陈》、《齐》五代史，上之，进阶颁赐有差。”则许敬宗贞观十年一月已为中书侍郎，但本年六月因在文德皇后葬礼期间失仪而被贬为洪州都督府司马。则本诗可能写于贞观三年十二月至十年正月之间，又据《唐五代文学编年史》同时参与赋诗的沈叔安约卒于贞观五年前后，疑此诗作于贞观四年七月初七日。

② 彭定求等：《全唐诗》卷一，太宗《正日临朝》诗曰：“百蛮奉遐尽，万国朝未央。”又《旧唐书·太宗纪》卷三：“（贞观四年）夏四月丁酉，御顺天门，军吏执颉利以献捷。自是西北诸蕃咸请上尊号为‘天可汗’，于是降玺书册命其君长，则兼称之。”组诗当作于此年之后。

③ 司马光编著，胡三省音注：《资治通鉴》卷一九四：“（贞观六年）九月，己酉，幸庆善宫，上生时故宅也，因与贵人宴，赋诗。”

④ 司马光编著，胡三省音注：《资治通鉴》卷一九四：“（贞观七年正月）癸巳，宴三品已上及州牧、蛮夷酋长于玄武门。”太宗《春日玄武门宴群臣》诗曰：“九夷簉瑶席，五狄列琼筵。”（《全唐诗》卷一）与此较为符合。

⑤ 刘昫等：《旧唐书·陈叔达传》卷六一：“拜礼部尚书。……后坐闺庭不理，为宪司所劾，朝廷惜其名臣，不欲彰其罪，听以散秩归第。九年卒，谥曰缪。”又《旧唐书·太宗纪》卷三：“（贞观八年正月）壬寅，命尚书右仆射李靖、特进萧瑀、杨恭仁、礼部尚书王珪……使于四方，观省风俗。”王珪贞观八年正月已为礼部尚书，则陈叔达以散秩归第不得晚于贞观七年。

续表

时间（贞观）	地点	参与人员与作品
约十一年①	莎栅宫（1人）	许敬宗《五言侍宴莎栅宫赋得情一首应诏》
十一年三月②	洛水（1人）	太宗《临洛水》
十一年十月初十日③	积翠池（3人）	太宗《尚书》、魏徵《西汉》、李百药《礼记》
十二年二月十五日④	陕州城楼（2人）	太宗《春日登陕州城楼俯眺原野回丹碧缀烟霞密翠斑红芳菲花柳即目川岫聊以命篇》、许敬宗《奉和登陕州城楼应制》
十二年之前⑤	不详（2人）	太宗《赋得临池竹》、虞世南《赋得临池竹应制》
		虞世南《奉和咏日午》、褚亮《奉和咏日午》
十五年七月	仪鸾殿（5人）	太宗《仪鸾殿早秋》、长孙无忌《五言早秋侍宴应诏》、杨师道《五言早秋侍宴应诏》、朱子奢《五言早秋侍宴应诏》、许敬宗《奉和仪鸾殿早秋应制》
约十五年十一月⑥	潼关（2人）	太宗《入潼关》、许敬宗《奉和入潼关》
十六年十一月十五日⑦	武功（1人）	太宗《重幸武功》

① 本诗许敬宗署“给事中”。考许敬宗任给事中在贞观十一年至十七年。笔者目前尚未发现与“莎栅宫”有关的记载，但河南省永宁县有莎栅古水。据韩愈《东雅堂昌黎集注》：“按《河南志》莎栅古水在永宁县西三十里，出莎岭，东流入昌谷，莎栅盖在东都也。”较为可信。唐代行宫颇多，疑莎栅宫即在洛阳行宫。据《资治通鉴》卷一九四记载：“（贞观十一年二月）甲子，上行幸洛阳宫。”又“（十二年）二月，乙卯，车驾西还”。则太宗贞观十一年基本都在洛阳度过，其间颇有雅兴，行幸显仁宫、西苑、明德宫、怀州等地，其中显仁宫在寿安县，与永宁县相距不远，此年极有可能游览赋诗。

② 刘昫等：《旧唐书·太宗纪》卷三：“（贞观十一年三月）丁亥，车驾至洛阳。丙申，改洛州为洛阳宫。辛亥，大蒐于广城泽。”

③ 王钦若等：《册府元龟·宴享》卷一〇九：“（贞观十一年）十月辛酉，幸积翠池，宴五品以上。帝曰：‘今兹年穀大登，水潦不能为害，天下既安，边方静息。因此农隙，与公等举酒。酒既酣，各宜赋一事。’帝赋《尚书》，特进魏徵赋《西汉》。”

④ 刘昫等：《旧唐书·太宗纪》卷三：“（贞观十二年二月）乙丑，次陕州。”

⑤ 刘昫等：《旧唐书·太宗纪》卷三：“（贞观十二年）夏五月壬申，银青光禄大夫、永兴县公虞世南卒。”

⑥ 刘昫等：《旧唐书·太宗纪》卷三：“（贞观十五年十一月）壬申，还京师。”途经潼关，疑为此时作。

⑦ 刘昫等：《旧唐书·太宗纪》卷三：“（贞观十六年十一月）丁卯，宴武功士女于庆善宫南门。”

续表

时间（贞观）	地点	参与人员与作品
十七年十一月	延庆殿（4人）	太宗《五言延庆殿集同赋花间鸟》、长孙无忌《赋得寒丛桂应诏》、许敬宗《赋得阿阁凤应诏》、上官仪《赋得凌霜雁应诏》
十八年二月十七日①	玄武门（1人）	岑文本《奉述飞白书势》
十九年三月	定州（10人）	太宗《春日望海以光为韵》、长孙无忌《五言春日侍宴望海应诏》、高士廉《五言春日侍宴次望海应诏》、杨师道《五言春日侍宴望海应诏》、刘洎《五言春日侍宴望海应诏》、岑文本《五言春日侍宴望海应诏》、褚遂良《五言春日侍宴望海应诏》、许敬宗《五言春日侍宴望海应诏》、上官仪《五言春日侍宴望海应诏》、郑仁轨《五言春日侍宴望海应诏》
十九年十月	辽东（4人）	太宗《五言塞外同赋山夜临秋以临为韵》、褚遂良《五言辽东侍宴山夜临秋同赋临韵应诏》、许敬宗《五言辽东侍宴山夜临秋同赋临韵应诏》、上官仪《五言辽东侍宴山夜临秋同赋临韵应诏》
	辽东（2人）	太宗《执契静三边》、许敬宗《奉和执契静三边应诏》
十九年十一月	中山（2人）	太宗《宴中山》、许敬宗《奉和宴中山应制》
十九年十二月②	并州（1人）	太宗《于太原召侍臣赐宴守岁》
二十年一月	后池（1人）	许敬宗《五言后池侍宴回文诗一首应诏》
约二十年三月	延庆殿（2人）	太宗《五言延庆殿集同赋花间鸟》许敬宗《五言侍宴延庆殿赋得花间鸟一首应诏》
二十年八月	扶风（6人）	太宗《经破薛举战地》、许敬宗《五言奉和行经破薛举战地应诏》、褚遂良《五言奉和行经破薛举战地应诏》、长孙无忌《五言奉和行经破薛举战地应诏》、杨师道《五言奉和行经薛举战地应诏》、上官仪《五言奉和行经破薛举战地应诏》
二十年	不详（4人）	太宗《五言咏棋》、许敬宗《五言奉和咏棋应诏》、刘子翼《五言奉和咏棋应诏》、上官仪《五言奉和咏棋应诏》
二十一年之前③	不详（2人）	贞观年间太宗与杨师道屡次唱和：太宗《初秋夜坐》、杨师道《初秋夜坐应诏》；太宗《咏饮马》、杨师道《奉和咏饮马》；太宗《咏弓》、杨师道《奉和咏弓》

① 王溥：《唐会要·书法》卷三五：“至十八年二月十七日，召三品已上，赐宴于元武门。太宗操笔作飞白书，群臣乘酒，就太宗手中相竞。”

② 刘昫等：《旧唐书·太宗纪》卷三：“（贞观十九年）十二月戊申，幸并州。”

③ 刘昫等：《旧唐书·杨师道传》卷六二：“二十一年卒，赠吏部尚书、并州都督，陪葬昭陵。”

续表

时间（贞观）	地点	参与人员与作品
不详	不详（3人）	唐太宗《秋日即目》、许敬宗《奉和秋日即目应制》、上官仪《秋日即目应制》
不详	不详（2人）	贞观年间太宗与许敬宗屡次唱和：太宗《元日》、许敬宗《奉和元日应制》；太宗《秋暮言志》、许敬宗《奉和秋暮言志应制》；太宗《咏雨》、许敬宗《奉和咏雨应诏》；太宗《喜雪》、许敬宗《奉和喜雪应制》；太宗《登三台言志》、许敬宗《奉和登三台言志》；太宗《初春登楼即目观作述怀》、许敬宗《奉和初春登楼即目观作述怀》
不详	不详（2人）	太宗《咏雪》、佚名《奉和咏雪应制》

表3　　高宗朝君臣游宴唱和活动

时间	地点	参与人员
永徽二—三年①	不详（2人）	高宗《饯中书侍郎来济》、许敬宗《奉和饯来济应诏》
显庆二—三年②	不详（4人）	高宗《雪诗》、长孙无忌《奉和雪诗》、于志宁《奉和雪诗》、许敬宗《奉和雪诗》
麟德元年③	大慈恩寺（3人）	高宗《谒大慈恩寺》、许敬宗《奉和过慈恩寺应制》、慈恩寺沙门《和御制游慈恩寺》
麟德二年④	濮济（2人）	薛克构《奉和展礼岱宗途经濮济》、萧楚材《奉和展礼岱宗途经濮济》

① 刘昫等：《旧唐书·来济传》卷八〇：“永徽二年，拜中书侍郎，兼弘文馆学士，兼修国史。四年，同中书门下三品。”又《资治通鉴》卷一九九：“（永徽三年）九月，守中书侍郎来济同中书门下三品。”则来济永徽二年至三年九月之间为中书侍郎，此时太宗已卒，岑仲勉《读全唐诗札记》：“余以为此高宗诗而误传太宗耳。”今从之。

② 刘昫等：《旧唐书·吕才传》卷七九：“辄以御制《雪诗》为《白雪》歌词。又案古今乐府，奏正曲之后，皆别有送声，君唱臣和，事彰前史。今取太尉长孙无忌、仆射于志宁、侍中许敬宗等《奉和雪诗》以为送声，合十六节，今悉教讫，并皆合韵。”又许敬宗，据《新唐书·高宗纪》卷三：“（显庆二年八月）辛未，卫尉卿许敬宗为侍中。……（三年十一月）戊戌，许敬宗为中书令。”则组诗作于二年八月至三年十一月之间。

③ 刘昫等：《旧唐书·高宗纪》卷四：“（麟德元年八月）己卯，降万年县系囚，因幸大慈恩寺，壬午，还蓬莱宫。”

④ 刘昫等：《旧唐书·高宗纪》卷四：“（麟德二年冬十月）丁卯，将封泰山，发自东都。……十二月丙午，御齐州大厅。乙卯，命有司祭泰山。”当为途中所作。

续表

时间	地点	参与人员
咸亨元年之前①	悬圃（2人）	高宗《七夕宴悬圃两首》、许敬宗《奉和七夕宴悬圃应制二首》
		高宗《守岁》、许敬宗《奉和守岁应制》
咸亨元年之前	不详（3人）	高宗《九月九日》、贺敳《奉和九月九日应制》、许敬宗《奉和九月九日应制》
咸亨二年之前②	不详	孙处约诗歌无考
咸亨三年十一月初八日③	栖岩寺（3人）	高宗《五言过栖岩寺》、姚元崇《奉和五言过栖岩寺》、韦元旦《奉和五言过栖岩寺》
咸亨三年十一月	温汤（5人）	高宗《过温汤》、越王贞《奉和圣制过温汤》、郑义真《奉和圣制过温汤》、杨思玄《奉和圣制过温汤》、王德真《奉和圣制过温汤》
仪凤三年七月初三日④	咸亨殿（7人）	高宗《咸亨殿宴近臣诸亲柏梁体》、李贤、李元轨、李旦、戴至德、来恒、薛元超
永隆二年七月⑤	不详（7人）	高宗《太子纳妃太平公主出降》、刘祎之《奉和太子纳妃太平公主出降》、元万顷《奉和太子纳妃太平公主出降》、郭正一《奉和太子纳妃太平公主出降》、胡元范《奉和太子纳妃太平公主出降》、任希古《奉和太子纳妃太平公主出降》、裴守真《奉和太子纳妃太平公主出降》
永淳二年⑥	少林寺（1人）	武后《从驾幸少林寺》

---

① 刘昫等：《旧唐书·许敬宗传》卷八二："咸亨元年，抗表乞骸骨，诏听致仕。"诗歌当作于致仕之前。

② 周绍良、赵超：《唐代墓志汇编》咸亨〇六八《唐故司成孙公（处约）墓志铭并序》："又尝御制诗面奉敕令和，和讫表进。"

③ 胡聘之：《山右石刻丛编》卷五《栖岩寺诗碣并记》："咸亨三年十一月八日"，有高宗《五言过栖岩寺》、姚元崇、韦元旦奉和诗各一。

④ 王钦若等：《册府元龟》卷一一〇："仪凤三年七月丁巳，宴百僚及诸亲于九成宫之咸亨殿。……饮酣，帝赋诗作柏梁体曰：'屏欲除奢政返淳。'皇太子曰：'叨恩坚守恋晨昏。'霍王元轨曰：'圣德无为同混元。'相王轮曰：'长欢膝下镇承恩。'右仆射戴至德曰：'天皇万福振长源。'黄门侍郎来常曰：'策蹇叨荣青琐门。'中书侍郎薛元超曰：'鹓池滥职奉王言。'自馀群臣以次继作。日晏而罢，赐采物有差。"

⑤ 王钦若等：《册府元龟》卷八四："（永隆）二年七月，以太平公主出降，曲赦京城囚徒大辟罪已下。"

⑥ 王昶：《金石萃编》卷六〇《天后御制诗书碑》："从驾幸少林寺，睹先妃营建之所，倍切茕衿，逾凄远慕，聊题即事，用述悲怀。""永淳二年九月廿五日司门郎中、太孙咨议王知敬书。"彭庆生系于永淳二年，从之。

续表

时间	地点	参与人员
不详	九成宫（1人）	刘祎之《九成宫秋初应诏》①

表4　则天朝群臣游宴唱和活动

时间	地点	参与人员
垂拱四年十二月二十五日②	洛水（3人）	李峤《奉和拜洛》、牛凤及《奉和受图温洛》、苏味道《奉和拜洛应制》
永昌元年一月③	洛阳（1人）	陈子昂《洛城观酺应制》
约天授元年④	不详（2人）	陈子昂《奉和皇帝上礼抚事述怀应制》、李峤《皇帝上礼抚事述怀》

① 此诗彭庆生系于上元三年七月，理由为刘祎之上元至仪凤中在朝，“仪凤三年五月高宗再幸九成宫时，祎之已流巂州矣。”误。据《旧唐书·刘祎之传》卷八七：“仪凤二年，转朝议大夫、中书侍郎，兼豫王府司马，寻加中大夫。祎之有姊在宫中为内职，天后令省荣国夫人之疾，祎之潜伺见之，坐是配流巂州。”祎之流放当为追述，并非发生于仪凤二年之后。此事《新唐书》卷一一七追述意味更为明显：“先是，姊为内官，武后遣至外家问疾，祎之因贺兰敏之私省之，坐流巂州。”刘祎之流巂州受贺兰敏之牵连，据《册府元龟》卷九二五记载：“贺兰敏之，天后姊子，为兰台左侍极，当时咸倾附之。有罪徙岭外，尚书右丞兼检校沛王府长史皇甫公义以托附敏之长流横州，太子中允刘懿之弟右史祎之知情配巂州，蕲州司马徐齐聃，前任王府掾，与敏之交往左道，除名长流岭外。”徐齐聃流往钦州，《旧唐书·徐齐聃传》卷一九〇上：“齐聃善于文诰，甚为当时所称。高宗爱其文，令侍周王等属文，以职在枢剧，仍敕间日来往焉。以漏泄机密，左授蕲州司马。俄又坐事配流钦州。”又张说《西台舍人赠泗州刺史徐府君碑》：“（咸亨）二年，坐事徙于钦州。”（《文苑英华》卷八九四）则徐齐聃流放在咸亨二年，刘祎之亦在此年。上元年间大赦天下，刘祎之“上元中，迁左史、弘文馆直学士……仪凤二年，转朝议大夫、中书侍郎，兼豫王府司马，寻加中大夫”。此后未有外贬经历，垂拱三年赐死。则《九成宫初秋应诏》作于上元三年、仪凤三年均有可能。

② 刘昫等：《旧唐书·则天皇后》卷六：“（垂拱四年）十二月己酉，神皇拜洛水，受‘天授圣图’，是日还宫。”

③ 刘昫等：《旧唐书·则天皇后》卷六：“永昌元年春正月，神皇亲享明堂，大赦天下，改元，大酺七日。”陈子昂《洛阳观酺应制》：“方睹升中禅，言观拜洛回。”情境相符。杜审言亦有诗《大酺》，注曰：“永昌元年”。

④ 刘昫等：《旧唐书·则天皇后》卷六：“（载初元年）九月九日壬午，革唐命，改国号为周。改元为天授，大赦天下，赐酺七日。乙酉，加尊号曰圣神皇帝，降皇帝为皇嗣。”

续表

时间	地点	参与人员
证圣元年四月①	洛阳（1人）	李峤《奉和天枢成宴夷夏群僚应制》
长寿二年九月二十九日②	上阳宫（1人）	宋之问《上阳宫侍宴应制得林字》、宗楚客《奉和幸上阳宫侍宴应制》
万岁登封元年③	登封（1人）	宋之问《扈从登封途中作》、《扈从登封告成颂》、《扈从登封告成颂应制》、《幸少林寺应制》
圣历二年二月④	嵩山（2人）	阎朝隐《侍从途中口号应制》
约圣历元年⑤	龙门（3人）	宋之问《龙门应制》、武三思《奉和春日游龙门应制》、东方虬诗作失考
		沈佺期《从幸香山寺应制》⑥
圣历三年十二月⑦	流杯亭（7人）	武后、武三思、李峤、姚元崇、苏颋、薛曜，余下一人及诸人诗作失考
圣历三年⑧	行宫（1人）	苏味道《初春行宫侍宴应制得天字》

① 司马光编著，胡三省音注：《资治通鉴》卷二〇五：“（证圣元年）夏，四月，天枢成。”

② 刘昫等：《旧唐书·则天皇后》卷六：“（长寿二年）秋九月，上加金轮圣神皇帝号，大赦天下，大酺七日。……（三年）五月，上加尊号为越古金轮圣神皇帝，大赦天下，改元为延载，大酺七日。”可知则天号“金轮圣神皇帝”仅为长寿二年九月至三年五月之间。又宋之问《早秋上阳宫侍宴序》：“我金轮圣神皇帝垂妙觉，抚鸿动，出轩宫而镇紫薇。”又宋之问《上阳宫侍宴应制得林字》标有“九月晦日”四字。

③ 刘昫等：《旧唐书·则天皇后》卷六：“万岁登封元年腊月甲申，上登封于嵩岳，大赦天下，改元，大酺九日。丁亥，禅于少室山。……洛州百姓给复二年，登封、告成县三年。”

④ 司马光编著，胡三省音注：《资治通鉴》卷二〇六：“（圣历二年）二月，己丑，太后幸嵩山。……壬辰，太后不豫，遣给事中栾城阎朝隐祷少室山。朝隐自为牺牲，沐浴伏俎上，请代太后命。太后疾小愈，厚赏之。”

⑤ 详见彭庆生《陈子昂诗注》卷三《修竹篇并序》说明。

⑥ 香山寺在龙门之上，据白居易《修香山寺记》：“洛都四郊山水之胜，龙门首焉，龙门十寺观游之胜，香山首焉。”似与宋之问《龙门应制》作于同时。

⑦ 陈思：《宝刻丛编》卷五，汝州《唐则天幸流杯亭宴诗》：“武后圣历三年，幸汝州，宴饮于州南流杯亭，与群臣分韵赋诗。武后御制及梁王三思等凡七首，平章事李峤为序。”又《旧唐书·则天皇后》卷六：“（圣历三年腊月）戊寅，幸汝州之温汤。”

⑧ 彭庆生系于此年，从之。

续表

时间	地点	参与人员
久视元年五月①	石淙（18人）	武后《夏日游石淙诗并序》、李显《石淙》、李旦《石淙》、李峤《石淙》、徐彦伯《石淙》、狄仁杰《奉和圣制夏日游石淙》、姚元崇《奉和圣制夏日游石淙山》、阎朝隐《奉和圣制夏日游石淙山》、武三思《奉和圣制夏日游石淙山》、张易之《奉和圣制夏日游石淙山》、张昌宗《奉和圣制夏日游石淙山》、薛曜《奉和圣制夏日游石淙山》、杨敬述《奉和圣制夏日游石淙山》、于季子《奉和圣制夏日游石淙山》、苏味道《嵩山石淙侍宴应制》、崔融《嵩山石淙侍宴应制》、沈佺期《嵩山石淙侍宴应制》、宋之问《三阳宫石淙侍宴应制》②
大足元年十月	途中（1人）	沈佺期《辛丑岁十月上幸长安时扈从出西岳作》③
长安二年至三年④	昆明池（1人）	沈佺期《春日昆明池侍宴应制》
长安二年至三年⑤	神皋亭（1人）	宋之问《奉和幸神皋亭应制》
长安二年至三年⑥	梁王宅（2人）	张说《侍宴武三思山第应制赋得风字》、韦安石《梁王宅侍宴应制同用风字》
长安三年十月⑦	途中（2人）	沈佺期《扈从出长安应制》、杜审言《扈从出长安应制》
长安三年十一月	宿羽亭（1人）	杜审言《宿羽亭侍宴应制》⑧
长安三年十二月⑨	不详	杜审言《守岁侍宴应制》
不详	太平公主山亭(1人)	张昌宗《过太平公主山亭侍宴应制》

① 王昶：《金石萃编》卷六四，《夏日游石淙诗碑》：“大周久视元年岁次庚子律中蕤宾十九日丁卯”。

② 三阳宫在嵩山之上，《旧唐书·则天皇后》卷六：“（圣历三年腊月）造三阳宫于嵩山。”

③ 辛丑岁即大足元年，《旧唐书·则天皇后》卷六：“（大足元年）冬十月，幸京师。”

④ 昆明池在长安，程大昌《雍录》卷六：“昆明池，汉武帝所凿，在长安西南，周回四十里。”又《旧唐书·则天皇后》卷六：“（大足元年）冬十月，幸京师，大赦天下，改元为长安。……（长安三年）冬十月丙寅，驾还神都。”则当作于长安二年至三年之间。

⑤ 神皋亭在长安禁苑，宋敏求《长安志》卷六：“神皋亭、七架亭、青门亭去宫城十三里，在长安故城之东。”又《旧唐书·则天皇后》卷六：“（大足元年）冬十月，幸京师，大赦天下，改元为长安。……（长安三年）冬十月丙寅，驾还神都。”宋之问《奉和幸神皋亭应制》曰：“霜戈凝晓日，云管发阳春。”则作于长安二年至三年之间。

⑥ 彭庆生系于此年，从之。

⑦ 刘昫等：《旧唐书·则天皇后》卷六：“（长安三年）冬十月丙寅，驾还神都。乙酉，至自京师。”

⑧ 司马光编著，胡三省音注：《资治通鉴》卷二〇七：“（长安三年）十一月，突厥遣使谢许婚。丙寅，宴于宿羽台。”注曰：“宿羽台在东都宿羽宫中，高宗调露元年所起。”

⑨ 彭庆生系于此年，从之。

续表

时间	地点	参与人员
不详	不详（1人）	张易之《泛舟侍宴应制》、《侍从过公主南宅侍宴探得风字应制》
不详	仙萼亭（2人）	沈佺期《仙萼亭初成侍宴应制》①、宋之问《夏日仙萼亭应制》
不详	麟趾殿（1人）	宋之问《麟趾殿侍宴应制》
不详	上阳宫（1人）	宗楚客《奉和幸上阳宫侍宴应制》、

表5　中宗朝君臣游宴唱和活动

时间（景龙）	地点	参与人员
元年十二月三十日②	安乐公主宅（2人）	沈佺期《岁夜安乐公主满月侍宴》、杜审言《岁夜安乐公主满月侍宴应制》
二年七月初七日	两仪殿（5人）	李峤《奉和七夕两仪殿会宴应制》、刘宪《奉和七夕宴两仪殿应制》、李乂《奉和七夕两仪殿会宴应制》、赵彦昭《奉和七夕两仪殿会宴应制》、苏颋《奉和七夕两仪殿会宴应制》
二年九月初九日	慈恩寺（29人）	上官婉儿《九月九日上幸慈恩寺登浮图群臣上菊花寿酒》、崔日用《奉和九月九日登慈恩寺浮图应制》、宋之问《奉和九月九日登慈恩寺浮屠应制》、崔湜《慈恩寺九日应制》、李峤《奉和九月九日登慈恩寺浮图应制》、李适《奉和九日登慈恩寺浮图应制》、刘宪《奉和九月九日圣制登慈恩寺浮图应制》、李乂《奉和九月九日登慈恩寺浮图应制》、卢藏用《奉和九月九日登慈恩寺浮图应制》、岑羲《奉和九月九日登慈恩寺浮屠应制》、薛稷《慈恩寺九日应制》、马怀素《奉和九月九日登慈恩寺浮图应制》、赵彦昭《奉和九月九日登慈恩寺浮屠应制》、萧至忠《奉和九月九日登慈恩寺浮图应制》、李迥秀《奉和九月九日登慈恩寺浮图应制》、杨廉《奉和九月九日登慈恩寺浮图应制》、辛替否《奉和九月九日登慈恩寺浮图应制》、王景《奉和九月九日登慈恩寺浮图应制》、毕乾泰《奉和九月九日登慈恩寺浮图应制》、麴瞻《奉和九月九日登慈恩寺浮图应制》、樊忱《奉和九月九日登慈恩寺浮图应制》、孙佺《奉和九月九日登慈恩寺浮图应制》、李从远《奉和九月九日登慈恩寺浮图应制》、周利用《奉和九月九日登慈恩寺浮图应制》、张景源《奉和九月九日登慈恩寺浮图应制》、李恒《奉和九月九日登慈恩寺浮图应制》、张锡《奉和九月九日登慈恩寺浮图应制》、解琬《奉和九月九日登慈恩寺浮图应制》、郑愔《奉和九月九日登慈恩寺浮图应制》

---

① 沈佺期《仙萼亭初成侍宴应制》："辇路披仙掌，幄宫拂帝萝。"《新唐书·地理志》卷三七："华阴，望。垂拱元年更名仙掌。"当在洛阳、长安之间往还途中所作。

② 宋之问《祭杜学士审言文》："维大唐景龙二年岁次戊申月日，考功员外郎宋之问，谨以清酌之奠，敬祭于故修文馆学士杜君之灵。……孟冬十日兮共归君，君有灵兮闻不闻。"可知杜审言卒于景龙二年十月。又据陶敏、易淑琼《沈佺期宋之问简谱》记载沈佺期长安四年入狱，其后贬驩州，景龙元年始得归京，则二人除夕共同侍宴只能为景龙元年。

续表

时间（景龙）	地点	参与人员
二年闰九月初九日	总持寺（4人）	宋之问《奉和圣制闰九月九日登庄严总持二寺阁》、李峤《闰九月九日幸总持寺登浮图应制》、刘宪《闰九月九日幸总持寺登浮图应制》李乂《闰九月九日幸总持寺登浮图应制》
二年十月初三日	三会寺（6人）	上官婉儿《驾幸三会寺应制》、宋之问《奉和幸三会寺应制》、李峤《奉和幸三会寺应制》、刘宪《奉和幸三会寺应制》、李乂《奉和幸三会寺应制》、郑愔《奉和幸三会寺应制》
二年十一月初五日①	内殿(16人)	中宗《十月诞辰内殿宴群臣效柏梁体联句》，李峤、宗楚客、刘宪、崔湜、郑愔、赵彦昭、李适、苏颋、卢藏用、李乂、马怀素、薛稷、宋之问、陆景初、上官婉儿
二年十二月初六日	大荐福寺（6人）	宋之问《奉和幸大荐福寺》、李峤《奉和幸大荐福寺应制》、刘宪《奉和幸大荐福寺应制》、李乂《奉和幸大荐福寺》、赵彦昭《奉和幸大荐福寺》、郑愔《奉和幸大荐福寺》
二年十二月十九日②	内殿（7人）	李峤《立春日侍宴内出剪采花应制》、赵彦昭《立春日侍宴内出剪采花应制》、沈佺期《立春日侍宴内出剪采花应制》、宋之问《立春日侍宴内出剪采花应制》、刘宪《立春日侍宴内出剪采花应制》、上官婉儿《立春日侍宴内出剪采花应制》、苏颋《立春日侍宴内出剪采花应制》
	苑中（8人）	中宗《立春日游苑迎春》、崔日用《奉和立春游苑迎春应制》、阎朝隐《奉和立春游苑迎春应制》、韦元旦《奉和立春游苑迎春应制》、李适《奉和立春游苑迎春》、卢藏用《奉和立春游苑迎春应制》、马怀素《奉和立春游苑迎春应制》、沈佺期《奉和立春游苑迎春应制》
二年十二月二十一日	渭亭（5人）	李峤《游禁苑陪幸临渭亭遇雪应制》、李适《游禁苑幸临渭亭遇雪应制》、苏颋《游禁苑幸临渭亭遇雪应制》、徐彦伯《游禁苑幸临渭亭遇雪应制》、李乂《陪幸临渭亭遇雪应制》
二年十二月三十日	长安故城（5人）	宋之问《奉和幸长安故城未央宫应制》、李峤《奉和幸长安故城未央宫应制》、刘宪《奉和幸长安故城未央宫应制》、李乂《奉和幸长安故城未央宫应制》、赵彦昭《奉和幸长安故城未央宫应制》
	阁中（1人）	沈佺期《守岁应制》

① 刘昫等：《旧唐书·中宗纪》卷七：“显庆元年十一月乙丑，生于长安。”即公元六五六年农历十一月五日，而《唐诗纪事》卷九：“十一月十五日，中宗诞辰，内殿联句为柏梁体。”或衍一“十”字。

② 据《唐诗纪事》卷九记载中宗在位期间立春侍宴共有两次：“（景龙二年十二月）立春侍宴赋诗”“（景龙四年正月）八日立春，赐采花”又据陶敏、易淑琼《沈佺期宋之问简谱》，宋之问景龙三年秋贬为越州长史，则宋之问参与赋诗当在景龙二年。再考韦元旦《立春游苑应制》：“灞浐长安常近日，殷正腊月早迎春。”（《唐诗纪事校笺》卷一一）据《史记·历书》卷二六记载：“夏正以正月，殷正以十二月，周正以十一月。”则游苑迎春亦在本年，详见彭庆生《初唐诗歌系年考》。

续表

时间（景龙）	地点	参与人员
三年一月初七日	清晖阁（6人）	宗楚客《奉和人日清晖阁宴群臣遇雪应制》、李峤《奉和人日清晖阁宴群臣遇雪应制》、刘宪《奉和人日清晖阁宴群臣遇雪应制》、苏颋《奉和圣制人日清晖阁宴群臣遇雪应制》、李乂《奉和人日清晖阁宴群臣遇雪应制》、赵彦昭《奉和人日清晖阁宴群臣遇雪应制》
	苑中（3人）	李峤《上清晖阁遇雪》、赵彦昭《苑中人日遇雪应制》、刘宪《人日玩雪应制》
三年一月十五日①	荐福寺（2人）	宋之问《奉和荐福寺应制》、赵彦昭《荐福寺应制》
三年一月二十九日	昆明池（4人）	宋之问《奉和晦日幸昆明池应制》、苏颋《奉和晦日幸昆明池应制》、李乂《奉和晦日幸昆明池应制》、沈佺期《奉和晦日幸昆明池应制》
三年二月初八日	不详（2人）	李峤《送沙门弘景道俊玄奘还荆州应制》②、李乂《送沙门弘景道俊玄奘还荆州应制》
三年二月十一日	太平公主南庄（8人）	宋之问《奉和春初幸太平公主南庄应制》、李峤《奉和初春幸太平公主南庄应制》、邵昇《奉和初春幸太平公主南庄应制》、苏颋《奉和初春幸太平公主南庄应制》、韦嗣立《奉和初春幸太平公主南庄应制》③、李乂《奉和初春幸太平公主南庄应制》、沈佺期《奉和春初幸太平公主南庄应制》、李邕《奉和初春幸太平公主南庄应制》
三年三月初三日	梨园（1人）	沈佺期《三日梨园侍宴》
三年春④	苑中（4人）	李峤《游苑遇雪应制》、刘宪《苑中遇雪应制》⑤、宋之问《苑中遇雪应制》、沈佺期《苑中遇雪应制》⑥

① 刘昫等：《旧唐书·中宗纪》卷七："（景龙三年春正月）癸酉，幸荐福寺。"

② 又作宋之问诗，当为李峤。《宋高僧传》卷二四《唐荆州白马寺玄奘传》云："景龙三年二月八日，孝和帝于林光殿解斋，时诸学士同观盛集。奘等告乞还乡，诏赐御诗，诸学士大僚奉和。中书令李峤诗云：'三乘归净域，万骑饯通庄。就日离亭近，弥天别路长。荆南旋杖钵，渭北限津梁。何日纡真果，重来入帝乡？'"即李峤《送沙门弘景道俊玄奘还荆州应制》一诗。

③ 又作赵彦昭诗，据《文苑英华》卷一七六当为韦嗣立作。

④ 据陶敏、易淑琼《沈佺期宋之问简谱》宋之问景龙二年五月初五日入选修文馆为直学士，景龙三年秋贬越州长史，又刘宪《苑中遇雪应制》："龙骖晓入望春宫，正逢春雪舞东风。"表明此诗作于春季，则只能在景龙三年春。

⑤ 又作萧至忠诗，据《文苑英华》卷一七三当为刘宪。

⑥ 又作宋之问诗，《文苑英华》卷一七三宋之问另有《奉和游苑遇雪应制》，即《全唐诗》卷五三所录《苑中遇雪应制》一诗，则此诗当为沈佺期之作。

续表

时间（景龙）	地点	参与人员
三年春	芙蓉园（4人）	宋之问《春日芙蓉园侍宴应制》、李峤《春日侍宴芙蓉园应制》、苏颋《春日芙蓉园侍宴应制》、李乂《春日侍宴芙蓉园应制》
三年八月十一日①	望春宫（6人）	李峤《奉和幸望春宫送朔方总管张仁亶》、李适《奉和幸望春宫送朔方军大总管张仁亶》、刘宪《奉和圣制幸望春宫送朔方大总管张仁亶》、苏颋《奉和圣制幸望春宫送朔方大总管张仁亶》、李乂《奉和幸望春宫送朔方大总管张仁亶》、郑愔《奉和幸望春宫送朔方大总管张仁亶》②
三年八月十三日	太平公主山亭（1人）	李峤《太平公主山亭侍宴应制》③
三年八月二十一日④	安乐公主山庄（16人）	李峤《侍宴安乐公主庄应制》、赵彦昭《奉和幸安乐公主山庄应制》、宗楚客《奉和幸安乐公主山庄应制》、卢藏用《奉和幸安乐公主山庄应制》、苏颋《侍宴安乐公主山庄应制》、萧至忠《奉和幸安乐公主山庄应制》、岑羲《奉和幸安乐公主山庄应制》、李乂《侍宴安乐公主山庄应制》、马怀素《奉和幸安乐公主山庄应制》、韦元旦《奉和幸安乐公主山庄应制》、李迥秀《奉和幸安乐公主山庄应制》、李适《侍宴安乐公主庄应制》、薛稷《奉和幸安乐公主山庄应制》、沈佺期《奉和幸安乐公主山庄应制》⑤、刘宪《奉和幸安乐公主山庄应制》、李日知存残句

① 刘昫等:《旧唐书·中宗纪》卷七:“（景龙三年八月）乙未，亲送朔方军总管、韩国公张仁亶于通化门外，上制序赋诗。”

② 司马光编著，胡三省音注:《资治通鉴》卷二〇九:“（景龙三年）夏，五月，丙寅，愔免死，流吉州，湜贬江州司马。上官昭容密与安乐公主、武延秀曲为申理，明日，以湜为襄州刺史。愔为江州司马。”又“（景龙三年十一月）上召前修文馆学士崔湜、郑愔入陪大礼。”则郑愔不可能参与本年八月的宴会，当误。彭庆生认为此诗或为萧至忠所作，从之。

③ 彭定求等:《全唐诗》卷六一，李峤《太平公主山亭侍宴应制》注:“景龙三年八月十三日。”

④ 计有功撰，王仲镛校笺:《唐诗纪事校笺》卷九:“（景龙三年）八月三日，幸安乐公主西庄。”而《旧唐书·中宗纪》卷七:“（景龙三年八月）乙巳，幸安乐公主山亭。”又《资治通鉴》卷二〇九:“（八月）己巳，上幸定昆池，命从官赋诗。”又《类编长安志》卷三:“定昆池，本安乐公主西庄也，在京城延平门外。”乙巳为二十一日，《唐诗纪事》误。

⑤ 彭定求等:《全唐诗》卷九六作《侍宴安乐公主新宅应制》，《文苑英华》卷一七六作《侍宴安乐公主庄应制》，考诸人之作新宅均为五言，山庄均为七言，此诗为七言当为陪幸山庄之作。

续表

时间（景龙）	地点	参与人员
三年九月初九日	渭亭(26人)	中宗《九月九日幸临渭亭登高得秋字并序》、苏瓌《奉和九日幸临渭亭登高应制得晖字》、李峤《奉和九日幸临渭亭登高应制得欢字》①、阎朝隐《奉和九日幸临渭亭登高应制得筵字》、韦元旦《奉和九日幸临渭亭登高应制得月字》、苏颋《奉和九日幸临渭亭登高应制得时字》、韦嗣立《奉和九日幸临渭亭登高应制得深字》、卢藏用《九日幸临渭亭登高应制得开字》、岑羲《九月九日幸临渭亭登高应制得涘字》、薛稷《九日幸临渭亭登高应制得历字》、马怀素《九日幸临渭亭登高应制得酒字》、沈佺期《九日临渭亭侍宴应制得长字》、赵彦昭《奉和九日幸临渭亭登高应制》、萧至忠《奉和九日幸临渭亭登高应制得馀字》、李迥秀《奉和九日幸临渭亭登高应制得风字》、杨廉《奉和九日幸临渭亭登高应制得亭字》、韦安石《奉和九日幸临渭亭登高应制得枝字》、窦希玠《奉和九日幸临渭亭登高应制得明字》、陆景初《奉和九日幸临渭亭登高应制得臣字》、郑南金《奉和九日幸临渭亭登高应制得日字》、李咸《奉和九日幸临渭亭登高应制得直字》、赵彦伯《奉和九日幸临渭亭登高应制得花字》②、于经野《奉和九日幸临渭亭登高应制得樽字》、卢怀慎《奉和九日幸临渭亭登高应制得还字》、李乂《奉和九日侍宴应制得浓字》、李适《奉和圣制九日侍宴应制得高字》
三年十一月初一日	安乐公主新宅（7人）	宗楚客《安乐公主移入新宅侍宴应制》、赵彦昭《安乐公主移入新宅侍宴应制同用开字》、武平一《侍宴安乐公主新宅应制》、李适《侍宴安乐公主新宅应制》、徐彦伯《夜宴安乐公主新宅应制》、李乂《侍宴安乐公主新宅应制》、沈佺期《侍宴安乐公主新宅应制》
三年十一月初五日	未详（2人）	李峤《中宗降诞日长宁公主满月侍宴应制》、郑愔《中宗降诞日长宁公主满月侍宴应制》
三年十二月十二日	温泉宫(6人)③	上官昭容《驾幸新丰温泉宫献诗三首》、徐彦伯《奉和幸新丰温泉宫应制》、武平一《奉和幸新丰温泉宫应制》、三位失考。

① 一作宋之问诗，当为李峤之作，据《唐诗纪事·中宗》卷一："李峤得欢字云：令节三秋晚，重阳九日欢。"疑此时宋之问已经被贬，未能参与。

② 彭定求等：《全唐诗》卷一〇四，赵彦伯存诗仅三首，其中《从宴桃花园咏桃花应制》为赵彦昭诗，《苑中遇雪应制》为李峤诗，景龙年间宴饮频繁，除此之外未见赵彦伯参加其他任何活动，颇疑赵彦伯为赵彦昭或徐彦伯之误，此次赋诗赵彦昭另有《奉和九日幸临渭亭登高应制》，颇疑此诗为徐彦伯之作。

③ 计有功撰，王仲镛校笺：《唐诗纪事校笺》卷九："十二月十二日，幸温泉宫。敕蒲州刺史徐彦伯入仗，同学士例，因与武平一等五人献诗。上官昭容献七言绝句三首。"

续表

时间（景龙）	地点	参与人员
三年十二月十四日	韦嗣立山庄（11人）	中宗诗作失考、李峤《奉和幸韦嗣立山庄侍宴应制》、李乂《陪幸韦嗣立山庄应制》①、沈佺期《陪幸韦嗣立山庄》、武平一《奉和幸韦嗣立山庄侍宴应制》、赵彦昭《奉和幸韦嗣立山庄侍燕应制》、徐彦伯《侍宴韦嗣立山庄应制》、刘宪《奉和幸韦嗣立山庄侍宴应制》、崔湜《奉和幸韦嗣立山庄侍宴应制》、张说《扈从幸韦嗣立山庄应制并序》、苏颋《奉和幸韦嗣立山庄应制》
	韦嗣立山庄（10人）	中宗诗作失考、李峤《奉和圣制幸韦嗣立山庄应制》、刘宪《奉和圣制幸韦嗣立山庄》、赵彦昭《奉和圣制幸韦嗣立山庄应制》、武平一《奉和圣制幸韦嗣立山庄应制》、崔湜《奉和幸韦嗣立山庄应制》、沈佺期《奉和幸韦嗣立山庄应制》、李乂《奉和幸韦嗣立山庄侍宴应制》、张说《奉和圣制幸韦嗣立山庄应制》、苏颋《奉和圣制幸韦嗣立庄应制》（《文苑英华》：“上又制七言绝句，侍臣皆和”）
三年十二月十五日	白鹿观（10人）	崔湜《幸白鹿观应制》②、李峤《幸白鹿观应制》、刘宪《奉和幸白鹿观应制》、苏颋《幸白鹿观应制》、徐彦伯《幸白鹿观应制》、张说《奉和圣制幸白鹿观应制》、李乂《幸白鹿观应制》、沈佺期《幸白鹿观应制》、武平一《奉和幸白鹿观应制》、赵彦昭《奉和幸白鹿观应制》
三年十二月十八日	秦始皇陵（1人）	中宗《幸秦始皇陵》
三年十二月二十二日③	骊山（10人）	中宗《登骊山高顶寓目》、崔湜《奉和登骊山高顶寓目应制》、李峤《奉和骊山高顶寓目应制》、李乂《奉和登骊山高顶寓目应制》、武平一《奉和登骊山高顶寓目应制》、阎朝隐《奉和登骊山应制》、刘宪《奉和圣制登骊山高顶寓目应制》、苏颋《奉和圣制登骊山高顶寓目应制》、赵彦昭《奉和圣制登骊山高顶寓目应制》、张说《奉和圣制登骊山矚眺应制》
四年一月初一日	不详（3人）	李乂《元日恩赐柏叶应制》、武平一《奉和正旦赐宰臣柏叶应制》、赵彦昭《奉和元日赐群臣柏叶应制》
四年一月初五日	蓬莱宫（14人）	《景龙四年正月五日移仗蓬莱宫御大明殿会吐蕃骑马之戏因重为柏梁体联句》中宗、韦后、长宁公主、安乐公主、太平公主、重茂、上官婉儿、崔湜、郑愔、武平一、阎朝隐、窦从一、宗晋卿、明悉猎

① 彭定求等：《全唐诗》卷五三为宋之问诗，注：“一作李乂诗。”考宋之问景龙三年秋已被贬越州，组诗作于三年冬，则宋之问不可能参与此次赋诗。又《文苑英华》卷一七五亦作李乂诗，从之。

② 彭定求等：《全唐诗》卷五四，崔湜《幸白鹿观应制》注：“一作郑愔诗”，考《文苑英华》卷一七八为崔湜诗，从之。

③ 刘昫等：《旧唐书·中宗纪》卷七：“（景龙三年十二月甲辰）是日幸骊山。”

续表

时间（景龙）	地点	参与人员
四年一月初七日	大明宫（13人）	崔日用《奉和人日重宴大明宫恩赐采缕人胜应制》、李峤《人日侍宴大明宫恩赐采缕人胜应制》、韦元旦《奉和人日宴大明宫恩赐采缕人胜应制》、李适《人日宴大明宫恩赐采缕人胜应制》、苏颋《人日重宴大明宫恩赐采缕人胜应制》、李乂《人日重宴大明宫恩赐采缕人胜应制》、马怀素《奉和人日谦大明宫恩赐采缕人胜应制》、沈佺期《人日重宴大明宫赐采缕人胜应制》、赵彦昭《人日侍谦大明宫应制》、郑愔《人日重宴大明宫恩赐采缕人胜应制》、李适《人日大明宫应制》韦元旦《奉和人日重宴大明宫恩赐采缕人胜应制》、、阎朝隐《人日重宴大明宫恩赐采缕人应制》①
	梨园亭（3人）	崔湜《幸梨园亭观打毬应制》、沈佺期《幸梨园亭观打毬应制》、武平一《幸梨园亭观打毬应制》
四年一月初八日	望春宫（不详）	武平一《奉和立春内出采花树应制》、刘宪《奉和立春日内出采花树应制》②、崔日用及诸人诗作失考
四年一月二十九日	浐水（3人）	宗楚客《正月晦日侍宴浐水应制赋得长字》、张说《侍宴浐水赋得浓字》、沈佺期《晦日浐水应制》
四年一月二十七日③	始平（17人）	崔湜《奉和送金城公主适西蕃应制》、李峤《奉和送金城公主适西蕃应制》、阎朝隐《奉和送金城公主适西蕃应制》、韦元旦《奉和送金城公主适西蕃应制》、唐远悊《奉和送金城公主适西蕃应制》、李适《奉和送金城公主适西蕃应制》、刘宪《奉和送金城公主入西蕃应制》、苏颋《奉和送金城公主适西蕃应制》、徐彦伯《奉和送金城公主适西蕃应制》、张说《奉和圣制送金城公主适西蕃应制》、薛稷《奉和送金城公主适西蕃应制》、马怀素《奉和送金城公主适西蕃应制》、沈佺期《送金城公主适西蕃应制》、武平一《送金城公主适西蕃》、崔日用《奉和送金城公主适西蕃应制》④、郑愔《送金城公主适西蕃应制》、徐坚《奉和送金城公主适西蕃应制》

① 彭定求等：《全唐诗》卷六九作《奉和圣制春日幸望春宫应制》，《文苑英华》卷一七二作《人日重宴大明宫恩赐采缕人应制》，阎诗曰："采胜年年逢七日，酴醾岁岁满千钟。"当为人日所作。

② 彭定求等：《全唐诗》卷七一，刘宪《奉和立春日内出采花树应制》又作《人日大明宫应制》，诗曰："禁苑韶年此日归，东郊道上转青旂。"与卷一〇二武平一《奉和立春内出采花树应制》："銮辂青旂下帝台，东郊上苑望春来。"极相似，疑为一时所作。据《唐诗纪事·武平一》卷十一记载："正月八日立春，内出采花赐近臣，应制云：銮辂青旂下帝台，东郊上苑望春来。黄莺未解林间啭，红蕊先从殿里开。画阁条风初变柳，银塘曲水半含苔。欣逢睿藻光韶律，更促霞觞畏景催。是日中宗手敕批云：平一年虽最少，文甚警新，悦红蕊之先开，讶黄莺之未啭，循环吟咀，赏叹兼怀。今更赐花一枝，以彰其美。所赐学士花，并令插在头上，后所赐者，平一左右交插。因舞蹈拜谢。时崔日用乘酣饮。欲夺平一所赐花。上于簾下见之，谓平一曰：日用何为夺卿花？平一跪奏曰：读书万卷，从日用满口虚张；赐花一枝，学平一终身不获。上及侍臣大笑，因更赐酒一盃，当时叹美。"可见参与之人甚众，唯作品失传。彭庆生认为二诗作于同时，从之。

③ 刘昫等：《旧唐书·中宗纪》卷七："（景龙四年春正月）丁丑，命左骁卫大将军、河源军使杨矩为送金城公主入吐蕃使。己卯，幸始平，送金城公主归吐蕃。"

④ 彭定求等：《全唐诗》卷一〇三作赵彦昭诗，《文苑英华》卷一七六作崔日用诗，从之。

续表

时间（景龙）	地点	参与人员
四年二月二十一日	桃花园（6人）	李峤《侍宴桃花园咏桃花应制》、赵彦昭《侍宴桃花园咏桃花应制》、徐彦伯《侍宴桃花园》①、李乂《侍宴桃花园咏桃花应制》、苏颋《侍宴桃花园咏桃花应制》、张说《桃花园马上应制》
四年二月	苑中（2人）	李峤《春日游苑喜雨应诏》、李乂《奉和春日游苑喜雨应诏》②
四年二月二十九日③	梨园（2人）	韦承庆《寒食应制》、张说《寒食应制》
四年三月初二日	望春宫（14人）	崔湜《奉和春日幸望春宫》④、崔日用《奉和圣制春日幸望春宫应制》、阎朝隐《奉和圣制春日幸望春宫应制》、韦元旦《奉和圣制春日幸望春宫应制》、李适《奉和春日幸望春宫应制》、刘宪《奉和春日幸望春宫应制》、苏颋《奉和春日幸望春宫应制》、张说《奉和圣制春日幸望春宫应制》、李乂《奉和春日幸望春宫应制》、岑羲《奉和春日幸望春宫应制》、薛稷《奉和圣制春日幸望春宫应制》、马怀素《奉和圣制春日幸望春宫应制》、沈佺期《奉和春日幸望春宫应制》、郑愔《奉和春日幸望春宫》
四年三月初三日	渭滨（6人）	刘宪《上巳日祓禊渭滨应制》、徐彦伯《上巳日祓禊渭滨应制》、张说《奉和三日祓禊渭滨应制》、韦嗣立《上巳日祓禊渭滨应制》、李乂《奉和三日祓禊渭滨》、沈佺期《上巳日祓禊渭滨应制》
四年三月十一日	上官婉儿别院（1人）	郑愔《奉和至上官昭容院献诗四首》

① 彭定求等：《全唐诗》卷七八四神龙从臣有《侍宴桃花园咏桃花应制》，实为徐彦伯《侍宴桃花园》诗。

② 彭定求等：《全唐诗》卷五八为李峤诗，《文苑英华》卷一七三为李乂诗，李峤另有《春日游苑喜雨应诏》一诗，此为李乂之作。

③ 刘昫等：《旧唐书·中宗纪》卷七：“（景龙四年二月）庚戌，令中书门下供奉官五品已上、文武三品已上并诸学士等，自芳林门入集于梨园毬场，分朋拔河，帝与皇后、公主亲往观之。”庚戌为二十九日。陶宗仪《说郛》卷四六下：“四年清明，中宗幸梨园，命侍臣为拔河之戏。以大麻絙，两头系十余小索，数人执之以挽，争絙，力弱者为输。时七宰相、二驸马为东朋，三相五将为西朋。仆射韦巨源、少师唐休璟以年老，随絙而踣，不能起，帝以为笑乐。韦承庆应制诗：‘旧火收槐燧，余寒入桂宫。莺啼正隐叶，鸡斗始开笼。’”韦承庆诗为《寒食应制》，寒食在清明节前一日或二日，又《唐诗纪事》卷九：“（景龙四年）三月一日清明，幸梨园，命侍臣为拔河之戏。”则景龙四年寒食节为二月二十九日，早于清明节两天，符合实际，唯《说郛》、《唐诗纪事》将寒食节活动误记为清明节。《文苑英华》卷一七二收录韦承庆、张说二诗。

④ 彭定求等：《全唐诗》卷五四“一作《立春内出采花应制》”，考诸人立春之作均为五言，幸望春宫之诗均为七言，同为唱和之作，体例似应统一。此诗七言，当为《奉和春日幸望春宫》更为合理。卷四六崔日用《奉和圣制春日幸望春宫应制》：“渭浦明晨修禊事，群公倾贺水心铭。”表明组诗作于上巳节前一天。

续表

时间（景龙）	地点	参与人员
四年四月初一日	长宁公主东庄（6人）	崔湜《侍宴长宁公主东庄应制》、李峤《侍宴长宁公主东庄应制》、李适《侍宴长宁公主东庄应制》刘宪《侍宴长宁公主东庄》、李乂《侍宴长宁公主东庄应制》、郑愔《侍宴长宁公主东庄应制》
四年四月初六日①	隆庆池（11人）	苏瓌《兴庆池侍宴应制》、韦元旦《兴庆池侍宴应制》、李适《帝幸兴庆池戏竞渡应制》、刘宪《兴庆池侍宴应制》、苏颋《兴庆池应制》、徐彦伯《奉和兴庆池戏竞渡应制》、李乂《兴庆池侍宴应制》、马怀素《兴庆池侍宴应制》、沈佺期《兴庆池侍宴应制》、武平一《兴庆池侍宴应制》、张说《侍宴隆庆池应制》
	窦希玠宅（4人）	沈佺期《奉和圣制幸礼部尚书窦希玠宅》、刘宪《奉和幸礼部尚书窦希玠宅应制》、苏颋《奉和圣制幸礼部尚书窦希玠宅应制》、李乂《奉和幸礼部尚书窦希玠宅应制》

高祖、太宗、高宗、武后、中宗五朝由于帝王的喜好与提倡，诗歌创作渐趋繁荣，侍臣由勉强应对到逞才邀宠，正如肖瑞峰所言："如果说在应诏侍宴之初，缙绅大夫们还因担心赋诗不工、难邀圣宠而多少有些战战兢兢的话，那么，在频繁与宴、经验渐丰之后，他们则不仅祛除了恐惧不安的心理，能从容应对、灵活周旋于其间，而且越来越陶醉并迷恋这种皇家诗宴所特有的富贵气息及其绮丽氛围，由衷地希望它能永远接纳自己。因为他们在诗宴上既能获得一次次重新估量与证实自己的才华，并进而向天皇及同僚显示自身价值的机会（这种机会是舍此而难逢的），又能受到艺术方面的熏染，一点一点地窥得被他们视为人类文化最高结晶的汉诗壶奥。因此，在侍宴的过程中，他们确实是欢欣鼓舞的——这种欢欣鼓舞的情绪，与其说更多地来源于太平盛世的开明政治的陶冶，不如说更多地来源于他们对自己春风常度的现实处境的庆幸和未可限量的前程的展望。对诗宴的日益笃好，使缙绅大夫们已不满足于奉诏出席宫廷诗宴，而渴望有更多的饮酒赋诗的场合。于是，私家举办诗宴便逐渐蔚为风气。"② 描述的虽为日本汉诗，但实际是中国情景在东瀛的再现。初唐侍臣文人的认同

① 刘昫等：《旧唐书·中宗纪》："（景龙四年夏四月）乙未，幸隆庆池，结彩为楼，宴侍臣，泛舟戏乐，因幸礼部尚书窦希宅。"则四月十四日幸隆庆池非兴庆池，彭庆生《初唐诗歌系年考》认为隆庆池为避玄宗讳改为兴庆池，除张说外其余十人诗题皆为后人所改，从之。

② 肖瑞峰：《中国古典诗歌在东瀛的衍生与流变研究》，浙江大学出版社2012年版，第80—81页。

与喜爱促使诗歌向宫廷之外延伸，私人宴集与官员出使成为推动诗歌由上而下普及的重要动力。

1. 私人宴集的兴起。私人宴集使得诗歌创作由帝王的宫廷走向权贵的府邸，为诗坛重心的外移开辟最初的道路。贞观年间于志宁、杨师道的宅第率先成为私人宴会中心，于志宁并不擅长创作，留存至今的诗歌仅有一首《冬日宴群公于宅各赋得一字得杯》，此次聚会尚有令狐德棻《冬日宴于庶子宅各赋一字得趣》、封行高《冬日宴于庶子宅各赋得一字得色》、杜正伦《冬日宴于庶子宅各赋一字得节》、岑文本《冬日宴于庶子宅各赋一字得平》、刘孝孙《冬日宴于庶子宅各赋一字得鲜》、许敬宗《冬日宴于庶子宅各赋一字得归》等同题之作。杨师道尚桂阳公主，封安德郡公，私人聚会更为频繁，“师道退朝后，必引当时英俊，宴集园池，而文会之盛，当时莫比。”[①] 现存刘洎、岑文本、褚遂良、杨续、许敬宗、上官仪、李百药七人的《安德山池宴集》即为杨宅宴会产物。于、杨二人举办的虽为私人宴集，但是由于参与者位高权重，地点的转移并未引起内容的变化，应景颂美之作充斥其间，只是赞美对象由帝王转向主人。刘洎诗曰：“平阳擅歌舞，金谷盛招携。”[②] 杨续诗曰：“西城多妙舞，主第出名讴。”[③] 褚遂良诗曰：“良朋比兰蕙，雕藻迈琼琚。”[④] 歌颂良辰、美景、音乐、舞蹈、主人、高朋，形成固定的社交模式与写作技巧。贞观年间的私人宴集已经摆脱来自帝王的巨大压力，创作相对自由，虽然未能开拓诗境，但是毕竟走出了宫廷的狭小范围。高宗年间私人宴集已经完全摆脱宫廷习气，参与者地位下降，大量拥入两京的赶考士子出现在私人宴会之中，处士、白衣游走其间，诗歌创作溢出固有范畴，送别、赠答、行旅等题材的潜藏趣味被充分挖掘，如调露二年高正臣主办的三次宴会，陈子昂全部参与。“《晦日宴高氏林亭》，凡二十一人，皆以华字为韵。子昂为之序曰：有渤海之宗英，是平阳之贵戚。发挥凤台而啸侣，幽赞鸡川而留宴。又曰：冠缨济济，多延戚里之宾；鸾凤锵锵，自有文雅之客。《晦日重宴》，八人，皆以池字为韵，周彦晖为之序。《上元夜宴效小庾体》诗，

---

① 刘昫等：《旧唐书》卷六二，第2383页。

② 刘洎：《安德山池宴集》，《全唐诗》卷三三，第452页。

③ 杨续：《安德山池宴集》，《全唐诗》卷三三，第453页。

④ 褚遂良：《安德山池宴集》，《全唐诗》卷三三，第453页。

六人，以春字为韵，长孙正隐为之序。”① 高正臣联姻皇室，官至卫尉卿，“寓居洛阳，善咏好客，一时名士，多所交接。”② 而“高氏宴集的客人除其宗属外，多为高宗咸亨年间及第的新一代士人，而陈子昂当时则很可能还是一个刚从地方州县来到都城求取功名的士人。从他这首中规中矩的应酬诗中可以看到，地方州县士人对两都的风气及诗歌创作程序都非常熟悉，这里反映出来的是他们对都城士人兼吏隐形象的向往。杨、高二氏宴集赋诗活动，一在贞观年间，一在高宗武后之世，集中反映出初唐两都士人尤其是朝臣间盛行着视山庄休沐为隐逸来颂美人物的风气。高正臣的宴集赋诗更说明，这一风气随着士人进出两都应举、还乡或铨考赴任已日益蔓延到地方州县。从朝中的重臣侵染到中下层士人，成为初唐普遍盛行的社会风气”③。宫廷官员的私人宴集首开诗风下移先例，随着聚会的增多，组织者与参与者地位渐低，创作日趋散漫，内容更加自由，诗歌创作的向外蔓延源于宫廷。

2. 朝中大员或出使或外任或贬谪，宫廷唱和之风随即向四方扩散。初唐宫廷内乱频繁，文人学士多有贬谪经历，然诸人的创作热情并未因政治挫折而骤然停止，甚至因为贬谪而走向高潮。部分贬谪官吏与地方文人的交往更是将宫廷风气直接传至贬所，如沈佺期贬谪驩州之时有《从驩州廨宅移住山间水亭赠苏使君》、《答宁爱州报赦》。又中宗宠臣武平一贬谪金坛，与润州诗人储光羲酬唱赠答，储光羲有《同武平一员外游湖五首时武贬金坛令》、《舟中别武金坛》、《同武平一员外游湖》等诗，武平一擅长应制，景龙年间多次预宴赋诗，其与贬所文人的唱和是对宫廷习气的直接传播。又如张说开元三年至五年出任岳州刺史，其间屡次会聚友人游览唱和，编成《岳阳集》。《舆地纪胜》记载岳阳楼：“唐开元四年，唐张说自中书令为岳州刺史，常与才士登此楼，有诗百余篇，列于楼壁。”④ 与武后、中宗年间的游赏山水聚会赋诗别无二致，堪称宫廷作风在地方的再现。

初唐时期宫廷由史学转向文学，历经艰难的探索与磨合，侍臣文士基

① 计有功撰，王仲镛校笺：《唐诗纪事校笺》卷七，第202页。

② 孙诒让：《唐明徵君碑跋》，《籀庼述林》卷八，中华书局2010年版，第276页。

③ 查正贤：《论初唐休沐宴赏诗以隐逸为雅言的现象》，《文学遗产》2004年第6期。

④ 王象之：《舆地纪胜》卷六九，中华书局1992年版，第2347页。

本掌握诗歌的创作方法与技巧，并且内化为生活的组成部分，皇家宴会已经无法满足日益高涨的创作需求，于是部分达官显贵开始举办私人宴会，诗歌走出宫廷，但是未能突破京师范围。而学士重臣的外贬则是诗歌走向民间的有效途径，诸人在所经之地、所到之处多有诗歌流传，或参与宴会，写序作诗，如王勃被逐之后创作的《绵州北亭群公宴序》、《宇文德阳宅秋夜山亭宴序》等，或与贬所官吏文人游览赠答，或怀念故旧希求援引，均将宫廷的喜好与追求带到远离两京的偏远地区，诗坛中心的外移成为必然。

二 科举变革与诗赋取士

如果说初唐年间帝王将相的喜爱是推动诗歌创作走向繁盛的无序的、偶然的动力，那么科举则是有序的、必然的动力。科举源于隋朝，据《通典·选举》记载：“隋文帝开皇七年制，诸州岁贡三人。……炀帝始建进士科。”① 初创阶段的科举考试内容、时间多不固定，出路、前途并不明朗，并未对隋朝社会政治产生巨大影响。唐承隋制，加以改善，进士科的凸显是其最大特色。正如王定保所言：“进士科始于隋大业中，盛于贞观、永徽之际；缙绅虽位极人臣，不由进士者，终不为美，以至岁贡常不减八九百人。其推重谓之‘白衣公卿’，又曰：‘一品白衫’；其艰难谓之‘三十老明经，五十少进士’；其负倜傥之才，变通之术，苏、张之辨说，荆、聂之胆气，仲由之武勇，子房之筹画，弘羊之书计，方朔之诙谐，咸以是而晦之，修身慎行，虽处子之不若；其有老死于文场者，亦所无恨。故有诗云：‘太宗皇帝真长策，赚得英雄尽白头！’”② 唐人赋予进士的无上荣誉与政治使命使得进士考试备受瞩目，考试内容的任何变化都会牵动应举士子的敏感神经。初唐年间诗歌向科举渗透并逐渐成为决定成败的关键科目，应考士子群体加入创作队伍，诗歌依托制度优势迅速向全国辐射，上层通过加试、下层通过行卷或隐或显地左右科举制度。

第一，诗歌与加试。初唐科举制度尚未定型，常举、制举、荐举并存。常科包括秀才、进士、明经、明法、明书、明算等六科，其中进士、明经最为重要。而“制举是以天子的名义，征召各地知名之士，由州府荐

① 杜佑：《通典》卷一四，中华书局1988年版，第342—343页。

② 王定保：《唐摭言》卷一，中华书局上海编辑所1959年版，第4—5页。

举前来京都应试，虽然阅文试官仍由朝廷委派，但名义上则是天子亲试，当时称为廷试或殿试"①。以贤良方正直言极谏、博通坟典达于教化、军谋宏达堪任将帅、详明政术可以理人四科最为著名。荐举乃是汉魏六朝察举余风的延续。三者性质有别，程序不同，但是都存在加试现象。加试在科举初创时期扮演着重要角色，介入其中的加试补充完善考试科目，推动科举制度走向成熟。独立于外的加试直接体现帝王意志，调和宫廷追求与录取标准之间的差异矛盾。两种加试的焦点均为诗歌，对于前者诗歌由偶然的加试项目转变为固定的考试内容，最终成为决定成败的关键，深刻影响热衷功名的寒族士子。对于后者，由于帝王的个人喜好，诗歌优劣成为擢拔官吏的重要参考，主要影响具有一定声誉地位的文人。在科举制度尚未成熟之时，加试推动诗歌的普及与繁荣。

唐代科举常选最为普遍，进士与明经是常选的重要科目，"国家取士，远法前代，进士之科，得人为盛。"② 进士尤为关键，而加试广泛存在于进士考试之中。科举制度建立之初考试内容并不固定，进士一科直至开元二十五年才正式确立由"帖经"、"杂文"、"策"组成的三项试制③。其中"策"贯穿始终，具有长久性与稳定性。高祖《令诸州举送明经诏》曰："宜下四方诸州，有明一经已上未被升擢者，本属举送，具以名闻，有司试策，加阶叙用。"④ 此诏徐松《登科记考》系于武德七年，注曰："是时秀才、进士、明经皆试策而已。"⑤ 杜佑《通典》亦曰："自是士族所趣向，唯明经、进士二科而已。其初止试策。"⑥ 二人均明确指出进士科只试策。武德年间考试程序简单、录取宽泛当与国家初建，人才匮乏密切相关。随着政治形势的稳定与竞争的日益激烈，试"策"一项不足以全面选拔人才，考试内容随之调整，加试现象频繁出现。"帖经"与"杂文"最初都是加试内容，贞观年间已见记载。"贞观八年，诏加进士试读

① 傅璇琮：《唐代科举与文学》，陕西人民出版社 2003 年版，第 140 页。

② 阙名：《请更定三考奏改并及第人数奏》，《全唐文》卷九六六，中华书局 1983 年版，第 10038 页。

③ 陈飞：《唐代试策考述》，中华书局 2002 年版，第 129—131 页。

④ 高祖：《令诸州举送明经诏》，《全唐文》卷三，第 35 页。

⑤ 徐松撰，孟二冬补正：《登科记考补正》卷一，北京燕山出版社 2003 年版，第 6 页。

⑥ 杜佑：《通典》卷一五，第 354 页。

经、史一部。”① 又“贞观二十年九月，考功员外郎王师旦知贡举。时冀州进士张昌龄、王公瑾并有俊才，声振京邑，而师旦考其文策全下，举朝不知所以”②。两条记载显示进士科考试除策之外已经出现经、史、文等内容。其后加试题目渐趋清晰可考，显庆四年为《关内父老迎驾表》与《贡士箴》、垂拱元年为《九河铭》与《高松赋》、垂拱二年为《朝野多欢娱诗》与《君臣同德赋》，加试内容先后出现表、箴、铭、赋、诗等多种方式，诗歌至晚于垂拱二年已经成为考试科目之一，只是作为加试内容，具有较大的随意性与偶然性。

随着科举的发展，加试现象越来越普遍，并且逐步得到各方认可。“员外郎刘思立以进士惟试时务策，恐复伤肤浅，请加试杂文两道，并帖小经。”③ 永隆二年八月高宗下《条流明经进士诏》曰：“自今已后，考功试人，明经每经帖试、录十帖得六已上者，进士试杂文两首、识文律者，然后并令试策日仍严加捉搦，必材艺灼然，合升高第者，并即依令，其明法并书筭贡举人，亦量准此例，即为恒式。”④ 陈飞认为此诏“既是对刘思立奏请的酌取，也是对既有现实的利导，并根据政治需要进行全面‘条流’，以法令的形式固定下来”⑤。则杂文由最初的加试项目成为固定的考试内容，而诗歌一项在杂文中由少到多，逐渐受到重视。陈铁民系统考察垂拱至天宝进士科杂文试题，指出：“自682至712年，诗赋在杂文试题中已占多数，到了开元时，诗赋在杂文试题中的比重又进一步增大，已明显地居于主导地位，这显然会把士人的注意力引向诗歌，造成他们普遍重诗、学诗、作诗的风气。”⑥ 天宝年间创作诗歌不仅可以应付杂文考试甚至可以替代帖经。据《封氏闻见记》载：“自是举司帖经，多有聱牙、孤绝、例拔、筑注之目，文士多于经不精，至有白首举场者，故进士以帖经为大厄。天宝初，达奚珣、李岩相次知贡举，进士文名高而帖落者，时或试诗放过，谓之赎帖。十一年，杨国忠初知选事，进士孙季卿曾谒国忠，

① 杜佑：《通典》卷一五，第354页。

② 徐松撰，孟二冬补正：《登科记考补正》卷一，第30页。

③ 王谠撰，周勋初校证：《唐语林校证》卷八，第714页。

④ 高宗：《条流明经进士诏》，宋敏求：《唐大诏令集》卷一〇六，第549页。

⑤ 陈飞：《唐代试策考述》，第129页。

⑥ 陈铁民：《梁玙墓志与唐进士科试杂文》，《北京大学学报》（哲学社会科学版）2006年第6期。

言‘礼部帖经之弊大，举人有实才者，帖经既落，不得试文；若先试杂文，然后帖经，则无余才矣。’国忠然之。”① 诗歌俨然成为进士考试的关键。而进士科三场试，每场定去留，诗赋为第一场，首场失败随即失去后面两场机会，赎帖更是诗歌的追加价值，若擅长诗歌即可安然通过两场考试。《太平广记》记载阎济美应举，因不擅帖经，“具前白主司曰：‘某早留心章句，不工帖书，必恐不及格。’主司曰：‘可不知礼闱故事？亦许诗赎。’某致词后，纷纷去留。某又遽前白主司曰：‘侍郎开奖劝之路，许作诗赎帖，未见题出。’主司曰：‘赋《天津桥望洛城残雪》诗。’”② “赎帖”扩大诗歌的功能，提升诗歌的地位，以致赵匡本《举选议》曰：“进士者，时共贵之，主司褒贬，实在诗、赋，务求巧丽，以此为贤。”③ 由此可见，诗歌通过加试进入科举，最终成为进士考试的主流。

此外，对于制科而言，诗歌依然通过加试由边缘走向中心。据《旧唐书·玄宗纪》记载：“（天宝十三载）上御勤政楼试四科制举人，策外加诗赋各一首。制举加诗赋，自此始也。”④ 在诗歌成为进士科主导的潮流中制举亦随之改变。对于此种现象，程千帆先生指出：“进士科举加试文词，早在永隆二年（公元六八一年）以前即偶有之，而刘思立的奏请，则使它进一步地制度化了。又经过几十年的演变，才由任试包括诗、赋在内的各体杂文，逐渐转为只试诗、赋，而且还影响到制科也加进了这一新的考试项目。”⑤ 至此诗歌全面侵入常举与制举，最终成为决定考试成败的关键，诗歌必然随之成为童稚士子的学习热点。

由上可见，诗歌与科举的结合源于加试。加试现象出现极早，据《北史·杜正玄传》记载：

> 隋开皇十五年，举秀才，试策高第。曹司以策过左仆射杨素，怒曰：“周孔更生，尚不得为秀才，刺史何忽妄举此人？可附下考。”乃以策抵地，不视。时海内唯正玄一人应秀才，余常贡者，随例铨注讫，正玄独不得进止。曹司以选期将尽，重以启素。素志在试退正

① 封演撰，赵贞信校注：《封氏闻见记校注》卷三，第16—17页。

② 李昉等：《太平广记》卷一七九，中华书局1961年版，第1335页。

③ 赵匡本：《举选议》，《文苑英华》卷七六五，第4023页。

④ 刘昫等：《旧唐书》卷九，第229页。

⑤ 程千帆：《唐代进士行卷与文学》，上海古籍出版社1980年版，第11页。

玄，乃手题使拟司马相如《上林赋》、王褒《圣主得贤臣颂》、班固《燕然山铭》、张载《剑阁铭》、《白鹦鹉赋》，曰：“我不能为君住宿，可至未时令就。”正玄及时并了。素读数遍，大惊曰：“诚好秀才！”①

杨素位高权重，因对考生存在偏见而干扰考试结果，随意加试题目，虽不具备普遍性，但至少表明加试现象隋朝已经出现，加试内容为赋、颂、铭等文章，与诗歌无涉。隋朝偶然出现的加试现象在唐朝得到持续发展，并且成为帝王干预科举的有效手段。

初唐帝王个人喜好与科举录取标准背离是加试现象得以推广的前提。太宗表现尤为突出。李世民具有较高的文学修养，登基之后时时处处表现出对华辞丽藻的偏爱。贞观年间杨师道、许敬宗、上官仪三人皆因文采出众受到赏识。例如许敬宗，“太宗大破辽贼于驻跸山，敬宗立于马前受旨草诏书，词彩甚丽，深见嗟赏。”② 又如杨师道，“雅善篇什，又工草隶，酣赏之际，援笔直书，有如宿构。太宗每见师道所制，必吟讽嗟赏之。”③ 再如上官仪，“太宗雅好属文，每遣仪视草，又多令继和，凡有宴集，仪尝预焉。”④ 上官仪“本以词彩自达，工于五言诗，好以绮错婉媚为本”⑤。三人屡次参与宫廷聚会，与太宗唱和最为频繁。太宗对华辞丽藻的喜爱随即侵入史学，使得史书修撰本末倒置，闻一多曾经指出：“只把姚思廉除开，当时修史的人们谁不是借作史书的机会来叫卖他们的文藻——尤其是《晋书》的著者！”⑥ 对于《晋书》，太宗大力支持，亲自撰写二陆传：“观夫陆机、陆云，实荆衡之杞梓，挺珪璋于秀实，驰英华于早年，风鉴澄爽，神情俊迈。文藻宏丽，独步当时；言论慷慨，冠乎终古。高词迥映，如朗月之悬光；叠意回舒，若重岩之积秀。千条析理，则电坼霜开；一绪连文，则珠流璧合。其词深而雅，其义博而显，故足远超枚马，高蹑

① 李延寿：《北史》卷二六，第961—962页。

② 刘昫等：《旧唐书》卷八二，第2762页。

③ 刘昫等：《旧唐书》卷六二，第2383页。

④ 刘昫等：《旧唐书》卷八〇，第2743页。

⑤ 同上。

⑥ 闻一多：《类书与诗》，闻一多：《唐诗杂论》，中华书局2009年版，第2页。

王刘，百代文宗，一人而已。"① 文字爽劲，语言华美，高度赞扬陆机、陆云繁缛华美的诗风。而且参编史官"多是文咏之士，好采诡谬碎事，以广异闻；又所评论，竞为绮艳，不求笃实"②。《晋书》文笔压倒史笔，太宗的导向作用不可忽视。

太宗酷爱文辞，然而元老重臣多非文学之士，科举考试亦与诗赋之学存在一定差距，应举士子无须文采出众。太宗几乎成为贞观年间最具创作激情的诗人，宴会赋诗甚至需要太宗一人独撑场面，这也是贞观年间宫廷唱和规模与诗歌质量徘徊不前的原因之一。太宗晚年似乎意识到这个问题，开始通过加试潜移默化地引导科举向文学倾斜。最为典型的表现是贞观二十年张昌龄事件，据《封氏闻见记》记载："贞观二十年，王师旦为员外郎，冀州进士张昌龄、王公瑾并文词俊楚，声震京邑。师旦考其文策为下等，举朝不知所以。及奏等第，太宗怪无昌龄等名，问师旦。师旦曰：'此辈诚有词华；然其体轻薄，文章浮艳，必不成令器。臣擢之，恐后生仿效，有变陛下风俗。'上深然之。"③ 此段记载凸显帝王喜好与考官标准之间的矛盾。巧合的是贞观年间太宗作艳诗，"世南进表谏曰：'圣作虽工，体制非雅，上之所好，下必随之。此文一行，恐致风靡，轻薄成俗，非为国之利。赐令继和，辄申狂简。'"④ 虞世南对太宗的劝谏与王师旦对张昌龄的批评如出一辙，二人的缺点竟然同为"轻薄"，可见唐太宗对张昌龄的赏识源于共同的诗歌风格。面对师旦站在道德教化角度做出的评价，太宗"深然之"，然而事实证明太宗并非心悦诚服，他的赞同只是敷衍。一年之后张昌龄绕过科举通过加试顺利进入仕途。据《旧唐书·张昌龄传》记载："贞观二十一年，翠微宫成，诣阙献颂。太宗召见，试作《息兵诏》草，俄顷而就。太宗甚悦，因谓之曰：'昔祢衡、潘岳，皆恃才傲物，以至非命。汝才不减二贤，宜追鉴前轨，以副吾所取也。'乃敕于通事舍人里供奉。"⑤ 太宗并于当年颁布《搜访才能诏》：

可令天下诸州，明扬侧陋，所部之内，不限吏人，其有服道栖

---

① 房玄龄等：《晋书》卷五四，第1487页。

② 刘昫等：《旧唐书》卷六六，第2463页。

③ 封演撰，赵贞信校注：《封氏闻见记校注》卷三，第15页。

④ 王溥：《唐会要》卷六五，第1328页。

⑤ 刘昫等：《旧唐书》卷一九〇上，第4995页。

仁，澄心砺操，出片言而标物范，备百行以综人师，质高视于琳琅，人不间于曾闵，洁志丘园，扬名里闬；或甄明政术，晓达公方，稟木铎于孔门，受金科于郑相，奇谋间发，明略可以佐时，识鉴清通，伟才堪于幹国；或含章杰出，命世挺生，丽藻遒文，驰楚泽而方驾，钩深睹奥，振梁苑以先鸣，业擅专门，词抽载笔；或辩雕春囿，谈莹秋天，发研几于一言，起飞电于三寸，蓄斯奔箭，未遂扬庭，并宜推择，咸同举荐，以礼将送，具状表闻。①

在传统的吏治、道德、政术之外明确指出招纳文学之士，可见太宗不遗余力地希望科举能够重视文辞。然而不重文辞的王师旦又于贞观二十一年、二十二年、二十三年连续三年知贡举，录取标准当一以贯之，太宗所欣赏的文辞之士极有可能黜落。

太宗年间帝王个人喜好与科举录取标准背离的根本原因是知贡举者多为中下层官吏，如王师旦官阶仅为从六品上，与元老重臣相比职小位卑，未能参与宫廷游宴唱和活动，对帝王喜好知之甚少，对宫廷诗风缺乏了解甚至背道而驰。由于考官与宫廷的脱节，导致上层的意愿不能通过科举准确传达，于是科举考试之外出现加试现象。以帝王为主导的加试类似六朝察举制度，存在荐举与自举两种情况。太宗通过直接录用提拔官员弥补宫廷喜好与科举的差距，但并未强行介入科举制度，只是通过加试引导。而加试内容主要受到帝王喜好与社会思潮的影响，则天对人才的加试擢拔更为常见。如杜审言，“后则天召见审言，将加擢用，问曰：‘卿欢喜否？’审言蹈舞谢恩，因令作《欢喜诗》，甚见嘉赏，拜著作佐郎。”② 又如郭元振：

则天闻其名，驿徵引见，语至夜，甚奇之。问蜀川之迹，对而不隐。令录旧文，乃上《古剑歌》，其词曰：“君不见昆吾铁治飞炎烟，红光紫气俱赫然。良工煅炼凡几日，铸得宝剑名龙泉，龙泉颜色如霜雪，良工咨嗟叹奇绝。琉璃玉匣吐莲花，错镂金环生明月，正逢天下无风尘，幸且用防君子身，精光黯黯青蛇色，文章片片绿龟鳞。非直

① 宋敏求：《唐大诏令集》卷一〇二，第519页。

② 刘昫等：《旧唐书》卷一九〇上，第4999页。

结交游侠子，亦曾亲近英雄人，那知中路遭弃捐，零落漂沦古狱边，虽则沉埋无所用，犹能夜夜气冲天。”则天览而佳之。令写数十本遍赐学士李峤、阎朝隐等。遂授右武卫胄曹、右控鹤内供奉。[①]

杜审言为即席创作，郭元振为昔日旧文，二人均是诗歌，可见则天对诗歌的重视与喜爱程度。此种加试成为“超拜”、“擢授”的重要途径。

贞观年间科举考试与诗赋之学存在一定差距，太宗通过加试潜移默化的影响，成效在高宗朝开始凸显。高宗时期诗赋已经成为考试的主要标准，以致咸亨二年王勃《上吏部裴侍郎启》曰：“伏见铨擢之次，每以诗赋为先，诚恐君侯器人于翰墨之间，求材于简牍之际，果未足以采取英秀、斟酌高贤者也。”[②] 批判诗赋取人的弊端，可见诗赋已经成为重要的衡量标准之一。又上元元年刘晓上疏论选，以为“礼部取士，专用文章为甲乙，故天下之士，皆舍德行而趋文艺，有朝登甲科而夕陷刑辟者，虽日诵万言，何关理体！文成七步，未足化人。况尽心卉木之间，极笔烟霞之际，以斯成俗，岂非大谬”[③]！天授三年，左补阙薛登《论选举疏》亦曰：“若其文擅清奇，便充甲第，藻思微减，便即告归。以此取人，恐乖事实。”[④] 认为不应以文辞取士。宫廷追求与科举考试背离现象在武后、中宗两朝彻底扭转，根本原因在于宫廷文人介入科举考试，部分学士不止一次担任知贡举者，诸位学士长年置身宫廷之中，得到帝王的喜好赏识，诗歌创作是宫廷文人效仿的榜样，而且武后、中宗二朝的宫廷文士多为科举出身，熟悉考试程序，并且竭尽全力通过诗歌讨好帝王，帝王的喜好就是学士的追求，进而将帝王的喜好内化为自己的追求并渗透科举考试之中。中宗在位六年，其间知贡举者全为修文馆学士，依次为崔湜、赵冬曦、苏颋、马怀素、宋之问、武平一，宫廷诗风向科举制度全面渗透。科举考试受到重视，知贡举者由中层官吏逐步成为皇帝近侍，上层的喜好是诗赋取士向以策取士的科举考试制度改革的有力支持者。

综上所述，科举考试的录取标准与宫廷内部的风向喜好历经游离与融

① 张说：《兵部尚书国公赠少保郭公行状》，《文苑英华》卷九七二，第5111—5112页。

② 王勃著，蒋清翊注：《王子安集注》卷四，第131页。

③ 司马光编著，胡三省音注：《资治通鉴》卷二〇二，第6374页。

④ 薛登：《论选举疏》，《全唐文》卷二八一，第2852页。

合两个阶段。加试的价值在初唐表现尤为明显，根本原因是初唐宫廷追求与录取标准互相背离，科举考试不能体现上层意愿，帝王只能超越科举通过加试提拔人才，个别享誉一方的文人学士成为最早的受益人，加试作为科举制度的补充而存在。诗赋是加试的主要内容，随着时间的累积、数量的增多，加试内容逐渐进入科举视野，并以优势迅速压倒帖经与策，成为决定去取的部分。

第二，诗歌与行卷。程千帆先生认为：“所谓行卷，就是应试的举子将自己的文学创作加以编辑，写成卷轴，在考试以前送呈当时在社会上、政治上和文坛上有地位的人，请求他们向主司即主持考试的礼部侍郎推荐，从而增加自己及第的希望的一种手段。”① 并且指出行卷之风的兴起“必然在永隆二年进士加试杂文成为制度以后，安、史之乱以前”②。获得学界一致认可，然而据笔者考证，唐朝行卷的发展似应经历两个阶段：第一阶段为科举制度初创时期，行卷对象为帝王将相，行卷之人多已涉足仕途，通过行卷获得更大的发展空间，是“超拔”、“擢拜”的重要途径。是时行卷作品数量单一，文章居多，尚未编辑成册。第二阶段为科举制度成熟时期，应举士人激增，录取名额有限，竞争日趋激烈，直接向帝王将相展示才华遥不可及，行卷对象转为可能性略大的主考官吏、权贵泰斗。是时行卷作品内容丰富，诗歌尤为重要，多数经过士子本人反复选择与精心编辑，考场难得一见的佳作在行卷之中出现。

据赵彦卫《云麓漫钞》记载：“唐之举人，先籍当世显人，以姓名达之主司，然后以所业投献；逾数日又投，谓之温卷，如《幽怪录》、《传奇》等皆是也。盖此等文备众体，可以见史才、诗笔、议论。至进士则多以诗为贽，今有《唐诗》数百种行于世者是也。”③ 指出小说、诗歌均可行卷。程千帆所言行卷亦包括诗歌，文章、小说等多种体裁。如果文章包括在内，行卷当早于永徽二年，早期行卷之人地位略高，以文章为主，多与帝王权贵存在千丝万缕的联系。初唐四杰之一的王勃屡有行卷记载，龙朔三年王勃对策高第，乾封元年幽素科及第。据《旧唐书·王勃传》记载：“乾封初，诣阙上《宸游东岳颂》。时东都造乾元殿，又上《乾元殿

① 程千帆：《唐代进士行卷与文学》，第 3 页。

② 同上书，第 13 页。

③ 赵彦卫撰，傅根清点校：《云麓漫钞》卷八，中华书局 1996 年版，第 135 页。

颂》。沛王贤闻其名，召为沛府修撰，甚爱重之。”[①] 是年前后王勃尚有《上李常伯启》、《上皇甫常伯启》、《再上皇甫常伯启》、《上武侍极启》、《再上武侍极启》等文希求援引，其中《上皇甫常伯启》曰：“一昨奉命，令写新对台策及前后旧文。谨凭国士之恩，敢进与人之诵。”[②]《上武侍极启》曰：“辄录旧文，轻敢上呈，列之如右。”[③]《上吏部裴侍郎启》曰：“尝著文章，非敢自媒，聊以恭命。谨录古君臣赞十篇并序，虽不足尘高识之门，亦可以见小人之志也。”[④] 王勃上启之时附上各类旧作，当是展示才华、加深理解之举，且部分文章是为参加制举考试造势，行卷之意愈发明显。王维开元九年进士及第，《集异记》详细记载其行卷过程：

> 王维右丞，年未弱冠，文章得名。性闲音律，妙能琵琶，游历诸贵之间，尤为岐王之所眷重。时进士张九皋声称籍甚。客有出入于公主之门者，为其致公主邑司牒京兆试官，令以九皋为解头。维方将应举，具其事言于岐王，仍求庇借。岐王曰：“贵主之强，不可力争，吾为子画焉。子之旧诗清越者，可录十篇，琵琶之新声怨切者，可度一曲，后五日当诣此。”维即依命，如期而至。岐王谓曰：“子以文士，请谒贵主，何门可见哉！子能如吾之教乎？”维曰：“谨奉命。”岐王则出锦绣衣服，鲜华奇异，遣维衣之。仍令赍琵琶，同至公主之第。岐王入曰：“承贵主出内，故携酒乐奉谯。”即令张筵，诸伶旅进。维妙年洁白，风姿都美，立于前行，公主顾之，谓岐王曰：“斯何人哉？”答曰：“知音者也。”即令独奏新曲，声调哀切，满座动容。公主自询曰：“此曲何名？”维起曰：“号《郁轮袍》。”公主大奇之。岐王曰：“此生非止音律，至于词学，无出其右。”公主尤异之，则曰：“子有所为文乎？”维即出献怀中诗卷。公主览读，惊骇曰：“皆我素所诵习者，常谓古人佳作，乃子之为乎？”因令更衣，升之客右。维风流蕴藉，语言谐戏，大为诸贵之所钦瞩。岐王因曰：“若使京兆今年得此生为解头，诚为国华矣。”公主乃曰：“何不遣其应

---

① 刘昫等：《旧唐书》卷一九〇上，第5005页。

② 王勃著，蒋清翊注：《王子安集注》卷四，第126页。

③ 同上书，第122页。

④ 同上书，第133页。

举?”岐王曰：“此生不得首荐，义不就试，然已承贵主论托张九皋矣。”公主笑曰：“何预儿事，本为他人所托。”顾谓维曰：“子诚取解，当为子力。”维起谦谢。公主则召试官至第，遣宫婢传教。维遂作解头，而一举登第。①

小说家言，无法辨其真伪，但具有一定的真实性。王勃、王维两人行卷痕迹渐趋明显，唯行卷对象地位极高，帝王、外戚、诸王、公主，包括武侍极这样炙手可热的权贵。二人行卷之前已有一定基础，是时王勃已经及第，具备良好的声誉与地位，整理旧作上书权贵以应制举或求更好的仕宦前途。王维较晚，典型地为了中举而行卷，目的更加明晰，公主见诗所言：“皆我素所诵习者，常谓古人佳作，乃子之为乎?”表明王维作品在未第之前已经广泛流传。王勃之举与后世行卷何其相似，只是未将旧作整理成编而已。若情况属实，完全就是后世的行卷。行卷内容则由文章到文章、诗歌并存再到诗歌，体现唐代文体的变化历程。

制举亦有行卷，韩愈贞元九年《应科目时与人书》有“应博学宏词前进士韩愈谨再拜上书舍人阁下”② 之句，柳宗元《上大理崔大卿应制举不敏启》乃其进士及第后应博学宏词不第所作，“此启盖初试不利后作，贞元十三年也。唐制，试吏部者皆考功主其事，子厚应宏词试时，适崔卿已自考功迁大理，故深以不遇知己为恨，而更求其抚荐于再举耳。”③ 又韩愈《上宰相书》：“小子不敢自幸，其尝所著文，辄采其可者若干首，录在异卷，冀辱赐观焉。”④ 傅璇琮指出“这是韩愈进士登第后数次应宏词未中时所作，所谓‘四举于礼部乃一得，三选于吏部卒无成’于是向宰相上书，希望能赏识其文才，而荐拔于朝。这也算是一种行卷”⑤。制举行卷王勃当为先驱，则行卷的源头可以继续上推。

综上所述，初唐民间由“汉书学”转向“文选学”，宫廷由史学转向文学，都是由史及文，趋向相同。科举考试渐重诗歌，而宫廷由上而下左右科举考试的录取标准，《文选》由下而上影响科举考试的题目内容，科

① 薛用弱：《集异记》卷二，中华书局 1980 年版，第 9—10 页。
② 韩愈撰，马其昶校注，马茂元整理：《韩昌黎文集校注》卷三，第 205 页。
③ 柳宗元：《柳宗元集》卷三六，中华书局 1979 年版，第 914—915 页。
④ 韩愈撰，马其昶校注，马茂元整理：《韩昌黎文集校注》卷三，第 158 页。
⑤ 傅璇琮：《唐代科举与文学》，第 264 页。

举制度堪称沟通宫廷与民间的桥梁和纽带。及至广德元年杨琯《条奏贡举疏》曰："近炀帝始置进士之科，当时犹试策而已。至高宗朝，刘思立为考功员外郎，又奏进士加杂文，明经填帖，从此积弊，浸转成俗。幼能就学，皆诵当代之诗；长而博文，不越诸家之集。"① 科举对诗歌的重视导致童稚研习，后继力量十分充足，诗歌创作全面繁荣，数量激增，三股力量共同作用，使得选本的出现成为可能。

第三节 "文选学"与唐人选唐诗的意义

《文选》在唐代地位极其重要，堪称学术史与文学史的双重渊薮，唐人对《文选》的认识经历由学术到文学两个阶段。《文选》研习之风于扬州最先兴起，曹宪首发其端，"始以梁昭明太子《文选》授诸生"②，弟子李善、公孙罗、许淹、魏模继承衣钵，李善有《文选注》六十卷、《文选辨惑》十卷，公孙罗有《文选注》六十卷、《文选音义》十卷，许淹有《文选音》十卷，诸人皆擅长文字音韵之学，研究偏重学术。高宗显庆三年，李善奏上《文选注》，获得官方认可，《文选》研习随之转向，溢出训读范畴，拟作、续作数不胜数，又因科举制度的强化，诗赋辞章成为学习重点，《文选》演变为写作范本，文学特性迅速凸显，取代学术一途成为主流。

一 李善与"文选学"转向

李善笃实渊博，源于家族的学者气质与仕宦的流徙经历使其成为决定"选学"走向的关键人物，《文选》更因李善的研究传授成长为影响深远的"文选学"，千百年来"注以文传，文以注显"③，《昭明文选》与李善注早已融为一体。

李善在朝之时推动"选学"由民间走向官府，在野之际促使"选学"由江淮扩至汴郑，"选学"大行于世，李善功不可没。

① 刘昫等：《旧唐书》卷一一九，第3430页。

② 欧阳修、宋祁：《新唐书》卷一九八，第5640页。

③ 王宁、李国英：《李善的〈昭明文选注〉与征引的训诂体式》，俞绍初、许逸民：《中外学者文选学论集》，中华书局1998年版，第462页。

首先，改变“选学”走向，由学术一途转向文学一途。《文选》在传授过程中弟子逐步分化，出现倾向学术与倾向文学两类。曹宪弟子许淹“博物洽闻。尤精诂训”①；李善“有雅行，淹贯古今，不能属辞，故人号‘书簏’”②；公孙罗留存资料极少，除《文选音义》外未见其他著作；魏模父子或无著作或已散佚，包括曹宪在内诸人皆擅长训诂注释之学，于文学方面并无优长。唯卢照邻文采斐然，为“初唐四杰”之一，总体来看，曹宪弟子以学术见长。李善弟子见于记载者仅有马怀素，怀素“能属文，有史力”③。《旧唐书·马怀素传》亦称：“善属文。举进士，又应制举，登文学优赡科。”④ 可见马怀素有相当的文学修养。李善最为得意的弟子应是其子李邕，李邕文章冠绝一时，皇甫湜赞曰：“李北海之文，如赤羽白甲，延亘平野，如云如风，有貙有虎，阗然鼓之，吁可畏也。”⑤ 豪荡不羁如王翰者亦称：“乃窃定海内文士百有余人，分作九等，高自标置，与张说、李邕并居第一，自馀皆被排斥。”⑥ 而窦众《述书赋》却说：“论诗则曰王维、崔颢，论笔则曰王缙、李邕，祖咏、张说不得预焉。”⑦ 正如《唐诗纪事》所言：“邕知名长安中，死天宝初，四十年间，可谓独步矣。”⑧ 李邕文学成就极为突出，学术特长已被淹没。李善所处时代文学逐渐挣脱学术束缚露出华美典雅的自家面目，高宗后期则天掌握实权，渐重文艺，李善在汴、郑讲授，弟子之中着力文学急功近利追随潮流者当不在少数。训诂注释走向衰落，诗赋辞章成为研习《文选》的重点，如杜甫“呼婢取酒壶，续儿诵文选”⑨。“熟精文选理，休觅彩衣轻。”⑩ 白居易“投君之文甚荒芜，数篇价直一束刍。报我之章何璀璨，累累四贯骊龙

① 刘昫等：《旧唐书》卷一八九上，第4946页。

② 欧阳修、宋祁：《新唐书》卷二〇二，第5754页。

③ 《故银青光禄大夫秘书监兼昭文馆学士侍读上柱国常山县开国公赠润州刺史马公墓志铭并序》，周绍良、赵超主编：《唐代墓志汇编》开元〇七四，上海古籍出版社1992年版，第1205页。

④ 刘昫等：《旧唐书》卷一〇二，第3163页。

⑤ 董诰等：《全唐文》卷六八七，第7035页。

⑥ 封演撰，赵贞信校注：《封氏闻见记校注》卷三，第22页。

⑦ 张彦远辑，洪丕谟点校：《法书要录》卷六，上海书画出版社1986年版，第167页。

⑧ 计有功撰，王仲镛校笺：《唐诗纪事校笺》卷一七，第557页。

⑨ 杜甫：《水阁朝霁奉简云安严明府》，浦起龙：《读杜心解》卷一，第120页。

⑩ 杜甫：《宗武生日》，浦起龙：《读杜心解》卷五，第759页。

珠。毛诗三百篇后得，文选六十卷中无”①。《文选》影响在唐初逐步由学术转向文学，曹宪弟子卢照邻初露端倪，李善之子李邕以及众多应举士子则彻底转向文学，此后文学一途完胜学术一途。

李善的讲授不仅促使选学转向，而且提高了“选学”的地位，使其由私学上升为官学。昭明太子萧统编撰《文选》，从子萧该率先为《文选》作注，实开“选学”先河，此后《文选》曾一度被视为萧氏家学。隋末唐初曹宪突破传统以《文选》教授生徒，弟子众多，薪火相传，“选学”渐成伟业。“选学”兴起之初实乃凭借曹宪的实力与名气，据《旧唐书》记载曹宪“每聚徒教授，诸生数百人。当时公卿已下，亦多从之受业。宪又精诸家文字之书，自汉代杜林、卫宏之后，古文泯绝，由宪此学复兴。大业中，炀帝令与诸学者撰《桂苑珠丛》一百卷，时人称其该博。宪又训注张揖所撰《博雅》，分为十卷，炀帝令藏于秘阁”②。曹宪博涉多门，堪称隋朝学术领袖，教书、著书并举，颇受炀帝赏识。至“贞观中，扬州长史李袭誉表荐之，太宗征为弘文馆学士，以年老不仕，乃遣使就家拜朝散大夫，学者荣之。太宗又尝读书有难字，字书所阙者，录以问宪，宪皆为之音训及引证明白，太宗甚奇之”③。朝散大夫为从五品下，可见太宗对曹宪也相当重视。而太宗问学于曹宪似有更深层的政治寓意，京城文士会集，高手如云，辨认僻字殊非难事，太宗舍近求远询问曹宪当为高调笼络文士之举。曹宪本为隋朝官员，身居江都，对曹宪的尊重实为表明统治者对前朝旧臣、江南文士的态度与政策。隋朝的名气加唐代的礼遇使得曹宪声名鹊起，“所撰《文选音义》，甚为当时所重。初，江、淮间为《文选》学者，本之于宪，又有许淹、李善、公孙罗复相继以《文选》教授，由是其学大兴于代。”④ 是时曹宪的影响力远超《文选》，《文选》籍其大名为众人所知，但太宗对曹宪的礼遇并不表明对《文选》的肯定，《文选》仍然停留在私学阶段。许淹、李善、公孙罗相继传授亦不出私学范畴。直至显庆三年九月李善奏上《文选注》六十卷，得到高宗嘉奖，赐绢一百二十匹，并于六年诏藏秘府，《文选》才正式转变为官学。

---

① 白居易：《偶以拙诗数首，寄呈裴大尹侍郎，蒙以盛制四篇一时酬和，重投长句，美而谢之》，白居易著，顾学颉校点：《白居易集》卷三〇，第690页。

② 刘昫等：《旧唐书》卷一八九上，第4945—4946页。

③ 同上书，第4946页。

④ 同上。

“选学”在得到官方认可后迅速向社会各个阶层蔓延，在朝官员或拟作，或续编，或勘误，在野士人甚至可以通过研究《文选》而获得一官半职，如卜长福献上《续文选》即授富阳尉，一时之间文人垂青，学子风向。及至工部侍郎吕延祚为适应与日俱增的大众需求而集吕延济、刘良、张铣、吕向、李周翰五人别撰简明实用的《五臣集注文选》时，“选学”已然全面渗入科举制度，几乎成为应举捷径。武宗时期宰相李德裕严厉批评道：“臣祖天宝末以仕进无他岐，勉强随计，一举登第。自后家不置《文选》，盖恶其不根艺实。”[①] 李德裕的偏激言论可从反面说明《文选》对科举的重大影响，况且李德裕言行并不一致，其在《文章论》中自注曰：“《文选》诗有五韵、七韵、十一韵、十三韵、二十一韵；考今之文字，四韵、六韵，以至一百韵，类皆双韵，无有只韵者。”[②] 若未曾深入研读《文选》不会有如此见解，可见李德裕确实是一位“熟精《文选》，而且依据《文选》谴责时弊的十足《文选》遵奉者”[③]！李善奏上《文选注》是“选学”发展史上的重大事件，此后由于官方的追捧，《文选》的自身价值更加凸显，并与科举制度迅速结合，来自民间的“选学”最终成为官学。

其次，扩大“选学”影响，自江淮至汴、郑，并向全国辐射。“选学”与扬州渊源颇深，扬州本为隋室故郡，经济繁荣，文化发达，为“选学”的兴起提供必备的物质条件。据《大唐新语》记载：“江淮间为《文选》学者，起自江都曹宪。贞观初，扬州长史李袭誉荐之，征为弘文馆学士。宪以年老不起，遣使就拜朝散大夫，赐帛三百匹。宪以仕隋为秘书，学徒数百人，公卿亦多从之学，撰《文选音义》十卷，年百余岁乃卒。其后句容许淹、江夏李善、公孙罗相继以《文选》教授。”[④] 明确指出“选学”兴起于曹宪，《文选音义》疑为具有普及性质的教学用书，曹宪弟子众多，人才辈出，江都遂成选学重镇。李善作为曹宪的得意门生，是江淮选学的重要成员，与许淹、公孙罗、魏模、魏景倩共同支撑起江淮选学的传承格局。然而随后李善、公孙罗、魏模、魏景倩先后入京为官，

① 欧阳修、宋祁：《新唐书》卷四四，第1169页。

② 李昉等：《文苑英华》卷七四二，第3877页。

③ 屈守元：《文选导读》，巴蜀书社1993年版，第86页。

④ 刘肃：《大唐新语》卷九，第133—134页。

传授《文选》的力量有所削弱。但李善将研习之风带到长安，并使“选学”获得官方认可，影响逐步扩大。李善仕途偃蹇，晚年定居汴、郑，重操旧业“居汴、郑间讲授，诸生四远至，传其业，号‘文选学’”[①]。《文选》传播重心亦随之转移。汴、郑毗邻洛阳，洛阳作为唐朝东都，地位特殊，拥有庞大的官僚群体，数量仅次于长安，是应考士子、隐居求仕者奔走造势、憩息等待的会聚之地，而李善需要充足的生源维持生计。李善往返汴、郑讲学，门生来自全国各地，成为新的传播者，《文选》遂由汴、郑向全国辐射。

李善以后远离政治中心的边远州郡陆续出现研习《文选》的相关记载，“至于一书之流行，则无如《文选》。”[②] 如来自四川的诗仙李白就有“前后三拟《词（文）选》，不如意，悉焚之”[③] 的学习经历，敦煌一带也曾讲解《文选》[④]。《文选》的传播范围甚至跨越国界，例如日本，“元正帝养老二年（718）刊行之《养老律令》云：‘凡进士试时务策二条，帖所读《文选》上秩七帖，《尔雅》三帖。’藤原佐世《日本国见在书目录》（撰于日本宽平年间，889—898）‘总集家’也著录了《文选》三十卷以及李善注《文选》、公孙罗《文选钞》、李善《文选音义》、公孙罗《文选音决》、释道淹《文选音义》、曹宪《文选音义》、佚名《文选抄韵》、《小文选》等。日本至今尚保留着平安时代《文选集注》的写本。东北的新罗于神文王二年（682）置国学于礼部。‘诸生读书以三品出身’，惟有通《文选》者方能为上品。”[⑤]《文选》地位蹿升，等同甚至超越五经。李善始于江淮，成于汴郑的授徒生涯使得《文选》由地方流布全国，最终突破地域限制，成为“文选学”。

李善堪称“选学”功臣，在朝推动“选学”由民间走向官方，在野促使“选学”由江淮扩至汴郑，其门生由擅长学术转为偏向文学正是初、盛唐诗歌之变的前奏，至此“选学”与唐诗发展轨迹呈现渐趋清晰的联

---

① 欧阳修、宋祁：《新唐书》卷二〇二，第5754页。

② 张伯伟：《论唐代的诗学畅销书》，莫砺锋：《周勋初先生八十寿辰纪念文集》，中华书局2008年版，第278页。

③ 段成式撰，方南生点校：《酉阳杂俎》前集卷一二，第116页。

④ 丁红旗，《关于唐代敦煌教授〈文选〉的一点臆测》，《敦煌研究》2011年第1期。

⑤ 张伯伟：《论唐代的诗学畅销书》，莫砺锋：《周勋初先生八十寿辰纪念文集》，第278—279页。

系，最终迎来发展的黄金时代。

二 《文选》与唐人选唐诗的历史因缘与示范意义

《文选》在唐代已经成为一种传统而强烈存在，文人学士深切感到来自《文选》的动力或压力，在唐人眼中《文选》兼具类书、选本、总集等多重性质。《艺文类聚》作为唐朝建国后的首部类书，序曰：“《流别》、《文选》专取其文，《皇览》、《遍略》直书其事，文义既殊，寻检难一。”① 《文选》进入类书家视野，欧阳询将《流别》、《文选》与《皇览》、《遍略》两类典籍优势互补，创制“事居其前，文列于后”② 的全新体例，类书在继承《文选》的基础上前进。初唐各类选本亦涉《文选》，元兢《古今诗人秀句序》曰：“晚代铨文者多矣。至如梁昭明太子萧统与刘孝绰等，撰集《文选》，自谓毕乎天地，悬诸日月。然于取舍，非无舛谬。方因秀句，且以五言论之。至如王中书‘霜气下孟津’，及‘游禽暮知返’，前篇则使气飞动，后篇则缘情宛密，可谓五言之警策，六义之眉首。弃而不纪，未见其得。”③ 论述以《文选》为逻辑起点。欧阳询对《文选》体例不满，元兢对《文选》宗旨不满，二人通过批判《文选》自我标榜，足见《文选》在初唐的巨大影响。然而《文选》最被后世认可的身份是总集，《新唐书·艺文志》将其归于总集类，《四库全书总目提要》曰：“文籍日兴，散无统纪，于是总集作焉，一则网罗放佚，使零章残什并有所归。一则删汰繁芜使秀稗咸除菁华毕出，是固文章之衡鉴，著作之渊薮矣。”④ 而“总集之存于今者，以《文选》为最古，鸿篇巨制，垂范千秋”⑤。是时效仿《文选》的总集大量涌现，孟利贞有《续文选》十三卷，卜长福有《续文选》三十卷，卜隐之有《拟文选》三十卷，徐坚有《文府》二十卷，文宗时期裴潾“集历代文章，续梁昭明太子《文选》，成三十卷，目曰《大和通选》，并音义、目录一卷，上

① 欧阳询撰，汪绍楹校：《艺文类聚》，序第27页。

② 同上。

③ ［日］弘法大师原撰，王利器校注：《文镜秘府论校注》，中国社会科学出版社1983年版，第354页。

④ 《文渊阁四库全书》卷一八六，第5册，第1页。

⑤ 骆鸿凯：《文选学·纂集第一》，第1页。

之"①。可见总集多以《文选》为榜样。

《文选》名为总集实为选本，萧统收录东周至南朝约八百年间的诗文七百余篇，显然经过认真思考精心选择。《文选》序曰：

> 自姬汉以来，眇焉悠邈，时更七代，数逾千祀。词人才子，则名溢于缥囊；飞文染翰，则卷盈乎缃帙。自非略其芜秽，集其清英，盖欲兼功，太半难矣！若夫姬公之籍，孔父之书，与日月俱悬，鬼神争奥，孝敬之准式，人伦之师友，岂可重以芟夷，加之剪截？老庄之作，管孟之流，盖以立意为宗，不以能文为本，今之所撰，又以略诸。若贤人之美辞，忠臣之抗直，谋夫之话，辨士之端，冰释泉涌，金相玉振。所谓坐狙丘，议稷下，仲连之却秦军，食其之下齐国，留侯之发八难，曲逆之吐六奇，盖乃事美一时，语流千载。概见坟籍，旁出子史，若斯之流，又亦繁博，虽传之简牍，而事异篇章，今之所集，亦所不取。至于记事之史，系年之书，所以褒贬是非，纪别异同，方之篇翰，亦已不同。若其赞论之综辑辞采，序述之错比文华，事出于沈思，义归乎翰藻，故与夫篇什，杂而集之。②

明确指出取舍标准，已经具备选本的基本特征。《文选》众体皆备，共三十九种，明显突出诗、赋地位，《文选》对赋的重视源于骈文的兴盛，诗的特出源于创作的兴盛。《文选》虽然是通选本，但是蕴含浓郁的现实意识，完全摆脱由来已久的厚古薄今积习，选录详于近代，无论内容还是形式均对唐人选唐诗的出现有重大影响。

唐人选唐诗与《文选》存在深远的历史因缘。首先，《文选》续作的大量涌现为唐人选唐诗的出现奠定了基础。《文选》续作的层出不穷与唐人对本朝诗歌的欣赏是唐人选唐诗出现的重要契机。《文选》在民间流传偏重注音释义，获得官方认可后以抄写、拟作、续编为主，帝王将相、官员文士悉数参与。《文选》曾经受到高宗非同一般的重视与喜爱，"高宗以行俭工于草书，尝以绢素百卷，令行俭草书《文选》一部，帝览之称

---

① 刘昫等：《旧唐书》卷一七一，第4449页。

② 萧统编，李善注：《文选》，序第2—3页。

善，赐帛五百段。”[①] 玄宗时期政府加入续修潮流，“开元中，诏张说括《文选》外文章，乃命坚与贺知章、赵冬曦分门讨会诏从之，坚乃先集诗赋二类为《文府》上之，余不能就而罢。《会要》：‘开元十九年二月礼部员外郎徐安贞等撰《文府》二十卷上之。’《集贤注》记：‘燕公初入院奉诏搜括《文选》外文章，别撰一部，于是徐常侍及贺、赵分部检讨，徐等且集诗、赋二类，独简杂文。历年撰成三十卷，燕公以所撰非精，更加研考。及萧令知院，以《文选》是先祖所撰，喜于嗣美，奏皇甫彬、徐安贞、孙逖、张环修《续文选》，徐、孙所取，与常侍相乖，别为二十卷。张始兴，嫌其取舍未允，其事竟寝。’”[②] 各类续书最初按照《文选》体例，但是由于工程浩大，编者开始有意无意地进行取舍，徐坚《文府》只有诗、赋两类。是时诗歌创作已在宫廷中异军突起，太宗、武后、中宗三朝极度兴盛。在纷繁复杂的《文选》续修工作与极度活跃的诗歌盛会中，徐坚已将目光限于诗、赋，一旦有人将选择的范围汇聚于本朝诗歌，唐人选唐诗就会应运而生。

《文选》在上层社会的广泛流行，首先，影响到身居其中负责文化工作的各类学士，而宫廷诗歌创作的频繁程度又远超其他任何场合，早期唐人选唐诗全部诞生于宫廷当与此有关。初唐选本多为学士所集，如《珠英集》编者崔融即为珠英学士。目前公认的第一部真正意义上的唐人选唐诗——《正声集》，编者孙翌亦为集贤院直学士，从张说到萧嵩，续修《文选》是集贤院的日常工作之一，孙翌在深受诗歌影响的前提下延续宫廷传统编辑选本实属常情。而初唐的《翰林学士集》、《珠英集》、《正声集》三位编者在机缘巧合之下均将目光汇聚于本朝，已将唐诗视为独立的发展阶段，至此唐诗不再附丽于六朝，显示出诗歌创作的繁荣与诗歌理论的渐趋成熟。《文选》与唐人选唐诗最先交汇于宫廷，唐人选唐诗的产生得益于《文选》的流行与“选学”的兴盛，初唐强大的选本传统基本建立，诸位选家通过选集诗歌表达自己对文学的认识和主张。

其次，《文选》在选录宗旨、文学追求等方面为唐人选唐诗提供范本。优秀的“唐人选唐诗”多以《文选》为逻辑起点，殷璠《河岳英灵集》序曰：“梁昭明太子撰《文选》，后相效著述者十余家，咸自称尽善，

① 刘昫等：《旧唐书》卷八四，第2802页。

② 王应麟：《玉海》卷五四，文渊阁四库全书本，第944册，第441页。

高听之士，或未全许。且大同至于天宝，把笔者近千人，除势要及贿赂者，中间灼然可尚者，五分无二，岂得逢诗辑纂，往往盈帙。盖身后立节，当无诡随，其应诠拣不精，玉石相混，致令众口销铄，为知音所痛。"[①] 高仲武《中兴间气集》曰："诗人之作，本诸于心。心有所感，而形于言，言合典谟，则列于风雅，暨乎梁昭明载述已往，撰集者数家，推其风流，《正声》最备，其余著录，或未至焉。何者？《英华》失于浮游，《玉台》陷于淫靡，《珠英》但纪朝士，《丹阳》止录吴人。此由曲学专门，何暇兼包众善。使夫大雅君子，所以对卷而长叹也。"[②] 两者言论何其相似！一致认为唐人选唐诗效仿《文选》一路走来，只是多数选本偏颇狭隘，未能真正发扬《文选》传统，而殷、高二人则以继承《文选》为终极目标。"事出于沈思，义归乎翰藻"是《文选》的基本标准，在具体的编撰之中萧统又表现出文质并重、崇雅黜靡的倾向。"作为一位大选家，萧统的主张包括两个基本的方面。一方面他接受了儒家正统文学思想，十分重视'风教'亦即作品的伦理政治教化作用，与其父梁武帝肖衍的崇儒政策完全一致；另一方面是他十分强调'翰藻'，要求作品有华美的文采。两方面综合起来，即其所谓'丽而不浮，典而不野，文质彬彬'。"[③] 现存"唐人选唐诗"各有侧重，继承"风教"的选本如《箧中集》，"风雅不兴，几及千岁，溺于时者，世无人哉。……近世作者，更相沿袭，拘限声病，喜尚形似，且以流易为词，不知丧于雅正。"[④] 顾陶《唐诗类选序》甚至认为教化是诗歌的基本功能，"在昔乐官采诗而陈于国者，以察风俗之邪正，以审王化之兴废，得刍尧而上达，萌治乱而先觉，诗之义也，大矣，远矣。肇自宗周，降及汉魏，莫不政治以讽喻，系国家之盛衰，作之者有犯而无讳，闻之者伤惧而鉴诫，宁同嘲戏风月取惧流俗而已哉！晋宋诗人，不失雅颂正直言无避，颇遵汉魏之风。逮齐梁陈隋，德祚浅薄，无能激切于事，皆以浮艳相夸，风雅大变，不随流者无几，所谓亡国之音哀以思，王泽竭而诗不作。吴公子听五音知国之兴废，

---

① 傅璇琮编撰：《唐人选唐诗新编·河岳英灵集》，第107页。

② 傅璇琮编撰：《唐人选唐诗新编·中兴间气集》，第456页。

③ 顾农：《风教与翰藻——萧统的文学趣味和〈文选〉的选文趋向》，《扬州师院学报》（社会科学版）1992年第3期。

④ 傅璇琮编撰：《唐人选唐诗新编·箧中集》，第299页。

匪虚谬也”①。强调“翰藻”的选本如《国秀集》，“昔陆平原之论文，曰‘诗缘情而绮靡’。是彩色相宣，烟霞交映，风流婉丽之谓也。”②《又玄集》，“但掇其清词丽句，录在西斋。”③ 又《才调集》，“韵高而桂魄争光，词丽而春色斗美。”④ 二者并重的选本有《河岳英灵集》，“文质半取，风骚两挟，言气骨则建安为传，论宫商则太康不逮。”⑤《中兴间气集》，“但使体状风雅，理致清新，观者易心，听者竦耳，则朝野通取，格律兼收。”⑥ 唐人标举诗学理论，力求通过选本抵制不为时代认同或不为编者欣赏的创作倾向，通过唐人选唐诗体现的宗旨追求，指出诗歌的发展方向，促进诗歌的艺术成熟。在“文选学”的基础上“诗选家们以各自的诗歌主张、艺术观点，不断研究、改进选诗的标准、范围、规模，形成了新兴的‘诗选学’”⑦。

三 《文选》与唐人选唐诗的地域因缘与学术中心

唐人选唐诗与《文选》亦存在一定的地域因缘。“文选学”由扬润到京师，“诗选学”由京师到扬润，二者传播路线相同，方向相反，都与扬润地区有着不解之缘。“文选学”唐代兴于扬州，曹宪、魏模、公孙罗等本土学者注音释义，促使“文选学”迅速崛起，清代复振于扬州，阮元、汪中、焦循等本土学者校勘补正，推动“文选学”再次繁盛。杨夔《文选楼铭并序》曰：“文选楼者，梁昭明太子选文之地，时逾四代，年将五百，清风懿号，蔼然不泯。”⑧ 选学于扬州可谓流风余韵，绵延不绝。

隋末唐初“文选学”先于扬州发端，《旧唐书》：“曹宪，扬州江都人也。仕隋为秘书学士。每聚徒教授，诸生数百人。当时公卿已下，亦多从之受业。……所撰《文选音义》，甚为当时所重。初，江、淮间为《文选》学者，本之于宪，又有许淹、李善、公孙罗复相继以《文选》教授，由是其

① 李昉等：《文苑英华》卷七一四，第 3686 页。
② 傅璇琮编撰：《唐人选唐诗新编·国秀集》，第 217 页。
③ 傅璇琮编撰：《唐人选唐诗新编·又玄集》，第 579 页。
④ 傅璇琮编撰：《唐人选唐诗新编·才调集》，第 691 页。
⑤ 傅璇琮编撰：《唐人选唐诗新编·河岳英灵集》，第 108 页。
⑥ 傅璇琮编撰：《唐人选唐诗新编·中兴间气集》，第 456 页。
⑦ 吴企明：《唐代诗选学略论》，《唐音质疑录》，第 162 页。
⑧ 李昉等：《文苑英华》卷七八八，第 4168 页。

学大兴于代。”[①]《新唐书》：“宪始以梁昭明太子《文选》授诸生，而同郡魏模、公孙罗、江夏李善相继传授，于是其学大兴。”[②] 刘肃《大唐新语》：“江淮间为文选学者，起自江都曹宪。”[③] 曹宪之后，许淹、李善、公孙罗、魏模相继传授，“文选学”向润州扩散。润州与扬州仅一江之隔，文化交流频繁，曹宪弟子许淹、李善学生马怀素均来自润州。“许淹者，润州句容人也。少出家为僧，后又还俗。博物洽闻，尤精诂训。撰《文选音》十卷。”[④] 又“马怀素，润州丹徒人也。寓居江都，少师事李善”[⑤]。其父马文超“弃官从好，遂寓居广陵，与学士孟文意、魏令谟专为讨论，具有撰著”[⑥]。饶宗颐《唐代文选学略述》认为此处魏令谟即曹宪弟子魏模，魏模与马文超交好，怀素少时似应受到魏模的一定影响，则怀素与曹宪之学渊源颇深。经过曹宪、许淹、李善、公孙罗等人的努力，“文选学”的传播形成以扬州为主润州为辅的格局，在民间已经具有相当规模。

推动“文选学”形成的两大动力是授徒与著书，在严谨而漫长的教学过程中，师生需要相对成熟固定的文本。曹宪作为学界泰斗，生徒众多，享誉一方，颇疑其编写《文选音义》的最初目的是供自己参考、学生研习之用，并在讲述中不断增益补充。李善等出类拔萃的弟子将此项工作延续，文选注在反复修改中逐步完善。师徒传授直观可靠，但是极易受到时空阻隔，而文本传播则能跨越诸多现实困难在更大范围引起轰动，一旦出现质量上乘的注本，“文选学”必将突破地域界限向全国辐射。曹宪弟子大批赴京使得“文选学”随之北传，李善“显庆中，累擢崇贤馆直学士兼沛王侍读”[⑦]。公孙罗“江都人也，历沛王府参军”[⑧]。魏模“武后时为左拾遗，子景倩亦世其学，以拾遗召，后历度支员外

---

① 刘昫等：《旧唐书》卷一八九上，第4945—4946页。

② 欧阳修、宋祁：《新唐书》卷一九八，第5640页。

③ 刘肃：《大唐新语》卷九，第133页。

④ 刘昫等：《旧唐书》卷一八九上，第4946页。

⑤ 刘昫等：《旧唐书》卷一〇二，第3163页。

⑥ 《故银青光禄大夫秘书监兼昭文馆学士侍读上柱国常山县开国公赠润州刺史马公墓志铭并序》，周绍良、赵超主编：《唐代墓志汇编》开元〇七四，第1205页。

⑦ 欧阳修、宋祁：《新唐书》卷二〇二，第5754页。

⑧ 刘昫等：《旧唐书》卷一八九上，第4946页。

郎”①。显庆三年李善奏上集大成之作《文选注》六十卷，获得官方嘉奖，“文选学”在京师广泛传播。“文选学”在京师的大盛伴随上层诗歌创作的繁荣，唐人选唐诗率先在宫廷出现，《翰林学士集》、《珠英集》、《正声集》先后成书。殷璠由润州赴京师应举，落第的结果使其长期滞留长安，并且卷入编辑选本的风潮，殷璠在京师开始编撰《丹阳集》，失意返乡之后完成《河岳英灵集》，“诗选学”随殷璠由京师传向扬润。

扬润地区以其独特的人文地理环境为“文选学”与“诗选学”的蓬勃发展奠定基础，历经魏晋南北朝四百余年的分裂动荡，隋唐之际江南的经济文化格局发生改变，金陵衰落，扬州崛起，与扬州仅一江之隔的润州也随之繁荣。扬州崛起的主要动力源于杨广，开皇十年江南反隋暴乱全面爆发，文帝派杨广坐镇扬州，“遍加委任，江南诸州，事无大小，皆由决判。”② 杨广平定叛军，控制局势，经营扬州长达十年，登基之后更是经济、政治、文化三位一体推进扬州的建设，促使扬州由军事重镇变为隋朝陪都。炀帝在位期间曾经三下江都，长期逗留江南，政治危机爆发之后更是打算迁都，“上起宫丹阳，将逊于江左。”③ 企图利用长江天险据守半壁江山，权德舆以为“广陵实佳丽，隋季此为京。”④ 扬州既是杨广的政治生命所在，又是其感情维系之所，由于炀帝与扬州的特殊关系，扬州在隋朝获得长足发展，经济的繁荣为文化的腾飞提供物质基础，扬润地区遂成为江南的学术中心，原因如下。

第一，“十里长街市井连”⑤——商业都会，经济繁荣，物质基础雄厚。扬州又称广陵、芜城、江都，魏晋南北朝时期经济优势已经凸显，鲍照《芜城赋》生动地记录了扬州的繁荣：“当昔全盛之时，车挂轊，人驾肩，廛闬扑地，歌吹沸天。孳货盐田，铲利铜山。才力雄富，士马精妍。”⑥ 小说言之更甚，“有客相从，各言所志，或愿为扬州刺史，或愿多资财，或愿

① 欧阳修、宋祁：《新唐书》卷一九八，第5641页。

② 智凯：《遗书临海镇将解拔国述放生池》，严可均校辑：《全上古三代秦汉三国六朝文·全隋文》卷三二，第4206页。

③ 魏徵、令狐德棻：《隋书》卷四，第93页。

④ 权德舆：《广陵诗》，《全唐诗》卷三二八，第3670页。

⑤ 张祜：《纵游淮南》，《全唐诗》卷五一一，第5846页。

⑥ 鲍照著，钱仲联增补集说校：《鲍参军集注》卷一，上海古籍出版社1980年版，第13页。

骑鹤上升。其一人曰：‘腰缠十万贯，骑鹤上扬州。’欲兼三者。”[①] 虽然此扬州非彼扬州，但江南的吸引力可见一斑。延及唐朝扬州经济地位愈高，“故谚称：‘扬一益二’，谓天下之盛，扬为一而蜀次之也。杜牧之有‘春风十里珠帘’之句。张祜诗云：‘十里长街市井连，月明桥上看神仙。人生只合扬州死，禅智山光好墓田。’王建诗云：‘夜市千灯照碧云，高楼红袖客纷纷。如今不似时平日，犹自笙歌彻晓闻。’徐凝诗云：‘天下三分明月夜，二分无赖是扬州。’其盛可知矣。”[②] 又“扬州地当冲要，多富商大贾，珠翠珍怪之产”[③]。鉴真六次东渡均从扬州出发，其于市集采购之物一应俱全[④]，货品之多令人叹为观止。扬州的富裕世人艳羡，“开元十八年正月望夕，帝谓叶仙师曰：‘四方之盛，陈于此夕。师知何处极丽？’对曰：‘灯烛华丽，百戏陈设，士女争妍，粉黛相染，天下无逾于广陵矣’。……俄顷之间，已到广陵矣。月色如昼，街陌绳直，寺观陈设之盛，灯火之光照灼台殿。士女华丽。”[⑤] 扬州的秀丽繁华竟令帝王与道士心生向往。

润州略逊于扬州，据《隋书·地理志》记载：“丹阳旧京所在，人物本盛，小人率多商贩，君子资于官禄，市廛列肆，埒于二京，人杂五方，

---

① 殷芸撰，王根林校点：《殷芸小说》卷六，《汉魏六朝笔记小说大观》，上海古籍出版社1999年版，第1039页。

② 洪迈撰，孔凡礼点校：《容斋随笔》卷九，中华书局2005年版，第123页。

③ 刘昫等：《旧唐书》卷八八，第2878页。

④ [日]真人元开著，汪向荣校注：《唐大和上东征传》，中华书局1979年版，第47—48页，记载鉴真东渡之前曾在扬州市场采购：“[落]脂红绿米一百石，甜豉三十石，牛苏一百八十斤，麪五十石，乾胡饼二车，乾蒸饼一车，乾薄饼一万，番[捻]头一半车；漆盒子盘卅具，兼将[画]五顶像一铺，宝像一铺，金[漆]泥像一躯，六扇佛菩萨障子一具，金字《华严经》一部，金字《大品经》一部，金字《大集经》一部，金字《大涅槃经》一部，杂经、章疏等都一百部；月令[障]子一具，行天[障]子一具，道场幡一百廿口，珠幡十四条，玉环手幡八口；螺钿经函五十口，铜瓶廿口；花毾廿四领，袈裟一千领，[裙]衫一千对，坐具一千床；大铜[盂]四口，[竹叶盂]卌口，大铜盘廿面，中铜盘廿面，小铜盘四十四面，一尺铜叠八十面，少铜叠三百面；白藤簟十六领，五[色]藤簟六领；麝香廿[剂]，沉香、甲香、甘松香、龙脑、香胆、唐香、安息香、栈香、零陵香、青木香、薰陆香都有六百余斤；又有毕钵、诃梨勒、胡椒、阿魏、石蜜、蔗糖等五百余斤，蜂蜜十斛、甘蔗八十束；青钱十千贯，正炉钱十千[贯]，紫边钱五[千]贯；罗补头二千枚，麻靴卅量，廗帽卅箇。”

⑤ 牛僧孺：《玄怪录》卷三，《唐五代笔记小说大观》，上海古籍出版社2000年版，第380页。

故俗颇相类。京口东通吴、会，南接江、湖，西连都邑，亦一都会也。”① 扬润二州浓郁的商业气氛强烈冲击传统儒家观念，富商地位极高，据李肇《唐国史补》记载：“扬州有王生者，人呼为王四舅，匿迹货殖，厚自奉养，人不可见。扬州富商大贾，质库酒家，得王四舅一字，悉奔走之。”② 又《新唐书·王琚传》：“会谋刺武三思，琚义其为，即与周璟、张仲之等共计。事泄亡命，自佣于扬州富商家。”③ 王琚作为官宦子弟为避迫害竟然于富商之家寻求庇护，可见扬州富商实力之雄厚。商业的繁荣与城市的发展滋生浓重的及时行乐思想，礼教松弛，物欲横流，扬州成为烟花之地、富贵之乡的典型代表。“扬州胜地也。每重城向夕，倡楼之上，常有绛纱灯万数，辉罗耀烈空中。九里三十步街中，珠翠填咽，邈若仙境。”④ 倡伎依托于城市的发展而产生，部分倡伎极有才华，本身就是诗人。唐代文人多与倡伎交往，携伎揽胜，饮酒助兴，买笑追欢。风月无边的扬州以其独特的魅力吸引各方人士，或慕名而来或游赏寄居，歌楼酒馆，痛饮高歌，游览寻欢，休憩买醉，现世的享乐熏染人心，忧愤抑郁的诗人一旦进入妩媚温柔的扬州，就会抛开责任，忘掉烦恼，任意宣泄自己的快乐。扬州的狭邪之游虽以中晚唐为盛，但初盛唐已然兴起，李白“曩昔东游维扬，不逾一年，散金三十余万”⑤。其《对酒》曰：“蒲萄酒，金叵罗，吴姬十五细马驮。青黛画眉红锦靴，道字不正娇唱歌。”⑥ 落第诗人抑或奔赴“处处青楼夜夜歌”⑦ 的扬州缓解痛苦，个别诗人更以欣赏甚至艳羡的口吻描写扬州的万种风情与脱离尘世的纵情享乐。在文人看来，润州与扬州如出一辙，杜牧《润州二首》其二：“画角爱飘江北去，钓歌长向月中闻。扬州尘土试回首，不惜千金借与君。”⑧ 戴伟华在《地域文化与唐代

---

① 魏徵、令狐德棻：《隋书·地理志》卷三一，第887页。

② 李肇：《唐国史补》卷中，上海古籍出版社1957年版，第46—47页。

③ 欧阳修、宋祁：《新唐书》卷一二一，第4332页。

④ 李昉等：《太平广记》卷二七三，第2151页。

⑤ 李白：《上安州裴长史书》，李白著，王琦注：《李太白全集》卷二六，中华书局1977年版，第1245页。

⑥ 李白著，王琦注：《李太白全集》卷二五，第1179页。

⑦ 韦庄：《过扬州》，韦庄著，聂安福笺注：《韦庄集笺注》卷四，上海古籍出版社2002年版，第175页。

⑧ 吴在庆：《杜牧集系年校注》卷三，中华书局2008年版，第341页。

诗歌》中指出："对陌生自然景观和人文风俗的好奇是对诗歌之境开拓的内在动力。"[①] 而扬州、润州于长安、洛阳之外展示出全新的江南都市风情，其厚重的商业化与世俗化倾向虽然导致诗人的现世沉溺与诗歌的浮华气息，但客观上也为文学的发展奠定物质基础，提供必要的经济支持。

第二，"扬州旧处可淹留"[②] ——历史悠久，文化发达，学者诗人辈出。西汉吴王刘濞、南朝宋临川王刘义庆等人都曾以广陵为中心召集文士，组织文学活动。隋朝杨广更以扬州为重点建设区域，弘扬佛道，鼓励学术，重用南方文士，消除隔膜，打破关陇文化本位政策，融通南北，取得极大成效。礼学的集大成之作《江都集礼》即在杨广的支持下由江南学者潘徽等人撰成，在潘徽眼中杨广堪称理想领袖，"上柱国、太尉、扬州总管、晋王握珪璋之宝，履神明之德，隆化赞杰，藏用显仁。地居周、邵，业冠河、楚，允文允武，多才多艺。戎衣而笼关塞，朝服而扫江湖，收杞梓之才，辟康庄之馆。"[③] 杨广力求由文化整合达到政治一统。又"炀皇好学，喜聚逸书，而隋世简编，最为博洽"[④]。据《资治通鉴》记载："（大业十一年）春，正月，增秘书省官百二十员，并以学士补之。帝好读书著述，自为扬州总管，置王府学士至百人，常令修撰，以至为帝，前后近二十载，修撰未尝暂停；自经术、文章、兵、农、地理、医、卜、释、道乃至蒱博、鹰狗，皆为新书，无不精洽，共成三十一部，万七千余卷。"[⑤] 杨广的修撰事业始于扬州。炀帝本人对南方文化的热爱在他的政治活动与文学创作中都有表现，其描写扬州的"暮江平不动，春花满正开。流波将月去，潮水带星来"[⑥]。堪称隋诗的最高代表，已开唐诗先声。

延及唐代，设立扬州大都督府，地方官吏亦有博学之人，如李袭誉，撰有《忠孝图传赞》二十卷、《江东记》三十卷、《明堂序》一卷。《大唐新语》曰："李袭誉：江淮俗尚商贾，不事农业，及誉为扬州，引雷陂

---

① 戴伟华：《地域文化与唐代诗歌》，中华书局 2006 年版，第 98 页。

② 隋炀帝杨广：《江都宫乐歌》，逯钦立辑校：《先秦汉魏晋南北朝诗》，《隋诗》卷三，第 2664 页。

③ 魏徵、令狐德棻：《隋书》卷七六，第 1746 页。

④ 刘昫等：《旧唐书》卷四六，第 1962 页。

⑤ 司马光编著，胡三省音注：《资治通鉴》卷一八二，第 5694 页。

⑥ 隋炀帝杨广：《春江花月夜二首》其一，逯钦立辑校：《先秦汉魏晋南北朝诗》，《隋诗》卷三，第 2663 页。

水，又筑句城塘以灌溉田八百余顷。袭誉性严整，在职庄肃，素好读书，手不释卷。居家以俭约自处，所得俸禄，散给宗亲，余赀写书数万卷。每谓子孙曰：‘吾不好货财，以至贫乏。京城有赐田一十顷，耕之可以充食；河南有桑千树，事之可以充衣；所写得书，可以求官。吾殁之后，尔曹勤此三事，可以无求于人矣。’时论尤善之。”[①] 在帝王与长官的引导推崇之下，富商也参与其中，《旧唐书·王琚传》：“及同皎败，琚恐为吏所捕，变姓名诣于江都，佣书于富商家。”[②] 王琚为富商抄书，可见江南富商对文化亦有一定兴趣。扬州学术积淀深厚，学者名家会聚，李袭誉曾经举荐曹宪，曹宪先后受到隋炀帝与唐太宗两朝帝王重视，其《文选》之学亦在扬润二州兴起，通过弟子李善、公孙罗、许淹、魏模、魏景倩等人的共同努力，扬州、润州最终成为“选学”中心。另扬州龙兴寺主持怀仁和尚影响也相当深远，据李华《杨州龙兴寺经律院和尚碑》记载：“朝廷之士，衔命往复，路出惟扬，终岁百数，不践门阈，以为大羞。”[③] 曾登龙兴寺谒怀仁者有：“太子少保陆象先、吏部尚书毕构、少府监陆余庆、吏部尚书崔日用、秘书监贺知章、礼部尚书裴宽、中书侍郎严挺之、河南尹崔希逸、太守房琯、中书侍郎平章事崔涣、礼部尚书李澄、词人汜水尉王昌龄等所瞻奉。”[④] 扬州俨然成为学术中心，吸引各界人士前往。

初唐部分诗人也从扬润二州走来，如上官仪、张若虚以及《丹阳集》诸位诗人。上官仪随父居于江都，隋末避乱“因私度为沙门，游情释典，尤精三论，兼涉猎经史，善属文。贞观初，杨仁恭为都督，深礼待之”[⑤]。受到太宗、高宗重视，并且形成引领一时的“上官体”。张若虚作为吴中四士之一，其描写广陵景色的《春江花月夜》向前替宫体诗赎清了百年的罪，向后清除了盛唐的路，被闻一多誉为“诗中的诗，顶峰上的顶峰”[⑥]。而来自润州的十八位诗人虽然名气较小，创作实绩无法与上官仪、张若虚相提并论，但是为殷璠唐诗选本的编写提供可能。综上所述，初唐年间无论是学术还是文学，扬润二州均贡献巨大。

---

① 刘肃：《大唐新语》卷三，第 48 页。

② 刘昫等：《旧唐书》卷一〇六，第 3249 页。

③ 李昉等：《文苑英华》卷八六二，第 4549 页。

④ 同上。

⑤ 刘昫等：《旧唐书》卷八〇，第 2743 页。

⑥ 闻一多：《宫体诗的自赎》，闻一多：《唐诗杂论》，第 19 页。

第三，“烟花三月下扬州”① ——交通枢纽，景色秀丽。炀帝开凿运河，贯通南北，扬州位于长江与运河的交叉口，连接钱塘江、长江、淮水、黄河、海河五大水系，一跃成为海运、江运、漕运中心，正如炀帝所云：“借问扬州在何处，淮南江北海西头。”② 而与扬州一江之隔的润州处于运河入口，“控荆衡以沿泛，通夷越之货贿，四会五达，此为咽颐。”③成为漕运的关键部位。扬润二州凭借地理优势迅速崛起，成为全国交通枢纽。开元二十六年“润州刺史齐澣奏：‘自瓜步济江迂六十里。请自京口埭下直济江，穿伊娄河二十五里即达扬子县，立伊娄埭。’从之”④。缩短江南至江北的运程，使得扬润之间往来更加便捷。唐代漫游之风盛行，扬润地区几乎成为文人江南壮游的必经之地，江南秀美的自然景色与繁华的都市生活随着漫游的足迹在诗人的生花妙笔之下一一展现。应考士子、贬谪官吏、游客商贾频繁往来，相逢、送别、喜悦、伤怀充溢其间，文人的频繁光顾使得创作走向大盛，孟浩然、王昌龄、李白等人留下不计其数的写景送别之作。王昌龄《别陶副使归南海》：“南越归人梦海楼，广陵新月海亭秋。宝刀留赠长相忆，当取戈船万户侯”⑤，送别之际展望仕途，充满盛唐豪情。李白《广陵赠别》：“天边看绿水，海上见青山”⑥、祖咏《泊扬子津》：“江火明沙岸，云帆礙浦桥”⑦、李颀《送刘昱》：“鸬鹚山头微雨晴，扬州郭里暮潮生”⑧，分别之时扬州美景尽收眼底。另李白《留别广陵诸公》、崔颢《维扬送友还苏州》、刘沓虚《暮秋扬子江寄孟浩然》、高适《广陵别薛八》等亦为扬州送别之作。扬州亦是科考士子会聚之所，章孝标《及第后寄李绅》：“及第全胜十政官，金鞍镀了出长安。马头渐入扬州郭，为报时人洗眼看。”⑨ 孟浩然《广陵别薛八》：“士有不

---

① 李白：《黄鹤楼送孟浩然之广陵》，李白著，王琦注：《李太白全集》卷一五，第734页。

② 隋炀帝杨广：《泛龙舟》，逯钦立：《先秦汉魏晋南北朝诗》，《隋诗》卷三，第2664页。

③ 权德舆：《大唐银青光禄大夫检校司徒同中书门下平章事太清宫及度支诸道盐铁转运等使崇文馆大学士上柱国岐国公杜公淮南遗爱碑铭并序》，《权载之文集》卷一一，四部丛刊初编本，第114册，第2页下。

④ 司马光编著，胡三省音注：《资治通鉴》卷二一四，第6836—6837页。

⑤ 彭定求等：《全唐诗》卷一四三，第1448页。

⑥ 李白著，王琦注：《李太白全集》卷一五，第719页。

⑦ 彭定求等：《全唐诗》卷一三一，第1335页。

⑧ 彭定求等：《全唐诗》卷一三三，第1356页。

⑨ 彭定求等：《全唐诗》卷八七〇，第9861页。

得志，凄凄吴楚间。广陵相遇罢，彭蠡泛舟还。”① 面对同样的扬州，及第的章孝标与落第的孟浩然心情笔触截然相反。润州作为“吴头楚尾”，亦是分别之地，舟车劳顿，中转停留，感伤之作颇多，京口、北固山、焦山、松廖山、茅山、京口、万岁楼、芙蓉楼屡屡出现。孟浩然有多首吟咏润州的诗作：《早春润州送从弟还乡》“归泛西江水，离筵北固山”②；《杨子津望京口》“北固临京口，夷山对海滨。江风白浪起，愁杀渡头人”③；《宿杨子津寄润州长山刘隐士》“日夕望京口，烟波愁我心。心驰茅山洞，目极枫树林”④；《渡杨子江》“桂楫中流望，京江两畔月。林开杨子驿，山出润州城。海尽边阴静，江寒朔吹生。更闻枫叶下，淅沥度秋声”⑤。又王昌龄《宿京江口期刘昚虚不至》“霜天起长望，残月生海门。风静夜潮满，城高寒气昏”⑥；《万岁楼》“谁堪登望云烟里，向晚茫茫发旅愁”⑦；《芙蓉楼送辛渐二首》其二“丹阳城南秋海阴，丹阳城北楚云深。高楼送客不能醉，寂寂寒江明月心”⑧。据《元和郡县图志》“（润州）其城吴初筑也，晋王恭为刺史，改创西南楼名万岁楼，西北楼名芙蓉楼。”⑨ 孟浩然也有《登万岁楼》“天寒雁度堪垂泪，月落猿啼欲断肠”⑩。离别的悲伤充溢其间。扬润二州作为交通枢纽，除离别之外，诗人或经过或客居或游览，扬州有孙逖《扬子江楼》、王昌龄《客广陵》、李白《秋日登扬州栖灵寺塔》、高适《登广陵栖灵寺塔》，润州有王湾《次北固山下》，孙逖《丹阳行》、《夜到润州》、《下京口埭夜行》，李白《自焦山望松廖山》，王昌龄《诸官游鹤林寺》，綦毋潜《题鹤林寺》、《茅山洞口》、《题栖霞寺》，储光羲《泛茅山东溪》、《游茅山五首》、《题茅山华阳洞》，不乏名家名作。

---

① 孟浩然著，佟培基笺注：《孟浩然诗集笺注》集外诗，第 391 页。
② 孟浩然著，佟培基笺注：《孟浩然诗集笺注》卷中，第 263 页。
③ 孟浩然著，佟培基笺注：《孟浩然诗集笺注》卷上，第 26 页。
④ 孟浩然著，佟培基笺注：《孟浩然诗集笺注》卷中，第 164 页。
⑤ 孟浩然著，佟培基笺注：《孟浩然诗集笺注》集外诗，第 424 页。
⑥ 彭定求等：《全唐诗》卷一四二，第 1440 页。
⑦ 同上书，第 1441 页。
⑧ 彭定求等：《全唐诗》卷一四三，第 1448 页。
⑨ 李吉甫撰，贺次君点校：《元和郡县图志》卷二五，中华书局 1983 年版，第 590 页。
⑩ 孟浩然著，佟培基笺注：《孟浩然诗集笺注》集外诗，第 410 页。

唐朝诗人多有“长安情结”，“在长安面前惊叹不已，它是伟大的城市，是当代的奇观，是大唐帝国威力的生动证明。在长安任职意味着成功，展示了希望，在其他地方当官则表明失败。”[①] 然而扬润二州从来不是施展抱负、建功立业之处，扬州、润州在长安、洛阳之外展示了新的生活场景，远离政治理想，追求现世享乐，青山绿水、杏花春雨、羁旅送别、游览赏玩占据主导，诗人的往来滞留使其成为诗歌汇聚之地，创作的活跃与学术的沉淀促使扬州、润州最终成为唐人选唐诗的重镇。

① 宇文所安著，贾晋华译：《初唐诗》，生活·读书·新知三联书店2004年版，第81页。

第二章

类书兴盛与唐人选唐诗的模式

类书是中国古代特殊的工具书，内容丰富，涉及宗教哲学、天文地理、政区沿革、医卜星相、风俗名物、典章制度、历史人物、诗歌辞赋、成语掌故等，以杂著称，故《四库全书总目》曰："类事之书，兼收四部，而非经非史，非子非集，四部之内，乃无类可归。"① 类书起源甚早，历经魏晋南北朝的缓慢发展，在唐朝因与诗歌结合而迅速普及。闻一多称："唐初人的诗，离诗的真谛是这样远，所以，我若说唐初是个大规模征集词藻的时期，我所谓征集词藻者，实在不但指类书的纂辑，连诗的制造也是应属于那个范围里的。"② 指出诗歌创作与类书编撰的联系。唐人选唐诗与类书关系尤为密切，主要表现在以下两方面：首先，类书的盛行推动诗歌的普及，类书为诗歌创作提供辞藻、事对、例句、范文，使全民作诗成为可能，而诗歌的繁荣是唐人选唐诗涌现的先决条件。其次，相当部分的唐人选唐诗编撰随意，宗旨不明，排序混乱，抄撮现象严重，带有浓重的类书气息。

第一节　类书的兴起

类书一名，定于宋代，之前此类汇编已然繁盛，唯归属混乱，称号各异。何为类书？古籍史料未作明确界定，今人张涤华认为"凡荟萃成言，裒次故实，兼收众籍，不主一家，而区以部类，条分件系，利寻检，资采掇，以待应时取给者"③ 皆为类书。则类书具有"百科全书"与"资料汇

---

① 《文渊阁四库全书》卷一三五，第 3 册，第 845 页。

② 闻一多：《类书与诗》，闻一多：《唐诗杂论》，第 7 页。

③ 张涤华：《类书流别》，商务印书馆 1985 年版，第 4 页。

编”的双重性质。①

类书兴起极早，《尔雅》、《淮南子》、《吕览》都曾被认为是类书的源头。清人马国翰认为：“类书之源，开于秦，衍于汉。余观《吕氏春秋》，《十二纪》取诸《月令》，《至昧篇》取伊尹书，《当染篇》取墨子书，《上农》、《任地》、《辨土》、《审时》四篇述后稷之言，与《亢桑子》所载略同。而取黄帝、老子、文子、子华子之说，不一而足。意盖以周《月令》为纪，杂采百家分属之。此类书之最先者也。《淮南鸿烈》实仿《吕览》为之，书中采文子语几尽；其他大抵皆有所本。刘向《洪范五行传记》及《新序》、《说苑》，率取古说，分类条列，皆类书也。”② 钮树玉则认为：“类书之端，造于《淮南子》。”③ 张舜徽称：“类书之起，昉于明分部类，据物标目，盖必推尔雅为最先。”④ 台湾学者庄芳荣论述更为详尽：“我国类书之缘起，相当久远。周朝末期，治春秋者，有抄撮之学，其体例虽已不详，而摘录旧文，籍供观览之旨，即与后世类书相似，此可谓类书之远源。近世若干学者亦以为类书渊源于诗赋、字书、尔雅、史记以及杂家书《吕览》等多种，诸说之中，尤以吕览一书，因其采取旧说，区分胪列，古今巨细之事，无不综贯，后人有视之为类书之直系祖祢者。至后世所称之类书，则始于皇览一书。”⑤ 介绍类书的远源与近流并指出真正的类书始于《皇览》。此种看法由来已久，南宋王应麟《玉海》云：“类事之书，始于《皇览》。”⑥ 胡道静曰：“推类书的远源，可以及于分类标目的《尔雅》和兼综众家的《吕览》，而不能视《尔雅》、《吕览》即为类书。类书之起，自要到曹魏初年《皇览》问世之后才有此一体。”⑦ 张涤华亦曰：“故《皇览》一书，昔人并推为千古类书之权

① 胡道静：《中国古代的类书》，中华书局1982年版，第1页。

② 马国翰：《〈锱铢囊〉序》，《玉函山房文集》卷三，《清代诗文集汇编》第586册，第135页。

③ 钮树玉：《论淮南子》，《匪石先生文集》卷下，《清代诗文集汇编》第463册，第487页。

④ 张舜徽：《清人文集别录》卷一五，中华书局1963年版，第424页。

⑤ 庄芳荣：《中国类书总目初稿》序，台湾学生书局1983年版，第7页。

⑥ 王应麟：《玉海》卷五四，文渊阁四库全书本，第944册，第447页。

⑦ 胡道静：《中国古代典籍十讲》，复旦大学出版社2004年版，第68页。

舆。”①《皇览》为中国首部类书的观点基本得到当今学界认可。类书历经汉魏六朝的积累在隋唐之际走向繁荣，抄撮之风的持续发展，赋体文学的内部传承，藏书事业的全面兴盛是类书走向高潮的根本原因。

首先，抄撮之风的持续发展。中国古代文献浩瀚繁杂，张舜徽指出：“载籍极博，无逾三门：盖有著作，有编述，有钞纂，三者体制不同，而为用亦异。名世间出，智察幽隐，记彼先知，以诱后觉，此之谓著作；前有所因，自为义例，镕铸众说，归一家言，此之谓编述；若夫钞纂之役，则惟比叙旧事，综录异闻，或订其伪，或匡其失，校之二科，又其次也。”② 著作、编述、钞纂三者在不同的历史阶段各有消长，“试循时代以求之，则汉以上之书，著作为多。由汉至隋，则编述胜。唐以下雕版术兴，朝成一书，莫登诸板，于是类书说部，充栋汗牛，尽天下皆钞纂之编。”③ 类书与钞纂的密切关系不言自明，而“一切比较纷杂的文献资料，都可用分类的方法，钞录排比，使成为门类明晰、眉目清楚、有体系、有条理的‘类书’。所以类书是完全由钞纂而成的”④。类书源于钞纂，在雕版印刷术尚未流行之时，书籍的传播主要靠抄写。随着文学创作的繁荣，研习经典成为潮流，正如萧绎所言：“诸子兴于战国，文集盛于二汉，至家家有制，人人有集。其美者足以叙情志，敦风俗，其弊者只以烦简牍，疲后生。往者既积，来者未已，翘足志学，白首不遍。”⑤ 全部阅读日益困难，为帮助记忆，方便使用，文人学士开始根据自身需要各有侧重地摘抄选录现有典籍，抄撰成为可能与必需。

抄撰之事屡见记载，唯用词有异，如采取、去取、抄撮、抄撰、撮录等。铎椒堪称抄撮第一人，据《史记·十二诸侯年表》记载：“铎椒为楚威王傅，为王不能尽观《春秋》，采取成败，卒四十章，为《铎氏微》。”⑥ 又刘向《别录》称：“左丘明授曾申，申授吴起，起授其子期，期授楚人铎椒。铎椒作抄撮八卷，授虞卿；虞卿作抄撮九卷，授荀卿，荀

① 张涤华：《类书流别》，第 12 页。

② 张舜徽：《广校雠略》，华中师范大学出版社 2004 年版，第 12 页。

③ 同上书，第 13 页。

④ 张舜徽：《中国文献学》，华中师范大学出版社 2004 年版，第 26 页。

⑤ 萧绎撰，许逸民校笺：《金楼子校笺》卷四，第 852 页。

⑥ 司马迁：《史记》卷一四，第 510 页。

卿授张苍。"① 铎椒率先抄撮《春秋》、《左传》等经典著作，弟子仿效，抄撮之风渐起，旁及各类著作。张舜徽在《汉书艺文志通释·儒家言》中指出："昔之读诸子百家书者，每喜撮录善言，别钞成帙。《汉志诸子略》儒家有《儒家言》十八篇，道家有《道家言》二篇，法家有《法家言》二篇，杂家有《杂家言》一篇，小说家有《百家》百三十九卷，皆古人读诸子书时撮钞群言之作也。可知读书摘要之法，自汉以来然矣。后人效之，遂为治学一大法门。"② 抄撮成为书籍传播的主要途径。魏晋以来抄撮之风更盛，渗入社会生活的各个层面，文学、经史、占卜、医药、地理靡不具备。据《魏书·殷绍传》记载："臣前在东宫，以状奏闻，奉被景穆皇帝圣诏，敕臣撰录，集其要最。仰奉明旨，谨审先所见《四序经》文，抄撮要略，当世所须吉凶举动，集成一卷。上至天子，下及庶人，又贵贱阶级、尊卑差别、吉凶所用，罔不必备。"③《晋书·郭璞传》："又抄京、费诸家要最。"④ 《晋书·葛洪传》："抄《五经》、《史》、《汉》、百家之言、方技杂事三百一十卷，《金匮药方》一百卷，《肘后要急方》四卷。"⑤ 而《隋书·经籍志》曰："陈时，顾野王抄撰众家之言，作《舆地志》。"⑥ 更有甚者如王筠："余少好书，老而弥笃，虽偶见瞥观，皆即疏记，后重省览，欢兴弥深，习与性成，不觉笔倦。自年十三四，齐建武二年乙亥至梁大同六年，四十六载矣。幼年读《五经》，皆七八十遍。爱《左氏春秋》，吟讽常为口实，广略去取，凡三过五抄。余经及《周官》、《仪礼》、《国语》、《尔雅》、《山海经》、《本草》并再抄。子史诸集皆一遍。未尝倩人假手，并躬自抄录，大小百余卷。不足传之好事，盖以备遗忘而已。"⑦ 穷毕生之力数次抄撮典籍着实令人敬佩，王筠明确指出抄录的目的是为个人备忘之用。

南北朝时期"抄撮"进一步发展为"抄撰"，依据一定目的选择摘录为抄撮，依据一定目的抄写著述为抄撰，抄撰需要创新也更为自由。抄撰

① 阮元校刻：《十三经注疏·春秋左传正义》卷一，第1703页。

② 张舜徽：《汉书艺文志通释》，湖北教育出版社1990年版，第122—123页。

③ 魏收：《魏书》卷九一，中华书局1974年版，第1956页。

④ 房玄龄等：《晋书》卷七二，第1910页。

⑤ 同上书，第1913页。

⑥ 魏徵、令狐德棻：《隋书》卷三三，第988页。

⑦ 姚思廉：《梁书》卷三三，第486页。

甚至成为部分士人的终身事业，据《陈书·姚察传》记载："专志著书，白首不倦，手自抄撰，无时蹔辍。尤好研覆古今，諟正文字，精采流赡，虽老不衰。"[1] 又《梁书·袁峻传》："笃志好学，家贫无书。每从人假借，必皆抄写，自课日五十纸，纸数不登，则不休息。"[2] 抄有《史记》、《汉书》各二十卷。《南史·沈麟士传》："宋元嘉末，文帝令仆射何尚之抄撰《五经》，访举学士，县以沈麟士应选。……守操终老，读书不倦。遭火烧书数千卷，年过八十，耳目犹聪明，以反故抄写，火下细书，复成二三千卷，满数十箧。"[3] 抄书成为笃志好学的典型标志。

抄撰亦是宫廷文人的重要工作内容之一，《梁书·庾于陵传》："谢朓、宗夬抄撰群书。"[4]《陈书·杜之伟传》："与学士刘陟等钞撰群书。"[5]《陈书·陆瑜传》称太子好学，"欲博览群书，以子集繁多，命瑜钞撰。"[6]《南史·徐勉传》："于是尚书仆射沈约等参议，请五礼各置旧学士一人，人各自举学士二人相助，抄撰其中。"[7]《南史·庾肩吾传》"在雍州被命与刘孝威、江伯摇、孔敬通、申子悦、徐防、徐摛、王囿、孔铄、鲍至等十人抄撰众籍，丰其果馔，号高斋学士。"[8]《北史·李文博传》："特为吏部侍郎薛道衡所知，恒令在厅事帷中，批检书史，并察已行事，若遇政教善事，即抄撰记录，如选用疏谬，即委之臧否。"[9] 著名文士谢朓、沈约、薛道衡等人的加入推动并确保抄撰事业的高水平发展。抄撰迅速蔓延，并出现职业化倾向，如《北史·庾信传》载："父肩吾，为梁太子中庶子，掌管记。东海徐摛为右卫率。摛子陵及信并为抄撰学士。父子在东宫，出入禁闼，恩礼莫与比隆。"[10] 由于抄撰行为的频繁，人员队伍的壮大，官府甚至出现名为"抄撰学士"的专职人员，庾肩吾、庾信、徐摛、徐陵

---

① 姚思廉：《陈书》卷二七，中华书局1972年版，第353页。

② 姚思廉：《梁书》卷四九，第688页。

③ 李延寿：《南史》卷七六，第1891—1892页。

④ 姚思廉：《梁书》卷四九，第689页。

⑤ 姚思廉：《陈书》卷三四，第454页。

⑥ 同上书，第463页。

⑦ 李延寿：《南史》卷六〇，第1481页。

⑧ 李延寿：《南史》卷五〇，第1246页。

⑨ 李延寿：《北史》卷八三，中华书局1974年版，第2806页。

⑩ 同上书，第2793页。

父子本为梁代著名文人，极受宠信，无一例外全部投入抄撰洪流，可见抄撰的极度流行。

此期抄撮、抄撰既有官府组织也有私人行为，多数具有明确目的，有抄有撰，广略去取，已经具备类书的雏形，中国第一部类书《皇览》诞生于曹魏年间绝非偶然。据《三国志·文帝纪》记载："初，帝好文学，以著述为务，自所勒成垂百篇。又使诸儒撰集经传，随类相从，凡千余篇，号曰《皇览》。"① 明确指出《皇览》乃撰集而成，"随类相从"是其最大特点。类书诞生之初即与皇权产生密切关系，大型类书多修撰于改朝换代或政局动荡之后。例如，唐代《艺文类聚》撰于高祖登基之初，《文思博要》撰于太宗夺权之后，《三教珠英》撰于武后称帝之时，帝王通过编撰类书笼络人心，缓和矛盾，稳定统治，类书亦在帝王的扶持下长盛不衰。隋唐之际类书在依然强劲的抄撮之风中走向成熟，《初学记》的出现标志着类书体例的完备与定型。

其次，赋体文学的内部传承。赋、骈文为类书的另一源头，袁枚在《随园诗话》中指出："古无类书，无志书，又无字汇。故《三都》、《两京》赋，言木则若干，言鸟则若干，必待搜辑群书，广采风土，然后成文，果能才藻富艳，便倾动一时，洛阳所以纸贵者，直是家置一本，当类书、郡志读耳。故成之亦须十年、五年。今类书、字汇，无所不备；使左思生于今日，必不作此种赋。即作之，不过翻摘故纸，一二日可成。而抄诵之者，亦无有也。"② 叶绍泰评曰："今者类书丛集，恣人蒐猎。而赋家日就贫俭。"③ 二人一致认为赋与类书存在此消彼长的互动关系。钱钟书在《管锥编》中指出《三都赋》"兼具类书之用"。④《三都赋》历经艰难漫长的撰写过程，涉及山川江海、草木虫鱼、宫殿城邑、音乐舞蹈等诸多方面，"《蜀都》以前后东西及封域城市为经，而以物产地毛纬其中。末乃及宴游禽渔之乐。《吴都》首言山川之所函育，次及草木竹实、禽兽瑰异之属，而后侈其都邑、宫馆人物，后亦夸饰禽鱼乐游之胜。末略及往古风气为收场。《魏都》先言地望宫阙，以及墉洫寺署商贾，而后言其武以

① 陈寿撰，陈乃乾校点：《三国志》卷二，第 88 页。

② 袁枚：《随园诗话》卷一，续修四库全书本，第 1701 册，第 250 页。

③ 黄霖编著：《文心雕龙汇评》，上海古籍出版社 2005 年版，第 37—38 页。

④ 钱钟书：《管锥编》，第 1152 页。

戡乱，以至太平觐享之议，禅受之事，以建国法度考室举厝括之，后略及山川物产前修以终之，大义归于典训，事垂于模则，以张拓宇中夏之规。”①《三都赋》构思精巧，辞藻华丽，其罗列名物、堆砌辞藻的特征与类书极为相似。此外，赋分为京都、郊祀、畋猎、游览、宫殿、江海、鸟兽、音乐等类型，类书亦有帝王、居处、山、水、乐、鸟、兽等部类，二者一脉相承。

何为类书之“类”？张涤华认为“类谓事类，如天文、地理之属是”②。据《梁书·刘峻传》记载：“安成王秀好峻学，及迁荆州，引为户曹参军，给其书籍，使抄录事类，名曰《类苑》。”③“及峻《类苑》成，凡一百二十卷，帝即命诸学士撰《华林遍略》以高之。”④《大业杂记》记之更详：“梁主以隐士刘孝标撰《类苑》一百二十卷，自言天下之事毕尽此书，无一物遗漏，梁武心不伏，即敕华林园学士七百余人，人撰一卷，其事数倍多于《类苑》。”⑤《类苑》与《华林遍略》都是类书，均为抄录“事类”而成。而赋与“事类”亦有渊源，早在三国时代曹丕《答卞兰教》已阐述为：“赋者，言事类之所附也。”⑥强调赋与事类的内在联系，西晋挚虞《文章流别论》曰：“古诗之赋，以情义为主，以事类为佐。”⑦由此可见“事类”为赋与类书的共同特点。张涤华还曾指出类书的编排方法是“以类分者，分门而隶事”⑧，“隶事”一词史籍多有记载，受到骈文的极大影响。东汉年间赋开始骈化，骈文逐渐兴起并在魏、晋、宋、齐、梁、陈、隋盛行四百余年，脱胎于赋的骈文讲求对偶排句、用典使事、雕饰辞采。对于骈文的形成，骆鸿凯在《文选学》一书中概括为：“骈文之成，先之以调整句度，是曰裁对。继之以铺张典故，是曰隶事。进之以煊染色泽，是曰敷藻。终之以协谐音律，是曰调声。持此四者，可

① 姚范：《援鹑堂笔记》卷三七，续修四库全书本，第1149册，第30页。

② 张涤华：《类书流别》，第16页。

③ 姚思廉：《梁书》卷五〇，第702页。

④ 李延寿：《南史》卷四九，第1220页。

⑤ 杜宝撰，辛德勇辑校：《大业杂记辑校》，三秦出版社2006年版，第23页。

⑥ 严可均校辑：《全上古三代秦汉三国六朝文》，《全三国文》卷六，第1086页。

⑦ 严可均校辑：《全上古三代秦汉三国六朝文》，《全晋文》卷七七，第1905页。

⑧ 张涤华：《类书流别》，第16页。

以考迹斯体演进之序。”① 其中“隶事”既是骈文形成过程中不可或缺的重要环节，亦是类书的重要组成部分。在骈文占主导地位的南朝，“隶事”成为上流社会逞才摛藻、标榜较量的媒介。据《南史·王摛传》记载：“尚书令王俭尝集才学之士，总校虚实，类物隶之，谓之隶事，自此始也。俭尝使宾客隶事多者赏之，事皆穷，唯庐江何宪为胜，乃赏以五花簟、白团扇。坐簟执扇，容气甚自得。摛后至，俭以所隶示之，曰：‘卿能夺之乎？’摛操笔便成，文章既奥，辞亦华美，举坐击赏。摛乃命左右抽宪簟，手自掣取扇，登车而去。”② 又《南史·陆澄传》：“俭自以博闻多识，读书过澄。澄谓曰：‘仆少来无事，唯以读书为业；且年位已高。令君少便鞅掌王务，虽复一览便谙，然见卷轴未必多仆。’俭集学士何宪等盛自商略，澄待俭语毕，然后谈所遗漏数百十条，皆俭所未睹。俭乃叹服。俭在尚书省出巾箱几案杂服饰，令学士隶事事多者与之，人人各得一两物。澄后来，更出诸人所不知事，复各数条，并旧物夺将去。”③ 南朝达官显贵游乐聚会通过“隶事”一比高低，博学多闻者备受推崇，以至“捃拾细事，争疏僻典，以一事不知为耻，以字有来历为高”④。由于“隶事”之风的盛行，文人士子的响应，魏晋南北朝出现大型类书《华林遍略》，唐代高士廉在《文思博要序》中高度评价曰：“魏之《皇览》，登巨川之滥觞，梁之《遍略》标崇山之增构。”刘知几亦曰：“魏朝之撰《皇览》，梁世之修《遍略》，务多为美，聚博为功。”⑤ 可见《华林遍略》是继《皇览》之后类书史上的高峰。《华林遍略》以“事类”为主，各事类相隶属，以博取胜。杜宝《大业杂记》云：“梁朝学士取事，意各不同，至如‘宝剑出自昆吾溪，照人如照水，切玉如切泥’，序剑者尽录为溪事，序溪者亦取为溪事，撰玉者亦编为玉事，以此重出，是以卷多。”⑥ 造成《华林遍略》一事多录的客观原因当为参编人员众多未能统一整理，主观原因当为与《类苑》一争高下，力求在卷数上占有绝对优势。《华林遍略》共计七百卷，规模空前，“隶事”的盛行使得《华林遍略》的内容

---

① 骆鸿凯：《文选学》，第311页。

② 李延寿：《南史》卷四九，第1213页。

③ 李延寿：《南史》卷四八，第1189页。

④ 黄侃撰，周勋初导读：《文心雕龙札记》，上海古籍出版社2000年版，第188页。

⑤ 刘知几撰，浦起龙释：《史通通释》卷五，第117页。

⑥ 杜宝撰，辛德勇辑校：《大业杂记辑校》，第23页。

得到极大改观与扩充，后世诸多类书不同程度受其影响，北齐《修文殿御览》即以《华林遍略》为蓝本编撰。“隶事”的风靡更使类书由专供帝王阅览转变为大众读物，据《南史》记载：“秀精意学术，搜集经记，招学士平原刘孝标使撰《类苑》，书未及毕，而已行于世。”[①]《类苑》书未成已流传，可见需求之急切。《北齐书·祖珽传》更加凸显类书在民间的广泛传布：“州客至，请卖《华林遍略》。文襄多集书人，一日一夜写毕，退其本曰：‘不须也。’珽以《遍略》数秩质钱樗蒱，文襄杖之四十。”[②]作为类书的《华林遍略》成书不及二十年竟然作为商品在北齐流传，整本、分章均可出售，表明类书完全走向民间。“事类”、“隶事”是连接赋、骈文与类书的桥梁。魏晋南北朝骈文盛行，隶事竞赛成为社会风气，类书编撰进入前所未有的嬗变发展阶段。

最后，类书的繁荣与藏书事业的兴盛存在一定关联。类书不是创作，源于抄撰，需要凭借大量书籍进行选录。魏晋南北朝战乱频仍，书籍屡遭浩劫，如梁元帝萧绎在兵败城破之时“命舍人高善宝焚古今图书十四万卷”[③]。损失极其惨重。隋唐时期整理恢复工作全面展开，据《隋书·经籍志》记载：“隋开皇三年，秘书监牛弘，表请分遣使人，搜访异本。每书一卷，赏绢一匹，校写既定，本即归主。于是民间异书，往往间出。及平陈已后，经籍渐备。检其所得，多太建时书，纸墨不精，书亦拙恶。于是总集编次，存为古本。召天下工书之士，京兆韦霈、南阳杜頵等，于秘书内补续残缺，为正副二本，藏于宫中，其余以实秘书内、外之阁，凡三万余卷。”[④] 图书整理效果显著，郑樵评曰：“隋家藏书，富于古今。”[⑤] 并且出现两大藏书中心：东都洛阳观文殿与西京长安嘉则殿。隋朝短暂，仅历二世，杨坚与杨广都重视典籍文化建设，但着力点不同。隋文帝主要集中于书籍的搜求校勘。开皇三年牛弘奏曰：“今御书单本，合一万五千余卷，部帙之间，仍有残缺。”[⑥] 因此，“以典籍遗逸，上表请开献书之路。”[⑦] 杨坚

---

① 李延寿：《南史》卷五二，第1289页。

② 李百药：《北齐书》卷三九，中华书局1972年版，第515页。

③ 司马光编著，胡三省音注：《资治通鉴》卷一六五，第5121页。

④ 魏徵、令狐德棻：《隋书》卷三二，第908页。

⑤ 郑樵：《通志》卷七二，中华书局1987年版，第837页。

⑥ 魏徵、令狐德棻：《隋书》卷四九，第1299页。

⑦ 同上书，第1297页。

欣然采纳，“于是下诏，献书一卷，赍缣一匹。”① 为响应号召，获取钱财，甚至出现伪书，据《隋书·刘炫传》载：“时牛弘奏请购求天下遗逸之书，炫遂伪造书百余卷，题为《连山易》、《鲁史记》等，录上送官，取赏而去。后有人讼之，经赦免死，坐除名，归于家，以教授为务。”②有人伪造有人告发，可见此项举措在社会上的巨大影响。在民众的积极支持下“一二年间，篇籍稍备”③。及至开皇十七年，“于时秘藏图籍尚多淆乱，善心放阮孝绪《七录》更置《七林》，各为总叙，冠于篇首。又于部录之下，明作者之意，区分其类例焉。又奏追李文博、陆从典等学者十许人，正定经史错谬。”④ 许善心综括群书，编制目录的工作已经具有“辨章学术，考镜源流”的意味。

隋炀帝主要致力于书籍的抄写典藏，“隋氏建邦，寰区一统，炀皇好学，喜聚逸书，而隋世简编，最为博洽。”⑤ 杨广于秘书省“加置楷书郎员二十人，从九品，掌抄写御书”⑥。据《隋书·经籍志》记载：

> 炀帝即位，秘阁之书，限写五十副本，分为三品：上品红琉璃轴，中品绀琉璃轴，下品漆轴。于东都观文殿东西厢构屋以贮之，东屋藏甲乙，西屋藏丙丁。又聚魏已来古迹名画，于殿后起二台，东曰妙楷台，藏古迹；西曰宝迹台，藏古画。又于内道场集道、佛经，别撰目录。⑦

又《资治通鉴》：

> 初，西京嘉则殿有书三十七万卷，帝命秘书监柳顾言等诠次，除其复重猥杂，得正御本三万七千余卷，纳于东都修文殿。又写五十副本，简为三品，分置西京、东都宫·省·官府，其正书皆装翦华净，

① 魏徵、令狐德棻：《隋书》卷四九，第1300页。
② 魏徵、令狐德棻：《隋书》卷七五，第1720页。
③ 魏徵、令狐德棻：《隋书》卷四九，第1300页。
④ 魏徵、令狐德棻：《隋书》卷五八，第1427页。
⑤ 刘昫等：《旧唐书》卷四六，第1961—1962页。
⑥ 魏徵、令狐德棻：《隋书》卷二八，第796页。
⑦ 魏徵、令狐德棻：《隋书》卷三二，第908页。

宝轴锦褾。于观文殿前为书室十四间，窗户床褥厨幔，咸极珍丽，每三间开方户，垂锦幔，上有二飞仙，户外地中施机发。帝幸书室，有宫人执香炉，前行践机，则飞仙下，收幔而上，户扉及厨扉皆自启，帝出，则垂闭复故。①

三万七千余卷是此前历代官府藏书的最高纪录，炀帝甚至建立专业藏书机构，完善管理部门，专人抄书录副，装帧精美，保存妥善。以至唐朝"隋代旧书，最为丽好，率用广陵麻纸缮写，皆代萧子云书，书体研妙可爱"。②

唐代藏书事业继续发展，据《新唐书·艺文志》记载："初，隋嘉则殿书三十七万卷，至武德初，有书八万卷，重复相糅。王世充平，得隋旧书八千余卷，太府卿宋遵贵监运东都，浮舟泝河，西致京师，经砥柱舟覆，尽亡其书。贞观中，魏徵、虞世南、颜师古继为秘书监，请购天下书，选五品以上子孙工书者为书手，缮写藏于内库，以宫人掌之。"③ 唐朝建立之初高祖、太宗都组织过较大规模的图书整理活动。武德五年"秘书监令狐德棻奏：'今乘丧乱之余，经籍亡逸，请购募遗书，重加钱帛，增置楷书，专令缮写。'数年间，群书毕备。"④ 高祖时期典籍备受重视，藏书家地位攀升，李素立因而受到赏识，"高祖令所司夺情授以七品清要官，所司拟雍州司户参军，高祖曰：'此官要而不清。'又拟秘书郎，高祖曰：'此官清而不要。'遂擢授侍御史，高祖曰：'此官清而复要。'"⑤ 太宗贞观二年"秘书监魏徵以丧乱之后，典章纷杂，奏引学者，校定四部书。数年之间，秘府粲然毕备"⑥。魏徵、虞世南、颜师古相继为秘书监，三人文学修养极高，对初唐古籍的整理、恢复、扩充、勘定做出巨大贡献。与隋朝的藏书之所观文殿、嘉则殿相比，唐代的书籍主要汇聚于弘文馆与崇文馆，功能扩大，制度完善。弘文馆服务于帝王，曾名修文馆、昭文馆，藏书丰富并有专人校勘。《唐会要》云："武德四年正月，于门下

---

① 司马光编著，胡三省音注：《资治通鉴》卷一八二，第5694—5695页。

② 孙逢吉：《职官分纪》卷一五，中华书局1988年版，第378页。

③ 欧阳修、宋祁：《新唐书》卷五七，第1422页。

④ 王溥：《唐会要》卷三五，第751页。

⑤ 刘昫等：《旧唐书》卷一八五上，第4786页。

⑥ 王溥：《唐会要》卷三五，第751页。

省置修文馆。至九年三月，改为弘文馆。至其年九月，太宗初即位，大阐文教，于弘文殿聚四部群书二十余万卷，于殿侧置弘文馆。……仪凤中，以馆中多图籍，置详正学士校理之。神龙元年十月十九日，改为昭文馆，避孝敬讳故也。二年，又改为修文馆。”[①] 又“皇太子弘，请于崇贤馆置学士，并置生徒，诏许之。始置二十员，其东宫三师、三少、宾客、詹事、左右庶子、左右卫率及崇贤馆三品学士子孙，亦宜通取。至上元二年八月二十七日，改崇贤馆为崇文馆”[②]。崇文馆服务于太子，曾名崇贤馆。太子李弘、李贤等人均有著作，与崇贤馆书籍众多、人才济济不无关系。

第二节　类书与唐诗

抄撮之风的盛行，赋体文学的发展，藏书事业的繁荣，使得“类书在隋唐五代达到高度繁荣”，标志有三：“一是数量剧增，公私并举；二是独立成类，蔚为大国；三是体例严密，种类多样。”[③] 据张涤华《类书流别》统计，《皇览》之后的类书修撰情况如下：晋一部三卷，宋两部一百卷，齐两部一千零三十卷，梁九部一千四百七十卷，陈一部二十卷，北魏两部三百九十卷，隋四部五百三十七卷，唐四十一部六千二百六十七卷。[④] 可见唐朝类书激增，数量远超前代。惜“类书自《皇览》以下，旧本皆佚；其存于今者，惟《北堂书钞》、《艺文类聚》、《初学记》、《六帖》为最古”[⑤]。四部之中除《北堂书钞》成书于隋外，其余均产生于唐，并且表现出体例逐渐完备、诗歌分量加重的趋势。

《艺文类聚》打破唐前“事”为类书，“文”为总集的惯例，将诗、赋、文大量引入类书，扩大类书的文献价值，提高类书的使用功能，而且诸类文体“诗”居其首，说明历经魏晋南北朝的发展，“诗”的地位得到巩固与提升，此种安排已现唐诗兴盛的端倪。《初学记》合众家之长，先叙事，后事对，后诗文。“叙事”部分不再简单罗列，而是“虽杂取群

---

① 王溥：《唐会要》卷六四，第1316页。

② 同上书，第1320页。

③ 贾晋华：《隋唐五代类书与诗歌》，《厦门大学学报》1991年第3期。

④ 张涤华：《类书流别》，第43—50页。

⑤ 《文渊阁四库全书》卷一三六，第3册，第881页。

书，而次第若相连属”[①]，具有一定的完整性与逻辑性。且“事对”剪裁精当，杂引故事，以二字、三字、四字的形式编为精整的对句，内容更为丰富，体例最为完备，标志类书的成熟。此外，《艺文类聚》、《初学记》为官修，官修具有得天独厚的优势，帝王组织支持，学士奉诏参与，经济基础雄厚，书籍资源丰富。《北堂书钞》、《六帖》为私撰，私撰多为硕儒显宦，个人学养深厚，社会地位崇高，甚至拥有众多学生弟子，“世传居易作《六帖》，以陶家瓶数千，各题名目，置斋中，命诸生采集其事类，投瓶内。倒取之，钞录成书，故所记时代多无次序云。”[②] 官修类书具有浓郁的政治目的，帝王汲取历史经验或笼络文人士子。私撰类书主要为撰文写赋或科举应试提供材料。张涤华认为：“类书初兴，本以资人君乙夜之览，故于古制旧事，最为详悉。及其流既广，文家渐用之以备遗忘，词臣渐作之以供遣用，于是采摭遂及于华藻。迨乎科举学盛，士子又据以为射策之资。”[③] 指出类书大盛之后主要内容由罗列史事转为汇集辞藻，特别强调类书于“文家”为“以备遗忘”，于“词臣”为“采摭华藻”，于“士子”为“射策之资”，实则唐朝类书的文学特性已经空前凸显，高祖出于“欲使家富隋珠，人怀荆玉”的追求，下令修撰《艺文类聚》，类书的编写目的由皇家御用转为服务大众，李渊将“帝王之书”用于提高民众的文化修养，加速了类书的普及，为唐朝全民作诗奠定基础。而《初学记》，据《大唐新语》记载：“玄宗谓张说曰：‘儿子等欲学缀文，须检事及看文体。《御览》之辈，部帙既大，寻讨稍难。卿与诸学士撰集要事并要文，以类相从，务取省便。令儿子等易见成就也。’”[④]《初学记》的主要功用是为作文提供素材与范本。白居易《六帖》清代王士祯认为是“当时科举之书”，《四库全书总目》却称其为“备词藻之用”，实际情况当是两者兼备。由上可见，唐朝类书的广泛风行使其性质发生根本转变，读者由帝王贵戚变为普通百姓，内容由侧重历史变为偏向文学，功用则由提供借鉴变为辅助创作。

唐朝是类书成熟的重要时期，正如贾晋华所云：“与前代相比，隋唐

---

① 《文渊阁四库全书》卷一三五，第 3 册，第 850 页。

② 晁公武撰，孙猛校证：《郡斋读书志校证》卷一四，第 652 页。

③ 张涤华：《类书流别》，第 21—22 页。

④ 刘肃：《大唐新语》卷九，第 137 页。

五代类书不但数量繁多，而且体例严密，品类丰富，选辑精当，而这些众多的高质量的类书，其主要编纂目的和实际作用，都是供撰写诗文时检索典故事类，采撷美词秀句，构造对偶意象。”① 唐朝出现专为诗歌服务的类书，二者关系愈加密切。关于类书与唐诗的渊源以及如何帮助作诗，闻一多在《类书与诗》一文中有精辟论述，《初学记》减去“事对”，就等于《艺文类聚》，再减去诗赋文，便等于《北堂书钞》。

所以我们由《书钞》看到《初学记》，便看出了一部类书的进化史，而在这类书的进化中，一首初唐诗的构成程序也就完全暴露出来了。你想，一首诗做到有了“事对”的程度，岂不是已经成功了一半吗？余剩的工作，无非是将“事对”装潢成五个字一幅的更完整的对联，拼上韵脚，再安上一头一尾罢了。这样看来，若说唐初五十年间的类书是较粗糙的诗，他们的诗是较精密的类书，许不算强词夺理吧？②

诗歌对类书的依赖致使初唐匠人之诗繁盛，虞世南堪称典型代表。据《新唐书·虞世南传》记载：“世基辞章清劲过世南，而赡博不及也。”③ 褚亮《十八学士赞》称虞世南：“笃行扬声，雕文绝世：网罗百氏，并包六艺。”④“太宗令虞监写《列女传》以装屏风，未及求本，乃暗书之，一字无失。”⑤ 又“太宗尝出行，有司请载副书以从，上曰：‘不须。虞世南在，此行秘书也’”⑥。虞世南的特出之处不在辞藻才华而在博闻强记，知识结构与类书特色相符。虞世南曾参编官修类书《长洲玉镜》，独立私修类书《北堂书钞》，有集三十卷。其《飞来双白鹤》诗云：

飞来双白鹤，奋翼远凌烟。俱棲集紫盖，一举背青田。飏影过伊洛，流声入管弦。鸣群倒景外，刷羽阆风前。映海疑浮雪，拂涧泻飞泉。燕雀宁知去，蜉蝣不识远。何言别俦侣，从此间山川。顾步已相

① 贾晋华：《隋唐五代类书与诗歌》，《厦门大学学报》1991 年第 3 期。

② 闻一多：《类书与诗》，闻一多：《唐诗杂论》，第 5—6 页。

③ 欧阳修、宋祁：《新唐书》卷一〇二，第 3969 页。

④ 王应麟：《玉海》卷五七，文渊阁四库全书本，第 944 册，第 510 页。

⑤ 刘餗撰，程毅中点校：《隋唐嘉话》中，第 15 页。

⑥ 同上。

失，裴回各自怜。危心犹警露，哀響讵闻天。无因振六翮，轻举复随仙。[①]

此诗诸多意象仅敦煌类书残卷已多有涉及："俱棲集紫盖"源于《荆州记》"卫山有三峰极秀。一峰名紫盖，溢天明景，辄有一双白鹤徊翔其上，清响朗澈"；"一举背青田"源于《永嘉记》"青田有一双白鹤，年年生伏。子长大便去，余恒父母一双在耳。精白可爱，多云神仙所养"；"飞来双白鹤"、"顾步已相失，裴回各自怜"源于《古歌辞》"飞来白鹤，从西北来。十十五五，罗列成行。妻卒被病，不能相随。五里返顾，六里徘徊。吾欲衔汝去，口噤不能开。吾欲负汝去，毛羽何崔颓"[②]；"危心犹警露"源于《风土记》"鸣鹤戒露。此鸟性警，至八月白露降，流于草上，滴滴有声，因即高鸣相警，移徙所宿处，虑有变害也"。虞世南此诗基本利用类书堆砌而成。而且初唐诗人多有编撰类书的经历，如高士廉、房玄龄、魏徵、杨师道、岑文本、颜相时、朱子奢、刘伯庄、褚遂良、吕才、李淳风、姚思廉、司马宅相、崔行功参编《文思博要》。许敬宗、孟利贞、郭瑜、顾胤、董思恭参编《瑶山玉彩》。许敬宗、李义府参编《累璧》。李峤、崔湜、阎朝隐、徐彦伯、张说、沈佺期、宋之问、富嘉谟、乔备、员半千、薛曜、魏知古、于季子、王无竞、王适、徐坚、尹元凯、马吉甫、元希声、李处正、刘知几、房元阳、韦元旦、符凤、李适、刘允济、胡皓、崔融参编《三教珠英》。张说、徐坚、韦述、余钦、施敬本、张烜、李锐、孙季良参编《初学记》。几乎囊括太宗、高宗、武后三朝所有的宫廷文士与著名诗人，各个时期的文坛领袖也参与其中，个别士人更是屡次参加。诗人、编者二合一的身份使得类书逐渐倚重辞藻，诗歌多有类书风采。例如董思恭，目前存诗仅十九首，其中《咏日》、《咏月》、《咏星》、《咏风》、《咏云》、《咏雪》、《咏露》、《咏雾》、《咏虹》、《咏桃》、《咏李》、《咏弓》、《咏琵琶》十三首基本源于类书天部、果部、军器部、乐部，且前九首集中于天部，堆积典故，语言华美，缺乏真情实感，类书痕迹明显。

唐初匠人之诗的繁荣与类书的流行不无关系，类书对诗歌的具体影响

① 彭定求等：《全唐诗》卷三六，第472页。

② 罗振玉：《鸣沙石室佚书正续编》，北京图书馆出版社2004年版，第428页。

如下。

1. 诗歌创作的普泛化。唐诗的普及之路发端于宫廷，据胡震亨《唐音癸签》记载自神尧、太宗、高宗、中宗、玄宗至肃宗、德宗、文宗、宣宗八朝帝王皆有君赋臣和之举，尤以太宗、中宗、玄宗三朝最盛①。初唐帝王提倡文学，宫廷游宴频繁，游走其间的侍臣需要应景附和，然而事实并不尽如人意。高祖年间基本不见诗人踪迹。太宗爱好文学，"以万几之暇，游息艺文"②，每逢节日、游猎、出行、宴饮多有诗作，元勋侍从伴随左右，其中仅虞世南、杨师道、许敬宗、上官仪擅长文学，其余诸人并无特出之处，参与唱和实属偶然，部分权贵除应制诗外别无他作便是明证，由于群臣诗才的匮乏甚至数次出现太宗作诗无人应和的萧索场景，诗歌亟须普及，而流行于魏晋南北朝的类书成为扭转不利局势的重要依托。黄侃《文心雕龙札记》曰：

> 且夫文章之事，才学相资，才固为学之主，而学亦能使才增益。故彦和云：将赡才力，务在博见。然则学之为益，何止为才裨屑而已哉？然浅见者临文而踌躇，博闻者裕之于平素，天资不充，益以强记，强记不足，助以钞撮，自《吕览》、《淮南》之书，《虞初》百家之说，要皆探取往书，以资博识。后世《类苑》、《书钞》，则输资于文士，效用于谀闻，以我搜辑之勤，祛人翻检之剧，此类书所以日众也。③

指出类书的主要功能是为文人提供素材，帮助写作。初唐为迎合时代需求，关键是迎合宫廷应制的迫切需求，官修类书走向大盛。高祖时期修撰《艺文类聚》，一改魏晋南北朝偏重类事不重文采的缺点，贞观年间太宗命高士廉、许敬宗、褚遂良等人修撰《文思博要》，"斯固坟索之苑囿，文章之江海也。"主要为创作提供思路与素材，旨在提高侍臣的文学水平。高宗、武后朝修有《瑶山玉彩》、《累璧》、《玄览》、《三教珠英》。在动辄上千卷的类书编撰过程中，文士朝夕相对，切磋交流，积累事对，

---

① 胡震亨：《唐音癸签》卷二七，第235—236页。

② 彭定求等：《全唐诗》卷一，第1页。

③ 黄侃撰，周勋初导读：《文心雕龙札记》，第188页。

部分类书的编撰本身就是一场诗歌盛会。《三教珠英》表现尤为明显，是书卷帙浩繁，历时长久，修撰期间君臣之间、臣子之间屡有唱和。例如，久视元年武后率众臣游石淙，包括李峤、徐彦伯、阎朝隐、沈佺期、宋之问、薛曜、于季子等珠英学士在内的十八人共同参与，规模空前。臣子之间的往来互动更加频繁，赠答送别，探讨技巧，律诗的粘对规则亦在此间初步定型，崔融搜集诸人诗作编成《珠英集》。而律诗格式泽披后世，《珠英集》尚有残卷流传，唯《三教珠英》早已散佚，可见修撰《三教珠英》意外收获的价值远超类书本身。武后时期不仅修撰了唐代最大的类书，而且宫廷诗歌创作再掀高潮。沈既济《词科论》曰："初国家治自显庆已来，高宗圣躬多不康，而武大后任事，参决大政，与天子并。太后颇涉文史，好雕虫之艺，永隆中始以文章选士，及永淳之后，太后君天下二十余年，当时公卿百辟，无不以文章，因循遐久，浸以成风。"① 此时宫中诗歌已经普及到可以进行竞赛的程度，据《隋唐嘉话》记载："武后游龙门，命群官赋诗，先成者赏锦袍。左史东方虬既拜赐，坐未安，宋之问诗复成，文理兼美，左右莫不称善，乃就夺袍衣之。"② 延及中宗，几近狂热，在位约五年，可考的宫廷唱和已达四十余次，参与人员相对稳定，最多一次二十九人参加，甚至出现专门的评判人员，诗歌竞赛日益平常化、激烈化。据《唐诗纪事·上官昭容》记载：

> 中宗正月晦日幸昆明池赋诗，群臣应制百余篇。帐殿前结采楼，命昭容选一首为新翻御制曲。从臣悉集其下，须臾纸落如飞，各认其名而怀之。既进，唯沈、宋二诗不下。又移时，一纸飞坠，竞取而观，乃沈诗也。及闻其评曰：二诗工力悉敌，沈诗落句云：微臣雕朽质，羞睹豫章材，盖词气已竭。宋诗云：不愁明月尽，自有夜珠来，犹陟健举。沈乃伏，不敢复争。③

参与臣子超过百人且对诗歌的品评极为在意。又《唐诗纪事·武平一》：

---

① 李昉等：《文苑英华》卷七五九，第3974页。

② 刘悚撰，程毅中点校：《隋唐嘉话》下，中华书局1979年版，第40页。

③ 计有功撰，王仲镛校笺：《唐诗纪事校笺》卷三，第64页。

> 正月八日立春，内出采花赐近臣，应制云：銮辂青旂下帝台，东郊上苑望春来。黄莺未解林间啭，红蕊先从殿里开。画阁条风初变柳，银塘曲水半含苔。欣逢睿藻光韶律，更促霞觞畏景催。是日中宗手敕批云：平一年虽最少，文甚警新，悦红蕊之先开，讶黄莺之未啭，循环吟咀，赏叹兼怀。今更赐花一枝，以彰其美。所赐学士花，并令插在头上，后所赐者，平一左右交插。因舞蹈拜谢。时崔日用乘酣饮。欲夺平一所赐花。上于簾下见之，谓平一曰：日用何为夺卿花？平一跪奏曰：读书万卷，从日用满口虚张；赐花一枝，学平一终身不获。上及侍臣大笑，因更赐酒一杯，当时叹美。①

诸位侍从对诗歌胜出之人流露出难以抑制的艳羡甚至嫉妒。张说《上官昭容集序》则进一步指出：

> 自则天久视之后，中宗景龙之际，十数年间，六合清谧，内峻图书之府，外辟修文之馆。搜英猎俊、野无遗才。右职以精学为先，大臣以无文为耻，每豫游宫观，行幸河山，白云起而帝歌，翠华飞而臣赋，雅颂之盛，与三代同风，岂惟圣后之好文，亦云奥主之协赞者也。②

由此可见，经过高祖、太宗、高宗的积累与努力，侍臣的文学水平得到整体提高，从勉强追随到热烈响应，最终彻底取代君主成为宫廷唱和的主力，太宗的孤独成为历史。武后、中宗年间动辄上百人的诗歌竞赛使得宫廷诗歌迅速普及，并且影响到宫廷文人控制的国子监等官学。沈佺期、崔湜、赵彦昭、苏颋、马怀素、宋之问、武平一等人先后主持科举考试，宫廷的诗歌追求与创作方法迅速向科举渗透，类书式的诗歌开始走向民间，生活之中随处可见的观赏、游览、干谒、考试、送别、相聚场景使得社会各个阶层随时都有可能参与到诗歌创作活动之中，私修类书开始繁荣。王昌龄《诗格》曰：“作文兴若不来，即须看随身卷子，以发兴

① 计有功撰，王仲镛校笺：《唐诗纪事校笺》卷一一，第391—392页。

② 李昉等：《文苑英华》卷七〇〇，第3611页。

也。”① 今人张涤华在《类书流别》中总结类书有五利：便省览、利寻检、供采摭、存遗佚、资考证。四病：荒实学、难凭借、滋讹误、助饾饤，前三利与第四病均与诗歌有关，而这也正是初唐诗歌数量繁多但质量不高的原因之一。

2. 诗歌创作的技术化。在科举考试尚未加入诗赋之前，诗歌已经全面融入日常生活，成为结交权贵、谋取功名的一种手段。然而并非每位普通官员、寻常百姓都擅长作诗，职业化与规范化成为诗歌创作的必经之路。唐初类书由罗列史实、提供借鉴转为汇集辞藻、提供范本，向文学靠拢的类书是诗歌技术化的重要桥梁。随着科举制度的发展，诗歌创作成为士子进入仕途必须具备的技能之一。据《太平广记》记载：

> 唐德宗微行，一日夏中至西明寺。时宋济在僧院过夏，上忽入济院，方在窗下，犊鼻葛巾抄书，上曰：“茶请一碗。”济曰：“鼎水中煎，此有茶味，请自泼之。”上又问曰：“作何事业？”兼问姓行。济云：“姓宋第五，应进士举。”又曰：“所业何？”曰：“作诗。”②

此段记载虽为小说家言且发生于中唐，但风气由来已久，反映一定现实。亮点是“抄书”与“作诗”，宋济“作诗”的根本目的是“应进士举”，然而其具体行为却是“抄书”，则“抄书”与“作诗”必然存在一定联系。王昌龄《诗格》曰：“凡作诗之人，皆自抄古今诗语精妙之处，名为随身卷子。”③“随身卷子”当即私修类书，一编在手，众家荟萃，挑选语汇，迅速成诗。由于类书的存在，诗人不再遥不可及，只要具有诗歌领域的基础知识，还有比较规范的思维方式与理性客观的态度，能够将提供辞藻、事对、词句、意象、典故的参考书籍拼凑组合成新的诗歌即可。诗歌创作已经成为一种技能，既然是技能，从理论上说只要经过有目的、有计划的训练就有可能完全掌握，平庸之人遵循一定规则反复练习亦可达到一定的艺术水平。作诗不再需要超高的智商与出色的感知能力，也不需要四处寻觅诗思激发灵感，只要持之以恒地抄写类书、揣摩技巧、模仿范

---

① 张伯伟：《全唐五代诗格汇考》，凤凰出版社2002年版，第164页。

② 李昉等：《太平广记》卷一八〇，第1338页。

③ 张伯伟：《全唐五代诗格汇考》，第164页。

文即有可能应付普通的考试与交际。至于诗歌水平的高低，与诗人本身的修养、才华、兴趣、能力等诸多因素有关，才、学、识是区分优秀诗人与普通诗人的标准，而不再是区分诗人与非诗人的界限。由于类书的介入，诗歌创作成为一种技能，诗人成为一种平凡普通的身份。文士随身携带，朝夕相对，讽咏揣摩，临文翻检，拼凑成诗，迎来送往，应制奉和均能成章，这就是诗歌创作活动被推广为大众活动的前提，类书从内容到技巧为创作诗歌提供帮助与指导。

而诗歌的技术化亦源于宫廷，初唐的时代风气与文人处境使得诗歌创作无须骨气，无须个性，歌功颂德、润色鸿业是主流。君主好文，随从之臣不得不致力于此以阿其好寻求更好的政治出路，创作优秀诗歌甚至成为献媚取宠的重要手段。上官仪、元兢、崔融、李峤等人先后深入研究诗艺，则天时期《三教珠英》的编撰是律诗粘对规则成熟推广的重要契机。作为《三教珠英》总领的李峤曾经编写浅显平易如教科书般的《杂咏》一百二十首供学生学习，内容、形式均有明显的技术化倾向。例如《鹤》：

> 黄鹤远联翩，从鸾下紫烟。翱翔一万里，来去几千年。已憩青田侧，时游丹禁前，莫言空警露，犹冀一闻天。①

所用典故与虞世南《飞来双白鹤》多有重合之处，基本源于《艺文类聚·鹤部》。“翱翔一万里”源于《韩诗外传》“夫黄鹄一举千里，止君园池。喙君稻粱，君犹贵之，以其所从来远也”②；“来去几千年”源于陈刘那《赋得独鹤凌云去诗》“五里虽回顾，千年曾欲归”；③“已憩青田侧”出自《永嘉郡记》“有洙沐溪，野青田九里中。有双白鹄，年年生子，长大便去，只恒余父母一双在耳。精白可爱，多云神仙所养”；④“莫言空警露”出自《风土记》“鸣鹤戒露。此鸟性警，至八月白露降，流于草上，滴滴有声，因即高鸣相警，移徙所宿处，虑有变害也”⑤；“犹冀一

① 彭定求等：《全唐诗》卷六〇，第719页。

② 欧阳询撰，汪绍楹校：《艺文类聚》卷九〇，第1565页。

③ 同上书，第1567页。

④ 同上书，第1565页。

⑤ 同上书，第1564页。

闻天”与《陶侃传》“侃丁母艰，在墓下，忽有二客来吊，不哭而退，仪服鲜洁，知非常人。随而看之，但见双鹄飞而冲天”[①] 及梁江洪《和新浦侯咏鹤诗》“犹冀凌云志，万里共翩翩”[②] 有关。李峤此诗完全符合五言律诗的平仄要求，是一首成熟的近体诗。类书与诗歌迅速结合，才思平凡之人依赖于为作诗量身打造的类书以汲取语汇典故，才华横溢之人亦有枯竭凝滞之时，需要随时翻检类书摆脱困境。因此王应麟《玉海》曰：“须灯窗之暇，将可出之题，件件编类，如《初学记》、《六帖》。”[③] 类书、科举、诗歌三者结合，互相推动，共同进步。

类书的兴盛是诗歌普及的重要桥梁，初唐诗歌由宫廷推广至民间，类书修撰亦由官修转向私撰。应制唱和与科举考试的共同之处在于临场得题与迅速成诗，宫廷侍从与应考士子有限的能力与特殊的处境使其不得不借助类书寻觅诗思，堆砌辞藻。而类书促使诗歌创作走向普泛化与技术化，为唐朝全民作诗奠定基础，诗歌亦在类书的辅助下走向繁荣。由于诗歌数量的激增，逐一阅读学习日益困难，选本应运而生。

唐人选唐诗的出现需要两个条件：本朝诗歌创作的兴盛与文学批评理论的成熟，而类书的发展正是诗歌走向繁荣的最初助力。而抄撮、抄撰作为类书的基本方法甚至渗透唐人选唐诗的编排方式之中，现存唐人选唐诗主要分为两种：抄撮、选编。以抄撮为主的选本多受类书影响，主要有《翰林学士集》、《唐写本唐人选唐诗》、《搜玉小集》、《才调集》等，现简略探讨如下。

第三节　唐人选唐诗的模式：《翰林学士集》、《唐写本唐人选唐诗》

一　《翰林学士集》

《翰林学士集》类书气息浓郁，应是根据个人需要节录摘抄的学习范本，编者绝非许敬宗，亦无须与许敬宗存在一定关系。然而由于《翰林学

① 欧阳询撰，汪绍楹校：《艺文类聚》卷九〇，第1563页。

② 同上书，第1567页。

③ 汤思退：《代守臣谢赐御书周易尚书表》，王应麟：《玉海》卷二〇三，文渊阁四库全书本，第948册，第311页。

士集》久已亡佚，编者问题学界众说纷纭。森立之推测曰：“今检书中所载，许敬宗诗居多，而目录每题下称同作几首，似对敬宗言，则或疑敬宗所撰欤。”① 陈伯海《唐卷子本〈翰林学士集〉考索》认为：“可能是敬宗的后人据敬宗示意所编，例如他的孙子许彦伯，史称其有文才，敬宗晚年文章多由其代笔，便是一个合适的编纂者。”② 在论及题名时陈伯海又称《翰林学士集》或为许敬宗编撰的如《文馆词林》、《芳林要览》等大型诗文总集的残帙部分。③ 二人观点集中在许敬宗及其亲属身上。卢燕新《〈翰林学士集〉题名职官考辨》指出：“此集不应是许敬宗本人编撰，但编撰人应和其有一定程度的关系。”④ 否定许敬宗的理由是《翰林学士集》职官题名错误率过高，“以其职官题名的准确度看，《翰林学士集》编撰者应对唱和诗及诗人的情况有一定程度的了解，但了解的程度不深。”⑤ 陈尚君《唐代与翰林学士有关的两种诗歌总集考释》亦指出编者不是许敬宗。

笔者认为《翰林学士集》绝非许敬宗所编。福本雅一认为《翰林学士集》可称为《弘文馆学士诗集》有一定道理，因为《翰林学士集》的职官题名屡次涉及“弘文馆学士”。⑥ 据《旧唐书·儒学传》记载太宗“于秦府开文学馆，广引文学之士，下诏以府属杜如晦等十八人为学士，给五品珍膳，分为三番，更直宿于阁下。及即位，又于正殿之左，置弘文学馆，精选天下文儒之士虞世南、褚亮、姚思廉等，各以本官兼署学士，令更日宿值。”⑦ 又《旧唐书·职官志》曰：“（弘文馆）学士无员数，自武德已来，皆妙简贤良为学士。故事，五品已上，称学士，六品已下，为直学士。”⑧ 可见，弘文馆制度在唐初并不成熟，学士、直学士人数不定，亦不在品阶之中，仅以本官兼署而已。故唐初诗人自为结衔均不署“弘文

① 傅璇琮编撰：《唐人选唐诗新编·翰林学士集》，第35页。

② 朱东润、李俊民、罗竹风主编：《中华文史论丛》1984年第1缉（总第二十九辑），上海古籍出版社1984年版，第70页。

③ 同上书，第71页。

④ 卢燕新：《〈翰林学士集〉题名职官考辨》，《中国典籍与文化》2007年第3期。

⑤ 同上。

⑥ 傅璇琮编撰：《唐人选唐诗新编·翰林学士集》，第9—28页。

⑦ 刘昫等：《旧唐书》卷一八九上，第4941页。

⑧ 刘昫等：《旧唐书》卷四三，第1848页。

馆学士”。如贞观六年欧阳询的《九成宫醴泉铭》碑后题名为“兼太子率更令渤海男臣欧阳询奉敕书”①，而据《旧唐书·欧阳询传》载：“贞观初，官至太子率更令、弘文馆学士，封渤海县男”②，但碑铭并不署“弘文馆学士”；再如武德九年十二月虞世南《孔子庙堂碑》署“太子中舍人行著作郎臣虞世南奉敕撰并书”③，而《旧唐书》本传载“太宗升春宫，迁太子中舍人。及即位，转著作郎，兼弘文馆学士”④，太宗武德九年八月继位，但虞世南结衔亦不署“弘文馆学士”；再如朱子奢，贞观四年《豳州昭仁寺碑》署“守谏议大夫骑都尉臣朱子奢奉敕撰”⑤，《旧唐书》本传载“（贞观年间）转谏议大夫、弘文馆学士，迁国子司业，仍为学士”⑥，可见朱子奢的弘文馆学士身份比较长久，但结衔亦未署。《翰林学士集》中署“弘文馆学士”最为频繁的为许敬宗，但《全唐文》中许敬宗的《瑜伽师地论新译序》：“至二十一年五月十五日，肇译《瑜伽师地论》……银青光禄大夫行太子左庶子高阳县开国男臣许敬宗奉诏监阅。二十二年五月十五日绝笔。”⑦ 亦不署“弘文馆学士”。可见唐代贞观年间诸位官员无人自署“弘文馆学士”，由此推断《翰林学士集》非许敬宗所撰无疑，则“弘文馆学士”必为编者所加。

《翰林学士集》“原卷首缺，书名佚去，所存自目录后半起，卷末有‘集卷第二，诗一’字样”⑧。森立之认为是集卷尾题“集卷第二”，侧注“诗一”，当为初唐旧帙。⑨ 陈尚君更为具体地指出：“此集应即《旧唐书·经籍志》著录之《许敬宗集》六十卷之残帙。”⑩ 理由如下：首先，该集凡收初唐十八人诗六十首，分十三题，其中十二题均有许敬宗诗，三题仅有其一人之诗，另《五言侍宴中山诗序》，敬宗作，诗则为太宗作。可

① 王昶：《金石萃编》卷四三，续修四库全书本，第887册，第556页。

② 刘昫等：《旧唐书》卷一八九上，第4947页。

③ 王昶：《金石萃编》卷四一，续修四库全书本，第887册，第515页。

④ 刘昫等：《旧唐书》卷七二，第2566页。

⑤ 王昶：《金石萃编》卷四二，续修四库全书本，第887册，第539页。

⑥ 刘昫等：《旧唐书》卷一八九上，第4948页。

⑦ 董诰等：《全唐文》卷一五二，第1550—1551页。

⑧ 傅璇琮编撰：《唐人选唐诗新编·翰林学士集》，第3页。

⑨ 森立之等：《经籍访古志》卷六，傅璇琮编撰：《唐人选唐诗新编·翰林学士集》，第35页。

⑩ 陈尚君：《唐代与翰林学士有关的两种诗歌总集考释》，陈尚君：《汉唐文学与文献论考》，上海古籍出版社2008年版，第173页。

知此集收诗以敬宗为中心，其他人作品均属附收。其次，此集只可能是后人编录的许敬宗本人的文集，才会做出如上的表述。如果是总集，则所有作者的地位均是并列的，不能以一人为中心；如果是许敬宗编次的总集，无论编成于何时，都会尊崇君主而深自贬抑，更不会张扬如此。最后，此集称“集第二，诗一”，即为全集之第二卷，诗之第一卷，均为侍宴应诏之作，列前以示尊崇。[①] 并且指出唐人别集原编向有附收酬唱同作之通例，“如《张说之文集》，前3卷附收唐玄宗诗多达33首，第四卷《扈从南出雀鼠谷》附诗10首，《将赴朔方军》附送别诗17首，《送集贤上学士》附诗15首，另二题也各有6首、8首的附诗。可以说《翰林学士集》的这一面貌，正可看出唐初别集的这一特点。”[②] 陈尚君所言甚是，《翰林学士集》当为《许敬宗集》的部分内容。

笔者认为《翰林学士集》的编者亦无须与许敬宗存在一定关系，《翰林学士集》应是根据个人需要节录摘抄的学习范本。太宗时期宫廷唱和活动开始兴盛，并在武后、中宗二朝走向高潮，其间频繁参与宴集的元老重臣有褚遂良、许敬宗、虞世南，然而虞世南早卒、褚遂良被杀，只有许敬宗一人亨通长寿，地位迅速攀升，堪称初唐参与宫廷唱和频率最高、成就最大之人。武后年间诸多士人因文辞受到赏识而进入官场甚至飞黄腾达，利禄之途所在文人趋之若鹜，创作优秀的应制唱和诗博得帝王喜爱成为首要追求，而作为政治新星与文坛泰斗的许敬宗首先成为榜样。颇疑最先摘抄《许敬宗集》之人的目的是仿效学习，借此努力融入宫廷创作之中。政治地位决定文学影响，高宗一朝上官仪因为渐趋显贵而形成“上官体”，而在上官仪之前，许敬宗地位更高，诸人目光汇聚的焦点必为许敬宗，而摘抄其应制唱和诗歌作为学习范本模仿亦在情理之中。只是许敬宗卒于永徽六年，其后宫廷文学进入全面繁荣阶段，许敬宗的价值愈发凸显。而且许敬宗没有遭遇如上官仪般的致命打击，始终处于主流地位，因此颇疑许敬宗的应制唱和诗曾一度在宫廷内部流行，直至玄宗时期仍有本子传抄。初唐各种学士名目众多，在帝王的重用之下地位飙升，由宫廷文学侍从变为握有实权的政治要员。玄宗时期出现翰林学士，专掌内制诏

---

① 陈尚君：《唐代与翰林学士有关的两种诗歌总集考释》，陈尚君：《汉唐文学与文献论考》，第174—175页。

② 同上书，第175页。

书，帝王宠信，臣子艳羡，而作为翰林学士前身的“弘文馆学士”亦随之被大书特书以示尊重，许敬宗的应制唱和诗或许最初并无题目，在传抄过程中遂被人妄题为《翰林学士集》流传至今。

综上所述，《翰林学士集》是在类书编纂高潮之中编者根据特殊需要整卷抄撮《许敬宗集》诗歌的选本，因此残卷会留有“集卷第二，诗一”的标识。但是由于《翰林学士集》选择范围狭小，编选宗旨功利，当更加优秀成熟的盛唐诗歌占据文坛主流、中举士子成为官场中坚之后，《翰林学士集》在内容、功用两方面迅速贬值，最终失传。

二　《唐写本唐人选唐诗》

《唐写本唐人选唐诗》又称《敦煌本唐人选唐诗》，一九一三年罗振玉在《鸣沙石室佚书》中首次将敦煌残卷伯2567定名为《唐人选唐诗》，“唐人总集，当代选本传世者仅《箧中》、《国秀》诸集，此卷作者均开、天间人，更在元、芮所集之前。以卷中避讳诸字考之，尚为唐中叶写本，亟付影印。而书名不可知，姑署之曰《唐人选唐诗》。”① 伯2567为“诗选残卷，其存者凡六家。前三首撰人名在断损处，不可见，今据《全唐诗》知为李昂。其名存者，曰王昌龄，曰丘为，曰陶翰，曰李白，曰高适。都计诗数，完者七十一篇，残者二篇”②。并以《全唐诗》为底本补录遗佚，考证作品归属、传写异同等。一九三四年赵万里以高适诗歌为例指出罗振玉所见并非全本，依据伯2552发现高适《自武威赴临洮谒大夫不及因书即事寄河西陇右幕下诸公》与《同李司仓早春宴睢阳东亭》两首久已绝迹的佚诗。对于此部残卷赵万里以为“不知究为何书，俟异时再考之。”③ 一九三五年王重民指出伯2552与伯2567书法相同，盖是一书。伯2552亦为“诗选残卷，存四十一首。”④ 经考证乃李昂、高适之作。又伯2567卷末存高适《信安王出塞》一首、《上陈左相诗》半首，而伯2552“起自高适，第一首残存五行，即《上陈左相诗》之后半，适可为延津之合”⑤。充分证明两部残卷确系一书。然而一九五八年中华书局出

① 王重民：《敦煌古籍叙录》，商务印书馆1958年版，第327页。

② 同上书，第326页。

③ 同上书，第329页。

④ 同上书，第327页。

⑤ 同上书，第327页。

版的《唐人选唐诗（十种）》仅录伯2567，未收伯2552，颇为可惜。一九九六年傅璇琮根据学界研究成果重新整理唐人选唐诗，以“似为抄录，而非编选”为由将《唐写本唐人选唐诗》剔除，该集是否属于“唐人选唐诗”再次遭到质疑。及至二〇〇〇年徐俊出版《敦煌诗集残卷辑考》首次将两卷合并，通过详细考辨纠正罗振玉、王重民二人的舛误之处，指出李昂实为两人。并且根据残卷中可以考知的创作年代最晚的《同吕员外范司直贺大夫再破黄河九曲之作》一诗认定：“此卷编选和钞写年代当在天宝十二载（七五三）以后，唐顺宗李诵即位（八〇五年）以前。”① 通过徐俊的整理校勘，《唐写本唐人选唐诗》已粗具规模。“原卷实存作者十人，诗一〇八题一一九首，其中阙题一首、重出一首、残存诗题并序一首。”② 十人及作品数量分别如下：李昂（考功员外郎）三首，王昌龄七首，孟浩然九首，荆冬倩一首，丘为六首，陶翰一首，常建一首，李白四十三首，高适四十九首，李昂（仓部员外郎）两首，共计一百二十二首诗歌，其中高适《使清夷军》似当计为三首，与徐俊的统计略有出入。

《唐写本唐人选唐诗》抄撮痕迹明显，主要表现在以下两个方面。

1. 形式混乱，随意抄撮。集中诗歌或独立成篇，或连续抄写，书写形式极不规范。如孟浩然共录九首诗歌，两首独立，七首连抄，于王昌龄之后依次抄录，所有作品只有题目，未标姓名，其后更将孟浩然《寒食卧疾喜李少府见寻》与荆冬倩《咏青》、丘为《答韩大》、《田家》、《辛四卧病舟中群公招登慈和寺》等诗不做标识连续抄写，且《咏青》未录作者，不同诗人连续抄写极易混淆归属，罗振玉即将孟浩然、荆冬倩之作与王昌龄混同。类似情况还有将陶翰《古意》与常建《吊王将军》、李白《古意》三人不做间隔连续抄写，且常建、李白之作都不标作者，紧随其后的李白《赠赵四》更是作者、题目全无，《江上之山藏秋作》、《送族弟琯赴安西作》、《鲁中都有小吏逢七朗以斗酒双鱼赠余于逆旅因鲙鱼饮酒留诗而去》、《梁园醉哥》、《送程刘二侍御及独孤判官赴安西》、《元丹丘哥》、《瀑布水》亦未标作者，然而《宫中三章》却陡然标明“皇帝侍文李白”，极易造成《宫中三章》之前为陶翰作品，之后为李白作品的错觉，此类现象在《唐写本唐人选唐诗》中相当常见。作者姓名、诗歌题

---

① 徐俊：《敦煌诗集残卷辑考》，中华书局2000年版，第42页。

② 同上。

目、官职称号时有时无，未能统一。孟浩然、荆冬倩、常建录诗共计十一首，但三人名字从未在《唐写本唐人选唐诗》中出现，后经学者比对《全唐诗》等文献才得以还原。孟浩然《姚开府山池》、李白《赠赵四》未标题目，而作者官职或有或无、或前或后，毫无规则。标记最为完整的如：《邯郸少年行》，王昌龄，校书郎；《古意》，陶翰，礼部员外郎；《宫中三章》，皇帝侍文，李白。官职位置时而在诗人之前，时而在诗人之后。更多的诗人如高适、丘为等只有姓名没有官职。如果仅从形式考察，《唐写本唐人选唐诗》堪称最为混乱的唐诗选本。其余选本也存在各种混乱现象，但至少在形式方面能够做到条目分明，每首诗歌都能独立排列，前后基本保持一致。这应当也是《唐写本唐人选唐诗》性质遭到质疑的原因之一。

2. 无明确的编选宗旨。徐俊曾在《敦煌诗集残卷稽考》中称赞《唐写本唐人选唐诗》"原卷首尾俱残，篇幅甚巨，书法秀整，行款谨严，为敦煌诗卷精品之最"①。令人惋惜的是该集艺术上乘却抄写混乱，眼光有限。《唐写本唐人选唐诗》题材广泛，主要涉及写景、咏物、边塞、闺怨、送别、赠答、咏史等，抄写之人似对送别赠答诗情有独钟，送别诗如李昂《睢阳送韦参军还汾上此公元昆任睢阳参军》，王昌龄《送单十三晁五归□□》、《巴陵别李十二》、《送康浦之京》，李白《送族弟琯赴安西作》、《鲁中都有小吏逢七朗以斗酒双鱼赠余于逆旅因鲙鱼饮酒留诗而去》、《送程刘二侍御及独孤判官赴安西》、《阴盘驿送贺监归越》、《黄鹤楼送孟浩然下惟扬》，高适《饯宋判官之岭外》、《送兵还作》、《送韦参军》、《送蔡山人》、《留别郑三韦九兼呈洛下诸公》、《送蔡山人》、《宋中遇刘书记有别》、《别李四少府》、《别崔少府》、《送冯判官》、《送郭处士往莱芜兼寄苟山人》、《宴郭校书因之有别》、《别韦兵曹》、《广陵别郑处士》、《别董令望》、《赠别晋处士》、《送刘评事充朔方判官》共计二十六首，占五分之一多。赠答诗如孟浩然《夜泊庐江闻故人在东林寺以诗寄之》、《寄是正字》、《奉和卢明府九日岘山宴马二使君崔员外张郎中》，丘为《答韩大》，李白《赠赵四》、《从驾温泉宫醉后赠杨山人》，高适《奉酬李太守丈夏日平阴亭见赠》、《宋中即事赠李太守》、《东平寓奉赠薛太守》、《自武威赴临洮谒大夫不及因书即事寄河西陇右幕下诸公》、《睢阳酬畅判官》、《东平留赠狄司户》、《酬李别

① 徐俊：《敦煌诗集残卷辑考》，第43页。

驾》等十三首，两类诗歌几乎占据残卷一半篇幅，但是并未体现出任何编选宗旨与诗歌理想。而且此集选录失衡，高适四十九首，李白四十三首，荆冬倩、陶翰、常建每人仅一首，数量差别巨大，显然没有统筹规划。又李白、高适、王昌龄、孟浩然等人的诸多名篇较少入选，高适入选四十九首却无传诵千古的《燕歌行》，常建仅录一首并非《题破山寺后禅院》，编者抄撮之意大于编选之心。

综上所述，《唐写本唐人选唐诗》虽然有形式混乱，宗旨不明的缺点，但笔者认为其应是“唐人选唐诗”，属于受类书影响的一类。编者出于某种爱好或者需要随意抄写唐诗，诸人入选诗歌有多有少、唱和送别题材相对集中即是选择的结果，只是不够明显而已。

三 《才调集》的抄撮来源与诗歌归属补正

《才调集》是现存规模最大的唐人选唐诗，编辑混乱，学界关注焦点集中在宗旨与体例方面。王运熙、杨明《中国文学批评通史》认为“韵高”与“词丽”是韦縠选诗的主要艺术标准，“韵高”指音韵的和谐流美，“词丽”指诗歌用字之丽，而爱好近体诗，重视长律，多选艳情是韦縠注意诗歌音韵和谐流美的一个明证。[①] 二〇〇四年南京师范大学顾玉文的硕士学位论文《韦縠〈才调集〉研究》侧重考述韦縠生平、选诗标准、版本背景，亦认为“韵高”、“词丽”是韦縠的选诗标准并且界定“韵高”、“词丽”的内涵，指出《才调集》在清初出现接受高潮。二〇〇八年刘浏的《〈才调集〉研究》[②] 探讨编者、版本、文献价值、选诗来源、编排体例、编撰思想，研究并无较大突破。傅璇琮、龚祖培的《〈才调集〉考》[③] 不仅详细梳理了《才调集》的版本系统，而且指出《才调集》体例杂乱、选诗失当、审美趣味与品鉴标准极不明确，认为韦縠的意图不在选诗而在汇总，疑为短时间内拼凑而成，并且首次指出《才调集》部分内容抄袭《又玄集》，观点新颖，论证充分，是《才调集》研究不可多得的佳作之一。陈尚君《〈才调集〉编选者韦縠家世考》根据韦縠弟韦毅

---

① 王运熙、杨明：《中国文学批评通史》（隋唐五代卷），上海古籍出版社 1996 年版，第 709—710 页。

② 刘浏：《〈才调集〉研究》，对外经济贸易大学出版社 2008 年版。

③ 傅璇琮、龚祖培：《〈才调集〉考》，《唐代文学研究》（第五辑），广西师范大学出版社 1994 年版，第 681—699 页。

夫妇墓志梳理韦縠生平，指出韦縠出身唐代最有影响的京兆杜陵韦氏家族，为昭宗宰相韦贻范之子。“韦縠一族虽避难入蜀，但很快与前后蜀的军人政权建立密切的政治和婚姻联系，取得较稳定的社会地位。韦縠在《才调集叙》中所表达的‘或闲窗展卷，或月榭行吟，韵高而桂魄争光，词丽而春色斗美’优游生活情景，并有从容的心境来遴选诗作，也是与其家族的生存状态分不开的。”①

韦縠《才调集》十卷，每卷收录一百首，共计一千首诗歌，明清之际备受追捧，个别学者甚至认为《才调集》为唐人选唐诗之冠，评价极高。傅璇琮、龚祖培在《〈才调集〉考》中归纳诸人观点：“一是认为《才调集》体例恰当完备，二是选择诗篇精当，三是编选者的审美趣味与品鉴标准十分明确。”② 然而二人经过详细考察发现事实并非如此，号称“无体不备，无美不臻”的《才调集》其实存在归属舛误、杂乱无章等诸多问题。笔者认为根本原因在于《才调集》抄撰之意大于选择之心，出现上述缺憾实属正常。

唐人选唐诗基本可以分为选本与抄本两类，选本主要受到《文选》影响，抄本主要受到类书影响，《才调集》属于后者，抄录痕迹明显，选录宗旨模糊，类书气息浓郁，主要表现如下。

第一，宗旨不明，前后失衡，未能贯穿全集。韦縠在序言中介绍《才调集》的成书经过、编选宗旨，“暇日因阅李、杜集，元、白诗，其间天海混茫，风流挺特，遂采摭奥妙，并诸贤达章句。不可备录，各有编次。”③ 似乎表明李白、杜甫、元稹、白居易应为重中之重，然而《才调集》未选杜诗。杜甫在现存《唐人选唐诗》中屡遭忽视，原因各异，胡震亨解释为：“国秀成于天宝三载，白入长安未久，甫则漂泊东都齐鲁间，名尚未起，何从知而尊之？英灵之选稍后，故有白仍无甫。他南熏、御览、间气、极玄，例皆选中叶之诗，盛时诸家多不入，不独李、杜也。”④ 有一定道理，但是产生于五代的《才调集》不录杜诗殊难理解。

---

① 卢盛江、张毅、左东岭编：《罗宗强先生八十寿辰纪念文集》，中华书局2009年版，第394页。

② 中国唐代文学学会、西北大学中文系、广西师范大学出版社主编：《唐代文学研究》（第五辑），第684页。

③ 傅璇琮编撰：《唐人选唐诗新编·才调集》，第691页。

④ 胡震亨：《唐音癸签》卷三一，第268页。

中唐以后杜甫的潜在影响逐渐凸显，元稹《唐故工部员外郎杜君墓系铭》拉开聚讼千年的李杜优劣序幕，白居易更为扬杜抑李论推波助澜，尊杜氛围较为浓厚。早于《才调集》的《又玄集》已将杜甫置于卷首，诗歌入选七首，数量居全集之冠。《才调集》晚出，时间跨越初、盛、中、晚四期，体式包括五言、六言、七言、杂言多种，颇有总结有唐一代诗歌发展历程的意味。杜诗众体皆备却一首未选，遗憾之余更令人费解。清人冯班解释为："序云李杜，卷中无杜诗，非不取也。盖是崇重杜老，不欲芟择耳。"对于冯班舍杜实为尊杜的看法纪昀表示反对："然实以杜诗高古，与其书体例不同，故不采录，舒所说非也。"① 杜诗风格多样，正如胡震亨所言："精粗巨细，巧拙新陈，险易浅深，浓淡肥瘦，靡不毕具。"② 符合韦縠基本追求的诗歌必然存在，落选原因诸家解释均有缺陷，不能完全令人信服。总而言之，杜甫仅在序中提及而未在集中出现表明《才调集》序言与选本存在差距，韦縠未能将序言所论付诸实施。

又韦縠欣赏"韵高而桂魄争光，词丽而春色斗美"的风格，王运熙指出："韦縠称其所选诗'韵高'、'词丽'，这两点实际是他选诗的主要艺术标准，'韵'与'词'对举，应属语言范围而非指风韵，韵高当指音韵和谐流美。……所谓'词丽'，指诗歌用字之丽。"③ 笔者认为二者似不足以概括《才调集》的选录标准，其"采摭奥妙"、"贤达章句"的追求在《才调集》中亦未全面贯彻，李白、元稹、白居易等人诸多佳作未能入选。以白居易为例，其《秦中吟》十首显系讽喻之作，语言通俗浅豁，并不华美，又《初与元九别后忽梦见之及寤而书适至兼寄桐花诗怅然感怀因以此寄》、《闻龟儿咏诗》等作冗长平庸，未见神采，与"韵高"、"词丽"相差甚远。由此可见，韦縠并未形成完善的选录标准，仅有朦胧的编选意识，在序言中简要述及后未能贯穿全书，随着时间的流逝，入选诗歌的增多，韦縠"但贵自乐所好，岂敢垂诸后昆"的娱乐思想渐占上风，遂率意抄撮，拼凑成书，甚至连模糊的选诗宗旨也抛诸脑后，致使《才调集》出现宗旨不明、杂乱无章等种种缺陷。

第二，体例驳杂，排列混乱，未能整合统一。《才调集》各卷之下均

① 《文渊阁四库全书总目》卷一八六，第5册，第14页。

② 胡震亨：《唐音癸签》卷六，第46页。

③ 王运熙、杨明：《中国文学批评通史》（隋唐五代卷），第709—710页。

标有“古律杂歌诗一百首”，当指古诗、律诗、杂体、歌行四种题材，然而十卷之中没有任何一卷四体皆备。《四库全书总目》论及《才调集》体例时指出：“其中颇有舛误，如李白录《愁阳春赋》是赋非诗，王建录《宫中调笑词》是词非诗，皆乖体例。”① 赋、诗、词混淆。部分诗人名、字相互混杂，诸人皆称名，唯温庭筠、于邺称字，不知何故。诗人排列未按世次，以全集观之，中唐白居易置卷一，晚唐温庭筠置卷二；唐末韦庄置卷三，晚唐杜牧置卷四，中唐元稹置卷五，盛唐李白置卷六，时代颠倒，毫无章法可言。以各卷观之，卷一白居易列孟浩然之前，韦应物列王维之前，卷二温庭筠列顾况之前，卷三韦庄列沈佺期、高适之前，凡此种种，不胜枚举，毫无规律可循。胡震亨“随手成编，无伦次”② 的评价比较符合《才调集》的实际情况。《才调集》甚至出现一人分见数处的混乱现象。如白居易、刘禹锡见于卷一、卷五；薛能见于卷一、卷七；贾岛见于卷一、卷九；崔涂见于卷二、卷七；李洞见于卷三、卷九；薛逢见于卷三、卷七；高适见于卷三、卷八；施肩吾、项斯见于卷四、卷七；李涉见于卷六、卷八；于鹄、陈羽、崔峒见于卷七、卷九；王昌龄、张乔见于卷八、卷九；无名氏见于卷二、卷十；李端见于卷一、卷七、卷九，共有十六人两见，一人三见，概率极高。又《才调集》诗歌排列亦未依体裁，五言、六言、七言、杂言随机分布。例如刘禹锡诗歌入选《才调集》十九首，全为七言，其中卷一录五首，卷五录十二首。再如卷一白居易《题令狐家木兰花》与卷五白居易《题王侍御池亭》均为七言写景绝句，内容、体裁全同，分录两卷不知何故，《才调集》同一诗人同一体裁诗歌分录各卷现象极为普遍，更有甚者同一首诗反复出现，如卷四收施肩吾《夜宴曲》，卷七又录施肩吾《夜宴词》，两诗仅个别字词不同，当为一首。亦有同一作品分属不同诗人的情况，卷七王涣《惆怅词》与卷八朱庆余《惆怅诗》两见，卷七张祜《病宫人》与卷九袁不约《病宫人》重出，诗歌归属舛误相当普遍。《四库全书总目》已关注到：“贺知章录《柳枝词》乃刘采春女所歌，非知章作，其曲起于中唐，知章时亦未有。刘禹锡录《别荡子怨》乃隋薛道衡《昔昔盐》。王之涣录《惆怅词》所咏乃崔莺莺

① 《文渊阁四库全书总目》卷一八六，第5册，第14页。

② 胡震亨：《唐音癸签》卷三一，第267页。

霍小玉事，之涣不及见，实王涣作，皆姓名讹异。”[1] 粗疏之处可见一斑。韦縠在“或闲窗展卷，或月榭行吟”[2] 的安逸状态中编辑选本，纵有总结有唐一代诗歌发展历程的宏伟愿望，但实际操作却流于浮泛表面，追求数量忽视质量，“今纂诸家歌诗，总一千首，每一百首成卷，分之为十目。”[3] 初、盛、中、晚全部涉及，五言、六言、七言、杂言各体皆备，至于各期选录何人，各人选录何作并未深究，轻重失衡现象极为严重。初唐挂一漏万，晚唐鱼龙混杂，排列顺序与时代先后、官位高低、作品优劣、名气大小等均无明显关系，每卷一百首诗歌，但各卷入选诗人、篇数差别巨大，卷六仅录四人，卷九多达四十九人，录入诗歌最多者六十三首，最少者一首，分布极不合理，似乎并无统一规划。

第三，入选作品相对集中，抄袭痕迹明显。傅璇琮、龚祖培二人在《〈才调集〉考》中提出《才调集》抄录前人诗选以《又玄集》最为突出，理由如下：其一，两书部分诗歌排列次序完全相同。如刘方平、于濆、高蟾、张夫人、张文姬等人。其二，《才调集》多处归属错乱之诗皆因误抄《又玄集》所致，甚至沿袭《又玄集》之误。前者如李德裕《故人寄茶》误为曹邺、武瓘《劝酒》误为于武陵、章八元《新安江林》误为陶翰、曹邺《老圃堂》误为薛能。后者如灵一《宿天柱观》误为太易、白居易《鹦鹉》误为刘禹锡，以上两种情况确实存在，但似应分别对待。

据笔者考察，卷六应是《才调集》的分水岭，此前体现韦縠的自主性，多选录唐人别集，舛误相对较少，此后凸显韦縠的依赖性，多抄撮现有选本，由于各类选本良莠不齐，舛误颇为常见。傅璇琮、龚祖培指出的《才调集》与《又玄集》排列次序相同的五人均在卷七、卷八、卷九、卷十，而误抄现象除曹邺在卷三、刘禹锡在卷五之外，亦集中在卷七、卷八、卷九、卷十。另《才调集》卷一至卷六选诗相对集中，最少四人，最多十八人，各卷都有明确的中心诗人。卷七至卷十极为分散，最少二十七人，最多四十九人，并无明显的选录重点。全集重出复见者共计十八人，除白居易、刘禹锡在卷一、卷五两见外，其余十六人重见现象全部集中在卷七、卷八、卷九、卷十。由此可见，《才调集》卷一至卷六与卷七

---

① 《文渊阁四库全书总目》卷一八六，第5册，第14页。

② 傅璇琮编撰：《唐人选唐诗新编·才调集》，第691页。

③ 同上。

至卷十存在较大差异。又《才调集》曾大量增加个别诗人的作品数量，韦庄居首共有六十三首，温庭筠由五首增至六十一首，元稹由两首增至五十七首，李商隐由四首增至四十首，杜牧由五首增至三十三首，李白由四首增至二十八首，白居易由两首增至二十七首，刘禹锡由三首增至十七首，此八人共占全书的三分之一，是《才调集》的主要组成部分，八人集中于前六卷，韦庄、元稹、李白作品二书无一相同。综上所述，《才调集》对前人的抄撮参考应当分为两种情况。

1. 著名诗人多抄录别集。虽然目前所存别集并非原貌，但是个别诗集差别较小，仍能寻出蛛丝马迹。例如，《才调集》卷一收录白居易《秦中吟》十首，排列顺序与现存《白居易集》完全相同。白居易生前曾对自己的诗文进行多次编集整理，《白氏长庆集后序》曰："白氏前著《长庆集》五十卷，元微之为序；后集二十卷，自为序；今又续后集五卷，自为记：前后七十五卷，诗笔大小凡三千八百四十首。"① 其后历经战乱略有散佚，现存白集七十一卷，诗文共计三千七百余篇，基本保持原貌，颇疑《才调集》源于当时流传的白集。再如卷二温庭筠，共录诗歌六十一首，部分诗歌次序与温集一致。如卷一：《郭处士击瓯歌》、《锦城曲》、《张静婉采莲曲并序》、《照影曲》、《塞寒行》、《湖阴词并序》、《织锦词》、《莲浦谣》、《舞衣曲》；卷二：《春洲曲》、《阳春曲》、《钱塘曲》、《晚归曲》、《湘东宴曲》、《碌碌词》、《春野行杂言》、《醉歌》、《达摩支曲杂言》、《三州词》、《惜春词》、《春愁曲》、《苏小小歌》、《春江花月夜词》、《懊恼曲》；卷三：《侠客行》、《春日》、《咏嚬》、《太子西池二首》；卷四：《春日野步》、《和友人溪居别业》、《偶游》；卷五：《赠弹筝人》、《瑶瑟怨》、《夜看牡丹》、《宿城南亡友别墅》；卷六：《过华清宫二十二韵》、《洞户二十二韵》；卷七：《握柘词》、《碧涧驿晓思》、《送人东游》、《偶题》等，各卷各组排序与《温庭筠全集》同，其中卷二《惜春词》、《春愁曲》、《苏小小歌》、《春江花月夜词》、《懊恼曲》最为明显，五首整体录入，其余各卷有所选择，依次全抄仅此一处。《才调集》间杂选录，同卷诗歌分置各处，似乎经过反复选择。而温庭筠作品晚唐已有结集，其《上裴相公启》云："谨以文、赋、诗各一卷率以抱献。"② 唐代行

① 白居易著，顾学颉校点：《白居易集》外集卷下，第1552—1553页。

② 刘学锴：《温庭筠全集校注》卷一一，中华书局2007年版，第1102页。

卷之风盛行，温庭筠为求功名数度入京，作品编辑成卷奉赠权要友朋成为可能。《新唐书·艺文志》云："温庭筠，《握兰集》三卷，又《金筌集》十卷，诗集五卷，《汉南真稿》十卷。"① 延及晁公武《郡斋读书志》："温庭筠《金筌集》七卷，外集一卷。"② 温集在流传之中似被重新整理，据陆游《跋温庭筠诗集》称："先君旧藏此集，以《华清宫》诗冠篇首，其中有《早行》诗，所谓'鸡声茅店月，人迹板桥霜'者，久已坠失。得此集于蜀中，则不复见《早行》诗矣。感叹不能自已。淳熙丙申重阳日，某识。"③ 陆游指出温集首篇为华清宫诗，名作《早行》久已失传。《才调集》温庭筠部分篇首为《过华清宫二十二韵》，且未录《早行》一诗，与陆游所言极为相似，《才调集》应当保存了较为原始的温集面貌。又温庭筠诗歌《才调集》与《又玄集》选录重复仅有一首，然题名不同，《又玄集》作《春日将欲东归寄苗绅》，《才调集》作《春日将欲东归寄新及第苗绅先辈》。《才调集》抄录《又玄集》因字形相近出现讹误情况较多，但此诗明显不是讹误所致，诗歌题目、内容《才调集》与《温庭筠全集》完全相同，《又玄集》有一字之差，综合考察《才调集》温庭筠部分当源于温集。

另外，个别早有别集流传的诗人选诗相对集中。如陆龟蒙录入五首，全部出于《甫里先生文集》卷十一，顺序亦同。《甫里先生文集》依据体裁编写，七言绝句共有卷十一、卷十二两卷。韦縠极爱七言与绝句，又《才调集》编选态度相当随意，颇疑韦縠并未通读陆集，仅据目录翻阅卷十一，直接摘抄五首而已，卷十二亦弃之不顾。其他如李白、元稹、刘禹锡、李商隐、杜牧、韦庄等人名气极大，作品结集较早，时间距离颇近，韦縠极有可能见到原本，在原本基础上进行选择编录，最终导致《才调集》在大家名家方面与《又玄集》的巨大差异。

2. 中小诗人多参考、抄撮选本。中小诗人影响有限，多数生前身后未能结集，诗歌散佚现象严重，部分仅凭各种选本流传后世。是时可供韦縠参考的选本当有数十种甚至上百种，更有顾陶《唐诗类选》一类部头

---

① 欧阳修、宋祁：《新唐书》卷六〇，第1607页。

② 晁公武撰，孙猛校证：《郡斋读书志校证》卷一八，第924页。

③ 陆游：《陆游集》卷二六，中华书局1976年版，第2232页。

巨大的通选本，“始自有唐，迄于近歿，凡一千二百三十二首，分为二十卷。”① 然而绝大部分唐人选唐诗目前已经失传，无法确切考证《才调集》来源，但《又玄集》当是其中之一。韦庄《又玄集》三卷，诗三百首，韦縠《才调集》十卷，诗一千首，二书重复诗人一百零五位，相同诗歌一百零三首，其中诗作完全相同之人：李华（一首）、纪唐夫（一首）、姚伦（一首）、刘方平（二首）、薛逢（二首）、李宣远（一首）、陶翰（二首）、高蟾（二首）、于濆（三首）、郑常（一首）、裴度（一首）、护国（一首）、栖白（二首）、无可（二首）、法照（一首）、太易（二首）、惟审（一首）、沧浩（一首）、张夫人（二首）、刘媛（一首）、张文姬（二首）、蒋蕴（二首）、崔公远（一首）、张琰（二首）、葛鸦儿（一首），共计二十五人，诗歌三十八首，其中十七人集中于《才调集》卷九、卷十两卷，均为普通诗人。诗作完全不同之人：薛能（十首）、孟浩然（二首）、刘长卿（六首）、王维（二首）、贾岛（九首）、李端（三首）、顾况（十一首）、卢纶（七首）、孟郊（一首）、张籍（七首）、曹邺（二首）、戴叔伦（四首）、崔珏（七首）、司空曙（三首）、元稹（五十七首）、李白（二十八首）、唐彦谦（十七首）、岑参（四首）、陈羽（二首）、李颀（一首）、李德裕（一首）、钱起（一首）、李益（一首）、祖咏（一首）、李群玉（二首）、李贺（一首）、韩翃（一首）、廉氏（二首）、薛涛（三首），共计二十九人，诗歌一百九十六首，各卷都有，一流诗人比比皆是。由此可见，《才调集》与《又玄集》相同之处多为中小诗人，且集中于卷九、卷十两卷，以僧人、女性为主。僧人与女性是唐代诗人群体中较为特殊的两类，此前已经获得关注。法钦有《唐僧诗》“吴僧法钦集唐僧三十四人诗二百余篇”②。蔡省风有《瑶池新集》“集唐世能诗妇人李季兰、程长文二十三人题咏一百十五首”③。《瑶池新集》提及的李季兰、程长文二人双双出现在《又玄集》与《才调集》之中，《才调集》可能参考《又玄集》，甚至再次选择若干其他选本而最终成书。

《才调集》成书于五代，盛世繁华已经破碎零落，晚唐动乱的时局与末世的衰败摧毁了文士的政治热情，诗人抛弃道义远离教化，或寓感伤于

---

① 顾陶：《唐诗类选序》，李昉等：《文苑英华》卷七一四，第3687页。

② 陈振孙：《直斋书录解题》卷一五，第444页。

③ 晁公武撰，孙猛校证：《郡斋读书志校证》卷二〇，第1069页。

风情，或寓性灵于华艳，或寓哀悼于隐逸，绮丽艳情之风盛行。韦縠更是以“或闲窗展卷，或月榭行吟”的悠闲姿态编辑唐诗选本。唯美绮艳的外在环境与娱乐自适的内在追求导致《才调集》未能承担政治使命与崇高理想，同时韦縠随手抄撮的习惯与自我消遣的态度使得选本纷繁杂乱，舛误频出。傅璇琮在《唐人选唐诗新编·才调集》中经过详细考辨指出归属错误诗歌共计三十五首，刘浏《〈才调集〉研究》考出四十五首，其中部分作品傅璇琮早已指出或订正，除去重复实际增补十五首，其间仍有疏漏，笔者经过比对又增七首，现作如下考证，傅璇琮、刘浏二人指出之作不再赘述。

1. 耿湋《送王润》：“相送临寒水，苍然望故关。江芜连梦泽，楚雪入商山。话我他念旧，看君此日还。因将自悲泪，一洒别离间。”《极玄集》卷上作司空曙《送王闰》：“相送临寒水，苍茫望故关。江芜连梦泽，楚雪入商山。话我他念旧，看君此日还。因将自悲泪，伊萨别离颜。”《唐诗纪事》卷三十亦收录于司空曙名下，与《极玄集》同，二诗仅两处不同，当为抄写舛误。

2. 戴叔伦《潭州使院书情寄江夏贺兰副端》：“云雨一萧散，悠悠关复河。俱从泛舟役，近隔洞庭波。楚水去不尽，秋风今又过。无因得相见，却恨寄书多。”此诗收入方干《玄英集》。《全唐诗》卷六四九有方干《湖南使院遣情送江夏贺侍郎》：“云雨一消散，悠悠关复河。俱从泛舟役，遂隔洞庭波。楚水去不尽，秋风今更过。无由得相见，却恨寄书多。”与戴诗四处不同。蒋寅《戴叔伦诗集校注》：“今据《才调集》卷四、《英华》卷二五五作戴诗。”[①] 考《文苑英华》卷二五五《潭州使院书请寄江夏贺兰副端》所标为“前人”[②]，非戴叔伦。佟培基《全唐诗重出误收考》：“按戴叔伦在大历间曾任湖南转运留后，治所潭州，此诗当为戴作。”[③] 可参看。

3. 司空曙《病中遣妓》：“万事伤心在目前，一身垂泪对花筵。黄金用尽教歌舞，留与它人乐少年。”《唐诗纪事》卷二四作韩滉《听乐怅然自述》：“万事伤心对管弦，一身含泪向春烟。黄金用尽教歌舞，留与他

---

① 戴叔伦著，蒋寅校注：《戴叔伦诗集校注》卷一，上海古籍出版社 2010 年版，第 81 页。

② 李昉等：《文苑英华》卷二五五，第 1285 页。

③ 佟培基：《全唐诗重出误收考》，陕西人民出版社 1996 年版，第 232—233 页。

人乐少年。”《文苑英华》卷二一三亦为韩滉，考司空曙“举进士。贞元中，水部郎中。终虞部郎中”[①]。水部郎中、虞部郎中均为从五品上。韩滉为太子少师韩休之子，“贞元初，加同平章事、江淮转运使。二年，封晋国公。初有美名，所与游皆天下豪俊。”[②] 身为宰相，且晋国公为从一品，似乎韩滉更有“黄金用尽教歌舞”的实力，存疑在此，以待博学。

4. 王驾《古意》：“夫戍萧关妾在吴，西风吹妾妾忧夫。一行书信千行泪，寒到君边衣到无。”《全唐诗》卷七九九为陈玉兰《寄夫》，并称：“陈玉兰，吴人王驾妻也。”[③]《万首唐人绝句诗》卷二二、《唐百家诗选》卷一九均作王驾，从之。此诗颇具女性口吻，疑后人根据诗歌内容附会所致。

5. 护国《许州赵郡使君孩子》：“毛骨贵天生，肌肤片玉明。见人空解笑。弄物不知名。国器嗟犹小，门风望益清。抱来芳树下，时引凤雏声。”《唐诗纪事》卷七三又作法振《赵使君孩子晬日》：“毛骨贵天生，肌肤片玉明。见人空解笑，弄物不知名。国器嗟犹小，风神望益清。抱来芳树下，时听凤凰声。”文字略有差异。《又玄集》卷下、《唐僧宏秀集》卷三、《全唐诗》卷八一一均作护国。

6. 无名氏《冬》：“苍茫枯碛阴云满，古木号空昼光短。雪拥三峰岳色低，冰坚九曲河声断。浩汗霜风刮天地，温泉火井无生意。泽国龙蛇冻不伸，南山瘦柏销残翠。”此诗后半首又为岑参《冬夕》，李嘉言《岑诗系年》曰：“正德本《岑集》不载，《万首唐人绝句》将此四句归岑参。案《全唐诗》卷二八无名氏此首前有《春》二首，《夏》、《秋》各一首，与此首《冬》诗之风格章法全相同；此首后又有《鸡头》，《红蔷薇》，《斑竹簟》，《听琴》，《石榴》，《秦家行》，《小苏家》，《斑竹》，《天竺国水晶念珠》，《白雪歌》，《琵琶》，《伤哉行》等十二首，风格亦同，全是李贺体；则此十七首当系出于一人之手。而其中《伤哉行》及《红蔷薇》二首，又分见于《全唐诗》卷十七及卷三二《庄南杰集》及其补遗中，庄南杰原是李贺嫡派，则此十七首俱当是庄南杰所作。今除《伤哉行》及《红蔷薇》二首，余十五首《庄集》俱不载，《才调集》及宋本《唐

① 傅璇琮编撰：《唐人选唐诗新编·极玄集》，第544页。

② 计有功撰，王仲镛校笺：《唐诗纪事校笺》卷二四，第808页。

③ 彭定求等：《全唐诗》卷七九九，第8990页。

人五十家小集》亦均作无名氏，其散佚亦已久矣。”① 从之。

7. 无名氏《石榴》：“蝉啸秋云槐叶齐，石榴香老庭枝低。流霞色染紫罂粟，黄蜡纸苞红瓠犀。玉刻冰壶含露湿，斒斑似带湘娥泣。萧娘初嫁嗜甘酸，嚼破水精千万粒。”《全唐诗》卷六一一又作皮日休《石榴歌》，《唐音统签》卷六八五收入皮日休名下，注曰：“范东生本补”②，同书卷八六八又录入无名氏下，据李嘉言考证当为庄南杰作。

---

① 李嘉言：《李嘉言古典文学论文集》，上海古籍出版社 1987 年版，第 284—285 页。

② 胡震亨：《唐音统签》卷六八五，续修四库全书本，第 1618 册，第 39 页。

第三章

价值衡定：唐人选唐诗的文献与文学意义

唐人具有强烈的自我意识，选本各取所好，有奉旨编撰的，有选诗明志的，更有对文学发展的自觉总结。由于选者才识、阅历不同，有的选本井然有序，有的杂乱无章，但是都对诗歌的发展起过积极的推动作用，有的还在选诗过程中加以评价，或者在序、跋中阐述自己的文学观点，这充分表明唐诗选家已经开始通过唐诗选学构建理想的唐诗范型。唐诗选本的当代意义在于反映甚至左右诗歌走向，后世意义在于保存原始文献，还原历史真相，而唐人选唐诗的价值尤为突出。

第一节　文献价值

唐诗流传千载，饱受战乱，散佚毁坏，十不存一，再加上后人篡改，抄刻讹误，真伪难辨。搜集、整理、恢复原貌便成为唐诗研究的重要内容，唐人选唐诗作为最有可能保持历史真实的原始材料，在辑佚、校勘、考订作家作品等方面意义重大。

唐人选唐诗的文献价值首先在于辑佚。如现存《翰林学士集》录诗仅五十一首，而《全唐诗》只存十三首，其中包括两首残诗，即太宗《五言塞外同赋山夜临秋以临为韵》，共有二十句，《全唐诗》作《辽东山夜临秋》，仅存四句；上官仪《五言辽东侍宴山夜临秋同赋临韵应诏》，共有二十句，《全唐诗》作《奉和山夜临秋》，仅存八句。《翰林学士集》出现之后增补作品若干：郑元琦、于志宁、沈叔安、张后胤、张文琮、陆搢《四言曲池酺饮座铭》各一首；朱子奢《五言早秋侍宴应诏》一首；高士廉《五言春日侍宴次望海应诏》一首；刘洎、岑文本、郑仁轨《五言春日侍宴望海应诏》各一首；刘子翼《五言奉和咏棋应诏》两首；杨师道《五言早秋侍宴应诏》、《五言奉和行经薛举战地应诏》两首；太宗《五言咏棋》（二首）、《五言延庆殿集同赋花间鸟》三首；褚遂良《五言辽东侍宴山夜临秋同赋临韵应诏》、《五言春日侍宴望海应诏》、《五言奉和行经薛举战地应诏》三首；长孙无忌《五言早秋侍宴应诏》、《五言春日侍宴望海应诏》、《五言奉和行经破薛举战地应诏》、《赋得寒丛桂应诏》四首；上官仪《五言奉和咏棋应诏》（二首）、《五言奉和行经薛举战地应诏》、《赋得凌霜雁应诏》、《五言春日侍宴望海应诏》五首；许敬宗《四言奉陪皇太子释奠诗一首应令》、《四言曲池酺饮座铭》、《五言奉和咏棋应诏》（二首）、《五言延庆殿集同赋花间鸟》、《五言后池侍宴回文诗一首应诏》、《赋得阿阁凤应诏》、《五言辽东侍宴山夜临秋同赋临韵应诏》八首，共计三十八首。许敬宗作为上官仪之前最重要的文坛领袖，成就突出，作品极多，《旧唐书·艺文志》曰："《许敬宗集》六十卷"①，《新唐书·艺文志》曰："《许敬宗集》，八十卷"②，然而延及清代编写《全唐诗》时诗歌仅存二十七首，散佚严重。而仅《翰林学士集》一书补充许敬宗诗歌多达八首，诗序一篇。再如《珠英集》录诗五十五首，《全唐诗》收录二十六首，包括沈佺期《古镜》残诗一首，失收二十九首。由此可见，海内外发现的各种唐人选唐诗是补正《全唐诗》的重要来源之一。

其次，部分成书较早的唐人选唐诗保存诗歌的原始面貌。例如《四库全书总目》评价《才调集》曰："颇有诸家遗篇如白居易《江南赠萧十九》诗，贾岛《赠杜驸马》诗，皆本集所无。又沈佺期《古意》，高棅篡改成律诗，王维《渭城曲》：'客舍青青杨柳春'句俗本改为'柳色新'，贾岛《赠剑客》诗：'谁为不平事'句俗本改为'谁有'如斯之类，此书皆独存其旧，亦足资考证也。"③ 文中提及的沈佺期是初唐诗歌律化道路上的关键人物，其《古意》一诗备受推崇。《珠英集》名为《古意》："卢家小妇郁金堂，海燕双栖［玳］瑁梁。九月寒砧催下叶，十年征戍忆辽阳。白狼何（河）北军书断，丹凤城南秋夜长。谁忍含愁独不见，使妾明月对流黄。"④ 全诗仅"妾"字出律。《才调集》名为《古意呈乔补

① 刘昫等：《旧唐书》卷四七，第2073页。

② 欧阳修、宋祁：《新唐书》卷六〇，第1598页。

③ 《文渊阁四库全书总目》卷一八六，第5册，第14页。

④ 徐俊：《敦煌诗集残卷辑考》，第561页。

阙知之》："织锦少妇郁金堂，海燕双栖玳瑁梁。九月寒砧催木叶，十年征戍忆辽阳。白驹河北军书断，丹凤城南秋夜长。谁知含愁独不见，使妾明月对流黄。"① "锦"、"知"、"妾"三字出律。高棅《唐诗品汇》亦名《古意》："卢家少妇郁金堂，海燕双栖玳瑁梁。九月寒砧催木叶，十年征戍忆辽阳。白狼河北音书断，丹凤城南秋夜长。谁为含愁独不见，更教明月照流黄。"② 完全合律。三者当以《珠英集》为准，崔融乃沈佺期同僚，所录当最接近原作，《才调集》应是传抄讹误，而《唐诗品汇》当是经过后人改动加工。由此可见，沈佺期亦在律化道路上摸索前进，成熟的律诗并不多见。

再次，唐人选唐诗可以辨析作品的真正归属。例如《暮秋言怀》，《全唐诗》收魏徵名下，《塞垣行》又收崔融名下，据《珠英集》，二诗实为崔湜作。再如高适的《塞上闻笛》，《全唐诗》又收宋济名下，宋济乃德宗时人，而《河岳英灵集》为盛唐诗歌选本，相距甚远，又殷璠、芮挺章几乎与高适同时，年代相近，从时间上看，选本更为可信。再如孟云卿《今别离》，又作李白《会别离》，元结《箧中集》归属孟云卿，孟云卿是元结的同乡兼好友，致误可能性较小，再者此诗悲苦抑郁，与李白诗风大相径庭，与《箧中集》诸位诗人的主体追求正相吻合。又宋代李昉《文苑英华》卷二〇三、郭茂倩《乐府诗集》卷七二、计有功《唐诗纪事》卷二五、王安石《唐百家诗选》卷六均作孟云卿，当从《箧中集》。凡此种种，不胜枚举。

最后，部分中小诗人凭借选本保存作品，知名后世。据《大唐新语》记载："刘希夷一名挺之，汝州人。少有文华，好为宫体，词旨悲苦，不为时所重。……后孙翌撰《正声集》，以希夷为集中之最。由是稍为时人所称。"③ 再如元结《箧中集》专录底层文士，"自沈公及二三子，皆以正直而无禄位，皆以忠信而久贫贱，皆以仁让而至丧亡。"④ 以沈千运为首的《箧中集》诗人贫困潦倒，漂泊江湖，生平事迹不见经传，诗歌数量少，影响有限，从古至今都未受到足够重视，绝大部分作品均赖《箧中

① 傅璇琮编撰：《唐人选唐诗新编·才调集》，第776页。

② 高棅：《唐诗品汇》卷八二，第709页。

③ 刘肃：《大唐新语》卷八，第128页。

④ 傅璇琮编撰：《唐人选唐诗新编·箧中集》，第299页。

集》流传。此外，唐朝几乎全民作诗，但是由于女性在中国古代社会的传统地位，擅诗之人亦极难有作品流传，选本则成为重要载体。高仲武《中兴间气集》卷下收录李季兰诗歌六首，韦庄《又玄集》卷下一次性收入女性诗人二十二位，作品二十九首。韦縠《才调集》有所发展，卷十除无名氏之外，专收女性诗人，共计二十六人，诗歌六十四首，人员增多，数量增加。可见凭借选本的丰富性与多样性，学者不仅能够获得全面认识唐代诗坛的重要信息，而且还可以扭转长期以来将目光过分集中于大家名家的各种偏颇。

唐诗在漫长的传播过程中或散佚失传或屡遭窜改，部分作品甚至面目全非，而唐人选唐诗多成书于唐及五代，在时间维度上最有可能保持原貌，流传至今或历经曲折重新出现的《唐人选唐诗》将为唐诗提供更为真实的研究空间。

第二节　唐人选唐诗与诗歌创作的互动

唐人选唐诗能够反映特定时期的思想倾向与社会潮流，优秀选本在取舍之间总结前人经验，指导现实创作，推动诗歌发展。唐朝创作的空前繁荣造就了选本的黄金时代，唐人选唐诗是唐代选本的最高成就，反映并影响唐文学的发展走向。唐士人胸襟开阔，目光远大，在逐步摆脱六朝束缚的过程中形成了独立的唐诗意识，涌现出大量的唐人选唐诗。由于唐诗独特风格的形成以及唐人自觉意识的确立有一个发展过程，所以最初的唐人选唐诗多是与前代诗歌的合选本，如慧净的《续古今诗苑英华集》、刘孝孙的《古今类聚诗苑》，都是对魏晋六朝选本的模仿续作。随着文学的复苏与演进，唐诗的发展呈现出明显的阶段性，唐人选唐诗亦出现断代选本，而且几乎每个创作高峰的逝去都有相应的选本紧随其后总结经验，归纳方法，为另一个高潮的到来准备条件。如孙季良的《正声集》是唐诗独立意识确立的标志，殷璠的《河岳英灵集》是盛唐气象的典型代表，高仲武的《中兴间气集》是大历诗歌复兴的反映，而晚唐韦庄的《又玄集》是通选本，视野开阔，涉及整个唐诗的发展历程，颇有总结一代诗歌的意味。

现存《唐人选唐诗》基本都能在折射诗坛现状的同时体现一丝新意，预示新的发展道路。如《翰林学士集》所录诗人皆为社会名流，除郑仁轨之外都官至五品及以上，九人曾经为相，在政治、军事、文学等方面贡献突出。作为典型的贵族文学，《翰林学士集》并未沾染脂粉气息，在延续六朝应制唱和、节令咏物等传统的同时努力摆脱宫体遗风，全集无一涉及艳情。此外，太宗好大喜功，开疆扩土，战争不断，御驾亲征，群臣随行。塞外的粗犷景色，边地的苦寒环境，诸位臣子或新奇或不适，心灵有所触动，诗歌有所表现，虽然无法彻底摆脱为文造情与无病呻吟的痼疾，但是太宗毕竟写出："昔年怀壮气，提戈初仗节。心随朗日高，志与秋霜洁。移锋惊电起，转战长河决。营碎落星沉，阵卷横云裂。一挥氛沴静，再举鲸鲵灭"[①] 的豪迈，文士亦有："幄殿清炎气，辇道含秋阴。凄风移汉筑，流水入虞琴。云飞送断雁，月上净疎林。滴沥露枝响，空濛烟壑深"[②] 的疏朗，甚至连不善作诗的长孙无忌也吟出："目极三山险，流睇百川长"[③] 的苍茫。《翰林学士集》已现磅礴气势，堪称由台阁转向江山塞漠的先驱。

《珠英集》的平民是指长期沉沦底层，四处漂泊的未第士人，自此应制唱和不再占据统治地位，从军、闺怨成为主流，底层的真挚淳朴融入上层的精美圆熟，诗歌内容、艺术形式首次出现碰撞融合，为情韵兼备的盛唐诗歌高潮的到来奠定了基础。

《正声集》是首部选择意识明确的唐人选唐诗，刘希夷、陈子昂的入选可见孙翌的非凡眼光。二人成就远超以许敬宗、上官仪、李峤、崔融为代表的各个阶段的宫廷文人，刘希夷诗歌数量居首更加凸显孙翌的气魄与实力。《正声集》的最大意义似乎在于明确的选择意识以及跨越阶层对优秀诗人的敏感挖掘和全面观照。

《国秀集》所收多为应制、唱和、送别、咏物之作，体现上流社会的审美趣味。李峤居首凸显选本对当时文坛的真实反映。对于李峤，后世著作或视为御用文人而一笔带过，或视为奸佞臣子而口诛笔伐。但唐代张说《五君咏》其三对李峤的文学地位、政治作为均持肯定态度，赞曰："李公实神敏，才华乃天授。"[④] 宋朝计有功亦称："其仕也，初与王勃、杨盈

① 太宗：《五言行经破薛举战地》，傅璇琮编撰：《唐人选唐诗新编·翰林学士集》，第 21 页。

② 上官仪：《五言辽东侍宴山夜临秋同赋临韵应诏》，傅璇琮编撰：《唐人选唐诗新编·翰林学士集》，第 15 页。

③ 长孙无忌：《五言春日侍宴望海应诏》，傅璇琮编撰：《唐人选唐诗新编·翰林学士集》，第 16 页。

④ 傅璇琮编撰：《唐人选唐诗新编·国秀集》，第 229 页。

川接，中与崔融、苏味道齐名，晚诸人没，独为文章宿老，一时学者取法焉。”[①] 李峤是当之无愧的文坛领袖，由此观之，《国秀集》至少反映出未被重新解读的初唐文坛的实际情况。

《河岳英灵集》是唐人选唐诗的巅峰之作，殷璠准确把握时代脉搏，推许“神来、气来、情来”的诗歌风貌，而“言气骨则建安为传，论宫商则太康不逮”[②] 则明确表示既要继承前人遗产又要超越前人成就。又《河岳英灵集》序言、评语并行，评语开创新的批评范式，蕴含其中的“兴象”、“声律”二说具有独立的思想价值，此后选本不再是创作的附庸，而是与创作同行的伴侣。

《箧中集》体现急切的溯源回望心态，元结历经“开元盛世”与“安史之乱”，将政治上的失望郁闷全部倾泻于文学之中，批判时弊，追复纯古，惜未能正确反映唐诗的创作实绩，但是《箧中集》超越时代的强烈写实倾向成为中唐诗歌的创作主流。

高仲武《中兴间气集》、令狐楚《御览诗》、姚合《极玄集》三部编选时间相近，是大历诗风的集中反映。高仲武提倡“体状风雅，理致清新”[③]，以赠答送别、隐逸闲居为主，僧人、女冠首次出现在选本之中。全集弥漫战乱过后的萧瑟冷落与彷徨悲戚，凸显衰飒之风，映现肃、代诗坛的基本面貌。令狐楚《御览诗》乃奉旨编撰，眼界、题材受到限制，讲究辞藻雕饰，在《翰林学士集》中已经绝迹的艳情诗卷土重来，梁锽《美人春怨》、《观王美人海图障子》，杨巨源《观妓人入道》、李愿《观翟玉妓》等具有明显的宫体特色。《御览诗》全录近体，绝句极多，显露大历至贞元诗体发展动向，并为全面审视元和诗风提供独特视角。姚合《极玄集》选诗审慎，以闲适之趣、一己悲欢为主导，政治理想、民生疾苦淡出视野，预示盛唐的激越豪迈确实已经远去。

此后的《唐诗类选》、《又玄集》、《才调集》抛开选本的阶段性，开始注重整体性，已经具有总结有唐一代诗歌流变的自觉意识。顾陶《唐诗类选》标举雅正，摒弃浮艳，将诗歌兴衰与政治得失紧密相连，承续儒家诗教传统。推崇两类诗人：第一类“挺然颓波间，得苏、李、刘、谢之风

① 计有功撰，王仲镛校笺：《唐诗纪事校笺》卷一〇，第335页。

② 傅璇琮编撰：《唐人选唐诗新编·河岳英灵集》，第108页。

③ 傅璇琮编撰：《唐人选唐诗新编·中兴间气集》，第456页。

骨，多为清德之所讽览，乃能抑退浮伪流艳之辞”[1]。以杜甫、李白成就最高。王昌龄、陈子昂、孟云卿、沈千运、韦应物、李益、高适、常建、顾况、于鹄、畅当、储光羲、孟郊、韩愈、张籍、姚合次之。第二类“爰有律体，祖尚清巧，以切语对为工，以绝声病为能”[2]。以沈佺期、宋之问、张说、张九龄、严维、刘长卿、钱起、孟浩然、司空曙、李端、皇甫曾、皇甫冉为代表，认为诸人“皆妙于新韵，播名当时，亦可谓守章句之范，不失其正者矣”[3]。《唐诗类选》成书之后似乎受到非议责难甚至威胁，致使顾陶发出“嗟乎，行年七十有四，一名已成，一官已弃，不惧势逼，不为利迁，知我以类选起序者天也”[4] 的喟叹。并在《唐诗类选后序》中补充说明道：

> 庶及生存，免负平昔，若元相国稹、白尚书居易，擅名一时，天下称为元白，学者翕翕号元和诗。其家集浩大，不可雕摘，今共无所取，盖微志存焉，所不足于此者，以删定之初。如相国令狐楚、李凉公逢吉、李淮海绅、刘宾客禹锡、杨茂卿、卢仝、沈亚之、刘猛、李涉、李璆、陆畅、章孝标、陈罕等十数公，诗犹在世，及稍沦谢，即文集未行，纵有一篇一咏得于人者，亦未称所录，僻远孤儒有志难就，粗随所见，不可殚论，终愧力不及心，庶非耳目之过也。近则杜舍人牧、许鄂州浑、洎张祜、赵嘏、顾非熊数公并有诗句播在人口，身没才二三年，亦正集未得绝笔之文，若有所（得），别为卷轴，附于二十卷之外，冀无见恨。若须待见全本，则撰集必无成功，若但泛取传闻则篇章不得其美。已上并无采摭，盖前序所谓终恨见之不遍者矣。[5]

顾陶舍弃诸人原因各异，但无一能够自圆其说。是集入选之人以初盛唐为多，舍弃之人以中晚唐为多，体现一定厚古薄今思想，未能录入者或多或少都有浅俗绮艳的倾向，与选诗标准背离当是遭到舍弃的真正原因。

---

① 顾陶：《唐诗类选序》，李昉等：《文苑英华》卷七一四，第 3686 页。

② 同上。

③ 同上。

④ 顾陶：《唐诗类选后序》，李昉等：《文苑英华》卷七一四，第 3687 页。

⑤ 同上。

《唐诗类选》是第一部唐诗通选本，李、杜同时出现，顾陶首次通过选本肯定二人在唐诗中无与伦比的崇高地位。

韦庄《又玄集》杜甫居于卷首，入选诗歌最多，这是杜甫沉寂数年之后首次在唐人选唐诗中获得关注与重视。《又玄集》未能全面展示唐诗成就，但是较为重要的大家、名家基本选入。韦庄本是著名诗人，对诗歌的体悟更加真切深刻。入选之诗如杜甫《春望》、李白《蜀道难》、王维《终南山》、常建《题破山寺后院》、李贺《雁门太守行》、张九龄《望月怀远》、高适《燕歌行》、崔颢《黄鹤楼》、杜牧《秦淮》等均传诵千古，具有一定眼光。

韦縠编撰《才调集》源于自娱，作品重见复出，混乱不堪，但是作为现存最大的唐人选唐诗，已有集唐诗之大成的追求，只是限于学识、态度未能全面展现唐诗多元的风格与丰富的成就。

综上所述，唐人选唐诗与唐诗创作呈现互相推动、共同发展的基本趋势，部分选本并非简单地反映创作实绩，一定程度甚至超越同期的诗歌创作，全面展现批评对创作的指导作用。在唐诗漫长的发展历程中，无论高潮、低谷，唐人选唐诗始终伴随左右。虽然由于历史条件、社会环境与个人能力的制约，选本存在认识模糊、把握不准的缺陷，但是基本勾勒出唐诗的发展脉络，与唐诗的繁荣呈现出相辅相成的演进轨迹。

唐人选唐诗不仅重现诗歌的发展脉络，而且借助唐人选唐诗还可以判断作家、作品在当时当世的地位影响。唐代诗坛群星璀璨，名家辈出，在历史波涛的冲击下诸位诗人或日益显赫或渐趋没落，声誉影响处于动态变化之中。试以目前流行的各类文学史观之，李、杜成就无人能及，杜甫地位更高。此外颇受重视的诗人为初唐王勃、杨炯、卢照邻、骆宾王、陈子昂，盛唐高适、岑参、王维、孟浩然，中唐元稹、白居易、韩愈、柳宗元、刘禹锡，晚唐杜牧、李商隐、温庭筠、韦庄等。今人以现代理念看待古人，构建理论体系，再以此为起点反观唐人的评价系统，衡量唐人选唐诗的价值，由于政治环境、社会思潮、文学水平的变化，古今评价差距极大，今人訾议古人之声不绝于耳。最典型的案例莫过于杜甫，历经宋代的“千家注杜”与元、明、清“杜诗学”的盛况空前，杜甫地位飙升至无与伦比的境界，延及现代多位学者指责唐人选唐诗对杜甫的漠视，并由此判定编者的眼光与选本的档次，可谓跨越千年苛求古人认同当前观点，是对唐人的曲解。审视现存“唐人选唐诗”，除去残卷难窥全貌，仅能确信

《唐诗类选》与《又玄集》选录杜诗，胡震亨《唐音癸签》指出："宋人以诸选多不载杜甫、李白，为有意尊之，此又非也。国秀成于天宝三载，白入长安未久，甫则漂泊东都齐鲁间，名尚未起，何从知而尊之？英灵之选稍后，故有白仍无甫。他南熏、御览、间气、极玄，例皆选中叶之诗，盛时诸家多不入，不独李、杜也。惟顾陶类选，则取冠李、杜。韦縠才调，更有李无杜，才若有意独尊之者。"[①] 有一定道理，但以尊杜为出发点解释弃杜并不客观。杜甫遭到舍弃固然有交通不便阻碍传播或不属预定时间范围等客观原因，但是杜甫在唐代被忽视是普遍现象，明清以来各种解释牵强附会，难以令人信服。偶被遗忘是个人原因，屡被遗忘当是社会原因，选本似乎表明杜甫在唐代的影响尚未达到后人臆想的高度。再者部分唐人选唐诗的编者并未将选本当作人生大事，仅视为业余爱好或休闲方式，较少希望通过选本批判现实，若从儒家诗教观念出发，杜诗无疑最为符合，但从诗教出发的选本少之又少，杜甫被舍弃在所难免。

以现存唐人选唐诗观之，影响最大的诗人当是王维。王维久居帝都，声名煊赫，被代宗誉为"天下文宗"。而"代宗对王维的评价不是一个普通读者对一位普通诗人的看法，这一评价折射了当时最高统治者对文学创作的政治态度和审美情趣。从朝廷政治的角度看，典雅平和的王维诗歌是代宗眼里的新经典。从日常生活的角度看，王维诗歌反映了盛唐时代贵族阶层的审美标准和艺术趣味。从而可以说在盛唐诗人中，只有王维才最符合封建帝王及其政权对文学的政治要求和审美期待"[②]。亦如邓乔彬所言："王维得到唐代宗的'文宗'称誉，除了'待以酬奉'表现出特有的盛唐气象外，帝都文化的主要方面都呈现在他的诗中，而作为长安文化进与退的边塞文化与隐逸文化也在他的边塞诗和山水田园诗中得到很好表现。唐人的主要唐诗选本都高度评价王维，艺术趣尚之外尚有潜在的道德内容在，王维符合儒家的'中道'标准，即使因为人柔弱而陷贼受伪职，也得到后人的谅解，这是对王维虽是文苑中人却具儒林传统的肯定。李、杜之所负时誉不及王维，是因为李白在长安文化之外，杜甫在长安文化之

① 胡震亨：《唐音癸签》卷三一，第268页。

② 孙明君：《天下文宗　名高希代——唐代宗期待视野中的王维诗歌》，《陕西师范大学学报》（哲学社会科学版）2007年第5期。

后。"[①] 得到统治阶层青睐的王维堪称多部唐人选唐诗的灵魂人物，诗歌入选《河岳英灵集》十五首、《国秀集》七首、《极玄集》三首、《又玄集》四首、《才调集》两首，不仅是入选频率最高的诗人之一，也是最受推崇、地位最稳固的诗人之一。《河岳英灵集》序称："粤若王维、昌龄、储光羲等二十四人，皆河岳英灵也，此集便以《河岳英灵》为号。"[②] 王维位居盛唐诗人之首，与《旧唐书》本传所言："天宝中诗名冠代"[③] 正相符合。杜甫《解闷》称赞王维"最传秀句寰区满，未绝风流相国能"[④]。殷璠指出："维诗词秀调雅，意新理惬，在泉为珠，著壁成绘，一句一字，皆出常境。"[⑤] 评价明显高于"故其为文章，率皆纵逸。至如《蜀道难》等篇，可谓奇之又奇。然自骚人以还，鲜有此体调也"[⑥] 的李白。目前"唐诗研究界大都认为，对大历至兴元（784）时期的诗歌影响最大者为王维，这同王维长期居于诗坛中心，在盛唐时诗名最盛有关，应无疑问。就对大历至兴元时期诗歌的影响而言，李白不如王维，杜甫更不如李白。但到了贞元、元和时，随着李杜诗歌的广泛流传，他们对当时诗歌的影响便超过了王维"[⑦]。这也是王维诗歌在其后选本中数量逐渐减少的原因之一。姚合《极玄集》以王维统领全书，是集专录大历诗人，盛唐只有王维、祖咏二人，王维《送晁监归日本》亦是《极玄集》的压卷之作。"姚合编选《极玄集》，以王维诗居首，称为'诗家射雕手'，后面选的大抵都是王维一派诗人的作品。"[⑧] 集中诸位诗人或多或少都与王维有一定关系，位居第二的祖咏是王维"结交二十载"的挚友，诗风极其相似。邹云湖曾经指出："王、祖二人虽是盛唐诗人，但二人的诗风实开中唐江南诗人群体的家数。"[⑨] 中唐主要有两大诗人群体："一是以长安和洛阳为

---

① 邓乔彬：《长安文化与王维诗》，《文学评论》2001 年第 4 期。

② 傅璇琮编撰：《唐人选唐诗新编·河岳英灵集》，第 107 页。

③ 刘昫等：《旧唐书》卷一九〇下，第 5053 页。

④ 杜甫：《解闷十二首》其八，浦起龙：《读杜心解》卷六，第 853 页。

⑤ 傅璇琮编撰：《唐人选唐诗新编·河岳英灵集》，第 128 页。

⑥ 同上书，第 120—121 页。

⑦ 陈铁民：《唐代的诗坛中心与诗人的地位及影响》，《唐代文学研究》（第八辑），第 101 页。

⑧ 复旦大学中文系古典文学教研组：《中国文学批评史》，上海古籍出版社 1964 年版，第 330 页。

⑨ 邹云湖：《中国选本批评》，第 44 页。

中心，那就是钱起、卢纶、韩翃等大历十才子诗人，他们的作品较多地呈献当时的达官贵人。一是以江东吴越为中心，那就是上文所举的刘长卿、李嘉祐等人，他们的作品大多描写风景山水。”① 两位领袖钱起、刘长卿均受王维的影响，翁方纲《石洲诗话》指出：“仲文、文房皆浥右丞余波耳。”② 钱起号为“大历十才子”之冠，曾与王维诗歌唱和，长久以来被视为王维传人。王士禛《戏仿元遗山论诗绝句三十六首》其八曰：“中兴高步属钱郎，拈得维摩一瓣香。”③ 又沈德潜《唐诗别裁集》曰：“仲文五言古仿佛右丞，而清秀弥甚。然右丞所以高出者，能冲和能浑厚也。”④ 都认为钱起与王维一脉相承。与钱起并称的郎士元亦同，“钱仲文、郎君胄大率衍王、孟之绪。”⑤ 李端被誉为“才子中的才子”⑥，其诗歌创作“自然处犹近摩诘”⑦。皇甫曾“善诗，出王维之门”⑧。诗僧中成就最高者当为皎然，而“前期的皎然，才是王维的真正的嫡裔。他以相似的禅宗观照方式及由此决定的表现方式，达到了王维的境界”⑨。赵昌平通过分析王维《青溪》与皎然《渡前溪》二者的表现手法与诗歌韵味，指出“皎然一派诗人脱胎于王孟与大历十才子，他们的部分作品中仍保有与后者相近的格调，但是在更多的诗中却表现出一种新的动向，即由王孟之流的清丽、清空，演变为清逸、清狂”⑩。认为皎然一派对王维继承之中又有创新。

此外，唐人选唐诗中未录王维的选本亦表现出对王维强烈的追慕之心，《中兴间气集》不选王维，但全集以王维为选择标准，是集“上卷与

---

① 傅璇琮：《唐代诗人丛考·李嘉祐考》，中华书局1980年版，第232页。

② 翁方纲：《石洲诗话》卷二，人民文学出版社1981年版，第54页。

③ 王士禛：《戏仿元遗山论诗绝句三十六首》，《带经堂集》卷一四，《清代诗文集汇编》，上海古籍出版社2010年版，第134册，第103页。

④ 沈德潜：《唐诗别裁集》卷三，上海古籍出版社1979年版，第89页。

⑤ 刘熙载：《艺概·诗概》卷二，上海古籍出版社1978年版，第62页。

⑥ 蒋寅：《大历诗人研究》，中华书局1995年版，第205页。

⑦ 沈德潜：《唐诗汇评》，第1492页。

⑧ 傅璇琮主编：《唐才子传校笺》（第1册）卷三，中华书局1987年版，第570页。

⑨ 蒋寅：《大历诗人研究》，第355页。

⑩ 赵昌平：《从王维到皎然——贞元前后诗风演变与禅风转化的关系》，《中华文史论丛》1987年第2、3期合刊（总第四十二期）。

下卷，分别是以王维衣钵的继承者——钱起、郎士元为卷首开端”①。而大历时期最具规模也最有成就的是“集中在长安和江南的两大诗人群落，一是以‘大历十才子’为代表的京城群落，一是以刘长卿、张继、李嘉祐为代表的江南诗人群落。此两大诗群创作的题材多写景吟物，风格清雅婉丽，均表现出追步王维的自觉”②。再看高仲武的评价，钱起：“文宗右丞，许以高格，右丞没后，员外为雄。”③ 郎士元：“右丞以往，与钱更长。……两君体调，大抵欲同。”④ 对钱、郎的肯定更是对王维的赞许。“高仲武的《中兴间气集》作为探视一个时代美学趣尚的标本，顺应时代的要求，迎合大众接受的意志，全面展示出大历时期清雅雍容的诗风主流，生动地标示出高氏的‘风雅’观，表现了选家心仪王维而以王维趣味为趣味所作出的美学选择，客观上反映了盛、中唐过渡时期的王维接受状况。”⑤

王维之外，王昌龄较为重要。唐《琉璃堂墨客图》称王昌龄为“诗夫子”。宋刘克庄《诗话新集》曰：“唐人《琉璃堂图》以王昌龄为诗天子，其尊之如此。”⑥ 元辛文房《唐才子传》曰：“昌龄工诗，缜密而思清。时称‘诗家夫子王江宁’”⑦，对于王昌龄的“诗天子”、“诗夫子”之争，卞孝萱指出：“‘诗夫子’是诗天子之误。‘夫’与‘天’形似易讹。天子、宰相、大夫，是一整套的名称，不应有‘夫子’混杂其间。”⑧ 从之。王昌龄在唐代被誉为诗天子，尊崇若此，其影响在唐人选唐诗中亦有表现。《国秀集》录诗五首、五古四首、七绝一首。《河岳英灵集》录诗十六首、五古十二首、七绝三首、杂言一首。《河岳英灵集》选录王昌龄诗歌最多，对其评价甚高：“元嘉以还，四百年内，曹、刘、陆、谢，

---

① 王志清：《从〈中兴间气集〉看盛、中唐过渡期的王维接受》，《文学遗产》2008 年第 6 期。

② 同上。

③ 傅璇琮编撰：《唐人选唐诗新编 · 中兴间气集》，第 463 页。

④ 同上书，第 493 页。

⑤ 王志清：《从〈中兴间气集〉看盛、中唐过渡期的王维接受》，《文学遗产》2008 年第 6 期。

⑥ 刘克庄撰，王蓉贵、向以鲜校点：《后村先生大全集》卷一八三，四川大学出版社 2008 年版，第 4631—4632 页。

⑦ 傅璇琮主编：《唐才子传校笺》（第 1 册）卷二，第 258 页。

⑧ 卞孝萱：《冬青书屋文存》，陕西人民出版社 2008 年版，第 145 页。

风骨顿尽。顷有太原王昌龄、鲁国储光羲，颇从厥迹。且两贤气同体别，而王稍声峻。"[1] 评语之中引用王诗九处，除两处残句难窥全貌外，其余七处分别出自《放歌行》、《过华阴》、《出郴山口至叠石湾野人室中寄张十一》、《郑县宿陶太公馆中赠冯六元二》、《失题》、《小敷谷龙潭祠作》、《代扶风主人答》，全为五言古诗，殷璠赞曰："斯并惊耳骇目。今略举其数十句，则中兴高作可知矣。"[2] 以上二书《国秀集》成于天宝三载，《河岳英灵集》成于天宝十二载，收录诗歌均以五言古诗为主，可见初盛唐王昌龄五古更受重视。此外，王昌龄撰有《诗格》一书，在"十七势"与"论文意"部分列举自己的五言诗歌《寄驩州诗》、《见谴至伊水诗》、《题上人房诗》、《送别诗》、《上同州使君伯诗》、《上侍御七兄诗》等共计三十三处[3]，《诗格》主要探讨五言诗歌的创作方法，王昌龄亲自编写诗论指导创作，可见五言在其生涯中的独特性与重要性。此后，《唐写本唐人选唐诗》录王昌龄诗七首，五古一首，七绝四首，杂言二首。《唐诗类选》入选数目不详，《又玄集》录七绝 1 首，《才调集》录诗五首、五古一首、七绝三首、五律一首。五古迅速减少，七绝优势显现，可见中晚唐王昌龄的七绝更受欢迎，其"七绝圣手"的雅号当为后出，唐人选唐诗中王昌龄入选作品的变化亦能体现唐诗由古体向近体的演变历程。

综上所述，王维、王昌龄的声名在一定时期内超过李白、杜甫二人。再如目前极受重视的初唐四杰，仅在《搜玉小集》中各录一首，又如一

---

① 傅璇琮编撰：《唐人选唐诗新编·河岳英灵集》，第 182 页。

② 同上书，第 183 页。

③ 王昌龄《诗格》所引诗歌部分题名内容俱存，部分仅存残句，具体如下：《寄驩州诗》、《见谴至伊水诗》、《题上人房诗》、《送别诗》（春江愁送君）、《送别诗》（河口饯南客）、《上同州使君伯诗》、《上侍御七兄诗》、《登城怀古诗》、《客舍秋霖呈席姨夫诗》、"孤烟曳长林，春水聊一望"、《送鄢赍觐省江东诗》、《宴南亭诗》、《留别诗》、《代扶风主人答》"杀气凝不流，风悲日彩寒。浮埃起四远，游子弥不欢"、《旅次周至过韩七别业诗》、《赠李侍御诗》、"眇默客子魂，倏铄川上晖。还云惨知暮，九月仍未归"、"迁客又相送，风悲蝉更号"、《送李邕之秦诗》、《山行入泾州》、《缑氏尉沈兴宗置酒南溪留赠》、《送别诗》"醉后不能语，乡山雨氛氛"、"日夕辨灵药，空山松桂香"、"墟落有怀县，长烟溪树边"、《送韦十二兵曹》、"时与醉林壑，因之惰农桑。槐烟稍含夜，楼月深苍茫"、"桑叶下墟落，鹍鸡鸣渚田。物情每衰极，吾道方渊然"、"青桂花未吐，江中独鸣琴"、"还舟望炎海，楚叶下秋水"、《长歌行》、《塞下曲》、《代扶风主人答》"去时三十万，独自还长安。不信沙场苦，君看刀剑瘢"、《岳阳别李十七越宾》共计三十三处。

代宗师韩愈仅在《又玄集》之中录入两首，柳宗元从未入选，说明唐人的认识与今人差别极大。今人对唐人选择标准的揣测尤其是对经过历史选择的大家、名家的诸多质疑已经脱离唐代实际，以“唐人选唐诗”观之，部分诗人在文学史上的地位需要重新阐释。

第三节 文学价值与批评价值

韦勒克在《近代文学批评史》一书中指出文学“需要批评来提供理解、筛选和评判”①。文学与批评应当共同前进。唐人选唐诗作为一种文学现象，其选与不选、数量多少、排序前后、序言总述等均蕴含强烈的批评意识，是唐代诗学的重要组成部分。唐人选唐诗与唐诗创作的同步性以及选录诗歌的实时性可以相对客观地保存未被后人重新解读甚至误读的作家作品，因此在批评史上具有重大的现实意义。

1. 唐人选唐诗揭示唐诗的发展历程，古体→近体，五言→七言，为文学体裁的内部演变提供佐证。早期唐人选唐诗以五言古体为主，《翰林学士集》录诗五十一首，八首四言，四十三首五言，完全合律的诗歌两首，占百分之三点九。《珠英集》存诗五十二首，一首四言，四十五首五言，四首七言，二首杂言，完全合律的诗歌四首，占百分之七点七。《正声集》已佚，录诗以刘希夷为最，《全唐诗》存刘希夷诗一卷，共计三十五首，五言二十七首，新体诗十一首②。目前所知陈子昂入选十首，《全唐诗》存诗两卷，共计一百二十八首，五言一百二十二首，新体诗五十六首③，则《正声集》选诗似应以五言古体为主。《搜玉小集》存诗六十一首，五言四十五首，七言十二首，杂言四首，五言比例有所下降，符合七言逐渐崛起的趋势，完全合律的诗歌已达二十三首，占百分之三十七点七，其中五律十五首，五绝三首，七律两首，七绝一首，近体增多。

殷璠《丹阳集》散佚严重，据陈尚君统计：“今知确收入《丹阳集》之诗，共二十首又二十六句。二十首中有五古八首，五律八首，七律一

① ［美］雷纳·韦勒克著，杨岂深、杨自伍译：《近代文学批评史》第五卷和第六卷导言，上海译文出版社 1987 年版，第 20 页。

② 杜晓勤：《齐梁诗歌向盛唐诗歌的嬗变》，北京大学出版社 2009 年版，第 102 页。

③ 同上书，第 98 页。

首，五绝三首。三首五绝，有可能是从五古中节录出来的。二十六句中，可推知十二句为五古零句，二句为七古，十句为五律，二句为七律。据此可知，该集收诗古体多于近体，五言超过七言。”[①] 殷璠又有《河岳英灵集》，录诗二百二十八首，据蒋寅的不完全统计其中五古一百零七首，五律二十九首，五排十一首，五绝六首，七古二十首，七律一首，七绝十首[②]，五言与古体仍占绝对优势。殷璠的两个选本全部显现崇尚古体的倾向，当是盛唐前期的真实反映，盛唐后期格律规则渐趋成熟，近体创作开始普及。正如李泽厚所言：“如果说，以李白、张旭等人为代表的‘盛唐’，是对旧的社会规范和美学标准的冲决和突破，其艺术特征是内容溢出形式，不受形式的任何束缚拘限，是一种还没有确定形式、无可仿效的天才抒发。那么，以杜甫、颜真卿等人为代表的‘盛唐’，则恰恰是对新的艺术规范、美学标准的确定和建立，其特征是讲求形式，要求形式与内容的严格结合和统一，以树立可供学习和仿效的格式和范本。如果说，前者更突出反映新兴世俗地主知识分子的‘破旧’、‘冲决形式’；那么，后者突出的则是他们的‘立新’、‘建立形式’。”[③] 相较而言盛唐诗人更加擅长自由奔放的古体，此后近体蓬勃发展逐步走向兴盛，选本面貌随之发生改变。

高仲武《中兴间气集》录诗一百四十二首，近体为主，七言仅十六首[④]，五律迅速增长，超过半数。令狐楚《御览诗》录诗二百八十六首，全为近体，诗人作品基本按照五律、五绝、七律、七绝的顺序排列。其中五律一百零九首[⑤]，五绝五十七首，七绝一百零七首，七律十二首，七言共计一百一十九首，占百分之四十一点六，以全集观之，五言与七言几呈

---

① 陈尚君：《殷璠〈丹阳集〉辑考》，《唐代文学丛考》，中国社会科学出版社 1997 年版，第 240—241 页。

② 蒋寅：《从〈河岳英灵集〉到〈中兴间气集〉——关于大历诗风演变的抽样分析与假说》，《广西师范大学学报》（哲学社会科学版）1988 年第 4 期。

③ 李泽厚：《美的历程》卷七，第 142 页。

④ 即钱起《阙下赠裴舍人》、《山中寄时校书》，李嘉佑《送从弟永任饶州录事参军》，皇甫冉《送李录事赴饶州》、《秋日东郊作》、《少师韦鍊师升仙歌》，郎士元《送孙侍郎往容府宣慰》，崔峒《题桐庐李明府官舍》、《同从季卿晴江极目》，张继《夜宿松江》，刘长卿《送严士元》、《题郑山人别业》，李季兰《从萧叔子听弹琴赋得三峡流泉歌》，灵一《雨后欲寻天目山问元骆二公溪路绝句》，张南史《陆胜宅秋雨中探韵同作》，皇甫曾《早朝日寄所知》。

⑤ 包括李益《观回军三韵》（五言六句）在内。

平分秋色之势。姚合《极玄集》录诗一百首，除韩翃《少年行》、《羽林骑》、朱放《送张山人归》（三首）为七言绝句外全为五言，其中五律八十六首，五律的独领风骚既是姚合独特爱好的反映，亦是追求清雅闲淡的大历诗人的共同选择。“在诗歌的体式方面，大历诗人较重视近体，较重视五言，总的来说，他们古体的成就不如近体，七言的成就不如五言，长篇的成就不如短章。他们写的最好的是五律，其次是七律、五绝，七绝也有些出色的作品，乐府和古体诗较一般。”① 以上三部以大历为主的选本真实地反映当时诗坛的创作实绩。

韦庄《又玄集》录诗二百九十七首，视野开阔，横跨初、盛、中、晚四个时期，涉及古体、律诗、绝句、乐府、杂言等各种体裁，其中五律一百一十八首，七律九十五首、七绝三十四首、五绝九首，五律、七律数量最多。《才调集》录诗一千首，近体居多，崇尚七言。《才调集》充分利用已有的唐诗总集、选本，其中以抄录《又玄集》较为明显。韦縠极喜七言，突出表现在二书重合的诗人身上。《才调集》参阅《又玄集》的同时有所增减，舍弃之诗多为五言，增加之诗多为七言。例如清江，《又玄集》录七言《赠淮西贾兵马使》与五言《长安卧病》，《才调集》只录《赠淮西贾兵马使》。雍陶，《又玄集》录五言《送友人罢举归东海》、七言《鹭鸶》，《才调集》只录《鹭鸶》。刘得仁，《又玄集》录五言《哭丁侍郎》、《宿宣义里池亭》、七言《悲老宫人》，《才调集》只录《悲老宫人》。再如韩琮，《又玄集》录《春愁》、《公子行》、《骆谷晚望》、《暮春送客》四首，《才调集》全同，补充《二月二日游洛源》、《题商山店》两首七言。刘禹锡，《又玄集》录入《寄乐天》、《鹦鹉》、《和乐天送鹤》三首，《才调集》全同，增加《自郎州至京戏赠看花诸君子》、《再游玄都观》、《听旧宫人穆氏唱歌》、《杨柳枝词三首》、《竹枝词三首》九首七言。此外，尚有同一诗人《又玄集》选五言，《才调集》选七言的情况，如钱起，《又玄集》录入三首五言：《宿洞口馆》、《裴迪书斋玩月》、《宿毕侍御宅》，《才调集》录入一首七言：《阙上赠裴舍人》。再如李颀，《又玄集》为五言《渔父歌》，《才调集》为七言《放歌行答从弟墨卿》，如此等等，不一而足。

综上所述，由于选家受到自身爱好与学识眼光的影响，唐人选唐诗中五言与七言，古体与近体的发展呈现出一定的反复性，但是基本显示出由古体

① 蒋寅：《大历诗人研究》，导论第1—2页。

向近体演变的趋向，具体表现为由初盛唐的五古向中晚唐的五律过渡，七言贯穿其间并且日益壮大。终唐一世，五律在各个历史时期均占据重要位置，当与科举制度紧密相关，因为“五律与五言八韵的试贴最近，做五律即等于做功课”①。此外，五言更是近体战胜古体的突破口，李珍华、傅璇琮曾经指出：“中国古典诗歌一般是两句一联。以五言诗为例，古体诗，一般来说，其诗意需靠全联的十字来表达，而新体诗则往往同一联中的单句可以独立。一般说来，贯通十字的古体诗的联语意偏于动态的流贯，而五字一顿的新体诗的联语偏于静态的细味。故五言古体诗比较适合于叙事和表达充沛、激昂的感情，而五言新体诗则长于抒情和表达宛转缠绵的感情。成功的五言古诗给人的具体印象是亲切自然，而成功的五言新体诗给人的是典重严肃。”② 唐诗创作在“安史之乱后”发生重大改变，紧随其后的一系列政治事件导致昂扬激进的社会风貌被冷落萧索的悲凉心态取代，精致凝练长于表达幽静之美的近体最终战胜气势磅礴长于表达灵动之美的古体成为主导，这也是初盛唐与中晚唐诗人在精神领域的巨大区别。唐人选唐诗是唐诗创作的实时反映，更是思潮转向与诗人蜕变的外在表现。

2. 唐人选唐诗再现诗歌复古与革新理论的互动与碰撞。复古与革新的交替往复是推动文学体裁内部运动的重要途径，魏晋时期文学自觉，文学创作开始自觉或半自觉的走上革新道路，唐诗即在复古与革新的屡次论争中走向高潮，唐人选唐诗亦循此径徘徊前进。

早期的唐人选唐诗几乎都能在继承前人的基础上体现一丝新意，《翰林学士集》基本延续陈隋宫廷形式主义遗风，然而诸人的台阁创作已经彻底摆脱艳情，征战、应制之作已现边塞豪情，六朝雕琢华美的表象尚在，实质内容已经发生变化。《珠英集》是近体律诗崛起的标志，底层文士与上层官吏的会聚交流使得民间的风骨与宫廷的声律初步融合。《正声集》似为首部摆脱宫廷束缚的平民选本，孙翌打破等级界限，失意文人群体出现于选本之中。由于科举制度的推行，诗歌创作走上大众化之路，对于普通民众而言应制唱和遥远陌生无法想象，咏史咏物在艰辛奔波的人生旅途中显得苍白空虚。而陈子昂的忧愤，刘希夷的落拓更加贴近生活，更显亲切熟悉，《正声集》的出现令人耳目一新。唐初诗歌内容与形式的革新正

---

① 闻一多：《贾岛》，闻一多：《唐诗杂论》，第36页。

② 李珍华、傅璇琮：《河岳英灵集研究》，中华书局1992年版，第61—62页。

以极其缓慢的速度进行，及至陈子昂发出有唐以来第一次振聋发聩的复古呼声，“文章道弊五百年矣。汉、魏风骨，晋、宋莫传，然而文献有可征者。仆尝暇时观齐、梁间诗，彩丽竞繁，而兴寄都绝。”高度赞扬“骨气端翔，音情顿挫，光英朗练，有金石声”① 的作品。陈子昂的复古实绩加快了革新的脚步，唐诗选本随之出现转折。

殷璠《河岳英灵集》批评前代诗歌“言常有余，都无兴象，但贵轻艳。虽满箧笥，将何用之”②？要求建立“既闲新声，复晓古体，文质半取，风骚两挟，言气骨则建安为传，论宫商则太康不逮”③ 的审美理想，以复古求革新，主张吸收前朝优点的同时肯定当代创作，堪称是陈子昂复古思想在选本文学中的成功实践，殷璠通过《河岳英灵集》呼应复古实绩，是盛唐气象在批评史上的一次完美展示。

如果说殷璠以复古求革新，元结则是单纯复古，“安史之乱”扭转唐诗的创作轨迹，文学功利观念重新走入诗坛。“元结作《箧中集》，或问曰：‘公所集之诗，何以订之?’对曰：‘风雅不兴，几及千岁，溺于时者，世无人哉。’”④《箧中集》仅录古体，无视盛唐诗歌的巨大成就，跨越汉魏追复先秦，片面倡导古淡质朴。元结对上古文学的过度迷恋导致其诗歌理论脱离时代，走向偏执，在极端复古之中未能找到出路。

其后《御览诗》更以革新之名走复古之路，“其诗惟取近体，无一古体，即《巫山高》等之用乐府题者，亦皆律诗。”⑤ 然而内容轻艳，甚至出现《美人春卧》等带有明显宫体色彩的诗歌。孟二冬指出：“从诗歌发展史的角度来看，肃、代时期，尤其是大历之诗，虽然接武盛唐，但已经开始透露出向齐梁回归的迹象。”⑥ 晚唐更是“沿着中唐这一条线，走进更为细腻的官能感受和情感色彩的捕捉追求中”⑦。《又玄集》与《才调集》即是齐梁诗风强势回归的表现，可贵的是二集并未选录风靡一时的香

① 陈子昂：《修竹篇并序》，陈子昂撰，徐鹏校点：《陈子昂集》卷一，第15页。

② 傅璇琮编撰：《唐人选唐诗新编·河岳英灵集》，第107页。

③ 同上书，第108页。

④ 傅璇琮编撰：《唐人选唐诗新编·箧中集》，第299页。

⑤ 《文渊阁四库全书总目》卷一八六，第5册，第9页。

⑥ 孟二冬：《论高仲武〈中兴间气集〉》，《北京大学学报》（哲学社会科学版）1999年第4期。

⑦ 李泽厚：《美的历程》卷八，第159页。

艳诗歌，创作出现堕落一途，选本并未随之坠入深渊，体现唐人选唐诗对唐诗走向的正确把握。

唐代诗歌的复古与革新呈现曲线前进的模式，革新始于六朝，初唐沿袭，盛唐反驳，中唐批判，晚唐回归。回归亦是复古的一种表现形式，只是经过螺旋上升的复杂过程，回归之后的六朝遗风洗尽铅华，绮艳深入骨髓，感情净化升华，语言凝练精美，为创作注入活力，为革新提供可能。

3. 唐人选唐诗凸显诗歌教化功能与审美功能交替进行的演变历程。中国传统文化重视诗歌的道德教化作用，子曰："诗，可以兴、可以观、可以群、可以怨。"[①] 诗歌诞生之初即被定位为抒发情志、观察社会、结交朋友、怨刺上政。其后《毛诗大序》阐发更加详细："诗者，志之所之也。在心为志，发言为诗，情动于中，而形于言，言之不足，故嗟叹之，嗟叹之不足，故永歌之，永歌之不足，不知手之舞之足之蹈之也。情发于声，声成文谓之音，治世之音安以乐，其政和，乱世之音怨以怒，其政乖，亡国之音哀以思，其民困。故正得失、动天地、感鬼神，莫近于诗。先王以是经夫妇、成孝敬、厚人伦、美教化、移风俗。"[②] 该说成为诗歌创作的灵魂，时刻萦绕文人心间。

唐诗创作达到高峰，诗歌功用随着政治形势、社会环境的巨变而发生变化。初唐诗坛以宫廷为中心，以帝王为导向，游览宴集，歌功颂德，娱乐之风盛行，讽谏美刺尽失，出现《翰林学士集》专收应制唱和作品的选本。

盛唐高唱理想，扫除流弊，诗歌在抒写性情一途倾泻。"武德初，微波尚在。贞观末，标格渐高。景云中，颇通远调。开元十五年后，声律风骨始备矣。"[③] 诗歌创作的浑然天成彻底超越教化、审美界限，将二者完美结合至无迹可寻的境界，《河岳英灵集》更成为集反映社会现状与兴象风骨于一体的优秀选本。而与其时间相当的《国秀集》则更倾向于凸显诗歌的审美娱乐功能，芮挺章推崇陆机"诗缘情而绮靡"的文学主张，追求"彩色相宜，烟霞交映，风流婉丽"[④] 的风格，选录作品多为游览、送别、赠答、咏物之作，基本脱离教化。

① 杨伯峻：《论语译注·阳货篇第十七》，第 185 页。

② 阮元校刻：《十三经注疏·毛诗正义》卷一，第 269—270 页。

③ 傅璇琮编撰：《唐人选唐诗新编·河岳英灵集》，第 107 页。

④ 傅璇琮编撰：《唐人选唐诗新编·国秀集》，第 217 页。

“安史之乱”的爆发彻底颠覆大唐盛世的辉煌，士人强烈的忧患意识致使诗歌的批判功能被无限放大，通过诗歌改良社会、教化臣民、巩固统治的呼声不断。《箧中集》作为第一部面对“安史之乱”的选本，彻底否定盛唐成就，“近世作者，更相沿袭，拘限声病，喜尚形似，且以流易为词，不知丧于雅正。然哉彼则指咏时物，会谐丝竹，与歌儿舞女，生污惑之声于私室可矣。若今方直之士，大雅君子，听而诵之，则未见其可矣。”① 元结认为当时诗歌都是淫词艳曲，于个人不能陶冶情操，于社会不能拯救危难，完全抹杀诗歌的审美娱乐功能，将教化功能视为诗歌的本质特征与最高追求。

其后令狐楚《御览诗》与《箧中集》背道而驰，直视社会现实之作无一入选，面对中唐的动乱凄苦，《御览诗》毫无反应，汇集“研艳短章”，脱离美刺教化传统，遭到指责：“专录此轻艳浮靡之词，以导上于游佚，其失职甚矣！”②

《中兴间气集》是继《河岳英灵集》之后的另一选本典范，教化、审美并重，高仲武序曰：“古之作者，因事造端，敷弘体要，立义以全其制，因文以寄其心，著王政之兴衰，表国风之善否，岂其苟悦权右，取媚薄俗哉！今之所收，殆革前弊。但使体状风雅，理致清新，观者易心，听者竦耳，则朝野通取，格律兼收。”③ 明确指出诗歌应当正直典雅，批判时政。惜高氏以消极冷漠的眼光看待残破社会，反映现实并不全面深刻，但毕竟对漠视灾难一味娱情的诗风有一定的纠正。

姚合《极玄集》选录具有“阴黯情调的五言律诗”④，以独特的笔触表达衰败战争造成的小人物的悲戚离乱，囿于个人经历审视世间百态，感伤哀怨之情充溢其间，但与广阔的社会现实存在较大疏离感。《极玄集》主要发挥诗歌的审美功能，偶尔闪现些许现实的酸楚疲惫。

顾陶《唐诗类选》着力甚深，历时三十年编成，态度端正，目的明确，希望重建诗歌的教化功能：“在昔乐官采诗而陈于国者，以察风俗之邪正，以审王化之兴废。得刍荛而上达，萌治乱而先觉。诗之义也，大

---

① 傅璇琮编撰：《唐人选唐诗新编·箧中集》，第299页。

② 傅增湘：《藏园群书题记》卷一九，上海古籍出版社1989年版，第939页。

③ 傅璇琮编撰：《唐人选唐诗新编·中兴间气集》，第456页。

④ 闻一多：《贾岛》，闻一多：《唐诗杂论》，第35—36页。

矣，远矣，肇自宗周，降及汉魏，莫不由政治以讽谕，系国家之盛衰。作之者有犯而无讳，闻之者伤惧而鉴诫，宁同嘲戏风月，取惧流俗而已哉？晋宋诗人，不失雅正，直言无避，颇遵汉魏之风，逮齐梁陈隋，德祚浅薄，无能激切于事，皆以浮艳相夸，风雅大变，不随流俗者无几，所谓亡国之音哀以思，王泽竭而诗不作。吴公子听五音知国之兴废，匪虚谬也。"[①] 然而顾陶的大声疾呼与身体力行很快就被更为紧迫混乱的现实所湮没。

历经唐朝的大起大落，诗人的政治激情消退，理想光辉幻灭，选本全面转向娱情。"时代精神已不在马上，而在闺房；不在世间，而在心境。"[②] 韦庄《又玄集》推崇"清词丽句"，而"清丽是文学自觉后的一种审美趋向"[③]。外在的政治、历史淡出视野，内向的情感、体悟成为主导，浅斟低唱，杯酒流连，琐碎细腻的个人生活全面侵入选本。诗歌的实用性、功利性迅速萎缩，审美性、文学性益发凸显。《才调集》是晚唐娱乐之风在选本中的延续，韦縠以"或闲窗展卷，或月榭行吟"[④] 的悠闲心态回顾唐诗发展历程，编辑通代选本，追求"韵高而桂魄争光，词丽而春色斗美"[⑤]。同时强调"但贵自乐所好，岂敢垂诸后昆"[⑥]。主观愿望是自娱自乐，与家国兴亡无关，更无明确的救补时弊的政治意图，纯属个人休闲消遣。韦縠本非知名诗人，文学修养并不特出，选择眼光亦不出众，致使《才调集》不仅忽视教化，甚至于审美也不甚在意，抒写性情的倾向也相应减弱，诗歌的审美、教化功能均呈衰退之势。晚唐家国不堪回首，报国无门的绝望消解了时人的教化意识，文人彻底摆脱政治的束缚，梦想破碎，仕进无望，科举不第、羁旅愁思、民生凋敝不再是吟咏重心，游冶之乐、男女之情再次活跃，娱乐艳情得到前所未有的张扬与发泄，诗歌的教化功能遭到舍弃，审美功能遭到扭曲，唐诗创作与唐人选唐诗双双走向衰落。

4. 唐人选唐诗凸显诗歌与音乐的密切关系，体现诗、词之间的渗透交融。唐朝音乐空前繁荣，《新唐书·礼乐志》曰："至唐，东夷乐有高

① 顾陶：《唐诗类选序》，董诰：《全唐文》卷七六五，第7959页。

② 李泽厚：《美的历程》卷八，第159页。

③ 罗宗强：《隋唐五代文学思想史》，上海古籍出版社1986年版，第301页。

④ 傅璇琮编撰：《唐人选唐诗新编·才调集》，第691页。

⑤ 同上。

⑥ 同上。

丽、百济，北狄有鲜卑、吐谷浑、部落稽，南蛮有扶南、天竺、南诏、骠国，西戎有高昌、龟兹、疏勒、康国、安国，凡十四国之乐，而八国之伎，列于十部乐。”① 少数民族乐器、曲调传入中原，上至宫廷下至市井风靡一时，从太宗的《秦王破阵乐》到玄宗的《霓裳羽衣曲》表明宫廷音乐发展到极高水平，而“《六幺》《水调》家家唱，《白雪》《梅花》处处吹”② 显示民间音乐的兴盛与普及。诗人写诗配乐，乐工采诗入乐现象极为普遍，诗人与乐工互相依存，配合默契。诗人希望作品通过乐工的传唱引起关注获得声誉，如白居易作《新乐府并序》：“其体顺而肆，可以播于乐章歌曲也”③；刘禹锡“作《竹枝词》九篇，俾善歌者飏之”④ 而乐工乞求演唱诗人新作提高身价求得发展，如王之涣“每有作，乐工辄取以被声律”⑤；武元衡“工五言诗，好事者传之，往往被于管弦”⑥；刘禹锡“渤海归人将集去，梨园弟子请词来”⑦。王灼《碧鸡漫志》指出：“李唐伶伎，取当时名士诗句入歌曲，盖常俗也。”⑧ 唐代歌妓精通音乐，修养极高，“乐人争唱卷中诗”⑨ 为诗歌的二次传播提供了条件。

现存“唐人选唐诗”居首的诗人多为精通音乐或诗作可歌性较强之人。孙翌《正声集》以刘希夷为最，希夷“善搊琵琶”⑩。《河岳英灵集》王昌龄诗歌入选最多，据《集异记》载：

开元中，诗人王昌龄、高适、王涣之齐名。时风尘未偶，而游处略同。一日天寒微雪，三诗人共诣旗亭，贳酒小饮。忽有梨园伶官十数人，登楼会宴。三诗人因避席隈映，拥炉火以观焉。俄有妙妓四

---

① 欧阳修、宋祁：《新唐书》卷二二，第478—479页。

② 白居易：《杨柳枝词八首》其一，白居易著，顾学颉校点：《白居易集》卷三一，第714页。

③ 白居易著，顾学颉校点：《白居易集》卷三，第52页。

④ 刘禹锡：《竹枝词九首并引》，刘禹锡撰，卞孝萱校订：《刘禹锡集》卷二七，中华书局1990年版，第359页。

⑤ 傅璇琮主编：《唐才子传校笺》（第1册）卷三，第448页。

⑥ 刘昫等：《旧唐书》卷一五八，第4161页。

⑦ 刘禹锡：《酬杨司业巨源见寄》，刘禹锡撰，卞孝萱校订：《刘禹锡集》卷三五，第526页。

⑧ 王灼：《碧鸡漫志》卷一，古典文学出版社1957年版，第56页。

⑨ 韩翃：《送郑员外》，《全唐诗》卷二四五，第2750页。

⑩ 刘肃：《大唐新语》卷八，第128页。

> 辈，寻续而至，奢华艳曳，都冶颇极。旋则奏乐，皆当时之名部也。昌龄等私相约曰："我辈各擅诗名，每不自定其甲乙，今者可以密观诸伶所讴，若诗入歌词之多者，则为优矣。"俄而一伶拊节而唱，乃曰："寒雨连江夜入吴，平明送客楚山孤。洛阳亲友如相问，一片冰心在玉壶。"昌龄则引手画壁曰："一绝句。"寻又一伶讴之曰："开箧泪霑臆，见君前日书。夜台何寂寞，犹是子云居。"适则引手画壁曰："一绝句。"寻又一伶讴曰："奉帚平明金殿开，强将团扇共徘徊。玉颜不及寒鸦色，犹带昭阳日影来。"昌龄则又引手画壁曰："二绝句。"涣之自以得名已久，因谓诸人曰："此辈皆潦倒乐官，所唱皆《巴人》《下俚》之词耳，岂《阳春》《白雪》之曲，俗物敢近哉！"因指诸妓之中最佳者曰："待此子所唱，如非我诗，吾即终身不敢与子争衡矣。脱是吾诗，子等当须列拜床下，奉吾为师。"因欢笑而俟之。须臾，次至双鬟发声，则曰："黄沙远上白云间，一片孤城万仞山。羌笛何须怨杨柳，春风不度玉门关。"涣之即撇揄二子曰："田舍奴，我岂妄哉？"因大谐笑。①

虽为小说家言，但亦能反映一定现实。此次宴会歌妓貌美奢华，奏乐均为名部，具有较高档次，王昌龄独中两首，足见诗歌受欢迎程度。其中《长信秋词》一首连续入选《河岳英灵集》、《又玄集》、《才调集》三部选本，艺术性与音乐性均达极高水平。

《国秀集》的音乐性更为突出，芮挺章称："自开元以来，维天宝三载，谴谪芜秽，登纳菁英，可被管弦者都为一集。"② 以此观之，《国秀集》入选诗歌应当都具备可被管弦、供人演唱的性质。该集以李峤居首，李峤诗歌入乐屡见记载，景龙四年，中宗宴群臣于桃花园，李峤领衔作诗，"明日宴承庆殿，上令宫女善讴者唱之。词既婉丽，歌仍妙绝，乐府号《桃花行》。"③ 其《汾阴行》一诗曾经得到玄宗激赏，"天宝末，玄宗尝乘月登勤政楼，命梨园弟子歌数阕。有唱李峤诗者云：'富贵荣华能几时，山川满目泪沾衣。不见只今汾水上，唯有年年秋雁飞。'时上春秋已

---

① 薛用弱：《集异记》卷二，第 11—12 页。

② 傅璇琮编撰：《唐人选唐诗新编·国秀集》，第 217 页。

③ 计有功撰，王仲镛校笺：《唐诗纪事校笺》卷一〇，第 336 页。

高，问是谁诗，或对曰李峤，因凄然泣下，不终曲而起，曰：‘李峤真才子也。’又明年，幸蜀，登白卫岭，览眺久之，又歌是词，复言李峤真才子，不胜感叹。”① 李峤名作通过乐人演唱而影响延长。元结《箧中集》痛斥唐诗多为淫词艳曲，逆流而动反证以诗入乐的盛行。

《御览诗》李益一人录诗三十六首，《旧唐书·李益传》称：“登进士第，长为歌诗。贞元末，与宗人李贺齐名。每作一篇，为教坊乐人以赂求取，唱为供奉歌词。其《征人歌》、《早行篇》，好事者画为屏障；‘回乐峰前沙似雪，受降城外月如霜’之句，天下以为歌词。”②《唐国史补》亦曰：“李益诗名早著，有征人歌且行一篇，好事者画为图障。又有云：‘回乐峰前沙似雪，受降城外月如霜。不知何处吹芦管，一夜征人尽望乡。’天下亦唱为乐曲。”③《御览诗》中的《折杨柳》、《鹧鸪词》、《采莲女》、《凉州曲》、《宫中乐》等诗已具极强的音乐性。

《极玄集》中王维地位最为特殊，王维的音乐修养卓然不群，据《旧唐书·王维传》记载：“人有得《奏乐图》，不知其名，维视之曰：‘《霓裳》第三叠第一拍也。’好事者集乐工按之，一无差，咸服其精思。”④《集异记》渲染更甚：“王维右丞，年未弱冠，文章得名。性闲音律，妙能琵琶，……诸伶旅进。维妙年洁白，风姿都美，立于前行，公主顾之，谓岐王曰：‘斯何人哉？’答曰：‘知音者也。’即令独奏新曲，声调哀切，满座动容。公主自询曰：‘此曲何名？’维起曰：‘号《郁轮袍》。’公主大奇之。”⑤ 王维以音乐为媒介在岐王的引荐下最终得到公主的赏识而一举登第，释褐为太乐丞，迥异于一般文士释褐多授县尉、校书郎等职的惯例，当是官方对王维音乐才华的肯定。又《唐诗纪事》载：“禄山之乱，李龟年奔于江潭，曾于湘中采访使筵上唱云：红豆生南国，秋来发几枝。愿君多采撷，此物最相思。又清风明月苦相思，荡子从戎十载余。征人去日殷勤嘱，归雁来时数附书。此皆维所制，而梨园唱焉。”⑥ 动乱使得宫廷乐工流落民间，王维诗作获得更大的传播空间。白居易有《听歌六绝

① 孟棨：《本事诗》卷二，古典文学出版社 1957 年版，第 13 页。

② 刘昫等：《旧唐书》卷一三七，第 3771 页。

③ 李肇：《唐国史补》卷下，第 55 页。

④ 刘昫等：《旧唐书》卷一九〇下，第 5052 页。

⑤ 薛用弱：《集异记》卷二，第 9—10 页。

⑥ 计有功撰，王仲镛校笺：《唐诗纪事校笺》卷一六，第 531 页。

句·想夫怜》："玉管朱弦莫急催，客听歌送十分杯。长爱夫怜第二句，请君重唱夕阳开。"自注曰："王维右丞词云：'秦川一半夕阳开。'此句尤佳。"[①] 王维诗歌通过乐工传唱而经久不衰。

《才调集》中韦庄、温庭筠、元稹、白居易入选较多，韦、温本为著名词人，音乐修养达到相当高度。元、白二人诗歌中晚唐广为传唱，得到上至帝妃下及妇孺的社会各阶层的喜爱。"穆宗皇帝在东宫，有妃嫔左右尝诵稹歌诗以为乐曲者，知稹所为，尝称其善，宫中呼为元才子。……尝为《长庆宫辞》数十百篇，京师竞相传唱。"[②] 元稹"休遣玲珑唱我诗，我诗多是别君词"。自注曰："乐人高玲珑能歌，歌予数十诗。"[③] 白居易家蓄乐工歌妓，其《与元九书》曰："及再来长安，又闻有军使高霞寓者，欲娉倡妓。妓大夸曰：我诵得白学士《长恨歌》，岂同他妓哉？由是增价。……又昨过汉南日，适遇主人集众乐，娱他宾。诸妓见仆来，指而相顾曰：此是《秦中吟》、《长恨歌》主耳。"[④] 可见歌妓对作品的熟悉及对诗人的膜拜，同时由于歌妓的流动性与表演的通俗化，白居易诗歌得以迅速扩散，甚至达到"童子解吟长恨曲，胡儿能唱琵琶篇"[⑤] 的地步。元、白作品大量入选《才调集》正是当时社会风气的反映。胡震亨《唐音癸签》指出："唐人诗谱入乐者，初、盛王维为多，中、晚李益、白居易为多。"[⑥] 王维、李益、白居易在唐人选唐诗的不同阶段的确占有相当分量，三人创作都曾受到乐工歌妓的追捧，乐工歌妓的演唱扩大了诗人的受众范围，加快了作品的传播速度，为诗人作品进入选本提供可能。

唐诗的音乐性得到前所未有的挖掘与发扬，部分诗人开始迎合社会风尚，创作诗歌甚至将音乐性考虑其中，而合乐是词的最大特征，诗、词之间出现互相交融现象，部分具有词体特征的诗歌题材最先与音乐结合。正如李泽厚所言："五古从汉魏起，到唐代实已基本做完；五律则自初唐沈（佺期）、宋（之问）搞定形化以来，成为终唐之世的考试体裁、正统格式；七律要到杜甫才真正成熟，宋以后才大流行，所有这些形式都基本是

---

① 白居易著，顾学颉校点：《白居易集》卷三五，第811页。

② 刘昫等：《旧唐书》卷一六六，第4333页。

③ 元稹：《重赠》，元稹撰，冀勤点校：《元稹集》卷二二，中华书局1982年版，第244页。

④ 白居易著，顾学颉校点：《白居易集》卷四五，第963页。

⑤ 宣宗：《吊白居易》，《全唐诗》卷四，第49页。

⑥ 胡震亨：《唐音癸签》卷二六，第228页。

文学的，而不是音乐的。只有‘入俗’的绝句和尚未定形的七言（即其中夹有三言、四言、五言、六言等等）才是当时在整个社会中最为流行而可歌可唱的主要艺术形式，它也是盛唐之音的主要文学形式。”① 绝句更为常见，“考之开元、天宝以来，宫掖所传，梨园弟子所歌，旗亭所唱，边将所进，率当时名士所为绝句尔。故王之涣‘黄河远上’，王昌龄‘昭阳日影’之句，至今艳称之。而右丞‘渭城朝雨’，流传尤众，好事者至谱为《阳关三叠》。他如刘禹锡、张祜诸篇，尤难指数。由是言之，唐三百年以绝句擅场，即唐三百年之乐府也。”② 所列诸人在唐人选唐诗中极受青睐。由此可见，音乐性是贯穿唐人选唐诗的隐含因素，《才调集》表现最为明显，作为最后一部亦是规模最大的唐人选唐诗，已现由诗向词转化的端倪，选入《杨柳枝》、《竹枝词》、《宫中三台词》、《江南三台词》、《宫中调笑词》、《江南曲》、《鹧鸪词》、《锦城曲》等多首具有词体特征的作品，预示词的崛起。

综上所述，唐诗创作历经复古与革新、教化与娱乐的交替碰撞走向成熟，唐人选唐诗再现文学思潮与文体演变的轨迹，并且开创当代诗选的先例，通过选本的内部传承构建唐诗批评体系。多部选本时间前后相接，体例持续发展。《翰林学士集》、《珠英集》、《正声集》一脉相承，分别诞生于太宗、武后、玄宗三朝，编者均为宫廷官员，具有强烈的京城色彩。《河岳英灵集》标志地方文化的兴起，开创总序、评语并行互补的评价体系。其后《中兴间气集》存在明显的模仿痕迹。《极玄集》所选大历诗人与《中兴间气集》颇多重合，是集录入二十一人，其中钱起、李嘉祐、皇甫冉、韩翃、郎士元、刘长卿等九人与《中兴间气集》相同，戴叔伦入选八首，七首与《中兴间气集》全同。《极玄集》的编选宗旨、选录篇目影响《又玄集》，韦庄序曰：“昔姚合撰《极玄集》一卷，传于当代，已尽精微，今更采其玄者，勒成《又玄集》三卷。”③ 明确指出《又玄集》是对《极玄集》的认同与继承。《才调集》充分利用已有选本，对《又玄集》借鉴参考甚至抄撮摘录。唐诗选本在内部继承与外部介入的双重动力之下成为批评史上最具特色的组成部分。

---

① 李泽厚：《美的历程》卷七，生活·读书·新知三联书店 2009 年版，第 141 页。

② 王士禛选，李永祥校注：《唐人万首绝句选》，齐鲁书社 2009 年版，序第 1 页。

③ 傅璇琮编撰：《唐人选唐诗新编·又玄集》，第 579 页。

第四章

崔融与《珠英集》

第一节　研究回顾

《珠英集》是则天末期最为重要的诗歌选本，是集在揭示诗坛发展走向，推动近体律诗普及等方面贡献突出。然而《珠英集》在宋元之际亡佚，明清以来各类著作未能收录，研究长期处于停滞状态。二十世纪敦煌石室发现两部残卷引起学者广泛重视，王重民《伯希和劫经录》、刘铭恕《斯坦因劫经录》、向达《伦敦所藏敦煌卷子经眼目录》均有涉及。一九三八年王重民率先考定伯 3771 与斯 2717 为《珠英集》残卷，并根据《全唐诗》辑佚二十七首。随后吴其昱的《敦煌本〈珠英集〉两残卷考》与《敦煌本〈珠英集〉中的 14 位诗人》是两篇力作，全面介绍敦煌残卷的写本状况、编者经历、作品数量，系统梳理诸位诗人的生平仕宦，尤其是七〇〇年与七〇二年左右的官号，并对《唐会要》提及的珠英学士详加辩证，指出李处正、高备、常元旦、蒋风分别为李处直、乔备、韦元旦、符凤之误，认为《珠英集》兼具美学、文学史、史学、语言学四方面的价值。一九九二年徐俊的《敦煌本〈珠英集〉考补》取得重大突破，堪称《珠英集》研究的里程碑。该文在人员组成、官职排序、作品归属、佚诗考辨等多方面皆有重大创获。通过徐俊的努力，纷杂混乱的《珠英集》残卷面貌渐趋清晰，并于一九九六年首次录入傅璇琮编撰的《唐人选唐诗新编》，《珠英集》开始走入大众研究视野。一九九九年余欣发表《敦煌本〈珠英集〉残卷所见刘知几的佚诗三首笺证》，另辟蹊径，以刘知几为考察中心，以入选的《次河神庙虞参军船先发余阻风不进寒夜旅泊》、《读〈汉书〉作》、《咏史》三首诗为切入点，考察背景、笺注字词、探究心态，是个案研究的典型代表。二〇〇三年南京师范大学刘玉的硕士学位论文《珠英学士与〈珠英集〉残卷考论》从文献与文学两方面综合考察《珠英集》，深入分析珠英学士的情感世界、作品风格，指出表面锦衣玉食的生活依然无法掩盖珠英学士内心强烈的忧患意识与浓重的失意情绪，学术价值较高。此外，聂永华有《“珠英学士”诗歌活动考论》主要探讨珠英学士的诗歌律化程度，认为《珠英集》粘式律已近百分之九十九。而贾晋华在《唐代集会总集与诗人群研究》中指出“《珠英学士集》中新体诗合律程度仅达23%”①，并且认为“在701年前律诗尚未正式定格，珠英学士尚未自觉地、普遍地使用统一的格式”②。二文差距极大。杜晓勤《齐梁诗歌向盛唐诗歌的嬗变》研究溢出《珠英集》范围，全面统计珠英学士留存至今的所有诗歌，得出“有姓名可考的28名珠英学士留下了大量的新体诗，而他们新体诗中粘式律又占91.73%”③的结论，认为武后一朝诗歌律化水平出现飞越。

综上所述，学界对《珠英集》的研究角度各异，取得一定进展，但是由于《珠英集》残卷长期流落海外，直至二十世纪末才被正式列入《唐人选唐诗》之中，严重制约了研究的深度与广度，且存在颇多问题，较为突出的有：①脱离《珠英集》探讨珠英学士的文学成就，对文本本身缺乏必要的关注。②分割珠英学士，热衷个案研究，焦点集中于李峤、崔融、沈佺期、宋之问、刘知几等大家名作，其余诸人鲜少问津甚至忽略不计，整体研究滞后。由此可见，《珠英集》在唐人选唐诗研究之中异常薄弱，尚有许多领域亟待开拓。

第二节　编撰过程：《三教珠英》、《珠英集》与珠英学士关系探微

据《郡斋读书志》记载：“《珠英学士集》五卷，右唐武后朝，尝诏武三思等修《三教珠英》一千三百卷，预修书者凡四十七人。崔融编集其所赋诗，各题爵里，以官班为次，融为之序。”④可见《珠英集》、《三

---

① 贾晋华：《唐代集会总集与诗人群研究》，北京大学出版社2001年版，第489页。

② 同上书，第489—490页。

③ 杜晓勤：《齐梁诗歌向盛唐诗歌的嬗变》，第71页。

④ 晁公武撰，孙猛校证：《郡斋读书志校证》卷二〇，第1059页。

教珠英》、珠英学士三者之间存在一定联系。具体而言，《三教珠英》为珠英学士的会聚交流提供平台，珠英学士的积极创作为《珠英集》的选辑编录创造可能。

《三教珠英》作为则天一朝最为重要的官修类书，对文人学士影响巨大。官修类书由来已久，或总结经验，或稳定统治，或推广文化，然而《三教珠英》的编撰目的却是“以昌宗丑声闻于外，欲以美事掩其迹，乃诏昌宗撰《三教珠英》于内”[①]。武后独特的修书动机使得《三教珠英》尚未编写已然偏离正轨。

首先，作为类书需要征召的是博学之士，而非文词之士。然而实际情况却是“武后撰《三教珠英》，取文辞士，皆天下选，而彦伯、李峤居首”[②]。又“朝隐修《三教珠英》时，成均祭酒李峤与张昌宗为修书使，尽收天下文词之士为学士”[③]。则珠英学士的主体是诗人而非学者。

其次，修撰类书需要重点讨论的是体例问题，而非“日夕谈论，赋诗聚会”[④]。而《三教珠英》修书期间武后频繁出游，学士扈从宴乐，应制赋诗，品评优劣，不以修撰为意。一切迹象表明诸人的主要任务不是编写类书而是创作诗歌，迎合武后的个人喜好成为最高追求，刻板的修撰活动一度演变为浪漫的诗歌盛会。帝王热衷游宴唱和，文士沉迷诗歌创作，最终导致《三教珠英》的编写陷入困境，进展缓慢。据《新唐书·徐坚传》记载：“与徐彦伯、刘知几、张说与修《三教珠英》，时张昌宗、李峤总领，弥年不下笔。”[⑤]

其实《三教珠英》的修撰占尽先机，《旧唐书·徐坚传》称：“以《文思博要》为本，更加姓氏、亲族二部，渐有条流。”[⑥] 又《唐会要》：“于旧书外更加佛、道二教，及亲属、姓名、方城等部。”[⑦]《文思博要》卷帙浩繁，能为抄撮整合新的类书提供极大便利，而增益部分亦有较多文献可供参考。例如佛教一类，太宗、高宗两朝曾经多次整理润色相关典

---

① 刘昫等：《旧唐书》卷七八，第2707页。

② 欧阳修、宋祁：《新唐书》卷一一四，第4202页。

③ 刘昫等：《旧唐书》卷一九〇中，第5026页。

④ 刘昫等：《旧唐书》卷一〇二，第3175页。

⑤ 欧阳修、宋祁：《新唐书》卷一九九，第5662页。

⑥ 刘昫等：《旧唐书》卷一〇二，第3175页。

⑦ 王溥：《唐会要》卷三六，第767页。

籍。据《旧唐书·玄奘传》记载："贞观十九年，归至京师。太宗见之，大悦，与之谈论。于是诏将梵本六百五十七部于弘福寺翻译，仍敕右仆射房玄龄、太子左庶子许敬宗，广召硕学沙门五十余人，相助整比。……显庆元年，高宗又令左仆射于志宁、侍中许敬宗、中书令来济、李义府、杜正伦、黄门侍郎薛元超等，共润色玄奘所定之经，国子博士范义硕、太子洗马郭瑜、弘文馆学士高若思等，助加翻译。凡成七十五部，奏上之。"[①]高宗总章元年更有长安西明寺法师道世"以类编录"[②]《法苑珠林》一百卷，佛教资料相当丰富。再如姓氏之书，牵涉唐代的门第之争，太宗、高宗均曾出面干预。《唐会要》曰："贞观十二年正月十五日，修《氏族志》一百卷成，上之。……合二百九十三姓，千六百五十一家，分为九等，颁于天下。"[③]又"显庆四年九月五日，诏改《氏族志》为《姓录》。上亲制序，仍自裁其类例，凡二百四十五姓，二百八十七家。以皇后四家、酅公、介公、赠台司、太子三师、开府仪同三司、仆射为第一等；文武二品及知政事者三品为第二等。各以品位为等第，凡为九等，并取其身及后裔"[④]。姓氏之书的屡次改定亦为类书的编撰奠定基础。

此外，《三教珠英》参编之人上至宰相下至白衣，几乎囊括则天一朝所有杰出文士。由此可见《三教珠英》不仅有一千二百卷的底本以及数种可以参阅的专门典籍，更有水平高超的众多编者，理应顺利完成。然而事实并非如此，《三教珠英》竟然历年不能下笔！根本原因在于诸人都将热情投入诗歌创作，唯有徐坚、张说关心类书进展，"坚独与说构意撰录"[⑤]，"独"表明其余之人于《三教珠英》并不尽心。在徐坚、张说二人构思成熟甚至拟好框架之后，众人的工作重心才由诗歌创作转向类书编撰，"俄而书成"[⑥]显示《三教珠英》似乎并未耗费过多的精力。由此可见，武后借《三家珠英》掩盖宫廷秽行，张昌宗借《三教珠英》拉拢臣子，文人借《三教珠英》切磋诗艺，《三教珠英》本身被彻底边缘化。《三教珠英》的尴尬处境与缓慢进度使得分散各地的文人长期会聚宫廷，

---

① 刘昫等：《旧唐书》卷一九一，，第5108—5109页。

② 赞宁撰，范祥雍点校：《宋高僧传》卷四，中华书局1987年版，第67页。

③ 王溥：《唐会要》卷三六，第774—775页。

④ 同上书，第775页。

⑤ 刘昫等：《旧唐书》卷一〇二，第3175页。

⑥ 同上。

诗歌作品大量累积，为崔融编辑《珠英集》提供充足的素材与充分的可能。

《三教珠英》编撰期间诗歌喧宾夺主占据统治地位，疑此时崔融已经开始着手编辑选本，二者时间交叉，人员重合。据《新唐书·艺文志》记载："《珠英学士集》五卷，崔融集武后时修《三教珠英》学士李峤、张说等诗。"① 徐俊指出："《珠英集》的作者应该就是《三教珠英》的预修者。"② 因此探讨《珠英集》的作者首先需要阐清《三教珠英》的编者。《唐会要》载之最详："初，圣历中，上以《御览》及《文思博要》等书，聚事多未周备，遂令张昌宗召李峤、阎朝隐、徐彦伯、薛曜、员半千、魏知古、于季子、王无竞、沈佺期、王适、徐坚、尹元凯、张说、马吉甫、元希声、李处正、高备、刘知几、房元阳、宋之问、崔湜、常元旦、杨齐哲、富嘉謩、蒋凤等二十六人同撰。"③ 而晁公武《郡斋读书志》则明确指出"预修书者凡四十七人"④ 差别甚大，当因《三教珠英》进展缓慢，修撰之中不断有人补入所致。四十七人的姓名目前已无法全部考知，以上二十六人徐俊指出高备、常元旦、王适分别为乔备、韦元旦、李适之误，当从，唯王适为李适之误有待商榷。徐俊否定王适的理由为"两《唐书》本传等均未言及其预修《三教珠英》事，当为李适之误"⑤。似有武断之嫌，李峤作为《三教珠英》主修，新旧唐书本传亦未提及。又李适虽为珠英学士之一，但并不能由此判定王适为李适之误，王适同样具备入选条件，据《新唐书·刘宪传》记载："武后时，敕吏部糊名考判，求高才，惟宪与王适、司马锽、梁载言入第二等。适，幽州人，终雍州司功参军。"⑥ 王适于载初元年登上仕途，时间有重合之处。又《旧唐书·经籍志》有《王适集》二十卷，表明其有一定文采，参编《三教珠英》不无可能。

---

① 欧阳修、宋祁：《新唐书》卷六〇，第 1623 页。

② 傅璇琮编撰：《唐人选唐诗新编·珠英集》，第 41 页。

③ 王溥：《唐会要》卷三六，第 766—767 页。诸人之中高备、常元旦、蒋凤为分别为乔备、韦元旦、符凤之误，吴其昱《敦煌本〈珠英集〉两残卷考》已经指出，唯李处正为李处直之误证据不足，猜测成分过多，存疑在此。乔侃与吴少微并未参与修撰《三教珠英》，徐俊《唐人选唐诗新编·珠英集前记》已详细考证，此不赘述。

④ 晁公武撰，孙猛校证：《郡斋读书志校证》卷二〇，第 1059 页。

⑤ 傅璇琮编撰：《唐人选唐诗新编·珠英集》，第 42 页。

⑥ 欧阳修、宋祁：《新唐书》卷二〇二，第 5753 页。

此外尚有刘允济、李崇嗣、胡皓、薛稷。《新唐书·李适传》曰："武后修《三教珠英》书，以李峤、张昌宗为使，取文学士缀集，于是适与王无竞、尹元凯、富嘉谟、宋之问、沈佺期、阎朝隐、刘允济在选。"① 又沈佺期《黄口赞并序》："圣历中，余时任通事舍人，有敕于东观修书。夏日南轩，诸公共见黄口飞落铅椠间。奉宸主簿李崇嗣，命余小竖苍子采花哺之。河东薛曜邀余为赞。"② 贾晋华认为"沈佺期与薛曜皆为珠英学士，则'东观修书'当指修《三教珠英》事"③。则李崇嗣亦为珠英学士之一。考李崇嗣与陈子昂交好，子昂有《题李三书斋崇嗣》、《酬李参军崇嗣旅馆见赠》、《夏日晖上人房别李参军崇嗣并序》三诗，对其怀才不遇的惨痛经历深表同情。其中《酬李参军旅馆见赠》为赠答之作，则李崇嗣必有诗作在先，惜已散失。又《唐诗纪事》载李崇嗣《独愁》一诗："闻道成都酒，无钱亦可求。不知将几许，销得此来愁。"④ 落魄之苦溢于言表，可见李崇嗣文学才华亦相当出众，贾晋华的推断颇为可信。胡皓见于现存《珠英集》残卷之中，录诗七首，当为珠英学士之一。另《旧唐书·张易之传》称"久视元年，改控鹤府为奉宸府，又以易之为奉宸令，引辞人阎朝隐、薛稷、员半千并为奉宸供奉"⑤。文中提及的张易之、阎朝隐、员半千均为珠英学士，唯薛稷一人不见著录。考薛稷与从祖兄薛曜"俱以辞学知名"⑥，而薛稷诗、书、画皆擅，博雅多才甚至超越薛曜，薛曜入选珠英学士，出身相同而且更加优秀的薛稷似乎没有落选的理由。若奉宸主簿李崇嗣为珠英学士可信的话，颇疑奉宸供奉薛稷亦是，惜文献欠缺，存疑在此，以待博学。

另崔融是否为珠英学士证据略显不足，目前所见材料无一提及其编《三教珠英》之事，然而《三教珠英》四十七人的修撰队伍尚有数十人无法确知，因此不能排除参编的可能性。况且武后修撰《三教珠英》极有可能是受到崔融的启发。崔融有《代皇太子请修书表》：

---

① 欧阳修、宋祁：《新唐书》卷二〇二，第5747页。

② 沈佺期、宋之问撰，陶敏、易淑琼校注：《沈佺期宋之问集校注》卷五，中华书局2001年版，第292页。

③ 贾晋华：《唐代集会总集与诗人群研究》，第483页。

④ 计有功撰，王仲镛校笺：《唐诗纪事校笺》卷六，第198页。

⑤ 刘昫等：《旧唐书》卷七八，第2706页。

⑥ 刘昫等：《旧唐书》卷七三，第2591页。

以周公之上圣，日读百篇，以孔父之多能，韦编三绝。臣虽不敏，窃所庶几。然以列代遗章，先王旧典，康成兴业，才览卷于八千。士安覃思，愿加年于累百，岂不以学而时习，博则难精者乎？今欲搴其箫稂，撮其枢要，可以出忠入孝，可以益国利人，极贤圣之大猷，尽今昔之能事，商榷百氏，勒成一家。庶有代于箴规，长不违于左右。又近代书钞，实繁部帙，至如《华林园遍略》、《修文殿御览》、《寿光书苑》、《长洲玉镜》及国家以来新撰《艺文类聚》、《文思博要》等，并包括宏远，卒难详悉。亦望错综群书，删成一部，艺官宾馆，亦既天皇立之矣。端士正人，亦既天皇致之矣。伏乞俯从微愿，特降鸿私，许臣撰缉。遂臣诚请，当官学士如少，仍望通取京官，谨当开桂树之山，凿芙蓉之水，引甘泉之词赋，总望园之宾客，下芸阁而长谣，临梓厨而高会，一遊兰芷，佇变蓬麻，区区之诚，敢希矜允。岂使肃成门内，惟传魏国之名，崇政殿中，独纪晋朝之事而已。①

指出前朝当代类书的各种缺陷，希望召集学士、京官重新编撰。其后“圣历中，则天以《御览》及《文思博要》等书多未周备，令昌宗与麟台少监李峤广召文学之士，给事中徐彦伯、水部郎中员半千等二十六人增损《文思博要》，勒成一千三百卷，于旧书外更加佛教、道教及亲属、姓氏、方域等部，至是毕功，帝亲制名曰《三教珠英》”②。武后修撰《三教珠英》的理由与崔融异曲同工，《代皇太子请修书表》应对武后有一定启发，若果真如此，崔融预修则更为合理。且崔融编选的《珠英集》收录珠英学士诸多旧作，若未参与其中，朝夕相处，见到旧作的概率将大打折扣，必将为编写选本带来极大困难。又久视元年武后改控鹤府为奉宸府，“时谀佞者奏云，昌宗是王子晋后身。乃令被羽衣，吹箫，乘木鹤，奏乐于庭，如子晋乘空。辞人皆赋诗以美之，崔融为其绝唱。”③ 崔融才华出众，依附二张，《三教珠英》修撰期间参与各类宫廷宴集，理应为编者之一。

---

① 董诰等：《全唐文》卷二一七，第2198页。

② 王钦若等：《册府元龟》卷六〇七，中华书局1960年版，第7285页。

③ 刘昫等：《旧唐书》卷七八，第2706页。

综上所述，目前所能考知的珠英学士除张昌宗、张易之、武三思徒具虚名外，其余尚有李峤、崔湜、阎朝隐、徐彦伯、张说、沈佺期、宋之问、富嘉谟、乔备、员半千、薛曜、魏知古、于季子、王无竞、王适、徐坚、尹元凯、马吉甫、元希声、李处正、刘知几、房元阳、韦元旦、杨齐哲、符凤、李适、刘允济、李崇嗣、胡皓、薛稷、崔融等三十一人，《珠英集》所收诗歌即为诸人之作。

《珠英集》的具体成书时间无法确知。据《唐会要》记载："大足元年十一月十二日，麟台监张昌宗撰《三教珠英》一千三百卷成，上之。"[①] 又《旧唐书·则天皇后纪》："（大足元年）冬十月，幸京师，大赦天下，改元为长安。"[②] 则《三教珠英》完成于长安元年。学界普遍认为《珠英集》成书于长安元年或稍后，缺乏相关佐证，多为猜测之词。

《珠英集》之中能够大致系年的诗歌有沈佺期《辛丑岁十月上幸长安时云卿从在西岳作一首》、李适《答宋之问入崖口五渡》、刘知几《次河神庙虞参军船先发余阻风不进寒夜旅泊》、王无竞《驾幸长安奉使先往检察》。据余欣《敦煌本〈珠英集〉残卷所见刘知几佚诗三首笺证》考订刘知几《次河神庙虞参军船先发余阻风不进寒夜旅泊》作于天授元年前后，陶敏、易淑琼《沈佺期宋之问集校注》考订宋之问《入崖口五渡寄李适》作于证圣元年，则李适答诗当作于同时或略后。又据《旧唐书·则天皇后纪》："（大足元年）冬十月，幸京师。"[③] 则王无竞《驾幸长安奉使先往检察》、沈佺期《辛丑岁十月上幸长安时云卿从在西岳作一首》当作于途中。由此推断，《珠英集》所收诗歌并无具体上限，所谓"日夕谈论"内容应当包括诸人的旧作及新作，崔融在此基础上编辑选本，旧作亦在选择范围之内。但是收录下限极其明确，即《三教珠英》奏上之时。首先，《三教珠英》书成之后诸位学士官职多有变动，然而《珠英集》残卷所标除元希声一人之外均为修撰期间官职。其次，残卷之中存诗最多之人为沈佺期，以崔融的编选宗旨考察，沈佺期长安元年之后所作诗歌如《遥同杜员外审言过岭》等诗完全符合标准却未能入选，表明崔融以《三教珠英》奏上为界，只选录此前作品，此后

---

① 王溥：《唐会要》卷三六，第 766 页。

② 刘昫等：《旧唐书》卷六，第 130 页。

③ 同上。

不予考虑。崔融卒于七〇六年，选录下限早已确定，即以长安元年为界选择作品、标明官职，则《珠英集》在七〇一年至七〇六年之间任何时段成书皆有可能。

第三节　编排方式："官班为次"再考

《珠英集》在流传之中散佚殆尽，敦煌残卷中有姓名可考的诗人共计十一人，诗歌五十二首。其中沈佺期十首、崔湜九首、王无竞七首、乔备四首、刘知几三首、李适三首、马吉甫二首、元希声二首、房元阳二首、杨齐哲二首、胡皓二首、佚名六首，另有王无竞《别润州李司马》、胡皓《登灰坂》二首有目无篇，马吉甫《同独孤九秋闺》仅有残句，约占全集的五分之一。关于《珠英集》的编排方式，晁公武《郡斋读书志》云："崔融编集其所赋诗，各题爵里，以官班为次，融为之序。"[①] 徐俊《敦煌本〈珠英集〉考补》深入考察"以官班为次"一语，"所谓'官班'即官职的等级位次。核之现存两卷中有题名作者十一人，均按官位高下依次排列，无不相合。"[②] 然而据笔者统计实际情况并非如此。

斯2717：通事舍人沈佺期（从六品上）、前通事舍人李适（从六品上）、左补阙崔湜（从七品上）、右补阙刘知几（从七品上）、右台殿中侍御史王无竞（从七品上）、太子文学马吉甫（正六品下）。

伯3771：蒲州安邑县令乔备（从六品上）、太子文学元希声（正六品下）、司礼博士房元阳（从七品上）、洛阳县尉杨齐哲（从八品下）、恭陵丞胡皓（从七品下）

与徐俊意见相左之人如下。

王无竞，右台殿中侍御史，徐俊定为从七品下，据《唐六典》："殿中侍御史六人，从七品上。"[③] 据此更正。

乔备，蒲州安邑县令，徐俊定为正六品下，考《唐六典》："京兆、河南、太原诸县，令各一人，正六品上；……诸州上县，令一人，从六品上；……诸州中县，令一人，正七品上；……诸州中下县，令一人，

① 晁公武撰，孙猛校证：《郡斋读书志校证》卷二〇，第1059页。

② 徐俊：《敦煌本〈珠英集〉考补》，《文献》1992年第4期。

③ 李林甫等撰，陈仲夫点校：《唐六典》卷一三，中华书局1992年版，第381页。

从七品上；……诸州下县，令一人，从七品下。”[①] 可知只有从属于京兆、河南、太原三府的县令才为正六品上，安邑属上县，县令当为从六品上。

胡皓，恭陵丞，徐俊定为从九品下，不知何据。按恭陵并非地名，当指太子弘陵墓。据《唐六典》：“献陵、昭陵、乾陵、定陵、桥陵、恭陵署：令各一人，从五品上；丞一人，从七品下。”[②] 胡皓官阶当为从七品下。

则两卷均未严格按照“官班为序”排列，斯2717仅马吉甫一人不符，徐俊解释为“卷四以王无竞（从七品下）殿末，卷五却以马吉甫（正六品下）起首，可见所谓‘以官班为次’并非全集五卷统排，而似是只限于各卷之内”[③]。有一定道理。但伯3771仅存五人，便有元希声、胡皓两人不符，无从解释，徐俊官阶定位不准导致其得出“无不相合”的错误结论，则《珠英集》残卷所标官职需要重新认识。

由于《三教珠英》编撰期间诸位学士的官职处于动态变化之中，《珠英集》所标既有参编之时的官职，又有书成之后晋升的官职，偶有混乱，现以《三教珠英》成书前后为中心辩证诸位学士的官职情况：

沈佺期，《旧唐书》本传：“沈佺期，相州内黄人也。进士举。长安中，累迁通事舍人，预修《三教珠英》。佺期善属文，尤长七言之作，与宋之问齐名，时人称为沈宋。再转考功员外郎。”[④] 据此沈佺期出任通事舍人在长安中，实误。沈佺期有《哭苏眉州崔司业二公并序》：“苏往任凤阁侍郎，佺期忝通事舍人。”[⑤] 又《资治通鉴》：“（圣历元年九月）以天官侍郎苏味道为凤阁侍郎、同平章事。”[⑥] 则沈佺期圣历元年已为通事舍人。此外，徐浩有《唐尚书右丞相中书令张公神道碑》：“弱冠乡试进士，考功郎沈佺期尤所激扬，一举高第。”[⑦] 又《郡斋读书志》：“张九龄

① 李林甫等撰，陈仲夫点校：《唐六典》卷三〇，第751—752页。

② 李林甫等撰，陈仲夫点校：《唐六典》卷一四，第400—401页。

③ 傅璇琮编撰：《唐人选唐诗新编·珠英集》，第44页。

④ 刘昫等：《旧唐书》卷一九〇中，第5017页。

⑤ 沈佺期撰，陶敏、易淑琼校注：《沈佺期集校注》卷二，中华书局2001年版，第135页。

⑥ 司马光编著，胡三省音注：《资治通鉴》卷二〇六，第6535页。

⑦ 董诰等：《全唐文》卷四四〇，第4489页。

子寿也。曲江人。长安二年进士。”[①] 则长安二年沈佺期已为考功员外郎。综上所述，沈佺期以通事舍人身份参修《三教珠英》，书成转为考功员外郎。通事舍人，从六品上，考功员外郎，从六品上，品秩相同。

李适，《新唐书》本传：“李适字子至，京兆万年人。举进士，再调猗氏尉。武后修《三教珠英》书，以李峤、张昌宗为使，取文学士缀集，于是适与王无竞、尹元凯、富嘉谟、宋之问、沈佺期、阎朝隐、刘允济在选。书成，迁户部员外郎。”[②] 李适出任通事舍人时间无考，通事舍人，从六品上，户部员外郎，从六品上。品秩相同。

崔湜，《旧唐书·崔仁师传附》：“湜少以文辞知名，举进士，累转左补阙，预修《三教珠英》，迁殿中侍御史。”[③] 左补阙，从七品上，殿中侍御史，从七品上，品秩相同。

刘知几，据《旧唐书·徐坚传》记载：“坚又与给事中徐彦伯、定王府仓曹刘知几、右补阙张说同修《三教珠英》。”[④] 明确指出刘知几以“定王府仓曹”身份参修，“仓曹掌廪禄请给，财物市易等事。”[⑤] 仓曹，正七品上。而《珠英集》却标“右补阙”[⑥]，从七品上，官阶有所下降。考定王为武攸暨，《旧唐书·外戚传》曰：“攸暨初为右卫中郎将，尚太平公主，授驸马都尉。累迁右卫将军，进封定王，又加实封三百户。俄又改安定郡王，历迁司礼卿、左散骑常侍，加特进。”[⑦] 武攸暨由定王降为安定郡王，则刘知几“定王府仓曹”亦不复存在，疑在此间官职随之下降。然武攸暨降级并非犯错所致，所以刘知几官阶虽降，地位却有所提升。右补阙属清官，掌管“供奉讽谏，扈从乘舆。凡发令举事有不便于时，不合于道，大则廷议，小则上封。若贤良之遗滞于下，忠孝之不闻于上，则条其事状而荐言之”[⑧]。又刘知几《史通序录》自称：“长安二年，余以著作

① 晁公武撰，孙猛校证：《郡斋读书志校证》卷一七，第839页。

② 欧阳修、宋祁：《新唐书》卷二〇二，第5747页。

③ 刘昫等：《旧唐书》卷七四，第2622页。

④ 刘昫等：《旧唐书》卷一〇二，第3175页。

⑤ 李林甫等撰，陈仲夫点校：《唐六典》卷二九，第731页。

⑥ 傅璇琮编撰：《唐人选唐诗新编·珠英集》，第60页。

⑦ 刘昫等：《旧唐书》卷一八三，第4738页。

⑧ 李林甫等撰，陈仲夫点校：《唐六典》卷八，第247—248页。

佐郎兼修国史，寻迁左史，于门下撰起居注。”① 则刘知几当以定王府仓曹参编《三教珠英》，其间降为右补阙，书成之后迁为著作佐郎，从六品上。

王无竞，《旧唐书》本传：“无竞有文学，初应下笔成章举及第，解褐授赵州栾城县尉，历秘书省正字，转右武卫仓曹、洛阳县尉，迁监察御史，转殿中。旧例，每日更直于殿前正班。时宰相宗楚客、杨再思常离班偶语，无竞前曰：‘朝礼至敬，公等大臣，不宜轻易以慢恒典。’楚客等大怒，转无竞为太子舍人。”② 又《唐会要》：“大足元年，王无竞为殿中侍御史，正班于阁门外，宰相团立于班北。无竞前曰：‘去上不远，公虽大臣，自须肃敬。’以笏挥之，请齐班。”③ 二书所记当为一事，王无竞转太子舍人当在大足元年。则王无竞以殿中侍御史参修，书成当年转为太子舍人，然职官变动与《三教珠英》无关。殿中侍御史，从七品上，太子舍人，正六品上。

马吉甫生平不详，无从考证。唯《宝刻丛编》有《周渭南县令李思古清德颂》题署：“唐直崇文馆马吉甫撰……以圣历元年十月立。”④ 疑直崇文馆是直崇文馆学士的简称，如崔融“累补宫门丞，兼直崇文馆学士”⑤。又宫门丞全称为“太子内直宫门丞”则崔融任职东宫，兼直崇文馆学士。马吉甫似与崔融相类，以太子文学任职东宫，兼直崇文馆学士。太子文学，正六品下。

乔备，《旧唐书·乔知之传附》曰：“备，预修《三教珠英》，长安中卒于襄阳令。”⑥ 张说有《送乔安邑备》：“书阁移年岁，文朋难复辞。欢言冬雪满，恨别夏云滋。外尹方为政，高明自不欺。老人骖驭往，童子狎雏嬉。日茂西河俗，寂寥东观期。遥怀秀才令，京洛见新诗。”⑦ 诗中“书阁”、“东观”当指修《三教珠英》一事，“恨别夏

---

① 董诰等：《全唐文》卷二七四，第2789页。

② 刘昫等：《旧唐书》卷一九〇中，第5026—5027页。

③ 王溥：《唐会要》卷六二，第1278页。

④ 陈思：《宝刻丛编》卷一〇，丛书集成初编本，商务印书馆1936年版，第1603册，第306页。

⑤ 刘昫等：《旧唐书》卷九四，第2996页。

⑥ 刘昫等：《旧唐书》卷一九〇中，第5012页。

⑦ 彭定求等：《全唐诗》卷八八，第971页。

云滋”表明夏季离别，则乔备于修书期间出为地方县令，诗中所言“西河”在山西境内，与蒲州地点符合，当为蒲州安邑县令任。安邑县令，从六品上。

元希声，崔湜有《故吏部侍郎元公碑》：“凡有牋疏，皆自公出，朝廷嘉焉，徵拜司礼博士。则天大圣皇后万几之余，属想经籍，思欲撮群书之要，成一家之美，广集文儒以笔以削，目为《三教珠英》，盖一千二百卷。公首膺嘉命，议者荣之。书成，克厌帝旨，迁太子文学、主客考功二员外，赏勤也。”① 元希声“首膺嘉命”表明珠英学士分批召入，人数不断增多。太子文学，正六品下，主客员外郎，从六品上，考功员外郎，从六品上。又《唐会要》：“圣历二年，吏部侍郎郑杲注韩复为太常博士，元希声京兆士曹。尝谓人曰：‘今年掌选，得韩、元二子，则吏部不负朝廷矣。”② 京兆士曹，正七品下。颇疑元希声以司礼博士征诏回京，圣历二年任京兆士曹，并以京兆士曹身份参编《三教珠英》，且京兆士曹为正七品下，列于乔备之后、房元阳之前正相符合。

房元阳，生平不详，司礼寺博士，从七品上。

杨齐哲，洛阳尉，从八品下，据《册府元龟》记载：“杨齐哲为洛阳县尉，长安四年太后幸西京，齐哲上书谏曰……”③ 则长安四年仍在洛阳尉任上，书成之后并未升迁。

胡皓，恭陵丞，从七品下，长安中行迹不见著录。

综上所述，敦煌残卷斯 2717 抄写较为规范，基本符合“官班为次”的编辑体例。伯 3771 抄写混乱，重出复见，所抄五人之中房元阳、杨齐哲、胡皓生平资料留存极少，无法断定《三教珠英》编撰前后的具体官职，同时元希声亦是全卷唯一一位标写晋升之后官职的诗人。徐俊“从原卷的钞写情况看，这两卷《珠英集》写本均非专门钞写以供流通者，而是读者为自己诵读所准备的，因而没有固定的行款格式，书法亦欠佳”④。则伯 3771 似为抄写者根据自己的喜好与需要随意摘录，毫无规律可循，对《珠英集》的体例研究帮助极其有限。

---

① 董诰等：《全唐文》卷二八〇，第 2840 页。

② 王溥：《唐会要》卷七五，第 1607 页。

③ 王钦若等：《册府元龟》卷五四四，第 6527 页。

④ 傅璇琮编撰：《唐人选唐诗新编 · 珠英集》，第 47 页。

《珠英集》两部残卷均抄于宗教典籍卷背，杂乱细碎，极不规范，伯3771基本没有体现“官班为次”的编撰规则，但总体看来，晁公武所言“以官班为序”当为事实。目前所存的两部与宫廷密切相关的唐人选唐诗即《翰林学士集》与《珠英集》，二书最大的共同点即是标明官职，体现宫廷文人强烈的尊卑等级观念。官职应当是初唐宫廷内部一切活动的参照标准，甚至渗透游览、宴集等休闲场所。据《旧唐书·于志宁传》载：“太宗命贵臣内殿宴，怪不见志宁，或奏曰：‘敕召三品已上，志宁非三品，所以不来。’太宗特令预宴。”① 于志宁虽为开国元老但级别不够，参加宴会尚需特批。又《大唐新语》：“张说拜集贤学士，于院厅宴会，举酒，说推让不肯先饮，谓诸学士曰：‘学士之礼，以道义相高，不以官班为前后。说闻高宗朝修史学士有十八九人，时长孙太尉以元舅之尊，不肯先饮，其守九品官者亦不许在后，乃取十九杯一时举饮。长安中，说修《三教珠英》，当时学士亦高卑悬隔，至于行立前后，不以品秩为限也。’遂命数杯一时同饮，时议深赏之。”② 张说所言修《三教珠英》不以品秩为限恐是谦辞，《大唐新语》将长孙无忌、张说宴集不以官职决定饮酒顺序作为二人的高贵品德加以肯定颂扬，反见尊卑制度早已深入骨髓，非正式场合如此重视，正式场合更是登峰造极，选本诞生其中必然沾染。

再考《翰林学士集》共录十三组诗歌，其中四组仅有许敬宗一人，两组仅有唐太宗与许敬宗二人，无须探讨。其余六组全以太宗居首，凸显帝王的尊贵地位，其后诸人均严格按照官阶排列：①《五言早秋侍宴应诏》，长孙无忌，司空，正一品；杨师道，中书令，正三品；朱子奢，国子司业，从四品下；许敬宗，给事中，正五品上。②《五言辽东侍宴山夜临秋同赋临韵应诏》，褚遂良，黄门侍郎，正四品上；许敬宗，太子右庶子，正四品下；上官仪，秘书郎，从六品上。③《五言春日侍宴望海应诏》参与人数最多，共有十人。长孙无忌，司徒，正一品；高士廉，开府仪同三司，从一品；杨师道，吏部尚书，正三品；刘洎，侍中，正三品；岑文本，中书令，正三品；褚遂良，黄门侍郎，正四品上；许敬宗，太子右庶子，正四品下；上官仪，秘书郎，从六品上；郑仁轨，左宗卫率府长史，正七品上。④《五言奉和行经破薛举战地应诏》，长孙无忌，司徒，

① 刘昫等：《旧唐书》卷七八，第2693页。

② 刘肃：《大唐新语》卷七，第103页。

正一品；杨师道，太常卿，正三品；褚遂良，黄门侍郎，正四品上；许敬宗，太子右庶子，正四品下；上官仪，秘书郎，从六品上。⑤《五言侍宴延庆殿》，长孙无忌，司徒，正一品；许敬宗，右庶子，正四品下；上官仪，秘书郎，从六品上。⑥《五言咏棋应诏》，许敬宗，太子右庶子，正四品下；刘子翼，承议郎，正六品下；上官仪，起居郎，从六品上。唯《四言曲池酺饮座铭》一组排列出现混乱。

总体来看，《翰林学士集》基本实现在每组之中以官班为序的编排原则，《珠英集》晚于《翰林学士集》，突破组的限制以卷为单位排列，“从卷四、卷五作者皆品位较低者看，全集卷次排列上似乎也是大致遵守了官班为次的原则的。”[①] 官职作为最基本的组织形式，潜移默化地影响宫廷生活的各个层面，而选本的编者、作者多混迹宫廷，“以官班位次”当是最便捷合理也是最体现宫廷特色的编撰原则。

第四节　选本特色：悲慨之风与过渡性质

新旧唐书均明确指出《三教珠英》为奉旨编撰，作为《三教珠英》衍生产品的《珠英集》是否亦为奉旨编撰，学界鲜少论及，孙琴安《唐诗选本提要》认定是奉敕编撰，但未能提供证据，恐失偏颇，笔者认为《珠英集》是崔融的个人行为。

首先，武后时期盛行颂扬文学，《珠英集》却饱含失意的苦闷与离别的忧愁，并未流露出对皇权的强烈认同与过分赞誉。

其次，《珠英集》虽然诞生于《三教珠英》的编撰过程之中，但是具有鲜明的独立意识，已经凸显摆脱宫廷束缚、淡化类书影响的倾向。残卷之中应制只有一首，数量极少，咏物二首，即沈佺期的《古镜》与《朝镜》，诗末“愿垂拂拭恩，为君鉴云发”[②] 与“红颜与壮志，太息此流年”[③] 表达怀才不遇与功业未就的感慨，借物抒怀与传统宫廷模式相去甚远。更为重要的是《珠英集》在一定程度上反映崔融复杂曲折的人生经历。关于崔融的生平，各类文献屡有涉及。据《登科记考》崔融上元三

① 傅璇琮编撰：《唐人选唐诗新编・珠英集》，第44页。

② 同上书，第50页。

③ 同上。

年应“八科举”[1] 之词殚文律科及第，科举入仕是崔融立足官场的重要支点，亦是绝大多数珠英学士的共同特点，其后崔融荣辱参半三十余年，生命感悟融入诗歌创作，进而体现在选本之中，《珠英集》亦带有浓郁的个人色彩。

1. 多年宦海沉浮。崔融历仕高宗、武后、中宗三朝，《旧唐书》本传记载颇详：

> 累补宫门丞，兼直崇文馆学士。中宗在春宫，制融为侍读，兼侍属文，东朝表疏，多成其手。圣历中，则天幸嵩岳，见融所撰《启母庙碑》，深加叹美，及封禅毕，乃命融撰朝觐碑文。自魏州司功参军擢授著作佐郎，寻转右史。圣历二年，除著作郎，仍兼右史内供奉。四年，迁凤阁舍人。久视元年，坐忤张昌宗意，左授婺州长史。顷之，昌宗怒解，又请召为春官郎中，知制诰事。长安二年，再迁凤阁舍人。三年，监修国史。……四年，除司礼少卿，仍知制诰。时张易之兄弟颇招集文学之士，融与纳言李峤、凤阁侍郎苏味道、麟台少监王绍宗等俱以文才降节事之。及易之伏诛，融左授袁州刺史。寻召拜国子司业，兼修国史。神龙二年，以预修《则天实录》成，封清河县子，赐物五百段，玺书褒美。……撰哀册文，用思精苦，遂发病

① 对于“八举科”，徐松解释为：“所谓八科举、四科举者，则是其年以八目设科、以四目设科，非置科之名也。今以制举及第姓氏文章之可考者，各标其科。”（《登科记考·凡例》）明确指出“八科举”实为八种科目的总称，士人应考其一即可，属于制举范围。徐松将崔融系于上元三年词殚文律科之下，表明词殚文律为八科之一。然而在《登科记考·凡例》之中又有“制科尤有一人连中数科者，员半千、陆元方、崔融、阳峤连中八科”的记载，前后矛盾表明徐松对“八科举”的认识存在混乱。学者对“八科举”的误解源于宋代，《登科记考·凡例》所举四人新旧唐书记载均有几字之差。员半千，《大唐新语》、《旧唐书》卷一九〇中本传均言：“上元初，应八科举，授武陟尉。”《新唐书》卷一一二则为：“凡举八科，皆中。”陆元方，《旧唐书》卷八八：“元方举明经，又应八科举，累转监察御史。”《新唐书》卷一一六改为：“元方初明经，后举八科皆中。累转监察御史。”崔融，《旧唐书》卷九四：“初，应八科举擢第，累补宫门丞，兼直崇文馆学士。”《新唐书》卷一一四：“擢八科高第，累补宫门丞、崇文馆学士。”阳峤，《旧唐书》卷一八五下：“仪凤中应八举科，授将陵尉，累迁詹事司直。”《新唐书》卷一三〇：“举八科皆中，调将陵尉，累迁詹事司直。”可见宋代开始将“八科举”解为“八科皆中”，以致当今学者吴其昱在《敦煌本〈珠英集〉中的14位诗人》一文中考及崔融时称：“676年左右成功地经过了8次考试”，以《旧唐书》观之，徐松认为“八科举”即“八目设科”的解释更加合理。

卒，时年五十四。[①]

其中多有舛误遗漏。崔融中举之后授官夏县尉，与好友李峤往来，李峤有《与夏县崔少府书》，崔融复《报三原李少府书》。永隆二年兼崇文馆学士[②]，垂拱二年在泾州，《新唐书·武后纪》云："（垂拱二年）十月己巳，有山出于新丰县，改新丰为庆山。"[③] 崔融《为泾州李使君贺庆山表》即咏此事。万岁通天元年由魏州司功参军迁著作佐郎，本传曰"圣历中"，误。据《旧唐书·武后纪》记载："万岁登封元年腊月甲申，上登封于嵩岳，大赦天下，改元，大酺九日。"[④] 崔融受到赏识擢拔即在此时，本年陈子昂有《送著作佐郎崔融等从梁王东征》亦可佐证。久视元年由凤阁舍人外贬[⑤]，先为魏城县令，沈超《崔文公魏成县灵泉记述》曰："崔司业融当久视元年莅斯邑也，刻《灵泉记》于此巨石焉。"[⑥] 又李汭《高凉泉记》："魏成县南五里有长岭……傍得旧铭，隐磷余字，即久视元年崔司业融首莅兹邑，高禖有祷，刻石斯存，地繇古观，亵非一祀。"[⑦] 两文均证实崔融曾在魏成县任职。其后改任婺州长史，有《吴中好风景》："夕烟杨柳岸，春水木兰桡。"[⑧] 表明春季尚在贬所，当为久视二年之事。此后行踪与《旧唐书》合。数年的辗转奔波促使崔融摆脱为文造情的积习，诗歌创作饱含真情实感，如《留别杜审言并呈洛中旧游》："斑鬓今为别，红颜昨共游。年年春不待，处处酒相留。驻马西桥

---

① 刘昫等：《旧唐书》卷九四，第2996—3000页。

② 王溥：《唐会要》卷六四，第1320页。《崇文馆》条："永隆二年二月六日，皇太子亲行释奠之礼。礼毕，上表请博延耆硕英髦之士，为崇文馆学士，许之。于是薛元超表荐郑祖元、邓玄挺、杨炯、崔融等并为崇文学士。"

③ 欧阳修、宋祁：《新唐书》卷四，第85页。

④ 刘昫等：《旧唐书》卷六，第124页。

⑤ 王昶：《金石萃编》卷六四收有《夏日游石淙诗碑》，参与之人如下：太子宾客上柱国梁王武三思、内史狄仁杰、奉宸令张易之、麟台监中山县开国男张昌宗、鸾台侍郎李峤、凤阁侍郎苏味道、夏官侍郎姚元崇、给事中阎朝隐、凤阁舍人崔融、奉宸大夫汾阴县开国男薛曜、给事中徐彦伯、左奉辰内供奉杨敬述、司封员外于季子、通事舍人沈佺期等。时间为"大周久视元年岁次庚子律中蕤宾十九日丁卯"。则崔融久视元年夏仍在凤阁舍人之任，贬谪当在秋冬之际。

⑥ 董诰等：《唐文拾遗》卷二六，第10664页。

⑦ 同上书，第10665页。

⑧ 彭定求等：《全唐诗》卷六八，第766页。

上，回车南陌头。故人从此隔，风月坐悠悠。"① 时光流逝的惆怅与亲朋离别的伤感交织闪现，哀婉动人，已经溢出宫廷范畴。

2. 两度从军边塞。崔融第一次赴边为追随韦待价出征吐蕃，据《旧唐书·韦待价传》记载："（垂拱二年）六月，拜文昌右相，依旧同凤阁鸾台三品。……明年，上疏请自效戎旅之用，于是拜安息道行军大总管，督三十六总管以讨吐蕃，进封扶阳郡公。"②《文苑英华》录有崔融《代宰相上尊号表》："伏见某日制书，以天授圣图，群臣上尊号曰圣母神皇。昭备典册肃应景命，大赦天下，赐酺五日。……在臣驽暗，远谢贤明，徼逢振拭，擢登左右。陛下不以臣不肖，复使臣待罪元戎，顾无平虏之能，未答破羌之寄。恭闻瑞典，载休鸿私，幸属皇义之代，欣承帝魁之美。冕旒端拱，既不获接景前行，玉帛来朝，又不获趋风后位。横行万里，限中国以长城，悚踴一隅，望东朝于西域，不任悦豫翘勤之至。谨遣某官奉表称贺以闻。"文后注曰："垂拱四年，韦待价以文昌右相、安息道行军大总管。"③ 则本年崔融在韦待价军中，其《西征军行遇风》云："及兹戎旅地，忝从书记职。"④ 表明担任书记一职。

崔融第二次出塞是跟随武三思出征契丹，亦任掌书记之职。"（万岁通天元年）夏，五月，壬子，营州契丹松漠都督李尽忠、归诚州刺史孙万荣举兵反，攻陷营州，杀都督赵文翙。……乙丑，遣左鹰扬卫将军曹仁师、右金吾卫大将军张玄遇、左威卫大将军李多祚、司农少卿麻仁节等二十八将讨之。秋，七月，辛亥，以春官尚书梁王武三思为榆关道安抚大使，姚琦副之，以备契丹。"⑤ 崔融此次离京，诸位友人殷勤相送。陈子昂《送著作佐郎崔融等从梁王东征并序》记之尤详："岁七月，军出国门。天晶无云，朔风清海。时比部郎中唐奉一、考功员外郎李迥秀、著作佐郎崔融并参帷幕之宾，掌书记之任。燕南怅别，洛北思欢。顿旌节而少留，倾朝廷而出饯。"⑥ 杜审言有《送崔融》："君王行出将，书记远从征。祖帐连河阙，军麾动洛城。旌旃朝朔气，笳吹夜边声。坐觉烟尘扫，秋风

① 彭定求等：《全唐诗》卷六八，第 766 页。
② 刘昫等：《旧唐书》卷七七，第 2672 页。
③ 李昉等：《文苑英华》卷五五四，第 2829—2830 页。
④ 彭定求等：《全唐诗》卷六八，第 765 页。
⑤ 司马光编著，胡三省音注：《资治通鉴》，卷二〇五，第 6505—6506 页。
⑥ 彭定求等：《全唐诗》卷八四，第 907—908 页。

古北平。"[1] 祝愿崔融旗开得胜、建功立业。崔融两次从军边塞时间都较短，但影响颇大。其边塞诗境界阔大，既有扫荡边塞的豪情又有思念家人的苦闷，如《关山月》："月生西海上，气逐边风壮。万里度关山，苍茫非一状。汉兵开郡国，胡马窥亭障。夜夜闻悲笳，征人起南望。"[2] 描写塞上月夜的苍茫气象，悲凉之中不失慷慨。更有《塞上寄内》："旅魂惊塞北，归望断河西。春风若可寄，暂为送兰闺。"[3] 柔情满怀，殷切希望缕缕春风能够带去诗人对妻子无尽的思念，堪称盛唐边塞诗的先声。

而《珠英集》选诗以边愁闺怨、羁旅忧思为主，与崔融宦海沉浮、从军边塞的经历正相吻合，选本体现了浓郁的个人与时代特色。

1. 悲慨风格。珠英学士部分来自社会底层，通过自我奋斗走上仕途。困顿潦倒、羁旅漂泊是普遍体验，诗风感伤沉挚，悲慨之气贯穿其中。李峤、魏知古、沈佺期、宋之问、王无竞、刘知几、崔湜、王适、富嘉谟、员半千、阎朝隐、徐彦伯、张说、韦元旦、李适、元希声、徐坚、刘允济、于季子均由科举入仕，从品阶最低的官职作起。曾为县尉、参军、主簿的有：李峤（安定县尉、长安县尉、三原县尉）、崔融（夏县尉、魏州司功参军）、宋之问[4]、王无竞（栾城县尉、洛阳县尉）、富嘉谟（晋阳尉）、员半千（武陟尉）、阎朝隐（阳武尉）、韦元旦（东阿尉）、李适（猗氏尉）、刘允济（下邽尉）、刘知几（获嘉主簿）、元希声（内黄主簿、万年主簿）、徐彦伯（蒲州司兵参军），刘知几更是一任获嘉主簿十九年未调，其间屡次上表直陈时政得失，不为所用，累岁不迁。而李峤[5]、宋之问[6]、王无竞[7]、

---

① 彭定求等：《全唐诗》卷六二，第735页。

② 彭定求等：《全唐诗》卷六八，第764页。

③ 同上书，第768页。

④ 具体官职不详，宋之问《潜珠篇》："今乃千里作一尉，无媒为献明圣君。"（《宋之问集校注》卷一）知其曾历县尉一职。

⑤ 据《旧唐书·李峤传》卷九四："时岭南邕、严二州首领反叛，发兵讨击，高宗令峤往监军事。峤乃宣朝旨，特赦其罪，亲入獠洞以招谕之，叛者尽降，因罢兵而还。"知李峤早有从军经历。

⑥ 宋之问有《军中人日登高赠房明府》一诗，时间、地点难以确知，陶敏、易淑琼《沈佺期宋之问简谱》认为："当在高宗仪凤至武后垂拱中，盖天授后，之问行踪多可考。"则《珠英集》编撰之前已有从军经历。

⑦ 陈子昂《观荆玉篇并序》："丙戌岁，余从左补阙乔公北征。夏四月，军幕次于张掖河。……时东莱王仲烈亦同旅，闻之大喜。"（《陈子昂集》卷一）则王无竞曾与陈子昂一同追随乔知之北征。

元希声[①]在《三教珠英》编撰之前已有从军经历。奔走州县、往来塞漠的丰富见闻使得珠英学士开始多角度、深层次的审视生活，情感世界逐渐走向复杂深沉。羁旅愁思、前途渺茫成为哀叹主题。胡皓《夜行黄花川》：

的的夜绵绵，剑斗历高天。露浩空山月，风秋洞壑泉。饥鼯啼远树，暗鸟宿长川。借问邛关道，遥遥复几年。[②]

描写旅途的孤独与寂寞，诗人在崇山峻岭中艰难跋涉，月光清冷，树影斑驳，秋风瑟瑟，泉声泠泠，陪伴左右的只有鸟与鼯，鼯即飞鼠，“前后两肢间有膜，能飞行树上。棲于深山，夜出求食，声如小儿啼。”[③] 鼯的出现点明夜之深，山之幽，在一个鸟儿都已睡去的深夜，空山之中回荡着饥鼯凄厉的叫声，环境阴森恐怖，诗人落寞困惑，不禁发出“借问邛关道，遥遥复几年”[④] 的感叹，一语双关，既是对行程的质疑又是对前途的拷问，流露出些许厌倦，更多的是无奈。

杨齐哲《晓过古函谷关》异曲同工，险峻的山势亦如曲折的仕途，“圣德令无外，何处是关中”[⑤] 的质问与胡皓如出一辙，二人都对未来产生深深的恐惧与迷茫。行旅必然涉及离别，离别更为行旅抹上一层伤感色彩。刘知几《次河神庙虞参军船先发余阻风不进寒夜旅泊》：

朝谒冯夷词（祠），夕投孟津渚。风长川淼漫，河阔舟容与。回首望归途，连山暧相拒。落帆遵迥岸，辍榜依孤屿。复值惊彼（波）息，戒徒候前侣。川路虽未遥，心期顿为阻。沉沉落日暮。切切凉飔举。白露湿寒葭，苍烟晦平楚。啼猨响岩谷，唳鹤闻河溆。此时怀故人，依然怆行旅，何当欣既觏，郁陶共君叙。[⑥]

---

① 崔湜：《故吏部侍郎元公碑》：“公之始至万年也，河洛肇基于天邑，崤函分守于懿亲。郇国公攸望地在维翰，寄深镇抚。以公文吏之美，佥为判官。凡有笺疏，皆自公出。”（《文苑英华》卷八九八）表明元希声曾为武攸望僚属。

② 傅璇琮编撰：《唐人选唐诗新编·珠英集》，第73页。

③ 罗竹风主编：《汉语大词典》第十二卷，汉语大词典出版社1993年版，第1413页。

④ 傅璇琮编撰：《唐人选唐诗新编·珠英集》，第73页。

⑤ 同上书，第72页。

⑥ 同上书，第60页。

刘诗更加丰满，详细描绘行走路线、天气状况、心路历程。朝发冯夷祠夕至孟津渚，途中风雨交加，舟车劳顿，而与同行虞参军的失散更加重了诗人的惆怅。夕阳西下，凉风渐起，猿啼鹤唳，面对阴郁凄凉的景色万般感触涌动，离开帝乡的落寞、对友人的挂念侵袭心头，尚未到任已思返归。尾联“何当欣既觏，郁陶共君叙”显现诗人盼望回京与朋友畅叙幽情的心情是何等的急切！游宦固然痛苦，倘若他乡遇故知当是另一番景象，然而饱经风霜的珠英学士并未表现出常人的快乐。“共是他乡客，俱为失路人。自怜蓬发改，不掩柳条春。”[①] 在充满生机的春天与朋友相遇，无奈二人都憔悴颓废，潦倒不堪，盎然的春色与重逢的机缘并未带来惊喜与希望，抑郁失意之情笼罩全篇。漂泊各地的诗人饱受苦痛，留守京师的诗人何尝不受煎熬？崔湜《登总持寺浮图》：“故人不可见，冠盖满东京。”[②] 即使居于京师同样孤独失意，一方面是好友四散，另一方面是权贵充斥，自己满腹才华却报国无门，两相对比更加凸显诗人的困顿落魄。崔湜此诗已现杜甫“冠盖满京华，斯人独憔悴”[③] 的雏形。其实怀才不遇之感在漂泊州县的诗人身上表现得愈发明显。珠英学士才华出众却不受重用，遭到排挤打压，颇似失宠妃嫔的境遇，于是宫怨成为发泄途径。沦落诗人反复吟咏，既是六朝诗风的继承，更是自身遭遇的寄托。

长门怨

沈佺期

月皎风冷冷（泠泠），长门次掖庭。玉阶闻坠叶，罗幌见飞萤。君恩若流水，妾怨似繁星。黄金尽词赋，自（白）发空帷屏。[④]

长门怨

乔备

秋入长门殿，木落洞房虚。妾思霄（宵）逾静，君恩日更疎。坠露清金阁，流营（萤）点玉除。还将闺里恨，遥问马如相（相如）。[⑤]

① 阙名：《渝州逢故人》，傅璇琮编撰：《唐人选唐诗新编·珠英集》，第 67 页。

② 同上书，第 56 页。

③ 杜甫：《梦李白二首》其二，浦起龙：《读杜心解》卷一，第 65 页。

④ 傅璇琮编撰：《唐人选唐诗新编·珠英集》，第 53—54 页。

⑤ 同上书，第 69 页。

两诗均咏阿娇失宠一事。岁月悠悠，深宫寂寂，月光清冷，秋风萧瑟，阿娇独守长门，只有流萤微弱的光芒在阶前闪烁。沈诗“君恩若流水，妾怨似繁星”① 堪称点睛之笔，繁星凸显阿娇怨念的密度与广度，流水与繁星对举更使阿娇的痴情与武帝的薄幸形成强烈反差。二诗尾联极其相似，为了改变命运，阿娇请求司马相如作赋挽回丈夫，然而现实却是如此的残忍，“黄金尽词赋，白发空幄屏”②，黄金换取词赋，得到的却是白发空对帷幄，阿娇抗争一番却未能改变命运。然而深宫之中更多的是惨遭抛弃却无能为力的悲情女子，崔湜“容华尚春日，娇爱已秋风”③、王无竞“妾怨在朝露，君恩岂中薄”④、乔备“君情将妾怨，称取谓谁多”⑤。色未衰爱已弛，面对帝王的薄情寡义，三位女子只能弹琴作曲自伤命运，“高台奏曲终，潺湲泪横落”⑥、“不期流水引，翻作断肠歌”⑦ 是其生活的真实写照，而“年年后庭树，荣落在深宫”⑧ 更传达出旷世的凄凉，失宠嫔妃的余生将在花开花落中自生自灭，而沉沦下僚的珠英学士似乎亦有在奔波蹉跎中度过青春年华的可能，同病相怜之感油然而生，珠英学士前期的创作无论是对旅途的描绘还是对命运的思考都流露出浓郁的悲伤。

如果说出任地方小吏的诗人主要表现备受冷落、羁旅困顿的悲戚，从军边塞的诗人则在悲戚之中流露出一丝豪壮。珠英学士之中曾有数人或主动或被动出征塞漠，成为盛唐边塞诗的先驱。崔湜《塞垣行》：

疾风度溟海，万里扬沙砾。仰望不见天，昏昏竟朝夕。是时军两进，东拒复西敌。蔽山张旗鼓，间道潜锋镝。精骑突晓围，奇兵袭暗

① 傅璇琮编撰：《唐人选唐诗新编·珠英集》，第53页。

② 同上书，第53—54页。

③ 崔湜：《斑（班）婕好（妤）一首》，傅璇琮编撰：《唐人选唐诗新编·珠英集》，第59页。

④ 王无竞：《铜爵妓一首》，傅璇琮编撰：《唐人选唐诗新编·珠英集》，第63页。

⑤ 乔备：《杂诗一首》，傅璇琮编撰：《唐人选唐诗新编·珠英集》，第68页。

⑥ 王无竞：《铜爵妓一首》，傅璇琮编撰：《唐人选唐诗新编·珠英集》，第63页。

⑦ 乔备：《杂诗一首》，傅璇琮编撰：《唐人选唐诗新编·珠英集》，第68页。

⑧ 崔堤：《斑（班）婕好（妤）一首》，傅璇琮编撰：《唐人选唐诗新编·珠英集》，第59页。

壁。十月塞寒惣，四山沥（沍）阴积，雨雪应（雁）南飞，风尘景西迫。昔我事论诗，未尝怠经籍。一朝弃笔砚，十年操矛戟。客邀黄河誓，须勒燕山石。可嗟牧羊臣，海上久为客。[1]

全面展现塞上环境、战争场景、战术策略。万里黄尘遮天蔽日，双方军队在恶劣环境中开战，旌旗挥舞，鼓声大震，正面交战配合侧面突袭，诗人“一朝弃笔砚，十年操矛戟”的豪情壮志在塞外找到出路，而“客邀黄河誓，须勒燕山石。可嗟牧羊臣，海上久为客”，运用东汉窦宪打败匈奴燕然勒石与西汉苏武出使匈奴牧羊北海的两个典故凸显诗人建功立业的信心与追求。如果能够建立窦宪一般的丰功伟绩，苏武就不必空留遗恨，表达彻底消灭敌人的志向。

又乔备《出塞》：“砂场三万里，猛将五千兵。旌断冰谿戍，葭思铁关城。阴云暮成雪，寒日昼无晶。直为怀恩苦，谁知边塞情。”[2] 风沙肆虐的战场与阴沉苦寒的气候是边塞的两大特色，“直为怀恩苦，谁知边塞情。”道出边塞甘苦只有身临其境的人才有真切的体会。此外，阙名的《奉天田明府席饯别》“此席何所饯，徭役五原中”[3]。因徭役离别家乡奔赴五原，“疾沙乱飞雪，连车杂转蓬。雁归寒塞近，客散祖亭空。日夕不遑次，箫（萧）条鸣朔风。”[4] 一派塞外景色，饯别宴席难掩失落萧索的心境。边塞有征夫，闺中必有思妇，闺怨成为边塞的重要延伸。沈佺期《古意》：

卢家小妇郁金堂，海燕双栖［玳］瑁梁。九月寒砧催下叶，十年征戍忆辽阳。白狼何（河）北军书断，丹凤城南秋夜长。谁忍含愁独不见，使妾明月对流黄。[5]

卢家少妇闺房华美，家境优裕，室内的芬芳与屋外的萧瑟，成双的燕子与孤独的少妇形成强烈对比。秋意渐浓，砧声阵阵，落叶满径，闺中少

① 傅璇琮编撰：《唐人选唐诗新编·珠英集》，第59页。

② 同上书，第68页。

③ 同上书，第67页。

④ 同上。

⑤ 同上书，第52页。

妇陷入深深的思念之中。"十年征戍忆辽阳"一语道尽心酸，夫妻分别多年，"白狼何北军书断，丹凤城南秋夜长。"更显凄苦，丈夫久戍边关，音讯断绝，生死未卜，担心忧虑之情郁结于心无法排解，漫漫长夜辗转难眠。从军边塞为女子带来的痛苦并不少于男子，甚至有过之而无不及。又如崔湜《同李员外春怨》：

> 落日啼连夜，孤灯坐着明。卷帘双燕出，披幌百花惊。陇外寒应晚，机中织未成。管弦愁不记，妆梳懒无情。去岁闻西伐，今年首北征。容颜离别尽，流恨满长城。[①]

诗中主人公是位平民女子，一灯如豆，独坐愁思，对丈夫的担忧与挂念充溢心间，猜想边塞的天气情况，计算丈夫的行军进程，以至于无法劳作，无意音乐，无心梳妆，颇有《诗经》"岂无膏沐？谁适为容"[②]！与《古诗十九首》"终日不成章，泣涕零如雨"[③]的风貌。"容颜离别尽，流恨满长城"娇美的容貌自离别之后即黯然失色，少妇急切地期盼丈夫能够早日归来，但是良人身在何处都无法知晓，满腔的愤恨似乎能够淹没万里长城。

综上所述，珠英学士喜用暮秋、寒夜、空山、冷月等具有悲感色彩的意象表现自身苦闷忧虑的情怀。悲戚之情弥漫《珠英集》有着深刻的社会原因，与前朝元老重臣相比，珠英学士多为科举出身，早年饱读诗书，声名远播。魏知古"性方直，早有才名"[④]；宋之问"弱冠知名，尤善五言诗，当时无能出其右者"[⑤]；刘知几"少与兄知柔俱以词学知名"[⑥]；崔湜"少以文辞知名"[⑦]；徐彦伯"少以文章擅名"[⑧]；元希声"七岁属文，

---

① 傅璇琮编撰：《唐人选唐诗新编·珠英集》，第58页。

② 程俊英、蒋见元：《诗经注析》，中华书局1991年版，第187页。

③ 徐陵：《玉台新咏笺注》卷一，中华书局1985年版，第21页。

④ 刘昫等：《旧唐书》卷九八，第3061页。

⑤ 刘昫等：《旧唐书》卷一九〇中，第5025页。

⑥ 刘昫等：《旧唐书》卷一〇二，第3168页。

⑦ 刘昫等：《旧唐书》卷七四，第2622页。

⑧ 刘昫等：《旧唐书》卷九四，第3004页。

邈有高致"[①]，诗文、书法、音乐兼擅，被视为"神童"；徐坚"少好学，遍览经史"[②]；刘允济"博学善属文，与绛州王勃早齐名，特相友善"[③]，均有良好的文学功底，通过科举走上仕途，看似一帆风顺的人生画卷就此展开。又进士科在高宗、武后时期地位飙升，乃至令位高权重的薛元超发出："吾不才，富贵过分，然平生有三恨：始不以进士擢第，不得娶五姓女，不得修国史"[④] 的慨叹，进士擢第居三恨之首。唐人赋予进士的无上荣耀与社会使命使得及第者极易对前途命运产生脱离实际的幻想与期待，滋生荣华富贵唾手可得、理想抱负瞬间实现的错觉，少有才名、享誉一方的珠英学士表现得尤为突出。

高起点造就舍我其谁的极度自信，员半千最为典型，其《陈情表》声称："若使臣七步成文，一定无改，臣不愧子建；若使臣飞书走檄，援笔立成，臣不愧枚皋。陛下何惜玉阶前方寸地，不使臣披露肝胆，抑扬辞翰。请陛下召天下才子三五千人，与臣同试诗、策、判、笺、表、论，勒字数，定一人在臣先者，陛下斩臣头，粉臣骨，悬于都市，以谢天下才子。望陛下收臣才，与臣官。如用臣刍荛之言，一辞一句，敢陈于玉阶之前。如弃臣微见，即烧诗书，焚笔砚，独坐幽岩，看陛下召得何人，举得何士！"[⑤] 直接向皇帝讨要官职，极尽炫耀威胁之能事，狂妄怪诞令人咋舌。自负如此拼搏数年竟然仅得一尉，骆宾王不禁叹道："薄宦三河道，自负十余年。"[⑥] 理想与现实的巨大落差使得怀才不遇之感空前强烈，挫败感与幻灭感也格外明显。珠英学士多来自底层，员半千"贫穷孤露，家资不满千钱，乳杖藜糗，朝夕才充一饭。有田三十亩，有粟五十石。闻陛下封神岳，举英才，货卖以充粮食，奔走而归帝里。京官九品，无瓜葛之亲"[⑦]。家境贫寒，举目无亲，完全依靠自我奋斗，遭遇更多坎坷曲折，功名的热望，复杂的经历，纠结的情绪，瞬息万变的命运导致诗歌充满困惑迷茫，悲戚之风弥漫全集。在诗歌尾联表现尤为明显，阙名的《帝京

---

① 崔湜：《故吏部侍郎元公埤》，董诰等：《全唐文》卷二八〇，第2840页。

② 刘昫等：《旧唐书》卷一〇二，第3175页。

③ 刘昫等：《旧唐书》卷一九〇中，第5012—5013页。

④ 刘餗撰，程毅中点校：《隋唐嘉话》中，第28页。

⑤ 董诰等：《全唐文》卷一六五，第1682页。

⑥ 骆宾王：《叙寄员半千》，彭定求等：《全唐诗》卷七七，第831—832页。

⑦ 董诰等：《全唐文》卷一六五，第1682页。

篇》描绘长安的繁华奢靡，以“独有扬雄宅，箫（萧）然草太玄”[①] 结束全篇，强烈的对比凸显扬雄的孤独凄凉。杨齐哲《秋夜宴徐四山亭》：“樽酒故人意，苍苍寒露深”[②]、乔备《秋夜巫山》：“唯怜梦魂远，肠断思纷纷”[③]、胡皓《奉使松府》：“孤舟忽不见，垂泪坐盈盈”[④]、阙名《春悲行》：“吾生殊卉木，憔悴此江滨。”[⑤] 或悲离别，或伤身世，在理想与现实的夹缝中苦苦挣扎。崔湜《九龙潭作》：“顾谓携手人，谁为挂冠客”[⑥]、王无竞《君子有所思》：“独有东陵子，种瓜青门旁”[⑦]，甚至流露退出官场，远离纷扰的想法。《珠英集》编撰之时，诸人宦海沉浮已经数年，青年时期的锋芒毕露、盲目乐观退去光环，沉重压抑的生活环境，支离破碎的昔日梦想，最终使得悲戚成为主流。

2. 过渡性质。根据《全唐诗》与《全唐诗补逸》统计，崔融目前存诗共计十九首，其中《塞垣行》一诗，《珠英集》、《搜玉小集》均作崔湜，从之。十八首诗中五言十六首，七言二首，可见崔融对五言的喜爱远超七言，其中近体诗与向近体演变的诗歌占多数。近体注重平仄、对仗，齐梁以来兴起的声病理论主要探讨字音，唐代继承发展，在字义、字形方面有所开拓。崔融处于过渡时期，平仄已有相当修养，对仗相对薄弱。现存《西征军行遇风》、《登东阳沈隐侯八咏楼》不合格律。《哭蒋詹事俨》长达二十韵，仅“一举群鸟随”[⑧] 出律。此外，《从军行》、《太平龙兴寺》、《则天皇和挽歌》其二完全合律。《咏宝剑》、《吴中好风景》、《留别杜审言并呈洛中旧游》、《韦长史挽词》四首为五律，《嵩山石淙侍宴应制》为七律。总体来看，崔融对平仄、对仗的运用处于自发状态，似乎并未形成统一的标准，作年最晚的《则天皇后挽歌》二首，其一不合格律，其二是标准的五律，近体诗创作处于摸索阶段。

《珠英集》无法窥其全貌，仅能通过片段略作探讨。残卷共有五言四

① 傅璇琮编撰：《唐人选唐诗新编·珠英集》，第 49 页。

② 同上书，第 72 页。

③ 同上书，第 68—69 页。

④ 同上书，第 73 页。

⑤ 同上书，第 66 页。

⑥ 同上书，第 57 页。

⑦ 同上书，第 63 页。

⑧ 彭定求等：《全唐诗》卷六八，第 767 页。

十五首、七言四首、杂言一首、四言一首、八言一首，五言占有绝对优势，与崔融个人喜好一致。其中只有沈佺期《驾幸香山寺应制》、《古意》，崔湜《等总持寺浮图》、《同李员外春怨》，阙名《渝州逢故人》五首完全合律，剩余诗歌合律程度参差不齐，贾晋华《唐代集会总集与诗人群研究》中有详细统计①。《珠英集》古体、近体均有明显的过渡性质，半首甚至整首基本合律的情况屡见不鲜。沈佺期《朝镜》后半“恍惚夜川里，蹉跎朝镜前。红颜与壮志，太息此流年”② 完全合律，崔湜《酬杜麟台春思》后半“忆梦残灯落，离魂暗鸟惊。可怜朝与暮，楼上独盈盈”③、王无竞《咏汉武帝》前半“汉家中叶盛，六世有雄才。厩马三十

---

① 贾晋华《唐代集会总集与诗人群研究》：“此五十二首诗中，计有新体诗二十二首，古体诗三十首。二十二首新体诗中，计有十三首五言四韵诗，二首七言四韵诗，四首五言长诗（十句以上），三首五言或七言二韵诗。……此十三首诗中，竟没有一首完全合律。其中有三首各违律一处，分别为沈佺期之《长门怨》、乔备之《出塞》、胡皓之《夜行黄花川》。有四首各违律二处，为崔湜之《班婕妤》、马吉甫之《秋夜怀友》、胡皓之《奉使松府》、乔备之《秋夜巫山》。有五首各违律三次，为房元阳之《宋薛大入洛》、沈佺期《览镜》、崔湜之《酬杜麟台春思》、乔备之《长门怨》、王无竞之《咏汉武帝》。最后一首，杨齐哲之《晓过函谷关》，违律四次。……另二首各违律一次，为马吉甫之《秋晴过李三山池》，元希声之《宴卢十四南园得园韵》。……另二首各违律一次，为佚名之《答徐四萧关别醉后见投》、沈佺期之《邙山》。”贾晋华底本为《敦煌宝藏》，笔者底本为徐俊整理的《珠英集》，二者应该存在一定差异，但与贾晋华的统计数据差距过大，现略作说明。据笔者统计，沈佺期《朝镜》（又作《览镜》）违律两次，“靡”（第二个）、“相”。《邙山》违律四次，“中”、“钟”、“上”、“闻”。《长门怨》违律七次，“泠”（第二个）、“恩”、“妾”、“怨”、“ 繁”、“词”、“幄”。崔湜《酬杜麟台春思》违律四次，“还”、“满”、“阳”、“凝”。《班婕妤》违律三次，“春”、“幄”、“庭”。王无竞《咏汉武帝》违律七次，“历”、“邪”、“单”、“仙”、“莫”、“救”、“陵”。马吉甫《秋晴过李三山池》违律一次，“晴”。《秋夜怀友》违律一次，“人”。佚名《答徐四萧关别醉后见投》违律一次，“关”（第一个）。乔备《出塞》违律三次，“场”、“关”、“成”。《秋夜巫山》违律四次，“峡”、“窈”、“窕”、“魂”。《长门怨》违律五次，“木”、“落”、“房”、“逾”、“恩”、“更”。元希声《宴卢十四南园得园韵》违律两次，“遐”、“ 条”。房元阳《送薛大人入洛》违律十次，“随”、“北”、“共”、“东”、“月”、“轩”、“灯”、“罢”、“桂”、“芳”。杨齐哲《晓过函谷关》违律九次，“山”、“ 凉”、“塞”、“光”、“晓”、“树”、“影”、“晴”、“无”。胡皓《奉使松府》违律十一次，“涛”、“嶂”、“西”、“白”、“根”、“秋”、“叶”、“舟”、“不”、“泪”、“盈”（第一个）。《夜行黄花川》违律两次，“绵”、“绵”。

② 傅璇琮编撰：《唐人选唐诗新编·珠英集》，第50页。

③ 同上书，第58页。

万，国容何壮裁（哉）”① 亦同，马吉甫《秋夜怀友》、阙名《答徐四萧关别醉后见投》仅有一字出律。如此来看，《珠英集》残卷基本再现近体诗歌的演变历程，不合格律—半首合律—个别字词违律—整首合律。以《珠英集》观之“在701年前律诗尚未正式定格，珠英学士尚未自觉地、普遍地使用统一的格式”②。此后珠英学士在律化道路上继续前进，据杜晓勤《齐梁诗歌向盛唐诗歌的嬗变》统计珠英学士粘式律比率分别为：刘允济百分之六十六点六七、王适百分之六十六点六七、李峤百分之九十三点五八、崔融百分之八十八点八九、李适百分之百、于季子百分之百、韦元旦百分之百、武三思百分之百、魏知古百分之百、宋之问百分之九十二点五九、崔湜百分之九十二、阎朝隐百分之百、徐彦伯百分之百、沈佺期百分之九十三点零七，张易之、张昌宗、薛曜三人没有近体创作。以《珠英集》中存诗最多的沈佺期为例，十首诗歌五首近体，两首完全合律，比率仅为百分之四十，与杜晓勤统计的百分之九十三点零七差距甚大，可见沈佺期七〇一年后新体创作较多。珠英学士基本符合此种趋势。“据《全唐诗》及王重民发现的《珠英学士集》残卷，有姓名可考的28名珠英学士留下了大量的新体诗，而他们新体诗中粘式律又占91.73%。这些修书者中，既有李峤等文坛宿老，又有‘满洲安邑令宋国乔备’、‘恭陵丞安定胡皓’等中下层文士，然而他们新体诗律化水平却并无太大差距，粘式律的百分比都在90%以上，这无疑与三年修书过程中互相砥砺、彼此影响的文学氛围有密切的关系。所以，《三教珠英》的编撰，客观上为近体律诗的定型做了最后、最充分的准备。”③ 由此可见《珠英集》带有典型的过渡性质。

悲戚之风是《珠英集》的主要风格，过渡性质是《珠英集》的时代特色，崔融将自身遭遇、创作风格或隐或显地投射在选本之中，使得《珠英集》呈现明显的个人特征。

第五节 选本意义

《珠英集》虽诞生于宫廷却带有明显的个人色彩，其选本意义如下

① 傅璇琮编撰：《唐人选唐诗新编·珠英集》，第61页。

② 贾晋华：《唐代集会总集与诗人群研究》，第489—490页。

③ 杜晓勤：《齐梁诗歌向盛唐诗歌的嬗变》，第71页。

所述。

1.《珠英集》的编撰表明宫廷文人由元老重臣向中举士子转变，新兴阶层迅速崛起并逐渐占据文坛主流。初唐高祖、太宗、高宗、武后四朝，以太宗、武后两朝游宴唱和最为频繁，并且出现专门收录宫廷诗歌的选本：《翰林学士集》与《珠英集》。

《翰林学士集》涉及诗人如下：长孙无忌，司徒，正一品；高士廉，开府仪同三司，从一品；郑元璹，沛国公，从一品；沈叔安，吴兴公，正二品；杨师道，中书令，正三品；刘洎，侍中，正三品；岑文本，中书令，正三品；褚遂良，黄门侍郎，正四品上；于志宁，兵部侍郎，正四品下；许敬宗，太子右庶子，正四品下[①]；朱子奢，国子司业，从四品下；张后胤，燕王友，从五品下；张文琮，酆王友，从五品下；陆搢，越王文学，从六品上；上官仪，秘书郎，从六品上；刘子翼，承议郎，正六品下；郑仁轨，左宗卫率府长史，正七品上。共计十七人，五品以下四人，占百分之二十三点五，科举出身一人，仅占百分之五点九。文臣、武将混杂其间，文学修养参差不齐，诗人身份多被淡化。相较而言上官仪最具才华，"举进士。太宗闻其名，召授弘文馆直学士，累迁秘书郎。时太宗雅好属文，每遣仪视草，又多令继和，凡有宴集，仪尝预焉。"[②] 虽然受到赏识，但是终太宗一朝仅为从六品上的秘书郎，占据宫廷中心的仍是长孙无忌、褚遂良等不擅辞赋的元老重臣。

高宗李治延续贞观年间的用人策略，但是由于武后的介入，宫廷政治格局发生重大转变，文坛随之发生逆转，许敬宗、上官仪以压倒性优势战胜以长孙无忌、褚遂良为首的开国元勋，成为宫廷文人领袖。据《旧唐书·上官仪传》记载："本以词彩自达，工于五言诗，好以绮错婉媚为本。仪既贵显，故当时多有效其体者，时人谓为'上官体'。"[③] 上官仪由中举士子跃为达官显宦，表明文士地位逐步升高，然而"高宗时，进士特难其选"[④]。底层文士涉足宫廷的机会依然稀少。武后以女子登帝位，空前绝后之举惊世骇俗，为巩固统治，打击根深蒂固的贵族势力，增设考试科

① 屡次参与唱和之人的官职以出现频率最高者为准。

② 刘昫等：《旧唐书》卷八〇，第2743页。

③ 同上。

④ 封演撰，赵贞信校注：《封氏闻见记》卷三，第15页。

目，扩大录取名额，大量擢拔底层文士，重新建构文坛格局，中下层文士成为主流。《珠英集》的编撰充分展现武后的风格，目前所能考知的三十四位珠英学士，除武三思、张易之、张昌宗三人外，仅李峤一人位居三品，是《三教珠英》名副其实的领袖，其余诸人职官依次为：崔融，凤阁舍人，正五品上；阎朝隐，给事中，正五品上；徐彦伯，给事中，正五品上；薛曜，奉宸大夫，正五品上；薛稷，奉宸供奉；员半千，水部郎中，从五品上；魏知古，著作郎，从五品上；徐坚，太子文学，正六品下；马吉甫，太子文学，正六品下；元希声，太子文学，正六品下；于季子，司封员外郎，从六品上；沈佺期，通事舍人，从六品上；李适，前通事舍人，从六品上；乔备，安邑县令，从六品上；王无竞，殿中侍御史，从七品上；尹元凯，右补阙，从七品上；张说，右补阙，从七品上；刘知几，右补阙，从七品上；房元阳，司礼博士，从七品上；宋之问，司礼主簿，从七品上；崔湜，左补阙，从七品上；李崇嗣，奉宸主簿，从七品上；王适，雍州司功参军，从七品下；胡皓，恭陵丞，从七品下；韦元旦，左台监察御史，正八品上；杨齐哲，洛阳县尉，从八品下；富嘉谟，寿安尉，正九品下；刘允济，大庾尉，从九品上；李处正，无考；符凤，白衣。五品以下二十二人，占百分之六十六点七，无考的十七人不见任何记载，地位应当更低，二十人科举出身，占百分之五十八点八，底层文士、中举士子首次成为多数。珠英学士在《三教珠英》编成之后多有升迁，个别诗人晋升之职为考功员外郎，沈佺期、张说、崔湜等先后主持科举考试，选拔人才，充实宫廷，寒门士子不断加入，新兴阶层开始崛起。另外，珠英学士中的李峤、崔湜、张说、徐坚、徐彦伯、刘允济、刘知几、韦元旦、李适、沈佺期、宋之问、阎朝隐、符凤等十三人在中宗一朝亦为修文馆学士，占据统治地位甚至开始左右朝政。个别修文馆学士本为珠英学士擢拔，例如苏颋，韩休《唐金紫光禄大夫礼部尚书上柱国赠尚书右丞相许国文宪公苏颋文集序》："公任起居郎，属考功员外郎阙，时中书令李峤执笔曰：'考功郎非苏君莫可。'遂拜考功员外郎。迁给事中，特制授修文馆学士。"① 珠英学士是宫廷文人格局转变的关键力量。

2.《珠英集》是宫廷官员与底层文士交流碰撞的结晶，二者的会集使得诗歌创作内容与形式长期分离的局面有所改观，边塞、闺怨题材已现

① 董诰等：《全唐文》卷二九五，第2987页。

盛唐风采。《三教珠英》的编撰是唐朝建国以来宫廷官员与底层文士第一次长时间大规模的切磋互动，《珠英集》便是此次大型聚会的结晶。上层社会养尊处优，文酒行乐，诗歌创作并非出于真情，多为附庸风雅，应制唱和。在漫长的隶事、缀词游戏之中，语言日益精美，技巧日益成熟，最终形成整套完备缜密的创作规则，然而始终无法摆脱为文造情、阿谀赞颂之弊。底层文士或为生计或为前途，辗转各地四处漂泊，个别诗人还曾从军边塞寻找出路，生活艰难，经历复杂，诗作多有感而发，真挚动人。然而由于底层文人分散各地，交通不便，消息闭塞，无法交流，诗歌技巧多有欠缺。当然在野文士与在朝官员并非完全隔绝，例如，王绩与薛收交情甚笃，但是两人的交往属于个人行为，并未对文坛造成影响。

由此来看，《三教珠英》的编撰堪称一大壮举。唐代类书编撰高潮迭起，高祖、太宗、高宗三朝均有编撰，高祖朝“欧阳询《艺文类聚》一百卷。令狐德棻、袁朗、赵弘智等同修”①。太宗朝“《文思博要》一千二百卷，《目》十二卷。右仆射高士廉、左仆射房玄龄、特进魏徵、中书令杨师道、兼中书侍郎岑文本、礼部侍郎颜相时、国子司业朱子奢、博士刘伯庄、太学博士马嘉运、给事中许敬宗、司文郎中崔行功、太常博士吕才、秘书丞李淳风、起居郎褚遂良、晋王友姚思廉、太子舍人司马宅相等奉诏撰”②。高宗朝“《累璧》四百卷，又《目录》四卷。许敬宗等撰”③。均以朝中大臣为主，州县小吏、未入仕途之人从未参与其中。延及武后不拘一格、广纳贤才，上至宰相、下至白衣悉数征召入宫参编《三教珠英》，长期隔离的朝野文士首次会聚，创作出现飞越，打破诗歌内容与形式长期分离的局面，上层的形式优美、内容僵化与下层的形式粗糙、内容丰满互相激荡，取长补短，逐步结合，为声情并茂的盛唐诗歌的到来奠定了基础。同时由于下层士人的加入，诗歌继续向更加深广的生活层面拓展。太宗时期宫廷文人扈从出征，途中应制唱和，边塞景色进入视野，诗歌已经溢出宫廷范围。而珠英学士的从军闺怨作品使得诗歌由宫廷走向塞漠的趋向得到强化并渐趋定型，堪称盛唐边塞诗派的先驱。珠英学士部分成员随后成为中宗修文馆学士，将讨论

---

① 欧阳修、宋祁：《新唐书》卷五九，第1563页。

② 同上书，第1562页。

③ 同上书，第1563页。

成果通过科举考试向全国辐射。玄宗登基之时诗歌已经具备良好的民间基础，朝廷之中甚至还有张说这位横跨武后、中宗、睿宗、玄宗四朝的文坛泰斗，“唐张说前后三入相，三十余年掌文学之任，为儒臣宗。上尝为文引于禁中，令说视草。说亦善用己长，引文儒侍从之臣以左右王化，天子始以经术之道开集贤院，殿置十八学士以修太宗之政，当时绍文之士始尚古风，上之好文，自说始也。”① 史称张说“喜延纳后进”②，事实确实如此，“张说所奖掖的文学后进（包括一些和他年龄差不多的人），现在我们能考知的就有：张九龄、贺知章、徐坚、孙逖、王翰、徐安贞、许景先、袁晖、袁述兄弟六人、赵冬曦兄弟六人、齐澣、王丘、徐浩、裴漼、尹知章、吕向、王湾、常敬忠、崔沔、康子元、敬会真等二十余人。”③ 张说一人沟通上下，将武后、中宗两朝积累的创作经验融会贯通于玄宗一朝。

3.《珠英集》与《正声集》、《搜玉小集》。《珠英集》、《正声集》、《搜玉小集》是三部在时间上一脉相承的选本，《珠英集》产生于武后末期，《正声集》产生于玄宗前期，《搜玉小集》产生于玄宗后期，选录诗人亦有重复。目前所能见到的关于《珠英集》的最早记载为高仲武《中兴间气集序》：“暨乎梁昭明载述已往，撰集者数家，推其风流，《正声》最备，其余著录，或未至焉。何者？《英华》失于浮游，《玉台》陷于淫靡，《珠英》但纪朝士，《丹阳》止录吴人。此由曲学专门，何暇兼包众善。使夫大雅君子，所以对卷而长叹也。”④ 距离成书已经八十余年，评价不高。则《珠英集》似在唐朝流传不广，影响有限。究其原因当与珠英学士的人品有关。在风云变幻的武后、中宗二朝，学士处境尴尬，诸多早期并无污点的文人开始见风使舵，朝秦暮楚。李峤初入仕途正直果敢，招降岭南叛獠，为狄仁杰伸冤，劝谏武后体恤民情，后期却被评价为：“峤有三戾：性好荣迁，憎人昇进；性好文章，憎人才华；性贪浊，憎人受贿。”⑤ 又《新唐书·李峤传》曰：“峤富才思，有所属缀，人多传讽。

① 孙逢吉：《职官分纪》卷一五，第381页。

② 刘昫等：《旧唐书》卷九七，第3057页。

③ 陈祖言：《张说年谱》，中文大学出版社1984年版，前言第1页。

④ 傅璇琮编撰：《唐人选唐诗新编·中兴间气集》，第456页。

⑤ 计有功撰，王仲镛校笺：《唐诗纪事校笺》卷一〇，第336页。

武后时，汜水获瑞石，峤为御史，上《皇符》一篇，为世讥薄。”① 才华横溢却劣迹斑斑。珠英学士在动荡的时局中无法自全，集体沉沦，政治污点为人所不齿。况且《珠英集》成书不久，中宗即位，诸多学士遭到贬谪流放，甚至死于贬所，流传受到一定程度的抵制。

略后的《正声集》却受到激赏，其实《正声集》与《珠英集》在某些方面极其相似，颇疑《正声集》的编撰受到《珠英集》的影响。张说是崔融、孙翌二人的桥梁，张说作为珠英学士之一，诗歌入选《珠英集》，对崔融相当敬佩。崔融卒后张说有《崔司业挽歌二首》：“海岱英灵气，胶庠礼乐资。风流满天下，人物擅京师。疾起扬雄赋，魂游谢客诗。从今好文主，遗恨不同时。象设存华馆，威仪下墓田。凤池伤旧草，麟史泣遗编。帷盖墟烟没，干旌陇日悬。古来埋玉树，流恨满山川。”② 表达悲哀的同时高度肯定崔融的文学成就。珠英学士凋零殆尽之后，张说颇为怀念，常常提及。据《大唐新语》记载：

> 张说、徐坚同为集贤学士十余年，好尚颇同，情契相得。时诸学士凋落者众，唯说、坚二人存焉。说手疏诸人名，与坚同观之。坚谓说曰：“诸公昔年皆擅一时之美，敢问孰为先后？”说曰：“李峤、崔融、薛稷、宋之问，皆如良金美玉，无施不可。富嘉謩之文，如孤峰绝岸，壁立万仞，丛云郁兴，震雷俱发，诚可畏乎！若施于廊庙，则为骇矣。阎朝隐之文，则如丽色靓妆，衣之绮绣，燕歌赵舞，观者忘忧。然类之《风》、《雅》，则为俳矣。”③

由此可见，张说在集贤院怀念之人均为珠英学士，而非修文馆学士。又孙翌与张说私交甚密，孙翌之师尹知章曾得到张说的举荐，“中书令张说荐知章有古人之风，足以坐镇雅俗，拜礼部员外郎。”④ 尹知章卒后，“门人孙季良等立碑于东都国子监之门外，以颂其德。”⑤ 孙翌作为尹知章高足，亦多次得到张说提携。《新唐书·艺文志》曰：“《初学记》三十

① 欧阳修、宋祁：《新唐书》卷一二三，第4371页。

② 彭定求等：《全唐诗》卷八七，第959页。

③ 刘肃：《大唐新语》卷八，第130页。

④ 刘昫等：《旧唐书》卷一八九下，第4974页。

⑤ 同上书，第4975页。

卷。张说类集要事以教诸王，徐坚、韦述、余钦、施敬本、张烜、李锐、孙季良等分撰。”[①] 又“开元十年，起居舍人陆坚被诏集贤院修‘六典’，玄宗手写六条，曰理典、教典、礼典、政典、邢典、事典。张说知院，委徐坚，经岁无规制，乃命毋煚、余钦、咸廙业、孙季良、韦述参撰”[②]。两书均为张说总领，孙季良参与。又高力士养父高福卒，孙翌撰有《大唐故中大夫守内侍上柱国渤海高府君墓志铭并序》，张说有《唐故高内侍神道碑》，二人共同参与诸多活动，当有一定感情。张说推崇崔融，对珠英学士与《珠英集》极为熟悉，孙翌极有可能通过张说对《珠英集》有所了解，并在《珠英集》的启发下编选《正声集》。《正声集》的选诗宗旨与《珠英集》极其相似。

孙翌生平不详，亦无作品流传，应当并不擅长创作。而《正声集》早已亡佚，目前仅知所选以刘希夷为最，刘希夷更因《正声集》声名大噪。据《旧唐书·刘希夷传》记载：“时又有汝州人刘希夷，善为从军闺情之诗，词调哀苦，为时所重，志行不修，为奸人所杀。”[③]《唐才子传》亦称：“苦篇咏，特善闺帷之作，词情哀怨，多依古调，体势与时不合，遂不为所重。”[④]《大唐新语》言之最详：“刘希夷一名挺之，汝州人。少有文华，好为宫体，词旨悲苦，不为时所重。善搊琵琶，尝为《白头翁咏》曰：‘今年花落颜色改，明年花开复谁在？’既而自悔曰：‘我此诗似懺，与石崇‘白首同所归’何异也？’乃更作一句云：‘年年岁岁花相似，岁岁年年人不同。’既而叹曰：‘此句复似向谶矣，然死生有命，岂复由此。’乃两存之。诗成未周，为奸所杀。或云宋之问害之。后孙翌撰《正声集》，以希夷为集中之最。由是稍为时人所称。”[⑤] 由此可见，刘希夷诗歌的主要内容是从军与闺情，风格哀怨悲苦，以古体居多，与《珠英集》的主体倾向相似。

《正声集》诞生之后备受推崇，唐人甚至以诗歌入选《正声集》为荣，但凡录入必定大书特书加以颂扬。如陈子昂，赵儋《大唐剑南东川节度观察处置等使户部尚书兼御史大夫梓州刺史鲜于公为故右拾遗陈公建旌

① 欧阳修、宋祁：《新唐书》卷五九，第1563页。

② 欧阳修、宋祁：《新唐书》卷五八，第1477页。

③ 刘昫等：《旧唐书》卷一九〇中，第5012页。

④ 傅璇琮主编：《唐才子传校笺》（第1册）卷一，第97页。

⑤ 刘肃：《大唐新语》卷八，第128页。

德之碑》："有诗十首入《正声》，集十卷著于代。"[①] 王昪，白居易《唐杨州仓曹参军王府君［墓］志铭》："父讳昪，为京兆府咸阳令、河南府伊阙令。有文行学术，应制举，对沈谋秘略策登科，诗入《正声集》。"[②] 谷倚，《元和姓纂》："唐晋阳尉谷倚，状云谷永之后，诗入《正声集》，与吴少微、富嘉謩为友。"[③] 目前仅可推知刘希夷、陈子昂、王昪、谷倚四人入选《正声集》。其中刘希夷《全唐诗》存诗一卷，共计三十五首[④]，五言二十七首，据杜晓勤统计新体诗十一首。陈子昂《全唐诗》存诗两卷，共计一百二十八首，五言一百二十二首，据杜晓勤统计新体诗五十六首。王昪诗歌不见著录，谷倚有集十卷，惜已散佚。由入选诗歌较多的刘希夷、陈子昂推断《正声集》选诗当以五言古体为主。又四人之中除王昪生平不详之外，其余三人均在上演人生悲剧。刘希夷进士及第遭际坎坷，青春年少竟被奸人所杀，正如辛文房所评："希夷天赋俊赏，才情如此，想其事业勋名，何所不至。孰谓奇蹇之运，遭逢恶人，寸禄不霑，长怀顿挫，斯才高而见忌者也。"[⑤] 陈子昂进士及第，才华横溢，两次入狱，不惑之年辞官归隐，遭到诬陷忧愤而卒。谷倚极少见于记载，张说《孔补阙集序》曰："永昌之始，接迹书坊。有广汉陈子昂、巨鹿魏知古、高阳许望、信都杜澄、昌乐谷倚、广陵马怀素、东莱王无竞、河南元希声、临淄李伯鱼、谯国桓彦范，佥谓季和神清韵远，析理探微，卫叔宝之比也。"[⑥] 将谷倚与陈子昂、魏知古、马怀素、王无竞、元希声等人相提并论。又《旧唐书》："嘉谟与少微在晋阳，魏郡谷倚为太原主簿，皆以文词著名，时人谓之'北京三杰'。倚后流寓客死，文章遗失。"[⑦] 可见谷倚应当极具文学才华，是时亦有一定影响，惜作品全部散佚，辗转流寓，客

---

① 陈子昂著，徐鹏校点：《陈子昂集》附录，第257页。此处记载存在舛误，《续古文苑》卷一九收录赵儋《右拾遗陈公旌德碑》："有诗十首入《正声》，集十卷著于代。"而《全唐文》卷七三二题目为《大唐剑南东川节度观察处置等使户部尚书兼御史大夫梓州刺史鲜于公为故拾遗陈公建旌德之碑》："有《正声集》十卷，著于代。"考陈子昂诗集之名非《正声集》，《全唐文》所录文字有所遗漏，致误。

② 白居易著，顾学颉校点：《白居易集》卷四二，第927页。

③ 林宝撰，岑仲勉校记：《元和姓纂》卷一〇，中华书局1994年版，第1444页。

④ 其中《江南曲八首》因包括五言、七言、杂言等，以八首计。

⑤ 傅璇琮主编：《唐才子传校笺》（第1册）卷一，第100页。

⑥ 董诰等：《全唐文》卷二二五，第2276页。

⑦ 刘昫等：《旧唐书》卷一九〇中，第5014页。

死他乡，人生惨淡。由此观之，三人诗作必有悲慨之气贯穿其中。陈子昂有“时岁忽兮，孤愤遐吟，谁知我心”①。更有“前不见古人，后不见来者。念天地之悠悠，独怆然而涕下”②。回荡着目空一切的悲慨之气。刘希夷有“伤心不可去，回首怨如何”③。亦有“洛阳女儿好颜色，坐见落花长叹息。今年花落颜色改，明年花开复谁在”④。弥漫着青春的伤感。而悲慨之气亦是《珠英集》的主要特色。此外，刘希夷从军、闺情类诗歌成就最高，陈子昂两度从军，边塞军旅之作不在少数，十首入选《正声集》，当有此类作品，而从军、闺怨亦是《珠英集》的重要内容。对于孙翌的诗歌追求，李淑《诗苑类格》“孙翌论诗”条称：“孙翌曰：‘汉自韦孟、李陵为四、五言之首，建安以曹刘为绝唱，阮籍《咏怀》、束皙《补亡》，颇得其要。永明文章散错，但类物色，都乏兴寄。晚有词人争立别体，以难解为幽致，以难字为新奇，攻乎异端，斯无亦太过。’”⑤ 推崇慷慨悲凉的建安风骨，反对古奥难懂，艰深晦涩。顾陶在《唐诗类选序》中称：“虽前贤纂录不少，殊途同归，《英灵》、《间气》、《正声》、《南薰》之类，朗照之下，罕有孑遗，而取舍之时，能无少误。”⑥ 作为唐末文人，顾陶在综观唐代选本之后仍将《正声集》视为代表作品，可见《正声集》当是一部较为成熟且极受推崇的唐诗选本。《正声集》的成功源于孙翌更加开阔的视野，更加明确的编选宗旨，亦与继承《珠英集》的悲慨之气，发扬从军、闺怨题材有一定关系。

《搜玉小集》亦为残卷，诗歌排列杂乱无章，《四库全书总目》曰：“既不以人叙，又不以体分，编次参差，重出叠见，莫能得其体例，徒以源出唐人，聊存旧本云尔。”⑦《搜玉小集》收录诗歌始于崔湜《奉和御制白鹿观》，终于崔融《咏宝剑》，多为应制唱和、从军闺怨、岁时应景、行旅述怀之作，其中从军闺怨数量最多。裴漼、韩休二人的《奉和御制平

---

① 陈子昂：《喜马参军相遇醉歌并序》，彭定求等：《全唐诗》卷八三，第903页。

② 陈子昂：《登幽州台歌》，彭定求等：《全唐诗》卷八三，第902页。

③ 刘希夷：《晚憩南阳旅馆》，彭定求等：《全唐诗》卷八二，第888页。

④ 刘希夷：《代悲白头翁》，彭定求等：《全唐诗》卷八二，第885—886页。

⑤ 曾糙：《类说》，《笔记小说大观》第三十一编，第6册，卷五一，新兴书局1980年版，第3395—3396页。

⑥ 董诰等：《全唐文》卷七六五，第7959页。

⑦《文渊阁四库全书》卷一八六，第5册，第15页。

胡》虽为应制实咏军旅，崔融《西征军行遇风》、崔湜《塞垣行》、《大漠行》、刘希夷《将军行》、贺朝《从军行》、屈同《燕歌行》、郑愔《塞外》、杨炯《紫骝》、徐彦伯《胡无人行》、杜审言《赠苏管记》、魏徵《述怀》描写边塞奇景、战争场面、报国壮志、将士思归等传统主题。卢照邻《王昭君》、东方虬《王昭君》、郭元振《王昭君》、徐彦伯《送公主和戎》四诗以女子的视角展现出塞的悲戚，由于和亲的特殊身份，边塞与闺怨统一在女子身上，甚至成为二者最真实的结合。“汉宫草应绿，胡庭沙正飞。愿逐三秋雁，年年一度归。”① 和亲女子面对风沙肆虐的塞外，遥想草长莺飞的故土，目睹鸿雁秋去春来，自由往返，徒生艳羡之情却无法改变现状。由女子承担平息战争、争取和平的使命，诗风更为沉重。崔颢《古意》、崔湜《酬杜麟台春思》、徐彦伯《春闺》、刘允济《怨情》、郑愔《春怨》和《秋闺》、沈佺期《春闺》和《古意》、徐彦伯《闺怨》、张汯《怨辞》、乔知之《秋闺》、刘希夷《捣衣篇》、宋之问《明河篇》、许景先《折柳篇》描写各种类型的闺怨。丈夫或为戍边，“戍客戍清波，幽闺幽思多”②、“汗马三军去，流莺二月还。边愁行上国，春梦度阳关”③；或为征人，“征客向轮台，幽闺寂不开。音书秋雁断，机杼夜蛩催”④、“去年离别雁初归，今日裁缝萤已飞。征客未来音信断，不知何处寄边衣”⑤。与和亲女子相比，闺中少妇不必忍受思念家乡的煎熬，独守空房满心期盼丈夫归来，只是战争残酷，音信断绝，梦魂与边衣无处可寄。总体来看，《搜玉小集》残卷之中约有半数涉及从军、闺怨题材，与《珠英集》、《正声集》倾向一致。

《搜玉小集》残卷选诗最多之人为：宋之问六首、崔湜四首、徐彦伯四首、沈佺期四首。四人均为珠英学士，与《珠英集》残卷重复选录的诗歌有崔湜《酬杜麟台春思》、《塞垣行》、沈佺期《古意》三首。《搜玉小集》的选诗宗旨并不明确，但所录多为一时之选。如魏徵《述怀》，境界开阔，感情真挚，沈德潜认为“气骨高古，变从前纤靡之习，盛唐风

① 卢照邻：《王昭君》，傅璇琮编撰：《唐人选唐诗新编·搜玉小集》，第987页。

② 徐彦伯：《春闺》，傅璇琮编撰：《唐人选唐诗新编·搜玉小集》，第988页。

③ 沈佺期：《春闺》，傅璇琮编撰：《唐人选唐诗新编·搜玉小集》，第989页。

④ 郑愔：《秋闺》，傅璇琮编撰：《唐人选唐诗新编·搜玉小集》，第989页。

⑤ 张汯：《怨辞》，傅璇琮编撰：《唐人选唐诗新编·搜玉小集》，第990页。

格，发源于此。”[①] 刘希夷《代白头吟》更是脍炙人口，流传久远。《唐语林》：“刘希夷诗曰：‘年年岁岁花相似，岁岁年年人不同。’其舅即宋之问也，苦爱此两句，知其未示人，恳乞此两句，许而不与。之问怒，以土囊压杀之。”[②] 苏味道《观灯》，《大唐新语》称：“神龙之际，京城正月望日，盛饰灯影之会。……文士皆赋诗一章，以纪其事。作者数百人，惟中书侍郎苏味道、吏部员外郎郭利贞、殿中侍御史崔液三人为绝唱。”[③] 苏味道诗中“火树银花合，星桥铁锁开”一联成为千古绝唱，崔融“后与宰相苏味道相诮，云：某诗所以不及相公，无银花合也。苏有诗云火树银花合”[④]。足见《观灯》传诵一时，广受好评。李峤《汾阴行》曾经受到玄宗激赏，《唐诗纪事》：“天宝末，明皇乘春登勤政楼，命梨园弟子歌数阕，有唱歌至富贵荣华能几时以下四句，帝春秋衰迈，问谁诗？或对李峤，因凄然涕下，遽起曰：峤真才子也。及其年幸蜀，登白卫岭，览眺良久，又歌是词，复曰：峤诚才子也。高力士以下挥涕久之。”[⑤] 宋之问《明河篇》：“宋考功，天后朝求为北门学士，不许，作《明河篇》以见其意，末云：‘明河可望不可亲，愿得乘槎一问津。更将织女支机石，还访成都卖卜人。’则天见其诗，谓崔融曰：‘吾非不知之问有才调，但以其有口过。’盖以之问患齿疾，口常臭故也。之问终身惭愤。”[⑥]《度大庾岭》亦为千古名篇。崔颢《古意》：“初，李邕闻其名，虚舍待之。颢至献诗，首章云：十五嫁王昌。邕叱曰：小儿无礼。不与接而去。”[⑦] 崔颢将《古意》置于篇首，当是得意之作，虽然遭到李邕鄙弃，但是不能否认此诗的价值。又初唐时期著名文人“初唐四杰”（王勃、杨炯、卢照邻、骆宾王）、“文章四友”（李峤、崔融、苏味道、杜审言）、陈子昂、刘希夷等人均有作品入选，虽然选诗数量、质量与诗歌成就并不相符，但依然可以看出编者具有一定眼光，后人责难《搜玉小集》，认为所选多为不佳之作，现今观之，缺陷固然存在，但并未淹没优秀作品，似乎不能一概

① 沈德潜：《唐诗别裁集》卷一，第1页。
② 王谠撰，周勋初校证：《唐语林校证》卷五，第448页。
③ 刘肃：《大唐新语》卷八，第127—128页。
④ 计有功撰，王仲镛校笺：《唐诗纪事校笺》卷八，第255页。
⑤ 计有功撰，王仲镛校笺：《唐诗纪事校笺》卷一〇，第336页。
⑥ 孟棨：《本事诗·怨愤第四》，第18页。
⑦ 计有功撰，王仲镛校笺：《唐诗纪事校笺》卷二一，第688页。

而论。

《珠英集》、《正声集》、《搜玉小集》是三部既有继承又有发展的选本，均曾亡佚，《正声集》仅能根据只言片语大致推测，《珠英集》与《搜玉小集》留有残卷，其中《搜玉小集》存诗较多，时间跨度最大，在诗人、作品选录上与《珠英集》、《正声集》均有重复。从题材上看，三者均以五言为主，《珠英集》五十二首，五言四十五首，占百分之八十六点五。《搜玉小集》六十一首，五言四十五首，占百分之七十三点八，比例有所下降，符合七言逐渐崛起的趋势。从内容上看，从军、闺怨是三者极为重要的组成部分，对七绝圣手王昌龄的出现有重大影响，王昌龄边塞诗登峰造极，闺怨诗毫不逊色，两者完美结合，其实这种倾向初唐已经出现。此外，《珠英集》完全合律的诗歌四首，仅占百分之七点七，《搜玉小集》完全合律的诗歌已达二十三首①，占百分之三十七点七，比例大幅提高，凸显玄宗时期近体诗歌的迅速普及，三部选本逐步展现近体律诗由探索到成熟的发展历程。

第六节 余论：李峤《杂咏》与崔融《唐朝新定诗格》

武后修撰《三教珠英》首次打破门第界限广纳贤才，各方精英会聚宫廷，朝野文士长期隔绝的状况全面改观。珠英学士经过长时间、大规模的切磋沟通开始突破创作鸿沟，促使宫廷精美圆熟的技巧向民间传播，民间真挚淳朴的感情向宫廷渗透，诗歌理论得到提升，创作产生飞越。诸位学士修书期间的收获远超《三教珠英》本身，李峤《杂咏》、崔融《唐朝新定诗格》与《三教珠英》都存在千丝万缕的联系，在某种程度上甚至可以说是《三教珠英》的修撰直接衍生《珠英集》，间接衍生李峤的《杂

① 崔湜《奉和御制白鹿观》、韩休《奉和御制平胡》、杨炯《紫骝》、东方虬《王昭君》、郭元振《王昭君》、徐彦伯《送公主和戎》、崔颢《古意》、徐彦伯《春闺》、沈佺期《春闺》、郑愔《秋闺》、沈佺期《古意》、徐彦伯《闺怨》、张汯《怨辞》、刘幽求《书怀》、苏味道《观灯》、沈佺期《翦采》、张谔《三日岐王宅》、张谔《满月》、李峤《太平公主山亭侍宴应制》、张谔《岐王席上咏美人》、崔融《韦长史挽歌》、宋之问《度大庾岭》、崔融《咏宝剑》等23首完全合律。另崔漼《奉和御制平胡》、郑愔《塞外》、徐彦伯《胡无人行》、徐晶《同蔡孚五亭咏》、杜审言《赠苏管记》、陈子昂《白帝怀古》、沈佺期《夜游》、王諲《观灯》、余延寿《人日翦綵》、宋之问《过蛮洞》、宋之问《登越王台》等十一首基本合律。

咏》与崔融的《唐朝新定诗格》。

参编《三教珠英》与出任成均祭酒是李峤创作《杂咏》的重要契机。李峤擅长文辞，生平参与类书修撰仅此一次。作为总负责人，李峤对《三教珠英》的关注程度应当高于其他学士，李峤在收集材料、汇集典故、确定体例等具体工作中对类书有了系统的认识。咏物是与类书关系最密切的诗歌题材，咏物诗在唐朝颇有渊源，太宗已有多首咏物之作，分咏风、雨、雪、云、雾、竹、柳、菊、李、樱桃、烛、簾、乌、浮桥、饮马等，偶尔为之并无系统可言。骆宾王七岁所作《咏鹅》一鸣惊人，文集中已有《秋晨同淄川毛司马秋九咏》分咏秋风、秋云、秋蝉、秋露、秋月、秋水、秋萤、秋菊、秋雁，作为咏物组诗已具备一定的系统性。董思恭目前存诗仅十九首，其中十三首为咏物诗，所咏日、月、星、风、云、雪、露、雾、虹、桃、李、弓、琵琶分属天部、果木部、武部、乐部，带有鲜明的类书气息。董思恭曾经参编《瑶山玉彩》，“龙朔元年，孝敬命太子宾客许敬宗等，于文思殿博采古今文集，摘其英词丽句，以类相从，勒成五百卷，名曰《瑶山玉彩》。”① 《瑶山玉彩》虽为总集，但是“以类相从”的编写体例明显受到类书影响，董思恭大量创作咏物诗可能与此有关。苏味道亦有咏雾、虹、霜、井、石等五诗，应是追风之作，并无开拓。唐太宗的咏物诗具有极大的随意性，所咏多为眼前景物，骆宾王的咏物已经以组诗的形式出现，董思恭利用类书的编排方式组织诗歌具有一定的目的性。而骆宾王的咏物组诗与董思恭的类书思维都为李峤的创作奠定基础，《三教珠英》的编撰激发灵感、提供素材，李峤《杂咏》即类书式的组诗，一句一事，一物一咏，共计一百二十首，分为乾象、坤仪、芳草、嘉树、灵禽、祥兽、居处、服玩、文物、武器、音乐、玉帛十二类，每类十首，与类书编撰体例极为相似。除此之外，李峤鲜有咏物之作。

李峤才华出众，地位显赫，因出任成均祭酒而放下身段编写启蒙读物，既是职责所在亦是实际需要。据《唐诗纪事·李峤》记载：“为儿时，梦人遗双笔，自是有文词。十五通五经，二十擢进士第，与骆宾王、刘光业齐名，相中宗。其仕也，初与王勃、杨盈川接，中与崔融、苏味道齐名，晚诸人没，独为文章宿老，一时学者取法焉。”② 李峤是后生仿效

① 王溥：《唐会要》卷二，第22页。

② 计有功撰，王仲镛校笺：《唐诗纪事校笺》卷一〇，第335页。

榜样，更是宫廷竞赛中的佼佼者。据《大唐新语》记载：“武三思为其文，朝士献诗者不可胜纪。唯峤诗冠绝当时。”① 又“则天深加接待，朝廷每有大手笔，皆特令峤为之”②。由于文学功底深厚，李峤完全可以深入浅出地驾驭编撰启蒙教材。“久视元年，峤舅天官侍郎张锡入知政事，峤转成均祭酒。”③ 成均祭酒即国子监祭酒，是唐代最高学府的最高长官，担负教育、选拔、举荐学生的重要职责。“凡六学生每岁有业成上于监者，以其业与司业、祭酒试之：明经帖经，口试，策经义；进士帖一中经，试杂文，策时务，征故事。”④ 考核标准基本依照科举程序制定，力求通过反复训练提高学生中举概率。

唐代常科考生来源为生徒与乡贡。“由学馆者曰生徒，由州县者曰乡贡，皆升于有司而进退之。”⑤ 国子监学生属生徒。据《唐摭言》记载：“永徽之后，以文儒亨达，不由两监者稀矣。于时场籍，先两监而后乡贡，盖以朋友之臧否，文艺之优劣，切磋琢磨，匪朝伊夕，抑扬去就，与众共之。”⑥ 又“开元已前，进士不由两监者，深以为耻。”⑦ 明确指出永徽至开元期间进士登第之人以生徒为主。更有甚者“咸亨五年，七世伯祖鸾台凤阁龙石白水公，时任考功员外郎下覆试十一人，内张守贞一人乡贡。开耀二年，刘思立下五十一人，内雍思泰一人。永淳二年，刘廷奇下五十五人，内元求仁一人。光宅元年闰七月二十四日，刘廷奇重试下十六人，内康庭芝一人。长安四年，崔湜下四十一人，李温玉称苏州乡贡。景龙元年，李钦让称定州乡贡附学”⑧。数年考试乡贡仅有一人及第，表明生徒占有绝对优势，可见国子监是支撑科举最为重要的后备力量。李峤作为成均祭酒，培养合格的应试人才是首要的教学任务。《三教珠英》编撰期间诸位学士日夕谈论，热衷创作，近体律诗渐趋成熟，律化水平出现飞越。其后珠英学士开始全面向科举渗透，沈佺期、张说、崔湜等人先后知

---

① 刘肃：《大唐新语》卷八，第126页。
② 刘昫等：《旧唐书》卷九四，第2993页。
③ 同上书，第2994页。
④ 李林甫等撰，陈仲夫点校：《唐六典》卷二一，第558页。
⑤ 欧阳修、宋祁：《新唐书》卷四四，第1159页。
⑥ 王定保：《唐摭言》卷一，第11—12页。
⑦ 同上书，第5页。
⑧ 同上书，第8页。

贡举，考试内容逐步优化调整。李峤身兼二职，作为修书学士，最先熟悉近体规则并且掌握运用，作为教育长官，需要准确把握走向，调整策略，及时反馈学生。近体律诗本是新生事物，州县文士与学馆生徒均处于摸索阶段，需要从头学起，示范文本的编写势在必行。因此在进士加试杂文二十余年之后，在近体律诗全面占据诗坛前夕，李峤敏锐地觉察到学生的现实需要，以简单易学为原则创作《杂咏》一百二十首，总结规律，推广经验，指导写作。张庭芳在《故中书令郑国公李峤杂咏百二十首序》中高度评价为：

> 顷寻绎故中书令李郑公百二十咏，藻丽词清，调谐律雅，宏溢逾于灵运，密致掩于延年。特茂霜松。孤悬皓月，高标凛凛，千载仰其清芬，明镜亭亭，万象含其朗耀，味夫纯粹，罕测端倪。故燕公刺异词曰："新诗冠宇宙"，斯言不佞，信而有征，于是欲罢不能，研章摘句，辄因注述，思郁文繁，庶有补于琢磨，俾无至于疑滞，且欲启诸童稚，焉敢贻于后贤。①

视李峤《杂咏》为童蒙读物。张庭芳序作于天宝六载，距离李峤创作《杂咏》约有半个世纪，其间科举制度已经成熟，近体律诗创作规则已经成为一般常识在社会广泛流传，《杂咏》遂成童蒙典籍。正如葛晓音所说："《李峤百咏》是唐初以来探究对偶声律之风的产物，是一部以诗体撰写的'作诗入门'的类书。它采用大型组诗的形式，将唐初以来人们最关心的咏物、用典、词汇、对偶等常用技巧融为一体，以基本定型的五律表现出来，给初学者提供了便于效仿的创作范式。这一诗体咏物类书的出现，标志着初唐律诗至此已成熟到了可以广为普及的程度。"② 李峤《杂咏》当写于武后时期，诗作之中不经意间流露出对大周政权的赞颂，如《雪》："大周天阙路，今日海神朝。"③《旌》："方知美周政，抗旆赋车攻。"④《雀》："大厦初成日，嘉宾集杏梁。衔书表周瑞，入幕应王祥。暮

---

① 董诰等：《全唐文》卷三六四，第3693页。

② 葛晓音：《创作范式的提倡和初盛唐诗的普及——从〈李峤百咏〉谈起》，《文学遗产》1995年第6期。

③ 彭定求等：《全唐诗》卷五九，第702页。

④ 同上书，第708页。

宿江城里，朝游涟水傍。愿齐鸿鹄至，希逐凤皇翔。”① 则天卒于七〇五年，中宗正月即位，则李峤《百咏》不得晚于七〇四年，与《三教珠英》的编撰时间较为接近。《杂咏》内容全面，体例完备，再加李峤文采出众，位高权重，《杂咏》问世之后影响极大，甚至远传日本，被列为平安时代的三大幼学启蒙书之一。

李峤《杂咏》与崔融《唐朝新定诗格》是近体律诗演变进程中关于创作范例与理论建设的两部重要著作。崔融《唐朝新定诗格》晚于上官仪《笔札华梁》、元兢《诗髓脑》，内容交叉，创新较少，分为“十体”、“九对”、“文病”、“调声”四个部分。“十体”分别为：形似体、质气体、情理体、直置体、雕藻体、映带体、飞动体、婉转体、清切体、菁华体。其中形似体、质气体、情理体、直置体、映带体似在讨论诗法，雕藻体、婉转体、清切体、菁华体似在讨论辞采，而飞动体似在讨论风格，颇为杂乱，未见体系。“九对”分为切对、双声对、叠韵对、字对、声对、字侧对、切侧对、双生侧对、叠韵侧对。罗根泽认为：“崔氏的对偶说，其作用与元兢的字对、声对、侧对相仿，都是一面似严密，一面又似宽泛。但元兢只提出‘字义俱别，形体半同’的侧对，而此则益以切侧对、双生侧对、叠韵侧对三种，显然较元兢益臻严密，益转宽泛，其时代当在元兢以后无疑。”② 崔融有所补充发展。“文病”有相类病、不调病、丛木病、行迹病、翻语病、相滥病、涉俗病七种。其中相类病、丛木病、形迹病、翻语病、相滥病、涉俗病探讨字形、字义，不调病探讨声调，亦有混淆。由此可见，崔融《唐朝新定诗格》鲜有发明，实为总结简化现有理论之作。

关于《唐朝新定诗格》的编撰时间学界尚无定论，而《唐朝新定诗格》与《珠英集》均为崔融编撰，已有专家通过《珠英集》推断《唐朝新定诗格》的成书年代，王梦鸥认为“至于崔融所选《珠英学士诗》，皆属同时人作品，其事倍难于元兢。其为《新定诗体》，一则可为入选之诗张目，一则可以搪塞落选者之口，其有此书，信非徒作”③。似有二者编于同时甚至《唐朝新定诗格》早于《珠英集》的推测。张伯伟则认为：“《唐朝新定诗格》中为例之诗大多乃六朝作品，唐人仅崔明信、褚亮、

---

① 彭定求等：《全唐诗》卷六〇，第720页。

② 罗根泽：《中国文学批评史》，中华书局1962年版，第19页。

③ 王梦鸥：《初唐诗学著述考》，台湾商务印书馆1977年版，第87页。

上官仪三者而已，皆不及武后之世。据《唐会要》卷六十三云，《三教珠英》乃编成于武后大足元年（七〇一年）。《珠英学士集》之编则更在此后。由此可知，《唐朝新定诗格》与《珠英学士集》未必有联系。”① 指出《唐朝新定诗格》可能写于武后之前，而《珠英集》成书于武后末期，时间上并无交叉，二者未必有联系。此种揣测欠妥，《唐朝新定诗格》并非创新之作，实为延续总结前人理论并加以整理定型而成，崔融所引诗例不及武后之世，极有可能是继承前人所致，由此推断编撰时间并不科学。鲜有发明的崔融似乎没有充分的必要将诗例更换为当朝当代作品。又崔融《唐朝新定诗格》与元兢《诗髓脑》极为接近，而元兢所编《诗髓脑》与《古今诗人秀句》均以上官仪为下限。《诗髓脑》所引庾信、谢灵运、王融、陆机、萧纲、曹植、刘铄、顾长康、周彦伦、鲍照等人诗作，唐人仅有上官仪、元兢二人。元兢作为编者引入自己诗歌本为特殊情况，实际下限应为上官仪。而《古今诗人秀句》收录“时历十代，人将四百，自古诗为始，至上官仪为终”②。可见上官仪在元兢心中地位非比寻常。《唐朝新定诗格》所引诗例多数散佚，目前所能考知的有曹植、鲍照、王融、戴暠、江总、虞世基、孔德绍、隋炀帝、褚亮、崔明信、上官仪等人，则与《诗髓脑》一脉相承的《唐朝新定诗格》止于上官仪亦属常情，并非《唐朝新定诗格》编写较早的证明。又崔融存世之作仅十八首，多数诗歌于对仗并不属意，可以推测《唐朝新定诗格》完成于崔融晚年，崔融总结归纳诸人经验所作，自己未能全面贯彻。笔者认为《唐朝新定诗格》的成书与《三教珠英》有关。

《三教珠英》修撰期间宫廷宴集频繁，诸位学士“日夕谈论，赋诗聚会”③。武后对优秀诗人的提携奖励强化了各位学士凭借诗歌争宠献媚的心态。据《旧唐书·宋之问传》记载：“预修《三教珠英》，常扈从游宴。则天幸洛阳龙门，令从官赋诗，左史东方虬诗先成，则天以锦袍赐之。及之问诗成，则天称其词愈高，夺虬锦袍以赏之。”④ 《唐诗纪事》亦云：“武后游龙门，命群官赋诗，先成者赐以锦袍。左史东方虬诗成，拜赐。

① 张伯伟：《全唐五代诗格汇考》，第128页。

② ［日］弘法大师原撰，王利器校注：《文镜秘府论校注》，第361页。

③ 刘昫等：《旧唐书》卷一〇二，第3175页。

④ 刘昫等：《旧唐书》卷一九〇中，第5025页。

坐未安，之问诗后成，文理兼美，左右莫不称善，乃就夺锦袍衣之。”①另据《资治通鉴》记载：“（久视元年）六月，改控鹤为奉宸府，以张易之为奉宸令。太后每内殿曲宴，辄引诸武、易之及弟秘书监昌宗饮博嘲谑。太后欲掩其迹，乃命易之、昌宗与文学之士李峤等修《三教珠英》于内殿。武三思奏昌宗乃王子晋后身。太后命昌宗衣羽衣，吹笙，乘木鹤于庭中；文士皆赋诗以美之。”② 又《旧唐书》：“久视元年，改控鹤府为奉宸府，又以易之为奉宸令，引辞人阎朝隐、薛稷、员半千并为奉宸供奉。每因宴集，则令嘲戏公卿以为笑乐。若内殿曲宴，则二张、诸武侍坐，樗蒱笑谑，赐与无算。时谀佞者奏云，昌宗是王子晋后身。乃令被羽衣，吹箫，乘木鹤，奏乐于庭，如子晋乘空。辞人皆赋诗以美之，崔融为其绝唱，其句有‘昔遇浮丘伯，今同丁令威。中郎才貌是，藏史姓名非。’”③ 众人赋诗，宋之问与崔融夺魁表明修书期间文人学士不仅创作诗歌而且品评优劣。《三教珠英》预修者起初为二十六人，其后增至四十七人，规模如此宏大的诗歌竞赛必须确立公认的衡量标准，然而速度快慢显而易见，质量如何却需深入探讨。宋之问晚成却能胜出，原因在于“文理兼美”，其《龙门应制》诗曰：“塔影遥遥绿波上，星龛奕奕翠微边。层峦旧长千寻木，远壑初飞万丈泉”、“林下天香七宝台，山中有酒万年杯”、“鸟旗翼翼留芳草，龙骑骎骎映晚花”④，对仗极其工整，为作品增色不少。东方虬诗作散佚，无法比较。崔融《和梁王众传张光禄是王子晋后身》以句取胜，“昔偶浮丘伯，今同丁令威。中郎才貌是，柱史姓名非”。⑤ 两联平仄、对仗完全符合近体律诗要求。颇疑沈佺期《凤笙曲》为同时之作，然而并不讲究平仄对仗，属古诗范畴。崔、沈二诗均感情苍白、语言平庸，似以符合规则取胜。

作为宫廷诗人，诸人经历相似，以内容新颖、感情沉郁取胜概率较小，且众说纷纭难决高低。而近体诗歌的格律、声韵标准一目了然，考官易于把握，减少争议，诗人易于评判，获得认可。《三教珠英》的编撰盛

---

① 计有功撰，王仲镛校笺：《唐诗纪事校笺》卷一一，第381页。

② 司马光编著，胡三省音注：《资治通鉴》卷二〇六，第6546页。

③ 刘昫等：《旧唐书》卷七八，第2706页。

④ 宋之问撰，陶敏、易淑琼校注：《宋之问集校注》卷一，中华书局2001年版，第394—395页。

⑤ 彭定求等：《全唐诗》卷六八，第767页。

会在上官仪《笔札华梁》、元兢《诗髓脑》成书之后，由于受到诗歌发展水平的制约，二人对格律的探索尚未最终完成，珠英学士“日夕谈论”的内容无法考知，但武后一朝诗歌律化水平出现飞跃，珠英学士贡献巨大[①]。可能的推测是珠英学士在大量的创作中不断改进增定同为宫廷文人的上官仪、元兢的诗歌理论，对格律的认识渐趋明朗遂成定式，文坛领袖崔融择其要整理成书。至此，崔融《唐朝新定诗格》与李峤《杂咏》成为近体律诗推广历程中的双重动力。

崔融《唐朝新定诗格》后世伪托为李峤《评诗格》，关于《评诗格》张伯伟解释为：“崔融《唐朝新定诗格》诸史志未见著录，但或有流传民间之残缺本，至北宋，伪托者遂杂抄崔氏残本而假托李峤之名，遂成《评诗格》一书。”[②] 诗学著作流传之中出现舛误极为常见，王梦鸥指出“中唐以下之诗学，既重视情志之发挥，凡足以扞格情志之声病规律，遂亦时有修正。此种潜改前说之著述，以后来居上之势，或使后出之书替代前者，或竟改头换面而变易原有之书名。晚唐五代，‘诗格’之名，大行于时，可疑上官仪、元兢、崔融之旧籍，亦遭伪乱改易。如上官仪之《笔札华梁》，一变而为《魏文帝诗格》，而元兢之《诗髓脑》，一变而为元兢《宋约诗格》，崔融之《新定诗体》，亦一变而为《李峤诗格》”[③]。上官仪误为魏文帝，元兢误为宋约[④]，时间跨度极大，错误相当明显。唯崔融、李峤二人年代相同亦相混淆略显蹊跷。颇疑崔融《唐朝新定诗格》与李峤《杂咏》创作时间接近，李峤提供范例，崔融总结规律，互为表里，共同推动律诗普及。然而二者性质的不同导致命运的截然相反。初唐时期诗歌处于上升时期，近体律诗作为新生事物，应举士子、乡间童稚均需学习，无数新人拥入创作队伍，李峤《杂咏》作为示范文本流传愈广，经久不衰。而崔融《唐朝新定诗格》讨论创作规则，张伯伟认为“从写作缘起看，一般说来，诗格是为了适应初学者或应举者的需要而写”[⑤]。而“从内容来看，诗格主要讲述作诗的规则、范式。”[⑥] 当规则范式逐渐被人

① 杜晓勤：《齐梁诗歌向盛唐诗歌的嬗变》，第65—71页。

② 张伯伟：《全唐五代诗格汇考》，第139页。

③ 王梦鸥：《初唐诗学著述考》，第18页。

④ 王梦鸥：《初唐诗学著述考》，第63—64页已详细辩证，可参。

⑤ 张伯伟：《全唐五代诗格汇考》，第4页。

⑥ 同上。

掌握成为定式即沦为基本常识，妇孺皆知、耳熟能详之后必定难登大雅之堂，文人士子不屑谈论，散佚在所难免。又李峤、崔融二人互相欣赏，私交甚好。崔融曾在《报三原李少府书》中盛赞李峤诗作，感谢褒扬之情。崔融迁为著作郎，李峤撰写《授崔融著作郎制》赞曰："长才广度，赡学多闻，词丽杨班，行高曾史。"① 二人才华不相上下，王泠然上张说曰："有唐以来，无数才子，至于崔融、李峤、宋之问、沈佺期、富嘉谟、徐彦伯、杜审言、陈子昂者，与公连飞并驱，更唱迭和；此数公者，真可谓五百年后挺生矣。"② 足见崔融、李峤在盛唐的影响，而李峤地位、文名均高于崔融，二人关系的良好以及著作本身的差异与作者身份的高下极有可能导致讹误。

《珠英集》是《三教珠英》的产物，李峤《杂咏》、崔融《唐朝新定诗格》亦此次盛会的额外收获。《珠英集》是对汇聚宫廷文士作品的编辑，流传于上层。而《杂咏》与《唐朝新定诗格》是对宫廷创作规律与审美追求的总结，用于指导民间创作，流行于中下层。盛唐时期庶族文士大量崛起，最终以压倒性优势占据主流文坛。而《珠英集》、《杂咏》、《唐朝新定诗格》三者作为宫廷文学的产物，或落后于时代，或脱离需要，在历史长河中湮没无闻甚至散佚失传。但是不能否认的是三者对初唐诗歌发展的影响，《珠英集》对唐人选唐诗的启发，《杂咏》与《唐朝新定诗格》对包括僧尼妇孺、工匠艺人在内的唐代全民赋诗高潮的出现亦有贡献。

《珠英集》已经具备选本的某些基本特征，在批评史方面，《珠英集》与《正声集》、《搜玉小集》前后相接，基本勾勒初唐诗歌的发展轨迹，体现一代诗风。《珠英集》的焦点是应制唱和、边塞闺怨、山水田园，除应制唱和一类由于文人的相对独立与时代原因而一度衰落外，其余诸种题材均在盛唐达到高峰。在形式上，七言所占比例渐多，律诗数量大幅增长，准确显示五、七言诗歌体裁的转变。在文学史层面，《珠英集》的出现表明初唐文士构成的巨大变化，庶族渐趋强大已经出现取代贵族的势头，宫廷创作技巧与民间充实内容初步结合，边塞诗歌已现盛唐神韵，为声律风骨兼备的创作高潮的到来奠定基础。

---

① 董诰等：《全唐文》卷二四二，第2448页。

② 王定保：《唐摭言》卷六，第65页。

第五章

殷璠与《丹阳集》、《荆扬挺秀集》、《河岳英灵集》

《河岳英灵集》是目前唐人选唐诗中研究最为深入的选本。以一九九二年李珍华、傅璇琮合著的《河岳英灵集研究》为代表，该书包括《唐人选唐诗与〈河岳英灵集〉》、《盛唐诗风与殷璠诗论》、《〈河岳英灵集〉音律说探索》、《殷璠生平及〈河岳英灵集〉版本考》、《河岳英灵集校点》五个部分，系统梳理《河岳英灵集》的版本源流、殷璠生平、音律诗论，并在全面回顾唐人选唐诗发展历程的基础上为《河岳英灵集》定位，指出殷璠的贡献在于将先进的文学思想与业已前进了的创作实践相结合，从此选本不再是附庸，而是成为与创作并肩前进的文学伙伴。是书文献功底深厚，论述精审，将《河岳英灵集》的研究推向新的高度，其后论著难出其右。二〇〇六年王克让的《河岳英灵集注》先注后校，注文包括诗人生平、诗歌系年、诗意解题，帮助读者获取基本知识，具有普及性质。

此外，研究《河岳英灵集》的单篇论文不计其数，其中殷璠的心态、观念、宗旨是焦点问题。卢燕新《殷璠〈河岳英灵集〉的选诗心态》认为："殷璠《河岳英灵集》首先体现了其尊古心态，其次是流露出他壮志难酬的苦闷、对闲逸隐沦生活的向往的心理，再其次是该集折射出殷璠因怀才不遇而发愤著述的心态。这些选诗心态的影响，使《河岳英灵集》成为一部具有一定批评价值并且带有浓厚个性色彩的选本。"① 李世忠、袁方《论盛唐诗人悲剧人生之成因——以殷璠〈河岳英灵集〉所录诗人为考察对象》更将殷璠置于盛唐广大失意文人群体之中加以考察，认为"盛唐诗人多遭遇人生重大挫折。从殷璠《河岳英灵集》所录诗人来看，

---

① 卢燕新：《殷璠〈河岳英灵集〉的选诗心态》，《山西大学学报》（哲学社会科学版）2007年第6期。

他们的仕宦之旅都历尽坎坷，有的甚至死于非命，溯其成因，主要体现在主、客观两方面。主观方面，诗人的人格追求与社会对其评价发生冲突，且他们定位于仕宦之途的人生大志与其实际政治能力存在差距；从客观方面看，则是盛唐社会由盛转衰过程中的腐败政治直接导致了诗人们的不幸。"[①] 二文均认为殷璠通过编辑选本寄寓个人悲戚。

至于殷璠的诗论，则众说纷纭，高平《殷璠的先唐文学史观平议》："殷璠评价汉魏以来的诗歌创作，主要是以建安风骨为标准，重视内容的充实与感情的壮大，而对其艺术成就则评价不足，且失之片面。这与陈子昂的《修竹篇序》'文章道弊五百年矣'，'汉魏风骨，晋宋莫传'，'齐梁间诗，彩丽竞繁，而兴寄都绝'是何等的一致，亦如李白'自从建安来，绮丽不足珍'之言。相比之下，杜甫的'转益多师是汝师'，既是夫子自道，又揭示了唐诗取得高度成就的原因。如此评价六朝文学成就，要客观公允得多。"[②] 杨胜宽《从〈河岳英灵集〉不选杜诗说到殷璠的选诗标准》指出殷璠的基本标准：第一，标榜《诗》、《骚》和建安文学的表现传统。第二，推崇自然音调与真朴风格，抵制轻艳文风和声律之饰。第三，赏识意新词奇、不同凡俗的作品。第四，殷璠十分重视人品与诗品的内在联系。这不仅与诗人的身世感触有关，而且是他将传统的文艺观点合理运用于裁鉴和评选诗作之中的具体表现。[③] 其余学者多聚焦于《河岳英灵集》的《叙》、《论》探讨殷璠的诗学观念，诸家关注的语句主要有三：①"都无兴象。"②"夫文有神来、气来、情来。"③"开元十五年后，声律风骨始备矣。"

1. "兴象"。一九八七年王运熙《〈河岳英灵集〉的编集年代和选诗标准》为《河岳英灵集》的研究奠定基础，解决诸多问题。该文认为《河岳英灵集》成书于天宝十二载，选诗标准为"风骨"与"兴象"。"风骨"指作品思想感情鲜明爽朗，语言质素而劲健有力，因而具有明朗遒劲的优良风格。"兴"是诗人由外界事物的触发而产生的感受，"象"即作品中描绘的具体形象。"殷璠提倡兴象，就是要求诗人能做到情景交

① 李世忠、袁方：《论盛唐诗人悲剧人生之成因——以殷璠〈河岳英灵集〉所录诗人为考察对象》，《湖北社会科学》2008 年第 8 期。

② 高平：《殷璠的先唐文学史观平议》，《文史资料》2007 年 3 月号上旬刊，第 41 页。

③ 杨胜宽：《从〈河岳英灵集〉不选杜诗说到殷璠的选诗标准》，《杜甫研究学刊》1994 年第 1 期。

融，能在描绘自然景物时真实地表现出自己的感受。”① 二者之中更重风骨，反对过分讲究声律，重视古体。“总体来说，殷璠的《河岳英灵集》强调风骨，重视兴象，是一部较能反映开元天宝时代诗歌创作风貌的选集。入选的诗歌题材比较广泛，颇有一些能够反映现实、具有较高认识意义的篇章。……但是总的说来，殷璠在重视内容方面是很不够的。他所强调的风骨、兴象，都是关于作品风格、艺术表现方面的概念，对于诗歌的思想内容方面，他在序、《集论》、评语中都很少论及。他虽选了一些思想性较强的作品，但着眼点并不在于他们的内容，而在于它们艺术上的成功。这一倾向，也是我们必须注意的。”② 内容丰富，论证详尽，研究已具规模。在一九九六年《中国文学批评通史》中王运熙与杨明将《河岳英灵集》的批评标准进一步概括为重雅、重奇、重风骨、重兴象、重自然声韵，并指出殷璠将风骨、兴象作为一对品评标准提出在中国文学批评史上是一种新的发展。此后“兴象”与“风骨”成为研究《河岳英灵集》的热点问题之一。吴功正《殷璠的诗美学思想》认为“兴象”、“风骨”是对唐初美学的发展和完善，凸显盛唐的时代特点：①体现了盛唐人对待六朝诗美学的科学态度。②选诗者的主体自持性、自信力和影响。③对于声律美学给予了恰切的论述和评定。④熔铸出美学新精神。③ 而陈铁民独重“风骨”，其《漫谈〈河岳英灵集〉的选录标准》认为“风骨”是殷璠选诗的首要标准，指出“殷璠提倡‘兴象’，主要是要求作品有真情实感，而不是强调诗歌要做到情与景浑”④。其余学者则更重视“兴象”。赵立新《唐人选唐诗理想范式的确立》认为“殷璠《河岳英灵集》的出现，标志着唐人选唐诗理想范式的确立。在准确把握历代诗歌流变和唐诗质性的基础上，殷璠提出‘兴象’这一理论范畴，并以此为选诗标准，采取选评结合、寓评于选的新体例，选本的批评功能得到强化。这种范式逐渐成为中国古代诗选学的一个源远流长的传统”⑤。任树民《殷璠“兴象”说再评价》：“殷璠的‘兴象’指的是兴中之象，它首先是指审美兴发状

---

① 王运熙：《当代学者自选文库》，安徽教育出版社 1998 年版，第 482 页。

② 同上书，第 491—492 页。

③ 吴功正：《殷璠的诗美学思想》，《河南师范大学学报》（哲学社会科学版）2005 年第 3 期。

④ 陈铁民：《漫谈〈河岳英灵集〉的选录标准》，《文学评论丛刊》（第三十辑），第 141 页。

⑤ 赵立新：《唐人选唐诗理想范式的确立》，《中国韵文学刊》2001 年第 1 期。

态下的取象，同时亦指作品显现出的一种言尽意余的美学意味。殷璠‘兴象’说的最大意义在于沟通了整个文学审美活动。”[①] 张海明《殷璠〈河岳英灵集〉诗学思想述略》更是指出“殷璠《河岳英灵集》之于唐代诗学的最重要的贡献，就是兴象概念的提出”[②]。以上诸文对殷璠《河岳英灵集》的贡献界定过于狭窄，失之严谨。关于“兴象”的讨论至今仍在延续，尚未达成共识。

2. “神来、气来、情来”。部分学者认为“兴象”不足以概括《河岳英灵集》的主旨，更为透彻完备的理解应当是对“三来”的关注。林继中《释“神来、气来、情来”说——盛唐文评管窥之一》指出“三来”本是一体，堪称《河岳英灵集》的论文标准。其中“神来”偏重才气、修养。“气来”重视作家气质与社会风气之间的内在联系。“气来”与“慷慨言志”有关，“情来”与“兴趣幽远”有关。“气来”是“三来”的核心，“情来”的核心是“兴象”。而“‘气来’‘情来’基本上概括了盛唐之音的‘所从来’，也就是说，抓住盛唐诗的基本特征。”[③]吕玉华《神来、气来、情来的兴象——〈河岳英灵集〉之范畴论》认为“若把‘神来、气来、情来’三语作为殷璠理论的核心，并以之为贯穿整部集子之主脉，则神来、气来、情来其实表征了三个层面，传达了三种不同的特性。借用今日常见术语范畴，即是自然飘逸、慷慨激越、含蓄蕴藉”[④]。张海明《殷璠〈河岳英灵集〉诗学思想述略》将其坐实，认为所谓的神来、气来、情来“当指诗歌创作中主体精神活动的三种不同方式：‘神来’谓诗人无心偶会，自然得之，如谢灵运之梦惠连而作‘池塘生春草，园柳变鸣禽’；‘气来’谓诗人郁积良多，触物而发，如陈子昂之登幽州台而歌‘念天地之悠悠，独怆然而涕下’；‘情来’谓诗人有动于中，借景出之，如王昌龄之闻琵琶而吟‘撩乱边愁听不尽，高高秋月照长城’”[⑤]。而张安祖、杜萌若则认为殷璠诗论的最大贡献在于融会贯通，其

① 任树民：《殷璠“兴象”说再评价》，《许昌学院学报》2007年第1期。

② 张海明：《殷璠〈河岳英灵集〉诗学思想述略》，《中国文化研究》2003年夏之卷，第45页。

③ 林继中：《释“神来、气来、情来”说——盛唐文评管窥之一》，《古代文学理论研究》丛刊（第十一辑），第229—239页。

④ 吕玉华：《神来、气来、情来的兴象——〈河岳英灵集〉之范畴论》，《重庆工商大学学报》（社会科学版）2003年第1期。

⑤ 张海明：《殷璠〈河岳英灵集〉诗学思想述略》，《中国文化研究》2003年夏之卷，第43页。

《〈河岳英灵是集〉“神来、气来、情来”说考论》曰：“在唐代诗论中，《河岳英灵集》是论诗旨趣最接近于钟嵘《诗品》的著作，二者的声律说以及对晋宋文学的推崇如出一辙，从理论的独创性意义来讲，殷璠称不上是开一代风气的大家宗师，把‘神’‘气’‘情’、‘风骨’‘声律’‘兴象’等概念融会贯通，构建出一个精密而富有弹性的理论体系，这才是殷璠诗学理论的真正价值之所在。”① 又石海光《兴象圆融，风骨骏爽，音律和谐——殷璠“神来”说内涵蠡测》：“殷璠在《河岳英灵集》中提出的‘神来’之说是其论诗的最高要求。此要求具体体现为兴象、风骨、声律三个方面。《河岳英灵集》中那些兴象圆融、风骨骏爽、音律和谐之作正是殷璠‘神来’理想的典型代表。”② 将“神来”置于“气来”、“情来”之上。然而由于“神”、“气”、“情”概念的模糊性与多义性，以及殷璠阐述得过于简洁含蓄，“三来”的内涵与外延难以界定，有待进一步探讨。

3. “开元十五年”。赵昌平《开元十五年前后——论盛唐诗的形成与分期》以“开元十五年后，声律风骨始备矣”为基点深入考察开元十五年前后诗人结构、诗人群体、社会风尚的各种转变，指出盛唐之音的特点及形成原因。该文认为“盛唐诗大抵可分三期：开元前十年为酝酿期；以十五年为中心，十年前后至二十五年前后为成熟期。开元末天宝初至天宝末为大盛期。开元十五年前后是盛唐诗形成的关键时期，其作品最能反映盛唐气象。其特点可以‘英特越逸，秀朗浑成，兴象玲珑’来概括。这个浑成既非一味自然而得，又非与初唐之典丽雅致对立，而恰恰是对初唐并非截然相反的朝野两种诗体发展趋势的完美综合。盛唐诗人以兴、象相合为中心的艺术境界的营构，应当说比初唐诗人来得更艰难，是对初唐诗艺的去芜存精。唯其以英逸之气为主脉，以炼意取境为根本，故虽声辞均炼，却能结体浑成，不露针迹。以偏重于感觉而较少理性审视的英特逸越之气为内含，以‘精意玄鉴。物无遗照’为营构的主要手段，是这一时期诗作秀朗浑成，兴象玲珑格调的主要成因”③。观点新颖、论据充分，

---

① 张安祖、杜萌若：《〈河岳英灵是集〉“神来、气来、情来”说考论》，《文学遗产》2002年第3期。

② 石海光：《兴象圆融，风骨骏爽，音律和谐——殷璠“神来”说内涵蠡测》，《内蒙古师范大学学报》（哲学社会科学版）2003年第2期。

③ 赵昌平：《开元十五年前后——论盛唐诗的形成与分期》，《中国文化》第2期。

令人信服。戴伟华《储光羲与〈河岳英灵集〉》则以“开元十五年”为中心考察储光羲的行踪、地位，认为储光羲是《河岳英灵集》的重要编者之一。“从唐诗选编者的身份考察，殷璠交游不广，地位低下，但其选诗、评诗标准以及对诗歌的见解在当时可称是超越时流，即使在今人看来仍然精当，实属不易，仅凭殷璠一人可能达不到如此高的水平。”① 指出储光羲在乡人中起到文坛领袖的作用，帮助殷璠编撰《丹阳集》与《河岳英灵集》，观点较为偏颇。吴光兴《〈河岳英灵集〉的地域性、派别性问题——兼及“开元十五年”新解》认为《河岳英灵集》“是以王昌龄、储光羲为中心的文学交游、文学趣味共同体为主要着眼点来选诗的”②，并将王昌龄、常建进士及第之“开元十五年”作为观察记录文学史风尚变迁的一个标志点。卢盛江《殷璠声律说释疑——唐代文术论札记》从声律的角度探讨“开元十五年”的特殊性，指出殷璠的声律标准为：“一是雅调，讲声调之雅特别是格调之雅，声律依诗的雅调兴象而随任自然；二是兼容并包，既闲新声即熟悉近体诗律，复晓古体即通晓齐梁体之前的古代声律；三是词与调合，即声律要与高雅格调相合，要随诗的内容格调而变化，根据其他具体情况处理声律问题。”③“开元十五年”确实是唐诗发展史上极其重要的一年，学者的关注与解读对于深入认识唐诗的演变具有较大的推动作用。

综上所述，学界热衷于探讨《河岳英灵集》的《序》、《论》、殷璠的编选宗旨以及《河岳英灵集》的地位价值，但对殷璠本人缺乏必要的关注，由于资料匮乏，记载模糊，诸文或一笔带过，或随意猜测，至今未能取得进展。然而梳理殷璠的经历是认识《河岳英灵集》的基础，目前亟须阐清殷璠生平。

第一节　殷璠生平及相关问题

对于殷璠，学界基本认定其终生不遇，借助选本抒发怀才不遇的愤

---

① 戴伟华：《储光羲与〈河岳英灵集〉》，《唐代文学研究》（第十四辑），第361页。

② 吴光兴：《〈河岳英灵集〉的地域性、派别性问题——兼及“开元十五年”新解》，《文学评论》2012年第2期。

③ 卢盛江：《殷璠声律说释疑——唐代文术论札记》，《江西师范大学学报》（哲学社会科学版）2006年第1期。

潰。如王运熙、杨明《中国文学批评通史》：“殷璠政治上失意、一生沦落的悲愤之情，在《河岳英灵集》的评语中往往有所反映。”[①] 然而事实并非完全如此，殷璠的生平及其三部选本《丹阳集》、《荆扬挺秀集》、《河岳英灵集》需要重新认识。

一 殷璠生平辨析

殷璠，丹阳人，应举不第。宋《嘉定镇江志》：“殷璠，丹阳人，处士，有诗名。”[②] 元《至顺镇江志》同，清《全唐文》：“璠，丹阳人，处士。”[③] 又晁公武《郡斋读书志》：“《河海（岳）英灵集》二卷。右唐丹阳进士殷璠集常建、李白、王维、刘昚虚、张谓、王季友、陶翰、李颀、高适、岑参、崔颢、薛据、綦毋潜、孟浩然、崔国辅、储光羲、王昌龄、贺兰进明、崔署、王湾、祖咏、卢象、李嶷、阎防二十四人之诗。”[④] 陈振孙《直斋书录解题》：“《河岳英灵集》二卷。唐进士殷璠集常建等诗二百三十四首。”[⑤] 以上文献提及殷璠或称“处士”或称“进士”，按“处士”多指终身未仕之人，“进士”则是“唐人对被州府举荐应进士科而尚未及第者的统称”[⑥]。又徐松《登科记考·凡例》：“举进士而未第者曰进士，曰举进士；得第者曰进士第，曰前进士。”[⑦] 唐人记载严格区别“进士”与“前进士”，如袁郊《甘泽谣·陶岘》：“自制三舟，备极坚巧。一舟自载，一舟置宾，一舟贮饮馔。客有前进士孟彦深、进士孟云卿、布衣焦遂，各置仆妾共载。”[⑧] 虽为小说但是对“前进士”、“进士”、“布衣”三者区分甚明。又《唐摭言》：“及第后知闻，或遇未及第时题名处，则为添‘前’字。或诗曰：‘曾题名处添前字，送出城人乞旧诗。’”[⑨] 然而

---

① 王运熙、杨明：《中国文学批评通史》（隋唐五代卷），第236页。

② 史弥坚修，卢宪纂：《嘉定镇江志》卷一八，《宋元方志丛刊》（第3册），中华书局1990年版，第2525页。

③ 董诰等：《全唐文》卷四三六，第4452页。

④ 晁公武撰，孙猛校证：《郡斋读书志校证·读书附志》，第1235—1236页。

⑤ 陈振孙：《直斋书录解题》卷一五，第440—441页。

⑥ 王勋成：《唐代铨选与文学》，中华书局2001年版，第3页。

⑦ 徐松撰，孟二冬补正：《登科记考补正》，第19页。

⑧ 袁郊：《甘泽谣》，《唐五代笔记小说大观》，第536—537页。

⑨ 王定保：《唐摭言》卷三，第42页。

《河岳英灵集》自始至终仅署“进士”，表明殷璠应考落第，未能获得“神圣题前字，千人看不休”[①] 的荣耀。按陈振孙《直斋书录解题》及第之人多标明中举年代或所任官职，落第之人多题“进士”，如“《孟襄阳集》三卷，唐进士孟浩然撰。”[②] 孟浩然开元十六年应考失败，一生未遇，因此只称“进士”。又“《刘得仁集》一卷，唐进士刘得仁撰。公主之子，累举不第而卒”[③]。据《唐摭言·海叙不遇》记载：“刘得仁，贵主之子。自开成至大中三朝，昆弟皆历贵仕，而得仁苦于诗，出入举场三十年，竟无所成。”[④] 刘得仁久困科场的痛苦在诗中屡次提及，“如病如痴二十秋，求名难得又难休。回看骨肉须堪耻，一著麻衣便白头。”[⑤] 再如张乔，“《张乔集》二卷，唐进士九华张乔撰。乔与许棠、张蠙、郑谷、喻坦之等同时，号‘十哲’。乔试京兆，《月中桂》诗擅场，传于今，而《登科记》无名，盖不中第也。”[⑥] 罗隐，“罗江东《甲乙集》十卷、《后集》五卷、《湘南集》三卷。唐乡贡进士新城罗隐昭谏撰。隐举进士不第。”[⑦] 二人作品均署“进士”，且着重强调两者的应举不第，可见“进士”确指应举未第之人，殷璠当属此列，据陈尚君考证其赴京应举时间在开元中[⑧]，从之。然而学界对殷璠的仕宦经历则猜测过多，结论过于武断，现辩证如下。

1. 殷璠当于长安担任“文学”一职。吴融《过丹阳》：“云阳县郭半郊垧，风雨萧条万古情。山带梁朝陵路断，水连刘尹宅基平。桂枝自折思前代李考功于此知贡举，藻鉴难逢耻后生殷文学于此集英灵。遗事满怀兼满目，不堪孤棹艤荒城。”[⑨] 注中“文学”是关于殷璠仕历的唯一记载。李珍华、傅璇琮《河岳英灵集研究》根据殷璠选本流露出的不平之气指出：“东宫官崇文馆有文学三人，为正六品下，‘分知经籍，侍奉文章’。此为宫闱亲近，殷璠不可

---

① 姚合：《送任畹及第归蜀中觐亲》，彭定求等：《全唐诗》卷四九六，第5628页。

② 陈振孙：《直斋书录解题》卷一九，第558页。

③ 同上书，第580页。

④ 王定保：《唐摭言》卷一〇，第108页。

⑤ 刘得仁：《省试日上崔侍郎四首》其二，彭定求等：《全唐诗》卷五四五，第6304页。

⑥ 陈振孙：《直斋书录解题》卷一九，第577页。

⑦ 陈振孙：《直斋书录解题》卷一六，第486页。

⑧ 具体参考陈尚君《殷璠〈丹阳集〉辑考》，“颇疑殷璠从进士试在开元中，因屡试不中，遂绝意仕途，退归乡里，以铨评天下英髦为志。”较为可信，从之。

⑨ 吴融：《过丹阳》，彭定求等：《全唐诗》卷六八四，第7858页。

能担任此职。另外王府官，西都、北都、东都、都督府也都各有文学之职，各州则仅上州设文学一人，从八品下。润州在唐为上州，则殷璠很可能即任润州的文学，系一个八品下的品位低微的小官。”① 此处推测有误，根据成书于开元二十七年的《唐六典》记载，初盛唐时期“文学”一职只有两种：太子文学，三人，正六品下，“掌分知经籍，侍奉文章，总辑经籍；缮写装染之功，笔札给用之数，皆料度之。”② 王府文学，二人，从六品上，“掌雠校典籍，侍从文章。”③ 至于州府则只有“博士”而无“文学”。又“武德初，置经学博士、助教、学生。德宗即位，改博士曰文学。元和六年，废中州、下州文学”④。此后仅上州设文学一人，从八品上，“掌以五经授诸生。县则州补，州则授于吏部。然无职事，衣冠耻之。”⑤ 殷璠基本活动于开、天年间，是时上州并无“文学”一职。考吴融《过丹阳》一诗涉及人事均与丹阳有关，“山带梁朝陵路断”指梁朝多位帝王如武帝萧衍、简文帝萧纲陵墓都在丹阳境内。“水连刘尹宅基平”指东晋名士刘惔，曾任丹阳尹，世称刘尹。“桂枝自折思前代”自注：“李考功在此知贡举”，李珍华、傅璇琮认为此指至德二载受“安史之乱”影响礼部侍郎李希言在东南主持考试一事，唯“李考功”有误。⑥ “藻鉴难逢耻后生”自注：“殷文学于此集英灵”，李珍华、傅璇琮认为此指殷璠曾任润州文学并于归隐之后编选《河岳

① 李珍华、傅璇琮：《河岳英灵集研究》，第99—100页。

② 李林甫等撰，陈仲夫点校：《唐六典》卷二六，第666页。

③ 李林甫等撰，陈仲夫点校：《唐六典》卷二九，第729页。

④ 欧阳修、宋祁：《新唐书》卷四九下，第1314页。

⑤ 同上。

⑥ 李珍华、傅璇琮：《河岳英灵集研究》第98—99页：“‘李考功于此知贡举’当指李希言，但称李希言为考功，则有误。《唐才子传》卷三顾况小传记：‘顾况，字逋翁，苏州人。至德二载，天子幸蜀，江东侍郎李希言下进士。’这时正是安史之乱起，长安陷于安史乱兵，贡举试不能在京都举行，于是分遣使臣于东南一带进行考试。《新唐书》卷一二〇《崔玄玮传》附子涣传云：‘肃宗立，与韦见素同赴行在。时京师未复，举选不至，诏涣为江淮宣谕选补使，收采遗逸。’（《旧唐书·肃宗本纪》亦载是年‘十一月，诏宰相崔涣巡抚江南，补授官吏’）顾况当于此年在苏州应试及第的（见《全唐文》卷五二九顾况《送宣歙李衙推八郎使东都序》：‘天宝末，安禄山反，天子去蜀，多士奔吴为人海。帝乃命祖，掌于春宫，介珪建侯，统江表四十余郡。雷行蛰动，时况摇笔获登龙门’）。不过这时候李希言为礼部侍郎。《会稽掇英总集》卷一八《唐太守题名》载：‘崔寓，至德二年自江夏郡太守授，其年六月改给事中。李希言：自礼部侍郎兼苏州刺史充节度采访使，转梁州刺史。’”

英灵集》的经历，然而开元天宝年间州县仅有“博士”而无“文学”，则“殷文学”亦误，如此看来，吴融自注其诗却句句出错，笔者认为应当尊重原注，重新解读。“桂枝自折思前代”或指隋朝之事，吴融本为唐人，所言“前代”非指唐代甚明，“李考功”或为隋朝知贡举者。科举制度隋朝初创，考试程序、科目、时间均处于摸索调整阶段，然而可以肯定的是吏部主持考试。“牛弘为吏部尚书，高构为侍郎，最为称职。当时之制，尚书举其大者，侍郎铨其小者，则六品以下官吏，咸吏部所掌。”① 又牛弘曾问刘炫：“‘魏、齐之时，令史从容而已，今则不遑宁舍，其事何由？’炫对曰：‘往者，州唯置纲纪，郡置守、丞，县唯令而已，其所具僚，则长官自辟，受诏赴任，每州不过数十。今则不然，大小之官，悉由吏部，纤介之迹，皆属考功，所以繁也。’”② 从刘炫的回答可以看出“考功”也参与其中。又隋炀帝始建进士科，考试地点未见确切记载，似与创立之初场所并未固定有关。炀帝当政之后扬州基本以陪都的形式存在，扬润地区成为统治重心。炀帝三下江都甚至长期逗留江南，致使江南极有可能成为京师以外的考试地点，则“李考功”于丹阳主持考试成为可能。“藻鉴难逢耻后生”当是肯定殷璠选录诗歌的精准审慎与后人的难以企及。《河岳英灵集序》曰：“爰因退迹，得遂宿心。”③ 表明是集成于殷璠归隐丹阳之后，完全符合注文“殷文学于此集《英灵》”，吴融之诗可信。

问题的关键在于学界对殷璠“文学”一职的认识，李珍华、傅璇琮的解释需要进一步考证，笔者认为殷璠极有可能于长安出任“文学”一职，即使科举失败亦能通过举荐或其他途径入仕。高宗显庆年间《文选》获得官方认可，“选学”随之兴起，各类诗歌选本层出不穷，文学批评与创作实践开始相伴并行，品评识鉴作为一种能力受到追捧，玄宗时期更盛。以《河岳英灵集》观之，殷璠具有超高的鉴赏水平，在“作之非难，鉴之为贵”④ 的风气中适逢其会。据《南部新书》记载：“长安举子，自六月已后，落第者不出京，谓之‘过夏’。多借静坊庙院及闲宅居住，作新文章，谓之‘夏课’。亦有十人五人醵率酒馔，请题目于知己朝达，谓

---

① 杜佑：《通典》卷一四，第342页。

② 同上。

③ 傅璇琮编撰：《唐人选唐诗新编·河岳英灵集》，第107页。

④ 钱易撰，黄寿成点校：《南部新书》乙，中华书局2002年版，第26页。

之‘私试’。七月后，投献新课，并于诸州府拔解。人为语曰：‘槐花黄，举子忙。’”① 殷璠落第之后极有可能与其他士子一样流连长安，颇疑其在拜谒权贵期间以非凡的识鉴能力获得重要人物赏识，经其擢拔出任“文学”一职，至于是太子文学还是王府文学由于材料缺乏不得而知。“文学”本为近侍，地位较高，随后殷璠进入文化中心，可以通过多种途径最早获得流行于京师的各种信息，而选本的种种迹象亦表明殷璠确有可能在长安担任“文学”一职。

殷璠对曾经流行于宫廷的诗歌理论极为熟悉，并且率先通过选本加以继承。初唐上层社会个别极其少见的理论术语如“拈二”、“直置”等词汇出现于殷璠的《丹阳集》与《河岳英灵集》中。

《河岳英灵集》序曰：“夫能文者匪谓四声尽要流美，八病咸须避之，纵不拈二，未为深缺。即‘罗衣何飘飘，长裾随风还’，雅调仍在，况其他句乎？故词有刚柔，调有高下。但令词与调合，首末相称，中间不败，便是知音。”② 按“拈二”一词作为专业术语在唐代文献中极其罕见，语出元兢《诗髓脑》：“拈二者，谓平声为一字，上去入为一字。第一句第二字若安上去入声，第二、第三句第二字皆须平声。第四、第五句第二字还须上去入声，第六、第七句第二字安平声，以次避之。如庾信诗云：‘今日小园中，桃花数树红。欣君一壶酒，细酌对春风。’‘日’与‘酌’同入声。只如此体，词合宫商，又复流美，此为佳妙。”③ 此外未见著录，元兢将平声与上、去、入三声对举，加速四声二元化的进程，“拈二”已与后世的粘对规则相当接近。而“拈二”亦是殷璠诗论的重要组成部分，殷璠对音律的处理态度可以分为三个层次：“（一）‘四声流美’、‘八病咸避’的近体诗；对此，《集论》认为‘过事拘忌。’（二）合乎‘拈二’要求的诗篇，对此，《集论》认为‘纵不拈二，未为深缺’。（三）不协律，不守‘拈二’，而具有‘雅调’的诗篇。总观以上三项，合乎拈二、护腰、相承等，即《集论》里所称的‘新声’；《集论》里所称具有‘雅调’的‘古体’；以及介于两者之间，即是从古体逐步经原始型的‘拈二’调声术向‘新声’发展的各类型。但无论是‘新声’也好，‘古体’

① 钱易撰，黄寿成点校：《南部新书》乙，第21—22页。

② 傅璇琮编撰：《唐人选唐诗新编·河岳英灵集》，第108页。

③ 张伯伟：《全唐五代诗格汇考》，第115页。

也好，过渡性的诗篇也好，它们必须具有一定的音律要求，这就是已经提到过的一个重要纲领：'词有刚柔，调有高下，但令词与调合，首末相称，中间不败，便是知音。'"① 殷璠对声律的要求相对宽泛，并以"拈二"为基点阐明盛唐诗坛除平仄律外尚有抑扬律。李珍华、傅璇琮认为："《河岳英灵集·叙》的音律说对我们的启示，一部分就在它指出，所谓音律者不必固宥于平仄律。要真正欣赏古人或唐人的古体诗，我们必须注意到除已成主流的平仄律以外的抑扬关系，也即是轻重清浊所组成的音律。同时，《叙》中更指明历史的演进阶段，由'罗衣何飘飖，长裾随风还'这个不合平仄律而合乎清浊轻重抑扬关系并且具有半谐音的诗句，中间经过或多或少合乎'拈二'要求的平仄关系或轻重关系，再经过合乎'拈二'、'护腰'、'相承'（即所谓'首末相称，中间不败'）的阶段，然后进入'四声流美'、'八病咸避'纯平仄律的新声时代。"② 殷璠认为"拈二"是抑扬律向平仄律过渡的标准之一。

又《丹阳集》曰："光羲诗宏瞻纵逸，务在直置。"③ "直置"一词出于元兢《古今诗人秀句》，"余于是以情绪为先，直置为本，以物色留后，绮错为末；助之以质气，润之以流华，穷之以形似，开之以振跃。或事理俱惬，词调双举，有一于此，罔或孑遗。"④ 又见于崔融《唐朝新定诗格》，"十体"其四"直置体"，称"直置体者，谓直书其事，置之于句者是"⑤。《唐朝新定诗格》晚出，则"直置"一词亦始于元兢。此外，颇疑殷璠的《河岳英灵集·序》受到元兢《古今诗人秀句·序》的影响，二者均以《文选》为起点，然后批评当代选本的缺陷，再谈编撰缘由，最后陈述自己理想的文学追求。元兢的诗论在《古今诗人秀句·序》中已相当成熟，"情绪"与"物色"，"直置"与"绮错"两两并举，"情绪"似指内容风格，"直置"似指方法技巧，元兢强调"情绪"与"直置"的重要性，但并不忽视"物色"与"绮错"，认为诗歌要有饱满的感情、简洁的技法，辅以细腻的描摹、优美的语言，最终达到"事理俱惬，

① 李珍华、傅璇琮：《河岳英灵集研究》，第82页。

② 同上书，第88页。

③ 傅璇琮编撰：《唐人选唐诗新编·丹阳集》，第84页。

④ [日]弘法大师原撰，王利器校注：《文镜秘府论校注》南卷，第361页。

⑤ 张伯伟：《全唐五代诗格汇考》，第130页。

词调双举”的境界。而殷璠“文质半取，风骚两挟”[①]似是对元兢“事理俱惬，词调双举”的发展，将元兢已经提出的“情绪”、“直置”、“物色”、“绮错”、“质气”等概念糅合贯通使其更加明朗精练。由上可见，殷璠诗论由词汇到思想均与元兢存在一定的继承发展关系。

元兢，字思敬，《旧唐书》云：“元思敬者，总章中为协律郎，预修《芳林要览》，又撰《诗人秀句》两卷，传于世。”[②]《芳林要览》为“许敬宗、顾胤、许圉师、上官仪、杨思俭、孟利贞、姚璹、窦德玄、郭瑜、董思恭、元思敬集”[③]。又《文镜秘府论》南卷存有元兢的《古今诗人秀句·序》，称：“余以龙朔元年，为周王府参军，与文学刘祎之、典签范履冰，旹东阁已建，期竟撰成此录。”[④]元兢当在王府、宫廷长期供职，惜其诗论屡遭忽视，直至则天编《三教珠英》时才在上层得以推广，在民间流传只会更晚。况且对于部分技法“文人以为秘密，莫肯传授”[⑤]。全面普及益发困难。王梦鸥指出：“初唐之诗学，实因君主好文，而侍从之臣不能不致力于雕虫之技以阿其好，于是刻商画羽，穷极工巧；其有要诀可言者则编成《笔札华梁》，《诗髓脑》等书以应时需要。人人既奉此为圭臬，寖假乃成为作诗评诗之准则矣。其始用于宫廷宴会赋诗，随后乃引以按试进士杂文。芸芸士子，倘有意于进士之科，于兹诗体，必须童而习之，以应试官之衡文标准。”[⑥]则元兢《诗髓脑》于中下层广泛流传当在科举考试使用杂文之后，又徐松《登科记考》：“按杂文两首，谓箴铭论表之类。开元间，始以赋居其一，或以诗居其一，亦有全用诗赋者，非定制也。杂文之专用诗赋，当在天宝之季。”[⑦]则天宝末年以后元兢的诗论才有可能大规模地向全国传播，而天宝末年《丹阳集》、《河岳英灵集》均已完成，殷璠对元兢诗歌理论的接受似乎早于大众。而元兢长期追随周王，活动范围囿于王府、宫中，如果殷璠困守润州，如何能够早于众人最先运用远居京师的元兢的诗歌理论？又皇宫、东宫、王府本是文人会聚之

① 傅璇琮编撰：《唐人选唐诗新编·河岳英灵集》，第108页。

② 刘昫等：《旧唐书》卷一九〇上，第4997页。

③ 王应麟：《玉海》卷五四，文渊阁四库全书本，第944册，第440页。

④ ［日］弘法大师原撰，王利器校注：《文镜秘府论校注》南卷，第360页。

⑤ 张伯伟：《唐五代诗格汇考》，第121页。

⑥ 王梦鸥：《唐代诗学著述考》，第16—17页。

⑦ 徐松撰，孟二冬补正：《登科记考补正》卷二，第84—85页。

所，极易形成繁荣昌盛却又相对封闭的文化圈，元兢诗歌理论的最早受众当是同僚与文友。殷璠无论是太子文学还是王府文学均已置身其中，极易获悉前辈的各类学说，受到元兢影响实属常情。由此可见，“文学”一职使得殷璠能够迅速掌握继承元兢等文学侍从的诗歌思想，并在此基础上逐步对诗坛与诗人产生深入系统的认识。而最初的唐人选唐诗全部诞生于宫廷，对殷璠选本的编写当有多重启发。然而殷璠担任“文学”一职的时间当不长久，考玄宗时期太子、诸王胆战心惊，屡遭变故，或死或贬极为常见，开元二十五年同日赐死太子瑛、光王琚、鄂王瑶便是明证。殷璠作为近侍在屡次的宫廷倾轧中极有可能受到牵连，“文学”一职随之失去，唯具体时间无法考知。而京师太子文学、王府文学人数众多，殷璠作为其中一员，并无特出贡献亦无诗歌流传，生平经历迅速被历史湮没遗忘。

2. 殷璠当于天宝四载彻底离开长安，归隐丹阳。殷璠曾置身于长安权力中心，对统治阶层内部的倾轧斗争有所了解，以《河岳英灵集》评语观之，他具有一定的政治敏感度。开元末天宝初局势恶化，杨玉环受宠，李林甫当权，玄宗内政外交全面堕落。天宝二年发生震惊朝野的考场舞弊案件。据《资治通鉴》记载：“李林甫领吏部尚书，日在政府，选事悉委侍郎宋遥、苗晋卿。御史中丞张倚新得幸于上，遥、晋卿欲附之。时选人集者以万计，入等者六十四人，倚子奭为之首，群议沸腾。前蓟令苏孝韫以告安禄山，禄山入言于上，上悉召入等人面试之，奭手持试纸，终日不成一字，时人谓之‘曳白’。”[①] 科场舞弊之事竟然借助武将安禄山的宠遇地位告知高高在上的唐玄宗，官场的混乱与玄宗的荒政可见一斑。其后“遥贬武当太守，晋卿贬安康太守，倚贬淮阳太守，同考判官礼部郎中裴朏等皆贬岭南官”[②]。科举与铨选是多数文人的必经之路，“曳白”事件虽因玄宗的主持得以解决，舞弊官员亦受到严惩，但对于充满政治热情与人生幻想的万千士子来说无疑是一次打击，社会的黑暗与朝政的腐败如同冰山一角已经公然显露。

天宝三载又发生轰动文坛的两件大事：贺知章告老还乡与李白赐金放还。贺知章证圣元年进士及第，又中超拔群类科，历官国子四门博士、太常博士、太常少卿、礼部侍郎，工部侍郎、太子宾客，秘书监等。先应常

① 司马光编著，胡三省音注：《资治通鉴》卷二一五，第6857页。

② 同上。

科，后应制举，逐步高升的人生经历展现普通文人的仕进梦想。天宝三载贺知章告老还乡，无限风光的背后是一生沉浮的无奈疲惫。李白走的是“终南捷径”，以隐居拜谒求仕。天宝元年奉诏入京，玄宗“降辇步迎，如见绮、皓。以七宝床赐食，御手调羹以饭之，谓曰：‘卿是布衣，名为朕知，非素蓄道义，何以及此’”①。玄宗的礼遇使得李白一鸣惊人。踌躇满志的李白任意挥洒自己的快意，“一朝君王垂拂拭，剖心输丹雪胸臆。忽蒙白日回景光，直上青云生羽翼。幸陪鸾辇出鸿都，身骑飞龙天马驹。王公大人借颜色，金章紫绶来相趋。”② 然而好景不长，天宝三载李白被赐金放还，上演一出始则平步青云实则幻灭流离的人生悲剧。

贺知章进士及第位及三品，是通过科举入仕的典范，李白以一介布衣供奉翰林，是通过荐举入仕的代表，二人于天宝三载先后离京，对于积极准备、一心应考的学子以及曲线救国、寻求汲引的士子均造成冲击，贺、李消失于文坛中心使得众人已经渺茫的前途更加渺茫，已经困惑的心灵更加困惑。科举之路本已艰辛，又有请托舞弊雪上加霜；举荐之路看似容易，实则瞬息万变前途未卜。殷璠个人曾受科举之困，居留长安期间见证各类士子的蜂拥而来与呼啸而去，目睹各种官员的升迁贬谪甚至死于非命。天宝三载败象已显，结局已经看到，出路已经堵塞，殷璠应于三载萌生去意，与《河岳英灵集》所录及第诗人最晚为天宝三载正相符合，四载彻底离开京师，归隐故乡，专心著书。

综上所述，殷璠并非一生困守润州，开元中赴京应举，并在帝都担任“文学”一职，至天宝四载离开，漂泊长安十数年，因而才会对盛唐诗坛有全面的认识与精准的把握，以此为出发点，殷璠的三部选本需要重新解读，个别争论不休的问题似乎可以得到初步解决。另，天宝三载作为唐朝历史上较为关键的一年，诸事酝酿，矛盾汇聚，大环境的改变影响小人物的抉择，殷璠萌生退意绝非偶然，因为对于文坛而言，盛、中之变的迹象于天宝三载已经凸显。

二 天宝三载——盛、中之变新解

天宝三载，亦即公元七四四年，是唐代历史上看似平静实则暗潮汹涌

① 李白著，王琦注：《李太白全集》卷三一，第1445—1446页。

② 李白：《驾去温泉宫后赠杨山人》，李白著，王琦注：《李太白全集》卷九，第485页。

的一年，是时朝廷、边疆、宫掖各种腐朽势力都在迅速膨胀，政局、文坛都在悄无声息中走出盛世，天宝三载“是以前发生大事的症结，也是将在以后掀起波澜的机缘”①。对于盛、中之变，学界普遍认定天宝十四载爆发的“安史之乱”是大唐王朝由盛而衰的重要标志，诗歌创作随之进入中唐阶段，然而笔者认为早在天宝三载文坛已露中唐风貌，盛唐诗歌先于“安史之乱”十余年走向终结。

天宝三年正月初一日中央政府颁发《改天宝三年为载制》，曰：“履端正名，义取垂范，体元设教，在乎变通。虽沿革从宜，罔不稽古。朕缵复兴运，恭守睿图，常恐至化犹微，淳风尚薄，未臻华胥之俗，以登可封之人，故未明求衣，日昃忘食，励精为理，思致邕和。历观载籍，详求前制，而唐虞焕乎可述，是用钦若旧典，以叶惟新，可改天宝三年为三载。”② 诏书详细回顾玄宗勇于革新，勤于理政的奋斗历程，并且认为社会文化已经进入唐虞之治的理想时代。又据《尔雅·释天》：“载，岁也。夏曰岁，取岁星行一次。商曰祀，取四时一终。周曰年，取禾一熟。唐虞曰载，取物终更始。”③ 玄宗改年为载似为凸显去周复唐，建立“开元盛世”的伟大业绩，本年玄宗正式自认功成名就，此后可以安享太平。是时唐朝国力强盛，思想开放，经济繁荣，百姓富足，少数民族亦赞“唐主英武，人和年丰”④。然而欣欣向荣的景象无法掩盖日积月累的重重危机，天宝三载乱象已显，堪称唐代历史关键的一年，具体表现如下。

1. 玄宗怠于政事，李林甫大权独揽。天宝三载李隆基励精图治已达三十余年，曾与其共同缔造“开元盛世”的贤相姚崇、张说、宋璟、张九龄相继辞世，承平日久的玄宗开始厌倦国务，耽于享乐，淡出政坛。据《资治通鉴》记载：“上从容谓高力士曰：‘朕不出长安近十年，天下无事，朕欲高居无为，悉以政事委林甫，何如?’对曰：‘天子巡狩，古之制也。且天下大柄，不可假人；彼威势既成，谁敢复议之者!’上不悦。力士顿首自陈：‘臣狂疾，发妄言，罪当死。’上乃为力士置酒，左右皆呼万岁。力士自是不敢深言天下事矣。”⑤ 天宝三载玄宗竟然产生将国政

---

① 黄仁宇：《万历十五年》，中华书局2006年版，第2页。

② 宋敏求：《唐大诏令集》卷四，第22页。

③ 阮元校刻：《十三经注疏·尔雅注疏》卷六，第2608页。

④ 杜佑：《通典》卷一九八，第5440页。

⑤ 司马光编著，胡三省音注：《资治通鉴》卷二一五，第6862—6863页。

大权完全下放李林甫的荒唐想法，作为心腹的高力士表示强烈反对，可惜意见正确却遭到质疑，高力士只能自污了事。高力士沉静果敢，一生追随玄宗，备受宠信，权倾朝野，曾经屡次参与决策家国大事，并且直接向玄宗提供正确建议，史称力士“中立而不倚，得君而不骄。顺而不谀，谏而不犯”①。本年却因劝谏玄宗不可过于倚重李林甫而遭到疏远，“由是还内宅，不复事。”② 而李林甫自开元二十二年上台以来，成功清除以张九龄为首的贤能大臣，排斥异己，堵塞言路，二十四年甚至公开宣布：“今明主在上，群臣将顺之不暇，乌用多言！诸君不见立仗马乎？食三品料，一鸣辄斥去。悔之何及！”③ 延及天宝三载已经权势熏天，竟令高力士心生畏惧。可见天宝三载李林甫已经全面把持朝政，其后变本加厉，四载重用酷吏罗希奭、吉温，制造“罗钳吉网”，朝中士人噤若寒蝉，五载策划韦坚、柳勣大案，六载构陷杨慎矜、王忠嗣，内外震栗，飞扬跋扈至肆无忌惮的地步。

2. 安禄山地位稳固，无人能撼。据《资治通鉴》记载：“（天宝三载）三月，己巳，以平卢节度使安禄山兼范阳节度使；以范阳节度使裴宽为户部尚书。礼部尚书席建侯为河北黜陟使，称禄山公直；李林甫、裴宽皆顺旨称其美。三人皆上所信任，由是禄山之宠益固不摇矣。”④ 安禄山本为罪臣，勇悍狡黠，上下经营，得到玄宗赏识。《旧唐书·安禄山传》曰：“天宝元年，以平卢为节度，以禄山摄中丞为使。入朝奏事，玄宗益宠之。三载，代裴宽为范阳节度，河北采访、平卢军等使如故。采访使张利贞常受其赂；数载之后，黜陟使席建侯又言其公直无私；裴宽受代，及李林甫顺旨，并言其美。数公皆信臣，玄宗意益坚不摇矣。”⑤ 表明安禄山获得玄宗彻底的信任在天宝三载，其后步步高升，数年之间身兼三镇节度使。其间数人屡言禄山必反，玄宗置若罔闻，甚至“自是有言禄山反者，上皆缚送，由是人皆知其将反，无敢言者”⑥。最终为“安史之乱”

---

① 韩炎：《唐故开府仪同三司兼内侍监赠扬州大都督陪葬泰陵高公（力士）神道碑并序》，吴钢主编：《全唐文补遗》（第一辑），三秦出版社 1994 年版，第 36 页。

② 欧阳修、宋祁：《新唐书》卷二〇七，第 5859 页。

③ 司马光编著，胡三省音注：《资治通鉴》卷二一四，第 6825 页。

④ 司马光编著，胡三省音注：《资治通鉴》卷二一五，第 6859—6860 页。

⑤ 刘昫等：《旧唐书》卷二〇〇上，第 5368 页。

⑥ 司马光编著，胡三省音注：《资治通鉴》卷二一七，第 6925 页。

的爆发埋下隐患。

3. 杨玉环宠遇非常，杨氏一族开始干政。杨玉环开元二十八年以女道士之名入宫，天宝三载待遇已如皇后，独宠地位完全确立。据《资治通鉴》记载："初，武惠妃薨，上悼念不已，后宫数千，无当意者。或言寿王妃杨氏之美，绝世无双。上见而悦之，乃令妃自以其意乞为女官，号太真；更为寿王娶左卫郎将韦昭训女。潜内太真宫中。太真肌态丰艳，晓音律，性警颖，善承迎上意，不期岁，宠遇如惠妃，宫中号曰'娘子'，凡仪体皆如皇后。"① 随着杨玉环地位的飙升，杨氏一族开始干政。"户部尚书裴宽素为上所重，李林甫恐其入相，忌之。刑部尚书裴敦复击海贼还，受请托，广序军功，宽微奏其事。林甫以告敦复，敦复言宽亦尝以亲故属敦复。林甫曰：'君速奏之，勿后于人。'敦复乃以五百金赂女官杨太真之姊，使言于上。甲午，宽坐贬睢阳太守。"② 该事发生于天宝三载，此前未见杨氏干政记载。天宝四载册封杨太真为贵妃，杨氏家族随之飞黄腾达，诸人频繁收纳贿赂、引荐官员，延及杨国忠登上历史舞台，专权误国，骄奢淫逸，杨氏一族政治地位达到顶峰，然而需要强调的是杨氏一族干政的起点是天宝三载。

4. 盛唐诗人已悉数登场，又渐趋消失，部分诗人创作已达高峰，盛唐开始走向终结。天宝三载文坛发生两大事件：贺知章离京归隐与李白赐金放还，贺知章的华丽转身与李白的黯然消失形成鲜明对比。据《旧唐书·贺知章传》记载："天宝三载，知章因病恍惚，乃上疏请度为道士，求还乡里，仍舍本乡宅为观。上许之，仍拜其子典设郎曾为会稽郡司马，仍令侍养。御制诗以赠行，皇太子已下咸就执别。"③ 贺知章的饯别宴会堪称盛唐最华丽的谢幕，玄宗《送贺秘监归会稽序》曰："天宝三载，太子宾客贺知章，鉴于止足，抗归老之疏，解组辞荣，志期入道。朕以其夙存微尚，年在迟暮，用修挂冠之事，俾遂赤松之游。正月五日，将归稽山，遂饯东路，乃命六卿庶尹，三事大夫，供帐青门，宠行迈也。岂惟崇德尚齿，亦将励俗劝人，无令二疏独光汉册。乃赋诗赠行。凡预兹宴宜皆

---

① 司马光编著，胡三省音注：《资治通鉴》卷二一五，第6862页。

② 同上。

③ 刘昫等：《旧唐书》卷一九〇中，第5034页。

属和。”[①] 和诗者包括李适之、李林甫、李瓘、李璆、席豫、宋鼎、郭虚己、李岩、韦斌、李慎微、韦坚、齐澣、崔璘、梁涉、王濬、王瑀、姚鹄、王铎、何千里、严都、严向、康琎、韩宗、郭慎微、于休烈、齐光乂、韦述、韩倩、杜昆吾、张绰、陆善经、胡嘉鄢、魏盈、李彦和、张博望、辛替否、卢象等三十七人，规模之大、级别之高罕有其比。景龙四年中宗于始平饯送金城公主适西番，送行赋诗者总计十七人[②]，送别公主参与人数尚且不及为知章饯行。然而风光的背后却是无奈，天宝三载贺知章退隐固然与其年迈有关，但更为重要的当是其深感政治危机。

贺知章混迹官场近半个世纪，仕途并非一帆风顺。知章才华横溢，文名鼎沸，先后担任丽正殿修书使、集贤院学士、秘书监等重要文职，身份、学识完全符合条件，却鲜少参修各类典籍，也从未参与过宫廷宴会赋诗，似不为当政者所喜。贺知章几无政绩可言，甚至因“取舍非允，为门荫子弟喧诉盈庭。知章于是以梯登墙，首出决事，时人咸嗤之”[③]。贺知章为官数年甚是憋屈，曾遭张九龄打压，据《封氏闻见记》记载：“贺知章为秘书监，累年不迁。张九龄罢相，于朝中谓贺曰：‘九龄多事，意不得与公迁转，以此为恨！’贺素诙谐，应声答曰：‘知章蒙相公庇荫不少。’张曰：‘有何相庇？’贺曰：‘自相公在朝堂，无人敢骂知章作獠；罢相以来，尔汝单字，稍稍还动。’九龄大惭。”[④] 又贺知章归隐镜湖之前为太子宾客，李亨开元二十六年立为太子，因“太子之立，非林甫意。林甫恐异日为己祸，常有动摇东宫之志”[⑤]。《旧唐书》：“林甫自以始谋不佐

① 孔延之：《会稽掇英总集》卷二，文渊阁四库全书本，第1345册，第16页。

② 参与送别之人以及诗作如下：崔湜《奉和送金城公主适西蕃应制》、李峤《奉和送金城公主适西蕃应制》、阎朝隐《奉和送金城公主适西蕃应制》、韦元旦《奉和送金城公主适西蕃应制》、唐远悊《奉和送金城公主适西蕃应制》、李适《奉和送金城公主适西蕃应制》、刘宪《奉和送金城公主入西蕃应制》、苏颋《奉和送金城公主适西蕃应制》、徐彦伯《奉和送金城公主适西蕃应制》、张说《奉和圣制送金城公主适西蕃应制》、薛稷《奉和送金城公主适西蕃应制》、马怀素《奉和送金城公主适西蕃应制》、沈佺期《送金城公主适西蕃应制》、武平一《送金城公主适西蕃》、崔日用《奉和送金城公主适西蕃应制》、郑愔《送金城公主适西蕃应制》、徐坚《奉和送金城公主适西蕃应制》。

③ 刘昫等：《旧唐书》卷一九〇中，第5034页。

④ 封演撰，赵贞信校注：《封氏闻见记校注》卷一〇，第92页。

⑤ 司马光编著，胡三省音注：《资治通鉴》卷二一五，第6870页。

皇太子，虑为后患，故屡起大狱以危之。"[1] 面对李林甫的政治威胁，忧虑太子势力膨胀的玄宗表示默许，致使李亨处境险恶，如履薄冰。"肃宗在东宫，宰相李林甫阴构不测，太子内忧，鬓发班秃。后入谒，玄宗见不悦，因幸其宫，顾廷宇不汛扫，乐器尘蠹，左右无嫔侍，帝愀然谓高力士曰：'儿居处乃尔，将军叵使我知乎？'"[2] 李亨的太子生涯基本在惶恐抑郁与忍辱负重中度过。贺知章身在其中，对于太子的艰难处境以及日益黑暗的时局有着清醒的认识。贺知章的放旷狂饮，纵诞谈笑，遨游里巷，似是政治热情无处施展的自我发泄，"四明狂客"与"秘书外监"是自嘲更是嘲世。其《回乡偶书》曰："离别家乡岁月多，近来人事半销磨。唯有门前镜湖水，春风不改旧时波。"[3] 而"近来人事半销磨"一语包蕴多层含义，元稹《连昌宫词》曰："开元之末姚宋死，朝廷渐渐由妃子。禄山宫里养作儿，虢国门前闹如市，弄权宰相不记名。依稀忆得杨与李，庙谟颠倒四海摇。"[4] 诗中所述之事贺知章多亲身经历，只是迫于形势含蓄表达而已。又贺知章同僚太子侍读薛令之遭际愈发悲惨，"时东宫官积年不迁，令之书壁，望礼之薄，帝见，复题'听自安者'。令之即弃官，徒步归乡里。"[5] 堂堂太子侍读竟然徒步返乡！贺知章应该极其清楚自己的处境，对于政坛的暗潮汹涌了然于胸，但是无法改变甚至自身难保，因此只有纵酒狂歌，虚度韶光。肃宗《赠贺知章礼部尚书诏》评曰："器识夷淡，襟怀和雅，神清志逸，学富才雄，挺会稽之美箭，蕴昆岗之良玉。故飞名仙省，侍讲龙楼，常静默以养闲，因谈谐而讽谏。"[6] 以诙谐的方式讽谏已然可悲，更可悲的是"静默以养闲"，充分显现贺知章对时局有所认识但无力改变的无奈消极。天宝四载李林甫更加肆无忌惮，先后通过韦坚、柳勣、杨慎矜、王忠嗣之案导致太子两次婚变，身边亲信散失殆尽，局势迅速恶化，由此可见，贺知章选择在危机已现的天宝三载及时离开颇为明智。

同年三月李白赐金放还，天宝元年李白奉诏入京，玄宗"降辇步迎，

---

① 刘昫等：《旧唐书》卷一〇六，第3239页。

② 欧阳修、宋祁：《新唐书》卷七七，第3499页。

③ 彭定求等：《全唐诗》卷一一二，第1147页。

④ 彭定求等：《全唐诗》卷四一九，第4613页。

⑤ 欧阳修、宋祁：《新唐书》卷一九六，第5607页。

⑥ 刘昫等：《旧唐书》卷一九〇中，第5035页。

如见绮、皓。以七宝床赐食，御手调羹以饭之，谓曰：‘卿是布衣，名为朕知，非素蓄道义，何以及此。’置于金銮殿，出入翰林中，问以国政，潜草诏诰，人无知者”①。李白未经科举进入仕途的传奇经历再次点燃在野文人曲线救国的梦想，然而天宝二年形势急转直下，李白的狂傲狷介遭到宫中官吏非议，众口铄金，积毁销骨，“上亦以非廊庙器，优诏罢遣之。”② 又《酉阳杂俎》曰：“李白名播海内，玄宗于便殿召见，神气高朗，轩轩然若霞举，上不觉亡万乘之尊，因命纳履。白遂展足与高力士，曰：‘去靴。’力士失势，遽为脱之。及出，上指白谓力士曰：‘此人固穷相。’”③ 玄宗对李白由最初的欣赏转为鄙夷不屑。李白以将相自居，玄宗以俳优视之，二人认识的落差最终造成李白在野奋斗三十年入朝不足三年即被赐金放还的悲剧。

贺知章进士及第官至从三品的秘书监，李白隐居造势终成帝王文学侍从，两人经历在唐代诗人中极为少见，天宝三载或主动或被迫地离开长安是局势变化的明显征兆，对士人应有所震动。

此外，天宝三载盛唐著名诗人王翰、王湾、孟浩然、王维、高适、王昌龄、王之涣、岑参、杜甫等人都已登上文坛，普遍已有出入长安经历，部分诗人创作已达高峰。王翰景云元年进士及第，约卒于开元十五年④；王湾开元元年进士及第，卒年“或在开元中期”⑤；孟浩然开元十五年奔赴长安，开元二十八年病卒；王之涣天宝元年卒，已逝诸人诗风开元年间早已形成，边塞诗豪放俊逸，田园诗淳朴明秀。王昌龄开元十五年及第，授秘书省校书郎，开元二十二年应博学鸿词科，授汜水尉，离开长安，开元二十八年归，改任江宁丞，天宝二年或天宝三年曾暂至长安，此后足迹再未踏入长安。传诵一时的《芙蓉楼送辛渐》、《长信秋词》等名篇已经完成，傅璇琮认为：“王昌龄写的富有特色的边塞诗，是他早期的作品，也就是开元中期或中期以前的作品。”⑥ 边塞诗堪称王昌龄的大手笔，诗歌高潮已经出现。高适开元二十三年长安应举，落第之后流落宋州、睢阳

---

① 李白著，王琦注：《李太白全集》卷三一，第 1445—1446 页。

② 孟棨：《本事诗》卷三，第 16 页。

③ 段成式撰，方南生点校：《酉阳杂俎》前集卷一二，第 116 页。

④ 谭优学：《唐诗人行年考》，四川人民出版社 1981 年版，第 13 页。

⑤ 傅璇琮：《唐代诗人丛考・王湾考》，第 55 页。

⑥ 傅璇琮：《唐代诗人丛考・王昌龄考》，第 136 页。

等地，《燕歌行》作于开元二十六年，创作已达巅峰。岑参开元二十六年应举落榜，天宝三载再举中第，天宝八载赴安西，天宝十三载赴北庭，并于远离长安的边塞地区创作《走马川奉送出师西征》、《轮台歌奉送封大夫出师西征》、《白雪歌送武判官归京》等诗，昂扬进取，积极乐观，是盛唐精神在边塞的完美释放。王维常年居于长安，最晚当于天宝三载置蓝田辋川别业，亦官亦隐，诗歌超越现实，已现中唐情致。杜甫开元二十三年应举不第，漫游齐越，定居洛阳，诗歌创作尚未形成风格。

综上所述，截至天宝三载，盛唐诗人均已涉足长安，其中王翰、王湾、王之涣、王昌龄、高适、孟浩然、李白创作都已出现高峰，此后或离开或隐居，高唱理想的盛唐时代行将终结。天宝四载至天宝十四载诗坛风气发生较大转变，个别诗歌体现盛唐余波，如岑参的边塞诗，多数创作显露中唐迹象，而且后者是主流。天宝三载以后李白残存的豪情无法掩盖满怀的愁绪，如《将进酒》之“五花马，千金裘，呼儿将出换美酒，与尔同销万古愁”①。《宣州谢朓楼饯别校书叔云》之“抽刀断水水更流，举杯消愁愁更愁。人生在世不称意，明朝散发弄扁舟。”② 王维诗歌益发脱离尘世，表现更多的是为中唐所欣赏的清幽淡远之风。杜甫天宝五载再入长安，十年之间创作的《奉赠韦左丞丈二十二韵》、《兵车行》、《丽人行》、《自京赴奉先县咏怀五百字》，充满动乱前夕的困顿心酸与焦虑苦楚，杜甫个人风格的形成表明盛世已经远去，中唐近在眼前。如果以诗歌审视社会，盛、中之变天宝三载已经显现。

5. 部分诗歌选本亦以天宝三载为限，是年编写的两部选本《国秀集》与《河岳英灵集》从不同角度总结创作实绩，似乎表明盛唐诗歌已经告一段落。代表官方立场的《国秀集》与表现个体追求的《河岳英灵集》收录诗歌起讫年代几乎重合。《国秀集》“自开元以来，维天宝三载，谴谪芜秽，登纳菁英，可被管弦者都为一集”③。《河岳英灵集》初选“起甲寅，终乙酉”④。即开元二年至天宝四载。两位编者身份相同，《国秀集》署名“国子进士芮挺章”，《河岳英灵集》署名“丹阳进士殷璠”，唐代称

---

① 李白：《将进酒》，李白著，王琦注：《李太白全集》卷三，第180页。

② 李白：《宣州谢朓楼饯别校书叔云》，李白著，王琦注：《李太白全集》卷一八，第861页。

③ 傅璇琮编撰：《唐人选唐诗新编·国秀集》，第217页。

④ 殷璠：《河岳英灵集序》，李昉等：《文苑英华》卷七一二，第3676页。

参加科举未能及第者为“进士”，而应举士子共有两种来源：生徒、乡贡。生徒是指通过各级学馆的特定考试送至中央的士子，而“举选不繇馆、学者，谓之乡贡，皆怀牒自列于州、县”①。则芮挺章为生徒，是于国子监就读备考的士子，殷璠为乡贡，是通过州县考试由丹阳报送京师应举的士子，二人特殊的身份直接影响主旨追求，选本都密切关注科举。《国秀集》所录八十五人，至少四十一人科举及第②，《河岳英灵集》共录二十四人，二十一人进士登科。其中常建、王维、李颀、高适、崔颢、孟浩然、崔国辅、王昌龄、崔曙、王湾、祖咏、卢象、李嶷十三人重复，仅孟浩然一人未第。二书录入相同诗歌共计十三首③，诗题、内容多有异文，当是采用不同底本所致，似乎说明两人各自独立编写选本，然而令人惊奇的是天宝三载是二书共同的选录界限。芮挺章奉“秘书监陈公、国子司业苏公”之命编撰选本，秘书监为从三品，国子司业为从四品下，芮挺章身处最高教育机构国子监，三人基本居于上层社会，《国秀集》带有明显的官方色彩，应制、游宴、饯别、赠答与宫廷诗歌一脉相承，重视职官，上卷品阶明显高于中、下两卷，是书止于天宝三载原因不详，但是似

① 欧阳修、宋祁：《新唐书》卷四四，第1161页。

② 依据孟二冬《登科记考补正》：韦承庆（龙朔二年）、李峤（麟德元年）、杜审言（咸亨元年）、宋之问（上元二年）、沈佺期（上元二年）、刘希夷（上元二年）、张说（载初元年）、贺知章（证圣元年）、席豫（大足元年）、张九龄（长安二年）、徐安贞（神龙二年）、张谔（景龙二年）、王翰（景云元年）、张子容（开元元年）、王湾（开元元年）、孙逖（开元二年）、王泠然（开元五年）、赵良器（开元七年）、王维（开元九年）、崔颢（开元十一年）、丁仙芝（开元十三年）、王諲（开元十三年）、敬括（开元十三年）、祖咏（开元十三年）、崔国辅（开元十四年）、李嶷（开元十五年）、王昌龄（开元十五年）、常建（开元十五年）、梁洽（开元二十二年）、杨谏（开元二十二年）、李颀（开元二十三年）、崔曙（开元二十六年）、丘为（天宝二年）、高适（天宝八载）等三十四人及第之年明确可知，又徐彦伯、于季子、卢象、薛维翰、万楚、蒋洌、褚朝阳七人及第年份不明。

③ 《河岳英灵集》中王维《入山寄城中故人》、《淇上别赵仙舟》、《息夫人怨》，高适《塞上闻笛》，崔颢《古游侠呈军中诸将》、《结定襄狱效陶体》、《黄鹤楼》，崔国辅《少年行》，王昌龄《赵十四见寻》、《望临洮》，崔署《登水门楼见亡友张贞期题望黄河作因以感兴》，祖咏《游苏氏别业》，李嶷《少年行三首》其三，《国秀集》分别作王维《初至山中》、《河上送赵仙舟》、《息伪怨》，高适《和王七度玉门关上吹笛》，崔颢《古游侠》、《结定襄狱效陶体》、《题黄鹤楼》，崔国辅《少年行》，王昌龄《赵十四兄见寻》、《望临洮》，崔曙《登河阳斗门见张贞期题黄河诗因以感寄》，祖咏《蓟门别业》，李嶷《游侠》，诗题内容多有差异，二书所用祖本应当不同。

乎说明天宝三载是以宫廷为主的某种创作倾向的终结。殷璠出身地方，完全摆脱贵族气息，入选诗人不再标明身份。然《河岳英灵集》初选止于天宝四载颇可玩味，殷璠曾经长期滞留长安，天宝三载著名诗人相继离去，长安环境每况愈下，巧合的是天宝三载亦是《河岳英灵集》所录及第诗人的截止年代，与序言所论天宝四载略有出入。而“爰因退迹，得遂宿心”[①]。表明序言写于归隐之后，《河岳英灵集》的编撰与序言的写作并非同步。颇疑天宝三载由于局势恶化，热衷仕进的殷璠彻底绝望，萌生退意，《河岳英灵集》的编撰暂时搁浅。殷璠彻底离开之前当有相关事宜需要处理，又丹阳距离长安颇为遥远，天宝四载乃其归乡之年，非选本截止之年。殷璠回乡之后继续未竟事业，潜心著述，撰写序言，因此《河岳英灵集》称“起甲寅，终癸巳”[②]。实则初选真正截止于天宝三载。

天宝三载是唐代历史看似平静实则暗潮汹涌的一年，对于政局而言：李林甫权倾朝野，此后诛杀异己，肆无忌惮；杨氏一族开始干政，此后飞扬跋扈，变本加厉；安禄山地位稳固，此后扩大势力，羽翼丰满。对于文坛而言：身居高位的贺知章与平步青云的李白同时离京摧毁众多士人的理想，官方的《国秀集》与民间的《河岳英灵集》均以天宝三载为界既是政治微妙的外化，更是文学渐变的前兆。

第二节　《丹阳集》所录诗人“仕宦不达”考辨

《丹阳集》早已散佚，长久以来未能进入研究视野。卞孝萱《殷璠〈丹阳集〉辑校——附〈丹阳集〉辨伪》依据《吟窗杂录》与《新唐书》详细考校殷璠评语，并指出宗廷辅所谓的《丹阳集》、阮阅《百家诗话总龟后集》所引的《丹阳集》、孙涛续辑《全唐诗话》卷七《卢纶》条、卷八《武元衡》条所引的《丹阳集》均非殷璠之书，为恢复《丹阳集》原貌奠定基础。现存《丹阳集》残卷乃是陈尚君依据《吟窗杂录》辑录而成。陈尚君《殷璠〈丹阳集〉辑考》是《丹阳集》研究的力作，推定《丹阳集》的序言、诗评、诗人、作品，考察十八位诗人的生平事迹，文末论及《丹阳集》的结集时间、收诗情况、收录范围、收录标准、与

---

① 傅璇琮编撰：《唐人选唐诗新编·河岳英灵集》，第107页。

② 同上。

《河岳英灵集》的关系等诸多重要问题，颇多发明，极具学术价值。吕玉华《〈丹阳集〉考辨》通过对“丹阳”地理变迁的考察指出《丹阳集》的编撰时间约在开元二十三年至开元二十六年间，最后定名成编在天宝元年至天宝三载间。同时指出殷璠评语基本可以分为两类：“肯定骨力体调，不同流俗”① 与“语言婉约清丽，善用声色，多精心剪裁”②。对于陈尚君的观点有所继承发展。翟付满《论〈丹阳集〉选诗标准及其地域文学特色》认为：“殷璠的《丹阳集》是现存唐人选唐诗中唯一一种以籍贯为单位来选诗的诗歌选本，对今人研究唐代的诗学风尚和地域文学有着较大的文献价值。《丹阳集》选诗存在尚骨力、重声律、文质并重、情理兼取、取诸诗人之长等标准。《丹阳集》的编选显示了当时润州地区文学创作有着崇尚隐逸的倾向。”③ 此外尚有乔长富《〈丹阳集〉和盛唐润州籍诗人》④ 等论文，焦点集中于选录标准、诗人生平、地域特色等传统领域，拓展有限。

由于《丹阳集》仅存残卷无法窥测全貌，学界普遍以《河岳英灵集》为标准考察《丹阳集》，将《丹阳集》与《河岳英灵集》合二为一的解读随处可见。“今检殷选二集诗评，均深寓着对有才名而仕宦不进者的真切同情，当与其本身经历有关。以诗名而不以官位来选诗，是殷选为世所重的主要原因之一。”⑤ 此段论述与其说是对二书的综合分析不如说是对《河岳英灵集》的单独评价，因《河岳英灵集》闪现明显的才高位卑的抑郁之气，则《丹阳集》亦应如此。学者完全依靠《河岳英灵集》认识《丹阳集》显然不够客观，忽视甚至无视《丹阳集》的独立价值，使其无可避免地沦为《河岳英灵集》的附庸。然而《丹阳集》与《河岳英灵集》并非同时成书，作为一位优秀的诗选家，殷璠无须固守一种理念并一以贯之于各种著作，其人生理想与文学追求应当随着时代的发展而变化，笔者认为《丹阳集》是殷璠于长安在宫廷诗风的影响下编撰的地域选本。

首先，《丹阳集》从形式到内容均带有明显的宫廷选本特征。目前学

---

① 吕玉华：《〈丹阳集〉考辨》，《文献》2003 年第 2 期。

② 同上。

③ 翟付满：《论〈丹阳集〉选诗标准及其地域文学特色》，《现代语文》2007 年第 11 期。

④ 《镇江日报》2009 年 8 月 10 日第 001 版，第 1—4 页。

⑤ 陈尚君：《殷璠〈丹阳集〉辑考》，陈尚君：《唐代文学丛考》，第 242 页。

界普遍认为殷璠“以诗名而不以官位来选诗”①，既然如此，《丹阳集》完全可以依照《河岳英灵集》一般只录诗人，但《丹阳集》却不厌其烦地一一标明官职，而标明官职正是宫廷选本的最大特色。现存唐人选唐诗仅《翰林学士集》、《珠英集》、《丹阳集》、《国秀集》四部选本标明官职，其余三部全与宫廷密切相关。《翰林学士集》以许敬宗为中心收录帝王将相诗歌，《珠英集》是武后时期珠英学士的作品汇编，《国秀集》编者芮挺章本为“国子生”，身居最高教育机构——国子监，奉命编撰《国秀集》。

> 近秘书监陈公，国子司业苏公，尝从容谓芮侯曰：“风雅之后，数千载间，诗人才子，礼乐大坏。讽者溺于所誉，志者乖其所之，务以声折为宏壮，势奔为清逸。此蒿视者之目，聒听者之耳，可为长太息也。运属皇家，否终复泰。优游阙里，唯闻子夏之言；惆怅河梁，独见少卿之作。及源流浸广，风云极致，虽发词遣句，未协风骚，而披林撷秀，揭厉良多。自开元以来，维天宝三载，谴谪芜秽，登纳菁英，可被管弦者都为一集。”②

其中陈公为秘书监，从三品，苏公为国子司业，从四品下，二人位高权重，芮挺章在其授意之下编撰的《国秀集》亦是上层社会的产物，从内容到风格都与宫廷有着千丝万缕的联系。而《丹阳集》各人标明官职，未入仕途标明身份，如“处士”，与《国秀集》同。又《丹阳集》所录诗歌主要涉及送别，如包融《送国子张主簿》、周瑀《送潘三入京》；赠答，如沈如筠《寄张徵古》；写景，如丁仙芝《长宁公主旧山池》、殷遥《山行》、周瑀《潘司马别业》；羁旅，如储光羲《夜到洛口入黄河》、蔡希寂《陕中作》；闺怨，如张潮《江风行》、余延寿《折杨柳》等，甚至还有一首应制之作——《奉和扈从温泉宫承恩赐浴》，与《珠英集》等宫廷选本内容极其相似。

其次，《丹阳集》并未如《河岳英灵集》一般仅录“仕宦不达”之人，亦未流露浓郁的愤懑之情，其中和淡远的诗风亦与宫廷追求一脉相

① 陈尚君：《殷璠〈丹阳集〉辑考》，陈尚君：《唐代文学丛考》，第242页。

② 傅璇琮编撰：《唐人选唐诗新编·国秀集》，第217页。

承。《丹阳集》共录十八人，其中蔡希寂、丁仙芝、储光羲、谈戭、申堂构、张翚六人进士及第。及第与否是唐人一生穷达荣枯的关键所在，在录取比率仅为百分之二—百分之三[①]的严峻形势下，《丹阳集》尚有三分之一的人中举，而且部分诗人身居要职。《丹阳集》所录诗人官阶集中于八九品之间，诸位学者由此认定《丹阳集》与《河岳英灵集》一样主要抒发仕途不遇的愤懑。但是唐人职位的高低不能仅以官阶衡量，地理位置尤为重要。如“龙朔三年五月，雍州司户参军韦绚除殿中侍御史，或以为非迁，中书侍郎上官仪闻而笑曰：‘此田舍翁议论。殿中侍御史赤墀下供奉，接武夔龙，簉羽鹓鹭，奈何以雍州判佐相比？’以为清议。”[②]司户参军正七品下，殿中侍御史从七品上，官阶下降令韦绚产生迷惑，然而深谙官场之道的上官仪嘲笑之余指出官职高低贵贱不能只看官阶。又《旧唐书·韦思谦传》：“举进士，累补应城令，岁除调选。思谦在官，坐公事微殿，旧制多未叙进。吏部尚书高季辅曰：‘自居选部，今始得此一人，岂以小疵而弃大德。’擢授监察御史，由是知名。”[③]应城为中县，县令正七品上，监察御史正八品上，韦思谦官阶下降却称“擢”。再如《旧唐书·潘好礼传》：“好礼举明经，累授上蔡令，理有异绩，擢为监察御史。”[④]潘好礼由六品县令变为八品监察御史亦称“擢”，视为提拔。由此看来，官阶不是考察唐人仕途顺利与否的唯一标准，而《丹阳集》亦非凸显失意之人，至少张翚、蔡希寂、蔡希周三位前途无量。

张翚开元二十三年登第，官校书郎，杜佑《通典》曰：“（校书郎）掌雠校典籍，为文士起家之良选。其弘文、崇文馆，著作、司经局，并有校书之官，皆为美职，而秘书省为最。”[⑤]校书郎虽为九品，但杜佑一针见血地指出乃是“文士起家之良选”。张说《兵部尚书国公赠少保郭公行状》记载：“十八擢进士第，其年判入高等，时辈皆以校书、正字为荣，公独请外官，授梓州通泉尉。”[⑥]以赞赏的口吻叙述郭元振不同流俗的选择，说明在民众眼中校书郎一职优于县尉。校书郎地位清贵，入仕资历要

① 傅璇琮：《唐代科举与文学》，第 328 页。

② 王溥：《唐会要》卷六〇，第 1240 页。

③ 刘昫等：《旧唐书》卷八八，第 2861 页。

④ 刘昫等：《旧唐书》卷一八五下，第 4818 页。

⑤ 杜佑：《通典》卷二六，第 736 页。

⑥ 李昉等：《文苑英华》卷九七二，第 5111 页。

求极高，竞争相当激烈，张说、张九龄、元稹、李德裕均由校书郎官至宰相。陈尚君认为《丹阳集》结集“当在开元二十三年至二十九年之间”① 张晕开元二十三年进士及第后需要守选，“唐举子既放榜，止云及第，皆守选而后释褐。”② 又据王勋成考证：“初盛唐时期，进士及第的守选年限一般为三年。”③ 则张晕出任校书郎当在二十六年左右，则《丹阳集》结集期间张晕人生得意，风光无限，殷璠有何理由视其为“仕途不达”？

蔡希寂，渭南尉，九品。杜佑《通典》：“大唐县有赤、畿、望、紧、上、中、下七等之差。”④ 其中赤县、畿县处于京城大邑，地位非同一般，而“赤、畿县尉也明显高于其他等级县尉，都是美职，其身份地位，在唐代二千多个县尉当中，特别崇高，其他等级县尉难以望其项背”⑤。渭南是畿县，紧邻长安，处于权力中心，官员来往频繁，机会多升迁快，如牛僧孺即由渭南尉高升至宰相，欧阳詹曾经指出“畿县仅于百，渭南为之最”⑥。可见渭南县尉乃是众人艳羡、士子竞求的重要职位。又“畿县的县尉，常是校书郎、正字和州参军等迁官的美职”⑦。则蔡希寂所任之渭南尉更是张晕所任之校书郎的迁转途径之一。进士及第授校书郎，制举及第授赤畿县尉甚至成为唐人最为理想的人生轨迹。沈既济《枕中记》中渴望荣华富贵的卢生的黄粱一梦为：“明年，举进士，登甲科，解褐授校书郎。应制举，授渭南县尉。”⑧ 校书郎与渭南县尉已经成为传奇小说中的最高理想。

蔡希周，监察御史，正八品上。“监察御史掌分察百僚，巡按郡县，纠视刑狱，肃整朝仪。凡将帅战伐，大克杀获，数其俘馘、审其功赏，辨其真伪。若诸道屯田及铸钱，其审功纠过亦如之。凡岭南及黔府选补，亦令一人监其得失。凡决囚徒，则与中书舍人、金吾将军监之。若在京都，

---

① 陈尚君：《殷璠〈丹阳集〉辑考》，陈尚君：《唐代文学丛考》，第240页。

② 胡仔纂集，廖德明校点：《苕溪渔隐丛话后集》卷二一，人民文学出版社1962年版，第151页。

③ 王勋成：《唐代铨选与文学》，第52页。

④ 杜佑：《通典》卷三三，第919—920页。

⑤ 赖瑞和：《唐代基层文官》，中华书局2008年版，第115页。

⑥ 欧阳詹：《同州韩城县西尉厅壁记》，李昉等：《文苑英华》卷八〇六，第4259页。

⑦ 赖瑞和：《唐代基层文官》，第120页。

⑧ 李昉等：《太平广记》卷八二，第527页。

则分察尚书六司，纠其过失，及知太府、司农出纳。凡冬至祀圜丘，夏至祭方丘，孟春祈谷，季秋祀明堂，孟冬祭神州，五郊迎气及享太庙，则二人共监之。若朝日、夕月及祭社稷、孔宣父、齐太公，蜡百神，则一人率其官属，阅其牲牢，省其器服，辨其轻重，有不修不敬则劾之。凡尚书省有会议，亦监其过谬。凡百官燕会、习射亦如之。"①职权范围涉及中央、边疆、文臣、武将各个方面，堪称皇帝耳目。监察御史为清贵之职，唐代官员六品以下一般由吏部铨选，监察御史虽为八品却由帝王委任，足见其重要程度。正如孙国栋所言："六品以下的御史由君相任命，实是由普通官进入重要官的门户。故品秩虽低而地位颇重，所以由六品七品县令入监察御史，视为升；由八品监察御史出为县令，视为贬。"②监察御史几乎可以视为皇帝近侍，蔡希周《奉和扈从温泉宫承恩赐浴》即是陪同帝王出行的真实写照。又监察御史"职务繁杂，百司畏惧，其选拜多自京畿县尉"③。则蔡希周所任之监察御史一职又是蔡希寂所任之渭南尉的迁转途径之一。《封氏闻见记》曾经列举唐人官至宰相的"八儁"之途："宦途之士，自进士而历清贵，有八儁者：一曰进士出身制策不入，二曰校书、正字不入，三曰畿尉不入，四曰监察御史、殿中丞不入，五曰拾遗、补阙不入，六曰员外郎、郎中不入，七曰中书舍人、给事中不入，八曰中书侍郎、中书令不入。言此八者尤为儁捷，直登宰相，不要历馀官也。"④又白居易《大官乏人》曰："臣伏见国家公卿将相之具，选于丞郎给舍；丞郎给舍之材，选于御史遗补郎官；御史遗补郎官之器，选于秘著校正畿赤簿尉：虽未尽是，十常六七焉。"⑤二人言论所及之升官图都提及校书郎、畿尉、监察御史，三者虽为八九品小官，但前景非常辉煌，甚至可以升至宰相，因此张晕、蔡希寂、蔡希周前途相当光明。

此外，《丹阳集》编撰之时年青一代刚刚登上政治舞台，目前所能考知登第最晚者为谈戭、申堂构、张晕，三人所授官职分别为长洲尉、武进尉、校书郎。长洲、武进均为望县，地位仅次于赤、畿县，据赖瑞和考

① 李林甫等撰，陈仲夫点校：《唐六典》卷一三，第381—382页。

② 孙国栋：《唐代中央重要文官迁转途径研究》，上海古籍出版社2009年版，第127页。

③ 杜佑：《通典》卷二四，第675页。

④ 封演撰，赵贞信校注：《封氏闻见记校注》卷三，第18—19页。

⑤ 白居易著，顾学颉校点：《白居易集》卷六三，第1326页。

证："一般明经、进士出身者，以释褐紧县尉最常见，望县尉和上县尉次之。"① 唐县等级依次为：赤、畿、望、紧、上、中、下，则谈戭、申堂构所授官职均高于普遍水平，张晕起步更高，开元末年三人仕途都处于上升时期，甚至存在较大的发展空间。作为前辈的殷璠编选《丹阳集》怎能以最坏的可能推测后辈？将其收入以"仕宦不达"为主旨的选本之中？而且全集仅沈如筠一人评语为："如筠早岁驰声，白首一尉。"② 沈如筠"有《正声集》诗三百首，有曰'阴阳燕旧都，美人花不如。'吏部侍郎卢藏用常讽诵之。"③ 又《旧唐书·卢藏用传》："景龙中，为吏部侍郎。"④ 则沈如筠"早岁驰声"当在景龙年间，《丹阳集》录官为"横阳主簿"，横阳属温州，主簿为九品，景龙至开元已有数十年，可见沈如筠确实沉沦下僚，仕途偃蹇。然而《丹阳集》其余诸人评语未见类似言论，表达未遇的幽怨并非主流。

同时《丹阳集》语言婉丽清新，感情含蓄内敛。部分诗人向往闲适自由的生活，对仕宦进退不甚在意，如殷遥《友人山亭》："故人虽薄宦，往往涉青溪。凿牖对山月，褰裳拂涧霓。游鱼逐水上，宿鸟向风栖。一见桃花发，能令秦汉迷。"⑤ 羡慕游山玩水、远离纷扰的单纯生活。个别作品甚至蕴含求仙归隐思想，如"倘遇乘槎客，永言星汉游"⑥、"追想吹箫处，应随仙骑游。"⑦ 即使表达相思离别也平淡悠远，"春梦随我心，摇扬逐君去"⑧、"云蔽望乡处，雨愁为客心"⑨、"孤坐正愁绪，湖南谁捣衣？"⑩ 并无强烈的仕途失意、内心抑郁之情。

另外，对于《丹阳集》未录马怀素学界再三阐述，陈尚君《殷璠〈丹阳集〉辑考》认为："该集入选者都是有诗名而仕途不达的作者。这

① 赖瑞和：《唐代基层文官》，第130页。
② 傅璇琮编撰：《唐人选唐诗新编·丹阳集》，第94页。
③ 谈钥纂修：《嘉泰吴兴志》卷一六，《宋元方志丛刊》（第5册），第4821页。
④ 刘昫等：《旧唐书》卷九四，第3004页。
⑤ 傅璇琮编撰：《唐人选唐诗新编·丹阳集》，第93页。
⑥ 储光羲：《夜到洛口入黄河》，傅璇琮编撰：《唐人选唐诗新编·丹阳集》，第85页。
⑦ 丁仙芝：《长宁公主旧山池》，傅璇琮编撰：《唐人选唐诗新编·丹阳集》，第86页。
⑧ 包融：《送国子张主簿》，傅璇琮编撰：《唐人选唐诗新编·丹阳集》，第83页。
⑨ 谈戭：《清溪馆作》，傅璇琮编撰：《唐人选唐诗新编·丹阳集》，第92页。
⑩ 张晕：《绝句》，傅璇琮编撰：《唐人选唐诗新编·丹阳集》，第91页。

不能看作仅是偶然所致。马怀素是丹徒人，开元间仕至户部侍郎、秘书监，能诗，文名极盛，可以说是开元间润州名声最著的作者。《丹阳集》不收，绝非偶然遗落。今检殷选二集诗评，均深寓着对有才名而仕宦不进者的真切同情，当与其本身经历有关。以诗名而不以官位来选诗，是殷选为世所重的主要原因之一。”① 吕玉华《〈丹阳集〉考辨》：“殷璠《丹阳集》收录马挺，不录马怀素，恐非偶然遗漏，或许是有意为名望不显者扬名，并不迎合时势。这一点从入选诗人的署衔上表现得很清楚。”② 二人均指出马怀素作为润州籍唯一一位飞黄腾达的诗人，因不符合殷璠“仕途不达”的选录宗旨而特意不选。然而事实似乎并非如此，马怀素落选的真正原因是《丹阳集》编撰之时马怀素已卒。据《旧唐书·马怀素传》记载：“举进士，又应制举，登文学优赡科，拜鄠尉，四迁左台监察御史。”③ 又《登科记考补正》载上元三年马怀素中文学优赡科，怀素先中进士，后应制举，上元三年已应制举，中举则更早，则马怀素至迟在高宗时期已经登上政治舞台，其后深受玄宗赏识。“开元初，为户部侍郎，加银青光禄大夫，累封常山县公，三迁秘书监，兼昭文馆学士。怀素虽居吏职，而笃学，手不释卷，谦恭谨慎，深为玄宗所礼，令与左散骑常侍褚无量同为侍读。每次合门，则令乘肩舆以进。上居别馆，以路远，则命宫中乘马，或亲自送迎，以申师资之礼。”④ 马怀素开元初年已为元老重臣，主要生活在高宗武后时期，远早于《丹阳集》诸位诗人的活动年代。陈尚君认为《丹阳集》“所收诸人，当以孙处玄为最年长，今仅知其开元初岁尚存，璠未必得与游。包融、沈如筠、余延寿等，大约应为璠父执辈。储光羲、丁仙芝、蔡氏兄弟、殷遥等，年岁可能与璠仿佛。而谈戭、张晕、申堂构等，开元末始入仕途，年辈或比璠为低”⑤。目前《丹阳集》所收诸人生平确切可考者为蔡希周，据蔡希寂所书《唐故朝请大夫尚书刑部员外郎骑都尉蔡公墓志铭并序》记载其兄蔡希周：“天宝五载，以举主

① 陈尚君：《殷璠〈丹阳集〉辑考》，陈尚君：《唐代文学丛考》，第242页。

② 吕玉华：《〈丹阳集〉考辨》，《文献》2003年第2期。

③ 刘昫等：《旧唐书》卷一〇二，第3163页。

④ 同上书，第3164页。

⑤ 陈尚君：《殷璠〈丹阳集〉辑考》，陈尚君：《唐代文学丛考》，第241页。

得罪于朝……明年四月十五日终于贬郡之官寺，春秋六十。”[①] 由此推断蔡希周生于垂拱二年（六八六），卒于天宝六载（七四七），而蔡希寂为蔡希周七弟，年龄更小。另据《旧唐书》记载：“孙处玄，长安中徵为左拾遗。颇善属文，尝恨天下无书以广新文。神龙初，功臣桓彦范等用事，处玄遗彦范书，论时事得失，彦范竟不用其言，乃去官还乡里。以病卒。”[②] 又《旧唐书·李濬传》：“开元初，置诸道按察使，盛选能吏，授濬润州刺史、江东按察使，累封真源县子。州人孙处玄以学行著名，濬特加礼异，累表荐之，仍令子麟与之结交。处玄竟称疾不起。”[③] 另《唐大诏令集·遣王志愔等各巡察本管内制》诸道按察使之中包括“润州刺史李濬”[④]，该诏颁于开元四年七月初六日，说明开元四年李濬在润州刺史之位，李濬“累表荐之”，孙处玄“称疾不起”，似乎显示孙处玄此时尚未步入老年，如果达到一定年龄完全可以如曹宪一般以“年老不仕”，无须寻找其他借口。再考马怀素“十五，遍诵诗、礼、骚、雅，能属文，有史力，长史鱼承曮特见器异，举孝廉，引同载入洛”[⑤]。又“以开元六年七月廿七日终于河南之毓财里第，春秋六十”[⑥]。则马怀素生于显庆四年（六五九），十五岁离开家乡奔赴两京在咸亨四年（六七三）。孙处玄“长安中徵为左拾遗”，“长安”为公元七〇一—七〇四年，则马怀素生年早于蔡希周约三十年，涉足官场亦早于孙处玄约三十年，与殷璠及《丹阳集》中的其他小辈相差更远。孙处玄先天二年曾经撰写《重修顺祐王庙碑》，当为退隐润州之后所作，又有《润州图注》二十卷，屡次为李濬举荐，当为一方名人。殷璠与孙处玄同里，开元四年孙处玄尚未步入老年，则殷璠即使未见孙处玄亦应有所耳闻。殷璠作为应举士子，对于进士及第之人相当关注，而不第的经历又极有可能使其数次往返于京师与丹阳之间，因此对京师中举之人与故乡隐居之人都相当了解，玄宗年间《文选》

---

① 周绍良、赵超主编：《唐代墓志汇编续集》天宝〇三六，上海古籍出版社 2001 年版，第 606 页。

② 刘昫等：《旧唐书》卷一九二，第 5123 页。

③ 刘昫等：《旧唐书》卷一八五下，第 4812—4813 页。

④ 宋敏求：《唐大诏令集》卷一〇四，第 531 页。

⑤《故银青光禄大夫秘书监兼昭文馆学士侍读上柱国常山县开国公赠润州刺史马公墓志铭并序》，周绍良、赵超主编：《唐代墓志汇编》开元〇七四，第 1205 页。

⑥ 同上书，第 1206 页。

极度流行，润州籍诗人相继会聚京师并且屡屡中的，颇疑《丹阳集》是一部揶扬润州诗人壮大故乡声势的专集，与仕途达否并无直接关联，仅录存者更能凸显现实意义。

此外，《丹阳集》亦未选润州诗人陶翰，以殷璠对陶翰的赏识程度绝不可能遗漏。在《河岳英灵集》中对其评价极高，甚至成为最符合选录标准的诗人："历代词人，诗笔双美者鲜矣。今陶生实谓兼之，既多兴象，复备风骨，三百年以前，方可论其体裁也。"① 又据《新唐书·艺文志》："《陶翰集》，卷亡。润州人。开元礼部员外郎。"② 《唐诗纪事》："翰，润州人。开元中，为礼部员外郎，以《冰壶赋》得名。"③《直斋书录解题》："《陶翰集》一卷，唐礼部员外郎丹阳陶翰撰。开元十八年进士，次年鸿词。"④ 三书均称陶翰为润州人，然而陶翰《晚出伊阙寄河南裴中丞》曰："家本渭水西，异日同所适。"⑤ 傅璇琮指出"似翰中年后在伊阙作客，而自云家在渭水西，或本籍虽为润州丹阳，但自小即离故里，居于秦中渭水西"⑥。又据顾况《礼部员外郎陶氏集序》："开元十八年进士上第，天宝文明载登宏词拔萃两科。累陟太常博士、礼部员外。"⑦ 指出"翰天宝时拔萃登科，当未能于开元时即已任礼外，《新志》误"⑧。礼部员外郎从六品上，此前为太常博士，从七品下，"累陟"表明陶翰步步升迁，则开元年间官阶更低，符合《丹阳集》所谓的"仕宦不达"的标准，但仍未入选。如果傅璇琮先生推测正确的话，马怀素与陶翰不能入选的原因当是与殷璠向无交集，马怀素咸亨四年离开故乡，开元六年病卒长安，生活年代远早于殷璠，二人时间无重合。陶翰为润州人的说法源于宋代，陶翰与唐人文献未见相关记载，或其籍贯另有隐情，即使陶翰为润州籍然自小离开故乡，二人地点无重合，殷璠也不认为其是润州人，因此未录。

---

① 傅璇琮编撰：《唐人选唐诗新编·河岳英灵集》，第142页。

② 欧阳修、宋祁：《新唐书》卷六〇，第1603页。

③ 计有功撰，王仲镛校笺：《唐诗纪事校笺》卷二〇，第651页。

④ 陈振孙：《直斋书录解题》卷一九，第560页。

⑤ 陶翰：《晚出伊阙寄河南裴中丞》，《全唐诗》卷一四六，第1474页。

⑥ 傅璇琮主编：《唐才子传校笺》（第1册）卷二，第280页。

⑦ 李昉等：《文苑英华》卷七〇二，第3622页。

⑧ 傅璇琮主编：《唐才子传校笺》（第1册）卷二，第282页。

最后，作为选本，《河岳英灵集》成就远超《丹阳集》，然而《丹阳集》在一定时期内影响超越《河岳英灵集》，似乎亦表明《丹阳集》成书于京师。傅璇琮曾经指出："《中兴间气集》受《河岳英灵集》的影响是很显然的。《英灵》分两卷，《间气》也分两卷。前者选诗至天宝十二载，近乎天宝末，后者则从至德元载开始，也似乎有意按时间顺序接续。《英灵》所收绝大部分为五言，《间气》收诗一百四十余首，七言（包括五七言杂体）不过十一首，不到十分之一。特别是《英灵》人各有评，而《间气》也是如此。虽然内容和深度不一，但体例非常接近，先是总论大体，后则列举佳句，不过高仲武摘句较多，这也反映了大历时期追求雕琢的诗风。"[①] 王运熙亦认为《中兴间气集》深受《河岳英灵集》影响，"一，从选诗时间界限上看，《河岳集》专选玄宗朝诗，迄于天宝十二载，《中兴集》起于肃宗至德初年，在时间上正相衔接，有继《河岳集》而续选之意。二，从体例规模看，《河岳集》于所选诗家下各缀评语，又摘录佳句加以品评，创选评结合之体；这一体例完全为《中兴集》所承袭。《河岳集》选二十四人，诗二百余首，分为上下卷，《中兴集》规模大体相近。三，从书名上看，'中兴间气'四字与'河岳英灵'四字互相对称。间气、英灵均指杰出之诗人。中兴以时代环境言，河岳以地理环境言，亦相称。四，从用语看，《中兴集》评皇甫冉有云：'发调新奇，远出情外。'当本于《河岳集》评王季友语：'爱奇务险，远出常情之外。'又《中兴集》评郎士元为'河岳英奇'，似更径受《河岳集》书名的启发。由此可见，《中兴集》是直接继承《河岳集》而编选唐代一段时期诗歌的总集。"[②] 此类说法欠妥。

首先，高仲武《中兴间气集序》提及诸家选本，肯定《正声》，批评《英华》、《玉台》、《珠英》、《丹阳》，唯独没有提及《河岳英灵集》。如果《中兴间气集》在卷数上等同、时间上延续、体例上模仿《河岳英灵集》，高仲武怎么会在序中对《河岳英灵集》只字不提？高仲武没有必要刻意隐瞒，应该是不知道该书的存在。又《中兴间气集》人各有评，先总论后列举佳句的体例未必源于《河岳英灵集》，《丹阳集》也是如此。高仲武只提《丹阳集》表明中唐时期殷璠选本流传民间的是《丹阳集》，

---

① 傅璇琮编撰：《唐人选唐诗新编·中兴间气集》，第452页。

② 王运熙：《高仲武〈中兴间气集〉述评》，《学术研究》1990年第4期。

而非《河岳英灵集》。

至于说《中兴间气集》皇甫冉评语源于《河岳英灵集》王季友评语，也不可信，二人诗歌风格完全不同，如何承续？且“远出情外”本为常用词汇，并无特殊含义，两者当属巧合。又《中兴间气集》评价郎士元为“河岳英奇”是受到《河岳英灵集》书名的启发，亦令人难以认同。“英灵”、“英奇”屡见记载，如《隋书·李德林传》记载江总评价李德林曰：“此即河朔之英灵也。”① 又《旧唐书·裴度传》称赞裴度“禀河岳之英灵，受乾坤之间气，珪璋特达，城府洞开”②。而《隋书》评价杨素曰：“兼文武之资，包英奇之略。”③《旧唐书·魏元忠传》：“臣闻帝王之道，务崇经略，经略之术，必仗英奇。”④ 又《旧唐书·刘子玄传》：“当今朝号得人，国称多士。蓬山之下，良直差肩；芸阁之中，英奇接武。”⑤ 可见“英灵”、“英奇”使用相当广泛，启发之说难以成立。

疑《丹阳集》成书于殷璠京师任职期间，京师作为政治文化中心，传播速度是其他任何地方都无法比拟的，士子应举会聚京师，落第奔赴各方，《丹阳集》更易为人所知。而《河岳英灵集》成书于隐居丹阳时期，遍及全国需要时间，及至中唐仍在地方流传，名声不显，知晓之人甚少。直到晚唐《河岳英灵集》才出现在文人视野中，顾陶《唐诗类选序》：“虽前贤纂录不少，殊途同归，《英灵》、《间气》、《正声》、《南熏》之类，朗照之下，罕有孑遗。”⑥ 郑谷：“殷璠裁鉴英灵集，颇觉同才得旨深。何事后来高仲武，品题间气未公心。”⑦ 吴融：“桂枝自折思前代，藻鉴难逢耻后生。”⑧ 三人生活在晚唐，距《河岳英灵集》成书已逾百年，其间《河岳英灵集》不见任何记载，可见流传范围较小，不可能对其他的选本有多大的影响。唐后《河岳英灵集》身价倍增，地位飙升，在明清被视为典范，当前更被视为唐人选唐诗的巅峰之作。《河岳英灵集》地

---

① 魏徵、令狐德棻：《隋书》卷四二，第 1208 页。

② 刘昫等：《旧唐书》卷一七〇，第 4430 页。

③ 魏徵、令狐德棻：《隋书》卷四八，第 1296 页。

④ 刘昫等：《旧唐书》卷九二，第 2947 页。

⑤ 刘昫等：《旧唐书》卷一〇二，第 3170—3171 页。

⑥ 李昉等：《文苑英华》卷七一四，第 3686 页。

⑦ 郑谷：《读前集二首》其一，《全唐诗》卷六七五，第 7736 页。

⑧ 吴融：《过丹阳》，《全唐诗》卷六八四，第 7858 页。

位上升之后《丹阳集》迅速衰落，直至散佚。

第三节　《河岳英灵集》再考

《河岳英灵集》作为现存唐人选唐诗的最高代表，研究成果数不胜数，兹不赘述，仅对存在争议的问题逐一辩证。近年戴伟华的《论〈河岳英灵集〉初选及其诗史意义》与《储光羲与〈河岳英灵集〉》率先对《河岳英灵集》的编者发生质疑，认为储光羲作用重大，甚至超越殷璠。又杜甫未能入选是自古以来的热点问题，笔者拟对以上三点加以辨证补充。

一　储光羲与《河岳英灵集》

现存各本《河岳英灵集》均称“起甲寅，终癸巳”①。唯《文苑英华》称“起甲寅，终乙酉”②。甲寅为开元二年（七一四），乙酉为天宝四载（七四五），癸巳为天宝十二载（七五三），目前学界认为《河岳英灵集》成书历经两个阶段，初选止于天宝四载，复选止于天宝十二载，符合实际。

关于《河岳英灵集》的编者，学界向无争议，近年戴伟华通过《论〈河岳英灵集〉初选及其诗史意义》与《储光羲与〈河岳英灵集〉》等文提出异议，其中心观点为：《河岳英灵集》乃储光羲协助殷璠所编，认为“殷璠《河岳英灵集》第一次定稿在天宝四载，开始编纂应在储光羲开元末辞官归隐之时。入选的诗人作品大多数都是天宝初以前开元时期的，綦毋潜的作品当作于同时同地，由储光羲协助一次性收入。殷璠‘删略群才’主要是对入选作者的选择，对某位诗人的作品拣选反而是次要的。”③而对于天宝四载之后诸人诗歌入选较少这一现象该文解释为：“可以假想，天宝四五载以后，储光羲由于主观和客观的因素不再和家乡旧友殷璠联系了，像王维和储光羲关系密切，而不见天宝四载后王维的诗续入《河岳英灵集》，甚至储光羲本人也没有天宝四载后的作品续入。从《河岳英灵集》有极少数诗续补的事实看，殷璠主观上应有续补的愿望，客观上受

---

① 傅璇琮编撰：《唐人选唐诗新编·河岳英灵集》，第107页。

② 殷璠：《河岳英灵集序》，李昉等：《文苑英华》卷七一二，第3676页。

③ 戴伟华：《论〈河岳英灵集〉初选及其诗史意义》，《文学评论》2011年第2期。

到极大限制。因此，这一情况也反证了储在初编和天宝四载第一次定稿给殷璠以很大支持和指导。"① 戴伟华的论点是储光羲帮助殷璠编写《河岳英灵集》，然而行文之中储光羲却反客为主，由协助变为指导。天宝四载之前由于储光羲的存在《河岳英灵集》编选相当顺利，之后由于储光羲的离去，殷璠立即感到心有余力不足，陷入困境。而"《河岳英灵集》叙和集论中皆未提及选诗与储之关系，其实这一问题还是可以解释的：叙、论、品藻应写在作品选辑之后，作品选辑过程中有储光羲的参与，对作家作品也有储光羲的意见，收作品时必然会口头交换选和不选的理由，这些意见可能会影响殷璠二稿或定稿时作叙和品评诗人的依据；储和殷的身份毕竟不同，储是出仕的，殷大概终了家乡。殷可直言品评众人，而储则不能。储不愿将《河岳英灵集》的编选和自己联系起来，这一意见殷璠是知道和明白的，故《河岳英灵集》叙中没有交代与储的联系，是可以理解的"②。甚至认为《丹阳集》亦是储光羲协助殷璠所编："还可以进一步推测：储光羲和丹阳籍诗人多有交往，辞官归隐之时和殷璠讨论编同乡集，编成后出于储光羲的建议，再编《河岳英灵集》。"③ 后文又将推测坐实："作为唯一入选《河岳英灵集》的《丹阳集》诗人，储光羲成了丹阳（润州）地方诗人的代表，而且在乡人中起到文坛领袖的作用，储光羲和乡人的交往表明其有较重的乡土情结，并联络同乡诗人，帮助殷璠完成《丹阳集》的编选工作。其后储光羲利用同门的关系开始帮助殷璠编纂《河岳英灵集》，在此基础上，进一步扩展、丰富。可以说，离开储光羲，居一隅之殷璠虽有编纂热情，断然不可能编成影响如此深远、定位如此准确、理论如此超前、几乎囊括盛唐最优秀诗人、具有划时代意义的诗歌选集。"④ 如此看来，储光羲宏观把握，占据主导，殷璠被动接受，执笔润色而已，二集尤其《河岳英灵集》殷璠似乎处于挂名的尴尬状态，长此以往必将出现如《文选》般编者到底是萧统还是刘孝绰的争论，冠名的基本只写了序，隐藏地完成了书籍的编撰。考订《文选》编者的论文不计其数，此不赘述。只是戴伟华的相关论述疏漏颇多，完全抹杀殷璠的才

① 戴伟华：《论〈河岳英灵集〉初选及其诗史意义》，《文学评论》2011 年第 2 期。

② 同上。

③ 戴伟华：《储光羲与〈河岳英灵集〉》，《唐代文学研究》（第十四辑），第 369 页。

④ 同上书，第 373 页。

华与主动性，彻底将其边缘化，而且储光羲喧宾夺主成为《河岳英灵集》编者的理由极不充分。

首先，储光羲对盛唐诗坛的了解并不比殷璠系统深入，何来“指导”一说？据陈铁民考证储光羲开元十一年冬始游长安，十二年应举失败入太学为诸生，十四年进士及第，历任冯翊尉、汜水尉、安宜尉、下邽尉，约于开元二十一年辞官归乡。约开元二十八年复入秦，隐于终南山，天宝六载左右再次出仕。按储光羲中举之后即奔波各地，四为县尉，未能久居长安。而殷璠开元年间赴京应举，落第之后滞留京师，拜谒权贵，得到赏识，出任“文学”一职，官居六品，已经进入上层社会，获得全面了解宫廷文学的机会。又开元年间著名诗人先后会聚长安寻求出路，各方士子或中举或落第，居于文坛中心的殷璠都有获悉的可能。殷璠天宝四载离开，流连长安十数年，时间久于储光羲，对盛唐诗坛理应有自己独特的认识。

其次，《河岳英灵集》若以储光羲为主导，初选的界限或为开元二十一年或为天宝六载，不应是在储光羲生命中毫无特殊征兆的天宝四载。而初选止于天宝四载则恰好符合殷璠行迹，殷璠本年受到政治冲击离开京师回到故乡，不再居于文坛中心，获得消息的渠道受到阻碍，故天宝四载之后的作品骤减。

最后，作为《河岳英灵集》的隐形编者，储光羲仅因出仕而不敢扬才露己，极力掩盖自己与《河岳英灵集》的任何关系的解释亦令人费解。唐朝是中国历史上最为开明的时代，交流频繁，精神解放，个性张扬，帝王对各种文化均持兼容并包的态度，狂士怪才屡见不鲜，但从未发生编织文网、迫害文人之事，不知储光羲的忧惧从何而来？又“盛唐诗人穷者”不计其数，牢骚怨愤之情充溢诗坛，《河岳英灵集》显露的抑郁不平并未尖锐犀利到需要讳莫如深的地步。再如令狐楚《御览诗》专为帝王所编，杨凭“年年不得意。零落对沧州”[①] 等抒发苦闷不遇的诗照选不误。在唐代尚无因一部选本改变人生的先例，储光羲的担心恐惧毫无道理。况且《河岳英灵集》序言甚至有对当朝帝王的阿谀溢美之词：“实由主上恶华好朴，去伪从真，使海内词场，翕然尊古，南风周雅，称阐今日。”[②] 并

---

① 杨凭：《晚泊江戍》，傅璇琮编撰：《唐人选唐诗新编·御览诗》，第438页。

② 傅璇琮编撰：《唐人选唐诗新编·河岳英灵集》，第107页。

称："璠不揆，窃尝好事，愿删略群才，赞圣朝之美。"[①] 直言编写《河岳英灵集》的目的是"赞圣朝之美"，润色鸿业向来是统治阶层不遗余力提倡的活动，怎会招致祸患？储光羲的谨慎小心与实际情况完全不符，殷璠对其只字未提的真实原因就是储光羲只是殷璠极其欣赏的一位同乡，并未参与《河岳英灵集》的实际编撰。

二 殷璠与《河岳英灵集》

殷璠当是《河岳英灵集》的唯一编者。首先，《河岳英灵集》是诗坛主流观点与殷璠个人喜好相结合的选本。《河岳英灵集》序言之中最为推重的诗人是王维、王昌龄、储光羲，然而在具体的行文之中对王维的评价冷静客观。"维诗词秀调雅，意新理惬，在泉为珠，著壁成绘，一句一字，皆出常境。"[②] 其"一代文宗"的地位并未凸显。而对王昌龄与储光羲的评价却饱含私人感情，"余尝睹王公《长平伏冤》文、《吊枳道赋》，仁有余也。奈何晚节不矜细行，谤议沸腾，再历遐荒，使知音叹惜。"[③]"璠尝睹储公《正论》十五卷，《九经分义疏》二十卷，言博理当，实可谓经国之大才。"[④]《河岳英灵集》对诗人的评价基本分为三种，多数只论诗才，部分兼论诗才境遇或诗才文章。仅储、王二人诗才、境遇、文章三者并举。依照常理殷璠既然如此推重储光羲与王昌龄，完全可以在序言中大肆标榜，但是王维居首的安排充分表明殷璠受京师文化影响之深。殷璠流连长安多年，其文学追求不可避免地带有帝京气息。王维开元三年赴京，上元二年病卒，长期定居京师，地位极重。玄宗时苑咸赞其"当代诗匠，又精禅理"[⑤]。代宗更命王缙整理王维诗集，称："卿之伯氏，天宝中诗名冠代，朕尝于诸王座闻其乐章。今有多少文集，卿可进来。"[⑥] 又《答王缙进王维集表诏》曰："卿之伯氏，天下文宗，位历先朝，名高希代。抗行周《雅》，长揖楚《词》。调六气于终篇，正五音于逸韵。泉飞藻思，云散襟情。诗家者流，时论归美。诵于人口，久郁文房；歌以国

---

① 傅璇琮编撰：《唐人选唐诗新编·河岳英灵集》，第107页。

② 同上书，第128页。

③ 同上书，第183页。

④ 同上书，第178页。

⑤ 苑咸：《酬王维并序》，《全唐诗》卷一二九，第1317页。

⑥ 刘昫等：《旧唐书》卷一九〇下，第5053页。

风，宜登乐府。”① 可见开、天年间王维诗歌评价颇高，流传极广。对于王维在主流文坛的领袖地位殷璠表示认同，因此序文将王维置于创作实践的最高代表加以推崇。然而在具体的编选中殷璠的个人喜好渐占上风，王昌龄录诗数量超过王维，对王昌龄、储光羲的评价明显高于王维。“元嘉以还，四百年内，曹、刘、陆、谢，风骨顿尽。顷有太原王昌龄、鲁国储光羲，颇从厥迹。且两贤气同体别，而王稍声峻。”②《河岳英灵集》序言与文本的疏离说明殷璠深受时代文学风气的影响。

其次，《河岳英灵集》的成书过程需要进一步探讨，笔者认为初选始于长安，主要确定诗人，复选始于丹阳，主要增补作品。序言称起甲寅（开元二年），终乙酉（天宝四载），实际起讫时间略有出入，似为开元元年至天宝三载，殷璠相当重视中举之人，是集所录诗人以王湾及第最早（开元元年），岑参及第最晚（天宝三载）。颇疑《河岳英灵集》以王湾为起点，胡应麟甚至认为王湾“海日生残夜，江春入旧年”③ 一联是初、盛唐的分界线，其《诗薮》曰：“盛唐句，如‘海日生残夜，江春入旧年’；中唐句，如‘风兼残雪起，河带断冰流’；晚唐句，如‘鸡声茅店月，人迹板桥霜’，皆形容景物，妙绝千古，而盛、中、晚界限斩然。故知文章关气运，非人力。”④ 初盛之交王湾地位极其重要，“先天或开元初，不但初唐四杰和陈子昂早已死去，在武后和中宗时受到宠信的宫廷诗人，如沈佺期、宋之问、苏味道、李峤等，也都相继或贬或卒，离开诗坛。而一些盛唐诗人，不但李、杜、高、岑都还在童年，较早的如王之涣、王昌龄、崔颢、孟浩然等都还没有写出有代表性的诗作。正是在这样一种新旧诗风交替而暂时形成空隙之际，王湾唱出了‘潮平两岸阔，风正一帆悬；海日生残夜，江春入旧年’那样风格壮美而又富于展望的诗句，一扫武、韦时期绮丽不振的诗风，这就不能不使人们一新耳目，预示着盛唐诗歌健康发展的康庄大道。”⑤ 殷璠虽对王湾颇有微词，但是若果以王湾为盛唐的发端则极有见地。天宝三载中央形势恶化，殷璠萌生退意，《河岳英灵集》的初选工作随之结束，岑参是最后入选之人，是时已经完全确定二十四人

① 计有功撰，王仲镛校笺：《唐诗纪事校笺》卷一六，第 533 页。

② 傅璇琮编撰：《唐人选唐诗新编·河岳英灵集》，第 182 页。

③ 王湾：《次北固山下》，《全唐诗》卷一一五，第 1170 页。

④ 胡应麟：《诗薮》内编卷四，第 59 页。

⑤ 傅璇琮：《唐代诗人丛考·王湾考》，第 51 页。

的选录格局。天宝四载彻底归隐，序中所言“乙酉”实指回乡之年，此后及第中举、登上文坛之人不再补选，只是增补作品而已，李白、高适、岑参等人续补多首，直至天宝十二载复选工作全面结束。

最后，殷璠编写《河岳英灵集》与《丹阳集》的心态并不相同，《丹阳集》成书于京师，是时殷璠对仕途尚未绝望，失意怨愤之气并不明显。而《河岳英灵集》的编选分为前后两个阶段，殷璠滞留长安时期曾一度进入统治中心，诗歌理论与宫廷追求呈现一致性与继承性，所选二十四人全有游走长安的经历。其后阅尽繁华的殷璠归隐故乡，巨大的心理落差使其“发愤著书”之心膨胀，卷首常建的评语为《河岳英灵集》奠定困顿不遇的主题：“高才而无贵仕，诚哉是言。曩刘桢死于文学，左思终于记室，鲍昭卒于参军，今常建亦沦于一尉。悲夫！”[①] 又王季友“然而白首短褐，良可悲夫！”[②] 李颀“惜其伟才，只到黄绶”[③]。薛据“自伤不早达，因著《古兴》诗云：‘投珠恐见疑，抱玉但垂泣。道在君不举，功成叹何及。’怨愤颇深”[④]。孟浩然“余尝谓祢衡不遇，赵壹无禄，其过在人也。及观襄阳孟浩然罄折谦退，才名日高，天下籍甚，竟沦落明代，终于布衣，悲夫”[⑤]！《丹阳集》的平静淡远心态被《河岳英灵集》的惋惜怨愤之气取代，此时殷璠已历经大起大落，因此较为明显地寄寓集中。

三 杜甫与《河岳英灵集》

杜甫未能入选已经成为《河岳英灵集》衍生的热点问题，部分学者认为此乃《河岳英灵集》的一大遗憾甚至是巨大疏漏，杜甫问题已经严重到能够左右学界对殷璠的认识以及对《河岳英灵集》评价的程度。古往今来数位学者屡次论及，基本观点如下：①开元年间杜甫未能驰名诗坛。②困守长安时期诗歌渐有特色，然而由于交通条件的限制，偏居一隅的殷璠无法及时获知。③杜甫诗歌的题材风格与《河岳英灵集》宗旨追求相悖。④殷璠赏识超凡脱俗、遗世独立的人格，对杜甫天宝年间“朝扣

① 傅璇琮编撰：《唐人选唐诗新编·河岳英灵集》，第115页。

② 同上书，第139页。

③ 同上书，第147页。

④ 同上书，第166页。

⑤ 同上书，第172页。

富儿门，暮随肥马尘”[①] 的行为难以接受。前两点强调客观原因，后两点强调主观原因。杜甫能否入选首先需要分析殷璠关注的人群，陈尚君指出：“殷璠从进士试在开元中，因屡试不中，遂绝意仕途，退归乡里，以铨评天下英髦为志。”[②] 应举未第的经历导致殷璠选本相当关注中举士子，《丹阳集》与《河岳英灵集》诸人及第时间相对集中于开元元年至天宝三载之间。《丹阳集》录入十八人，六人进士及第，蔡希寂：开元十二年；丁仙芝：开元十三年；储光羲：开元十四年；谈戭：开元二十年；申堂构：开元二十二年；张晕：开元二十三年。《河岳英灵集》选录二十四人，二十一人进士及第，王湾：开元元年；王维、薛据：开元九年；崔颢：开元十一年；祖咏：开元十三年；储光羲、崔国辅、綦毋潜：开元十四年；王昌龄、常建、李嶷：开元十五年；贺兰进明：开元十六年；陶翰：开元十八年；刘眘虚：开元二十一年；阎防：开元二十二年；李颀：开元二十三年；崔曙：开元二十六年；张谓：天宝二载；岑参：天宝三载。卢象及第时间不详，据刘禹锡《唐故尚书主客员外郎卢公集纪》：“由前进士补秘书省校书郎，转右卫仓曹掾。丞相曲江公方执文衡，揣摩后进，得公深器之。擢为左补阙、河南府司录、司勋员外郎。名盛气高，少所卑下。为飞语所中，左迁齐、汾、郑三郡司马。”[③] 据傅璇琮考证：“按张九龄执政在开元二十一年（七三三）十二月至二十四年（七三六）十一月，则卢象因得九龄器识而擢为左补阙，当在此数年间。在此前已历秘书省校书郎、右卫仓曹掾。其进士登第年不可确知，或当在开元中。”[④] 从之。

仅李白、王季友、高适、孟浩然四人未曾中举，然而四人在开、天年间的影响毫不逊色于登科之人。李白，据郁贤皓考证开元十八年初入长安，滞留三年，其《蜀道难》受到贺知章激赏。天宝元年秋奉诏再次入京，三载春赐金放还。[⑤] 又据《本事诗》记载：“李太白初自蜀至京师，舍于逆旅。贺监知章闻其名，首访之。既奇其姿，复请所为文。出《蜀道

① 杜甫：《奉赠韦左丞丈二十二韵》，浦起龙：《读杜心解》卷一，第5页。

② 陈尚君：《殷璠〈丹阳集〉辑考》，《唐代文学丛考》，第243页。

③ 刘禹锡撰，卞孝萱校订：《刘禹锡集》卷一九，第233页。

④ 傅璇琮主编：《唐才子传校笺》（第1册）卷二，第238页。

⑤ 郁贤皓：《李白几次到长安》，《李白与唐代文史考论》，南京师范大学出版社2008年版，第366页。

难》以示之。读未竟，称叹者数四，号为谪仙，解金龟换酒，与倾尽醉。期不间日，由是称誉光赫。"① 《唐摭言》亦载："李太白始自西蜀至京，名未甚振，因以所业贽谒贺知章。知章览蜀道难一篇，扬眉谓之曰：'公非人世之人，可不是太白星精耶？'"② 李白初入长安造成一定影响但未能步入仕途。"天宝中，皇祖下诏，徵就金马，降辇步迎，如见绮、皓。以七宝床赐食，御手调羹以饭之，谓曰：'卿是布衣，名为朕知，非素蓄道义，何以及此。'置于金銮殿，出入翰林中。"③ 声名鹊起，影响巨大无人能及。《河岳英灵集》评曰："白性嗜酒，志不拘检，常林栖十数载，故其为文章，率皆纵逸。至如《蜀道难》等篇，可谓奇之又奇"④ 其中"白性嗜酒，志不拘检"当是李白二入长安的表现，据《旧唐书》记载："白既嗜酒，日与饮徒醉于酒肆。玄宗度曲，欲造乐府新词，亟召白，白已卧于酒肆矣。召入，以水洒面，即令秉笔，顷之成十余章，帝颇嘉之。尝沉醉殿上，引足令高力士脱靴，由是斥去。"⑤ 而"常林栖十数载，故其为文章，率皆纵逸。至如《蜀道难》等篇，可谓奇之又奇"当是追述李白生平与一入长安之事，"常林栖十数载"或指李白少时隐居匡山读书或指开元十八年离京之后的游历隐居，且开元十八年至天宝元年亦为"十数载"。殷璠评语强调李白纵酒狂歌与不同流俗，对天宝元年李白的辉煌只字未提，应是了解其后形势的急转直下与三载的赐金放还。

王季友没有留下任何参加科举考试的记载，常年隐居，与高士唱和赠答，走的是终南捷径。王季友在近洛之山生活多年，读书游历，开、天年间已有一定声势，后辈曾投其所好携酒拜访，"贫穷老瘦家卖屩，好事就之为携酒"⑥ 便是明证。岑参"王生今才人，时辈咸所仰"⑦ 表明王季友得到普遍的认可。殷璠评曰："季友诗，爱奇务险，远出常情之外。然而

① 孟棨：《本事诗·高逸第三》，第 15 页。

② 王定保：《唐摭言》卷七，第 81 页。

③ 李阳冰：《草堂集序》，李白著，王琦注：《李太白全集》卷三一，第 1445—1446 页。

④ 傅璇琮编撰：《唐人选唐诗新编·河岳英灵集》，第 120 页。

⑤ 刘昫等：《旧唐书》卷一九〇下，第 5053 页。

⑥ 杜甫：《可叹》，浦起龙：《读杜心解》卷二，第 300 页。

⑦ 岑参：《潼关使院怀王七季友》，岑参撰，廖立笺注：《岑嘉州诗笺注》卷一，中华书局 2004 年版，第 95 页。

白首短褐，良可悲夫！”[①] 此时王季友无权无势，盛名当源于诗歌成就或人格魅力。

高适，《酬秘书弟兼寄幕下诸公》序曰：“乙亥岁，适征诣长安。”[②] 开元二十四年赴京应举，失意落第，传诵千古的《燕歌行》作于开元二十六年，《哭单父梁九少府》作于开元二十二年[③]，开元二十五年的旗亭画壁故事说明高适之作被谱为乐曲，已经广为流传。

孟浩然，开元十六年赴京应举，落榜滞留京师，结交名流，据《新唐书》记载：“年四十，乃游京师。尝于太学赋诗，一座嗟伏，无敢抗。张九龄、王维雅称道之。”[④] 又据《唐摭言》：“襄阳诗人孟浩然，开元中颇为王右丞所知。句有‘微云淡河汉，疏雨滴梧桐’者，右丞吟咏之，常击节不已。维待诏金銮殿，一旦，召之商较风雅，忽遇上幸维所，浩然错愕伏床下，维不敢隐，因之奏闻。上欣然曰：‘朕素闻其人。’因得诏见。上曰：‘卿将得诗来耶？’浩然奏曰：‘臣偶不斋所业。’上即命吟。浩然奉诏，拜舞念诗曰：‘北阙休上书，南山归敝庐；不才明主弃，多病故人疏。’上闻之怃然曰：‘朕未曾弃人，自是卿不求进，奈何反有此作！’因命放归南山。终身不仕。”[⑤] 开元二十二年再次入京，未果返乡，二十八年病卒。《河岳英灵集》评曰：“余尝谓祢衡不遇，赵壹无禄，其过在人也。及观襄阳孟浩然罄折谦退，才名日高，天下籍甚，竟沦落明代，终于布衣，悲夫！”[⑥] 显然是对孟浩然逝世已经明了，评语是对一生的总结。

以《河岳英灵集》观之，入选诗人分为两类：进士及第才华出众者，未能登第之人需要在京师有相当影响。杜甫早年在远离政治中心的吴越一带漫游，开元二十三年应举不第，并于次年离京，其间无权贵引荐，无名篇流传，落第之人不计其数，杜甫只是其中一员，声名不振，才华不显，与李白、高适、孟浩然无法相提并论，即使与王季友亦存在差距，根本未能进入殷璠视野，不选杜甫理所当然。又《河岳英灵集》的编选以天宝

---

① 傅璇琮编撰：《唐人选唐诗新编·河岳英灵集》，第139页。

② 刘开扬：《高适诗集编年笺注》，中华书局1981年版，第213页。

③ 周勋初：《周勋初文集·高适年谱》（第4册），江苏古籍出版社2000年版，第18—19页。

④ 欧阳修、宋祁：《新唐书》卷二〇三，第5779页。

⑤ 王定保：《唐摭言》卷一一，第120—121页。

⑥ 傅璇琮编撰：《唐人选唐诗新编·河岳英灵集》，第172页。

四载为界分为两个阶段，此前杜甫无论在长安诗坛还是在科举考场均无特出表现，泯然众人不被选录实属必然。此后杜甫虽已成名，但是《河岳英灵集》二十四人已成定局，是时殷璠是否获知杜甫消息，是否目睹杜甫作品已经不再重要，因为归隐之后的殷璠不再补入诗人，只是增加作品，由此可见《河岳英灵集》不录杜甫完全是时机问题。又樊晃《杜工部小集序》称："文集六十卷，行于江汉之南。常蓄东游之志，竟不就。属时方用武，斯文将坠，故不为东人之所知。江左词人所传诵者，皆公之戏题剧论耳，曾不知君有大雅之作，当今一人而已。"① 指出杜甫率先流传的是戏题之作，此类诙谐幽默的诗歌殷璠即使听闻亦不会录入。

第四节 《荆扬挺秀集》新证

"盛唐著名诗选家殷璠，今知曾编有三部诗选，即《河岳英灵集》、《荆扬挺秀集》和《丹阳集》。"② 《河岳英灵集》流传至今，《荆扬挺秀集》仅存书名，《丹阳集》只有残卷。《丹阳集》选录限于润州地区。《新唐书·艺文志》有"《包融诗》一卷"下注："融与储光羲皆延陵人；曲阿有余杭尉丁仙芝、缑氏主簿蔡隐丘、监察御史蔡希周、渭南尉蔡希寂、处士张彦雄、张潮、校书郎张晕、吏部常选周瑀、长洲尉谈戭，句容有忠王府仓曹参军殷遥、硖石主簿樊光、横阳主簿沈如筠，江宁有右拾遗孙处玄、处士徐延寿，丹徒有江都主簿马挺、武进尉申堂构，十八人皆有诗名。殷璠汇次其诗，为《丹杨集》者。"③ 陈尚君《殷璠〈丹阳集〉辑考》认为："《丹阳集》是一部武后末年至开元末年润州人士诗作的选本。"④ 并指出《河岳英灵集》是《丹阳集》的发展，《丹阳集》是《河岳英灵集》的准备，二者有因有革，《河岳英灵集》为殷璠晚年所选，各方面均显得更为精到成熟。⑤ 然而若仅以书名观之，《河岳英灵集》与《荆扬挺秀集》的关系似乎更为密切，荆扬、河岳相对，英灵、挺秀相承，荆扬、河岳均为地理名词，英灵、挺秀皆有英俊秀丽之意，两书名字

---

① 杜甫著，仇兆鳌注：《杜诗详注》附编，中华书局1979年版，第2237页。

② 傅璇琮编撰：《唐人选唐诗新编·丹阳集》，第77页。

③ 欧阳修、宋祁：《新唐书》卷六〇，第1609—1610页。

④ 陈尚君：《殷璠〈丹阳集〉辑考》，《唐代文学丛考》，第241页。

⑤ 参阅陈尚君《殷璠〈丹阳集〉辑考》，《唐代文学丛考》，第242页。

相似，卷数亦同，颇疑二者存在一定联系。

今人轩新丽认为《荆扬挺秀集》为诗句选本，“殷璠在编撰《丹阳集》和《河岳英灵集》之间编定秀句集《荆扬挺秀集》，此集以收录盛唐诗人秀句为主，所摘秀句曾被他另外两部诗歌选集引用在诗人小序之品藻中。”① 并且根据《河岳英灵集》中储光羲评语“‘此例数百句，已略见《荆扬集》，不复广引’来分析，《荆扬集》以收诗句为主，应是殷璠编选盛唐人诗句而集成的一部秀句集，虽然所收诗人和诗句之详情无法推知，单是从收储诗就有数百句来看，以两卷篇幅言，一人收诗数百句很可能，收一人诗数百首则不大可能，因此就两卷篇幅而言也不可能是诗选集”②。此说恐误。

首先，若殷璠采用一惯体例，《荆扬挺秀集》应有评语，然而评语所引诗句无须全部出现于选本之中。如《河岳英灵集》王维评语引诗八句，仅“天寒远山净，日暮长河急”③ 见于其后《淇上别赵仙舟》一诗。又如岑参评语引诗四句，无一见于其后诗中。殷璠选本评语与诗歌呈现互补态势，于评语中重名句，于选择中重全篇，力求在有限篇幅之中容纳更多内容。

其次，殷璠所言“数百句”并非实指，《河岳英灵集》常建评语曰：“至如‘松际露微月，清光犹为君’，又‘山光悦鸟性，潭影空人心’，此例十数句，并可称警策。”④ 仅有四句，与“十数句”存在差距。又王昌龄评语曰：“至如‘明堂坐天子，月朔朝诸侯。清乐动千门，皇风被九州，庆云从东来，泱漭抱日流’，又‘云起太华山，云山互明灭。东峰始含景，了了见松雪’，又‘楮柟无冬春，柯叶连峰稠。阴壁下苍黑，烟含清江楼。叠沙积为冈。崩剥雨露幽。石脉尽横亘，潜潭何时流’，又‘京门望西岳，百里见郊树。飞雨祠上来，霭然关中暮’，又‘奸雄乃得志，遂使群心摇。赤风荡中原，烈火无遗巢。一人计不用，万里空萧条’，又‘百泉势相荡，巨石皆却立。昏为蛟龙怒，清见云雨入’，又‘去时三十万，独自还长安。不信沙场苦，君看刀剑瘢’，又‘芦荻寒苍江，石头岸

① 《励耘学刊》（文学卷）2010年第2期。

② 同上。

③ 傅璇琮编撰：《唐人选唐诗新编·河岳英灵集》，第128页。

④ 同上书，第115页。

边饮'，又'长亭酒未酣，千里风动地。天仗森森练雪拟，身骑铁骢白鹰臂'，斯并惊耳骇目。今略举其数十句，则中兴高作可知矣。"[①] 共有四十二句，殷璠称为"数十句"，相差甚远。由此可见"数十"、"数百"、"十数"为殷璠常用词汇，并非确数。

最后，《荆扬挺秀集》地域特色明显，与涉及全国的《河岳英灵集》相比，选录范围相应缩小，入选诗人相对较少，因此评语之中个别重要诗人引用较多诗句亦属正常。

因此，笔者认为《荆扬挺秀集》完全有可能是唐诗选本，而且是《河岳英灵集》出现的重要准备，二书曾经并行互补，《河岳英灵集》部分诗人甚至以《荆扬挺秀集》为底本。如储光羲，殷璠曰："此例数百句，已略见《荆扬集》，不复广引。"[②] 明确指出储光羲部分读者可以参阅《荆扬挺秀集》，说明殷璠选编《河岳英灵集》时《荆扬挺秀集》尚在流传。此外，储光羲一人入选殷璠三部选本，《丹阳集》录诗三首：《田家杂兴》、《行次田家澳梁作》、《夜到洛口入黄河》，评曰："光羲诗宏赡纵逸，务在直置。"[③] 《河岳英灵集》入选十二首，分别为《杂诗二章》、《效古二章》、《猛虎词》、《射雉词》、《采莲词》、《牧童词》、《田家事》、《寄孙山人》、《酬綦毋校书梦游耶溪见赠之作》、《使过弹筝峡作》，评曰："储公诗，格高调逸，趣远情深，削尽常言，挟风雅之道，得浩然之气。《述华清宫》诗云：'山开鸿濛色，天转招摇星。'又《游茅山》诗云：'山门入松柏，天路涵虚空。'此例数百句，已略见《荆扬集》，不复广引。"[④] 可见《河岳英灵集》与《丹阳集》并无重合，与《荆扬挺秀集》却有交叉，而《荆扬挺秀集》在后世文献中不见记载，可知该书散佚较早，或在《河岳英灵集》出现之后即被彻底湮没。两书同为殷璠所编，后出之作打破地域界限，选录更加精当成熟，前者遭到抛弃，此种现象在古代文献散亡史上亦极为常见。

此外，以书名推测《荆扬挺秀集》选录重点似为荆州、扬州，而荆扬二州正是《文选》得以缓慢延续并走向兴盛的两大重镇。据沈约《宋

① 傅璇琮编撰：《唐人选唐诗新编·河岳英灵集》，第182—183页。

② 同上书，第178页。

③ 傅璇琮编撰：《唐人选唐诗新编·丹阳集》，第84页。

④ 傅璇琮编撰：《唐人选唐诗新编·河岳英灵集》，第178页。

书》记载："荆、扬二州，户口半天下，江左以来，扬州根本，委荆以阃外。"① 二州在南北朝时期已经走向繁盛。《文选》诞生于梁朝，书成不久萧统辞世，未能引起广泛关注。侯景之乱梁朝衰落，长期镇守荆州的萧绎于江陵自立为帝，江陵开始成为政治文化中心。萧绎雅爱书籍，广泛搜求，成果丰盛，西魏兵临城下，其于绝望愤懑之中下令焚书，竟然多达数万卷，"帝入东阁竹殿，命舍人高善宝焚古今图书十四万卷。"② 萧绎勤勉好学，不仅喜欢藏书而且多有著述，"所著《孝德传》三十卷，《忠臣传》三十卷，《丹阳尹传》十卷。《注汉书》一百一十五卷，《周易讲疏》十卷，《内典博要》一百卷，《连山》三十卷，《洞林》三卷，《玉韬》十卷，《补阙子》十卷，《老子讲疏》四卷，《全德志》、《怀旧志》、《荆南志》、《江州记》、《贡职图》、《古今同姓名录》一卷、《筮经》十二卷，《式赞》三卷，文集五十卷。"③ 其中规模最大的是《注汉书》。又公元五五四年萧统之子萧詧于江陵再建后梁政权，沈重、沈君游、沈君公、刘臻、柳䛒、刘孝胜等人会聚，其中刘臻精通《汉书》，"元帝时，迁中书舍人。江陵陷没，复归萧詧，以为中书侍郎。……精于两汉书，时人称为汉圣。"④ 由此可见，自萧绎至萧詧，荆州地区的《汉书》研究从未中断。而与《汉书》密切相关的《文选》本是萧氏家学，家族内部的传承或强或弱持续存在，萧该堪称代表。据《隋书·萧该传》记载："兰陵萧该者，梁鄱阳王恢之孙也。少封攸侯。梁荆州陷，与何妥同至长安。性笃学，《诗》、《书》、《春秋》、《礼记》并通大义，尤精《汉书》，甚为贵游所礼。开皇初，赐爵山阴县公，拜国子博士。奉诏书与妥正定经史，然各执所见，递相是非，久而不能就，上谴而罢之。该后撰《汉书》及《文选音义》，咸为当时所贵。"⑤ 萧该奔赴长安时已是知名学者，表明其研究生涯荆州已经开始。入隋之后萧该率先为《文选》作注，开"文选学"先河，昔日荆州的《汉书》研究应是促进今日《文选》发展的重要动力。《文选》在荆州囿于家学范畴，在扬州已属私学范畴，隋朝《文选》研究在扬州的异军突起最终推动"文选学"的形成。

---

① 沈约：《宋书》卷六六，中华书局1974年版，第1738页。

② 司马光编著，胡三省音注：《资治通鉴》卷一六五，第5121页。

③ 姚思廉：《梁书》卷五，第136页。

④ 魏徵、令狐德棻：《隋书》卷七六，第1731页。

⑤ 魏徵、令狐德棻：《隋书》卷七五，第1715—1716页。

殷璠对《文选》的欣赏不言而喻，《河岳英灵集》以《文选》为叙述起点，并以《文选》正宗传人自居。《荆扬挺秀集》早于《河岳英灵集》，荆、扬二州又是《文选》研究的发祥地与繁荣地，殷璠是否可能先通过《荆扬挺秀集》追溯《文选》的发展历程，再通过《河岳英灵集》发扬《文选》的优良传统？二书前后相续，相辅相成，自成体系，因此《河岳英灵集》才会出现“此例数百句，已略见《荆扬集》，不复广引”① 一语。惜材料匮乏，且存疑在此，以待博学。

另储光羲以润州籍入选《荆扬挺秀集》，似与“荆扬”相悖，然润州与扬州仅一江之隔，交流频繁，润州许淹、马怀素曾是扬州曹宪、李善高足。“文选学”的兴起形成以扬州为主润州为辅的格局，若《荆扬挺秀集》果真与《文选》密切相关的话，润州诗人入选成为必需。同时在殷璠眼中润州诗人以储光羲最为出色，认为其既有文学之才又有治国之策。而储光羲也是唐代创作田园诗最多的诗人，顾况《监察御史储公集序》指出储光羲、崔国辅、綦毋潜、常建、王昌龄，“此数人皆当时之秀。而侍御声价隐隐轥轹诸子。”② 宋苏辙曰：“储诗高处，似陶渊明，平处似王摩诘。”③ 明胡震亨《唐音癸签》曰：“储光羲闲婉真至，农家者流，往往出王、孟上。”④ 清《四库全书总目提要》指出：“其诗源出陶潜，质朴之中，有古雅之味。位置于王维、孟浩然间，殆无愧色。殷璠《河岳英灵集》称其‘削尽常言，得浩然之气’非溢美也。”⑤ 由此看来，储光羲当以实力入选殷璠三部选本。

《荆扬挺秀集》是殷璠于《丹阳集》与《河岳英灵集》之间编撰的诗歌选本，以荆、扬二州士人为选录重点，兼及润州。《荆扬挺秀集》似以追溯《文选》历史为出发点，为《河岳英灵集》的出现奠定基础。《河岳英灵集》选录之时《荆扬挺秀集》尚在地方流传，然而当更为经典的《河岳英灵集》成书之后，《荆扬挺秀集》随即被湮没，由于二集间隔时间较短，因此《荆扬挺秀集》撰成不久即迅速散佚，各类典籍包括地方文献均绝少见于记载。

---

① 傅璇琮编撰：《唐人选唐诗新编·河岳英灵集》，第 178 页。

② 董诰等：《全唐文》卷五二八，第 5368 页。

③ 胡震亨：《唐音癸签》卷五，第 39 页。

④ 胡震亨：《唐音癸签》卷九，第 72 页。

⑤《文渊阁四库全书》卷一四九，第 4 册，第 39 页。

第六章

元结与《箧中集》

第一节 研究价值

元结《箧中集》作为《唐人选唐诗》中较为重要的一种，将底层百姓的苦难重新引入诗坛，为盛极难继的中唐诗歌开辟写实道路，具有极大的指导意义。但是《箧中集》并没有引起学者相应的重视，据笔者的不完全统计，研究《箧中集》的文章仅有十余篇，除傅璇琮的《唐人选唐诗题记》与《唐人选唐诗新编》从文献角度校勘《箧中集》外，余者大部分以元结为中心，探讨元结的文学追求，勾连七人的基本情况，不仅对元结与七位诗人的区别把握欠妥，而且对《箧中集》的独立价值也缺乏足够的认识。元代辛文房的《唐才子传》对《箧中集》诗人虽然都有涉及，但是并没有将他们看作一个整体，其后闻一多的《唐诗大系》、傅璇琮的《唐才子传校笺》亦沿用此习，七位诗人被分散地编排在各类著作中，共性无法凸显。只有孙望的《〈箧中集〉作者事辑》首次将七人作为一个整体，系统梳理诸人的生平、仕宦、交游，堪称《箧中集》诗人研究的力作。此外，关于《箧中集》诗人的单独研究也极少，成就相当有限，赵微明、于逖、张彪、元季川尚无单篇论文涉及，在唐代文学研究中异常薄弱，尚有许多领域亟待开拓。因此，《箧中集》诗派的研究还大有可为。

《箧中集》篇幅短小，选诗目光独到，是元结文学思想的集中体现，颇具学术价值。二十世纪学界对《箧中集》的研究角度各异，深浅不一，取得一定进展。一九七八年王运熙发表《元结〈箧中集〉和唐代中期诗歌的复古潮流》一文，从思想内容、作品风格、文学渊源等方面明确指出孟郊是《箧中集》一派的继承者，认为“从元德秀、元结、《箧中集》作者到孟郊，形成了唐代中期的一个复古诗派，他们都鄙视当时流行的近体诗，提倡五言诗（即古调诗），以恢复汉魏作者质朴古雅的风格为指归"[①]。该文对《箧中集》一派的传承发展、复古追求及其在唐文学史上的地位均有精辟见解，学术价值较高。朱延春于一九八四年发表的《唐元结〈箧中集〉标点·注·释》与一九八八年发表的《试论唐元结〈箧中集〉》，对二十四首诗做了详细浅显的注释，简要介绍《箧中集》的诗歌特色及诗人生平，为初步了解《箧中集》提供基础性帮助。一九八六年傅璇琮的《天宝诗风的演变》将元结及《箧中集》诸诗人的创作融入蕴含着巨大不安的天宝诗坛，在这个"山雨欲来风满楼"[②]的"安史之乱"孕育时期，《箧中集》诗派代表了一部分穷困的下层士大夫的呼声，他们的诗歌内容针对现实，浅显易晓，虽然流于议论说教，失于质直枯燥，但在当时却有相当广泛的影响。该文论及《箧中集》的部分较少，却颇多新见。一九八七年跃进的《〈箧中集〉与杜甫》认为元结在与杜甫文学思想、创作实践一致的情况下，编选《箧中集》时却不录杜诗是因为二人在思想倾向上存在分歧。一九九六年傅璇琮的《唐人选唐诗题记》对《箧中集》的版本流传有详细缜密的考证，比较影宋抄本、明刻本的优劣，资料相当丰富，是《箧中集》研究的重大收获。同年许总发表《论元结及〈箧中集〉诗人的人生态度、文学思想与创作倾向》，认为元结编选《箧中集》是以自身的文学思想与价值观念为择取范式与批评标准的，元结及《箧中集》诸诗人崇尚写实、要求讽时，追求复古，已经表现出完全一致的创作倾向与风格特征，客观上已形同一个旗帜鲜明的文学流派，它"所呈示的写实原则与政教传统，不仅在表象上体现为元和时代以元稹、白居易为代表的写实主张、讽时精神的直接先导，而且在深层上影响了韩愈道统思想以及以其为核心的古文运动"[③]。高度评价了《箧中集》诗派对唐代诗坛发展走向的重大影响。二〇〇四年陶生魁的《元结〈箧中集〉及其文学批评观》着重阐述元结文学批评观形成的社会历史原因，并认为元结的文学批评观虽然存在偏颇与不足，"但毕竟唱出了写实主义的先声。《箧中集》

① 王运熙：《汉魏六朝唐代文学论丛》（增补本），复旦大学出版社 2002 年版，第 188 页。

② 许浑：《咸阳城东楼》，《全唐诗》卷五三三，第 6085 页。

③ 许总：《论元结及〈箧中集〉诗人的人生态度、文学思想与创作倾向》，《徐州师范学院学报》（哲学社会科学版）1996 年第 1 期。

独特的选诗标准为后代的选家提供了一个选诗范例。”[1] 虽注意到了《箧中集》诗派对后世的影响，但对《箧中集》本身的研究并无多大突破。二〇〇六年山东大学卢华的硕士学位论文《元结文学思想研究》第三部分论及《〈箧中集〉与元结的文学思想》，明确指出《箧中集》的选录标准为：“其一是思想内容的标准，就是倡导《诗经》的‘雅正’传统，强调儒家的诗教美刺的文学批评观；其二是艺术审美的标准，就是推崇古体诗，反对近体诗及其审美类型。在此二者之中，又是以前者为中心和出发点的。”[2] 惜研究未出前人樊篱。

二十世纪学界对《箧中集》诸位诗人的研究则取得了较大进展。闻一多先生的著作《全唐诗人小传》中包括对《箧中集》七位诗人的考证，部分全录辛文房的《唐才子传》，有所增补，没有纠错，并有较多存疑之处。闻一多先生对《箧中集》诗人在生平事迹等方面的考辨已颇具规模，但存在一些错误，尤其是对个别诗人生卒年的考证还有待商榷。一九三七年孙望发表《〈箧中集〉作者事辑》，首次系统整理《箧中集》诸诗人的生平史实，对沈千运、王季友、孟云卿考证详细具体，于逖、张彪次之，赵微明、元季川由于留存资料极少，仅做一般介绍，总体上弥补了辛文房《唐才子传》的缺漏，并纠正了过去记载中的一些错误，为研究《箧中集》的学者提供了可靠的资料。一九八七年傅璇琮的学术巨著《唐才子传校笺》出版，使唐代文学研究迈上了一个新的台阶，其中对《箧中集》七人行踪与事迹的考证，补充重要经历，探索材料出处，严谨可信，取得丰硕成果，为此后《箧中集》的诗人研究打下坚实基础。

此外，近年来学界还有对《箧中集》诸诗人的单独研究成果，多为概述性的论文，从宏观着眼，对个别诗人的身世、遭际、创作进行全面概述，其中不乏中肯切当之论。如张清华的《孟云卿及其诗歌》，对孟云卿的生平籍贯、家世经历，诗歌内容、艺术特色等方面做了系统梳理，是孟云卿研究的力作。一九八一年发表的《杜甫与孟云卿》探讨杜甫与孟云卿的交游来往、诗歌赠答情况。一九八五年张国举的《孟云卿生年籍里考》针对多年来学界对孟云卿籍贯、生卒年众说纷纭的情况，以孟云卿平生结交最深的元

---

① 陶生魁：《元结〈箧中集〉及其文学批评观》，《嘉应学院学报》（哲学社会科学）2004 年第 4 期。

② 卢华：《元结文学思想研究》，山东大学 2006 年硕士学位论文，第 64 页。

结为切入点，经过详细考证，他不同意闻一多先生在《唐诗大系》中提出的孟云卿生于公元七二九年的观点，认为孟云卿生于玄宗开元十三年（七二五）或十四年（七二六），卒年约在德宗贞元七八年（七九一—七九二）前后。并指出孟云卿为河南人，而非武昌人，更非关西人。以上是孟云卿的研究状况，相对于《箧中集》其他作家而言成果较为丰富。

一九九三年王亦军发表《王季友生平考略》，认为王季友大约生于唐玄宗先天年间（七一二—七一三），早年隐居滑州山中，自耕自刈为生，肃宗宝应元年（七六二）夏为华阴尉，后授虢州录事参军，永泰元年（七六五）春，以监察御史之职赴江西李勉幕为观察副使，大约在大历后期（约七七七年前后）去世，基本上确定王季友的生卒年代，对生平遭际亦有补充。

二〇〇三年程小林的《试论沈千运的诗歌创作》，将沈千运置于“从盛唐到中唐的整个唐诗流变中，试图从他的生平和创作及其创作的艺术成就和影响两方面来评价他对中唐初期的诗歌创作的重要影响”①，考证沈千运生平，同意傅璇琮认定的近六十岁说，并以仅存的五首诗歌总结沈千运的创作态度和创作风格。

对于沈千运、孟云卿、王季友，由于资料的缺乏，研究受到一定局限，不够全面，也无法深入，成果甚微。而张彪、于逖、赵微明、元季川四人至今尚无个案研究的论文，主要由于他们几乎没有史料记载，生平经历无法界定，限制了研究的深度与广度。

此外，香港、台湾地区的《箧中集》研究也取得一定成就，尤其是台湾学者取得较大进展，张秋玲有《元结及〈箧中集〉之研究》，王梦鸥有《唐诗人孟云卿生平试探》，杨承祖在专著《元结研究》中“元结文学交游考”一章中对《箧中集》七位诗人的生平亦有涉及，认为元结主张反华美、反浮艳的文学是受到沈千运的影响，并指出七人之中孟云卿地位较显。

海外研究也取得了不可忽视的进展，美国汉学家宇文所安《盛唐诗》第十二章为《复古的复兴：元结、〈箧中集〉及儒士》，在全面介绍元结生平作品的基础上指出元结作为复古激进者，其“反对的目标不是久已体无完肤的南朝诗，而是盛唐诗本身。”② 而“《箧中集》诗人代表了一种风

---

① 程小林：《试论沈千运的诗歌创作》，《浙江传媒学院学报》2003 年第 3 期。

② 宇文所安著，贾晋华译：《盛唐诗》，生活·读书·新知三联书店 2004 年版，第 256 页。

格，一种情调，及一个主题。其主题是处于贫困和艰难中的贤人，即《论语》的‘固穷’。贤人生活于这种状况中，就是对时代的含蓄控诉”①。着重分析了王季友与孟云卿的创作，认为孟云卿是《箧中集》群体中最严肃的复古诗人，也是最优秀的诗人。观点新颖，见解独到，代表海外学者的最高水平。

第二节　编纂过程

《箧中集》有巨大的文献价值。以沈千运为首的《箧中集》诸诗人贫困潦倒，漂泊江湖，生平事迹不见经传，诗歌数量极少，影响有限，从古至今都未能受到足够的重视。作品在流传过程中散佚较多，研究著作也非常有限，搜集整理相当困难，已不复见全貌。而元结《箧中集》的编订在一定程度上弥补了这一缺憾，所录诗人除王季友的《杂诗》、《代贺枝令誉赠沈千运》、《观于舍人壁画山水》、《滑中赠崔高士瓘》、《山中赠十四秘书山兄》、《酬李十六岐》六首见于殷璠的《河岳英灵集》，孟云卿的《邺城怀古》、《伤情》、《伤时二首》见于高仲武的《中兴间气集》外，余作均赖《箧中集》得以流传。目前所见到的《全唐诗》七人存诗共四十八首，其中尚有误收作品，而仅《箧中集》就保留了二十四首，占一半还多。同时元结与《箧中集》诸诗人生活年代相近，且大部分师友相承，亦可作为依据考辨作品真伪。因此通过《箧中集》的研究，学者不仅可以从七人的诗歌中捕捉其生平思想的蛛丝马迹，也可从它的编排顺序以及选诗的多少了解七人在当时影响的大小以及以元结为代表的正统知识分子对七人的不同态度。

关于《箧中集》的编纂，元结曾有详细论述：“兵兴于今六岁，人皆务武，斯为谁嗣？已长逝者遗文散失；方阻师者不见近作。尽箧中所有，总编次之，命曰《箧中集》。且欲传之亲故，冀其不忘。于今凡七人，诗二十二首。时乾元三年也。”② 明确指出该集编定于乾元三年，即公元七六〇年，距天宝十四年（七五五）爆发的“安史之乱”恰为六年，所以

① 宇文所安著，贾晋华译：《盛唐诗》，第 269 页。

② 元结：《箧中集序》，元结著，孙望校：《元次山集》卷七，中华书局 1960 年版，第 101 页。

《箧中集》编选年代毋庸置疑。此时元结四十二岁，理兵泌南，为监察御史里行，为山南东道来瑱府参谋。七六〇年，元结已沉浮人间十数年，对社会的黑暗动荡深有体会，主要的讽时刺世之作已经完成，文学观念趋于成熟，已经形成系统的批评观，通过编选《箧中集》寄予自己的人格理想与文学追求。《箧中集》共收录二十四首诗，其中沈千运四首：《感怀弟妹》、《赠史修文》、《濮中言怀》、《山中作》；王季友二首：《别李季友》、《寄韦子春》；于逖二首：《野外行》、《忆兄弟》；孟云卿五首：《古乐府挽歌》、《今别离》、《悲哉行》、《古别离》、《伤怀赠故人》；张彪四首：《杂诗》、《神仙》、《北游还酬孟云卿》、《古别离》；赵微明三首：《回军跛者》、《挽歌诗》、《思归》；元季川四首：《泉上雨后作》、《登云中》、《山中晓兴》、《古远行》，共二十四首。

乾元三年，国家飘摇，州县残破，时沈千运已卒，学界普遍认定沈千运卒于至德、乾元年间[①]，据元辛文房《唐才子传》："肃宗议备礼征致，会卒而罢"[②] 的记载，可知沈千运在肃宗征召之前就已经去世，但张籍却在《沈千运旧居》中称："君辞天子书，放意任体躬。"[③] 可知肃宗下诏之时沈千运尚在人世。比较二说，张说较为可信，张籍约生于代宗大历元年（七六六），距沈千运卒年较近，且沈千运生前享有盛誉，作为后辈的张籍有所耳闻，并且怀着仰慕之心拜访过沈千运的旧居。而辛文房为元朝人，年代久远，难免发生讹误，所以从时间上来说，张说更为可靠。同时从沈千运的诗歌中亦可找到其他佐证，肃宗李亨于公元七五六（至德）年到七六三（宝应）年在位，即使是至德元年征召，沈千运年已五十余，"栖隐非别事，所愿离风尘。不辞城邑游，礼乐拘束人。"[④] 也流露出看破功名，穷老山野的愿望，综上可见，沈千运生前拒绝肃宗征召是较为可信的。

王季友沦落江湖，隐居求仕。于上元三年出任华阴尉，并与挚友岑参频繁往来，岑参有《喜华阴王少府使到南池宴集》、《五月四日送王少府归华阴》、《六月三十日水亭送华阴王少府还县》诗赠之。宝应元年授虢州录事参军，赴任途经潼关，岑参有《送王七录事赴虢州》送别，独孤

---

① 孙望《箧中集作者事辑》、傅璇琮《唐才子传校笺》均持此说。

② 傅璇琮主编：《唐才子传校笺》（第1册）卷二，第429页。

③ 张籍：《沈千运旧居》，《全唐诗》卷三八三，第4295页。

④ 沈千运：《山中作》，《全唐诗》卷二五九，第2888页。

及亦有《送虢州王录事之任》，但王季友赴任十数日便复归旧职，岑参又有诗《送王录事却归华阴》安慰。宝应二年仍为华阴尉，与蓝田尉钱起、渭南尉郎士元同游半日村，酬唱往来。广德元年夏秋之后，王季友在京城为司议郎，二年赴洪州佐李勉幕，于邵有《送王司议季友赴洪州序》，钱起有《送王季友赴洪州幕下》等诗文为证。大历二年，辞归，《旧唐书·李勉传》："大历二年，来朝，拜京兆尹、兼御史大夫，政尚简肃。"① 李勉离开洪州，王季友随同回京，旋即告别仕途，归隐山林。

于逖生卒年无法确定，李白在《留别于十一兄逖裴十三游塞垣》中称于逖为"于十一兄逖"，此处"兄"是尊称还是表明于逖确实年长于李白需要鉴别。综观李白的诗作，称"兄"处并不多见，仅有六处，且大部分指宗室兄长。虽然李白以孤傲狂放闻名当世，但尊重之人也不当如此之少。其干谒游历之时对达官显贵都不用尊称，于逖只是一个失意文人，李白称为"兄"，诗中更称于逖为"于公"，称裴十三为"裴生"，可见于逖确实年长于李白，裴十三是晚辈，"兄"当为实指。而李白的生年已基本确定，即公元七〇一年，那么于逖生年当早于七〇一年，则于逖的年龄很可能大于沈千运。于逖与萧颖士、元结、李白、独孤及、李颀、高适、毕耀、张南容皆有往来。李白在《留别于十一兄逖裴十三游塞垣》中称：

> 太公渭川水，李斯上蔡门。钓周猎秦安黎元，小鱼鵕兔何足言。天张云卷有时节，吾徒莫叹羝触藩。于公白首大梁野，使人怅望何可论。即知朱亥为壮士，且愿束心秋毫里。秦、赵虎争血中原，当去抱关救公子。裴生览千古，龙鸾炳天章。悲吟雨雪动林木，放书辍剑思高堂。劝尔一杯酒，拂尔裘上霜。尔为我楚舞，吾为尔楚歌。且探虎穴向沙漠，鸣鞭走马凌黄河。耻作易水别，临岐泪滂沱。②

表明于逖曾经有过雄心壮志，但白首大梁，穷老风霜，兄弟失散，感怀悲伤，以至于李白写诗激励，希望他能重新鼓起斗志，但于逖似乎无动于衷，巨大的打击令他终生都无法走出失败的阴影。李颀《答高三十五留

① 刘昫等：《旧唐书》卷一三一，第 3634 页。

② 李白：《留别于十一兄逖裴十三游塞垣》，李白著，王琦注：《李太白全集》卷一五，第 711 页。

别便呈于十一》："寄书寂寂于陵子，蓬蒿没身胡不仕。藜羹被褐环堵中，岁晚将贻故人耻。"① 也表明于逖似乎终生不遇。

孟云卿在世，元结《送孟校书往南海并序》曰："次山今且未老，云卿少次山六七岁。"②，由此可知，乾元三年元结四十二岁，孟云卿当为三十五六岁。孟云卿有《伤怀赠故人》："二十学已成，三十名不彰。"③ 可见孟云卿此时并未登上仕途。乾元元年（七五八）孟云卿曾两次与杜甫相遇，杜甫有《酬孟云卿》与《湖城东遇孟云卿复归刘颢宅宿宴饮散因为醉歌》等诗唱和赠答，之后孟云卿飘荡江湖。永泰二年（七六六）为校书郎，孟云卿已经四十一二岁，将往南海，元结《送孟校书往南海》云："次山今罢守春陵，云卿始典校芸阁。"④ 可知孟云卿此年才正式登上仕途。大历八年（七七三）于广陵遇韦应物，是时孟云卿已经名满天下，故韦应物《广陵遇孟九云卿》云："高文激颓波，四海靡不传。西施且一笑，众女安得妍。"⑤ 但据辛文房《唐才子传》："栖栖南北，苦无所遇"、"身处江湖，心存魏阙"⑥ 的记载可知孟云卿始终徘徊在遇与不遇之间。

张彪尚在世，张彪为孟云卿中表，与杜甫友善，杜甫于乾元二年（七五九）作《寄张十二山人彪三十韵》："独卧嵩阳客，三违颍水春。艰难随老母，惨澹向时人。"⑦ 可见张彪此时尚在隐居，无意仕进。上元元年冬，张彪曾与王季友随华阴令王宥等谒华岳祠，据赵播《金石存》卷四"唐华岳题名上元元年"条记载："大唐上元元季冬十有二月十一日同谒岳祠书记。华阴县令王宥、前令王纾、丞王沐、尉李齐□、尉权颂、郑县主簿张彬、尉窦彧、下邽县丞李演、尉邢涉、处士王季友、张彪、著作郎孟昌原、京兆府法曹参军李枢书并篆。"⑧ 公元七六〇年即乾元三年，闰四月改元为上元，而《箧中集》编选于尚未改元之前，所以张彪此时在世，称为处士，是布衣。

---

① 李颀：《答高三十五留别便呈于十一》，《全唐诗》卷一三三，第1351页。
② 元结：《送孟校书往南海》，元结著，孙望校：《元次山集》卷三，第38页。
③ 孟云卿：《伤怀赠故人》，《全唐诗》卷一五七，第1607页。
④ 元结：《送孟校书往南海》，元结著，孙望校：《元次山集》卷三，第38页。
⑤ 韦应物：《广陵遇孟九云卿》，《全唐诗》卷一九〇，第1955页。
⑥ 傅璇琮主编：《唐才子传校笺》（第1册）卷二，第437—438页。
⑦ 杜甫：《寄张十二山人彪三十韵》，浦起龙：《读杜心解》卷五，第726页。
⑧ 赵播：《金石存》卷四，丛书集成初编本，第1534册，第123页。

赵微明，又作赵徵明[1]，微、徵形似，可能是在流传过程中出现讹误，何字为确，目前已无法勘定。赵微明生卒不可考，《唐才子传·张众甫》称："同在一时者，有赵微明、于逖、蒋涣、元季川，俱山颠水涯，苦学贞士，名同兰茝之芳，志非银黄之术，吟咏性灵，陶陈衷素，皆有佳篇，不能湮落。惜其行藏之大概，不见于记录，故缺其考详焉。"[2] 张众甫生于开元三年（七一五），卒于建中三年（七八二），而同一时者不知确指何时，所以无法断定赵微明乾元三年是否在世。

元季川在世，元季川名融，元结从弟。天宝九载至十一载，元结多病，隐居商山，著有《元子》十卷，《系乐府十二首》、《文编》等，元季川随元结学习。元结在《处规》、《恶圆》、《定司乐氏》中都曾提到元季川，此后事迹行踪不详。《唐诗纪事》称："季川，大历贞元间诗人也。"[3] 由此推断，乾元三年，元季川尚在世。

综上所述，乾元三年，元结编选《箧中集》之时，沈千运已亡故，王季友、孟云卿、张彪、元季川均确定在世，只有于逖、赵微明无法考订。据此，元结在《箧中集序》中所说的："自沈公及二三子"[4] 似指沈千运与赵微明、于逖。同时，李白《留别于十一兄逖裴十三游塞垣》据孙望考证当作于天宝三载左右（七四四），此时于逖已经华发苍颜，郁郁寡欢，且诗歌中满腔愤怒，于健康长寿相当不利，十六年后很可能已经辞世。又据《唐才子传·张众甫》提到赵微明、于逖、蒋涣、元季川四人，不知以何为序，笔者推测似以时间前后为标准，因为元季川主要活动在大历、贞元年间，而蒋涣主要在玄宗天宝到代宗永泰年间，而于逖则是开元、天宝年间人，按此顺序，则赵微明应比于逖年长，于逖逝世之时，赵微明很可能已经离世，这只是笔者的推测，待详考。

第三节　《箧中集作者事辑》补正举例：王季友生平补正

王季友尚在世，乾元三年（即上元元年）是否入仕存在疑点。孙望

① 《文渊阁四库全书》第 1332 册，第 17 页。

② 傅璇琮主编：《唐才子传校笺》（第 1 册）卷三，第 602 页。

③ 计有功撰，王仲镛校笺：《唐诗纪事校笺》卷三二，第 1124 页。

④ 元结著，孙望校：《元次山集》卷七，第 101 页。

《箧中集作者事辑》认为王季友在肃宗上元元年曾随华阴令王宥等谒华岳祠，尚为布衣，宝应中官司议郎，广德二年九月，季友赴洪州从佐李勉幕府。傅璇琮《唐才子传校笺》亦认为王季友上元元年冬已在华阴，但为处士，宝应中为华阴县尉，广德二年，入江西观察使幕，随李勉至洪州。但陈铁民、侯忠义的《岑参集校注》根据岑参与王季友的交往，推测岑参的《喜华阴王少府使到南池宴集》、《五月四日送王少府归华阴》、《六月三十日水亭送华阴王少府还县》均写于上元元年，且诗中的王少府正是王季友。由此看来，孙望、傅璇琮认为上元元年十二月王季友仍为布衣，但陈铁民、侯忠义却认为王季友至少在上元元年夏便已在华阴尉任上了，二说何者为确，尚待考证。

王季友何时上任华阴尉是问题的关键。以现存资料看，王季友没有留下任何参加科举考试的记载，他长年隐居，与高士唱和赠答，走的是"终南捷径"，以隐居拜谒求仕。王季友的隐居之地当在洛阳附近，并在滑州与洛阳之间往还，"出谷迷行洛阳道，乘流醉卧滑台城"① 便是当时生活的真实写照。王季友之所以选择近洛之山作为隐居之地，一方面因为他是河南人，距洛阳较近，但更重要的原因当是洛阳特殊的政治地位。洛阳是唐朝的东京，拥有庞大的官僚群体，数量仅次于长安，且唐代官员认为洛阳是理想的致仕地。元德秀"秩满，南游陆浑，见佳山水，杳然有长往之志，乃结庐山阿"②；元稹也有"今日东台去，澄心在陆浑。旋抽随日俸，并买近山园"③ 皆表明愿在河南陆浑终老。而白居易、裴度、李德裕、牛僧孺等人在为官时便在洛阳购买庄园，作为养老之地。根据《隋唐五代墓志汇编》唐时墓志洛阳远多于其他地方，可见在洛阳养老的官员数量亦很可观。王季友隐居于此，便于制造声势，结交官吏。且河南为东京所在地，河南府县八九品官员相当重要，升迁较快，有为将相的可能，如牛僧孺就官至宰相。同时在唐代如果步入仕途第一任为要地官员，其后升迁一般较为顺畅，如初仕为渭南尉后升至将相的就很多。河南附近官职的重要性是众所周知的，而华阴位于西京与东京之间，地理位置重要，来往官员多，机会更多，所以华阴尉当是官职微小而前途远大的差使，在激烈的竞

① 王季友：《酬李十六岐》，《全唐诗》卷二五九，第2890页。

② 刘昫等：《旧唐书》卷一九〇下，第5051页。

③ 元稹：《东台去》，元稹撰，冀勤点校：《元稹集》卷一四，第159页。

争中没有任何背景的王季友能够胜出，且一入仕便为华阴尉，只能说明举荐王季友之人位高权重。考察王季友的生平交游，似乎只有李勉有此实力。因此，笔者认为王季友的仕途变迁与李勉息息相关，疑王季友任华阴尉亦为李勉举荐。

李勉是唐朝宗室，从肃宗至灵武，拜监察御史，至德二载十月随肃宗还京，四迁至河南少尹，疑李勉此时结识在洛阳附近活动的王季友，杜甫作于大历二年的《可叹》称："豫章太守高帝孙，引为宾客敬颇久"、"王生早曾拜颜色，高山之外皆培塿"①，表明王季友与李勉结识很早，而此时距大历二年亦有十数年，较符合杜诗所述情形。又据《资治通鉴》记载，乾元二年七月"以潞沁节度使王思礼兼太原尹，充北京留守、河东节度使"②。上元二年"辛巳，以殿中监李若幽为镇西、北庭、兴平、陈郑等节度行营及河中节度使，镇绛州，赐名国贞"③。又上元三年三月"甲午，奴剌寇梁州，观察使李勉弃城走"④。可见李勉乾元二年七月至上元三年三月在远离京师的河东、朔方、梁州等地任职，鞭长莫及，举荐王季友作要地官员的可能极小。赵搢《金石存》亦可作为佐证，"唐华岳题名上元元年"条云："大唐上元元季冬十有二月十一日同谒岳祠书记。华阴县令王宥、前令王纾、丞王沐、尉李齐□、尉权颂、郑县主簿张彬、尉窦彧、下邽县丞李演、尉邢涉、处士王季友、张彪、著作郎孟昌原、京兆府法曹参军李枢书并篆。"⑤ 又毕沅《关中金石记》卷三《王宥等谒岳祠记》云："上元元年十二月刻，题名隶书，号年篆书，并李枢书。枢，李权弟。《述书赋》注云：'李权，淮安王神通曾孙，工八分。弟枢，工小篆。'内有处士王季友，即杜甫所称酆城客子是也。"⑥ 明确指出上元元年十二月王季友仍为布衣，尚未入仕。则李勉当为回京之后举荐王季友。据《新唐书》记载："羌、浑、奴剌寇州，勉不能守，召为大理少卿。然天子素重其正，擢太常少卿，欲遂柄用。"⑦ 上元三年三月甲午李勉兵败，

---

① 杜甫：《可叹》，浦起龙：《读杜心解》卷二，第300—301页。

② 司马光编著，胡三省音注：《资治通鉴》卷二二一，第7079—7080页。

③ 同上书，第7115页。

④ 同上书，第7121页。

⑤ 赵搢：《金石存》卷四，丛书集成初编本，第1534册，第123页。

⑥ 毕沅：《关中金石记》卷三，续修四库全书本，第908册，第213页。

⑦ 欧阳修、宋祁：《新唐书》卷一三一，第4507页。

奉命入京，据平岗武夫《唐代的历》勘定三月甲午为三月十五日。梁州“至京师一千二百二十三里。”[①] 唐制：“凡陆行之程：马日七十里，步及驴五十里，车三十里。”[②] 则李勉归京至少需要半个多月，举荐王季友当不得早于本年四五月间。上元三年四月改元宝应，岑参有《潼关使院怀王七季友》诗，据陈铁民、侯忠义考证此诗作于宝应元年。岑参宝应元年初改太子中允，兼殿中侍御史，充关西节度判官，尝居潼关。诗曰：“满目徒春华，思君罢心赏。开门见太华，朝日映高掌。……无心顾微禄，有意在独往。不负林中期，终当出尘网。”[③] 表明宝应元年春王季友仍在华阴，深居山林，与李勉举荐王季友出任华阴尉不得早于此年四五月间正合。本年十月之后王季友喜获升迁，授虢州录事参军，路经潼关，岑参作《送王七录事赴虢州》诗勉励。此时独孤及亦有《送虢州王录事之任》赠之，诗曰：“一经俄白首，三命尚青袍。”[④] 此处“青袍”当指县尉之服。唐贞观三年规定八品、九品官服青色，显庆元年规定深青为八品之服，浅青为九品之服。而王季友为华阴尉，是从九品上，官服当为青色。但不幸的是王季友赴任十数日便复归旧职，岑参又有《送王录事却归华阴》安慰。王季友此次短暂的升迁颇为蹊跷，疑亦与李勉有关，宝应元年李勉因受肃宗宠臣李辅国的排斥，出任汾州、虢州刺史。“肃宗将大用勉，会李辅国宠任，意欲勉降礼于己。勉不为之屈，竟为所抑，出历汾州、虢州刺史。”[⑤] 是年十月，李辅国诛死，李勉即奉调入京。可见，李勉入京当晚于十月，而王季友赴虢州恰在十月，并且旬日复旧，可能的解释就是李勉举荐王季友，但在王季友即将到任或刚刚到任之后，李勉便奉调入京了，王季友失去依靠，旋即就被罢免，无奈之下复归华阴。

宝应二年王季友与蓝田尉钱起、渭南尉郎士元同游半日村，郎士元有《酬王季友题半日村别业兼呈李明府》，钱起亦有《题郎士元半日吴村别业兼呈李明府》，此二诗均呈李明府，且郎诗称“门通小径连芳草，马饮

---

① 刘昫等：《旧唐书》卷三九，第1528页。

② 李林甫等撰，陈仲夫点校：《唐六典》卷三，第80页。

③ 岑参撰，廖立笺注：《岑嘉州诗笺注》卷一，中华书局2004年版，第95页。

④ 彭定求等：《全唐诗》卷二四七，第2773页。

⑤ 刘昫等：《旧唐书》卷一三一，第3634页。

春泉踏浅沙”[①]，钱诗称“愁人昨夜相思苦，闰月今年春意赊”[②]，描写的都是初春景色，可见此次乃是王季友、郎士元、钱起、李明府等人共同出游，而宝应二年闰正月，与钱诗相符，表明王季友宝应二年仍在华阴尉任上。再有戎昱《苦哉行五首》注曰：“宝应中，过滑州、洛阳后，同王季友作。”[③] 亦可作为佐证。

王季友宝应二年为华阴尉，广德二年赴洪州佐李勉幕。于邵有《送王司议季友赴洪州序》：“自幽蓟外奸，加之以师旅，十年之间，为巨防焉。”[④]“安史之乱”爆发于天宝十四载（七五五），十年之后，为广德二年（七六四）。于邵称季友为王司议，则季友曾为司议郎甚明。王季友由九品华阴尉遽升至六品司议郎，当借李勉之力。李勉宝应元年十月之后入京，“改京兆尹、检校右庶子、兼御史中丞、都畿观察使。寻兼河南尹。”[⑤] 身居要职，京兆尹、河南尹均为从三品，援引王季友当极为方便。王季友宝应二年春尚在华阴，本年七月改元广德，广德二年年初已离京，于邵《送王司议季友赴洪州序》称：“良辰岁首，群公叙离。”[⑥] 则王季友任司议郎当在广德元年。二年赴洪州，“勉移独坐之权，实专方面之寄，七州奔走而承命，一都风化以在我，是以王司议得为副车。”[⑦] 钱起、于邵在京师为王季友送别，钱起有《送王季友赴洪州幕下》。王季友在洪州三年，深得李勉器重。杜甫《可叹》云：“闻道三年未曾语，小心恐惧闭其口。”[⑧] 大历二年，王季友随李勉回京。《旧唐书·李勉传》载：“大历二年，来朝，拜京兆尹、兼御史大夫。”[⑨] 但此次不知何故，王季友并没有获得一官半职，不久便归隐山林。笔者推测多半是因为王季友厌倦了如履薄冰的仕宦生活，不愿为官。殷璠《河岳英灵集》编选于天宝四载（七四五），此时王季友已“白首短褐”[⑩]，

---

① 郎士元：《酬王季友题半日村别业兼呈李明府》，《全唐诗》卷二四八，第2785页。

② 钱起：《题郎士元半日吴村别业兼呈李长官》，《全唐诗》卷二三九，第2667页。

③ 戎昱：《苦哉行五首》，《全唐诗》卷二七〇，第3006页。

④ 李昉等：《文苑英华》卷七二四，第3751页。

⑤ 刘昫等：《旧唐书》卷一三一，第3634页。

⑥ 李昉等：《文苑英华》卷七二四，第3751页。

⑦ 同上。

⑧ 杜甫：《可叹》，浦起龙：《读杜心解》卷二，第300页。

⑨ 刘昫等：《旧唐书》卷一三一，第3634页。

⑩ 傅璇琮编撰：《唐人选唐诗新编·箧中集》，第139页。

大历二年（七六七）即二十二年后，王季友必然已垂垂老矣，再也无心眷恋功名利禄，毅然决然地选择离开。《还山留别长安知己》是王季友告别仕途的宣言书："出山不见家，还山见家在。山门是门前，此去长樵采。青溪谁招隐，白发自相待。惟余涧底松，依依色不改。"[①] 王季友此时非常洒脱，心情比较愉悦，没有流露出丝毫的愤懑与苦痛，可见王季友的归隐是自愿的，不是迫于无奈，并且表明他的决心，将永远不再踏上仕途。此后事迹不可考，当为终老山林。综上所述，王季友上元三年始为华阴尉，则元结编选《箧中集》之时七人无一入仕。

此外，郎士元尚有一首诗名为《酬王季友秋夜宿露台寺见寄》（即《题精舍寺》），但《唐诗品汇》等却称此诗为《赠钱起秋夜宿灵台寺见寄》，这首诗到底是郎士元赠给钱起的还是赠给王季友的尚待考证。露台寺仅在郎士元此诗中提到，再无他人他诗涉及，但灵台寺却在数人诗中出现，《大清一统志》称："灵台寺，在渭南县东南灵台山，有七星塔。"[②] 考三人行踪，钱起曾为蓝田尉，郎士元曾为渭南尉，王季友曾为华阴尉，三处均在灵台寺附近，完全有可能游览。此外，王建尚有《酬柏侍御闻与韦处士同游灵台寺见寄》，当为同一灵台寺，王建诗曰："西域传说中，灵台属雍州"[③]，据《旧唐书·地理志》记载："渭南，隋县。武德元年属华州，五年复隶雍州。天授二年置鸿州，分渭南置鸿门县，凡领渭南、庆山、高陵、栎阳、鸿门五县。寻废鸿门县，还入渭南。大足元年，废鸿州入雍州也。"[④] 可见，渭南在唐代属雍州，而灵台寺又在渭南，且京师距渭南仅百余里，骑马一二日可到，与王建诗"牵马过危栈，襞衣涉奔流"[⑤] 正相符合。综上所述，露台寺当为灵台寺之伪，灵、露形似，疑在流传过程中出现讹误。同时钱起还有《夜宿灵台寺寄郎士元》，该诗当作于渭南灵台寺，但尾联怀念郎士元的诗句"万里故人能尚尔，知君视听我心同"[⑥]，表明郎士元此时并不在渭南。考钱起天宝末年任蓝田尉，宝应二年夏入京，在此任上长达八年之久，而郎士元宝应元年补为渭南尉，永

---

① 王季友：《还山留别长安知己》，《全唐诗》卷二五九，第2889—2890页。

② 穆彰阿、潘锡恩等：《大清一统志》卷一八〇，第478册，第83页。

③ 王建：《酬柏侍御闻与韦处士同游灵台寺见寄》，《全唐诗》卷二九七，第3365页。

④ 刘昫等：《旧唐书》卷三八，第1396页。

⑤ 王建：《酬柏侍御闻与韦处士同游灵台寺见寄》，《全唐诗》卷二九七，第3365页。

⑥ 钱起：《夜宿灵台寺寄郎士元》，《全唐诗》卷二三九，第2667页。

泰年间已在京师，在渭南尉不过三四年，很可能钱起写此诗时郎士元还未上任，故有“万里故人能尚尔”之说。同时《酬王季友秋夜宿露台寺见寄》又称为《题精舍寺》，对于精舍寺，清代汪立名的一隅草堂本《白香山诗集》补遗收录白居易《寄题上强山精舍寺》，考证曰：“湖州归安县上强山精舍寺有唐人题诗刻石，白居易、李伯药、高知周、钱起、郎士元皆有诗。”① 则钱起、郎士元的《题精舍寺》诗均写于湖州精舍寺，但不是结伴而去，应是钱起先去，钱起的《题精舍寺》曰：“何时来此地，摆落世间情。”② 表现的是对仕途的厌倦与对自然的向往，丝毫没有流露出与郎士元有关的痕迹。郎士元后去，见到钱起的《题精舍寺》，联想起钱起的赠诗《夜宿灵台寺寄郎士元》，便和诗一首：“惟有双峰最高顶，此心期与故人同。”③ 也表达了对钱起的思念。且钱起与郎士元此两首诗均为七言律诗，同押东韵，故当是赠予钱起更为合理。

第四节 《箧中集》版本流传考

一 版本源流

元结《箧中集序》称：“于今凡七人，诗二十二首。”④ 但实际共录诗歌二十四首，后世各种版本均称二十四首，疑为序文之误。北宋著名文学家王安石的《王荆公唐百家诗选》第六卷收录沈千运、王季友等人诗作二十四首，顺序、数量与《箧中集》完全相同，无元结序。南宋藏书家陈振孙《直斋书录解题》卷十五曰：“《箧中集》一卷。唐元结次山录沈千运、赵微明、孟云卿、张彪、元季川、于逖、王季友七人诗二十四首，尽箧中所有次之。荆公《诗选》尽取不遗。”⑤ 明末藏书出版家毛晋有汲古阁刻本《唐人选唐诗八种》，其中包括《箧中集》一卷，前有元结序，增加目录，后附毛晋跋，曰：“漫士逢天宝之后，置身仕隐间，自谓与世聱牙，不肯作绮靡章句，先辈譬之古钟磬，不谐于俚耳而可寻玩，今读其

① 《文渊阁四库全书》第1081册，第520页。

② 彭定求等：《全唐诗》卷二三七，第2626页。

③ 彭定求等：《全唐诗》卷二四八，第2786页。

④ 元结著，孙望校：《元次山集》卷七，第101页。

⑤ 陈振孙：《直斋书录解题》卷一五，上海古籍出版社1987年版，第439—440页。

箧中七人诗，亦皆欢寡愁杀之语，不类唐人诸选，然磊砢一派，实中世所难，宜荆公选录不遗也。”[①]《文渊阁四库全书总目》卷一百八十六录《箧中集》一卷，为江苏巡抚采进本，沿用目录，前有提要：“唐元结编，结有《次山集》，已著录。是集成于乾元三年，录沈千运、王季友、于逖、孟云卿、张彪、赵微明、元季川七人之诗，凡二十四首，前有自序，称：‘已长逝者，遗文散失；方阻绝者，不见近作，尽箧中所有，总编次之，命曰《箧中集》。’其诗皆淳古淡泊，绝去雕饰，非惟与当时作者，门径迥殊，即七人所作见于他集者，亦不及此集之精善，盖汰取精华，百中存一，特不欲居刊薙之名，故托言箧中所有仅此云尔。”[②]《四库全书简明目录》亦称：《箧中集》一卷，“唐元结编，所录沈千运、王季友、于逖、孟云卿、张彪、赵微明及其弟融七人之诗，凡二十四首，皆淳古淡泊之音。核以他本，字句颇有异同，盖结所点定。”[③] 日本长泽规矩也编订的《和刻本汉诗集成·总集篇》收有《箧中集》，为文政七年（一八二四）昌平坂学问所刊本，在解题中对元结及《箧中集》七人均有简洁介绍，集前有原序、目录，后附有跋。此外，清代王士禛《十种唐诗选本》选取《箧中集》诗十九首，无《濮中言怀》、《神仙》、《北游还酬孟云卿》、《回军跛者》、《古远行》，其余与元结本皆同，但作为选本不足语版本。民国徐乃昌撰有《随盦徐氏丛书》，其中第十一册为《箧中集一卷附札记一卷》，前有元结序，末有徐氏跋，曰：“右《箧中集》一卷，唐元结撰。影宋钞本，末页有临安府太庙前大街尹家书籍铺刊行一行。半页十行，行十六字，爰其字画遒劲，付鄂工刻之。检赵玄度藏明刻冯已苍评点本、汲古阁本校之，而此本较胜。此书又全数收入唐百家诗，再取宋县津刻互校之，成札记如左。”[④] 并附有札记一卷，以明本、毛本、《唐百家诗》校对《箧中集》，惜其不够严谨，有漏校、错校之处。中华书局于一九五八年出版《唐人选唐诗（十种）》其中《箧中集》即采用随庵丛书影刻宋尹家书籍铺刊本，然而没有纠错。一九九八年华夏出版社的《唐人选唐诗六种》有普及性质，前无元结旧序，但对元结和《箧中集》诸诗人均有简

---

① 《唐人选唐诗八种·箧中集》，毛晋汲古阁本，第9页。

② 《文渊阁四库全书总目》卷一八六，第5册，第7页。

③ 《文渊阁四库全书简明目录》卷一九，第6册，第360页。

④ 徐乃昌：《随盦徐氏丛书》，丛书集成续编本，第147册，第507页。

单介绍，对诗歌亦有通俗易懂的注释，为读者提供各种基本知识。傅璇琮的《唐人选唐诗新编》中的《箧中集》有前记、元结序和目录，附有详细的校注。以上各种版本，大体相似，在篇目、顺序上都互相沿袭，仅在字句上有差别。可见，《箧中集》自元结编定之后，未曾散失，历朝历代均受到不同程度的重视，诗人和学者的收藏保存为其完整的流传做了较大的贡献。此外，《馆阁书目》曾把《箧中集》的二十四首诗误认为是元结自己的创作而收入别集，但很早就引起学者的猜测和怀疑，并及时地予以纠正。如南宋陈振孙："《馆阁书目》以为结自作，入别集类，何其不审也！"① 明末毛晋也说："或谓漫士自作编入别集，缪矣。"② 等等，这对《箧中集》的流传并没有造成影响。

《箧中集》历经宋、元、明、清，在流传过程中基本保持原貌，但字句出现不少讹误，共有一百七十八处，主要表现在以下三方面。

第一，字句顺序颠倒。如沈千运《感怀弟妹》中的"宛宛行旧迹"又作"宛宛旧行迹"，"岂非林园主"又作"岂知林园主"或"岂知园林主"。张彪《回军跛者》"来时一月程"又作"来时月一程"，等等。

第二，形近、音近、意近字混用，此种情况最为普遍。如沈千运《濮中言怀》中"迍蹶日穷迫"又作"屯蹶日穷迫"，迍、屯通用，读音相同，但迍更为贴切，迍是困顿不得志之意，蹶，比喻事情不顺利，失败。迍蹶表明处境凄惨，怀才不遇，与诗意正相符和。再如沈千运的《山中作》"迩来归山林"又作"尔来归山林"，"迩"意为近来，沈千运屡试不第，干谒名公以失败告终，年齿已迈之时归隐濮上，"迩"表明时间，似乎更为合适。另如王季友的《别李季友》"行子迟出户"作"行子驰出户"，此诗表明的是挚友之间的惜别之情，"迟"字恰当地表现了依依不舍之意，而"驰"字却正好相反，使诗意的完整性遭到破坏。此外，诸如"独子备笙簧"作"独予备笙簧"（孟云卿《伤怀赠故人》），"浮生亮多惑"作"浮生亮多感"（张彪《神仙》），元季川《山中晓兴》作《山中晚兴》，"人无茅舍期"作"人无第舍期"，"岁月悲今时"作"岁月非今时"（元季川《古远行》）等随处可见。

---

① 陈振孙：《直斋书录解题》卷一五，第440页。

② 《唐人选唐诗八种·箧中集》，毛晋汲古阁本，第9页。

第三，原因不明的讹误。例如，《濮中言怀》的“始觉前计非”作“始怆前计非”，揣摩诗意，“怆”更能体现沈千运悔恨之深，失望之切，年逾五旬，未获寸禄，贫困潦倒，牢骚满腹，深深地感叹早知仕途如此艰难不如归隐，过简单纯朴的田园生活。“怆”更符合沈千运悲伤凄然的心境。还有“顾此忘知己”作“顾此烦知己”，此句“烦”更恰当，沈千运年老体衰之时归隐田园，不谙稼穑之术，无力耕种，儿女尚幼，为生计焦头烂额，只好向好友求助以渡难关。此外尚有“今日春风暖”作“今日春气暖”，“兄弟可为半”作“兄弟可存半”（沈千运《感怀弟妹》），“谁是智与仁”作“辩智与诸仁”（沈千运《山中作》），“忧心梦颠倒”作“忧心转颠倒”或“心忧梦颠倒”（孟云卿《古别离》），“旷野多萧条”作“旷野何萧条”（赵微明《挽歌词》），“羁留当时思”作“羁独当时思”（元季川《古远行》），等等，兹不一一列举。

《箧中集》版本较多，但笔者所见，仅以上几种，《箧中集》流传过程中只有细微改变，所以对其版本的考证仅限于此。

二 《箧中集》补校

傅璇琮在《唐人选唐诗新编》中对《箧中集》有全面系统的校勘，在此笔者仅以傅先生的校定为底本，以王安石《唐百家诗选》、计有功《唐诗纪事》、李昉《文苑英华》、姚铉《唐文粹》、郭茂倩《乐府诗集》、毛晋汲古阁本《唐人选唐诗八种·箧中集》和《钦定四库全书·总集类·箧中集》、徐乃昌《随庵徐氏丛书·箧中集》（影刻宋尹家书籍铺刊本）以及日本长泽规矩也编订的和刻本《汉诗集成·箧中集》为参照，对傅璇琮先生的校对略作补充，共有七十七条，傅先生已经指出或校对的不再赘述。补校如下：

《箧中集序》

补充一条：“时乾元之三年也。”《汉诗集成·箧中集》无“之”字。

沈千运四首

感怀弟妹

今日春风暖(一)，东风杏花坼(二)。筋力又不如(三)，却羡涧中石。神仙杳难準，中寿稀满百。近世多夭伤(四)，喜见鬓髮白。杖藜竹树间[五]，宛宛行旧迹[六]。岂非林园主[七]，却是林园客[八]。兄弟可为伴，空为亡者惜。冥冥无再期，哀哀望松柏。骨肉能几人，年大自疎隔[九]。性情谁免此，与我不相易。惟念得尔辈，时看慰朝夕。平生兹已矣，此外尽非适[十]。

（一）春　《唐诗纪事》卷二二沈千运条引作“天”，《唐百家诗选》、《唐人选唐诗八种·箧中集》、《随庵徐氏丛书·箧中集》、《四库全书》、《汉诗集成·箧中集》皆作“春”。（二）坼　《随庵徐氏丛书·箧中集》作“折”，《唐百家诗选》作“坼”，《唐诗纪事》、《唐人选唐诗八种·箧中集》、《四库全书》、《汉诗集成·箧中集》均作“拆”。比较而言，此句用“坼”更佳。（三）又　《唐百家诗选》作“久”。（四）近　《唐百家诗选》、《汉诗集成·箧中集》均作“逐”。（五）杖藜　《唐诗纪事》作“藜杖”。（六）行旧迹　《唐诗纪事》、《唐百家诗选》作“旧行迹”。（七）岂非林园主，却是林园客。《唐诗纪事》作“岂知园中主，却是园中客”。（八）冥冥　《唐诗纪事》作“冥寞”。（九）自　《唐诗纪事》作“渐”。（十）适　《唐诗纪事》作“逸”，当误。

赠史修文

故人阻千里，会面非别期。握手于此地，当欢反成悲[一]。念离宛犹昨[二]，俄已经数期。畴昔皆少年[三]，别来鬓如丝[四]。不道旧姓名，相逢知是谁。曩游尽骞翥，与君仍布衣。岂曰无其才，命理应有时。别路渐欲少，不觉生涕洟。

（一）反　《唐百家诗选》、《唐诗纪事》卷二二沈千运条、《唐人选唐诗八种·箧中集》、《四库全书》、《汉诗集成·箧中集》均作“返”。又此句中的“成”，《文苑英华》卷二五二为“作”。（二）宛　《文苑英华》作“怨”，当误。又此句中的“昨”，《文苑英华》为“作”，当误。（三）年《文苑英华》作“壮”。（四）鬓　《唐百家诗选》、《唐诗纪事》卷二二沈千运条作“髪”。

濮中言怀[一]

圣朝优贤良[二]，草泽无遗匿。人生各有志，在余胡不激。一生但区区，五十无寸禄。衰退当弃捐，贫贱招毁讟。栖栖去人世，迍踬日穷迫[三]。不如守田园，岁晏望丰熟。壮年失宜尽，老大无筋力。始觉前计非，将贻后生福[四]。童儿斯学稼[五]，少女未能织[六]。顾此忘知己，终日求衣食。

（一）中 《唐诗纪事》卷二二沈千运条作“上”。（二）朝 《唐诗纪事》作“泽”。（三）迫 《唐诗纪事》作“逼”。（四）将 《唐诗纪事》作“方”。（五）童儿 《唐诗纪事》作“儿童”。（六）少 《唐诗纪事》作“小”。

山中作

栖隐非别事（一），所愿离风尘。不辞城邑游，礼乐拘束人。迩来归山林（二），庶事皆吾身（三）。何者为形骸，谁是智与仁。寂寞了闲事，而后知天真（四）。咳唾矜崇华（五），迂俯相屈伸。如何巢与由（六），天子不得臣（七）。

（一）非别事 《唐诗纪事》卷二二沈千运条、《文苑英华》卷一六〇、《唐文粹》卷一六下皆作“别无事”。（二）迩 《唐百家诗选》、《汉诗集成·箧中集》作“尔”。（三）庶 《汉诗集成·箧中集》作“世”。（四）而 《唐诗纪事》、《文苑英华》、《唐文粹》作“然”。（五）矜崇华 《唐诗纪事》、《唐文粹》作“惊荣华”，《文苑英华》作“矜荣华”。（六）如何 《文苑英华》作“何如”，当误。（七）得 《唐百家诗选》作“知”。

王季友诗一首

别李季友

栖鸟不恋枝，喈喈在同声（一）。行子迟出户，依依主人情。昔时双台镜，丑妇羞尔形。闭匣二千年，皎洁常独明（二）。今日照离别，前途白鬓生。

（一）在 《汉诗集成·箧中集》作“有”。（二）独 《唐百家诗选》作“犹”，当误。

于逖诗一首

忆兄弟

衰门少兄弟（一），兄弟惟两人。饥寒各流浪，感念伤我神。夏期秋未来，安知无他因。不怨别天长，但愿见尔身。茫茫天地间，万类各有亲。安知汝与我，乖隔同胡秦（二）。何时对形影（三），愤懑当共陈。

（一）少 《唐诗纪事》卷二七于逖条作“鲜”。（二）隔 《唐诗纪事》作“异”。（三）何时 《汉诗集成·箧中集》作“事”。

孟云卿五首

古乐府挽歌

草草门巷喧，涂车俨成位(一)。冥冥何得尽(二)，戴我生人意(三)。北邙路非遥(四)，此别终天地。临穴频抚棺，至哀反无泪。尔形未衰老，尔息犹童稚(五)。骨肉安可离，皇天若容易。房帷即灵帐(六)，庭宇为哀次。薤露歌若斯，人生尽如寄。

（一）涂车俨　《文苑英华》卷二一一作“车俨涂”，当误。（二）得尽　《唐诗纪事》卷二五孟云卿条作“所需”。又此句中的“冥冥”，《唐百家诗选》、《乐府诗集·相和歌辞》卷二七均作“冥寞”。（三）戴　《唐百家诗选》作“载”。（四）北邙路非遥　《唐诗纪事》作“此去路非远”，《文苑英华》、《乐府诗集》均作“北邙路非远”。（五）息　《文苑英华》作“色”。（六）房帷即灵帐　《唐诗纪事》作“房帐即虚张”，《乐府诗集》作“房幄即虚张 ”。

今别离(一)

结髮生别离(二)，相思复相保。如何日已远，五变中庭草(三)。渺渺天海途，悠悠吴江岛。但恐不出门(四)，出门无远道。远道行既难，家贫衣裳单(五)。严风吹积雪，晨起鼻何酸。人生为有志(六)，岂不怀所安(七)。分明天上日，生死誓同观。

（一）今别离　《汉诗集成·箧中集》作“今离别”，《乐府诗集·杂曲歌辞》卷七二作“古别离”。（二）别离　《文苑英华》卷二〇二作“离别”。（三）中庭　《唐诗纪事》卷二五孟云卿条、《文苑英华》、《乐府诗集》皆作“庭中”。（四）恐　《唐诗纪事》、《文苑英华》作“惧”，当误。（五）裳　《唐百家诗选》、《唐诗纪事》、《乐府诗集》均作“服”，《文苑英华》作“正”。（六）人生　《文苑英华》作“生人”。（七）所　《唐诗纪事》作“尔”。

悲哉行

孤儿去慈亲，远客丧主人(一)。莫吟辛苦曲，此曲谁忍闻(二)。可闻不可见，去去无形迹。行人念前程，不待参辰没(三)。朝亦常苦饥，暮亦常苦饥(四)。飘飘万馀里(五)，贫贱多是非。少年莫远游，远游多不归(六)。

（一）远　《唐诗纪事》卷二五孟云卿条作“孤”。（二）谁　《四库全书》作“难”。（三）辰　《汉诗集成·箧中集》作“晨”，当误。(四)常　此两句中的“常”在《文苑英华》卷二一一中均作“恒”。(五)馀里　《唐诗纪事》作“里馀”。(六)此二句中的“远游”《唐诗纪事》均作“远行”。

古别离(一)

朝日上高台，离人愁秋草。如见万里人，不见万里道。含酸欲谁诉，转转伤怀抱(二)。君行本迢远(三)，苦乐良难保(四)。宿昔梦同衾，心忧梦颠倒(五)。结发年已迟，征行去何早。寒暄有时谢，憔悴亦难好。人皆算年寿(六)，死者何曾老。少壮无见期(七)，水深风浩浩。

(一)别离　《唐诗纪事》卷二五孟云卿条作“离别”。(二)含酸欲谁诉，转转伤怀抱。此二句在《唐诗纪事》与《文苑英华》卷二〇二、《乐府诗集·杂曲歌辞》卷七一中同“君行本迢远，苦乐良难保。宿昔梦同衾，心忧梦颠倒”颠倒。(三)迢　《唐百家诗选》、《唐诗纪事》、《文苑英华》、《乐府诗集》皆作“遥”。(四)良　《唐诗纪事》、《文苑英华》作“诚”。(五)梦　《唐百家诗选》作“转”。(六)算　《唐人选唐诗八种·箧中集》、《随庵徐氏丛书》、《汉诗集成·箧中集》均作“美”。(七)见　《唐诗纪事》、《文苑英华》作“会”。

伤怀赠故人

稍稍晨鸟翔(一)，淅淅草上霜。人生早艰苦，寿命恐不长。二十学已成，三十名不彰。岂无同门友，贵贱易中肠。驱马行万里，悠悠过帝乡。幸因弦歌末，得上君子堂。众乐互喧奏，独子備笙簧(二)。坐中无知音，安得神扬扬。愿因高风起，上感白日光。

(一)稍稍　《唐诗纪事》卷二五孟云卿条作“悄悄”。(二)子備　《唐诗纪事》作“余被”，当误。

张彪三首

神仙

神仙可学无，百岁名大约。天地何茫茫，人间半哀乐。浮生亮多惑，善事翻为恶。争先等驰驱(一)，中路苦瘦弱(二)。长老思养寿，后生笑寂寞。五谷非长年，四气乃灵药。列子何必待，吾心满寥廓。

(一)驰驱　《汉诗集成·箧中集》作“驱驰”，《唐诗纪事》卷二三张彪条作“驰逐”　(二)苦　《汉诗集成·箧中集》作“若”，当误。

北游还酬孟云卿(一)

忽忽望前事，志愿能相乖。衣马久羸弊，谁信文与才。善道居贫贱，洁服蒙尘埃。行行无定心，壈坎难归来(二)。慈母忧疢疹(三)，至家念栖栖(四)。与君宿姻亲(五)，深见中外怀。俟余惜时节(六)，怅望临高台。

(一) 诗题在《文苑英华》卷二四四为《北游还酬孟云卿见寄》。(二) 壈坎 《文苑英华》作坎壈。(三) 疢 《唐诗纪事》卷二三张彪条、《文苑英华》作“疾”。(四) 至家念栖栖 《唐诗纪事》作“家室”,《唐百家诗选》作“室家”，又此句中的“栖栖”《唐百家诗选》、《唐诗纪事》皆作“栖哀”,《文苑英华》作“家室念低摧”或“室家念栖徊”。(五) 宿 《文苑英华》作“夙”。(六) 余 《文苑英华》作“予”。

古别离(一)

别离无远近(二)，事欢情亦悲。不闻车轮声，后会将何时？去日忘寄书，来日乖前期。纵知明当返(三)，一息千万思(四)。

(一) 此诗在《文苑英华》卷二〇二、《乐府诗集·杂曲歌辞》卷七二均为赵微明诗，其余各本均认为是张彪的作品。(二) 别离 《文苑英华》、《乐府诗集》作“离别”。(三) 返 《文苑英华》、《乐府诗集》作“还”。(四) 息 《乐府诗集》作“夕”。

赵微明一首

回军跛者

既老又不全，始得离边城。一枝假枯木，步步向南行。去时日一百，来时一月程(一)。常恐道路旁(二)，掩弃狐兔茔(三)。所愿死乡里，到日不愿生。闻此哀怨词(四)，念念不忍听。惜无异人术，倏忽具尔形。

(一) 一月程 《唐人选唐诗八种·箧中集》、《汉诗集成·箧中集》均作“月一程”，当从“月一程”。谓去时强壮，三月即到，归来年迈，一月方行一程。此处形容士兵年老体衰，身体残疾，行走缓慢，当从“月一程”。(二) 旁 《唐百家诗选》、《唐诗纪事》卷二七赵微明条作“傍”。(三) 狐 《随庵徐氏丛书》作“孤”，当误。(四) 词 《唐百家诗选》作“调”。

第五节 《箧中集》的文学思想

鲁迅先生曾说："凡选本，往往能比所选各家的全集或选家自己的文集更流行，更有作用。册数不多，而包罗诸作，固然也是一种原因，但还在近则由选者的名位，远则凭古人之威灵，读者想从一个有名的选家，窥见许多有名作家的作品。"而且"选本可以借古人的文章，寓自己的意见。博览群籍，采其合于自己意见的为一集"①。可见，选本是借他人之酒杯，浇自己之块垒，是特殊的文学批评形式，元结编辑的《箧中集》便是这样的选本。

《箧中集》是元结人生追求与文学思想的集中表现。元结生长于开元盛世，接受的是正统的儒家教育，有完美的政治抱负与人格追求，表现在选本中就是对人品的推崇。元结所处的时代，是众星璀璨的辉煌时期，孟浩然、王维、高适、岑参、李白、杜甫等名家辈出，但这些代表中国古典诗歌最高成就的一流诗人却无一入选《箧中集》。尤其是杜甫，《箧中集》编选之时，"安史之乱"已爆发六年，此时杜甫的创作出现飞跃，逐渐形成自己的风格，并且表现出明显的写实倾向，与《箧中集》风格吻合，但同样没有任何诗篇入选。比较而言，元结选取的是游离于主流之外的较为另类的诗人。之所以出现这种情况，其中一个重要原因就是元结对人品的重视超过了对诗作本身的关注，这与元结本人的经历、追求密切相关。元结首次应举就遭遇骗局，尚未入仕就已对官场的尔虞我诈、社会的污浊黑暗深有体会，所以他全身远害，归隐乡间，表现出孤傲高洁的品质。同时从元结平生结交的元德秀、颜真卿、孟彦深等人的清廉耿介也可看出元结的人品。元结于乾元三年编选《箧中集》时，七位诗人无一及第，他们出身贫寒，困顿不遇，是处于社会底层的知识分子，是在盛世光芒掩盖下的失意者，"众乐互喧奏，独子备笙簧。"② 表明他们与主流社会的格格不入。但当时其他诗人如才高八斗的李白尚且"高冠佩雄剑，长揖韩荆州"③，在毛遂自荐的时候吹捧恭维韩朝宗道："生不用万户侯，但愿一识

① 鲁迅：《鲁迅全集》卷七，第138页。

② 孟云卿：《伤怀赠故人》，《全唐诗》卷一五七，第1607页。

③ 李白：《忆襄阳旧游赠马少府巨》，李白著，王琦注：《李太白全集》卷一〇，第520页。

韩荆州”①。杜甫更有阿谀奉承、巴结权贵之嫌，“朝扣富儿门，暮随肥马尘。残杯与冷炙，到处潜悲辛”②，而王维、高适这些老于官场的诗人已经飞黄腾达，真可谓“长安名利地，此兴几人知”③？但《箧中集》七人无论是在自己的诗篇，还是在与别人的赠答之作中，流露出的都是孤芳自赏的高洁姿态，有奔走之苦，无奉承之嫌，所以他们为当权者所厌弃，被权贵社会抛弃，但他们依旧奉行儒家“用之则行，舍之则藏”④ 的传统，入仕无人赏识就归隐山野，这与元结的耿直有相通之处，引起共鸣，所以元结为这些名不见经传的小人物特地编选一本诗集，寄予自己的人生理想，使他们能够流芳百世。下面主要探讨元结在《箧中集》中所要表现的文学思想。

一 复古思想

复古是《箧中集》最明显的特点。《箧中集》选录沈千运、王季友、于逖、孟云卿、张彪、赵微明、元季川七人诗二十四首，均为五言古诗，无一例外。而《全唐诗》七人存诗共四十八首，其中沈千运五首，《箧中集》少《古歌》一首，此诗虽为五绝，但不讲平仄，属古体诗范畴。王季友诗十一首，少九首，其中《玉壶冰》当为贞元间王季友作，《古塞曲》为陶翰诗，此外的七首诗中五古三首，七古四首。于逖、张彪、赵微明、元季川四人诗作与《箧中集》完全相同。此外，《全唐诗》卷八八二补遗收录张彪诗一首《勒移橘栽》，亦为五言古诗。孟云卿存诗十七首，《箧中集》少十二首，其中五古八首，七古一首，五律二首，七绝一首。由此可见，七人之中只有孟云卿创作了少量近体诗，但无一入选《箧中集》，虽然七言绝句《寒食》是孟云卿的上乘之作，备受选家推崇，但因为是近体诗，元结亦不选，其他六人只写古体诗。而元结本人的诗作流传至今的共有九十七首（不包括被众多学者确定为伪作的《橘井》一首），有骚体、乐歌、四言、五言、七言等体裁，其中《补乐歌十首》、《引极三首》、《演兴四首》为骚体诗，《二风诗》大部分为模仿《诗经》的四

---

① 李白：《与韩荆州书》，李白著，王琦注：《李太白全集》卷二六，第1239页。

② 杜甫：《奉赠韦左丞丈二十二韵》，浦起龙：《读杜心解》卷一，第5页。

③ 白居易：《首夏同诸校正游开元观，因宿玩月》，白居易著，顾学颉校点：《白居易集》卷五，第93页。

④ 杨伯峻：《论语译注·述而篇第七》卷七，第68页。

言政治诗，《石鱼湖上醉歌》和《宿丹崖翁宅》为三、七杂言，以上均属古体诗范畴。此外均为五七言诗，其中七言诗十首，五言诗五十八首，五七言诗中有相当一部分效仿民歌体，如七言《欸乃曲》、五言《漫歌八曲》，在内容和风格上均带有浓厚的民歌色彩，基本可以看作民歌。此外只有《石宫四咏》为五言绝句，但《石宫四咏》在声律方面并不完全符合近体诗的严格要求，只能勉强算作五绝，剩余的均为古体诗。由此可知，元结几乎没有近体诗的创作，诗歌之中五言古诗数量最多，成就最高。

可见元结与《箧中集》七位诗人趣味相投，都对高古典雅的五言古诗有特殊偏好。然而此时近体诗的创作已经蔚然成风，面对律诗这种成熟在唐代的新诗体，元结不但不予以肯定，反而极力抵制，不仅自己不作律诗，也不欣赏别人作律诗，并认为律诗的出现败坏了世风诗风，编辑《箧中集》时无视近体诗的辉煌成就，独辟蹊径，弃大家名家于不顾，仅选择只作古体诗的诗人，即使这些诗人偶有近体诗的创作，他也弃之不顾，只选五言古体诗，成为唐人选唐诗中较为特殊的一种。正如《四库全书》的评价："其诗皆淳古淡泊，绝去雕饰，非惟与当时作者门径迥殊。"① 那么元结为何偏偏选择古体诗，轻视甚至排斥近体诗呢？这就是其挚友颜真卿在《唐故容州都督兼御史中丞本管经略使元君表墓碑铭并序》中对元结的评价："君，其心古，其行古，其言古。"② 元结毕生推崇古道，文学创作偏好五古，对后来产生的七言也不甚在意，对近体诗更是一概否定，这似乎与潮流背道而驰，但却与元结固有的追求一脉相承，充分体现了元结的复古思想。同时需要指出的是元结的复古思想并不是孤立的，而是融入有唐一代的复古思潮之中，并成为这一朝流的重要组成部分。

唐代是中国历史上最为辉煌的时代，兼容并包，开放繁荣，但唐代的复古思想却掀起了一次又一次的高潮，最终影响了唐文学的发展走向。唐朝建立初期，统治者面对"隋季版荡，庠序无闻，儒道坠泥涂，诗书填坑穽"③ 的混乱情形，急切希望整顿颓局，巩固新生政权。而儒学思想从汉代开始便成为统治的根基与工具，所以在最高统治者的提倡下，唐朝首先

① 《文渊阁四库全书总目》卷一八六，第5册，第7页。

② 董诰等：《全唐文》卷三四四，第3495页。

③ 刘昫等：《旧唐书》卷一八九上，第4953页。

兴起了儒学的复古。唐太宗推崇儒学，在继位当年（武德九年）十二月就诏立孔子后人孔德伦为褒圣侯，并命虞世南撰写《孔子庙堂碑》，以示尊重。贞观二年，他对侍臣说："朕今所好者，惟在尧、舜之道，周、孔之教，以为如鸟有翼，如鱼依水，失之必死，不可暂无耳。"①

太宗热情提倡儒学，围绕在太宗周围的馆阁重臣如魏徵、令狐德棻、李百药等均是信奉儒家的正统文士。魏徵在《隋书·儒林传》序中说："儒之为教大矣，其利物博矣！笃父子，正君臣，尚忠节，重仁义，贵廉让，贱贪鄙，开政化之本源，鉴生民之耳目，百王损益，一以贯之。虽世或污隆，而斯文不坠，经邦致治，非一时也。涉其流者，无禄而富，怀其道者，无位而尊。"② 魏徵的观点代表了官方对儒学的评价与态度。同时太宗朝修订《齐书》、《梁书》、《陈书》、《周书》、《隋书》诸史，而中国史学的传统便是弘扬儒学，史书的编撰更加推动了儒学的发展。其后的唐玄宗整顿佛道，尊儒崇礼，选贤任能，缔造辉煌大国。经过几代明君贤相的提倡弘扬，唐朝迎来了儒学的复兴，并在儒学的推动下出现了"贞观之治"、"开元盛世"的繁荣局面。而且使得风气翕然尊古，涌现出大批文德并重的儒生，他们名满天下，从学者甚众，有相当一部分生长于开天之际的青年士子便是在他们的教养熏陶下成长起来的。这批士子成长于盛世，充满了昂扬乐观、慷慨激进的建功立业愿望，但他们生不逢时，在即将登上仕途的时候却碰上开元末的转折年头，开元二十二年（七三四）口蜜腹剑的李林甫上台，排斥李适之、韦见素等贤能大臣，先后制造了韦坚、杜有邻、杨慎矜等冤狱，使得朝臣明哲保身，言路堵塞。开元二十八年（七四〇），杨玉环以女道士之名入宫，天宝四载（七四五）册立为贵妃，至此，唐玄宗在内政外交上全面腐化堕落，由励精图治的明主转为骄奢淫逸的昏君。面对黑暗污浊的现实，这批成长于开天盛世的青年儒生产生了难以平复的失落感，他们有的愤世嫉俗，奋起反抗，如萧颖士，有的心灰意冷，隐居山野，如李华。尤其是"安史之乱"的爆发，彻底摧毁了大唐王朝的辉煌，展现在眼前的是一幅道德沦丧、满目疮痍、苟延残喘的病态社会。"开天盛世"与"安史之乱"的天壤之别使他们产生了强烈的忧患意识，他们认为这是儒学败坏的表现，只有重振儒学，发扬讽刺批

① 吴兢撰，谢保成集校：《贞观政要集校》卷六，中华书局 2003 年版，第 331 页。

② 魏徵、令狐德棻：《隋书》卷七五，第 1705 页。

判的优良传统，才能净化社会。所以虽然仕途淹蹇，具体经历各不相同，但他们的精神追求却是一致的，那就是崇儒复古，这突出地反映在他们的文章中，同时也体现在他们的诗歌中。

元德秀是这一人群中较为特殊的一位，也是颇受同代和后代敬仰的一位，他以“才行第一，进士登科”①。为人刚正质朴，为官清正廉明，“奉亲孝，居丧哀，抚孤仁，徇朋友之急，莅职明于赏罚。终生贫，而乐天知命焉。”② 近乎僵化地恪守儒家辞章，并且依照商周经典重新创作唐代乐舞《破阵乐》。元德秀德高望重，以卓行闻名当世，“房琯每见德秀，叹息曰：‘见紫芝眉宇，使人名利之心都尽。’”③ 元德秀的弟子元结对他更是推崇备至，称赞道：

> 元大夫生六十余年而卒，未尝识妇人而视锦绣，不颂之，何以戒荒淫侈靡之徒也哉？未尝求足而言利，苟辞而便色，不颂之，何以戒贪猥佞媚之徒也哉？未尝主十亩之地，十尺之舍，十岁之童，不颂之，何以戒占田千夫，室宇千柱，家童百指之徒也哉？未尝皂布帛而衣，具五味而食，不颂之，何以戒绮纨粱肉之徒也哉？④

元德秀虽然没有文章诗歌流传下来，但他崇儒复古、安贫乐道的鸿儒形象超越了自己所处的时代，成为这一集团的精神领袖，照耀当代和后世的青年，在他们的身上留下深深的烙印。元结的为官为人、出处进退与元德秀如出一辙便是明证。

与元德秀亦师亦友的萧颖士，是这一集团的主帅。李华《三贤论》称：“元之志行，当以道纪天下。刘之志行，当以六经谐人心；萧之志行，当以中古易今世。”⑤ 可见萧颖士与元德秀并称当世，且萧颖士对元德秀尊崇有加，在《重阳日陪元鲁山德秀登北城瞩对新霁因以赠别时元兄屡有挂冠之意》中将元德秀比作当代的陶渊明：“彭泽兴不浅，临风动归心。

---

① 李华：《元鲁山墓碣铭并序》，《全唐文》卷三二〇，第3249页。

② 李华：《三贤论》，《全唐文》卷三一七，第3214页。

③ 欧阳修、宋祁：《新唐书》卷一九四，第5564页。

④ 元结：《元鲁县墓表》，元结著，孙望校：《元次山集》卷六，第82—83页。

⑤ 董诰等：《全唐文》卷三一七，第3214页。

赖兹琴堂暇，傲睨倾菊酒。”[①] 并流露出追随元德秀归隐山林的想法，可见元德秀对萧颖士的生活态度、思想追求均有深刻影响。

萧颖士开元二十三年进士及第，对策第一，天宝初年补授秘书正字，奉使括遗书赵、卫间，淹久不报，为有司弹劾，留客濮阳，学者皆从授业，名播天下，号曰“萧夫子”。萧颖士疾恶如仇，锋芒毕露，遭到李林甫的嫉恨打击，以致才华横溢却仕途淹蹇。萧颖士在文章中推崇上古文学，表露出强烈的复古思想：“仆平生属文，格不近俗，凡所拟议，必希古人。魏晋以来，未尝留意。”[②] 这也体现在他的诗歌创作中，萧颖士存诗一卷，共四十一首，其中《江有枫》一篇十章，《菊荣》一篇五章，《凉雨》一章，《有竹》一篇七章，《江有归舟》三章，共二十六首，均为四言诗，占百分之六十四点三。除《凉雨》外，都采用组诗形式，诗前有序言，或托物言志或借物起兴，抒发自己怀才不遇的愤慨，从内容和形式上都有明显的模仿《诗经》的痕迹，是其复古思想的体现。他的五言诗也大都为古体诗，不调平仄，语言古朴典雅。“隆古日以远，举世丧其淳。”[③] 表现对世风日下，人心不古的痛惜。萧颖士以激进的方式反抗世俗，对抗近体诗，同时四处漂泊的生涯使他桃李满天下，其弟子继承他的衣钵，并将其发扬光大，成为天宝年间复古的生力军。

与萧颖士并称天下的是李华，他旷达谨慎，累中进士、宏辞科，迁监察御史。天宝十一载，因弹劾宰相杨国忠党羽未果而遭打击迫害，继而在“安史之乱”中为叛军所虏，接受伪职，“不能完节，又不能安亲”[④]，晚节不保的污点令李华追悔莫及，心灰意冷，终老山野。李华同样推崇儒学的教化作用：“化成天下，莫尚乎文。文之大司，是为国史，职在褒贬惩劝，区别昏明。”[⑤] 孤独及评价李华曰：

> 天宝中，公与兰陵萧茂挺、长乐贾幼几勃焉复起，振中古之风，以宏文德。公之作本乎王道，大抵以五经为泉源，抒情性以托讽。然

① 彭定求等：《全唐诗》卷一五四，第1595页。

② 萧颖士：《赠韦司业书》，《全唐文》卷三二三，第3276页。

③ 萧颖士：《过河滨和文学张志尹》，《全唐诗》卷一五四，第1595页。

④ 欧阳修、宋祁：《新唐书》卷二〇三，第5776页。

⑤ 李华：《著作郎厅壁记》，《全唐文》卷三一六，第3204页。

后有歌咏，美教化，献箴谏，然后有赋颂，悬权衡以辩天下公是非，然后有论议，至若记序、编录、铭鼎、刻石之作，必采其行事以正褒贬。非夫子之旨不书，故风雅之指归，刑政之本根，忠孝之大伦，皆见于词，于时文士驰骛，飚扇波委。二十年间，学者稍厌折杨皇荂，而窥咸池之音者什五六。识者谓之文章中兴，公实启之。①

可见，李华是一个典型的正统知识分子，他肯定儒家功利的文学观，这在诗歌中亦有表现。李华存诗二十九首，宣扬儒家的伦理道德，要求充分发挥诗歌的教化规讽作用。如《杂诗六首》咏严子陵，颜回等古圣先贤，对趋炎附势、黑白颠倒的现实社会有强烈的愤慨。《咏史十一首》其六："何为汉武帝，精思遍群山。糜费巨万计，宫车终不还。苍苍茂陵树，足以戒人间。"② 以古喻今，讽刺唐玄宗晚年追求长生不老的荒唐行径。李华关心社会风气，为儒教沦丧、世风日下而痛心，他认为士人不择手段追求功名利禄是造成天下大乱的重要原因，而拯救士人、净化社会的良药就是振兴儒学。

此外，尚有与萧颖士、李华同榜进士及第的贾至，他坚持以儒学教化天下，独孤及在《祭贾尚书文》中说：

综覈微言，揭厉孔门，匪究枝叶，必探本根，高论拔俗，精义入神，誓将以儒，训齐斯民，文章陵夷，郑声夺伦，兄于其中，振三代风，复雕为朴，正始是崇，学者归仁，如川朝宗，六义炳焉，自兄中兴。③

指出崇儒复古是贾至的根本追求。贾至认为造成"禄山一呼而四海震荡，思明再乱而十年不复"④ 的大动荡局面都是因为"末学之驰骋，儒道之不举"⑤。儒道的兴废关系着国家的安危，"今试学者以帖字为精通，不穷旨义，岂能知迁怒贰过之道乎？考文者以声病为是非，唯择浮艳，岂能

---

① 独孤及：《检校尚书吏部员外郎赵郡李公中集序》，《全唐文》卷三八八，第3946页。

② 李华：《咏史十一首》，《全唐诗》卷一五三，第1587页。

③ 独孤及：《祭贾尚书文》，《全唐文》卷三九三，第4001页。

④ 刘昫等：《旧唐书》卷一一九，第3433页。

⑤ 同上书，第3432页。

知移风易俗化天下之事乎？是以上失其源而下袭其流，波荡不知所止，先王之道，莫能行也。”① 历经“安史之乱”，只有通过倡导儒学复兴来整顿纲纪，才能重新恢复统治秩序。贾至的诗歌亦符合儒家“乐而不淫，哀而不伤”② 的传统，存诗一卷，共四十六首，擅长运用比兴手法表达委婉含蓄的感情。如《寓言二首》其一：

春草纷碧色，佳人旷无期。悠哉千里心，欲采商山芝。叹息良会晚，如何桃李时。怀君晴川上，伫立夏云滋。③

当时贾至贬谪岳州，此诗借男女之情喻君臣遇和，以闺中少妇思念远行不归的丈夫，抒发自己对君王的思念。另有《长门怨》：

独坐思千里，春庭晓景长。莺喧翡翠幕，柳覆郁金堂。舞蝶萦愁绪，繁花对靓妆。深情托瑶瑟，弦断不成章。④

借司马相如为陈皇后写《长门赋》的宫怨体裁，抒发思归思君之情。贾至诗歌多为五言，多继承《诗经》的比兴、《楚辞》的象征传统，诗歌中时刻闪现他的复古追求。此外尚有颜真卿等人也是这一集团的重要代表。

天宝十二三年间，元结与萧门弟子陆续登上政坛，儒学复古再次掀起新的高潮，这其中影响最大的莫过于元结。元结虽然不是萧门弟子，与萧颖士也无甚交往，似乎游离于此派之外，但实际上二人的思想、立场、作风均极相似，又有共同的朋友，至少有间接的联系，当属于同一文学阵营。且元结耿直的个性，偏激的文学追求与萧颖士也颇为相类。萧颖士“贬恶太亟，奖能太重”⑤，公然与李林甫作对，作《伐樱桃赋》讽刺李林甫尸位素餐，排斥异己，陷害忠良的丑恶行径，并明确表示自己要铲奸除恶，主持公道。而元结对李林甫批判的大胆程度与萧颖士相比有过之而无

① 刘昫等：《旧唐书》卷一一九，第3432页。
② 杨伯峻：《论语译注·八佾篇第三》，第30页。
③ 彭定求等：《全唐诗》卷二三五，第2593页。
④ 同上书，第2594页。
⑤ 李华：《三贤论》，《全唐文》卷三一七，第3214页。

不及，他在《喻友》中说："贵不专权，罔惑上下，贱能守分，不苟求取，始为君子。因喻乡人，得及林甫。"① 虽然表面是在劝诫同乡要固操守节，不要趋炎附势，实则矛头直指李林甫，对权倾朝野的李林甫充满鄙夷与唾弃。萧颖士在文章中推崇上古文学，表露了强烈的复古思想，《江有归舟》序曰："文也者，非云尚形似，牵比类，以局夫俪偶，放于奇靡。"② 元结在《箧中集》序中亦称："近世作者，更相沿袭，拘限声病，喜尚形似，且以流易为辞，不知丧于雅正。"③ 与萧颖士的主张如出一辙。元结与萧颖士虽然年岁相当，但出仕较迟，当属晚辈，是天宝年间儒学复古的领袖。他继承元德秀、萧颖士的复古传统，作《补乐歌》十首，赞美传说中的伏羲氏、神农氏、轩辕氏、少昊氏、颛顼氏、高辛氏、陶唐氏、有虞氏、有夏氏、有殷氏十位贤君，歌颂他们爱民如子，解除人民苦难，提高人民生活水平的功绩。如《网罟》：

吾人苦兮，水深深。网罟设兮，水不深。吾人苦兮，山幽幽。网罟设兮，山不幽。④

此诗写得生动形象，通过对比，将伏羲氏发明网罟之后先民打猎捕鱼的轻松与乐趣表现得淋漓尽致。

此外，元结更加重视发扬诗歌改良社会、批判现实的传统。他认为诗歌的作用就是针砭时弊，劝谏人生，有补于世，这正是对《毛诗大序》"情发于声，声成文谓之音。治世之音安以乐，其政和；乱世之音怨以怒，其政乖；亡国之音哀以思，其民困。故正得失，动天地、感鬼神，莫近于诗。先王以是经夫妇、成孝敬、厚人伦、美教化、移风俗"⑤ 的继承，重新将诗歌与政治、伦理密切联系起来，发扬诗为礼教服务的传统，并且身体力行，将讽喻贯穿在自己的作品中。

故所为之文，多退让者，多激发者，多嗟恨者，多伤闵者，其意

---

① 元结著，孙望校：《元次山集》卷四，第52—53页。
② 彭定求等：《全唐诗》卷一五四，第1594页。
③ 元结著，孙望校：《元次山集》卷七，第100页。
④ 元结著，孙望校：《元次山集》卷一，第1页。
⑤ 阮元校刻：《十三经注疏·毛诗正义》卷一，第270页。

必欲劝之忠孝，诱以仁惠，急于公直，守其节分，如此非救时劝俗之所须者欤。[①]

如《二风诗》，元结在序中明确指出写作目的："吾欲极帝王理乱之道，系古人规讽之流。"[②] 诗中赞美至仁（尧）、至慈（舜）、至劳（禹）、至正（殷宗）、至理（周成）的五位开明君主的励精图治，批判至荒（太康）、至乱（夏桀）、至虐（殷纣）、至惑（周幽）、至伤（周赧）的昏暴之君的荒淫误国，爱憎分明，表明"忧劳可以兴国，逸豫可以亡身"[③] 的道理。而尧、舜、禹等上古贤君是元结理想中的皇帝，他渴望当今圣上能够以贤君为榜样，以暴君为警戒。在《闵荒诗》中元结严厉批判隋炀帝的奢侈享乐，劳民伤财，诗末点明"嗟嗟有隋氏，惛惛谁与俦"[④]，实则讽刺唐玄宗的荒淫残暴。《陇上叹》"父子忍猜害，君臣敢欺诈"[⑤]，更是唐玄宗在同一日赐死三位皇子的真实写照。

元结在宣扬教化，追求雅正的同时，还大力推崇"采诗说"。"采诗"是古老的下达上情的方式，源于班固的《汉书·艺文志》：

诗言志，歌咏言。故哀乐之心感，而歌咏之声发。诵其言谓之诗，咏其声谓之歌。故古有采诗之官，王者所以观风俗，知得失，自考正也。[⑥]

采诗制度力图充分发挥诗歌的认识作用，使之为统治者的政治服务，《诗经》的成书与"采诗说"有一定关系。随着社会的发展，采诗制度逐渐衰落，唐代的统治达到很高水平，采诗制度几近消失，而元结却将其重新提出，反复申明采诗的重大意义，并在诗作中屡次提到"采诗观志"。在《舂陵行》序中指出"此州是舂陵故地，故作舂陵行以达下情"[⑦]，并

① 元结：《文编序》，元结著，孙望校：《元次山集》卷一〇，第154—155页。
② 元结：《二风诗论》，元结著，孙望校：《元次山集》卷一，第10页。
③ 欧阳修撰，徐无党注：《新五代史》卷三七，中华书局1974年版，第397页。
④ 元结：《闵荒诗》，元结著，孙望校：《元次山集》卷二，第18页。
⑤ 元结：《陇上叹》，元结著，孙望校：《元次山集》卷二，第19页。
⑥ 班固：《汉书》卷三〇，第1708页。
⑦ 元结：《舂陵行》，元结著，孙望校：《元次山集》卷三，第34页。

说："何人采国风，吾欲献此辞。"① 在《贼退示官吏》序中亦说："故作诗一篇，以示官吏。"② 此外尚有《农臣怨》："谣颂若采之，此言当可取。"③《酬孟武昌苦雪》："不能救时患，讽喻以全意。"④《春陵行》："何人采国风，吾欲献此辞。"⑤《题孟中丞茅阁》："请达谣颂声，愿公且踟蹰。"⑥ 元结肯定儒家的功利文学观，强调诗歌的讽喻作用，要求充分发扬《诗经》的美刺教化传统。他对上古文学以及儒家经典不只是赞赏，更是迷恋，这影响了他的审美态度，限制了他的视野，使他逐步走向偏激。从萧颖士的"君以为六经之后，有屈原、宋玉，文甚雄壮，而不能经。厥后有贾谊，文词最正，近于理体。枚乘、司马相如，亦瑰丽才士，然而不近风雅。扬雄用意颇深，班彪识理，张衡宏旷，曹植丰赡，王粲超逸，嵇康标举，此外皆金相玉质，所尚或殊，不能备举。左思诗赋，有雅颂遗风；干宝著论，近王化根源。此后敻绝无闻焉"⑦。到李华的"夫子之文章，偃商传焉；偃商殁而孔伋、孟轲作，盖六经之遗也。屈平、宋玉，哀而伤，靡而不返，六经之道遯矣。论及后世，力足者不能知之，知之者力或不足，则文义寖以微矣"⑧。再到元结的"风雅不兴，几及千岁，溺于时者，世无人哉。呜呼！有名位不显，年寿不终，独无知音，不见称颂，死而已矣，谁云无之。近世作者，更相沿袭，拘限声病，喜尚形似，且以流易为辞，不知丧于雅正"⑨。逐步走向狭隘，复古思想越来越彻底，他们否定的不仅是屈、宋、扬、马，更是魏晋六朝，并及唐代当世的文学。这就与初唐四杰开创，陈子昂发展，李白、杜甫大力推动的通达广泛的风雅追求有了明显的差别，他们是对开元、天宝年间极度繁荣的文学创作的否定，表现出对纯正狭义的儒家风雅传统的回归，是极端复古主义的表现。

---

① 元结：《春陵行》，元结著，孙望校：《元次山集》卷三，第 35 页。
② 元结：《贼退示官吏》，元结著，孙望校：《元次山集》卷三，第 35 页。
③ 元结：《农臣怨》，元结著，孙望校：《元次山集》卷二，第 21 页。
④ 元结：《酬孟武昌苦雪》，元结著，孙望校：《元次山集》卷二，第 30 页。
⑤ 元结：《春陵行》，元结著，孙望校：《元次山集》卷三，第 35 页。
⑥ 元结：《题孟中丞茅阁》，元结著，孙望校：《元次山集》卷三，第 38 页。
⑦ 李华：《扬州功曹萧颖士文集序》，《全唐文》卷三一五，第 3198 页。
⑧ 李华：《赠礼部尚书清河孝公崔沔集序》，《全唐文》卷三一五，第 3196 页。
⑨ 元结：《箧中集序》，元结著，孙望校：《元次山集》卷七，第 100 页。

以此为基本出发点，元结否定诗歌的抒情娱乐功能，但实际情况却是乐舞非常盛行，如薛用弱在《集异记》中记载的“旗亭画壁”故事，王昌龄的《芙蓉楼送辛渐》、《长信秋词》，王之涣的《凉州词》、高适的《哭单父梁九少府》均被歌伎伶人传唱，可见当时风气之盛。再如王维的《渭城曲》是他送友人到安西任职而作，后被配上音乐，由于曲调纯朴而富有激情，略带淡淡的愁绪，与诗歌内容契合的天衣无缝而成为千古名曲《阳关三叠》，这表明在当时文人创作被以管弦较为普遍。但元结认为只有上古乐曲才能对社会的发展有进步作用。面对流行的乐曲歌舞，他深恶痛绝，不遗余力地想要改变，他甚至创作《补乐歌》以恢复上古音乐。并在《颂东夷》中说：“尝闻古天子，朝会张新乐。金石无全声，宫商乱清浊。来惊且悲叹，节变何烦数。始知中国人，耽此亡纯朴。尔为外方客，何为独能觉。其音若或在，蹈海吾将学。”① 纯朴自然的古乐荡然无存，近世音乐败坏世风，令人沉溺其中，无法自拔，元结对东夷的羡慕与向往不言而喻。元结还在《系乐府十二首》总序中说：

古人歌咏不尽其情声者，化金石以尽之，其欢怨甚耶戏。尽欢怨之声者，可以上感于上，下化于下，故元子系之。②

表明要重振古道，发扬诗歌批判改良社会功能的决心。另有《刘侍御月夜宴会并序》：

於戏，文章道丧盖久矣，时之作者，烦杂过多，歌儿舞女，且相喜爱，系之风雅，谁道是邪。诸公尝欲变时俗之淫靡。为后生之规范。今夕岂不能道达情性，成一时之美乎。③

这种观点在《箧中集》序中表达得更为清楚明了：

然哉！彼则指咏时物，会谐丝竹，与歌儿舞女生污惑之声于私室

---

① 元结：《颂东夷》，元结著，孙望校：《元次山集》卷二，第19页。

② 元结：《系乐府十二首》，元结著，孙望校：《元次山集》卷二，第18页。

③ 元结：《刘侍御月夜宴会并序》，元结著，孙望校：《元次山集》卷三，第37页。

可矣。若今方直之士，大雅君子，听而诵之，则未见其可矣。①

元结认为唐代的音乐是淫词艳曲，不能陶冶情操，对社会的改良更是一无是处，所以极力反对。元结不仅在自己的诗歌创作中宣扬复古思想，还通过诗歌选本《箧中集》形成了一个复古流派，不仅壮大了儒学复古的声势，而且推动了中唐文学的发展与新变。

综上所述，元结的复古思想首先表现在对儒家雅正传统的追寻，以《诗经》的风雅标准来衡量所有诗歌，主张在先秦典籍中寻找归宿，将文学功利观念重新带入文坛，并试图成为主导。希望通过文学的复古，推动政治上的革新，最终恢复开天盛世的辉煌局面，是对盛唐文学全面繁荣的反思。虽然有矫枉过正、流于片面之嫌，但为中唐文学的发展开拓了新的天地。

但同时也应当看到，儒学复古发起于宫廷，最高统治者皇帝也参与其中，这就导致其有很强的功利性，以发挥诗歌改良社会、教化臣民、巩固统治的批判功能为第一要义，忽略诗歌的抒情功能，重内容，忽略形式，甚至否定形式，虽然在发扬儒学、恢复儒家传统方面取得了成就，但模糊了文学与政治的界限，曲解了文学的主要功能。且这股复古思潮的领袖大都进士及第，个别人还曾任过高官，在政治上的影响较大，使得文学沦为政治的附庸，成为宣扬儒家思想、追求复古的工具，所以这极大地限制了思路，缩小了视野。同时由于泥古太甚，无法看到新生题材的优势，以至于一概否定，成为致命弱点，使得这一派别的文学成就大打折扣。同时，由于唐代三教并重政策的推行，他们或多或少都受到了道教、佛教的影响，儒家思想居于主导地位却并不纯粹，这对该派的文学发展也造成一定障碍。

二 写实精神

“安史之乱”的爆发使社会发生了重大转折，面对这场突如其来的灾难，开天诗人再也唱不出充满浪漫情调的欢歌，走到极致的理想主义终于让位于严酷悲惨的现实。《箧中集》诗人的歌吟就是唐诗由理想转向写实的鲜明标志。《箧中集》诸诗人是处于社会底层的知识分子，“皆以正直

① 元结：《箧中集序》，元结著，孙望校：《元次山集》卷七，第100页。

而无禄位，皆以忠信而久贫贱，皆以仁让而至丧亡。”① 七人出身低微，穷困潦倒，除王季友、孟云卿曾短暂为官外，余皆皓首布衣，终生不遇。他们虽历经盛世，却遭际坎坷，沈千运、张彪、孟云卿屡试不第，于逖干谒失败，王季友的终南捷径亦不顺畅，开天盛世没有实现他们出人头地、建功立业的理想，更没有赋予他们豪迈纵逸、慷慨激昂的气魄。面对脱尽理想主义光环的现实人生，他们切身体会到生活的艰辛凄怆与人生的渺茫惨淡，于是在一片繁华安乐中唱出了灰暗消沉的不谐之音。仕途淹蹇、困顿不遇成为他们哀叹的主旋律，“二十学已成，三十名不彰。岂无同门友，贵贱易中肠。”② 同门飞黄腾达，春风得意，自己却潦倒困顿，一事无成，贵贱有别，地位悬殊，昔日好友如今只能分道扬镳。“曩游尽骞翥，与君仍布衣。岂曰无其才，命理应有时。”③ 才华横溢却无人赏识，奋斗抗争却终归徒劳，最后只能无奈地向命运低头。“有才且未达，况我非贤良。幸以朽钝姿，野外老风霜。”④ 连自己的才华能力都一并否定，更是消沉黯然，自嘲之中充溢着愤懑与抑郁。沈千运的《濮中言怀》更加惨痛：

> 圣朝优贤良，草泽无遗匿。人生各有志，在余胡不激。一生但区区，五十无寸禄。衰退当弃捐，贫贱招毁讟。栖栖去人世，迍踬日穷迫。不如守田园，岁宴望丰熟。壮年失宜尽，老大无筋力。始觉前计非，将贻后生福。童儿斯学稼，少女未能织。顾此忘知己，终日求衣食。⑤

诗人满腹牢骚，初盛唐的统治者皆以礼贤下士、唯才是举闻名后世，但自己应考干谒近十年却一无所获，年逾五旬才归隐濮上，理想幻灭，希望儿女不要重蹈覆辙，彻底否定了自己选择的人生道路，这是何等的绝望。

然而《箧中集》诸诗人原先的心绪或许并非如此，或许与同时代其他诗人一样也曾充满豪情壮志。参加科举，游历干谒，为融入大唐王朝的昌盛惬意而积极奔走，但盛世并没有给他们带来幸运与快乐，反而加深了

---

① 元结：《箧中集序》，元结著，孙望校：《元次山集》卷七，第 101 页。
② 孟云卿：《伤怀赠故人》，傅璇琮编撰：《唐人选唐诗新编·箧中集》，第 307 页。
③ 沈千运：《赠史修文》，傅璇琮编撰：《唐人选唐诗新编·箧中集》，第 302 页。
④ 于逖：《野外行》，傅璇琮编撰：《唐人选唐诗新编·箧中集》，第 304 页。
⑤ 傅璇琮编撰：《唐人选唐诗新编·箧中集》，第 302 页。

他们的失意与苦痛。历尽繁华，但繁华是别人的，自己只是旁观者、陪衬者，阅尽沧桑，却没有美好可以回忆，没有功绩可以炫耀，垂垂老矣之时，功成名就者尚可欣慰，一事无成者徒留遗憾，抱恨终身。如于逖，他是《箧中集》诸诗人中年岁较长者，主要活动在开元天宝年间，但诗歌中充满悲苦落寞，丝毫没有“盛唐气象”的慷慨激昂。李白“于公白首大梁野，使人怅望何可论”①。对于逖的皓首布衣、困顿不遇深表同情，并鼓励他道：“即知朱亥为壮士，且愿束心秋毫里。秦、赵虎争血中原，当去抱关救公子。”② 将于逖比作大智大勇的侯嬴，试图重新激发他的斗志，但于逖似乎无动于衷。独孤及亦曾安慰他道：“出处未易料，且歌缓愁容。愿君崇明德，岁暮如青松。”③ 二诗均表明于逖也曾有过雄心壮志，无奈仕途坎坷，处处碰壁，在愿望落空之后，于逖彻底绝望，此后便一蹶不振，甘愿被社会无情埋没，在愤懑抑郁中虚度残生。与于逖同时且遭际相似的尚有沈千运、赵微明等，他们也曾为改变自己的地位奋斗过，抗争过，但屡次的失败磨光了他们的锐气，扑灭了他们的热情，销蚀了他们的斗志，使他们未老先衰，从青年的奋飞激扬跨越式地步入意志消沉的中年，更有甚者直接进入万念俱灰的晚年，他们是被遗弃、被冷落、被遗忘的失意文人，身上没有留下寸丝半缕的理想主义光环。同是失意，李白豪迈激昂：“安能摧眉折腰事权贵，使我不得开心颜!”④ 充满了愤世嫉俗、不与当权者同流合污的高风亮节，而张彪却是：“衣马久羸弊，谁信文与才。善道居贫贱，洁服蒙尘埃。行行无定心，壈坎难归来。”⑤ 完全是一个垂头丧气的失败者，留下的只是悲伤凄凉与无奈苦闷。由于屡试不第，干谒失败，《箧中集》诸诗人的生活陷入困境，他们没有王维的高官厚禄，不能隐逸山林，悠悠岁月，也没有李白的财大气粗，不能挥金如土，快意恩仇，他们只能局限于个人的悲欢离合与落魄无奈，在冷落凄恻中体会另类人生。当得意者沉浸在表面的昌盛中无法自拔的时候，作为旁观者的《箧中集》诗人已经从繁荣中看到了衰败，从安定中看到了危机，并

① 李白：《留别于十一兄逖裴十三游塞垣》，李白著，王琦注：《李太白全集》卷一五，第711页。

② 同上。

③ 独孤及：《夏中酬于逖毕耀问病见赠》，《全唐诗》卷二四六，第2763页。

④ 李白：《梦游天姥吟留别》，李白著，王琦注：《李太白全集》卷一五，第708页。

⑤ 张彪：《北游还酬孟云卿》，傅璇琮编撰：《唐人选唐诗新编·箧中集》，第308页。

从自身出发开始关注下层民众的苦难，将盛世的悲伤失意带入诗歌的殿堂，最先走向写实，这也许是不自觉的宣泄，但却预示着中唐诗歌的发展走向。

《箧中集》诗人挣扎在贫困线上，对劳动人民的悲惨生活有亲身体验，诗歌充满落寞痛苦，与同时代抒写昂扬乐观的盛唐之音的诗人相距甚远。作为知识分子，《箧中集》诗人却沦落在社会的最底层，与农夫、渔夫为伍，但种田、打鱼等基本的生存能力尚不如农夫、渔夫，这就使得他们很有可能比普通人更加贫苦。王季友《寄韦子春》曰："雀鼠昼夜无，知我厨廪贫。"① 家中一贫如洗，连麻雀、老鼠都不屑光顾，颇有自嘲的意味，却饱含辛酸与痛楚。"朝亦常苦饥，暮亦常苦饥。飘飘万余里，贫贱多是非。"② 终日为衣食奔波忙碌却依然食不果腹。"儒生未遇时，衣食不自如。"③ 对于书生来说，"遇"与"不遇"有天壤之别，"遇"则锦衣玉食，"不遇"则饥寒交迫，而科举考试为中下层知识分子提供了"遇"的捷径，"朝为田舍郎，暮登天子堂"便是发迹变泰者的真实写照，但更多的失败者却无力改变现状，日益贫困。《箧中集》七人无一及第，穷苦潦倒，整日为生存劳碌，但他们有较高的文学修养。如王季友博览群书，沈千运是受到后世敬仰的文学领袖，孟云卿更是在生前就已经名满天下，他们有敏感的神经，有丰富的感情，有能力将自己的悲喜诉诸笔墨，所以他们从自身的遭遇出发实录自己的感受，抒发自己的怀才不遇、生计艰辛，并代表了一大批处于相同阶层或多或少有相似经历的人们，表现出共同的写实倾向。由于仕途失意，亲友离散，《箧中集》诗人的诗歌中没有光明，更没有未来，他们有着超乎想象的黯淡与绝望，这种连渺茫的希望都消失殆尽的人生是异常灰暗的，他们甚至后悔成为读书人。"壮年失宜尽。老大无筋力。始觉前计非，将贻后生福。"④ 在极度的生活重压下他们只能变得冷漠，变得悲观，人生是痛苦的轮回，没有能力忧国忧民，连生存都成问题，更何谈国事、天下事？所以他们的视野越来越小，生活范围也局限在很小的地域。他们的同窗、好友也有发达得意的，但却都置他

① 王季友：《寄韦子春》，傅璇琮编撰：《唐人选唐诗新编・箧中集》，第303页。

② 孟云卿：《悲哉行》，傅璇琮编撰：《唐人选唐诗新编・箧中集》，第306页。

③ 张彪：《杂诗》，傅璇琮编撰：《唐人选唐诗新编・箧中集》，第307—308页。

④ 沈千运：《濮中言怀》，傅璇琮编撰：《唐人选唐诗新编・箧中集》，第302页。

们于不顾，“久与故交别，他荣我穷居。”① 这在他们脆弱的心灵上又是致命的一击，使他们自惭形秽，从而就对自身产生了怀疑，最终否定了自己，对生活也丧失了兴趣。他们遭社会抛弃，又遭朋友遗弃，最终他们不得不也遗弃了社会，只能回到最原始最可靠的生活圈子中，这就是他们的亲人，“惟念得尔辈，时看慰朝夕。平生兹已矣，此外尽非适。”② 但可悲的是他们的兄弟姐妹也都天各一方，困苦无助。如于逖《忆兄弟》：

> 衰门少兄弟，兄弟惟两人。饥寒各流浪，感念伤我神。夏期秋未来，安知无他因。不怨别天长，但愿见尔身。茫茫天地间，万类各有亲。安知汝与我，乖隔同胡秦。何时对形影，愤懑当共陈。③

将亲情看作冷酷社会中唯一可以信赖的感情，但兄弟很少且不能经常相见令诗人倍感伤心。更有甚者，兄弟早逝，亲友丧亡，这是另一种方式的遗弃，是永生的诀别。“兄弟可为伴，空为亡者惜。冥冥无再期，哀哀望松柏。”④ 全诗弥漫着孤独凄凉，笼罩着惶惑恐惧，充分表现了兄弟阴阳相隔的苦痛。而且死亡和坟墓这些阴森恐怖的意象在《箧中集》为数不多的诗篇中屡次出现，描写出殡，描写坟墓，如孟云卿《古乐府挽歌》：

> 草草门巷喧，涂车俨成位。冥冥何得尽，戴我生人意。北邙路非遥，此别终天地。临穴频抚棺，至哀反无泪。尔形未衰老，尔息犹童稚。骨肉安可离，皇天若容易。房幄即灵帐，庭宇为哀次。薤露歌若斯，人生尽如寄。⑤

生命短促，世事难料，但身逢盛世的《箧中集》诗人并没有像李白那样激起更加强烈的建功立业的愿望，而是置身事外，冷眼旁观，一副看破红尘、参透人生的决然心态。“人生早艰苦，寿命恐不长。”⑥ “道与日

① 张彪：《杂诗》，傅璇琮编撰：《唐人选唐诗新编·箧中集》，第308页。
② 沈千运：《感怀弟妹》，傅璇琮编撰：《唐人选唐诗新编·箧中集》，第301页。
③ 同上书，第304页。
④ 同上书，第301页。
⑤ 同上书，第305页。
⑥ 孟云卿：《伤怀赠故人》，傅璇琮编撰：《唐人选唐诗新编·箧中集》，第307页。

月长，人无茅舍期。”① 所以他们的作品中没有理想，更不描写梦境，完全是现实的困顿不遇，是真实的个人遭遇，充满了人生的幻灭感。《箧中集》诗人生活在繁荣的阴影中，在意气风发的盛世社会中他们是被冷落的一群，在开元、天宝的昌盛背后，他们感受到的是人生的失望与悲苦，他们只能带着极其现实的态度看待人生。《箧中集》诗人沉浸在自我的悲哀与苦难中，感叹困顿不遇，感叹人生无常，无暇顾及他人的凄惨。但赵微明的《回军跛者》却是《箧中集》中较为特殊的一首诗：

既老又不全，始得离边城。一枝假枯木，步步向南行。去时日一百，来时一月程。常恐道路旁，掩弃狐兔茔。所愿死乡里，到日不愿生。闻此哀怨词，念念不忍听。惜无异人术，倏忽具尔形。②

此诗以小见大，以一个士兵的遭遇反映战争给广大人民带来的灾难，视野较为开阔。身心备受摧残的战士蹒跚地走在回家的路上，青春已逝，身负重伤，才得以离开军队，战争毁了他的一切，使他生不如死，全然没有高、岑边塞诗宏大的场面、昂扬的斗志和杀敌卫国的慷慨，有的只是一个普通士兵的眼泪与痛苦，以及对战争的控诉，从兵士对战争的态度上可以看出盛唐气象确实已经远去。赵微明对下层民众的关注与《箧中集》的编者元结有相通之处。元结在《箧中集》诗派中地位最为特殊，他是一位忧国忧民的政治官员，生活较为优裕，辗转各地任职，阅历丰富，视野开阔，对百姓的疾苦也颇为熟悉，较早发现并关注到农民的日益贫困。唐朝建立之初吸取隋朝农民起义的教训，采用均田制度和租庸调赋税法，在一定程度上减轻了对农民的剥削，使得国力强盛，经济繁荣，杜甫之诗：

忆昔开元全盛日，小邑犹藏万家室。稻米流脂粟米白，公私仓廪俱丰实。九州道路无豺虎，远行不劳吉日出。齐纨鲁缟车班班，男耕女桑不相失。③

---

① 元季川：《古远行》，傅璇琮编撰：《唐人选唐诗新编·箧中集》，第311页。

② 傅璇琮编撰：《唐人选唐诗新编·箧中集》，第309页。

③ 杜甫：《忆昔二首》其二，浦起龙：《读杜心解》卷二，第287页。

描绘了历经“贞观之治”、“开元盛世”后举国上下一派太平、丰衣足食、繁荣昌盛的局面。但开元二十二年李林甫入相，倒行逆施，一改对农民的让步政策，大肆搜刮掠夺农民，唐玄宗亦转向奢侈淫靡、穷兵黩武，农民在不知不觉中走向贫困。但这并没有吸引盛唐其他诗人的目光。《箧中集》诗人因为身在其中，所以最先体会到生活的每况愈下，而衣食无忧的元结能在歌舞升平的天宝初年就关注到生民的疾苦，并为其大声疾呼，确实是盛唐诗人群中的异数。元结较早地感受到社会的衰败迹象，并从理想转向现实，诗歌反映百姓的悲惨凄凉，批判官吏的横征暴敛。如《系乐府·贫妇词》：

> 谁知苦贫夫，家有愁怨妻。请君听其词，能不为酸嘶。所怜抱中儿，不如山下麑。空念庭前地，化为人吏蹊。出门望山泽，回顾心复迷。何时见府主，长跪向之啼。①

做人生不逢时，比动物还凄惨，农妇怀中的娇儿，饥寒交迫，尚且不如山下的麋鹿，而此农户并非地无一垄的最下层贫民，也已陷入绝境，那无地的农民必将更加穷苦。而此时“安史之乱”尚未爆发，统治阶级还沉浸在繁华昌盛之中醉生梦死，但社会早已是危机四伏，乱象丛生了。再如《系乐府·农臣怨》：

> 农臣何所怨，乃欲干人主。不识天地心，徒然怨风雨。将论草木患，欲说昆虫苦。巡回宫阙傍，其意无由吐。一朝哭都市，泪尽归田亩。谣颂若採之，此言当可取。②

全诗弥漫着凄风苦雨，农夫遭遇了天灾人祸，却无处倾诉，统治者的残暴冷酷由此可见一斑。元结控诉当权者的罪恶，表现下层人民苦难的写实倾向在“安史之乱”以后有了进一步的发展，并在广德二年（七六四）创作了反映民生疾苦的上乘之作《春陵行》：

---

① 元结著，孙望校：《元次山集》卷二，第20页。

② 同上书，第21页。

军国多所需，切责在有司。有司临郡县，刑法竟欲施。供给岂不忧，征敛又可悲。州小经乱亡，遗人实困疲。大乡无十家，大族命单羸。朝餐是草根，暮食是木皮。出言气欲绝，言速行步迟。追呼尚不忍，况乃鞭扑之。邮亭传急符，来往迹相追。更无宽大恩，但有迫促期。欲令鬻儿女，言发恐乱随。悉使索其家，而又无生资。听彼道路言，怨伤谁复知。去冬山贼来，杀夺几无遗。所愿见王官，抚养以惠慈。奈何重驱逐，不使存活为。安人天子命，符节我所持。州县忽乱亡，得罪复是谁。逋缓违诏令，蒙责固所宜。前贤重守分，恶以祸福移。亦云贵守官，不爱能适时，顾惟孱弱者。正直当不亏，何人采国风，吾欲献此辞。①

"安史之乱"使唐朝从巅峰跌入低谷，州县破败，村庄荒凉，十室九空，饿殍遍野，百姓衣不蔽体，食不果腹，而官府却还要雪上加霜，逼迫他们卖儿鬻女，交纳赋税，"出言气欲绝，言速行步迟。追呼尚不忍，况乃鞭扑之。"② 在一息尚存的饥民与冷酷残暴的官吏的对比中揭示"苛政猛于虎"的道理，并表达了对百姓无限怜惜的同情之心，杜甫称赞此诗"道州忧黎庶，词气浩纵横。两章对秋月，一字偕华星。"③ 高度赞扬了元结为民请命的精神。随后在《贼退示官吏》中元结更是发出了"使臣将王命，岂不如贼焉"④ 振聋发聩的声音，痛斥使臣毫无怜悯之心，尚不如山贼，对统治阶级及其鹰犬爪牙的批判犀利大胆。元结把生民在战乱中的悲惨命运和官吏的横征暴敛结合，形成既写实又兼讽喻的风格，这成为中唐文学的前奏。

《箧中集》诗派在歌舞升平的盛世唱出了低沉哀怨的悲歌，他们最先感受到大唐王朝的黑暗腐朽，并在遭遇相似的基础上形成了共同的写实倾向。元结是以旁观者的理性姿态描写百姓的流离失所，而《箧中集》七位诗人本身就是底层民众中的一员，他们能够直接感受到被繁华掩盖着的黑暗与不平，实录自己的饥寒交迫，展现自己与盛世完全迥异的凄苦人

① 元结：《舂陵行》，元结著：孙望校：《元次山集》卷三，第34—35页。

② 同上书，第34页。

③ 杜甫：《同元使君舂陵行》，浦起龙：《读杜心解》卷一，第183页。

④ 元结：《贼退示官吏》，元结著，孙望校：《元次山集》卷三，第35页。

生，成为唐代社会由盛而衰最初的歌吟，而以元结为代表的《箧中集》诗派的写实倾向也成为中唐战乱衰败文学的主流。

第六节 《箧中集》的选本意义与主体追求

一 选本意义

唐人选唐诗与唐诗同步发展，并且随着唐诗创作环境的变化呈现出明显的流变轨迹，主要表现在以下三方面。

首先，从重视前代诗歌到重视当代诗歌。刘孝孙《古今类聚诗苑》、慧净《续古今诗苑英华》等诗歌选本，高度赞扬汉魏晋宋齐梁诗歌，对唐诗选录较少且评价甚低，这是初唐诗歌处于模拟延续状态，尚未形成独特风格的表现。孙季良的《正声集》是第一部专选唐诗的选本，具有划时代的重大意义。高仲武在《唐中兴间气集序》中称："暨乎梁昭明载述已往，撰集者数家，推其风流，《正声》最备，其余著录，或未至焉。"① 高度评价《正声集》所取得的成就。顾陶在《唐诗类选序》中亦称："虽前贤纂录不少，殊途同归，《英灵》、《间气》、《正声》、《南薰》之类，朗照之下，罕有孑遗，而取舍之时，能无少误。"② 顾陶作为晚唐文人，在综观唐代选本之后仍将《正声集》视为代表，可见《正声集》当是一部较为成熟的唐诗选本。其后殷璠的《河岳英灵集》不仅开创了选评并重的体例，而且以"风骨"、"兴象"为选录标准，全面概括"盛唐气象"的本质特征，是唐人选唐诗中最受重视的选本。及至高仲武《中兴间气集》、令狐楚《御览诗》、姚合《极玄集》、顾陶《唐诗类选》、韦庄《又玄集》、韦縠《才调集》等选本都是唐诗选集，完全摆脱了汉魏六朝选学的束缚，认识到了唐诗的独特价值，推动唐人选唐诗走向繁荣。

其次，由重视古体诗到重视近体诗。近体诗在唐代出现，经过较长时间的积累探索后走向成熟，并逐渐吸引了选家的目光，使得唐人选唐诗中近体诗的数量由少到多，并最终占据主导地位，更有甚者，整部诗集全是近体诗。初唐孙季良的《正声集》虽然失传，但据《大唐新语》记载：

---

① 傅璇琮编撰：《唐人选唐诗新编·中兴间气集》，第456页。

② 董诰等：《全唐文》卷七六五，第7959页。

“后孙翌撰《正声集》，以希夷为集中之最。”[①] 以刘希夷观之，《正声集》选诗似应以五言古体为主。盛唐殷璠的《河岳英灵集》古体诗亦占绝对多数，到中唐高仲武的《中兴间气集》古体诗就成为少数，至令狐楚的《御览诗》则走向另一个极端，没有一首古体诗入选，这显然不能全面展现唐诗的风貌，有褊狭的缺陷，但它充分体现了近体诗作为新生体裁的强大生命力。唐诗选本众多，但总体来看，近体诗成为主流已经势不可当。

最后，选诗的审美取向从壮美转向精美。大唐王朝历经“贞观之治”、“开元盛世”、“安史之乱”等一系列大起大落之后彻底走向败落。社会环境翻天覆地的变化使得诗人的精神风貌随之发生巨变，诗风从慷慨激昂到气骨顿失，心态从乐观奋发到悲凄落寞。盛唐的《河岳英灵集》注重豪迈恢弘的风格，但到了晚唐，选本则演变为追求细美幽约的情致，诗风走向绮艳清丽，最终产生了韦縠多选艳情诗的《才调集》，这是诗人末世愁绪的反映，更是晚唐社会走向颓废的外化。

元结的《箧中集》作为盛唐诗歌的选本，却脱离了唐人选唐诗的发展轨迹，成为唐人选唐诗中的别调。《箧中集》只选唐诗，但这并不意味着元结认识到了唐诗取得的巨大成就。而是因为元结本人鄙视汉魏六朝文学，认为其一无是处，他追求的是更早更古老的文学——先秦文学，尤其是对上古文学的迷恋使他看不到后世文学取得的辉煌成就，阻挡了正常的审美追求，形成了浓重的厚古薄今观念。再者元结的大半生是在盛世度过的，这使他不可避免地接受当朝文学的影响，他无法回避更无法漠视唐诗取得的巨大成就。元结独特的审美取向使他从身边的唐诗出发追寻自己的远古梦想，即以唐诗为起点，在上古先秦文学中寻找归宿，这也是元结为何能够彻底跨越汉魏六朝诗歌的原因之一。可见元结编选《箧中集》表面上是对唐诗的肯定，但实际上却是对唐诗的否定。元结对汉魏六朝并及当代文学的偏见使他不可能对唐诗的独立价值有充分认识，所以《箧中集》虽然是盛唐诗选集，但从根本上说却是元结追复纯古，实现复古理想的工具，因此《箧中集》在本质上并不能简单地纳入唐人选唐诗的流变历程。

同时元结的《箧中集》是现存较为少见的只选古体诗的选本，并且他只选五言古诗，全面否定律诗，这与唐代诗歌的发展潮流背道而驰，也与唐人选唐诗近体诗替代古体诗，律诗渐受重视的趋向相反。此外，盛唐

---

① 刘肃：《大唐新语》卷八，第128页。

崇尚壮美，诗歌慷慨激昂、豪迈奔放，但元结的《箧中集》却充满人生的焦虑困顿，没有一丝半缕的壮大开阔，在盛、中转变之前，《箧中集》就已经表现出狭小的境界，关注的重心是自身的悲欢离合。同时《箧中集》既不像盛唐诗选追求壮美浑融，也不像晚唐的选本注重精美韵致，他追求的是质朴平淡。

由此来看，《箧中集》是唐人选唐诗中的异数，在选诗追求、选诗目的上与其他选本截然不同。而且《箧中集》似乎游离于主流之外，与唐代社会的发展格格不入。在复古追求、抵斥律诗方面是远远落后于时代的，但在写实倾向上又超越了时代，这是另一种形式上的落伍，所以《箧中集》虽然不是唐人选唐诗中成就最高的一部，但在某种程度上却可以说是最特殊的一部。

《箧中集》的独特性使它成为一部值得深入研究的选集。同时作为选本，《箧中集》在编辑过程中具有相当大的主观性，是元结文学主张的集中体现，而元结的选录标准受到自身学识才能、时代环境的制约，《箧中集》正是当时社会思潮与文学追求的产物。元结在《箧中集》序中指出选录宗旨并阐明自己的文学观与批评观，总括了选本的最大特色，并为整部《箧中集》定下追复纯古的基调。元结的《箧中集》与殷璠的《河岳英灵集》编纂年代相近，《河岳英灵集》据王运熙先生的考证当成书于天宝十二年（七五三），而《箧中集》编定于乾元三年（七六〇），相隔仅七年，但选诗目的与主旨相去甚远。同样都是盛唐诗歌选集，《河岳英灵集》是社会安定繁荣、文风慷慨俊逸的外化，而《箧中集》却是社会战乱动荡，士人忧患落寞的体现，其根本原因就是天宝十四年（七五五）爆发的“安史之乱”彻底改变了盛唐诗人的命运也改变了诗歌创作的走向。《箧中集》成为第一部既面对“开元盛世”又面对“安史之乱”的唐诗选本，蕴含着深沉的反思与愤懑，元结试图探寻“安史之乱”爆发的原因，为唐朝的复兴寻找出路。作为深受儒家文化熏陶的正统知识分子，元结敏锐地觉察到统治阶级的横征暴敛、骄奢淫逸是导致“安史之乱”爆发的根本原因，但儒家的忠孝观念又使他极力维护李唐王朝的统治，固执地认为儒家教义必定能够力挽狂澜，“复古”成为元结拯救社会的一剂良药，他自觉地继承讽喻传统并将其发扬光大。元结编选《箧中集》之时，“安史之乱”已爆发六年，摆在诗人面前的首要任务就是打击叛军，重建大唐盛世。《箧中集》是对尚未平定的战乱现实的反映，是元结宣扬文学为政治服务的有力工具。元结对诗歌抒发诗人独特感情及独特经历的体验都置之不顾，对诗歌本身的发展与前景也没有更多的想法，他将不同的诗人、不同的创作都统一在美刺时政上来，在自己努力实践的同时，希望找到志同道合之人，能够共同为复兴大业在思想上做准备。可见《箧中集》带有很强的时代感与浓厚的个人意识，因此研究《箧中集》对深入了解元结的文学思想以及所处的时代有重大意义。

此外，《箧中集》的编订在客观上形成了一个文学流派，并在中唐、晚唐得到进一步的发展。《箧中集》诸诗人因为元结的选本而聚集在一起，又因为元结的选本而流传千古。七位诗人除沈千运、孟云卿略有名气，王季友仕途稍显外，余皆无名无位，且诗人之间似乎并无往来。王季友与沈千运二人相识甚早，但失散多年。王季友曾与张彪共谒华岳祠，张彪与孟云卿为中表，此外七人再无相识往来的其他记载。但七人却都与元结或多或少存在联系，沈千运备受元结推重；于逖“亦与元结友善”[①]；王季友少时便与岑参、元结往来；孟云卿是元结的同乡兼好友；元季川是元结的从弟，是元结的忠实追随者。可见是《箧中集》的编写将他们聚集成一个以元结为领袖的文学团体，最终形成了《箧中集》诗派。而这七位不为人知的诗人也通过《箧中集》获得了文学声望。同时《箧中集》独特的编选体式、选录标准也为后世的选本提供范例，宋代著名文学家王安石的《唐百家诗选》第六卷全录元结《箧中集》的诗歌，就是对元结选本的肯定。

二 主体追求

《箧中集》诗派是在元结的倡导下聚合而成的一个旗帜鲜明的极端复古主义流派，是最能代表元结文学主张的诗人。《箧中集》诸人皆困顿不遇，漂泊江湖，文学影响与元结等在朝官员不可同日而语，但这并不能掩盖《箧中集》七人的个性，他们有自己的取向与追求，诗歌创作皆能自成一格，与元德秀、萧颖士、李华、贾至等人朝野互补，相辅相成，共同推动了复古思潮的向前演进。

《箧中集》的领袖当数沈千运，他以卓尔不群的诗文创作影响后世。

① 彭定求等:《全唐诗》卷二五九，第2891页。

沈千运“为诗力矫时习，一出雅正”①。“工旧体诗，气格高古。”② 沈千运的诗作已散失殆尽，现存的五首诗都是五言古诗，皆质朴淳厚，反映出沈千运的复古追求，这受到元结的推崇，他在编选《箧中集》时将沈千运置于卷首，并在序中称颂道：

> 吴兴沈千运独挺于流俗之中，强攘于已溺之后。穷老不惑，五十余年。凡所为文，皆与时异，故朋友后生，稍见师效，能似类者，有五六人。③

可见，沈千运文名较盛，堪称诗坛领袖，唐代效仿学习沈千运的人当不在少数，元结称能够继承沈千运衣钵的有五六人，至于邯郸学步者则更多。元结在诗文创作上追随沈千运，俨然以沈千运为自己的同调，其反浮艳、反华美的文学追求也可能是受到沈千运的影响。

沈千运复古思想对《箧中集》其他诗人亦有影响，王季友便是其中之一，他有《代贺若令誉赠沈千运》诗：

> 相逢问姓名亦存，别时无子今有孙。山上双松长不改，百家唯有三家村。村南村西车马道，一宿通舟水浩浩。涧中磊磊十里石，河上淤泥种桑麦。平坡冢墓皆我亲，满田主人是旧客。举声酸鼻问同年，十人六七归下泉。分手如何更此地，回头不语泪潸然。④

可见王季友与沈千运相识甚早，而沈千运年长于王季友，并且闻名诗坛，对王季友当有所触动。王季友博学多才，遵循古体，杜甫《可叹》诗称：“群书万卷常暗诵，《孝经》一通看在手。”⑤《孝经》是中国古代儒家伦理思想的经典著作，在唐代地位颇高，玄宗李隆基亲自作注，受到相当的重视。《唐才子传》亦称王季友“论必引经”⑥，可知王季友对经书

---

① 彭定求等：《全唐诗》卷二五九，第2887页。

② 傅璇琮主编：《唐才子传校笺》（第1册）卷二，第425页。

③ 元结：《箧中集序》，元结著，孙望校：《元次山集》卷七，第100—101页。

④ 王季友：《代贺若令誉赠沈千运》，《全唐诗》卷二五九，第2890页。

⑤ 杜甫：《可叹》，浦起龙：《读杜心解》卷二，第300页。

⑥ 傅璇琮主编：《唐才子传校笺》（第2册）卷四，中华书局1989年版，第128页。

相当熟悉，而他现存的诗作，无论七言还是五言均为古体，这充分表明王季友对儒家思想的信奉和上古文学特殊的偏好。

此外，于逖的复古追求也应相当浓厚，他与萧颖士、独孤及有往来，萧颖士曾在《莲蕊散赋序》中提及于逖。独孤及有《夏中酬于逖毕耀问病见赠》，此诗是独孤及为酬答于逖探病而写的，可见二人交情笃厚。萧颖士、独孤及是复古思潮的先驱，于逖与其来往，自然会受到影响，且于逖意志消沉，对当世充满绝望，而萧颖士、独孤及厚古薄今，对上古之世充满各种怀念与留恋，极易使于逖产生认同感，这从于逖的诗歌中可窥出些许蛛丝马迹。

张彪亦"工古调诗"①。

赵微明资料太少，从现存的三首诗看，诗格高古。

孟云卿、元季川是略晚于他们的诗人，受元结影响最多，复古思想较为凸显。孟云卿是古调大家，杜甫称："李陵苏武是吾师，孟子论文更不疑。一饭未曾留俗客，数篇今见古人诗。"② 仇兆鳌注曰："此怀孟云卿也。苏李吾师，此述其论诗。今见古人，此称其作诗。便知云卿诗格，独能力追西汉。"③ 可知孟云卿的复古追求。《唐才子传》亦称：

> 工诗，其体祖述沈千运，渔猎陈拾遗，词气伤怨。虽然模效才得升堂，犹未入室，当时古调无出其右，一时之英也。④

可见孟云卿古诗创作独步当时，成就卓越。张为《诗人主客图》以云卿为高古奥逸主，高仲武的《中兴间气集》称"孟君好古"⑤，众多名家对孟云卿的共同评价就是"古"，这与颜真卿对元结的评价不谋而合，而且孟云卿是元结的同乡兼好友，受元结赏识，"材业，次山不如云卿，词赋，次山不如云卿，通和，次山不如云卿。"⑥ 赞赏之情溢于言表。孟云卿是《箧中集》选诗最多的一位，可见元结对他推崇。

---

① 孙望：《箧中集作者事辑》，孙望：《蜗叟杂稿》，上海古籍出版社 1982 年版，第 193 页。

② 杜甫：《解闷十二首》其五，杜甫著，仇兆鳌注：《杜诗详注》卷一七，第 1514 页。

③ 同上。

④ 傅璇琮主编：《唐才子传校笺》（第 1 册）卷二，第 436 页。

⑤ 傅璇琮编撰：《唐人选唐诗新编·中兴间气集》卷下，第 518 页。

⑥ 元结：《送孟校书往南海》，元结著，孙望校：《元次山集》卷三，第 38 页。

元季川是七人之中年龄较小的，在天宝九载（七五〇）至天宝十一载（七五二）期间追随元结在商於山学习，主要活动在大历贞元年间。元结是元德秀道德精神的延展发扬，元季川又是元结的追随者，三人的师承关系决定了复古追求的一致性。

同时《箧中集》七人均有沦落在社会最底层的亲身经历，所以他们诗歌中充满了生活的艰辛与理想的破灭，他们远离盛唐的浪漫气息，独自品尝生活的酸涩，在自觉不自觉中走向写实。他们在理论上与萧颖士、李华等人一脉相承，在创作上素朴古雅，延续儒家“诗言志”的优良传统，虽然过于偏激，走向另一个极端，但毕竟融入了诗歌改革的潮流，并为中唐诗歌的新变提供借鉴。他们虽然与萧颖士、李华、贾至等人无甚往来，但在文学追求上却是遥相呼应，同声相应，同气相求，表明面对盛唐无以为继的文学局面，以及“安史之乱”的衰败堕落，复古是共同的时代趋求，他们共同奠定了中唐诗歌重建的理论基础，并且在其后的传承中屡有名家出现，一直延续了几十年，最终影响了韩愈、柳宗元，至晚唐皮日休效仿元结作《正乐府十篇》，成为此派复古思想的尾声。

由此可见，《箧中集》诗派虽然是在元结的倡导下形成的，但他们之间却早已表现出明显的写实倾向与复古追求，他们所在的地域不同，时间先后亦不同，但却表现出共同的忧患与哀怨，这充分说明大唐王朝的衰败景象确实已经显露，以致这批处于底层的知识分子几乎同时发出了改革弊政、追复纯古的呼声。虽然《箧中集》诸诗人当时没有得到主流社会的认可，但事实证明，“安史之乱”的爆发彻底暴露了他们早就意识到的社会弊端，并且历经乱世，他们的价值显现出来，渐渐被关注，出现了张籍、孟郊等追随者，最终由他们开创的写实成为中唐的主流，经过白居易等人的向前推进，取得了堪与盛唐诗歌相媲美的巨大文学成就。而《箧中集》七位诗人的追求与创作也壮大了元结的声势，是唐诗“由浪漫而回到平实，由天上而回到人间，由华丽而回到平淡”[①] 的真实反映，更是对“盛唐体”的冲击与反驳，《箧中集》诗派丰富了诗歌的内容，发展了复古诗派的理论，成为唐代文坛上虽不是大放异彩却不可或缺的组成部分。

---

① 胡适：《白话文学史》，第 187 页。

附 录

江夏李氏考索

——以李善家族为检讨中心

李善家族源于江夏李氏，然而年代久远世系混乱，《新唐书·宰相世系表》“江夏李氏”条舛误颇多，陈尚君先生《〈新唐书·宰相世系表〉补订二则》详加辨正，然亦有疏漏。近年出土李善家族墓志若干，多为姻亲撰写，甚为可信，现结合出土文献对江夏李氏的渊源世系、迁徙流变略作补订。

一 江夏李氏的世系

李氏为唐朝著姓，以陇西、赵郡二房最为显贵。李善一系源出赵郡，绵延千年，迁徙流变，史籍屡有记载。《北史》、《元和姓纂》、《新唐书》、《通志》、《松雪斋集》均有详细论述，惜互相矛盾，相较而言，《新唐书·宰相世系表》言之最详，更为可信。

> 李氏出自嬴姓。帝颛顼高阳氏生大业，大业生女华，女华生皋陶，字庭坚，为尧大理。生益，益生恩成，历虞、夏、商，世为大理，以官命族为理氏。至纣之时，理徵字德灵，为翼隶中吴伯，以直道不容于纣，得罪而死。其妻陈国契和氏与子利贞逃难于伊侯之墟，食木子得全，遂改理为李氏。利贞亦娶契和氏女，生昌祖，为陈大夫，家于苦县。生彤德，彤德曾孙硕宗，周康王赐采邑于苦县。五世孙乾，字元果，为周上御史大夫，娶益寿氏女婴敷，生耳，字伯阳，一字聃，周平王时为太史。其后有李宗，字尊祖，魏封于段，为干木大夫。生同，为赵大将军。生兑，为赵相。生跻，赵阳安君。二子：曰云，曰恪。恪生洪，字道弘，秦太子太傅。生

> 兴族，字育神，一名汪，秦将军。生昙，字贵远，赵柏人侯，入秦为御史大夫，葬柏人西。生四子：崇、辨、昭、玑。崇为陇西房，玑为赵郡房。①

“李氏之出赵郡者，传二千余年，达者不可胜数，盖皋陶之烈也。”②赵郡本为高门。

> 出自秦司徒昙次子玑，字伯衡，秦太傅。三子：云、牧、齐。牧为赵相，封武安君，始居赵郡。赵纳顿弱之间，杀牧。齐为中山相，亦家焉，即中山始祖也。牧三子：汨、弘、鲜。汨，秦中大夫、詹事，生谅、左车、仲车。左车，赵广武君，生常伯、遐。遐字伯友，汉涿郡守，生岳、德、文、班。岳字长卿，谏议大夫，生秉、义。秉字世范，颍川太守，因徙家焉。生翼、协、敏。敏，五大夫将军，生谟、道、朗。谟字道谋，临淮太守，生哆、华、旭。哆字子让，上党太守，生护、元。护字鸿默，酒泉太守，生武、昭、奋。武字昭先，东郡太守、太常卿，生谠、修、奕、就。修字伯游，后汉太尉，生谅、叔、训、季。谅字世益，赵国相。生膺，字元礼，河南尹。生瓌、瓒、瑾。瑾字叔瑜，东平相，避难复居赵，生志、恢、宣。恢字叔兴，生定、台、奖、硕。定字文义，魏水衡都尉、渔阳太守，生伯括、机、叔括、季括。机字仲括，太学博士、临江、乐安二郡太守，生群、瓌、密、楷、越。楷字雄方，晋司农丞、治书侍御史，避赵王伦之难，徙居常山。五子：辑、晃、芬、劲、叡。叡子勗，兄弟居巷东；劲子盛，兄弟居巷西。故叡为东祖，芬与弟劲共称西祖，辑与弟晃共称南祖。自楷徙居平棘南，通号平棘李氏。③

赵郡李氏源远流长，旁系错出，现择要列简图如下。

---

① 欧阳修、宋祁：《新唐书》卷七〇上，第1955—1956页。

② 赵孟頫：《赵郡李氏世谱》，《松雪斋集》卷六，文渊阁四库全书，第1196册，第671页。

③ 欧阳修、宋祁：《新唐书》卷七二上，第2473—2474页。

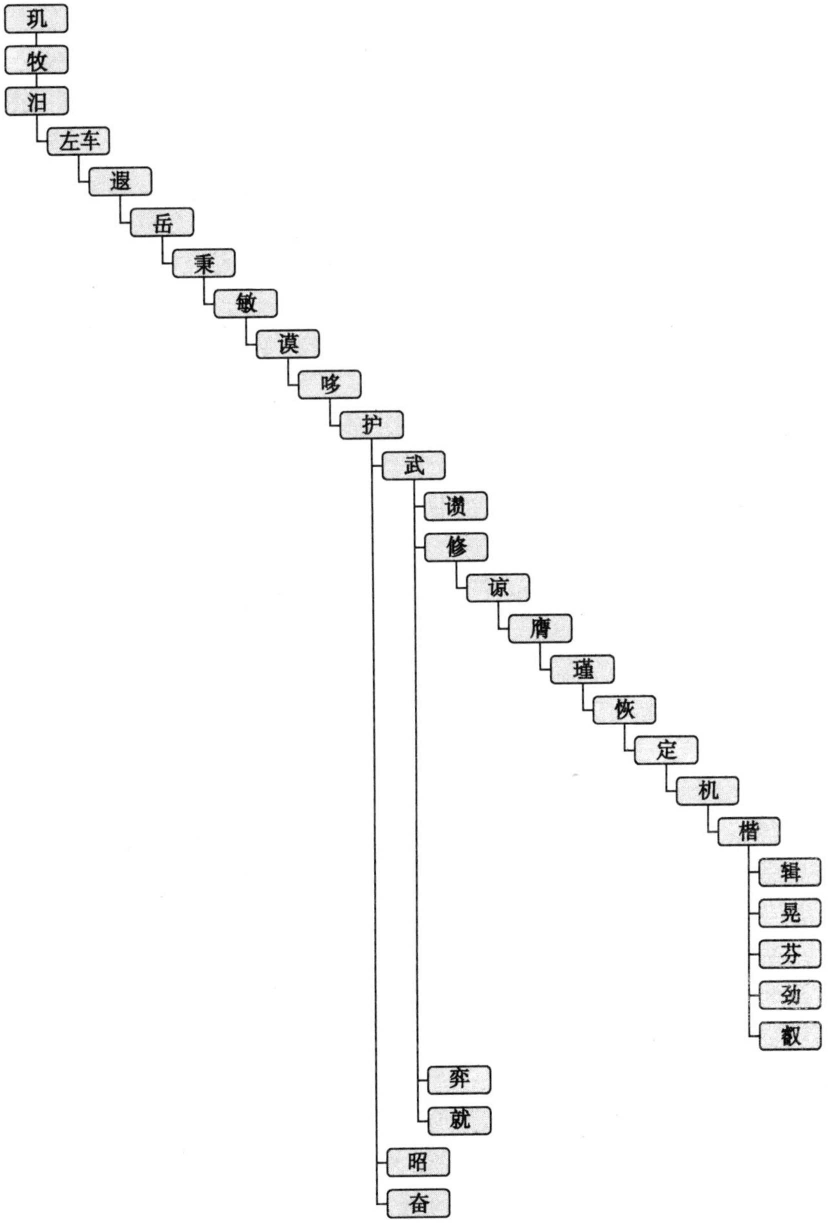

图 1　赵郡李氏谱系

据《新唐书·宰相世系表》记载："江夏李氏：汉酒泉太守护次子昭，昭少子就，后汉会稽太守、高阳侯，徙居江夏平春。六世孙式，字景则，东晋侍中。生嶷。嶷生尚，字茂仲。生矩，字茂约，江州刺史。生充，字弘度，中书侍郎。生颙，郡举孝廉，七世孙元哲。”① 关于李就，《新唐书》共有两处提及，“赵郡李氏”条称：“武字昭先，东郡太守、太常卿，生谠、修、弈、就。”② 就为李武幼子，而同书“江夏李氏”条却称：“昭少子就”③，则就为李昭少子。疑李武字昭先，史籍流传之中或将李昭先讹为李昭，姑从李武之子说。另“江夏李氏”一条自李式以下谬误甚多，现略作辩证如下。

据《晋书·李充传》记载：“李充字弘度，江夏人。父矩，江州刺史。……子颙，亦有文义，多所述作，郡举孝廉。充从兄式以平隐著称，善楷隶。中兴初，仕至侍中。”④ 张怀瓘《书断》称：“李式，字景则，江夏钟武人。官至侍中。卫夫人之犹子也，甚推其叔母，善书。”⑤ 卫夫人乃“汝阴太守李矩之妻也。”⑥《法书要录》曰：“晋中书院李充母卫夫人，善钟法，王逸少之师。”⑦ 表明卫夫人为李矩之妻，李充之母，李式叔母，则李式为李充从兄，非高祖。《晋书·李重传》：“李重字茂曾，江夏钟武人也。父景，秦州刺史、都亭定侯。……弟嶷亡，表去官。……子式，有美名，官至侍中，咸和初卒。”⑧ 则李式为李重子，李嶷乃李重之弟，非孙。又《世说新语·栖逸》载：“李廞是茂曾第五子，清贞有远操，而少羸病，不肯婚宦。居在临海，住兄侍中墓下。”⑨《文字志》论述更为详尽：“廞字宗子，江夏钟武人。祖康，秦州刺史。父重，平阳太守。世有名望。廞好学，善草隶，与兄式齐名。躄疾不能行坐。常仰卧弹琴，读诵不辍。河间王辟太尉掾，以疾不赴。后避难，随兄南渡，司徒王导复辟之。廞曰：‘茂弘乃复以一爵加人。’永和中卒。廞尝为二府辟，故号李公府也。式字景则，廞长兄也，思理儒隐，有平素之誉。渡江，累迁临海太守、侍中。年五十四而卒。”另注曰：“祖康——‘康’，《晋

① 欧阳修、宋祁：《新唐书》卷七二上，第2596页。

② 同上书，第2473页。

③ 同上书，第2596页。

④ 房玄龄等：《晋书》卷九二，第2389—2391页。

⑤ 张彦远辑，洪丕谟点校：《法书要录》卷九，第232页。

⑥ 张彦远辑，洪丕谟点校：《法书要录》卷八，第219页。

⑦ 张彦远辑，洪丕谟点校：《法书要录》卷一，第12页。

⑧ 房玄龄等：《晋书》卷四六，第1309—1313页。

⑨ 刘义庆撰，徐震堮著：《世说新语校笺》卷下，中华书局1984年版，第356页。

书·李重传》作‘景’。《魏志·李通传》作‘秉’，是也。唐高祖父名昞，故唐人讳‘昞’为‘景’，‘昞’、‘秉’同音，故《晋书》亦讳‘秉’为‘景’，此作‘康’者，乃‘秉’字形近之误。”[①]《世说新语·言语》注引《中兴书》曰：“李充字弘度，江夏渑人也。祖康，父矩，皆有美名。”[②] 则李秉之子为李重、李尚、李矩、李嶷。嶷、尚、矩为兄弟关系，李式为李重之子，李充为李矩之子，李式与李充为从兄弟关系。另据《三国志·李通传》记载：“（李通）不幸早薨，子基虽已袭爵，未足酬其庸勋。基兄绪，前屯樊城，又有功。世笃其劳，其以基为奉义中郎将，绪平虏中郎将，以宠异焉。”[③] 裴松之引王隐《晋书》曰：“绪子秉，字玄胄，有俊才，为时所贵，官至秦州刺史。……秉子重，字茂曾。……重二弟，尚字茂仲，矩字茂约，永嘉中并典郡；矩至江州刺史。重子式，字景则，官至侍中。”[④] 张彦远《法书要录》称：“江夏李式，晋侍中。善隶、草。弟定、子公府，能名同式。”[⑤] 表明李式尚有一弟名定，此处公府当指李廞，《文字志》曰：“廞好学，善草隶，与兄式齐名。……廞尝为二府辟，故号李公府也。”[⑥] 则公府实为式弟，非子。另《世说新语·品藻》：“《李氏谱》曰：‘志祖重，散骑常侍。父慕，纯阳令。志仕至员外常侍、南康相。’”[⑦] 则李重尚有一子名慕。综上所述，重新整理江夏李氏谱系如下。

二　江夏李氏的分支

李善一系源出江夏李氏，罗国威先生《李善生平事迹考辨》详细梳理李善家族世系，认为李善是李式之后，实则不然，李善乃李恪之后，李恪之名不见于史传谱牒，却于墓志资料中数次出现，现结合出土文献对李善一系略作补证。

《唐故北海郡守赠秘书监江夏李公墓志铭并序》：“公讳邕，字太和，

---

① 刘义庆撰，徐震堮著：《世说新语校笺》卷下，第357页。

② 刘义庆撰，徐震堮著：《世说新语校笺》卷上，第77页。

③ 陈寿撰，陈乃乾校点：《三国志》卷一八，第536页。

④ 陈寿撰，陈乃乾校点：《三国志》卷一八，第536页。

⑤ 张彦远辑，洪丕谟点校：《法书要录》卷一，第12页。

⑥ 刘义庆撰，徐震堮著：《世说新语校笺》卷下，第357页。

⑦ 刘义庆撰，徐震堮著：《世说新语校笺》卷中，第294页。

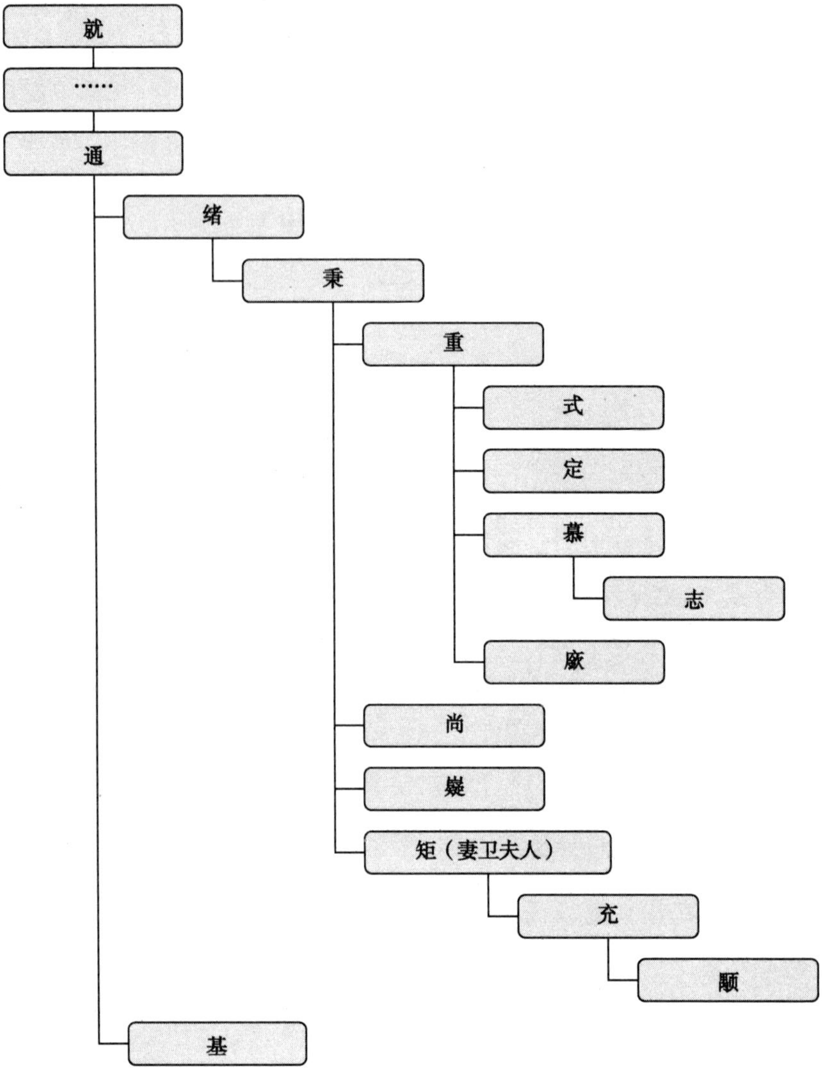

图 2 江夏李氏谱系

本赵人也。烈祖恪，随晋南迁，食邑于江，数百年矣。”①《唐故郓州司户参军李府君墓志并序》：“公讳睦，字瑛，其先赵人也。远祖恪，永嘉之末，避世南徙，封江夏王，后因为郡人焉。”② 墓主分别为李邕、李睦，

---

① 周绍良、赵超主编：《唐代墓志汇编》大历〇〇九，第 1766 页。

② 同上书，大历〇〇八，第 1765 页。

邕为善子，睦为善从子。两方墓志均称先世为李恪，避乱南徙，由此推断，李恪当与李式、李充同时。据《新唐书·宰相世系表》记载："生充，字弘度，中书侍郎。生颙，郡举孝廉，七世孙元哲。"① 自颙至元哲世次不详，恪是否为颙后人无从定其是非，然恪与充同遭"永嘉之乱"，年龄当相差无几，若为颙之后，何谈"随晋南迁"？抑或本为两系，混为一谈，难以确知。

李恪之后世系失载，目前所见最早者为李赎，赎后代子孙均可考知。《唐故江夏李府君墓志》称："公讳岐，字伯道，广武君左车之后，赵人也。至九代孙，就徙江夏，后汉会稽太守、高阳侯。高祖赎，隋连州司马；曾祖元哲，皇朝沂州别驾；祖善，北海郡太守，赠秘书监，有文集一百八卷行于代。唐书有传。公即北海之第二子也。"② 李善为李赎之孙。《唐故北海郡守赠秘书监江夏李公墓志铭并序》："公讳邕，……及公前人讳善，显而不荣，宜公兴之。……公之胤曰颖、曰岐、曰翘。"③ 又《唐故大理评事赠左赞善大夫江夏李府君墓志铭并叙》："公讳翘，字翘，本赵郡人也。曾祖元哲，皇括州括苍令；祖善，皇秘书郎，崇贤、弘文馆学士；父邕，皇北海太守、赠秘书监。公即北海第三子。"④ 又《唐鄂州开元寺玄晏传》："释玄晏，江夏人也，姓李氏。祖善而博识多学，注《文选》，行讲集于梁宋之间。考邕，北海太守，《唐书》有传。"⑤ 而《唐故朝散大夫试大理司直兼曹州考城县令柳府君灵表》称："夫人江夏李氏，秘书郎崇贤馆学士之孙，北海郡太守之女。"⑥《柳氏江夏李夫人墓志》亦称："有唐故大理司直讳均，夫人江夏李氏，唐□书郎、弘文馆学士讳善之孙，故北海郡太守、赠秘书监讳邕之季女。"⑦ 则颖、岐、翘、释玄晏皆为李邕之子，柳均为李邕之婿。另《唐故江夏李府君（岐）墓志》云："嗣子虔州刺史正臣。"⑧ 则正臣为岐子。关于正臣之子，《新唐书·宰相

① 欧阳修、宋祁：《新唐书》卷七二上，第2596页。

② 周绍良、赵超主编：《唐代墓志汇编》贞元〇三三，第1860—1861页。

③ 同上书，大历〇〇九，第1766页。

④ 同上书，元和〇七二，第1998页。

⑤ 赞宁撰，范祥雍点校：《宋高僧传》卷二九，中华书局1987年版，第732页。

⑥ 周绍良、赵超主编：《唐代墓志汇编》贞元一一六，第1922页。

⑦ 周绍良、赵超主编：《唐代墓志汇编续集》贞元〇一七，第745页。

⑧ 周绍良、赵超主编：《唐代墓志汇编》贞元〇三三，第1861页。

世系表》记载为李渐，渐之子为师稷。陈尚君先生《〈新唐书·宰相世系表〉补订二则》指出："《表》录师稷为渐子、正臣孙、岐曾孙，于世系增一代，显误。颇疑师稷为正臣子，惟尚难证定。"① 其实墓志为我们提供了诸多证据，《唐故朝散大夫试大理司直兼曹州考城县令柳府君灵表》称："先是师稷曾王父北海郡守剖符兹郡，价重金璧，声叵日月，社稷之柱石，文学之龟龙，后进属诸行义者，得公一顾一叹，则以为终身之荣。"② 指出李邕乃师稷曾祖。又《柳氏江夏李夫人墓志》："有唐故大理司直讳均，夫人江夏李氏，唐□书郎，弘文馆学士讳善之孙，故北海郡太守、赠秘书监讳邕之季女。……次女适虔州刺史李正臣。"③ 又《唐故江夏李府君（岐）墓志》："嗣子虔州刺史正臣，童丱惸单，流离荡析。"④ 再考《唐故朝散大夫试大理司直兼曹州考城县令柳府君灵表》："次女归于吾翁。"⑤ 题署为"外孙江夏李师谡述"⑥。由此可见，李岐之妹嫁与柳均，柳均次女又嫁与李岐之子正臣，柳氏与正臣实乃表兄妹，生子为师稷，因此师稷为柳均撰写墓志自称外孙，三方墓志均证明并无李渐一世，且李师稷确为李正臣之子。

李赎子元哲，元哲二子：善、昉。李昉之子为李睦，而《新唐书·宰相世系表》载为李璞，当误。《唐故郓州司户参军李府君墓志并序》称："公讳睦，字瑛，其先赵人也。……曾祖赠隋云安郡丞；祖哲，括州括苍县令；父昉，魏州魏县主簿。……孟子暄，河南府户曹；仲子昢，舒州望江县令；叔子曙，未仕；季子焉，右领军录事；幼子於，未仕；并世秉义方，天资孝友，因假浅翰，以旌幽泉。"⑦ 明确指出李暄之父为李睦。李暄之子李鄘，曾为李岐撰写墓志，文末称："我叔父也，言不能文。"⑧ 表明李岐与李暄为兄弟，与世系正合。《旧唐书·李鄘传》载："李鄘字建

① 朱东润、李俊民、罗竹风主编：《中华文史论丛》1986年第四辑（总第四十辑），上海古籍出版社1986年版，第108页。

② 周绍良、赵超主编：《唐代墓志汇编》贞元一一六，第1922页。

③ 周绍良、赵超主编：《唐代墓志汇编续集》贞元〇一七，第745页。

④ 周绍良、赵超主编：《唐代墓志汇编》贞元〇三三，第1861页。

⑤ 同上书，贞元一一六，第1923页。

⑥ 同上书，贞元一一六，第1922页。

⑦ 同上书，大历〇〇八，第1765页。

⑧ 同上书，贞元〇三三，第1861页。

侯，江夏人。北海太守邕之侄孙。父暄，官至起居舍人。……子柱，官至浙东观察使。柱子磎，字景望，博学多通，文章秀绝。……子沇，字东济，有俊才，与父同日遇害，诏赠礼部员外郎。"①《新唐书·李鄘传》亦称："李鄘字建侯，北海太守邕之从孙。……子拭，仕历宗正卿、京兆尹、河东凤翔节度使，以秘书监卒。拭子磎，字景望。"② 李鄘之子出现差异，傅璇琮先生在《唐五代人物传记资料综合索引》详细辩证为："《旧唐书》卷一五七《李鄘传》作李柱，云'（鄘）子柱，官至浙东观察使。'又载柱子磎。《新唐书》卷一四六《李鄘传》所载稍详，云'子拭，仕历宗正卿、京兆尹、河东凤翔节度使，以秘书监卒。拭子磎。'《新表》亦载鄘一子，名拭，起居舍人，子磎。李拭事迹尚可考见者，有《旧唐书》卷一八下《宣宗纪下》，大中四年九月'以朝请大夫、检校礼部尚书、孟州刺史、河阳三城节度使李拭为太原尹、北都留守、河东节度等使。'《通鉴》卷二四八武宗会昌五年四月壬寅载陕虢观察使李拭。又见《会稽掇英总集》卷一八。李拭又见《郎考》、《方镇》等书。据此，则当作拭是。"③ 又《千唐志斋·唐故江夏李氏室女墓志铭并叙》云："曾祖暄，皇起居舍人，赠刑部尚书。祖郓，皇殿中侍御史、东都留守判官。父损，皇宿州蕲县令。"④ 刘禹锡《唐故监察御史赠尚书右仆射王公神道碑》称："夫人江夏李氏祔焉。李门多奇才：父暄，起居舍人；暄子鄘，门下侍郎平章事；高叔祖善，兰台郎、崇文馆学士，注《文选》行于时；善子邕，北海郡太守，有重名，四方之士求为碑志者倾天下。故夫人于盛宗礼范可法，累赠至江夏郡夫人。"⑤ 则李暄尚有一子名郓，一女嫁予王俊。唯刘禹锡称李善为李氏高叔祖误，李暄之父为李睦，李睦之父李昉，李昉与李善为兄弟，则李善当为曾叔祖，按此志似李昉为兄，李善为弟，尚无他证，姑从之。

① 刘昫等：《旧唐书·李鄘传》卷一五七，第4147—4150页。

② 欧阳修、宋祁：《新唐书·李鄘传》卷一四六，第4744—4746页。

③ 傅璇琮、张忱石、许逸民编撰：《唐五代人物传记资料综合索引》，中华书局1982年版，第427页。

④ 河南省文物研究所、河南省洛阳地区文管处：《千唐志斋藏志》，文物出版社1984年版，第1129页。

⑤ 刘禹锡撰，卞孝萱校订：《刘禹锡集》卷三九，第594页。

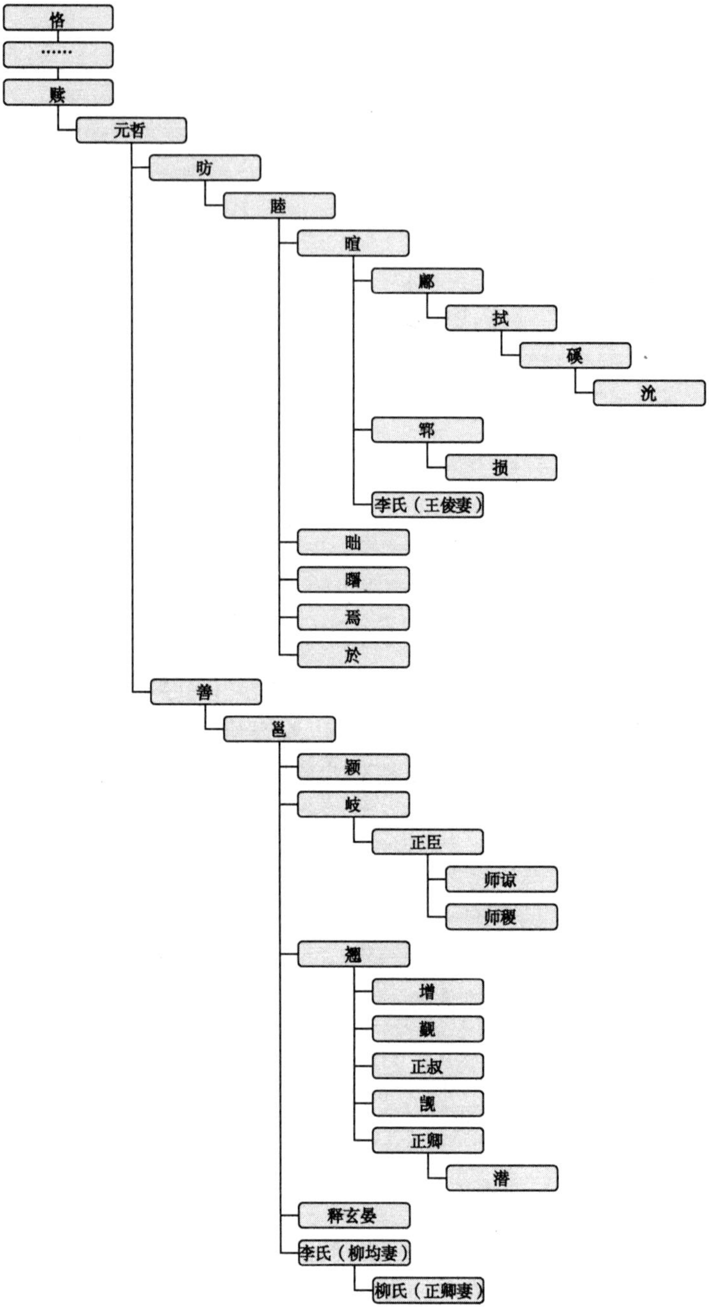
恪
……
赎
元哲
昉
睦
暄
鄘
拭
碨
沇
郓
损
李氏（王俊妻）
昢
曙
焉
於
善
邕
颖
岐
正臣
师谅
师稷
翘
增
覲
正叔
諟
正卿
潜
释玄晏
李氏（柳均妻）
柳氏（正卿妻）

图 3　李善家族谱系

三　江夏李氏的迁徙

"赵郡李氏定著六房：其一曰南祖，二曰东祖，三曰西祖，四曰辽东，五曰江夏，六曰汉中。"[①] 南祖、东祖、西祖通号平棘李氏，江夏李氏源于赵郡李氏并与平棘李氏互有姻亲。李善一系规模较大的迁徙约有四次，原因各异，既有宗族分支别居他地的正常迁移，亦有社会动乱政治冲击造成的避难逃亡，更有向经济文化发达地区的自然流动。

1. 赵郡——颍川。《元和郡县图志》称："赵州，赵郡。望。《禹贡》冀州之域。春秋时属晋。战国时属赵。秦为邯郸郡地。汉为常山郡平棘县地，又为赵国。自两汉及魏，皆以封建子弟。"[②] 据《新唐书·宰相世系表》记载：

> 赵郡李氏，出自秦司徒昙次子玑，字伯衡，秦太傅。三子：云、牧、齐。牧为赵相，封武安君，始居赵郡。赵纳顿弱之间，杀牧。齐为中山相，亦家焉，即中山始祖也。牧三子：汨、弘、鲜。汨，秦中大夫、詹事，生谅、左车、仲车。左车，赵广武君，生常伯、遐。遐字伯友，汉涿郡守，生岳、德、文、班。岳字长卿，谏议大夫，生秉、义。秉字世范，颍川太守，因徙家焉。[③]

由于仕宦流转，至李秉出现分支颍川李氏，颍川李氏最为显赫者为李膺。《后汉书·李膺传》："李膺字元礼，颍川襄城人也。祖父修，安帝时为太尉。父益，赵国相。"[④] 又"修字伯游，豫州襄城人也"[⑤]。李修与李膺籍贯均为襄城，然一为豫州襄城，一为颍川襄城。据《汉书·地理志》记载："颍川郡，秦置。高帝五年为韩国，六年复故。莽曰左队。阳翟有工官。属豫州。"[⑥] 颍川郡属县二十，襄城为其中之一。则襄城属颍川郡，颍川郡属豫州，行政区划不同而已。由此可见，自李秉迁

---

① 欧阳修、宋祁：《新唐书》卷七二上，第2599页。

② 李吉甫撰，贺次君点校：《元和郡县图志》卷一七，第488页。

③ 欧阳修、宋祁：《新唐书》卷七二上，第2473。

④ 范晔撰，李贤等注：《后汉书》卷六七，第2191页。

⑤ 范晔撰，李贤等注：《后汉书》卷五，第216页。

⑥ 班固撰：《汉书·地理志》卷二八上，第1560页。

徙之后，此系一直定居颍川地区。李膺刚正不阿，生逢乱世，遭党锢之祸下狱致死，子孙门生受到严酷的政治冲击，被迫避难逃亡。幼子李瑾一支迁回原籍赵郡，繁衍生息，出现南祖、东祖、西祖三房，通称“平棘李氏”，表曰：

> 瑾字叔瑜，东平相，避难复居赵，生志、恢、宣。恢字叔兴，生定、台、奖、硕。定字文义，魏水衡都尉、渔阳太守，生伯括、机、叔括、季括。机字仲括，太学博士、临江乐安二郡太守，生群、瓌、密、楷、越。楷字雄方，晋司农丞、治书侍御史，避赵王伦之难，徙居常山。五子：辑、晃、芬、劲、叡。叡子勗，兄弟居巷东；劲子盛，兄弟居巷西。故叡为东祖，芬与弟劲共称西祖，辑与弟晃共称南祖。自楷徙居平棘南，通号平棘李氏。①

平棘县尚存遗迹：“赵郡李氏旧宅，在县西南二十里。即后汉、魏以来山东旧族也，亦谓之‘三巷李家’，云东祖居巷之东，南祖居巷之南，西祖居巷之西。亦曰“三祖宅巷”也。”② 李氏自秉至瑾居于颍川襄城，共历十世：秉—敏—谟—哆—护—武—修—谅—膺—瑾，其中李修官至太尉，李膺声名远播，亦属名门世家，东汉时期声望远超宗族支脉江夏李氏。然史籍未见著录，可能由于颍川李氏与赵郡李氏其他分支相比历时较短，又曾遭遇灭顶之灾，为避祸逃难迁出颍川，家族成员谨慎低调，未曾大肆宣扬渊源籍贯，及至李楷再次迁居平棘之后，宗族迅速壮大并且规模超越颍川，而衍生出的南祖、东祖、西祖三房又均以“平棘李氏”为号，颍川襄城郡望遂被湮没。

2. 颍川——江夏。江夏李氏始于李就，据《新唐书·宰相世系表》记载：“江夏李氏：汉酒泉太守护次子昭，昭少子就，后汉会稽太守、高阳侯，徙居江夏平春。”③ 又《唐故江夏李府君墓志》：“公讳岐，字伯道，广武君左车之后，赵人也。至九代孙，就徙江夏，后汉会稽太守，高

---

① 欧阳修、宋祁：《新唐书》卷七二上，第2473—2474页。

② 李吉甫撰，贺次君点校：《元和郡县图志》卷一七，第490页。

③ 欧阳修、宋祁：《新唐书》卷七二上，第2596页。

阳侯。"[①] 墓志进一步证实李就为江夏李氏之祖。表曰："护字鸿默，酒泉太守，生武、昭、奋。武字昭先，东郡太守、太常卿，生谠、修、奕、就。"[②] 可见李就为李修之弟，同为李秉六世孙，则江夏李氏本为颍川李氏分支。李就徙居江夏平春，实由颍川襄城迁出。《汉书·地理志》云："江夏郡，高帝置。属荆州。"[③] "应劭注曰：'沔水自江别至南郡华容为夏水，过郡入江，故曰江夏。'"[④] 属县十四：西陵、竟陵、西阳、襄、邾、轪、鄂、安陆、沙羡、蕲春、鄳、云杜、下雉、钟武。江夏李氏东汉时期曾经一度衰落，李就至李通之间谱系不详便是明证。李就子孙尚可考知者有："李通字文达，江夏平春人也"[⑤]；"李重，字茂曾，江夏钟武人"[⑥]；"廞字宗子，江夏钟武人"[⑦]；"李式，字景则，江夏钟武人"[⑧]；"志字温祖，江夏钟武人"；"李充字弘度，江夏鄳人也"[⑨]。后代籍贯涉及平春、钟武、鄳三地。《后汉书·郡国志》云："江夏郡，高帝置。洛阳南千五百里。十四城。"十四城分别为："西陵、西阳、轪、鄳、竟陵、云杜、沙羡、邾、下雉、蕲春、鄂、平春、南新市、安陆。"[⑩] 可见平春实为江夏郡属县。又《册府元龟》云："钟武县属江夏郡，故城在今申州钟离县西南。"[⑪]《大清一统志》言之更详："信阳州。春秋楚冥阨地汉置鄳、钟武二县，俱属江夏郡，后汉省钟武置平春县。"则平春、钟武、鄳均属江夏郡，平春、钟武实为一地。李式、李廞、李志为李重后代，均居钟武。李充属李矩一房，分散在鄳，则李氏在江夏郡相对聚居。

3. 江夏——浙东。江夏李氏历经九世，渡江徙居浙东。《世说新语·

---

① 周绍良、赵超主编：《唐代墓志汇编》贞元〇三三，第1860页。按：此处《唐代墓志汇编》断句错误："至九代孙，就徙江夏"应为"至九代孙就，徙江夏"江夏李氏始祖为李就，此处"就"当指李就。

② 欧阳修、宋祁：《新唐书》卷七二上，第2473页。

③ 班固撰：《汉书》卷二八上，第1567页。

④ 同上书，第1568页。

⑤ 陈寿撰，陈乃乾校点：《三国志》卷一八，第534页。

⑥ 房玄龄等：《晋书》卷四六，第1309页。

⑦ 刘义庆撰，徐震堮著：《世说新语校笺》卷下，第357页。

⑧ 张彦远辑，洪丕谟点校：《法书要录》卷九，第232页。

⑨ 刘义庆撰，徐震堮著：《世说新语校笺》卷上，第77页。

⑩ 司马彪撰，刘昭注补：《后汉书志》卷二二，第3482页。

⑪ 王钦若等：《册府元龟》卷三七五，第4255页。

栖逸》载："李廞是茂曾第五子，清贞有远操，而少羸病，不肯婚宦。居在临海，住兄侍中墓下。"① 李式渡江之后为临海太守，李廞身体羸弱当随兄居于临海。《世说新语·言语》曰："李弘度常叹不被遇，殷扬州知其家贫，问：'君能屈志百里不？'李答曰：'北门之叹，久已上闻；穷猿奔林，岂暇择木？'遂授剡县。"② 李式、李廞为李重之子，居临海，李充字弘度，为李矩之子，授官剡县，三人均为李秉之孙。临海，据《元和郡县图志》记载："临海县，本汉回浦县地，后汉更名章安，吴分章安置临海县，属会稽郡。武德五年改置台州，县属焉。"③ 又"台州，《禹贡》扬州之域。春秋时为越地，秦并天下置闽中郡，汉立南部都尉。本秦之回浦乡，分立为县，扬雄《解嘲》云：'东南一尉，西北一候'是也。后汉改回浦为章安县。吴大帝时分章安、永宁置临海郡，隋平陈废郡为临海县"④。剡县，《旧唐书·地理志》江南东道："剡，汉县，属会稽郡。"⑤ 又《元和郡县图志》载越州："管县七：会稽，山阴，诸暨，余姚，萧山，上虞，剡。"⑥ 由此可见，临海、剡县均属浙东，李氏家族已经渡江南迁。《晋书·王羲之传》称："羲之雅好服食养性，不乐在京师，初渡浙江，便有终焉之志。会稽有佳山水，名士多居之，谢安未仕时亦居焉。孙绰、李充、许询、支遁等皆以文义冠世，并筑室东土，与羲之同好。尝与同志宴集于会稽山阴之兰亭，羲之自为之序以申其志。"⑦ 李充为名士，曾居会稽，后因家贫求为剡县令，表明家道已经衰落。李善祖上为李恪，新旧唐书失载。据《唐故北海郡守赠秘书监江夏李公墓志铭并序》记载："烈祖恪，随晋南迁，食邑于江，数百年矣。"⑧《唐故郓州司户参军李府君墓志并序》亦载："远祖恪，永嘉之末，避世南徙，封江夏王，后因为郡人焉。"⑨ 李恪为避"永嘉之乱"南迁，当与李充、李式、李廞为同时

① 刘义庆撰，徐震堮著：《世说新语校笺》卷下，第356页。

② 刘义庆撰，徐震堮著：《世说新语校笺》卷上，第77页。

③ 李吉甫撰，贺次君点校：《元和郡县图志》卷二六，第628页。

④ 同上书，第627页。

⑤ 刘昫等：《旧唐书·地理志》卷四〇，第1590页。

⑥ 李吉甫撰，贺次君点校：《元和郡县图志》卷二六，第618页。

⑦ 房玄龄等：《晋书》卷八〇，第2098—2099页。

⑧ 周绍良、赵超主编：《唐代墓志汇编》大历〇〇九，第1766页。

⑨ 周绍良、赵超主编：《唐代墓志汇编》大历〇〇八，第1765页。

之人，所迁之地似亦为浙东，则江夏李氏一族大部分均迁往浙东。李恪渡江之后境遇当优于同时避难之宗族，封为江夏王，封号亦凸显其族源于江夏一系。李元哲曾为括州括苍县令，据《旧唐书·地理志》记载："武德四年，平李子通，置括州，置总管府，管松、嘉、台三州。括州领括苍、丽水二县。"① 括苍亦在浙东，李元哲为李善之父，此系当在浙东长久定居。

4. 浙东——江都。李恪一系随家族迁徙，定居浙东，其后世系失载，至李赎，为隋连州司马，其子元哲为括州括苍县令。《新唐书·宰相世系表》云："元哲徙居广陵。"② 《通典》曰："广陵郡，今之扬州。"③ 又《旧唐书·地理志》："江都，汉县，属广陵国。隋为江都郡。武德三年，改为兖州，七年改为邗州，九年改为扬州都督府，皆以江都为治所。"④ 则广陵、扬州、江都实指一地。江都地处江淮之间，是南北交通、政治文化中心。金陵衰落之后扬州迅速崛起成为全国重镇，唐代更有"扬一益二"之称，杜佑《通典·扬州》："永嘉之后，帝室东迁，衣冠避难，多所萃止，艺文儒术，斯之为盛。"⑤ 扬州经济发达，文化繁荣，地位非比寻常。而浙东相对偏远，李元哲迁居江都，或出于经济文化因素的考虑。另据《旧唐书》记载："李邕，广陵江都人。父善，尝受《文选》于同郡人曹宪。"⑥ 又《新唐书》称："曹宪，扬州江都人。"⑦ 由此可见，李善郡望当为江夏，但在江都生活学习。

综上所述，江夏李氏出于赵郡李氏第五房，是颍川李氏的分支，与平棘李氏互为姻亲。历经四次迁徙之后定居江都。李善、李邕父子籍贯出现江夏、江都二说实受世风影响。唐朝沿袭魏晋旧习，重视出身，标榜门第，典籍史料所记人物多系郡望，间有里贯，夹杂混淆，出现讹误。陇西、赵郡李氏、清河、博陵崔氏、太原王氏、荥阳郑氏、范阳卢氏居高不下，唐人竞相攀附，诗文应酬更甚，宣扬郡望，不及里贯，虽然屡遭非

① 刘昫等：《旧唐书·地理志》卷四〇，第 1596 页。

② 欧阳修、宋祁：《新唐书》卷七二上，第 2596 页。

③ 杜佑：《通典》卷一八一，第 4801 页。

④ 刘昫等：《旧唐书》卷四〇，第 1572 页。

⑤ 杜佑：《通典》卷一八二，第 4850 页。

⑥ 刘昫等：《旧唐书》卷一九〇中，第 5039 页。

⑦ 欧阳修、宋祁：《新唐书》卷一九八，第 5640 页。

议，但终唐之世未能扭转。

四　江夏李氏的文化

江夏李氏屡遭战乱，数次迁徙，政治地位下降，经济优势丧失，已无法继续依靠政治、经济、文化三位一体的方式维持士族门第与社会声誉，只能通过文化价值凸显门户优势，主要表现为学术研究的丰富与艺术才华的出众。

江夏李氏雅好著述，代不乏人。《三国志》、《晋书》、《隋书·经籍志》、《旧唐书·经籍志》、《新唐书·艺文志》、《通志·艺文略》、《全唐诗》、《全上古三代秦汉三国六朝文》及个人传记、墓志资料多有涉及。现略作整理如下：李秉：《家诫》；李重：《散骑常侍李重集》二卷；李充：《周易旨》六篇、《尚书注》、《论语》十卷、《论语释》一卷、《释庄子》二卷、《翰林论》三卷、《李充集》二十二卷；李颙：《周易卦象数旨》一卷、《集解尚书》十一卷、《尚书新释》二卷、《尚书要略》二卷、《李颙集》十卷；李善：《文选注》六十卷、《汉书辨惑》十卷；李邕：《狄仁杰传》三卷、《李邕集》七十卷；李正卿：《中权略》四十卷、《管氏指要注》两卷、《李正卿集》四十卷；李磎《制集》四卷、《表疏》一卷；李沇存诗六首。除诗歌散文创作之外，学术著作涉及诸家经典，方法多为注释集解，可见江夏李氏注释之学由来已久，及至唐初李善达到顶峰。《文选注》六十卷为集大成之作，“是中国训诂学史上第一部大规模的集部注释”，[①] 李善开创的“征引式”全新注释手段改变了古书的注释格局。

> 至其徵引群书，取材繁富，艺林尤为无匹。以今考之，凡经传十八种，经类十八种，经总训三种，小学三十六种，纬候图谶七十三种，正史八十一种，杂史六十九种，史类七十三种，人物别传二十三种，谱牒十二种，地理九十九种，杂艺四十三种，诸子八十五种，子类三十八种，兵书二十种，道释经论三十二种，总集六种，集四十二种，诗一百五十四种，赋二百二十种，颂二十二种，箴十七种，铭二

① 参阅王宁、李国英《李善的〈昭明文选注〉与征引的训诂体式》，俞绍初、许逸民：《中外学者文选学论集》，第463页。

十一种，赞七种，碑三十三种，诔哀词三十二种，七十四种，连珠三种，诏表笺启三十八种，书九十三种，吊祭文六种，序四十七种，论二十二种，杂文三十七种，都二十三类，一千六百八十九种，其引旧注二十九种，尚不在内。[①]

征引之浩博令人叹为观止！“文选学”大行于世，李善功不可没。其后唐末李磎身为宰相，政绩平庸，然“磎好学，家有书至万卷，世号‘李书楼’。所著文章及注解诸书传甚多”[②]。江夏李氏注释之风经久不衰，略见一斑。

李氏一门艺术成就以书法为最，魏晋时代书法被视为士族门第的标志与个人风度的象征。李式“善楷隶”[③]，王羲之评价为：“李式、平南之流，亦可比庾翼。”[④] 平南指东晋初年书坛权威王廙，庾翼是颍川庾氏书法成就的典型代表。在王羲之看来李式可与王廙、庾翼并肩，足见李式在书坛的地位。张彦远《法书要录》称：“江夏李式，晋侍中。善隶、草。弟定、子公府，能名同式。”[⑤] 则李式、李定、李廞皆为大家。李式从弟李充“善楷书，妙参钟索，世咸重之”[⑥]。李充母为卫夫人，卫夫人出身书法世家安邑卫氏，是王羲之的启蒙老师，“隶书尤善，规矩钟公”[⑦]，已然达到“碎玉壶之冰，烂瑶台之月，婉然芳树，穆若清风”[⑧] 的境界。卫夫人是连接李、卫、王三族的纽带，江夏李氏通过与安邑卫氏联姻与琅琊王氏交流，书法技艺融合各家优长迅速提高，弟子沿袭，享誉一方。李充不仅擅长书法，还在目录学方面颇有贡献，任大著作郎之时，“典籍混乱，充删除烦重，以类相从，分作四部，甚有条贯，秘阁以为永制”[⑨]，图书四分法就此定型。李充出类拔萃，博学多才，文学艺术皆擅，实为江

① 骆鸿凯：《文选学·源流第三》，第62页。
② 欧阳修、宋祁：《新唐书》卷一四六，第4747页。
③ 房玄龄等：《晋书》卷九二，第2391页。
④ 张彦远辑，洪丕谟点校：《法书要录》卷九，第232页。
⑤ 张彦远辑，洪丕谟点校：《法书要录》卷一，第12页。
⑥ 房玄龄等：《晋书》卷九二，第2389页。
⑦ 张彦远辑，洪丕谟点校：《法书要录》卷八，第219页。
⑧ 同上。
⑨ 房玄龄等：《晋书》卷九二，第2391页。

夏李氏典型代表。

至唐李邕更是“书中仙手”，名满天下，“文章、书翰、正直、辞辨、义烈皆过人，时谓六绝。”据《旧唐书·文苑传》记载：“邕早擅才名，尤长碑颂。虽贬职在外，中朝衣冠及天下寺观，多斋持金帛，往求其文。前后所制，凡百数首，受纳馈遗，亦至巨万。时议以为自古鬻文获财，未有如邕者。”[①] 诗圣杜甫赞曰：“忆昔李公存，词林有根柢。声华当健笔，洒落富清制。风流散金石，追琢山岳锐。情穷造化理，学贯天人际。干谒走其门，碑版照四裔。”[②] 李邕文章冠绝一时，文学成就极为突出。李邕幼时伴随李善左右，少习家学，阅书无数。“既冠，见特进李峤，自言‘读书未徧，愿一见秘书’。峤曰：‘秘阁万卷，岂时日能习邪？’邕固请，乃假直秘书。未几辞去，峤惊，试问奥篇隐帙，了辩如響，峤叹曰：‘子且名家！’”[③] 秘阁乃国家藏书之所，李邕未几离去，表明居家时期积累极为丰富，已经奠定深厚的学识基础。李善、李邕在学术、书法方面取得的巨大成就表明家族文化的内部传承在唐代依然存在并且具有强劲的生命力。文学创作、艺术传承构成江夏李氏的文化面貌，李氏一门悠远的家学传统在岁月长久的积淀中闪现出夺目的光彩。

附：

李善简谱

李善，江夏人，系出赵郡李氏第五房。祖赜，隋云安郡丞、连州司马。父元哲，沂州别驾、括州括苍县令，徙居广陵。兄昉，魏州魏县主簿。

赵郡李氏为世家望族，《新唐书·宰相世系表》卷七二上：“赵郡李氏定著六房：其一曰南祖，二曰东祖，三曰西祖，四曰辽东，五曰江夏，六曰汉中。”江夏，据《汉书》卷二八记载：“江夏郡，高帝置。属荆州。”“应劭曰：‘沔水自江别至南郡华容为夏水，过郡入

① 刘昫等：《旧唐书》卷一九〇中，第5043页。

② 杜甫：《赠秘书监江夏李公邕》，浦起龙：《读杜心解》卷一，第150页。

③ 欧阳修、宋祁：《新唐书》卷二〇二，第5754页。

江，故曰江夏。'"

善出于赵郡李氏江夏一系，家族墓志颇多涉及。《唐故绵州刺史江夏李公墓志铭并序》："李氏源绪肇于殷周，垂名著实，标映简牍，率因封食，以显族望，陇西四公，赵郡三祖是也。公实赵人，其先食菜武昌，子孙因家焉，今为江夏李氏。曾祖善，贯通坟史，注《文选》六十卷。"（《唐代墓志汇编》会昌〇四〇）《唐故郢州司户参军李府君墓志并序》："公讳睦，字瑛，其先赵人也。远祖恪，永嘉之末，避世南徙，封江夏王，后因为郡人焉。曾祖赠隋云安郡丞；祖哲，括州括苍县令；父昉，魏州魏县主簿。"（《唐代墓志汇编》大历〇〇八）《唐故北海郡守赠秘书监江夏李公墓志铭并序》："公讳邕，字太和，本赵人也。烈祖恪，随晋南迁，食邑于江，数百年矣。"（《唐代墓志汇编》大历〇〇九）《唐故江夏李府君墓志》："公讳岐，字伯道，广武君左车之后，赵人也。至九代孙，就徙江夏，后汉会稽太守、高阳侯。高祖赎，隋连州司马；曾祖元哲，皇朝沂州别驾；祖善。"（《唐代墓志汇编》贞元〇三三）《唐故大理评事赠左赞善大夫江夏李府君墓志铭并叙》："公讳翘，字翘，本赵郡人也。曾祖元哲，皇括州括苍令；祖善，皇秘书郎，崇贤、弘文馆学士；父邕，皇北海太守、赠秘书监。"（《唐代墓志汇编》元和〇七二）墓志题名均明确指出李善一系出于江夏。《新唐书·宰相世系表》卷七二上："元哲，徙居广陵。"又《旧唐书·儒学传》卷一八九上："李善者，扬州江都人。"则江夏为李善郡望，江都为里贯。

李善世系，详见谱表，此不具述。元哲曾任沂州别驾、括州括苍县令，二子：昉、善。刘禹锡《唐故监察御史赠尚书右仆射王（俊）公神道碑》："夫人江夏李氏袝焉。李门多奇才：父暄，起居舍人；暄子鄘，门下侍郎平章事；高叔祖善，兰台郎、崇文馆学士，注《文选》行于时；善子邕，北海郡太守，有重名，四方之士求为碑志者倾天下。故夫人于盛宗礼范可法，累赠至江夏郡夫人。"碑主王俊之妻出于李昉一系，称善为叔祖则昉年长于善。

居江都，追随曹宪学习《文选》，并于扬州白塔寺注释《文选》。卢照邻亦曾师从曹宪。

善生年不详，《旧唐书》卷一九〇中："李邕，广陵江都人。父善，尝受《文选》于同郡人曹宪。"又《新唐书》卷一九八："曹宪，扬州江都人。"则李善居于江都求学。《旧唐书》卷四〇："江都，汉县，属广陵国。隋为江都郡。武德三年，改为兖州，七年改为邗州，九年改为扬州都督府，皆以江都为治所。"白塔寺在扬州，道宣《续高僧传》卷六曹毗曾住此寺，扬州高僧鉴真弟子法进亦住此寺。[日]元开《唐大和上东征传》："寺在宜陵镇（今属江都县）白塔河。"圆仁《入唐求法巡礼行记校注》卷一："扬州有四十余寺，就中过海来鉴真和尚本住龙兴寺，影像现在；法进僧都本住白塔；臣善者，在此白塔寺撰《文选》矣。"表明李善在扬州时已经开始注解《文选》。

《旧唐书》卷一九〇上："卢照邻字昇之，幽州范阳人也。年十余岁，就曹宪、王义方授《苍》、《雅》及经史，博学善属文。"卢照邻生年众说纷纭，胡可先《新出土〈卢照己墓志〉及相关问题研究》："故照邻生年虽难以确考，但以闻一多先生所定贞观十一年（六三七）为近是。"若照邻生于贞观十一年（六三七），十余岁在贞观二十一年（六四七）前后。任国绪《卢照邻生平事迹新考》认为照邻贞观二十年（六四六）南下江都师事曹宪，二十三年（六四九）北上洹水师事王义方。则卢照邻师从曹宪三年左右，唯不知与李善是否有交集。

入京求仕，未知何年，为太子右内率府录事参军事、文林郎、崇贤馆直学士。

善之入仕，疑为举荐。曹宪"贞观中，扬州长史李袭誉表荐之，太宗征为弘文馆学士，以年老不仕，乃遣使就家拜朝散大夫，学者荣之。太宗又尝读书有难字，字书所阙者，录以问宪，宪皆为之音训及引证明白，太宗甚奇之。"（《旧唐书》卷一八九上）曹宪受到太宗的赏识与尊礼，声名大振，仅因年老未能应召，则其得意门生极有可能成为地方官吏关注与推荐的人选。显庆三年，李善奏上《文选注》，题署为"文林郎、守太子右内率府录事参军事、崇贤馆直学士。"则表明此前善已任此职，具体时间难以确知。李弘显庆元年封为太子，当是时李善在李弘府中。

显庆三年（六五八）九月，奏上《文选注》六十卷，有《唐李崇贤上文选注表》，赐绢一百二十匹。

李善《唐李崇贤上文选注表》文末："显庆三年九月日上表。"又《旧唐书·李善传》卷一八九上载："尝注解《文选》，分为六十卷，表上之，赐绢一百二十匹。"

除潞王府记室参军，转秘书郎。

疑在显庆三年九月之后。初唐重视修撰事业，书成除官赐物现象极为普遍。如令狐德棻"书成，除秘书少监"（《旧唐书》卷七三）；上官仪"俄又预撰《晋书》成，转起居郎，加级赐帛"（《旧唐书》卷八〇）。疑李善亦因撰书授官。李贤永徽六年封为潞王，龙朔元年徙封沛王，本年或略后李善授官潞王府记事参军，符合实际。太子右内率府录事参军事为正九品上，潞王府记室参军为从六品上，官阶由正九品上变为从六品上，表明《文选注》受到肯定。记事参军"掌表、启、书、疏"，秘书郎掌四部之图籍，均为从六品上。严耕望《唐仆尚丞郎表》称"品同（或稍低）职轻曰'转'。"又《新唐书》卷二〇二称善："淹贯古今，不能属辞，故人号'书簏'。"则李善由潞王府记事参军转秘书郎，虽品同职轻，但更能发挥自身优势。

李善曾为秘书郎，墓志文献多次提到：《唐故绵州刺史江夏李公墓志铭并序》："官至秘书郎、弘文馆学士、沛王侍读。"（《唐代墓志汇编》会昌〇四〇）《唐故大理评事赠左赞善大夫江夏李府君墓志铭并叙》："祖善，皇秘书郎，崇贤、弘文馆学士。"（《唐代墓志汇编》元和〇七二）《唐故朝散大夫试大理司直兼曹州考城县令柳府君灵表》："夫人江夏李氏，秘书郎、崇贤馆学士之孙。"（《唐代墓志汇编》贞元 一一六）

显庆六年（六六一）正月二十七日，诏藏《文选注》于秘阁。

《唐会要·修撰》卷三六："（显庆）六年正月二十七日，右内率府录事参军、崇贤馆直学士李善上《注文选》六十卷，藏于秘府。"《唐会要》所载当为藏于秘府日期，奏上时间应为显庆三年。高宗对《文选注》较为重视，《旧唐书·裴行俭传》卷八四称："以行俭工于草书，尝以绢素百卷，令行俭草书《文选》一部，帝览之称善，赐帛五百段。"

龙朔元年（六六一），潞王李贤改封沛王，加授持节都督扬、和、滁、润、常、宣、歙七州诸军事，扬州刺史兼左武侯大将军。李善兼沛王侍读、公孙罗为沛王府参军均不得早于本年九月。

《大唐故雍王墓志铭并序》："龙朔元年，改封沛王，加授使持节都督扬、和、滁、润、常、宣、歙七州诸军事，扬州刺史兼左武候大将军，雍州牧如故。"（《唐代墓志汇编》神龙〇二九）《旧唐书·李贤传》卷八六："龙朔元年，徙封沛王，加扬州都督，兼左武卫大将军，雍州牧如故。"显庆六年二月改元龙朔，九月"徙潞王贤为沛王"，此前李善为潞王府记事参军，已在府中。侍读为侍从皇帝、太子、皇子读书的博学高尚之人，并无品阶、员数限制，李善兼沛王侍读不得早于本年九月。

公孙罗为沛王府参军，《旧唐书》卷一八九上："公孙罗，江都人也。历沛王府参军。"钱易《南部新书》甲："公孙罗为沛王府参军，撰《文选音义》十卷。"具体时间无法考知。

龙朔二年（六六二），为兰台郎，与贺兰敏之善。

《唐六典》卷十秘书省："龙朔二年改为兰台，其监曰兰台太史，咸亨元年复旧。"李善本年之前已为秘书郎，随监改为兰台郎。

李善与贺兰敏之关系密切。《旧唐书·儒学传》卷一八九上："坐与贺兰敏之周密，配流姚州。"《旧唐书·文苑传》卷一九〇中言之略详："后为左侍极贺兰敏之所荐引，为崇贤馆学士，转兰台郎。敏之败，善坐配流岭外。"《唐六典》卷八："五品已上，称为学士；六品已下，为直学士。"李善毕生所任官职均未高于五品，当为崇贤馆直学士。贺兰敏之是否援引李善不得而知，但可以肯定的是二人早已相识并且颇有往来。

贺兰敏之，《旧唐书·外戚传》卷一八三："元爽等缘坐配流岭外而死，乃以韩国夫人之子敏之为士彟嗣，改姓武氏。累拜左侍极、兰台太史，袭爵周国公。仍令鸠集学士李嗣真、吴兢之徒，于兰台刊正经史并著撰传记。"表明贺兰敏之在元爽等人卒后受到重用。《新唐书·外戚传》卷二〇六："贺兰食之，暴死。后归罪惟良等，诛之，讽有司改姓'蝮氏'，绝属籍。元爽缘坐死，家属投岭外。"可知元爽卒于乾封元年，则贺兰敏之受到重用当在本年略后。实则不然，贺兰敏之早已显达，据《册府元龟》卷六九记载："高宗龙朔二年五月丙申，大司宪窦德玄为司元太常伯，……司列少常伯郝处俊为太子左中护，左中护贺兰敏之为左侍郎、弘文馆学士。德玄等所授官，并帝自注定。"则龙朔二年贺兰敏之已经官至正四品上的太子左春坊中护，而且颇得高宗赏识。唐释彦悰《集沙门不应拜俗等事》卷五收有《左春坊中护贺兰敏之赞善杨令节等议状一首》亦证明贺兰敏之曾任此职。永徽六年武氏立为皇后，家族成员渐趋显贵，贺兰敏之当为较早发达者。又据《新唐书·外戚传》卷二〇六："后取贺兰敏之为士彟后，赐氏武，袭封，擢累左侍极、兰台太史令，与名儒李嗣真等参与刊撰。"左侍极、兰台太史均为从三品，贺兰敏之仕途顺畅，当由太子左春坊中护迁官至此。

李善曾为太子右内率府录事参军事，贺兰敏之曾为太子左中护，具体时间不详，但二人极有可能共事东宫。李善又为东宫崇贤馆直学士、沛王侍读，均有侍从读书、传道授业的职责，而贺兰敏之作为外戚，当与太子、诸王有共同学习的经历，则李善与贺兰敏之更有师友之谊。敏之败，"前泾城令李善曾教敏之读书，专为左道长流巂州（当为姚州）"（《册府元龟》卷九二五）即是明证。贺兰敏之龙朔二年之后为兰台太史，李善成为敏之属下，二人关系非同一般。另贺兰敏之并非一无是处，喜引文士，擅长书法，撰录书籍，曾书写《金刚经》一卷，并为壮观寺题写碑文，编《三十国春秋》一百卷。江夏李氏为书法世家，李善之子李邕乃书法大家，李善对书法应相当熟悉，而著书为李善终身事业，则贺兰敏之与李善的交往具备一定的文化基础。

龙朔三年（六六三），王勃有《上刘右相书》，得到刘祥道赏识与举荐，对策高第，授朝散郎。

《旧唐书·高宗纪》卷四："（龙朔三年八月）命司元太常伯窦德玄、司刑太常伯刘祥道等九人为持节大使，分行天下。"《新唐书》卷二〇一："麟德初，刘祥道巡行关内，勃上书自陈，祥道表于朝，对策高第。年未及冠，授朝散郎。"杨炯《王勃集序》："年十有四，时誉斯归。太常伯刘公巡行风俗，见而异之，曰：'此神童也。'因加表荐。对策高第，拜为朝散郎。"闻一多《全唐诗人小传》载勃生于六四九年，十四岁正为本年。

麟德二年（六六五），李贤加右卫大将军，摄兖州都督，从驾东封。

《旧唐书·李贤传》卷八六："麟德二年，加右卫大将军。"《大唐故雍王墓志铭并序》："麟德二年，加右卫大将军，其年从驾东封，摄兖州都督。"（《唐代墓志汇编》神龙〇二九）

乾封元年（六六六），王勃应幽素科及第。诣阙上《宸游东岳颂》、《乾元殿颂》。李贤闻其名，召为沛府修撰，与李善共事。贺兰敏之开始失宠。

《登科记考补正》记载乾封元年制举幽素科十二人，王勃位列其中。《唐会要》卷七五："贞观十九年十一月，马周为吏部尚书，以吏部四时持衡，略无暇休，遂奏请取所由文解，十月一日赴省，三月三十日铨毕。"则王勃本年三月及第。《旧唐书》卷一九〇上："勃年未及冠，应幽素举及第。乾封初，诣阙上《宸游东岳颂》。时东都造乾元殿，又上《乾元殿颂》。沛王贤闻其名，召为沛府修撰，甚爱重之。"刘汝霖《王子安年谱》认为勃麟德二年三月上《乾元殿颂》，乾封元年正月上《宸游东岳颂》，而《旧唐书》明确指出勃先上《宸游东岳颂》，后上《乾元殿颂》。封禅东岳为本年最为重大的政治事件，勃先上《宸游东岳颂》，歌咏时事，提高知名度。随后抓紧时机再上《乾元殿颂》，乾元殿虽修成于前一年，但工程浩大，影响颇巨。《唐会要》卷三〇："显庆元年，敕司农少卿田仁汪，因旧殿余址，修乾元殿，高一百二十尺，东西三百四十五尺，南北一百七十六尺。至麟德二年二月十二日，所司奏乾元殿成。"王勃连上两颂，紧追热点，仕进之心相当急切。

《新唐书》卷二〇一："数献颂阙下。沛王闻其名，召署府修撰。"杨炯《王勃集序》："沛王之初建国也，博选奇士，徵为侍读。"沛王闻王勃之名，或因刘祥道。麟德元年八月"兼司列太常伯、检校沛王府长史、城阳县侯刘祥道兼右相"（《旧唐书·高宗纪》卷四）。又《旧唐书·刘祥道传》卷八一："麟德二年，将有事于泰山，有司议依旧礼，皆以太常卿为亚献，光禄卿为终献。祥道驳曰……高宗从其议，竟以司徒徐王元礼为亚献，祥道为终献。"祥道为沛王府长史，封禅为终献，地位举足轻重，提携王勃绝非难事。

王勃本年前后尚有《上李常伯启》、《上皇甫常伯启》、《再上皇甫常伯启》、《上武侍极启》、《再上武侍极启》等，制造声势，希求援引。

贺兰敏之开始失宠，《资治通鉴》卷二〇二："魏国夫人之死也，上见敏之，悲泣曰：'向吾出视朝犹无恙，退朝已不救，何苍猝如此！'敏之号哭不对。后闻之，曰：'此儿疑我。'由是恶之。"

乾封二年（六六七），李善出为经城令，王勃在沛王府。

疑为李善主动求出。据《新唐书》卷二〇六记载："敏之韶秀自喜，烝于荣国，挟所爱，佻横多过失；荣国卒，后出珍币建佛庐徼福，敏之乾匿自用；司卫少卿杨思俭女选为太子妃，告婚期矣，敏之闻其美，强私焉；杨丧未毕，褫衰粗，奏音乐；太平公主往来外家，宫人从者，敏之悉逼乱之。"贺兰敏之的胡作非为引起周围文士的警觉，主动求出者不乏其人。《新唐书·李嗣真传》卷九一："敏之等倚恩自如，嗣真不喜，求补义乌令。"又徐坚之父徐齐聃因敏之牵连死于贬所，生前亦有两次求出经历，张说《西台舍人赠泗州刺史徐府君碑》载："求为外职，出宰桃林，未下车敕改沛王掾，终岁选拟司绩员外司议郎。并不就，乞补云阳令。"（《文苑英华》卷八九四）学士求出乃为避祸，李善对形势当有一定认识。经城县，《元和郡县图志》卷十六："隋开皇六年，移武强县于此，置经城县，属贝州。皇朝因之。"《唐六典》卷三〇："诸州上县，令一人，从六品上。"经城地非偏远，品阶未曾下降，并无明显惩戒贬谪之意，李善主动求出可能性较大。

杨炯《王勃集序》："奉教撰《平台钞略》十篇，书就，赐帛五十匹。"《新唐书·王勃传》卷二〇一："论次《平台秘略》。书成，王爱重之。"张志烈《初唐四杰年谱》："（乾封二年）在沛府，撰《平台钞略》十篇。"《平台秘略论十首》、《平台秘略赞十首》当为同时之作。

总章二年（六六九）诸王斗鸡，王勃戏为《檄英王鸡》，被斥出府。

《旧唐书·王勃传》卷一九〇上："诸王斗鸡，互有胜负，勃戏为《檄英王鸡文》。高宗览之，怒曰：'据此是交构之渐。'即日斥勃，不令入府。"《新唐书》所载略同。斗鸡本唐人风俗，作文助兴无可厚非，但王勃却因游戏之作而酿成大祸，或曰同僚妒忌进谗，或曰帝王喜怒无常，真实原因当为王勃无意之中介入武后诸子间的争斗，并将关系微妙的沛王贤、周王显矛盾公开化，触痛高宗最为敏感的神经。唐朝自建国以来屡次上演兄弟夺权大战，高宗对此颇为避忌，时刻提防。《唐会要》卷五一："上元元年九月，上御含元殿东翔鸾阁观大酺。时京城四县及太常音乐分为东西两朋，帝令雍王贤为东朋，周王显为西朋，务以角胜为乐。中书令郝处俊进谏曰：'臣闻礼所以示童子无诳者，恐其欺诈之心生也。伏以二王春秋尚少，意趣未定，当须推功让美，相视如一。今忽分为二朋，递相夸竞。且俳优小人，言辞无度，酣乐之后，难为禁止，恐为交争胜负，讥诮失礼。非所以遵仁义，示和睦也。'高宗瞿然曰：'卿之远识，非众人所及也。'遂命止之。"诸王私下的斗争已经激烈到游乐之时都需特意维持表面和睦的程度，而王勃却将其明朗化，受到严惩实属必然。

咸亨元年（六七〇），徐齐聃贬为蕲州司马，李嗣真主动求出，为义乌令。

张说《西台舍人赠泗州刺史徐府君碑》："咸亨元年，出为蕲州司马。"（《文苑英华》卷八九四）《新唐书·李嗣真传》卷九一："高宗东封还，诏赠孔子太师，命有司为祝，司文郎中雷少颖文不称旨，更命嗣真，成不淹顷，帝览称善，诏加两阶。敏之等倚恩自如，嗣真不喜，求补义乌令。"《旧唐书》卷一九一："因咸亨年京中大饥，乃求出，补义乌令。"《旧唐书·高宗纪》卷五："（咸亨元年）是岁，天下四十余州旱及霜虫，百姓饥乏，关中尤甚。"可知李嗣真求出在咸亨元年。本年贺兰敏之败象已显，《旧唐书》卷一九一："敏之既恃宠骄盈，嗣真知其必败，谓所亲曰：'此非庇身之所也。'"

咸亨二年（六七一），贺兰敏之败，李善流姚州，皇甫公义流横州，徐齐聃流钦州，刘祎之流嶲州。

《旧唐书·贺兰敏之传》卷一八三："敏之既年少色美，烝于荣国夫人，恃宠多愆犯，则天颇不悦之。咸亨二年，荣国夫人卒，则天出内大瑞锦，令敏之造佛像追福，敏之自隐用之。又司卫少卿杨思俭女有殊色，高宗及则天自选以为太子妃，成有定日矣，敏之又逼而淫焉。及在荣国服内，私释衰绖，著吉服，奏妓乐。时太平公主尚幼，往来荣国之家，宫人侍行，又尝为敏之所逼。俄而奸污事发，配流雷州，行至韶州，以马缰自缢而死。"《新唐书》所载略同。贺兰敏之荒淫无耻，则天忍无可忍严厉打击，牵连之人甚众。《册府元龟》卷九二五："贺兰敏之，天后姊子，为兰台左侍极，当时咸倾附之。有罪徙岭外，尚书右丞兼检校沛王府长史皇甫公义以托付敏之长流横州，太子中允刘懿之弟右史祎之豫王府司马知情配嶲州，蕲州司马徐齐聃，兰台侍郎前任王府掾，与敏之交往左道，除名长流岭外。前泾城令李善曾教敏之读书，专为左道长流嶲州。"《旧唐书·李善传》卷一八九上："坐与贺兰敏之周密，配流姚州。"李善当为流姚州，流嶲州者为刘祎之。《旧唐书》卷八七："祎之有姊在宫中为内职，天后令省荣国夫人之疾，祎之潜伺见之，坐是配流嶲州。"《新唐书》卷一一七："先是，姊为内官，武后遣至外家问疾，祎之因贺兰敏之私省之，坐流嶲州。"徐齐聃流钦州，《旧唐书》卷一九〇上："齐聃善于文诰，甚为当时所称。高宗爱其文，令侍周王等属文，以职在枢剧，仍敕间日来往焉。以漏泄机密，左授蕲州司马。俄又坐事配流钦州。”张说《西台舍人赠泗州刺史徐府君碑》：“（咸亨）二年，坐事徙于钦州。”（《文苑英华》卷八九四）众人皆被流放偏远荒芜之地，李善、徐齐聃虽已远离政治中心，依然难逃厄运。贺兰敏之被诛固然因其骄奢淫逸，但当有更深层的原因。

受敏之牵连的四人都与武后诸子有关。刘祎之为豫王府司马，据《旧唐书》卷八七记载：“及豫王立，祎之参预其谋，擢拜中书侍郎、同中书门下三品，赐爵临淮男。”则祎之为豫王的心腹之臣，亦是四人之中唯一重返朝廷受到重用的人。其余三人皇甫公义托付敏之，徐齐聃、李善为敏之属下，且三人均与沛王有往来，境遇较为悲惨。《旧唐书·韦思谦传》卷八八：“左肃机皇甫公义检校沛王府长史，引思谦为同府仓曹。”皇甫公义被贬之后史籍再未见著录，当卒于贬所。《新唐书·徐齐聃传》卷一九九：“高宗时，为潞王府文学，崇文馆学士，侍皇太子讲，修书于芳林门。”张说《西台舍人赠泗州刺史徐府君碑》：“未下车，敕改沛王掾。”（《文苑英华》卷八九四）齐聃咸亨二年逝于钦州。武后诸子争权夺利，结党营私，贵戚朝臣多卷入其中，以受牵连之人推测贺兰敏之当参与其中，并属沛王李贤一方。敏之事件惩罚之重、牵连之广说明诸王斗争的剧烈程度。又《旧唐书·章怀太子传》卷八六称：“宫人潜议云，‘贤是后姊韩国夫人所生’，贤亦自疑惧。”谣言并非空穴来风，当是李贤与贺兰敏之过从甚密导致，对贺兰敏之的严惩实际是对诸王的劝诫警告。由此可见，王勃总章二年因小过而受重罚并非偶然，勃与以上三人经历颇为相似，曾为沛府修撰，得到敏之赏识，王勃被斥是众人遭贬的前奏。

上元元年（六七四），赦还，返归江都。

李善何时赦还有两种意见：上元元年、上元二年。《资治通鉴》卷二〇二：“（咸亨四年八月）皇帝称天皇，皇后称天后，以避先帝、先后之称。改元，赦天下。”“（上元二年）六月，戊寅，立雍王贤为皇太子，赦天下。”以李善弟子马怀素行踪考订，当以上元元年为确。《旧唐书·马怀素传》卷一〇二：“马怀素，润州丹徒人也。寓居江都，少师事李善。家贫无灯烛，昼采薪苏，夜燃读书，遂博览经史，善属文。举进士，又应制举，登文学优赡科，拜鄘尉，四迁左台监察御史。”又据《登科记考补正》记载上元三年马怀素中文学优赡科。怀素先中进士，后应制举，上元三年已应制举，中举则更早。若李善上元二年六月赦还，姚州至扬州路途极为遥远，颇费时日，二人可能无交集。李善上元元年赦还，马怀素追随学习时间亦较短。又《故银青光禄大夫秘书监兼昭文馆学士侍读上柱国常山县开国公赠润州刺史马公墓志铭并序》：“龙朔初，黜陟使举检校江州寻阳丞，弃官从好，遂寓居广陵，与学士孟文意、魏令谟专为讨论，具有撰著。公即寻阳府君第三子也。幼聪颖，六岁能诵书，一见不忘。气韵和雅，乡党以为必兴此宗。十五遍诵《诗》、《礼》、《骚》、《雅》，能属文，有史力。”（《唐代墓志汇编》开元〇七四）饶宗颐《唐代文选学略述》认为此处魏令谟即曹宪弟子魏模。魏模与怀素之父马文超为好友，马怀素少时亦受到魏模的影响与教育，与曹宪之学渊源颇深。

上元二年（六七五），六月册封李贤为太子。李邕生。

《旧唐书·章怀太子传》卷八六：“上元二年，孝敬皇帝薨。其年六月立为皇太子，大赦天下。”

李邕生年争议颇多，现辩证如下：《唐故北海郡守赠秘书监江夏李公墓志铭并序》：“千里狱讯，不得谳报，年七十三，卒于强死。哀哉！”（《唐代墓志汇编》大历〇〇九）《旧唐书·李邕传》卷一九〇中：“（天宝）五载，奸赃事发。又尝与左骁卫兵曹柳勣马一匹，及勣下狱，吉温令勣引邕议及休咎，厚相赂遗，词状连引，敕刑部员外郎祁顺之、监察御史罗希奭驰往就郡决杀之，时年七十余。”《旧唐书·玄宗纪》卷九：“（天宝）六载正月辛巳朔，北海太守李邕、淄川太守裴敦复并以事连王曾、柳勣，遣使就杀之。”《资治通鉴》卷二一五：“（天宝六载）春，正月，辛巳。李邕、裴敦复皆杖死。”可见李邕天宝五载事发，六载被杀，卒于七四七年，则生于六七五年，享年七十三岁。

调露二年（六八〇）八月二十二日，李贤被废。八月二十三日改元永隆，刘纳言遭除名，后流振州而死。张大安被贬为普州刺史，卒横州司马。是时与李贤过从甚密的重要文士已凋零殆尽。

《旧唐书·章怀太子传》卷八六："调露二年，崇俨为盗所杀，则天疑贤所为。……乃废贤为庶人，幽于别所。"《资治通鉴》卷二〇二："上素爱太子，迟回欲宥之，天后曰：'为人子怀逆谋，天地所不容；大义灭亲，何可赦也！'甲子，废太子贤为庶人，遣右监门中郎将令狐智通等送贤诣京师，幽于别所，党与皆伏诛。"李贤被废，凸显高宗与武后之间的矛盾。李贤与贺兰敏之过从甚密，咸亨二年敏之被武后诛杀，李贤周围文士遭到清算。调露二年李贤被废，党羽再次被诛，可见武后与李贤之间的冲突由来已久。又《资治通鉴》卷二〇二："太子贤闻宫中窃议，以贤为天后姊韩国夫人所生，内自疑惧。明崇俨以压胜之术为天后所信，常密称'太子不堪承继，英王貌类太宗'，又言'相王相最贵'。天后尝命北门学士撰《少阳正范》及《孝子传》以赐太子，又数作书诮让之，太子愈不自安。"诸王斗争愈演愈烈，武后对李贤诸多怀疑，导致太子最终被废。

刘纳言本为著名的《汉书》学者，曾为李贤老师。《旧唐书·刘纳言传》卷一八九上："为《汉书》学者，又有刘纳言，亦为当时宗匠。纳言，乾封中历都水监主簿，以《汉书》授沛王贤。及贤为皇太子，累迁太子洗马，兼充侍读。常撰《俳谐集》十五卷以进太子。及东宫废，高宗见而怒之，诏曰：'刘纳言收其余艺，参侍经史，自府入宫，久淹岁月，朝游夕处，竟无匡赞。阙忠孝之良规，进诙谐之鄙说，储宫败德，抑有所由。情在好生，不忍加戮，宜徙屏弃，以励将来。可除名。'后又坐事配流振州而死。"又《新唐书·刘讷言传》卷一九八："讷言，乾封中历都水监主簿，以《汉书》授沛王。王为太子，擢讷言洗马兼侍读。尝集俳谐十五篇，为太子欢。太子废，高宗见怒，除名为民。复坐事流死振州。"《资治通鉴》卷二〇二记载略异："太子洗马刘讷言常撰《俳谐集》以献贤，贤败，搜得之，上怒曰：'以六经教人，犹恐不化，乃进俳谐鄙说，岂辅导之义邪！'流讷言于振州。"相较而言《旧唐书》所言最为详尽，颇为可信。

张大安乃太宗功臣张公瑾之子，身居高位。据《旧唐书》卷五记载："甲子，废皇太子贤为庶人，幽于别所。乙丑，立英王哲为皇太子。改调露二年为永隆元年，赦天下，大酺三日。太子左庶子、同中书门下三品张大安坐庶人左迁普州刺史。”《资治通鉴》卷二〇二：“左庶子、中书门下三品张大安坐阿附太子，左迁普州刺史。”又《旧唐书》卷六八：“大安，上元中历太子庶子、同中书门下三品。时章怀太子在春宫，令大安与太子洗马刘讷言等注范晔《后汉书》。宫废，左授普州刺史。光宅中，卒于横州司马。”《新唐书》卷八九：“次子大安，上元中，同中书门下三品。章怀太子令与刘纳言等共注范晔《后汉书》。太子废，故贬为普州刺史，终横州司马。”光宅仅一年即六八四年，则张大安于此年卒于横州。至此，与李贤过从甚密的重要文士经过高宗的贬斥与则天的清洗，已凋零殆尽。

永隆二年（六八一），李善在弘济寺注释《文选》。

饶宗颐《敦煌吐鲁番本文选》“张平子西京赋（法藏 P. 2528）李善注。……末尾有‘永隆年二月十九日弘济寺写’一行。侧又有西藏文音译‘文选’二字。弘济寺在长安，书于高宗永隆时，去李善于显庆三年（六五八）九月上《文选注表》，仅二十二年，为善注最早写本。”调露二年（六八〇）八月改元永隆，永隆二年（六八一）十月改元开耀，则永隆年二月十九日只能是永隆二年。弘济寺在长安，李善何时离开江都具体时间不详。唯上元二年李贤立为太子，李善作为昔日僚属，奔赴长安或为求仕，希望李贤援引。惜太子旋即被废，李善入仕之梦破灭，遂专心学术，重操旧业，注释《文选》。

李匡义《资暇集》：“李氏文选有初注成者、覆注者，有三注、四注者。当时旋被传写之，其绝笔之本皆释音训义，注解甚多。余家幸而有焉，尝将数本并校，不唯注之赡略有异，至于科段互相不同，无似余家之本该备也。”表明李善对《文选注》有增益、补充、修正等逐步完善的过程。

汴、郑授业，未知何年。

《旧唐书·儒学传》卷一八九上：“后遇赦得还，以教授为业，诸生多自远方而至。”《旧唐书·文苑传》卷一九〇中：“会赦还，因寓居汴、郑之间，以讲《文选》为业。年老疾卒。所注《文选》六十卷，大行于时。”《新唐书·文艺传》卷二〇二：“遇赦还。居汴、郑间讲授，诸生四远至，传其业，号‘文选学’。”

《旧唐书》卷三八：“汴州，隋荥阳郡之浚仪县也。武德四年，平王世充，置汴州总管府。”“郑州，隋荥阳郡。武德四年，平王世充，置郑州于武牢，领汜水、荥阳、荥泽、成皋、密五县。”另《唐故绵州刺史江夏李公（正卿）墓志铭并序》：“既罢归荥阳墅，修复秘书公讲习遗址，偃仰自遂。”（《唐代墓志汇编》会昌〇四〇）指出李善授业之所。《元和郡县图志》卷八：“荥阳县，本汉旧县。晋属荥阳郡，高齐改郡名成皋，以县属焉。隋开皇三年罢郡，以县属郑州。万岁通天元年改为武泰县，仍隶河南府。神龙初，复为荥阳，属郑州。”则荥阳县属郑州，而郑州、汴州隋属荥阳郡。荥阳墅当在郑州附近，郑州紧邻洛阳，士子往来频繁，生源较广，利于传授。

垂拱三年（六八七），李邕年十三，与崔沔同学。

李邕与崔沔为终身挚友。颜真卿《通议大夫守太子宾客东都副留守云骑尉赠尚书左仆射博陵崔孝公宅陋室铭记》载崔沔之父崔皑：“累至朝散大夫、汝州长史。”汝州毗邻郑州，李善晚年声名大振，崔沔极有可能来往于汝、郑之间，与李邕共同学习。李邕《有唐通议大夫守太子宾客赠尚书左仆射崔公墓志》：“邕十三同学，廿同游，昼连榻于蓬山，夕比烛于书幌，直则为友，道则为师，一刚一柔，厥迹颇异；好文好义，职允攸同。情以久深，心以知尽。”（《唐代墓志汇编》大历〇六〇）则李邕十三岁与崔沔同学，二十岁与崔沔同游，感情深厚。李邕《有唐通议大夫守太子宾客赠尚书左仆射崔公墓志》：“时春秋六十有七。呜呼！以开元廿七年十一月十七日薨于居守之内馆。”（《唐代墓志汇编》大历〇六〇）又《旧唐书》卷一八八：“（开元）二十七年卒，时年六十七。”则崔沔生于咸亨四年（六七三）。颜真卿《通议大夫守太子宾客东都副留守云骑尉赠尚书左仆射博陵崔孝公宅陋室铭记》：“年二十四举乡贡进士。考功郎李迥秀器异之，曰：‘王佐才也。’遂擢高第。其年举贤良方正，对策万数，公独居第一。……召见前殿，拜麟台校书郎。繇是名盖天下。……公与江夏李邕友善，为校书郎时引邕馆于秘阁之下，读书者累年，邕由是才名益盛。"《登科记补正》万岁通天元年（六九六）崔沔进士及第并举贤良方正科，授官麟台校书郎亦在此年，是时崔沔二十四岁，李善二十二岁。经过多年学习积累，李邕此时已然声名鹊起。

另，李邕是否补益《文选注》。《四库提要总目》卷一八六的观点极具代表性："今本事义兼释，似为邕所改定。然传称善注《文选》在显庆中，与今本所载进表题显庆三年者合。而《旧唐书·邕传》称天宝五载，坐柳勣事杖杀，年七十余。上距显庆三年，凡八十九年。是时邕尚未生。安得有助善注书之事。"李善《文选注》有初注、覆注，三注、四注，显庆三年与永隆二年李邕年龄尚小，无法参与，但随后的注释工作李邕完全可以参与其中。据《新唐书》卷二〇二记载："邕少知名。始善注《文选》，释事而忘意。书成以问邕，邕不敢对，善诘之，邕意欲有所更，善曰：'试为我补益之。'邕附事见义，善以其不可夺，故两书并行。"李善汴郑地区讲授《文选》，李邕耳濡目染，当自幼熟精《文选》。李邕家学深厚，博学多闻。《新唐书》卷二〇二："（李邕）既冠，见特进李峤，自言'读书未徧，愿一见秘书。'峤曰：'秘阁万卷，岂时日能习邪？'邕固请，乃假直秘书。未几辞去，峤惊，试问奥篇隐帙，了辩如響，峤叹曰：'子且名家！'"可见李邕读书之多，积累之丰，以李邕之才华完全有实力协助李善改进《文选注》，李邕年少知名或与改进《文选》注释有关。

载初元年（六八九）卒，当葬于河南县金谷乡。

《旧唐书·儒学传》卷一八九上："载初元年卒。"安葬之地似为河南县金谷乡。现存多方墓志表明河南府河南县金谷乡有李氏家族茔冢甚多。《唐故北海郡守赠秘书监江夏李公（邕）墓志铭并序》："同窆于洛阳之北原，以兆顺也。"（《唐代墓志汇编》大历〇〇九）《唐故江夏李府君（岐）墓志》："以贞元六年十一月廿八日护葬河南县金谷乡之北原附先君之茔礼也。"（《唐代墓志汇编》贞元〇三三）《唐故大理评事赠左赞善大夫江夏李府君（翘）墓志铭并叙》："以元和九年七月廿一日嗣子正卿等自润州上元县启举归于河南府河南县金谷乡泉原里，合祔先茔礼也。”（《唐代墓志汇编》元和〇七二）《唐故绵州刺史江夏李公（正卿）墓志铭并序》：“其年十二月十九日，嗣子潜奉理命启先夫人之窆合祔于河南县金谷原礼也。”（《唐代墓志汇编》会昌〇四〇）李邕为李善之子，李岐、李翘为李善之孙，李正卿为李善重孙，均葬于此。

参 考 文 献

一、著作类

B

白居易著，顾学颉校点：《白居易集》，中华书局 1979 年版。

班固撰，颜师古注：《汉书》，中华书局 1962 年版。

C

曹道衡：《南朝文学与北朝文学研究》，江苏古籍出版社 1999 年版。

岑参著，陈铁民、侯忠义校注：《岑参集校注》，上海古籍出版社 1981 年版。

岑参撰，廖立笺注：《岑嘉州诗笺注》，中华书局 2004 年版。

岑参撰，刘开扬笺注：《岑参诗集编年笺注》，巴蜀书社 1995 年版。

岑仲勉：《郎官石柱题名新考订》，中华书局 2004 年版。

岑仲勉：《唐人行第录（外三种）》，中华书局 2004 年版。

晁公武撰，孙猛校证：《郡斋读书志校证》，上海古籍出版社 1990 年版。

陈伯海、蒋哲伦主编：《中国诗学史》（隋唐五代卷），鹭江出版社 2002 年版。

陈飞：《唐代试策考述》，中华书局 2002 年版。

陈尚君：《汉唐文学与文献论考》，上海古籍出版社 2008 年版。

陈尚君：《唐代文学丛考》，中国社会科学出版社 1997 年版。

陈尚君辑校：《全唐诗补编》，中华书局 1992 年版。

陈尚君辑校：《全唐文补编》，中华书局 2005 年版。

陈寿撰，陈乃乾校点：《三国志》，中华书局 1959 年版。

陈寅恪：《金明馆丛稿初编》，生活·读书·新知三联书店 2001 年版。

陈寅恪：《金明馆丛稿二编》，生活·读书·新知三联书店 2001 年版。

陈寅恪：《元白诗笺证稿》，生活·读书·新知三联书店 2001 年版。

陈振孙:《直斋书录解题》,上海古籍出版社 1987 年版。
陈子昂著,徐鹏校点:《陈子昂集》,中华书局 1960 年版。
陈祖言:《张说年谱》,中文大学出版社 1984 年版。
程千帆:《唐代进士行卷与文学》,上海古籍出版社 1980 年版。
D
戴叔伦著,蒋寅校注:《戴叔伦诗集校注》,上海古籍出版社 2010 年版。
董诰等编:《全唐文》,中华书局 1983 年版。
杜甫著,杨伦笺注:《杜诗镜铨》,上海古籍出版社 1998 年版。
杜牧:《樊川文集》,上海古籍出版社 1978 年版。
杜晓勤:《齐梁诗歌向盛唐诗歌的嬗变》,北京大学出版社 2009 年版。
杜佑:《通典》,中华书局 1988 年版。
段成式撰,方南生点校:《酉阳杂俎》,中华书局 1981 年版。
F
范晔撰,李贤等注:《后汉书》,中华书局 1965 年版。
房玄龄等:《晋书》,中华书局 1974 年版。
封演撰,赵贞信校注:《封氏闻见记校注》,中华书局 2005 年版。
傅刚:《〈文选〉版本研究》,北京大学出版社 2000 年版。
傅刚:《〈昭明文选〉研究》,中国社会科学出版社 2000 年版。
傅璇琮、谢灼华主编:《中国藏书通史》,宁波出版社 2001 年版。
傅璇琮:《唐代科举与文学》,陕西人民出版社 2003 年版。
傅璇琮:《唐代诗人丛考》,中华书局 1980 年版。
傅璇琮:《唐人选唐诗新编》,陕西人民教育出版社 1996 年版。
傅璇琮主编:《唐才子传校笺》(第一册),中华书局 1987 年版。
傅璇琮主编:《唐才子传校笺》(第二册),中华书局 1989 年版。
傅璇琮主编:《唐才子传校笺》(第三册),中华书局 1990 年版。
傅璇琮主编:《唐才子传校笺》(第四册),中华书局 1990 年版。
傅璇琮主编:《唐才子传校笺》(第五册),中华书局 1995 年版。
傅璇琮主编:《唐五代文学编年史》,辽海出版社 1998 年版。
G
高步瀛著,曹道衡、沈玉成点校:《文选李注义疏》,中华书局 1985 年版。

葛晓音:《汉唐文学的嬗变》，北京大学出版社 1990 年版。
葛晓音:《诗国高潮与盛唐文化》，北京大学出版社 1998 年版。
葛兆光:《中国思想史》，复旦大学出版社 2009 年版。
郭茂倩:《乐府诗集》，中华书局 1979 年版。
郭绍虞:《中国文学批评史》，百花文艺出版社 1999 年版。
H
[日] 弘法大师原撰，王利器校注:《文镜秘府论校注》，中国社会科学出版社 1983 年版。
洪迈撰，孔凡礼点校:《容斋随笔》，中华书局 2005 年版。
胡道静:《中国古代的类书》，中华书局 1982 年版。
胡应麟:《诗薮》，上海古籍出版社 1958 年版。
胡震亨:《唐音癸签》，古典文学出版社 1957 年版。
胡可先:《唐代重大历史事件与文学研究》，浙江大学出版社 2007 年版。
黄侃平点，黄焯编次:《文选平点》，上海古籍出版社 1985 年版。
黄侃撰，周勋初导读:《文心雕龙札记》，上海古籍出版社 2000 年版。
黄永年:《唐史史料学》，上海书店出版社 2002 年版。
J
计有功撰，王仲镛校笺:《唐诗纪事校笺》，中华书局 2007 年版。
贾晋华:《唐代集会总集与诗人群研究》，北京大学出版社 2001 年版。
蒋伯潜、蒋祖怡:《骈文与散文》，世界书局 1941 年版。
蒋寅:《大历诗风》，凤凰出版社 2009 年版。
蒋寅:《大历诗人研究》，中华书局 1995 年版。
L
赖瑞和:《唐代基层文官》，中华书局 2008 年版。
赖瑞和:《唐代中层文官》，中华书局 2011 年版。
李白著，王琦注:《李太白全集》，中华书局 1977 年版。
李德辉:《唐代文馆制度及其与政治和文学之关系》，上海古籍出版社 2006 年版。
李昉等:《太平广记》，中华书局 1961 年版。
李昉等:《文苑英华》，中华书局 1966 年版。
李浩、贾三强主编:《古代文献的考证与诠释》，上海古籍出版社 2006 年版。

李吉甫撰，贺次君点校：《元和郡县图志》，中华书局 1983 年版。
李林甫等撰，陈仲夫点校：《唐六典》，中华书局 1992 年版。
李商隐著，冯浩笺注：《玉溪生诗集笺注》，上海古籍出版社 1979 年版。
李延寿：《北史》，中华书局 1974 年版。
李延寿：《南史》，中华书局 1975 年版。
李泽厚：《美的历程》，生活·读书·新知三联书店 2009 年版。
李珍华、傅璇琮：《河岳英灵集研究》，中华书局 1992 年版。
林宝撰，岑仲勉校记：《元和姓纂（附四校记）》，中华书局 1994 年版。
刘肃：《大唐新语》，中华书局 1984 年版。
刘餗撰，程毅中点校：《隋唐嘉话》，中华书局 1979 年版。
刘昫等：《旧唐书》，中华书局 1975 年版。
刘学锴、余恕诚：《李商隐诗歌集解》，中华书局 1988 年版。
刘禹锡撰，卞孝萱校订：《刘禹锡集》，中华书局 1990 年版。
刘知几撰，浦起龙释：《史通通释》，上海古籍出版社 1978 年版。
卢盛江、张毅、左东岭编：《罗宗强先生八十寿辰纪念文集》，中华书局 2009 年版。
卢照邻、杨炯著，徐明霞点校：《卢照邻集·杨炯集》，中华书局 1980 年版。
卢照邻著，祝尚书笺注：《卢照邻集笺注》，上海古籍出版社 1994 年版。
鲁迅：《鲁迅全集》，人民文学出版社 2005 年版。
逯钦立辑校：《先秦汉魏晋南北朝诗》，中华书局 1983 年版。
罗国威：《敦煌本〈昭明文选〉研究》，黑龙江教育出版社 1999 年版。
罗宗强、郝世峰：《隋唐五代文学史》，高等教育出版社 1994 年版。
罗宗强：《隋唐五代文学思想史》，上海古籍出版社 1986 年版。
骆宾王著，陈熙晋笺注：《骆临海集笺注》，上海古籍出版社 1985 年版。
骆鸿凯：《文选学》，中华书局 1989 年版。

M

M. H. 艾布拉姆斯：《镜与灯——浪漫主义文论及批评传统》，北京大学出版社 1989 年版。
马积高：《赋史》，上海古籍出版社 1987 年版。
孟浩然著，佟培基笺注：《孟浩然诗集笺注》，上海古籍出版社 2000 年版。

孟棨：《本事诗》，古典文学出版社 1957 年版。
穆克宏：《昭明文选研究》，人民文学出版社 1998 年版。
N
聂文郁：《元结诗解》，陕西人民出版社 1984 年版。
O
欧阳修、宋祁：《新唐书》，中华书局 1975 年版。
欧阳询撰，汪绍楹校：《艺文类聚》，上海古籍出版社 1965 年版。
P
彭定求等：《全唐诗》，中华书局 1960 年版。
彭庆生：《初唐诗歌系年考》，北京大学出版社 2012 年版。
Q
钱大昕：《廿二史考异》，上海古籍出版社 2004 年版。
钱易撰，黄寿成点校：《南部新书》，中华书局 2002 年版。
钱钟书：《管锥编》，中华书局 1979 年版。
乔象钟、陈铁民主编：《唐代文学史》，人民文学出版社 1995 年版。
清水凯夫：《六朝文学论文集》，重庆出版社 1989 年版。
屈守元：《文选导读》，巴蜀书社 1993 年版。
R
阮元校刻：《十三经注疏》，中华书局 1980 年版。
S
沈德潜：《唐诗别裁集》，上海古籍出版社 1979 年版。
司马光编著，胡三省音注：《资治通鉴》，中华书局 1956 年版。
司马迁：《史记》，中华书局 1959 年版。
宋敏求：《唐大诏令集》，中华书局 2008 年版。
孙国栋：《唐代重要文官迁转途径研究》，上海古籍出版社 2009 年版。
孙琴安：《唐诗选本六百种提要》，上海书店出版社 2005 年版。
孙望：《蜗叟杂稿》，上海古籍出版社 1982 年版。
孙望：《元次山年谱》，古典文学出版社 1957 年版。
孙映逵：《唐才子传校注》，中国社会科学出版社 1991 年版。
T
谭优学：《唐诗人行年考》，四川人民出版社 1981 年版。
谭优学：《唐诗人行年考（续编）》，巴蜀书社 1987 年版。

陶敏、李一飞：《隋唐五代文学史料学》，中华书局2001年版。
陶敏：《全唐诗人名汇考》，辽海出版社2006年版。
陶敏：《唐代文学与文献论集》，中华书局2010年版。
佟培基：《全唐诗重出误收考》，陕西人民教育出版社1996年版。
W
万曼：《唐集叙录》，中华书局1980年版。
汪篯：《汪篯隋唐史论稿》，中国社会科学出版社1981年版。
汪习波：《隋唐文选学研究》，上海古籍出版社2005年版。
王勃著，蒋清翊注：《王子安集注》，上海古籍出版社1995年版。
王达津：《唐诗丛考》，上海古籍出版社1986年版。
王谠撰，周勋初校证：《唐语林校证》，中华书局1987年版。
王定保：《唐摭言》，中华书局上海编辑所1959年版。
王梦鸥：《初唐诗学著述考》，台湾商务印书馆1977年版。
王鸣盛：《十七史商榷》，商务印书馆1959年版。
王溥：《唐会要》，上海古籍出版社2006年版。
王钦若等：《册府元龟》，中华书局1960年版。
王维撰，陈铁民校注：《王维集校注》，中华书局1997年版。
王勋成：《唐代铨选与文学》，中华书局2001年版。
王运熙、杨明：《中国文学批评通史》（隋唐五代卷），上海古籍出版社1996年版。
王运熙：《当代学者自选文库：王运熙卷》，安徽教育出版社1998年版。
王运熙：《汉魏六朝唐代文学论丛》（增补本），复旦大学出版社2002年版。
王重民：《敦煌古籍叙录》，商务印书馆1958年版。
魏徵、令狐德棻：《隋书》，中华书局1973年版。
闻一多：《唐诗杂论》，中华书局2009年版。
吴兢撰，谢保成集校：《贞观政要集校》，中华书局2003年版。
吴企明：《唐音质疑录》，上海古籍出版社1985年版。
吴汝煜：《唐五代人交往诗索引》，上海古籍出版社1993年版。
X
萧统编、李善注：《文选》，上海古籍出版社1986年版。
萧绎撰，许逸民校笺：《金楼子校笺》，中华书局2011年版。

肖瑞峰：《中国古典诗歌在东瀛的衍生与流变研究》，浙江大学出版社2012年版。
肖瑞峰、方坚铭、彭万隆：《晚唐政治与文学》，中国社会科学出版社2011年版。
[法] 谢和耐、苏远鸣等著，耿昇译：《法国学者敦煌学论文选粹》，中华书局1993年版。
徐俊：《敦煌诗集残卷辑考》，中华书局2000年版。
徐陵：《玉台新咏笺注》，中华书局1985年版。
徐松：《登科记考》，中华书局1984年版。
徐松撰，孟二冬补正：《登科记考补正》，北京燕山出版社2003年版。
徐松撰，李建超增订：《增订唐两京城坊考》（修订版），三秦出版社2006年版。
许总：《唐诗史》，江苏教育出版社1994年版。
薛用弱：《集异记》，中华书局1980年版。
Y
严耕望：《唐仆尚丞郎表》，上海古籍出版社2007年版。
严可均校辑：《全上古三代秦汉三国六朝文》，中华书局1958年版。
杨伯峻：《论语译注》，中华书局1980年版。
杨承祖：《元结研究》，台湾国立编译馆2002年版。
余恕诚、吴怀东：《唐诗与其他文体之关系》，中华书局2012年版。
余恕诚：《唐诗风貌》，安徽大学出版社2000年版。
俞绍初、许逸民：《中外学者文选学论集》，中华书局1998年版。
宇文所安著，贾晋华译：《初唐诗》，生活·读书·新知三联书店2004年版。
宇文所安著，贾晋华译：《盛唐诗》，生活·读书·新知三联书店2004年版。
郁贤皓：《李白与唐代文史考论》，南京师范大学出版社2008年版。
郁贤皓：《唐刺史考全编》，安徽大学出版社2000年版。
元结、殷璠等：《唐人选唐诗（十种）》，中华书局1958年版。
元结著，孙望校：《元次山集》，中华书局1960年版。
袁行霈、孟二冬、丁放：《中国诗学通论》，安徽教育出版社1994年版。

Z
赞宁撰，范祥雍点校：《宋高僧传》，中华书局 1987 年版。
张伯伟：《全唐五代诗格汇考》，凤凰出版社 2002 年版。
张伯伟：《中国古代文学批评方法研究》，中华书局 2002 年版。
张涤华：《类书流别》，商务印书馆 1985 年版。
张舜徽：《中国文献学》，华中师范大学出版社 2004 年版。
张舜徽：《汉书艺文志通释》，湖北教育出版社 1990 年版。
张彦远辑，洪丕谟点校：《法书要录》，上海书画出版社 1986 年版。
张志烈：《初唐四杰年谱》，巴蜀书社 1993 年版。
张鷟：《朝野佥载》，中华书局 1979 年版。
赵翼著，王树民校证：《廿二史札记校证》，中华书局 1984 年版。
周绍良主编：《唐代墓志汇编》，上海古籍出版社 1992 年版。
周绍良、赵超主编：《唐代墓志汇编续集》，上海古籍出版社 2001 年版。
周勋初：《周勋初文集》，江苏古籍出版社 2000 年版。
邹云湖：《中国选本批评》，上海三联书店 2002 年版。

二 论文类

曹道衡：《南北文风之融合和唐代〈文选〉学之兴盛》，《文学遗产》1999 年第 1 期。
陈伯海：《唐卷子本〈翰林学士集〉考索》，《中华文史论丛》1984 年第 1 辑（总第二十九辑）。
陈铁民：《梁玓墓志与唐进士科试杂文》，《北京大学学报》2006 年第 6 期。
陈铁民：《唐代的诗坛中心与诗人的地位及影响》，《唐代文学研究》第 8 辑。
戴伟华：《储光羲与〈河岳英灵集〉》，《唐代文学研究》2012 年第十四辑。
戴伟华：《论〈河岳英灵集〉初选及其诗史意义》，《文学评论》2011 年第 2 期。
杜晓勤：《杜诗在至德、大历间的流传和影响》，《陕西师大学报》1991 年第 3 期。
邓乔彬：《长安文化与王维诗》，《文学评论》2001 年第 4 期。
傅璇琮、龚祖培：《〈才调集〉考》，《唐代文学研究》1994 年第五辑。

傅璇琮：《唐人选唐诗考述〈四则〉》，《中国韵文学刊》1994年第1期。
葛晓音：《创作范式的提倡和初盛唐诗的普及——从〈李峤百咏〉谈起》，《文学遗产》1995年第6期。
顾农：《风教与翰藻——萧统的文学趣味和〈文选〉的选文趋向》，《扬州师院学报》（社会科学版）1992年第3期。
胡可先：《〈唐诗类选〉选杜诗发微》，《杜甫研究学刊》1993年第2期。
胡可先：《杜牧诗文编年补正》，《四川大学学报》1983年第1期。
胡明：《关于唐诗——兼谈近百年来的唐诗研究》，《文学评论》1999年第2期。
贾晋华：《隋唐五代类书与诗歌》，《厦门大学学报》1991年第3期。
蒋寅：《从〈河岳英灵集〉到〈中兴间气集〉——关于大历诗风演变的抽样分析与假说》，《广西师范大学学报》（哲学社会科学版）1988年第4期。
卢燕新：《〈翰林学士集〉题名职官考辨》，《中国典籍与文化》2007年第3期。
吕玉华：《〈丹阳集〉考辨》，《文献》2003年第2期。
梅新林：《略论唐人的唐诗编纂》，《唐代文学研究》1996年第六辑。
孟二冬：《论高仲武〈中兴间气集〉》，《北京大学学报》1999年第4期。
王立群：《论20世纪的〈文选序〉研究》，《阜阳师范学院学报》2000年第4期。
王志清：《从〈中兴间气集〉看盛、中唐过渡期的王维接受》，《文学遗产》2008年第6期。
吴光兴：《〈河岳英灵集〉的地域性、派别性问题——兼及“开元十五年”新解》，《文学评论》2012年第2期。
肖瑞峰：《李杜诗论新探》，《杭州师范学院学报》1995年第4期。
肖瑞峰、李娟：《“沈宋体”的艺术特征及其形成原因》，《文学评论》2008年第6期。
徐俊：《敦煌本〈珠英集〉考补》，《文献》1992年第4期。
许逸民：《论隋唐“〈文选〉学”兴起之原因》，《文学遗产》2006年第2期。
［日］伊藤正文撰，李庆译：《论〈搜玉小集〉》，《古典文献研究》第十一辑。

曾枣庄：《杜甫与唐代诗坛》，《南京师范大学文学院学报》2002年第4期。

查正贤：《元兢〈诗人秀句序〉释论——兼论其诗学对初盛唐诗歌发展之意义》，《北京大学学报》2005年第3期。

张国举：《孟云卿生年籍里考》，《文学遗产》1985年第1期。

赵昌平：《从王维到皎然——贞元前后诗风演变与禅风转化的关系》，《中华文史论丛》1987年第2、3期合刊（总第四十二期）。

赵昌平：《开元十五年前后——论盛唐诗的形成与分期》，《中国文化》第2期。